第三屆辭章章法學學術研討會
論文集

☆ 章法論叢 ☆

【第三輯】

中華章法學會◎主編

序　言

陳滿銘

　　第三屆章法學學術研討會於去年（2008）10 月 18 日在臺灣師大教育大樓國際會議廳舉行，會議的主題為「章法學及其相關領域之研究」，而其論文範圍明確定為「一、章法學與辭章學之專題研究，二、章法學在語文教學之應用研究，三、其他與章法學相關之研究」，這樣之研討，雖以「章法」為重心，卻涵蓋了整個辭章學之理論及其應用。

　　以「辭章」之內涵而言，含「篇」、「章」、「句」、「字」（《文心雕龍・章句》），是結合「形象思維」、「邏輯思維」與「綜合思維」而形成的。這三種思維，各有所主。如果是將一篇辭章所要表達之「意」，訴諸各種偏於主觀之聯想、想像，和所選取之「象」連結在一起，或者是專就個別之「意」、「象」等本身設計其表現技巧的，皆屬「形象思維」（運用典型的藝術形象來顯示各種事物的特質）；這涉及了「取材」、「措詞」等有關「意象」之形成與表現等問題，而主要以此為研究對象的，就是意象學（狹義）、詞彙學與修辭學等。如果是專就各種「象」，對應於自然規律，結合「意」，訴諸偏於客觀之聯想、想像，按秩序、變化、聯貫與統一之原則，前後加以安排、布置，以成條

理的，皆屬「邏輯思維」（用抽象概念來顯示各種事物的組織）；這涉及了「運材」、「布局」與「構詞」等有關「意象」之組織等問題，而主要以此為研究對象的，就語句言，即文（語）法學；就篇章言，就是章法學。至於合「形象思維」與「邏輯思維」而為一，探討其整個「意象」體性的，則為「綜合思維」，這涉及了「立意」、「確立體性」等有關「意象」之統合等問題，而主要以此為研究對象的，為主題學、意象學（廣義）、文體學、風格學等。而以此整體或個別為對象加以研究的，則統稱為辭章學或文章學。

單以此辭章的內涵來看，本屆研討會會中所發表之論文幾乎無所不包，可以說涵蓋了整個辭章學之理論及其應用。而發表論文的，除專題演講外，依序為蒲基維、蕭千金、謝奇懿、孟建安（大陸學者）、溫光華、顏智英、許長謨、張韌、鐘玖英（大陸學者）、謝敏玲、高美華、李嘉欣、謝慈、謝玉玲、仇小屏、林淑雲、李靜雯等十七人。由於論文主題關涉到當前辭章學之研究與語文教學，當日與會者特別踴躍，除多位大學院校教授、副教授、助理教授與專家學者蒞臨指導外，受邀擔任主持人與特約或共同討論的，有臺東大學人文學院林文寶院長，有臺灣師範大學國文系顏瑞芳主任與邱燮友、蔡宗陽、王基倫、簡明勇、楊如雪、亓婷婷、陳滿銘等教授，有成功大學中文系王偉勇、仇小屏等教授，有東華大學中文系劉漢初教授、國立臺北教育大學語創系張春榮教授、屏東教育大學語文系戴榮昌教授等，有東吳大學中文系許錟輝客座教授、銘傳大學應中系蔡信發教授與元培科技大學朱榮智教授等。此外又有許多關心

這些主題的博碩士、博碩士研究生、大學生與社會人士。有了
這些人士之熱心參與與鼓勵，使此次研討會增光不少。概括起
來說，這十七篇論文共同之特色為「理論與應用並重」，而且語
料涵蓋古典散文、詞、曲與現代語體文，甚至於音樂錄影帶；
如此在前兩屆的基礎上謀求改進，相信對相關研究與教學應用
之品質而言，是會有提升作用的。

　　這一論文輯在秘書處所有工作人員的推動下，終於要和大
家見面了，這不得不感謝工作人員的努力，尤其是負責編排的
蒲基維助理教授之辛苦，更令人感動！值此出版前夕，特地為
這一輯說幾句話，以表示慶賀的意思。

序於臺灣師大國文系 835 研究室

2009 年 7 月 1 日上午

第三屆辭章章法學學術研討會
議　　程

會議時間：民國 97 年 10 月 18 日（星期六）

會議地點：臺北市和平東路一段 129 號　國立臺灣師範

　　　　　大學教育大樓 2 樓國際會議廳

主辦單位：國立臺灣師範大學文學院、國文學系、

　　　　　中華民國章法學會

協辦單位：國文天地雜誌社

歡迎各界蒞臨指導！

時　間	地　點	10 月 18 日（星期六）			
08:20 -08:40	師大教育 大樓 2 樓	報　　　　到			
場　次	地　點	主持人	主講人	論　文　題　目	特約討論
08:40 -09:20	國際會議廳	顏瑞芳 台灣師大 國文系 主任	陳滿銘	開幕式	
				專題演講：論辭章分析與科際整合 －－以白居易〈長相思〉詞為例	

09:20 -09:40	國際會議 廳 2 樓	茶 敘			
第一場 09:40 -11:00	國際會議廳	林文寶 臺東大學 人文學院 院長	蒲基維	論「讀寫互動原理」在華 語文教學的應用——以華 文讀寫教學為例	朱榮智
			蕭千金	一意多象與今昔結構在讀 寫教學上的運用——以敘 事 MTV 為媒介	仇小屏
			謝奇懿	辭章學體系下的作文批改 指引系統與互動——以文 揚國中基測模擬考為例	亓婷婷
			孟建安	章法學理論體系建構的方 法論原則	陳佳君 宣 讀
第二場 11：10 -12：30	國際會議廳	許錟輝 東吳大學 中文系 客座教授	溫光華	《文心雕龍》駢體句式與 論理特質之考察	蔡宗陽
			顏智英	論李清照詞的空間變換藝 術——以幾首相思詞為例	劉漢初
			許長謨 張 韌	論「對於」與「關於」的 語法應用	楊如雪
			鐘玖英	語境對相雙關解碼的制約	蒲基維 宣 讀
12:30 -13:30	國際會議 廳 2 樓	午 餐			

第三場 13:30 -14:50	國際會議廳	蔡信發 銘傳大學 應中系 教授	謝敏玲	試探柳宗元古文「以傳代論」中的政治原型理論	王基倫
			高美華	明代帶過曲的形式與結構	王偉勇
			李嘉欣	篇章結構分析之應用－以顧炎武〈廉恥〉為例	蔡榮昌
			謝　慈	先秦、西漢「所」字語法化研究	楊如雪
14:50 -15:10	國際會議廳2樓	茶　　　　敘			
第四場 15:10 -16:30	國際會議廳	王偉勇 成功大學 中文系 教授	謝玉玲	宋濂詩歌中人物形象的形塑	邱燮友
			仇小屏	論科技論文「摘要」之篇章寫作邏輯	張春榮
			林淑雲	北宋六家記遊散文寫作特色析論	蔡宗陽
			李靜雯	稼軒農村詞篇章結構探析——以瓢泉所作九首為考察對象	陳滿銘
16:30 -17:00	國際會議廳	蔡宗陽、簡明勇、陳滿銘	閉　幕　式		

※　主持人3分鐘，主講人宣讀論文10分鐘，特約討論人5分鐘，其餘時間為綜合討論。

章法論叢（第三輯）

目　　次

論辭章分析與科際整合
——以白居易〈長相思〉詞為例

陳滿銘

臺灣師大國文系兼任教授

摘　要

　　辭章分析之角度極多、範圍極廣，必須進行科際整合，才能呈現推陳出新之成果。有鑒於此，本文特從「辭章分析與意象（思維）系統」與「意象（思維）系統與科際整合」兩層面切入，舉白居易〈長相思〉詞為例加以探討，藉以充分見出科際整合在辭章分析上之重要性。這樣在「自覺」、「自由心證」與「經驗」之外，藉現代文化之「科學化」與「科際整合」來進行辭章分析，以拓展「有理可說」的空間，對獲致「推陳出新」之成果而言，是有相當助益的。

關鍵詞

辭章分析、科際整合、意象（思維）系統、白居易〈長相思〉詞

一、前言

　　大體說來，辭章分析之角度甚多，包含作家論、作品論、文體論、藝術論、風格論、地域論、時代論、創作論、鑑賞論、門派論、淵流論……等。由於所涉範圍極廣，而參與相關研究而加以開拓者，又日益增多，自然就發展成各種學科。到現在為止，已累積這種研究成果而形成獨門學科者，可說多得數也數不清，如從「求同」之層面而言，有神學、哲學、科學、美學……等，若從「求異」之層面來說，則又多至千百種，如語言學、文藝學、辭章學、寫作學、閱讀學、意象學、結構學、心理學、統計學、民俗學、社會學、政治學、歷史學、地理學、植物學、動物學、色彩學、天文學、網路科技與層次邏輯學（多、二、一〔0〕螺旋結構）……等。因此辭章之研究，無論在「求同」或「求異」任何層面，都必須進行「科際整合」，才能「推陳出新」，呈現優異之成果。有鑒於此，特從「辭章分析與意象（思維）系統」與「意象（思維）系統與科際整合」兩層面切入，舉白居易〈長相思〉詞為例，進行探討，以見科際整合對辭章分析之重要性。

二、辭章分析與意象（思維）系統

　　辭章是離不開「意象」的，而一般用之於文學之「意象」，

如歸根於人類的「思維」來說，則由於「思維」是人類一切知行活動的原動力，而「思維」又始終以「意象」為內容，所以「意象」是可以通貫「思維」之各個層面，而形成「意象（思維）系統」的。而「意象（思維）系統」則又直接與「語文能力」的開展息息相關；一般而言，語文能力可概分為三個層級來加以認識：即「一般能力」（含思維力、觀察力、記憶力、聯想力、想像力）、「特殊能力」（含立意、運用詞彙、取材、措辭、構詞與組句、運材與佈局、確立風格等能力）、「綜合能力」（含創造力）等[1]。不過，這三層能力的重心在「思維力」，經由「形象」、「邏輯」與「綜合」等思維力作用下，結合「聯想力」與「想像力」的主客觀開展，進而融貫各種、各層「能力」，而產生「創造力」。茲結合「辭章」與「意象（思維）系統」，並兼顧「讀」與「寫」，以圖表[2]呈現如次頁：

---

[1] 仇小屏《限制式寫作之理論與應用》（臺北：萬卷樓圖書公司，2005年10月初版），頁12-4。

[2] 陳滿銘〈層次邏輯與意象〔思維〕系統 — 以「多」、「二」、「一（0）」螺旋結構作對綜合考察〉（臺北：臺灣師大《中國學術年刊》30期，2008年3月），頁255-276。

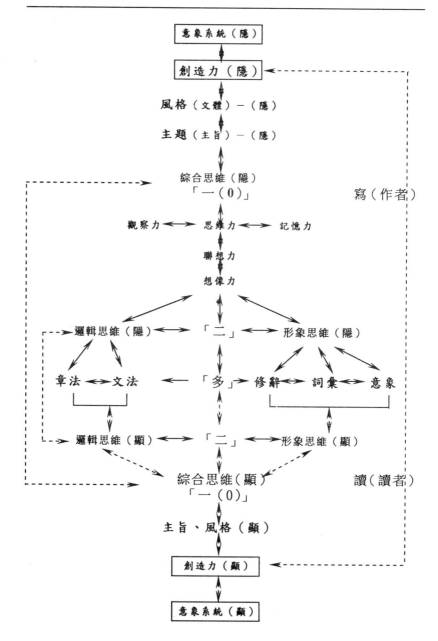

因此掌握「意象（思維）系統」，對辭章研究而言，是十分重要
的。茲以白居易〈長相思〉詞為例加以說明：

> 汴水流，泗水流，流到瓜州古渡頭。吳山點點愁。　　思
> 悠悠，恨悠悠，恨到歸時方始休。月明人倚樓。

　這闋詞敘遊子之別恨，是採「先染後點」[3]的條理來構篇的。
　就「染」的部分而言，乃用「先象（景）後意（情）」的意
象結構所寫成。
首先以「象（景）」的部分來說，它先用開篇三句，寫所見「水」
景（象一），初步用二水之長流襯托出一份悠悠之恨；這是透過
作者恨之悠悠（主體）聯想到水之悠悠（客體）。其中「汴水流」
兩句，都是由「先主後謂」之結構所形成的敘事句，疊敘在一
起，以增強纏綿效果。此外，作者又以「流到瓜州古渡頭」來
承接「泗水流」，採頂真法來增強它的情味力量。這樣用頂真法
來修辭，自然把上下句聯成一氣，起了統調、連綿的作用。況
且這個調子，上下片的頭兩句，又均為疊韻之形式，就以上片

---

[3] 新發現章法之一。「點染」本用於繪畫，指基本技巧。而移用以專稱
辭章作法的，則始於清劉熙載。但由於他的所謂的「點染」，指的，
乃是「情」〔點〕與「景」〔染〕，和「虛實」此一章法大家族中
的「情景」法，恰巧相重疊，所以就特地借用此「點染」一詞，來
稱呼類似畫法的一種章法：其中「點」，指時、空的一個落足點，僅
僅用作敘事、寫景、抒情或說理的引子、橋樑或收尾；而「染」，則
指真正用來敘事、寫景、抒情或說理的主體。也就是說，「點」只是
一個切入或固定點，而「染」則是各種內容本身。這種章法相當常
見，也可以形成「先點後染」、「先染後點」、「點、染、點」、「染、
點、染」等結構，而產生秩序、變化、聯貫〔呼應〕之作用。見陳
滿銘〈論幾種特殊的章法〉（臺北：臺灣師大《國文學報》31 期，
2002 年 6 月），頁 181-187。

起三句而言，便一連用了三個「流」字，使所寫的水流更顯得綿延不盡，造成了纏綿的特殊效果。作者如此寫所見「水」景後，再擴大聯想，用「吳山點點愁」一句寫所見「山」景（象二）。在這兒，作者以「先主後謂」的表態句來呈現。其中「點點」兩字，一方面用來形容小而多的吳山（江南一帶的山），一方面也用來襯托「愁」之多；這也是由聯想所造成的效果。這樣，在聯想力的作用下，水既以其「悠悠」帶出愁，山又以其「點點」擬作愁之多，所謂「山牽別恨和腸斷，水帶離聲入夢流」（羅隱〈綿谷迴寄蔡氏昆仲〉詩），情韻便格外深長。

　　其次以「意（情）」的部分來說，它藉「思悠悠」三句，即景抒情，來寫見山水之景後所湧生的悠悠長恨；這是帶動聯想的根源力量。在此，作者特意在「思悠悠」兩句裡，以「悠悠」形成疊字與疊韻，回應上片所寫汴水、泗水之長流與吳山之「點點」，將意象與聯想產生互動，造成統一，以加強纏綿之效果；並且又冠以「思」（指的是情緒，亦即「恨」）和「恨」，直接收拾上片見山水之景（象）所生之「愁」（意），表達了自己長期未歸之恨。而「恨到歸時方始休」一句，則不僅和上二句產生了等於是「頂真」的作用，以增強纏綿感，又經由想像將時間由現在（實）推向未來（虛），把「恨」更推深一層。

　　就「點」的不分而言，（後）的部分來說，僅「月明人倚樓」一句，寫的是「象（景－事）」。這一句，就文法來說，由「月明」之表態句與「人倚樓」之敘事句，同以「先主後謂」的結構組成，只不過後者之「謂語」，乃含述語加處所賓語，有所不同而已。而「月明人倚樓」，雖是一句，卻足以牢籠全詞，使人

想見主人翁這個「人」在「月明」之下「倚樓」，面對山和水而有所「思」、有所「恨」的情景，大大地起了「以景（事）結情」的最佳作用；這就使得全詞的各個意象，在聯想與想像的催動下，統合而為一了。

作者就這樣以「先染『象（景）、意（情）』後點『象（景－事）』」的結構，將「水」、「山」、「月」、「人」等「象」排列組合，也就是透過主人翁在月下倚樓所見、所為之「象」，把他所感之「意」（恨），經由聯想與想像的作用融成一體來寫，使意味顯得特別深長，令人咀嚼不盡。有人以為它寫的是閨婦相思之情[4]，也說得通，但一樣無損於它的美。附意象（含章法）結構表如下：

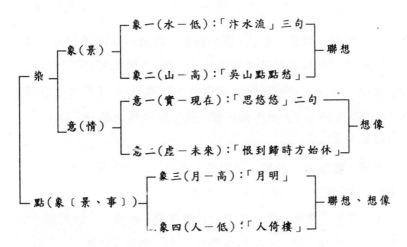

---

[4] 黃屏：「下片純為抒情，為少婦思夫，情如流水般的綿遠悠長，思恨交集，永無盡時。」見陳邦炎主編《詞林觀止》上（上海：上海古籍出版社，1994年4月一版一刷），頁25。

如凸顯其風格中的剛柔成分[5]，則可分層表示如下：

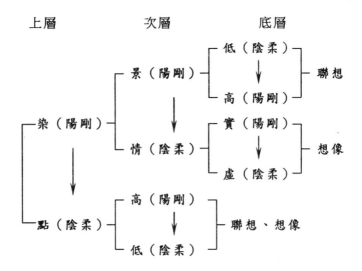

此詞之主旨為「悠悠」離恨，置於篇腹；而所形成的是偏於「陰柔」的風格，因為各層結構的剛柔之「勢」，除底層之「先低後高」趨於「陽剛」外，其餘的都趨於「陰柔」，尤其是其核心結構[6]「先景後情」更如此。如此使「勢」很強烈地趨於「陰柔」，是很自然的事。

這樣，此詞就「意象」之形成、表現、組織、統合與聯想、想像的互動而言，可歸結成如下重點：

（一）以「意象」之形成來看，主要用「水流」、「山點點」、「月明」、「人樓」等，先後形成個別意象，而以「悠悠」之「恨」

---

[5] 陳滿銘〈章法風格論 － 以「多、二、一（0）」結構作考察〉（臺南：《成大中文學報》12 期，2005 年 7 月），頁 147-164。

[6] 陳滿銘〈辭章章法「多、二、一（0）」的核心結構〉（阜陽：《阜陽師範學院學報》總 9 期，2003 年 11 月），頁 1-5。

來統合它們，亦即以此為「構」來連結「水」之「流、流」與「山」之「點點」產生，「異質同構」[7]之莫大效果。這可以看出作者運用偏於主觀的聯想力與想像力觸動形象思維，所形成在意象形成上之特色。

（二）以「意象」之表現來看：首先看「詞彙」部分，它將所生「情」（意）、所見「景（事）」（象），形成各個詞彙，如「水」（流）、「瓜州」、「渡頭」（古）、「山」（點點）、「思」（悠悠）、「恨」（悠悠）、「月」（明）、「人」（倚）、「樓」等，為進一步之「修辭」奠定基礎。然後看「修辭」，它主要用「頂真」法來表現「水」之個別意象，用「類疊」法、「擬人」法等來表現「山」之個別意象，使「水」與「山」都含情，而連綿不盡，以增強作品的感染力。足以看出作者運用偏於主觀的聯想與想像觸動形象思維，所形成在意象表現上之特色。

（三）以「意象」之組織來看：首先看「文法」，所謂「水流」、「山點點」、「月明」、「人倚樓」等，無論屬敘事句或屬表態句，用的全是主謂結構，將個別概念組合成不同之意象，以呈現字句之邏輯結構。然後看「章法」，它主要用了「點染」、「景情」、「高低」、「虛實」等章法，把各個個別意象先後排列在一起，以形成篇章之邏輯結構。 這足以看出作者運用偏於客觀的聯想與想像觸動邏輯思維，所形成在意象組織上之特色。

（四）以「意象」之統合來看：綜合以上「意象」（個別）、「詞彙」、「修辭」、「文法」與「章法」等精心的設計安排，充

---

[7] 陳滿銘〈論辭章意象之形成 — 據格式塔「異質同構」說加以推衍〉（高雄：中山大學《文與哲》學報 8 期，2006 年 6 月），頁 475-492。

分地將「恨悠悠」之一篇主旨與「音調諧婉，流美如珠」[8] 這種偏於「陰柔」之風格凸顯出來，使人領會到它的美；這樣可看出作者運用主、客觀的聯想與想像觸動綜合思維，所形成在意象統合上之特色。

（五）以「多」、「二」、「（0）一」螺旋結構來看：首先就「一般能力」來看，如同上述，「思維力」為「（0）一」，「形象思維」（陰柔）與「邏輯思維」（陽剛）為「二」，由「形象思維」、「邏輯思維」與「綜合思維」所衍生的各種「特殊能力」與綜合各種「特殊能力」所產生的「創造力」為「多」。然後從「特殊能力」來看，，辭章離不開「意象」之形成（意象〔狹義〕）、表現（詞彙、修辭）與其組織（文〔語〕法、章法），此即「多」；而藉「形象思維」（陰柔）與「邏輯思維」（陽剛）加以統合，此即「二」；並由此而凸顯出一篇主旨與風格來，此即「一（0）」[9]，上舉的〈長相思〉詞就是如此。這就可看出作者運用偏於主觀的聯想與想像觸動形象思維、邏輯思維與綜合思維，所形成在層次邏輯系統或「多」、「二」、「（0）一」螺旋結構上之特色。

而這種系統或結構，如著眼於創作（寫），所呈現的是「（0）一、二、多」，而著眼於「鑑賞」（讀），則所呈現的是「多、二、一（0）」。這就同一作品而言，作者由「意」而「象」地在從事

---

[8] 趙仁圭、李建英、杜媛萍：「整首詞借流水寄情，含情綿邈。疊字、疊韻的頻繁使用，使詞句音調諧婉，流美如珠。」見《唐五代詞三百首譯析》（長春：吉林文史出版社，1997 年 1 月一版一刷），頁 148。

[9] 陳滿銘〈辭章意象論〉（臺北：臺灣師大《師大學報‧人文與社會類》50 卷 1 期，2005 年 4 月），頁 17-39。

順向（「（0）一、二、多」）創作的同時，也會一再由「象」而「意」地如讀者作逆向（「多、二、一（0）」）之檢查；同樣地，讀者由「象」而「意」地作逆向（「多、二、一（0）」）鑑賞（批評）的同時，也會一再由「意」而「象」地如作者在作順向（「（0）一、二、多」）之揣摩。這樣順逆互動、循環而提升，形成螺旋結構，而最後臻於至善，自然使得「創作」（寫）與「鑑賞」（讀）合為一軌了。

由此看來，辭章在聯想、想像互動之作用下，確實離不開「意象」之形成、表現與其組織，此即「多」；而藉「形象思維」（陰柔）與「邏輯思維」（陽剛）帶動「綜合思維」（柔中寓剛、剛中寓柔），在聯想、想像互動之作用下加以統合，此即「二」；並由此而凸顯出一篇主旨與風格來，此即「一（0）」。辭章的這種系統或結構，由意象與聯想、想像之互動而形成，這就如同一棵樹之合其樹幹與枝葉而成整個形體、姿態與韻味一樣，是密不可分的；也由此可見「辭章分析」與「意象（思維）系統」不可分之關係。

三、意象（思維）系統與科際整合

依據上文歸本於「語文能力」與「意象系統」之探討，辭章之分析，除涉及了辭章學中的詞彙學、修辭學、文法學、章法學、主題學與風格學之外，又主要牽扯了心理學、邏輯學、寫作學、閱讀學、意象學與層次邏輯學（多、二、一〔0〕螺旋

結構）等。其間不但參酌了心理學之研究成果，將語文能力概分為一般、特殊與綜合三層，並用格式塔心理學派「異質同構」說，以連結「意」（心理場）與「象」（物理場）；又參酌了意象學、邏輯學之最新研究，建構層層疊疊之意象（思維）系統；而且參酌了西洋「雙螺旋結構」之說[10]，確認「多、二、一〔0〕螺旋結構」，推衍出互動、循環、提升之層次邏輯系統[11]；更參酌了「風格中剛柔成分」之最新研究，嘗試將辭章風格中的「剛柔成分」作定量分析。在這些「科際整合」結晶當中，在此特舉格式塔「異質同構」說、風格中「剛柔成分之量化」與「多、二、一〔0〕螺旋結構」為例作進一步說明，以見一斑。

　　首先以格式塔「異質同構」說來說，是可藉以這種意與象之互動關係的。這一派學者認為：審美體驗就是對象的表現性及其力的結構（外在世界：象），與人的神經系統中相同的力的結構（內在世界：意）的同型契合。由於事物表現性的基礎在於力的結構，「所以一塊突兀的峭石、一株搖曳的垂柳、一抹燦爛的夕陽餘暉、一片飄零的落葉……都可以和人體具有同樣的表現性，在藝術家的眼裡也都具有和人體同樣的表現價值，有時甚至比人體還更有用。」[12] 基於此，魯道夫・安海姆（Rudolf Amheim）提出了「藝術品的力的結構與人類情感的結構是同構」

---

[10] 約翰・格里賓著、方玉珍等譯《雙螺旋探密 — 量子物理學與生命》（上海：上海科技教育出版社，2001 年 7 月），頁 271-318。

[11] 陳滿銘《多二一（0）螺旋結構論 — 以哲學、文學、美學為研究範圍》（臺北：文津出版社，2007 年 1 月初版），頁 1-298。

[12] 蔣孔陽、朱立元主編《西洋美學通史》第六卷（上海：上海文藝出版社，1999 年 11 月一版一刷），頁 714。

之論點，以為推動我們自己情感活動起來的力，與那些作用於整個宇宙的普遍性的力，實際上是同一種力。他說：「我們自己心中生起的諸力，只不過是在遍宇宙之內同樣活動的諸力之個人的例子罷了」[13]也就是說：現實世界存在之本質乃一種力，它統合著客觀存在之「物理力」與主觀世界的「心理力」，在審美過程中，這種力使人類知覺搬演中介的角色，將作品中之「物理力」與人類情感的「心理力」因「同構」而結合為一。

對此，李澤厚在〈審美與形式感〉一文中說：

> 不僅是物質材料（聲、色、形等等）與視聽感官的聯繫，而更重要的是它們與人的運動感官的聯繫。……格式塔心理學家則把這種現象歸結為外在世界的力（物理）與內在世界的力（心理）在形式結構上的「同形同構」，或者說是「異質同構」，就是說質料雖異而形式結構相同，它們在大腦中所激起的電脈衝相同，所以才主客協調，物我同一，外在對象與內在情感合拍一致，從而在相映對的對稱、均衡、節奏、韻律、秩序、和諧……中，產生美感愉快。[14]

而歐陽周、顧建華、宋凡聖等在《美學新編》中也指出：

> 完形心理學美學依據「場」的概念去解釋「力」的樣

---

[13] 安海姆著、李長俊譯《藝術與視知覺心理學》（臺北：雄師圖書公司，1982 年 9 月再版），頁 444。

[14] 李澤厚〈審美與形式感〉，《李澤厚哲學美學文選》（臺北：谷風出版社，1987 年 5 月初版），頁 503-50。

式在審美知覺中的形成，並從中引申出了著名的「同形論」或稱為「異質同構」的理論。……在安海姆看來，自然物雖有不同的形狀，但都是「物理力作用之後留下的痕跡」。……總之，世界上的一切事物，其基本結構最後都可歸結為「力的圖式」。正是在這種「異質同構」的作用下，人們才在外部事物和藝術作品中，直接感受到某種「活力」、「生命」、「運動」和「動態平衡」等性質。……所以，事物的形體結構和運動本身就包含著情感的表現，具有審美的意義。[15]

他們這把「意」與「象」之所以形成、趨於統一，而產生美感的原因、過程與結果，都簡要地交代清楚了。這樣以「構」來連結「意」與「象」，顯然比起比興說、移情說或投射說來，要圓滿得多。

以上舉白居易〈長相思〉之意象形成而言，它主要用「水流」、「山點點」、「月明」、「人樓」等，先後形成個別意象，而以「悠悠」之「恨」來統合它們，也就是以「悠悠」（不斷）為「構」，來連結「水」之「流、流」（不斷）與「山」之「點點」（不斷）產生，「異質同構」之莫大效果。這種「構」用簡圖表示如下：

---

[15] 歐陽周、顧建華、宋凡聖等《美學新編》（杭州：浙江大學出版社，2001 年 5 月一版九刷），頁 25。

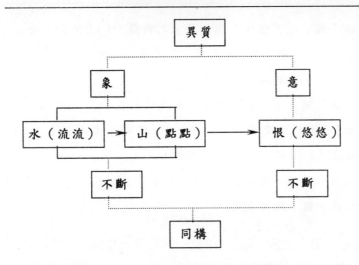

而所謂「異質同構」，用的就是格式塔心理學派之理論。

其次以風格中「剛柔成分之量化」來說，它是可依據幾種相關因素（如陰陽二元、移位、轉位、對比、調和、結構層級、核心結構……等 [16]）所形成之「勢」[17] 的大小強弱，約略地推算出一篇辭章剛柔成分之比例來的。大抵而言，據各相關因素加以推定：

1. 判定各二元結構類型之陰陽，以起始者取「勢」之數為「1」（倍）、終末者取「勢」之數為「2」（倍）。

2. 將「調和」者取「勢」數為「1」（倍）、「對比」者取「勢」之數為「2」（倍）。

---

[16] 陳滿銘《章法學綜論》（臺北：萬卷樓圖書公司，2003 年 6 月初版），頁 298-326。

[17] 陰陽流動可造成「勢」（力度）之變化，見涂光社《因動成勢》（南昌：百花洲文藝出版社，2001 年 10 月一版一刷），頁 256-265。

3. 將「順」之「移位」取「勢」之數爲「1」（倍）、「逆」
   之「移位」取「勢」之數爲「2」（倍）、「轉位」之「拗」
   取「勢」之數爲「3」（倍）。

4. 將處「底層」者取「勢」之數爲「1」（倍）、「上一層」
   者取「勢」之數爲「2」（倍）、「上二層」者取「勢」之
   數爲「3」（倍）……以此類推。

5. 以核心結構一層所形成「勢」之數爲最高，過此則「勢」
   之數（倍）逐層遞降。

　　雖然這些「勢」之數（倍），由於一面是出自推測，一面又為
了便於計算，因此其精確度顯然是不足的，卻也已約略可藉以
推測出一篇辭章剛柔成分之比例來。而且可由這種剛柔成分比
例之高低，大概分為三等：（甲）首先為純剛或純柔：其「勢」
之數為「66.66 → 71.43 」；（乙）其次為偏剛或偏柔：其「勢」
之數為「54.78 → 66.65 」；（丙）又其次為剛柔互濟：其「勢」
之數為「45.23→54.77」。其中「71.43」是由轉位結構的陰陽之
比例「5/7」推得，這可說是陰陽之比例之上限；而「66.66」是
由移位結構的陰陽之比例「2/3」推得，這可說是陰陽之比例之
中限；至於「45.23」與「54.77」是以「50」為準，用上限與中
限之差數「4.77」上下增損推得。如果取整數並稍作調整，則
可以是：

　　1.純剛、純柔者，其「勢」之數為「 65　→　72 」。

　　2.偏剛、偏柔者，其「勢」之數為「 55　→　65 」。

　　3.剛、柔互濟者，其「勢」之數為「 45　→　55 」。

如此雖病粗糙,但已可初步為姚鼐「夫陰陽剛柔,其本二端,造萬物者糅而氣有多寡、進絀,則,於不可窮,萬物生焉」的說法,作較具體的印證[18]。

以上舉白居易〈長相思〉詞而言,其風格中的剛柔成分,可分層量化如下表:

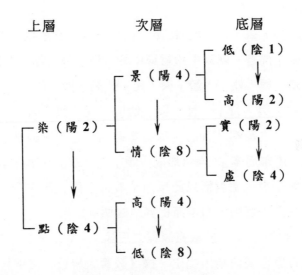

由此圖可知,此詞含三層結構:底層以「先低後高(順)」、「先實後虛」(逆)形成移位結構,其「勢」之數為「陰5陽4」;次層以「先景後情(逆)」、「先高後低(逆)」形成移位結構,其「勢」之數為「陰16陽8」;上層以「先染後點(逆)」形成移位結構,其「勢」之數為「陰4陽2」;這樣累積成篇,其「勢」

[18] 陳滿銘〈章法風格論 — 以「多、二、一(0)」結構作考察〉,同注5。又見陳滿銘〈論東坡清俊詞中剛柔成分之量化〉(畢節:《貴州畢節師範高等專科學校學報》22卷1期,2004年9月),頁11-18。

-17-

之數的總和為「陰 25 陽 14」，如換算成百分比（四捨五入），則為「陰 64 陽 36」，乃接近「純陰」的作品。這樣，顯然已初步能為此詞充分地將「恨悠悠」之一篇主旨與「音調諧婉，流美如珠」這種接近「純陰」之風格凸顯出來，使人領會到它的美，在「自由心證」或「直覺」之外，提供「有理可說」之一些空間。

然後以「多、二、一（0）螺旋結構」來說，它最根源的，莫過於「本末」問題。就以中國哲學中的「理」與「氣」、「有」與「無」、「道」與「器」、「體」與「用」、「動」與「靜」、「一」與「兩」、「知」與「行」、「性」與「情」、「天」與「人」……等「陰陽二元」之範疇[19]而言，即有本有末。它們無論是「由本而末」或「由末而本」，均可形成「順」或「逆」的單向本末結構。而一般學者也都習慣以此單向來看待它們，卻往往忽略了它們所形成之「互動、循環而提昇」的螺旋結構。

而所謂「螺旋」，本用於教育課程之理論上，早在十七世紀，即由捷克教育家夸美紐斯所提出，據《教育大辭典》之解釋，所謂「螺旋式課程（spiral curriculum）」乃「圓周式教材排列的發展」、「逐步擴大和加深」[20]，這和《簡明國際教育百科全書》所作「循環、往復、螺旋式提高」之解釋[21]，是一致的。

---

[19] 葛榮晉《中國哲學範疇導論》（臺北：萬卷樓圖書公司，1993 年 4 月初版一刷），頁 1-650。

[20] 顧明遠主編《教育大辭典》（上海：上海教育出版社，1990 年 6 月一版一刷），頁 276。

[21] 許建鉞編譯《簡明國際教育百科全書》（北京：新華書局北京發行所，1991 年 6 月一版一刷），頁 611。

可見「螺旋」就是「互動、循環而提昇」的意思。其作用可用下列簡圖來表示：

二元 → 互動 → 循環 → 提升

這是著眼於「陰陽二元」，即「二」來說的，若以此「二」為基礎，徹上於「一（0）」、徹下於「多」，則成為「多」、「二」、「一（0）」之系統。如此，「螺旋結構」之體系就一個層面而言，可用下圖來表示：

動能 ←→ 二元 → 互動 → 循環 → 提升 ←→ 完成
│ │ │ │
（「（0）一」）←———→ （「二」）←———→ （「多」）

又如果再依其順、逆向，將「多」、「二」、「一（0）」加以拆解，則可呈現如下列兩式：

一、順向：「（0）一」———→「二」———→「多」

二、逆向：「多」———→ 「二」———→「一（0）」

而這兩式是可以不斷地彼此循環而銜接而提升，而形成層層螺旋結構，以體現宇宙人生生生不息之生命力的。

很值得注意的是：相對於人文，近年科技界亦發現生命之「基因」和「DNA」等都呈現雙螺旋結構，約翰·格里賓著、方玉珍等譯《雙螺旋探密——量子物理學與生命》以為：

生命分子是雙螺旋這一發現為分子生物學揭開了新的一

頁，而不是標誌著它的結束。但在我們以雙螺旋發現為基礎去進一步理解世界之前，如果能有實驗證明雙螺旋複製的本質，那麼關於雙螺旋的故事就會更加完美了。[22]

對這種「雙螺旋結構」，歐陽周、顧建華、宋凡聖等編《美學新編》也說：

> 從微觀看，由於近代物理學與生物學、化學、數學、醫學等的相互交叉和滲透，對分子、原子和各種基本粒子的研究更加深入，並取得一系列的成果。……特別要指出的是，DNA分子的雙螺旋結構模式，體現了自然美的規律：兩條互補的細長的核苷酸鏈，彼此以一定的空間距離，在同一軸上互相盤旋起來，很像一個扭曲起來的梯子。由於每條核苷酸鏈的內側是扁平的盤狀鹼基，當兩個相連的互補鹼基 A 連著 P，G 連著 C 時，宛若一級一級的梯子橫檔，排列整齊而美觀，十分奇妙。[23]

這樣，對應於「多」、「二」、「一（0）」螺旋結構來看，所謂「宛若一級一級的梯子橫檔」，該是「二」產生作用的整個歷程與結果，亦即「多」；所謂「當兩個相連的互補鹼基 A 連著 P，G 連著 C」，該是「二」；而 DNA 本身的質性與動力，則該為「一（0）」。至於所謂「兩條互補的細長的核苷酸鏈，彼此以一定的空間距離，在同一軸上互相盤旋起來」，該是一順一逆、一陰一陽的螺

---

[22] 約翰‧格里賓著、方玉珍等譯《雙螺旋探密——量子物理學與生命》，同注 10，頁 225。
[23] 歐陽周、顧建華、宋凡聖等編《美學新編》，同注 15，頁 303。

旋結構。如果這種解釋合理，那麼，從極「微觀」（小到最小）到極「宏觀」（大到最大），都可由一順一逆的「多」、「二」、「一（0）」雙螺旋結構加以層層組織，以體現自然「真、善、美」之規律[24]。

可見人文與科技雖然各自「求異」，而有不同之內容，但所謂「萬變不離其宗」，在「求同」上，不無「殊途同歸」的可能。如果是這樣，則「多」、「二」、「一（0）」螺旋結構之「原始性」與「普遍性」，就值得大家共同重視了。如果這種「多」、「二」、「一（0）」螺旋結構，落在辭章上來看，則其中「意象」（個別）、「詞彙」、「修辭」、「文（語）法」、「章法」是「多」，「形象思維」與「邏輯思維」為「二」，「主題」（含整體「意象」）、「文體」、「風格」為「一（0）」。又落到章法上來說，則所有主結構以外的其他結構，都屬於「多」；而核心結構所形成之「二元對待」，自成陰與陽而「相反相成」，以徹下徹上，形成結構之「調和性」（陰）與「對比性」（陽）的，是屬於「二」；至於辭章之「主旨」或由「統一」所形成之風格、韻味、氣象、境界等，則屬於「一（0）」。

這樣來看待上舉白居易之〈長相思〉詞，它的「多」、「二」、「一（0）」結構表可呈現如下：

---

[24] 陳滿銘〈論「真」、「善」、「美」的螺旋結構 — 以章法「多」、「二」、「一（0）」結構作對應考察〉（臺北：臺灣師大《中國學術年刊》27 期，2005 年 3 月），頁 151-188。

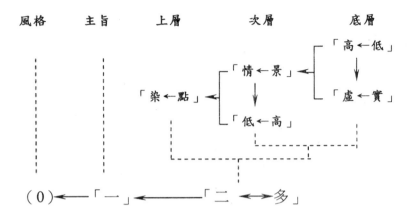

如此以「多、二、一（0）螺旋結構」呈現，由「點染」、「虛實」各一疊與「高低」二疊所形成之移位性結構，可視為「多」，以呈現客體之「美」；由「情景」自為陰陽徹下徹上所形成之調和性結構，可視為關鍵性之「二」，藉以統括輔助性結構，形成一篇規律，以呈現「善」；而由此呈現一篇主旨與風格，則可視為「一（0）」，以呈現「真」（含主體之美感）。這樣對作品之整體掌握與瞭解而言，是大有幫助的。

　　雖然上舉三例，一偏於意與象之連結、一偏於風格、一偏於多、二、一（0）螺旋結構，不足以完全反映整個「意象（思維）系統」，卻已可以「以偏概全」，看出它們與「科際整合」之間的密切關係。

四、結語

　　綜上所述，可知透過辭章之分析，可藉科際整合，將各種能力用「思維力」「一以貫之」而形成「多、二、一（0）」螺旋結構」，這是可用「閱讀」與「寫作」之互動加以印證的。如以這種「科學化之研究」來看待，「寫作」與「閱讀」兩者，可說互動而不能分割，而「創造力」（舊意象 → 新意象）在「思維力」之推動下，就將「意象（思維）系統」由「隱」而「顯」地表現出來了。這樣歸本於語文能力，來探討它與「意象（思維）系統」的密切關係，以梳理其「層次邏輯系統」[25]，是最能呈現辭章研究之成果的，而且也可從中看出「科際整合」在辭章分析上之必要性。這樣在「自覺」、「自由心證」與「經驗」之外，藉「科際整合」來進行辭章分析，以拓展「有理可說」的空間，相信對獲致「推陳出新」之成果而言，是會有相當助益的。

引用文獻

仇小屏《限制式寫作之理論與應用》，臺北：萬卷樓圖書公司，
　　2005 年 10 月初版。

安海姆著、李長俊譯《藝術與視知覺心理學》，臺北：雄師圖書
　　公司，1982 年 9 月再版。

李澤厚《李澤厚哲學美學文選》，臺北：谷風出版社，1987 年 5

---

[25] 陳滿銘〈層次邏輯系統論 — 以哲學與章法作對應考察〉（渤海：《渤海大學學報‧哲學社會科學版》27 卷 6 期，2005 年 11 月），頁 1-7。

月初版。

約翰‧格里賓著、方玉珍等譯《雙螺旋探密 — 量子物理學與生命》，上海：上海科技教育出版社，2001 年 7 月。

涂光社《因動成勢》，南昌：百花洲文藝出版社，2001 年 10 月一版一刷。

許建鉞編譯《簡明國際教育百科全書》，北京：新華書局北京發行所，1991 年 6 月一版一刷。

陳邦炎主編《詞林觀止》，上海：上海古籍出版社，1994 年 4 月一版一刷。

陳滿銘〈論幾種特殊的章法〉，臺北：臺灣師大《國文學報》31 期，2002 年 6 月，頁 181-187。

陳滿銘《章法學綜論》，臺北：萬卷樓圖書公司，2003 年 6 月初版。

陳滿銘〈辭章章法「多、二、一（0）」的核心結構〉，阜陽：《阜陽師範學院學報》總 9 期，2003 年 11 月，頁 1-5。

陳滿銘〈論東坡清俊詞中剛柔成分之量化〉，畢節：《貴州畢節師範高等專科學校學報》22 卷 1 期，2004 年 9 月，頁 11-18。

陳滿銘〈論「真」、「善」、「美」的螺旋結構 — 以章法「多」、「二」、「一（0）」結構作對應考察〉，臺北：臺灣師大《中國學術年刊》27 期，2005 年 3 月，頁 151-188。

陳滿銘〈辭章意象論〉，臺北：臺灣師大《師大學報‧人文與社會類》50 卷 1 期，2005 年 4 月，頁 17-39。

陳滿銘〈章法風格論 — 以「多、二、一（0）」結構作考察〉，

臺南：《成大中文學報》12 期，2005 年 7 月，頁 147-164。

陳滿銘〈層次邏輯系統論 － 以哲學與章法作對應考察〉，渤海：《渤海大學學報‧哲學社會科學版》27 卷 6 期，2005 年 11 月，頁 1-7。

陳滿銘〈論辭章意象之形成 － 據格式塔「異質同構」說加以推衍〉，高雄：中山大學《文與哲》學報 8 期，2006 年 6 月，頁 475-492。

陳滿銘《多二一（0）螺旋結構論 － 以哲學、文學、美學為研究範圍》，臺北：文津出版社，2007 年 1 月初版。

陳滿銘〈層次邏輯與意象〔思維〕系統 － 以「多」、「二」、「一（0）」螺旋結構作對綜合考察〉，臺北：臺灣師大《中國學術年刊》30 期，2008 年 3 月，頁 255-276。

葛榮晉《中國哲學範疇導論》，臺北：萬卷樓圖書公司，1993 年 4 月初版一刷。

趙仁圭、李建英、杜媛萍《唐五代詞三百首譯析》，長春：吉林文史出版社，1997 年 1 月一版一刷。

歐陽周、顧建華、宋凡聖等《美學新編》，杭州：浙江大學出版社，2001 年 5 月一版九刷。

蔣孔陽、朱立元主編《西洋美學通史》，上海：上海文藝出版社，1999 年 11 月一版一刷。

顧明遠主編《教育大辭典》，上海：上海教育出版社，1990 年 6 月一版一刷。

《文心雕龍》章法論

曾祥芹

河南師範大學教授

一、前言

　　章法論是關於文章結構的理論，屬於文章學的有機組成部分。劉勰的《文心雕龍》是一部古代文章學專著，書中雖然沒有提出「章法」的概念，但他關於文章結構的理論卻明顯地存在著。可惜，章法論在《文心雕龍》的理論體系中所占的重要地位，至今沒有得到足夠的闡釋和評價。郭晉稀說：「《熔裁》是探討熔意和裁辭的。」（見《文心雕龍注譯》408頁）。詹瑛把《章句》列入「修辭學」（見《劉勰與《文心雕龍》76頁）。牟世金說：「《附會》近於所謂篇章結構問題。」（見《文心雕龍譯注》88頁）周振甫寬泛地說：「《附會》跟《熔裁》《章句》三篇都是講文章作法的。」（見《文心雕龍注釋》466頁）賈樹新專論《文心雕龍》的理論體系，只把《熔裁》《章句》《附會》三篇歸入「表現方法」的一個方面。（見《四平師院學報》1983年第2期28頁）王元化的《文心雕

龍創作論》排出「八說」，只有「雜而不越」說論及結
構。（見該書 203 頁）除《熔裁》《章句》《附會》三篇
以外，《文心雕龍》中還有哪些篇論「章法」，更未系統
清理。本文試圖從理論和實踐兩方面探討《文心雕龍》
的章法論，我想，其意義並不亞于探討《文心雕龍》的
文體論、風格論和修辭論。

二、《文心雕龍》的章法理論

劉勰的「章法論」是放在「創作論」裏面來談的。
集中談章法的有《熔裁》《章句》《附會》三篇。黃侃精
闢地指出，三篇「相備」，應當「合觀」。（見《文心雕
龍箚記》206、144 頁）分散談章法的至少有《總術》《神
思》《通變》諸篇。其餘幾十篇中，也有涉及章法的章
句。如果把全書有關章法的論述系統清理出來，相當可
觀。

作為創作論的總結——《總術》篇，著重講了研究
章法的重要性。劉勰把「研術」與「練辭」對舉，感歎
六朝文風「多欲練辭，莫肯研術」。他指責過去的文論
「各照隅隙，鮮觀衢路」，只顧一角一點，少看通衢大
路；並批評陸機《文賦》「泛論纖悉，實體未該」。為了
救弊，他提出：「文場筆苑，有術有門。先務大體，鑒
必窮源。」這就是說，「研術」重於「練辭」，為文「先

務大體」。劉勰所說的「術」，適應「文」「筆」兩體。「術」固然泛指創作方法或寫作技巧，但是「術」包括「章法」是肯定無疑的。細讀《總術》篇，劉勰重點闡述的是「馭篇」「斷章」之「術「」；「前驅」「後援」是上下文的銜接問題；「少接」「多刪」是文章的繁簡問題；「按部整伍，以待情會」，講文章要按邏輯安排層次，使上下文情自然會合；「因時順機，動不失正」，講寫作要順應文思泉湧的時機，行文不可越出思路的正軌。這些無一不是章法。「執術馭篇，似善弈之窮數；棄術任心，如博塞之邀遇。」劉勰用「棋師全局在胸」和「賭徒圖碰運氣」兩個比喻，對比說明執術之得和棄術之失，指出下筆前能否胸有成竹，攸關文章的「研蚩」。只有掌握了「馭篇」「斷章」的功夫，作品才能達到「視之則錦繪，聽之則絲簧，味之則甘腴，佩之則芬芳」的理想境界。

　　作為創作論的總綱──《神思》篇，明確指出了構思謀篇的大前提。劉勰認為，篇章的功用在於「規矩虛位，刻鏤無形」。結構文章不就是給思想以規矩，把無形納入有形嗎？構思和外物、和語言，關係密切。「思理為妙，神與物遊」，「物沿耳目，而辭令管其樞機。」構思的奇妙，使得精神和外物交接；外物靠耳目來接觸，而語言又是刻畫外物的表達手段。所以，要想「結慮司契，垂帷制勝」，必須具備四個先決條件：「積學以儲寶，酌理以富才，研閱以窮照，馴致以繹辭。」這就是說，要積累學識來儲蓄資料，明辨道理來豐富才能，

觀察外物來透視事理，順著文思來放言遣辭。用現代語講，既有間接知識，又有直接經驗，既有思想鍛煉，又有語文修養，一句話，文章所需的觀點、材料、語言都有了充分準備，才談得上構思謀篇。劉勰斷言：「此蓋馭文之首術，謀篇之大端。」請注意，這是章法的頭一條。

在《熔裁》篇裏，劉勰主要論述了命意謀篇的三個準則。「草創鴻筆，先標三准：履端於始，則設情以位體；舉正於中，則酌事以取類；歸余於終，則撮辭以舉要。」「草創鴻筆」指的是起草大的文章。「先標三准」說的是「思緒初發」即進入創作構思之後到初步成篇時的三大步驟和準則。「履端於始」「舉正於中」「歸余於終」，雖然不是指一篇文章的開頭、中間、結尾，但卻是創作過程的三個步驟。它既是「熔意」的三準則，又是「謀篇」的三準則。所謂「設情」即立意，所謂「酌事」即選材，所謂「舉要」即亮旨，三者均為「熔意」。而且「舉要」必切所酌之事，「酌事」必類所設之情，三步先後有序。所謂「位體」即佈局。「體」不能狹隘地理解為「體裁」「風格」，還應該理解為「體式」「格局」。「位體」就是給「情理設位」，既定體裁，又立格局。所謂「取類」即組材。就是取相類的事義來組合，使事義在一篇作品之內彼此協調，互不矛盾。所謂「撮辭」即安章。它不是一般的用詞造句，而是提煉「秀句」，審一篇之警策應置何處。這和陸機說的「立片言而居要」

是一個意思。三者均為「謀篇」。而且「撮辭」必合「取類」，「取類」必符「位體」，三步不可顛倒。「先標三準」說一方面指出「熔意」決定「謀篇」，另一方面闡明「謀篇」為了「熔意」。劉勰講的「裁辭」，不止是「討字句」，而且包括「裁篇章」。「然後舒華布實，獻替節文，繩墨以外，美材既斫，故能首尾圜合，條貫統序。」這裏講在初步成篇之後刪削的功夫。修改文章時，要先「裁篇章」，後「討字句」，「裁篇章」是最大的一種「裁辭」功夫。

在《章句》篇裏，劉勰揭示了篇章的性質，闡明了組章成篇的原則。「章」是什麼？「設情有宅」，「宅情曰章」，「章者，明也」，「明情者，總義以包體」。安頓情意要有合適的處所，寄託情意的處所叫做「章」；「章」是明白的意思，說明情意的「章」，就是把一定的意義綜合成一個整體。「章」的含義如此，「篇」的含義不言而喻。《原道》篇裏講過類似的話：「心生而言立，言立而文明」，「形立則文生，聲發則章成」。原來，篇章不過是安排思想感情即文章內容的語言單位。「夫人之立言，因字而生句，積句而成章，積章而成篇。篇之彪炳，章無疵也；章之明靡，句無玷也；句之清英，字不妄也；振本而末從，知一而萬畢矣。」劉勰抓住了漢語的組合規律，認識到字、句、章、篇是由小到大、由簡到繁的四級言語單位，篇章無非是語言的大結構。漢代王充早說過：「文字有意以立句，句有數而連章，章有體而成

篇。」（《論衡・正說篇》）劉勰繼承並發展了漢人的章句之學，進一步指明，字句乃篇章之「本」，即章法要以語法作為基礎。怎樣安排成篇？劉勰著重提出兩條：第一，「控引情理，送迎際會」。由於「章總一義，須意窮而成體」，因此，安排章節要掌握文章的情理，或放開，或接住，都要切合命意。「譬舞容回環，而有綴兆之位。」好比舞蹈時的迴旋，要保持一定的行列和位置。第二，「裁章貴於順序」。因為「事乖其次，則飄寓而不安。」敘事如果違反了順序，就像飄泊在外，很不安定。所以，言之有序是章法的要領。

在《附會》篇裏，劉勰解釋了結構的含義，概括了「彌綸一篇」的總則。清人紀昀評得中肯：「附會者，首尾一貫，使通篇相附而會於一，即後來所謂章法也。」此篇開宗明義，給「附會」即結構下了定義：何謂附會？謂「總文理，統首尾，定與奪，合涯際，彌綸一篇，使雜而不越者也。若築室之須基構，裁衣之待縫緝矣。」文章結構好像建築房子要打好地基，豎起屋架，剪裁衣裳有待細針密縫。這個比喻非常貼切，為後代文人論章法所沿用。上面的定義指出了結構的四項具體內容：「總文理」，綜合全篇佈局，使其條理井然；「統首尾」，聯結開頭結尾，使其脈絡貫通；「定與奪」，決定何留何去，使其重點突出；「合涯際」，融合各個部分，使其天衣無縫。結構之法，有分有合。「總文理」，「定與奪」，指結構的佈局和剪裁，屬於「分」的功夫；「統首尾」，「合

涯際」，指結構的脈絡和針線，屬於「合」的技巧。「分」與「合」的對立統一，則形成篇章結構的完整含義。

「彌綸一篇」的總則是「雜而不越」。意即「博而能一」（《神思》），使作品達到雜多和單一的高度結合，部分與整體的有機統一。為了貫徹這項總則，劉勰提出三條分則：一、「正體制」。文章似人體，「必以情志為神明，事義為骨髓，辭采為肌膚，宮商為聲氣」。其中「情志」「事義」居統帥地位，「辭采」「宮商」居從屬地位。認清文章中各因素的主次關係，方能在內容決定形式的原則下去安排結構，「斯綴思之恆數也」。二、「總綱領」。「凡大體文章，類多枝派，整派者依源，理枝者循幹。是以附辭會義，務總綱領，驅萬塗於同歸，貞百慮於一致，使眾理雖繁，而無倒置之乖，群言雖多，而無棼絲之亂。」「貫一為拯亂之藥」。（《神思》）「乘一總萬，舉要治繁。」（《總術》）「一轂統輻」，「此附會之術也」。三、「學具美」。即追求整體美。安排結構要全局在胸，大處著眼，不能因小失大。「夫畫者謹髮而易貌，射者儀毫而失牆，銳精細巧，必疏體統。故宜拙寸以信尺，枉尺以直尋，棄偏善之巧，學具美之績：此命篇之經略也。」

《通變》篇在創作論的二十篇裏，與《總術》《神思》篇一樣，具有匯總的性質，大家公認是講文章內容和形式的繼承和革新的。但《通變》主要是講形式技巧的通變；在講形式技巧的通變時，又十分明顯地講了文

章結構的通變。「是以規略文統，宜宏大體。先博覽以
精閱，總綱紀而攝契；然後拓衢路，置關鍵，長轡遠馭，
從容安節，憑情以會通，負氣以適變。」這裏說的「規
略文統」，「總綱紀」、「拓衢路」、「置關鍵」、「從容安
節」，都應視為結構安排上的「通變之術」。「設文之體
有常，變文之數無方」。「文律運周，日新其業。變則可
久，通則不乏。」「望今制奇，參古定法」。這些通變之
理都適應于章法。在《時序》、《物色》、《辨騷》、《熔裁》、
《章句》、《附會》等篇中，反復強調了通變的重要，不
但說明了通變的方法（通中求變，變中求通），而且指
出了通變的原因（時變物變決定文變）。把「通變」列
為結構文章的法則，是劉勰對章法論的重要貢獻。明清
八股文之弊，就在於拋棄了「通變」這條文律。

綜合《文心雕龍》各篇對章法的論述，還可以看出
劉勰關於文章結構的一系列具體要求：

首尾相援，左右相瞰。全書多處提及文章的開頭和
結尾：「首尾圓合」（《總術》）；「始末相承」（《定勢》）；
「條理首尾」（《章表》）；「明白頭訖之序」（《史傳》）；「序
以建言，首引情本；亂以理篇，寫送文勢。」（《詮賦》）
《附會》篇講得較為突出，要做到「首尾周密」，必須
「制首以通尾」，「首唱榮華」；「絕筆斷章，譬乘舟之振
楫」，「克終底績，寄深寫遠」。「惟首尾相援，則附會之
體，固亦無以加於此矣。」文章的中間部分是結構的主
體，往往「按部整伍」，縱分前後，橫分左右。「善弈之

文」必須「前驅」「後援」（《總術》）；「篇章戶牖，左右相瞰」（《熔裁》），駢文結構尤其講究「自然成對」（《麗辭》）。

　　繁略相宜，顯隱相配。《征聖》篇提出：「文成規矩，思合符契。或簡言以達旨，或博文以該情，或明理以立體，或隱義以藏用。」「繁略特製，隱顯異術，抑引隨時，變通適會。」這裏說的繁、略、顯、隱，不單指修辭手法（見周振甫《文心雕龍注釋》16 頁）或表現方法（見張長青、張會恩《文心雕龍詮釋》19 頁），而且指章法。詳略得當，顯隱得體，屬於謀篇佈局的要求。文章成於規矩，思想合乎實際，必須正確處理繁、略、顯、隱問題。四個「或」，表示「簡言」「博文」「明理」「隱義」要用於各自適宜的場合；「抑引隨時，變通適會」八個字指出文章繁、略、顯、隱要隨具體情況而定。繁是為了求顯，略是為了求隱。《熔裁》篇提出「善敷」和「善刪」，申述了「繁略」說。「思贍者善敷，才核者善刪。善刪者字去而意留，善敷者辭殊而義顯。」好的繁簡取決於內容表達的需要，該繁則繁，該簡則簡。《隱秀》篇提出「隱篇」和「秀句」，申述了「顯隱」說。「隱也者，文外之重旨者也；秀也者，篇中之獨拔者也。隱以複意為工，秀以卓絕為巧。」《附會》篇把「扶陽而出條，順陰而藏跡」視為「附會之術」。尤其是提煉篇中「秀句」，即後來所說的設「文眼」，乃文章佈局的定點，對結構起著支配、統攝的作用。

　　章句相接，義脈相通。《章句》篇指出：「章句在篇，如繭之抽緒，原始要終，體必鱗次。啟行之辭，逆萌中篇之意，絕筆之言，追媵前句之旨；故能外文綺交，內義脈注，跗萼相銜，首尾一體。」這段話是貫徹「統首尾」「合涯際」的具體要求。「外文綺交」指語言形式的外部銜接，句與句、章與章之間，要像綺紋那樣交錯；「內義脈注」指思想內容的內在聯繫，從開頭到中間，再到結尾，要像脈絡那樣貫通。「若統緒失宗，辭味必亂；義脈不流，則偏枯文體。」（《附會》）倘若安章宅句失去主宰，文章的意味一定紊亂；意義的脈絡不貫通，那麼文體就像半身陷於癱瘓。所以，寫作是「因內而符外」（《體性》），「義脈」起主導作用。《才略》篇提出「文氣」說，強調文章的「氣勢」；《風骨》篇講「綴慮裁篇，務盈守氣」；《養氣》篇講「清和其心，調暢其氣」：都是為了疏通義脈。章句和義脈是互為表裏共同組成文章結構的。

　　經緯相織，華實相勝。《情采》篇說：「情者文之經，辭者理之緯；經正而後緯成，理定而後辭暢：此立文之本源也。」情理是文章的經線，文辭是情理的緯線；經線端正了，緯線才能織上去，情理確定了，文辭才能暢達；這是寫作的根本。結構文章，正如織綜，情理和文辭的結合，內容和形式的統一，就像經緯相織，必須先經後緯，以緯配經，經正而後緯成。這也是章法的根本。《征聖》篇提出「銜華而佩實」的觀點，聲明「志足而

言文，情信而辭巧」的寫作的金科玉律。《辨騷》篇講「玩華而不墜其實」;《章表》篇講「華實相勝」;《諸子》篇講「攬華而食實」;《才略》篇講「華實相扶」。無論創作和批評，都要堅持「華」（形式）與「實」（内容）的統一。「銜華佩實」是《文心雕龍》理論體系的核心。因此，如何「舒華布實」（《熔裁》）就成為章法的總課題。

劉勰的章法論，從創作領域貫徹到批評領域。關於文章批評的標準，他在《宗經》裏提出「六義」，其中「體約而不蕪」，屬於結構方面的要求。關於文章批評的方法，他在《知音》中提出「六觀」，其中「一觀位體，二觀置辭，三觀通變」，意即觀察文章的命意佈局、安章合句、會通適變，均指結構形式的分析，應理解為章法方面的「觀文」之「術」。

劉勰的章法論，有它承前啟後、繼往開來的歷史功績。六朝文風，雕章琢句，穿鑿取新，「體情之制日疏，逐文之篇愈盛」。他力主反對形式主義，又精心研究形式，縱論章法，繼承並發展了陸機等人的謀篇術。劉勰的章法論，有三大特色：一是始終從内容決定形式的高度論章法，因而有較高的科學性；二是在綜觀「文」「筆」兩體的基礎上論章法，因而有較廣的適應性；三是強調結構形式的「通」與「變」，因而有較強的生命力。

三、《文心雕龍》的章法藝術

　　《文心雕龍》的篇章結構對於劉勰的章法理論是一個很好的驗證。探討《文心雕龍》的篇章結構，先要弄清兩個問題：第一、章與篇，均有兩義。「章」，一指段落，二指全篇。《章句》裏以段落為章，即所謂「宅情曰章」。「篇」，一指幾個段落組成的完整的文篇，二指合幾篇文章組成的一卷。「篇有大小」。《章句》裏的篇是幾個段落組成的小篇；《序志》裏把《文心雕龍》五十篇文章分為上下兩卷，稱上篇和下篇，這是大篇。第二、結構體系也有兩義。一是著者主觀意圖上的結構體系，二是讀者客觀意義上的結構體系，二者有區別又有聯繫。下面討論《文心雕龍》的篇章結構，主要講大篇（即全書）和大章（即小篇），側重談客觀意義上的結構體系。

　　《文心雕龍》篇章的本來面目已不可考，原書共五十篇，不分卷次，沒有篇序。範文瀾注的《文心雕龍》的卷數和篇次，是流傳的體例結構，不是原書的體例結構。這就給後人留下了重新校正原書篇次的任務。劉勰自己對《文心雕龍》的體例有個具體介紹。《序志》裏說：

　　　蓋文心之作也，本乎道，師乎聖，體乎經，酌乎

緯，變乎騷；文之樞紐，亦雲極矣。若乃論文敘
筆，則囿別區分：原始以表末，釋名以章義，選
文以定篇、數理以舉統。上篇以上，綱領明矣。
至於剖情析采，籠圈條貫：摛神性，圖風氣，苞
會通，閱聲字；崇替于時序，褒貶于才略，怊悵
于知音，耿介於程器；長懷序志，以馭群篇。下
篇以下。毛目顯矣。位理定名，彰乎大衍之數，
其為文用，四十九篇而已。

　　歷來的研究者根據劉勰這段自述，展開了對全書篇
次和體例的討論，於是出現了眾說紛紜，莫衷一是的局
面。爭執的主要點是關於「剖性析采」的邏輯層次。筆
者認為，郭晉稀校正的原書篇次比較好。姑且以此為據
來考察《文心雕龍》的結構藝術。

（一）「總文理」，「按部整伍」

　　《文心雕龍》的第一個賞識者沈約曾嘉許劉勰「深
得文理」。劉勰「自重其文」，也說：「懸識膠理」，「節
文自會」（《附會》），「控引情理，送迎際會」（《章句》）；
「論如析薪，貴能破理」（《論說》），「擘肌分理，唯務
折衷」（《序志》）。這即是說，無論安排結構或者分析結
構，都要「總文理」，「總綱領」。《序志》篇是「以馭群
篇」的綱領，是全書的序論，因為「古人之序皆在後」，
故列在最末。為什麼全書恰好五十篇呢？《附會》中提

出：「棄偏善之巧，學具美之績，此命篇之經略也。」「學具美」，即追求結構的整體美。著者是為了符合《易經》中的「大衍之數」，所以除《序志》外，真正討論文章的，只有四十九篇。

全書五十篇按文理可分幾部分呢？

最早是「十分法」，自《隋書·經籍志》以下，史書著錄均言十卷。宋陳振孫《直齋書錄題解》，晁公武《郡齋讀書志》也都標明「十卷」。這種十卷本流傳至今。但以五篇組成一卷的機械分法，對首五篇、末五篇還可以，對中間四十篇，便將文理割裂得不成體統了。

後來有「兩分法」。清代《四庫全書總目》雲：「其書《原道》以下二十五篇，論文章體制；《神思》以下二十四篇，論文章工拙；合《序志》一篇為五十篇。」「文章體制」與「文章工拙」之分，不符合書中實際。範文瀾《文心雕龍注》基本上也取上下篇之說。兩分法自然有著者自述的根據，但著者將上篇謂之「綱領」，將下篇謂之「毛目」，也不切合書中內容。這說明著者主觀意圖上的結構體系和全書客觀意義上的結構體系不可等同。

現在有「三分法」。王元化認為：「《文心雕龍》一書主要包括了三個部分，即總論、文體論、創作論。」（見《文心雕龍創作論》68頁）這比兩分法進了一步，把「文之樞紐」與「論文敘筆」分開並列，切合書中文理；但把《時序》《才略》《知音》《程器》諸篇列入「剖

情析采」之內，把批評論混入創作論之中，未免雜亂。

近年有「五分法」。周振甫根據劉勰自述，把全書分為五部分：一、「文之樞紐」；二、「論文敘筆」；三、「剖情析采」；四、論時序、才略、知音、程器；五、「長懷序志」。（見《文心雕龍注釋》12頁）這把批評論與創作論分開並列，比三分法又進了一步。不過，為了突出《序志》的「帥位」，把它和《時序》等四篇分開獨立，似乎對著者的結構體例尊重不夠。如果單純以篇的地位去劃分層次，那麼，《總術》應該和《神思》以下十九篇分開獨立；再推下去，各篇的「贊曰」也該獨立城篇。這樣，不符合結構「具美」的要求。

我們取「四分法」。《序志》還是和《時序》《才略》《知音》《程器》合在一起為好，「元帥」殿後並不失其為「元帥」。下面，讓我們「按部整伍」，將五十篇列成隊，以便檢閱。

《文心雕龍》結構體系

第一部分 「文之樞紐」	第二部分 「論文敘筆」	第三部分 「剖情析采」	第四部分 「以馭群篇」
	6.明詩　16.史傳	26.神思　36.聲律	
	7.樂府　17.諸子	27.體性　37.練字	
	8.詮賦　18.論說	28.風骨　38.章句	

	9.頌贊	19.詔策	29.養氣	39.麗辭		
1.原道	10.祝盟	20.檄移	30.附會	40.比興		46.時序
2.征聖	11.銘箴	21.封禪	31.通變	41.誇飾		47.才略
3.宗經	12.誄碑	22.章表	32.事類	42.物色		48.知音
4.正緯	13.哀悼	23.奏啟	33.定勢	43.隱秀		49.程器
5.辨騷	14.雜文	24.議對	34.情采	44.指瑕		50.序志
	15.諧隱	25.書記	35.熔裁	45.總術		
	文體論		綴文論			
文道論						觀文論

上頭關於「文之樞紐」「論文敘筆」「剖情析采」「以馭群篇」，是著述意圖上的結構體系；下頭「文道論」、「文體論」、「綴文論」、「觀文論」，是客觀意義上的結構體系。我們既注意二者的區別，又照顧二者的統一。劉勰「總文理」，「定與奪」，四個部分，各總一義，自有側重。「文道論」講文章的本質，即文與道的關係。前三篇為一組，側重講文之「道」，如《原道》《征聖》《宗經》揭示全書主旨；後兩篇為一組，側重講道之「文」。「文體論」講文章的體裁，即「文」與「筆」兩體。前十篇「論文」，後十篇「敘筆」，比較起來，以「筆」為主。「綴文論」講文章的創作，包括章法、風格、修辭等。前十篇「剖情」，後十篇「析采」，比較起來，以論「文」的創作為主。「觀文論」講文章的批評，包括

文史、文人、文評等，其中以《知音》為主。這正是「裁則蕪穢不生，熔則綱領昭暢」。劉勰是駢文作家，《文心雕龍》是用駢文講理論。駢文不單追求詞句的駢偶，尤其講究「篇章戶牖，左右相睽」（《熔裁》），「自然成對」（《麗辭》）。四分法透出「起、承、轉、合」。「文道論」五篇，「觀文論」五篇，「起」與「合」對稱。「文體論」中，「論文」十篇，「敘筆」十篇；「綴文論」中，「剖情」十篇，「析采」十篇：雙雙彼此對稱。真正是「按部整伍」，縱分前後，橫分左右，「前驅」「後援」，「左右相睽」。無怪乎範文瀾稱讚道：「《文心》之作，科條分明，往古所無。」

（二）「合涯際，彌綸一篇」

首先看各篇之內章與章是怎樣條貫的。

以「文體論」部分為例，凡二十篇，除少數篇章外，每種文體大致分四個步驟來論述：「釋名以章義」，即解釋文體的名稱和意義；「原始以表末」，即追述文體的起源和演變；「選文以定篇」，即評論該體的代表作家和作品；「敷理以舉統」，即說明文體的寫作要求和原則。各篇都貫穿著「史」「評」「論」三結合的思路和方法。如《史傳》篇，第一章講解史傳的含義和起源；第二章評述兩漢魏晉以來的史書；第三章總結編寫史書的理論。其中，「釋名」與「原始」，「選文」與「敷理」是結合起來講的。每篇之末，均以「贊曰」結筆。

其次看各部分之內篇與篇是怎樣銜接的。

以爭論較多的「綴文論」部分為例，凡二十篇，首篇《神思》是創作的總綱。該篇「贊曰：神用象通，情變所孕；物以貌求，心以理應；刻鏤聲律，萌芽比興；結慮司契，垂帷制勝。」這幾句總括群篇。末篇《總術》是綴文的總結。該篇「贊曰：先務大體，鑒必窮源；乘一總萬，舉要治繁。」這幾句指明篇次安排是先「舉要」以「研術」，後「治繁」以「練辭」。從《神思》到《定勢》八篇，側重「剖情」，屬於「先務大體」。《神思》中說：「情數詭雜，體變遷貿」，引出《體性》。《體性》提出八種風格。各種風格要有總的要求，於是講《風骨》。《風骨》中說：「風清骨峻，篇體光華。」要生「風」，「務盈守氣」，「洞曉情變」，於是有《養氣》《通變》；要樹「骨」，必須「附辭會義」，「據事類義」，於是有《附會》《事類》。不同文體要有不同體勢，於是又有《定勢》。接著《情采》《熔裁》兩篇，兼熔情和裁采，屬於「剖情」和「析采」之間的上下過渡。從《聲律》到《指瑕》九篇，側重「析采」，屬於韻律、修辭技巧。聲律「流於字句」，煉字是雕章琢句的基礎，故《煉字》繼《聲律》之後，《章句》繼《練字》之後。《章句》中說：「辭忌失朋」。於是接談《麗辭》，是一連串的積極修辭；《指瑕》放後，因它屬於消極修辭。細考「綴文論」中的二十篇，確乎「條貫統序」，既有條理，又上下連貫，既有系統，又井然有序。

再次看四大部分之間是怎樣過渡的。

《辨騷》是「文道論」和「文體論」的連結點。從論述文章內容過渡到論述文章形式。《辨騷》因為「取熔經意」,「自鑄偉辭」,所以列入「文之樞紐」,成為《宗經》的補篇;同時,「騷」是「文」之一體,出現最早,又成為「論文敘筆」的發端。

《總術》是「文體論」和「綴文論」的連結點。「文體論」分別探討各種文體的實際創作經驗,是為「綴文論」打基礎。《總術》開頭論「文」「筆」之分,正是承接「論文敘筆」轉入「剖情析采」的。《總術》強調「執術馭篇」的重要,可視為「綴文論」的序言。

《時序》是「綴文論」和「觀文論」的連結點。從論述文章寫作過渡到論述文章閱讀。《時序》講「文變染乎世情,興廢繫乎時序」,兼有創作和批評兩方面的內容,但側重文章批評,所以有承上啟下的過渡作用,列為「觀文論」的首篇。

最後看全書首尾之間是怎樣圓合的。

劉勰關於文章結構的要求之一是「首尾圓合」(《總術》),「始末相承」《定勢》),「序以建言,首引情本,亂以理篇,寫送文勢」(《詮賦》)。《序志》篇「贊曰」:「逐物實難,憑性良易」。意思是說,用有盡的人生來追逐無窮的外物實在是困難的,但只要憑著天性去做,倒是十分容易的。「憑性良易」照應首篇《原道》中的「自然之道」,強調創作本于自然,提倡自然美。真可

謂「制首以通尾」(《附會》)。

　　以上從「分」與「合」兩方面討論了《文心雕龍》篇章結構的主要特點,「識在瓶管」,未能盡意。

四、結語

　　總之,《文心雕龍》這部「體大思精」的著作,成功地實踐了劉勰的章法理論。這不僅是一座文章理論的大廈,而且是一座結構藝術的高塔。

論「柳七句法」

曹辛華

南京師範大學文學院副教授

黃正紅

南京師範大學文學院古代文學專業碩士研究生

摘　要

　　「柳七句法」中最具創造力、最有特色的是領起和托上句的運用、俗詞和雅詞在句法上的不同特徵以及對句句法的執著，加上「柳七句法」與章法的呼應，體現了柳永詞作高超的語言藝術，增強了詞作的藝術魅力。這促成了詞的形式方面的一次重大的嬗變，從而使發軔于晚唐民間的慢詞得到長足的發展，最終形成了和晚唐五代以來的文人小令雙峰並峙的局面。

關鍵字

柳永、詞、句法

柳永（987?—1055?），初名三變，後改名永，字耆
卿，世又稱「柳屯田」、「柳七」，北宋初期聲名最著
的詞人，也是詞史上最具創造力的詞人之一。其詞集《樂
章集》存詞213首。關於其詞體觀念及創作門徑，前人曾
以「柳氏家法」、「屯田蹊徑」、「屯田家法」言之；
具體到柳永詞的句法方面，也有著較多的評論。如宋代
沈義父《樂府指迷》對柳永詞的句法給予了高度讚揚，
說「康伯可、柳耆卿音律甚協，句法亦多有好處」[1]。其實，
在黃昇《唐宋諸賢絕妙詞選》卷二中也提到了柳永詞的
句法：「後秦少遊自會稽入京見東坡……坡雲，不意別
後公卻學柳七作詞。秦答，某雖無識，亦不至是。先生
之言，無乃過乎？坡雲，『銷魂，當此際』，非柳詞句
法乎？秦慚服。然已流傳，不復可改矣。」[2]但是，這裏
顯然是有著對柳詞句法的一種輕視。清劉熙載《藝概·詞
曲概》也有類似的記載：「東坡《與鮮於子駿書》雲：『近
卻頗作小詞，雖無柳七郎風味，亦自成一家。』一似欲
為耆卿之詞而不能者。然坡嘗譏秦少游《滿庭芳》詞學
柳七句法，則意可知矣。」[3]今人吳小英在她的《唐宋詞
抒情美探幽》一文中提到，所謂「柳七句法」，說到底就
是俚俗，即以口語直寫心曲。如《晝夜樂》：「早知恁地

---

[1] 薛瑞生校注，《樂章集校注》，中華書局 1994 年版，頁
　264。
[2] 轉引自陶爾夫、諸葛憶兵著，《北宋詞史》，黑龍江教育
　出版社 2005 年版，頁 253-254。
[3] 劉熙載著，《藝概》，上海古籍出版社 1978 年版，頁 108。

難拼，悔不當時留住……」《夢還京》：「追悔當年繡閣話別太容易。」《鶴沖天》：「假使重相見。」《兩同心》：「那人人，昨夜分明，許伊偕老……」《征部樂》：「待這回好好憐伊……」以上皆是柳七句法。[4] 然而，本文取「柳七句法」的提法，並沒有對柳永詞作句法的輕視的意思，而是對他的句法藝術個性和詞作風格獨創性的承認。同時，本文論說的「柳七句法」也比吳小英所論說的內涵要寬泛的多。具體來說，本文主要論述柳永詞的領托句法、對句句法、俗詞和雅詞的句法差異和「柳七句法」與章法的呼應及其所帶來的藝術效果。

一

柳永在慢詞中運用領起句和托上句，即領托句法，使得「柳七句法」在一定程度上也體現出詞作為音樂文學的特點，增加了慢詞的音律美，為柳永這個詞史上藝術個性十分突出的詞人的創作更增添一份獨特的藝術魅力。柳永是第一個大力製作並使用長調的詞人，從而打破了詞壇上以令詞為主的舊格局，將詞的創作帶入一個全新的時期。柳永現存詞作213首中共用了130個詞調，其中慢詞占125首87調。因此，「柳七句法」中最突出、最值得探討的就

---

[4] 吳小英著，《唐宋詞抒情美探幽》，浙江大學出版社 2005版，頁 277。

是其慢詞句法。柳永慢詞以「鋪敍展衍、備足無餘」[5]而著稱於世，而各種句法的運用乃是他鋪敍展衍的重要手法。與前此詞作者的小令句法不同，柳永的慢詞句法主要表現在領起句式和托上句式的獨特運用。

柳永詞中的領起句頗多創造性運用，使得柳詞靈動而無板滯之感，具有獨特的審美特徵。作為詞史上第一個大量寫作慢詞的作家，他率先使用大量地使用領字。領字是詞的句法特點之一，領起句就是借助於領字而形成的句子。為我們所熟知的「念去去、千里煙波，暮靄沉沉楚天闊」，就是一個領起句，由「念」字領起，以下十三字一口氣勢如貫珠，依次鋪開，且十三字又用二四四三的句式，造成節律抑揚、音調鏗鏘之語勢。但柳詞的領起句並不僅此一種，而是有很多不用的領起法。如「漸霜風淒緊，關河冷落，殘照當樓」是由「漸」字領起三個四字句，音節勻稱、句式整齊，聲調起伏響亮，對醖造關塞蕭殺悲涼、蒼涼壯偉的氣氛起了很好的烘托作用。有李白「西風殘照，漢家陵闕」的雄渾意境，難怪東坡贊其「不減唐人高處」。而「是處紅衰翠減，冉冉物華休」，卻是由「是處」兩字領起，以下九字由四二三句式構成，形成參差錯落之語勢。還有四字領起的，如「斷雲殘雨，灑微涼，生軒戶」（《女冠子》）；還

---

5 李之儀著，《跋吳思道小詞》，轉引自金啟華等編，《唐宋詞集序跋彙編》，江蘇教育出版社 1990 年 5 月版，頁36。

有五字領起的，如「向名園深處，爭泥畫輪，競驕寶馬」
（《拋球樂》）。

　　詞本為合樂之唱詞，在發端、換頭、句首等詞意轉折
處用領字領起下文，可使句式靈動，詞意紆徐，情韻悠揚，
悅耳動聽。柳詞中領字的廣泛運用，是柳詞的重要創作特
色，在句首等詞意轉折處用有引領作用的字聯繫或過渡
上下文。柳詞對領字的創造性運用，成功地避免了慢詞
長句可能出現的質實、堆垛、板滯之弊。領字對長句乃
至多句的引領，往往使詞體既有空靈搖曳之姿，又有一
氣貫注之勢。柳永之後，北宋詞人逐漸開始嘗試領字的
運用。南宋時，對領字的運用逐漸成為詞的重要創作手
法。南宋末年，張炎《詞源》卷下有「虛字」一條，沈
義父《樂府指迷》也論及詞中虛字的運用，其後的論詞
著作中，對領字（或虛字）的探討時有所見，領字的運用
已成為慢詞創作不可或缺的重要部分，這是柳永對慢詞
創作的一個重大貢獻。

　　除了上述領起句式以外，柳永的慢詞句法中還有托
上句式的運用，托上句式以其特殊的句式結構使得柳永
詞作極具感染力。所謂托上句式，即用一、二、三、四、
五字或更多字托住上面的句子。柳詞托上句有一字托句
的，如《曲玉管》雲：「隴首雲飛，江邊日晚，煙波滿
目憑欄久。」以「久」字托住前三句。有二字托上的《鬥
百花》：「遠恨綿綿，淑景遲遲難度。」是以「難度」
二字托住前面兩個四字句，且都是偏正句，又用疊字，

整齊優美，節奏感強。有三字托上的《玉蝴蝶》：「水風輕，萍花漸老；月露冷，梧葉飄黃，遣情傷。」很顯然，是用「遣情傷」三字托住前面十四個字，十四字分四句，又是三四三四的句式結構，整齊而又錯落，音調也諧婉動人，在景物氣氛得到充分渲染以後，托以短句精語，感染力很強。有四字托上的《菊花新》：「催促少年郎，先去睡，鴛衾圖暖。」如此等等，不一而足。可見，領托句法的運用使柳詞鋪敍展衍的抒情產生了良好的藝術效果。

以上可以看出，為了適應慢詞的長調體式的需要，柳永是在北宋詞家中，是率先採用賦法入詞的第一人，其慢詞中多用領托句法，這是「柳七句法」中最主要也是最具特色的，使得柳詞更富有親切感，更富有抒情效果，極大的擴充了詞的容量，為詞的進一步發展和蘇軾對詞體的革新莫定了基礎。

二

「柳七句法」之對句句法的運用，其中四言句中的對句的語言尤為突出。這對於柳詞的形式美和音律美起著重要的作用，也是柳永「以賦為詞」的一個重要的手段。

宇野直人注意到柳詞的一個重要特點是「對句表現的

執著」[6]，然即使是在俚俗詞中也是如此。這是柳永的詞作在句法上表現出的另一種新的特徵。柳詞的對句形式變化多方，主要用以敘事寫景，如：「山路險，新霜滑。瑤珂響、起棲鳥，金鐙冷、敲殘月。漸西風緊，襟袖淒冽。遙指白玉京，望斷黃金闕。遠道何時行徹。」（《塞孤》）「端門清畫觚棱照日，雙闕中天。太平時、朝野多歡。遍錦街香陌，鈞天歌吹，閬苑神仙。傍柳陰尋花徑，空恁嘶騑嚲垂鞭。」（《透碧霄》）「水風輕，蘋花漸老，月露冷，梧葉飄黃」（《玉蝴蝶》）「幾許漁人飛短艇，盡載燈火歸村落」（《滿江紅》）。上面所引用的詞句既有工整的對偶，也有鼎足對與流水對。用對句來鋪敘展衍，為散漫的長調增加了流轉如珠的美感。

在柳詞中，運用對句句法還有一個特殊的地方，就是在四言句中，與前輩詞人相比，柳永運用對句更為頻繁。日本學者宇野直人曾對柳永詞中對句所占的比例作過細緻的統計，其結果是：《花間集》為 311/500，《敦煌曲子詞集》為 45/162，柳永《樂章集》為 311/213（左為對句數，右為作品總數）[7]，柳詞中對句所占的比例最高。柳永不但在詞中多用對句，詞中的主幹句式亦多用四言句，這些四字句多為兩個雙音節詞的組合，往往有駢偶的趨向。「以四言句作為主幹句式，既可形成詞體外觀的整

---

[6] 宇野直人著，張海鷗譯《柳永論稿》，上海古籍出版社 1998 年版，頁 97。

[7] 宇野直人〈論柳永的對句法〉，王水照等編選，《日本學者中國詞學論文集》，上海古籍出版社 1991 年，頁 192。

齊均衡之美，亦可形成內在節奏韻律的勻停和諧之妙。再
適當配以其他字數的句式，詞體便能在錯落有致、變化多
姿而又勻稱和諧、修短有度中發散更大的審美誘惑」[8]。
檢索柳永《樂章集》，就發現四言句占著最大的比重。從
句式的角度來看，四言句在柳永詞中佔有主導地位，這出
於作者自覺的藝術心理，也是對詞的音樂性的順應與創造
性運用。四言句的大量運用對柳永詞的形式美與音律美起
著重要的影響作用，在較大程度上影響了柳詞語言駢儷
化、豔感化、裝飾化的審美特徵。

當然，「柳七句法」中的對句句法往往也和散文句式
結合在一起使用。散文化的句式的運用在柳詞中也很突
出的，雖然根本不能與南宋辛棄疾的「散文句法」相提
並論，但是至少體現出辛棄疾詞「散文句法」的一個源
頭。「柳七句法」有時採用的這種散文化的句式，以變
化自如的節奏，將「兩句或兩句以上的句子連綿不斷地
貫穿在一起」[9]，這是對五、七字句為主的傳統韻文句法
的突破。亦舉例如下：「酒醒。夢才覺，小閣香炭成煤，
洞戶銀蟾移影。」（《過澗歇近》）「到此因念繡閣輕
拋，浪萍難駐。歎後約丁寧竟何據。慘離懷，空恨歲晚
歸期阻。凝淚眼、杳杳神京路。斷鴻聲遠長天暮」（《夜
半樂》）這種句法顯然借鑒了民間歌詞的手法，雖然是

---

[8] 同註 7，頁 192。
[9] 村上哲見著，楊鐵嬰譯，《唐五代北宋詞研究》，陝西人
民出版社 1987 年，頁 199。

為了適應詞配樂歌唱的實際需要，卻也使柳永的詞具有了一種世俗的親切感。柳詞中對句及四言對句的頻繁運用，表現出一般句式句法和對句句法的結合，是柳永以賦筆入詞，也即「柳七句法」的一個重要組成部分。

三

「柳七句法」之俗詞和雅詞的不同句法特徵，體現出柳永吸收民間口語、俚語及其造句遣詞的新創的本領，也體現出柳永駕馭語言藝術的高超能力，使柳詞在內容和體制上顯得聲情相稱、表裏和諧。

「柳七句法」在俗詞中的表現主要是其多用通俗俚語式的語言。柳詞中的俗詞之突出是不可否認的。宋人評柳詞之語，毀者多譏其「淺近卑俗」[10]。這「淺近卑俗」，一在「詞語塵下」[11]，一在「志為情所役」、「為風月所使」[12]。概言之，即袁行霈先生所言「一是語言的俗，一是情趣的俗。」[13]那麼，其俗詞在句法上顯示

---

[10] 王灼著，《碧雞漫志》卷二，轉引自嶽珍著，《碧雞漫志校正》，巴蜀書社 2000 年版。

[11] 李清照著，《詞論》，轉引自李漁著，《苕溪漁隱叢話》（後集卷三十三），人民文學出版社 1981 年版。

[12] 張炎著，夏承燾校注，《詞源》，人民文學出版社 1981 年版。

[13] 袁行霈，〈試論柳詞的俚俗〉，載於《中國詩歌藝術研究》，北京大學出版社 1996 年版。

出什麼樣的特徵呢？這裏先以溫庭筠的一句詩和柳詞之比較出其俗詞句法的一般特徵。溫庭筠有句雲：「雞聲茅店月，人跡板橋霜」，清空靈動，深受人們稱讚，但這樣的意思出現在柳永詞中就變成：「一枕清宵好夢，可惜被、鄰雞喚覺。匆匆策馬登途，滿目淡煙衰草。」（《輪臺子》）二十五個字所道出的意境與溫詩十字道出的意境相同。而溫詩的句法樸質、凝重，顯然是文人高雅式的，柳詞的句法顯然是通俗俚語式的，語言節奏平緩、意象密集、平鋪直敍、一而貫之，不求跳躍飛動，不留想像空間。上文提到吳小英說的，所謂「柳七句法」，說到底就是俚俗，即以口語直寫心曲。在柳永的俗詞中，此可為確論。柳永俗詞多用口語、俚語及民間的修辭方式。如《爪茉莉·秋夜》雲：「每到秋來，轉添甚況味。……」此詞語言風格極為俚俗，且「冷冷清清地」、「甚聒得」、「石人也須下淚」、「巴巴」、「怎生捱」、「料我兒」、「只在枕頭根底」、「等人來」等皆為口語。又如《婆羅門令》云：「昨宵裏，恁和衣睡」。不但語言俚俗，而且開頭結尾處的兩次重複，是典型的民間曲詞的修辭法，被柳永引入詞中，頗似後世之曲，這在當時詞趨於雅化的背景下是很少見的。

但是，柳永在慢詞中的這些語句也多是自然流暢之口語，且不加提煉，語出天然，自具神韻。如《雨霖鈴》下片：「多情自古傷離別，更那堪冷落清秋節！今宵酒醒何處？楊柳岸曉風殘月。此去經年，應是良辰美景虛

設，便縱有、千種風情，更與何人說！」此段中「更那
堪」、「應是」、「便縱有」、「更與何人說」等均是
原生口語，其餘詞句也都明白曉暢，猶似脫口而出。而
正因為這些慢詞不假比興，多用賦法，平鋪直敍，所以
柳詞語言很少藝術的濃縮，一句話通常字數較多，句法
也顯得綿密悠長，適於長調的需要。

　　其實，柳永慢詞中也有不少的雅詞，這正如近代詞
學大師夏敬觀所說：「耆卿詞當分雅、俚二類。」[14]其實，
柳永慢詞中有相當一部分雅詞，其雅詞句法也自有他的
特色。如《夜半樂》、《雙聲子》、《曲玉管》、《滿
江紅》、《望海潮》、《八聲甘州》等都是語言極雅的
詞。又如《望遠行》（長空降瑞），這是一首由覊旅行
役而演化成的寫景詞，屬雅詞，平心而論，這首詞的意
境很一般，因為它在描寫雪景時過多採用賦的手法，較
為直露，缺乏含蓄之美。但它的語言顯然是雅的。「柳
七句法」在雅詞中主要是運用了以下兩種手法使其語言
達到雅化的。

　　一是喜用代詞或借代、使用典故等修辭法。如以
「瑞」、「瑤花」代雪，以「鴛瓦」代房舍，以「旗亭」
代酒肆，以「幽蘭」代白雪。又如善用典。柳永詞很少
刻意用典，多是自然妥貼、順手拈來。如《望遠行》詞：

---

[14] 夏敬觀著，《手評樂章集》，轉引自龍建國著，《論六朝小
　　賦對柳永詞的影響》，南陽師範學院學報 2002 年 6 月第 1
　　卷第 3 期，頁 72。

長空降瑞，寒風剪，漸漸瑤花初下。亂飄僧舍，密
灑歌樓，迤邐漸迷鴛瓦。好是漁人，披得一簑歸去，
江上晚來堪畫。滿長安，高卻旗亭酒價。　幽雅。
乘興最宜訪戴，泛小棹、越溪瀟灑。皓鶴奪鮮，白
鷗失素，千里廣鋪寒野。須信幽蘭歌斷，彤雲收盡，
別有瑤台瓊樹。放一輪明月，交光清夜。

　　這首詞即體現了這一點，如以「旗亭」代酒肆時，
暗含著「開元中，詩人王昌齡、高適、王之渙齊名。一
日天寒微雪，三人共詣旗亭貰酒小飲」（《集異記》）
之典，而「高卻旗亭酒價」，又暗含左思《三都賦》出，
洛陽為之紙貴之典；又如以「幽蘭」代雪時，暗用宋玉
《諷賦》：「臣援琴而鼓之，為幽蘭白雪之曲」之典；
至於「乘興最宜訪戴」則是明用《世說新語》王子猷雪
夜乘興訪戴安道之典。

　　二是柳永善於融化前人詩句入詞。如他的「每登山
臨水，惹起平生心事」（《曲玉管》）、「目極千里，閑
倚危檣迴眺。動幾許、傷春懷抱」（《古傾杯》）、「算
人生，悲莫悲於輕別」，即來自楚辭的《九辨》「登山
臨水兮送將歸」；《招魂》「目極千里兮傷春心」和《九
歌》「悲莫悲兮生別離」。而「誤幾回天際識歸舟」（《八
聲甘州》，則是來自南朝謝朓的「天際識歸舟，雲中辨
江樹」（《之宣城郡出新林浦向板橋》），又脫胎于溫
庭筠的「過盡千帆皆不是，斜暉脈脈水悠悠」（《夢江

南》），可謂精妙之至。又「人面桃花，未知何處，但掩朱扉悄悄」（《滿朝歡》），是從唐代崔護的「人面不知何處是，桃花依舊笑春風」及《題都城南莊》詩中劃出。另如「淚流瓊臉，梨花一枝春帶雨」（《傾杯》）、「願人間天上，暮雲朝雨長相見」（《洞仙歌》），前者直接用《長恨歌》中詩句，後者是從同詩「但教心似金鈿堅，天上人間會相見」句中劃出。但柳永更善於點化前人詩意。前舉的《滿江紅》、《夜半樂》在描寫江南水鄉景色時，都閃耀著吳均《與宋元思書》「風煙俱淨，天山共色，從流飄蕩，任意東西……水皆縹碧，千丈見底，游魚細石，直視無礙。急湍甚箭，猛浪若奔，夾岸高山，皆生寒樹……」的意境。《少年游》在描寫長安古道時，不禁使人想起李商隱《樂游原》、賈島《憶江上吳處士》、李白《憶秦娥》的有關詩意。又如上引的《望遠行》中「好是漁人，披得一蓑歸去，江上晚來堪畫。滿長安，高卻旗亭酒價「數句，亦可視為對鄭穀《雪中偶題》」亂飄僧舍茶煙濕，密灑歌樓酒力微。江上晚來堪畫處，漁人披得一蓑歸」詩意的點化與改造，再如溫庭筠有「梧桐樹，三更雨，佈道離情正苦，一葉葉，一聲聲，空階滴到明」（《更漏子》）的描寫，此詩意經常被柳永點化入詞，如雲：「更漏咽，滴破憂心，萬感並生，都在離人愁耳」（《十二時》）；「夜雨滴空階，孤館夢回，情緒蕭索」（《尾犯》）；「聽空階和漏，碎聲鬥滴愁眉聚」（《祭天神》）。這些詞句並

未明顯因襲溫詞，有的甚至改成「漏聲」。但意境仍不離溫詞，是一種高級的點化手段，也是文人都喜歡用的雅化手段。

「柳七句法」是一座宏富的藝術寶庫，難以窮盡其妙。他因情取句，因事用詞，夭矯變生，萬千其法。在句法上，柳永寫俗詞當然應該用俗語，寫雅詞當然用雅語，這樣才能聲情相稱、表裏和諧。柳永不愧為語言大師，兩種語庫中都備有豐富的語料，視情調的不同信手拈出、揮灑自如。

四

在「柳七句法」中還有一個很重要的特徵，就是句法和章法的互為輝映。柳詞以各種煉句的手段使得其章法更為曲折委婉，而其章法中的頓挫變化也是離不開「柳七句法」的煉句技巧的慘澹經營的。清沈祥龍在《論詞隨筆》中說：「詞有三法：章法、句法、字法也。章法貴渾成，又貴變化。句法貴精煉，又貴灑脫。字法貴新雋，又貴自然。」[15]所謂積句成篇，句法與章法之間是有著不可分割的聯繫的。

首先，柳詞非常注重起句、換頭、結句的安排錘煉，

---

[15] 沈祥龍著，《論詞隨筆》，轉引自龔兆吉《歷代詞論新編》，北京師範大學出版社 1984 年版，頁 146。

「柳七句法」和章法之間是互為呼應的。這正像周濟《宋
四家詞選》所說：「柳詞總以平敘見長，或發端、或結
尾、或換頭，以一二語勾勒提綴，有千鈞之力。」[16]

柳詞常以景語發端，柳永善於景物描寫，尤善於秋
風秋雨景物描寫之例，很多都見諸起句。柳詞的結句也
常歸於寫景，或從平敘直抒中跳出來，通過寫行為、發
感慨等手段，抒發更為高遠的感情。如《曲玉管》的主
要內容不外想念「杳杳神京」中的「盈盈仙子」，但它
的起句卻說：「隴首雲飛，江邊日晚，煙波滿目憑欄久。
立望關河蕭索，千里清秋，忍凝眸。」把他淒涼蕭索的
愁緒說得如此嚴重，好像它已充塞了整個宇宙。結句又
說：「每登山臨水，惹起平生心事，一場消黯，永日無
言，卻下層樓。」憂國憂民的志士是最怕登山臨水、登
樓遠眺的，柳永以這樣的詞句結尾，無異是說他對「盈
盈仙子」的思念乃是人生第一大事。這雖然稍顯不倫不
類，但從寫作技巧上確實體現了他善於「以一二語勾勒
提綴，有千鈞之力」的特點。又如《蜀運算元》也是抒
發「兩處風情，萬重煙水」的相思之情的，其起句亦由
寫景入：「江楓漸老，汀蕙半凋，滿目敗紅衰翠」。寫
得十分淒涼，為下文抒發傷感之氣渲染了足夠的氣氛。
結句又曰：「盡無言，誰會憑高意，縱寫得，離腸萬種，
奈歸雲誰寄」。將一己之私憾拋向無邊之天地，頗有些

---

[16] 周濟著，《宋四家詞選》，轉引自趙仁珪著，《論宋六家
詞》，北京師範大學出版社 1999 年版，頁 50。

「篇終接混茫」之意。又如《木蘭花慢》，也是追念「歡遊往事」的，開頭仍以「倚危樓佇立，乍蕭索，晚晴初」的登臨方式入手；結尾仍以「縱凝望處，但斜陽暮靄滿平蕪」的寫景方式收束。看來，這已成為柳永慢詞的一種套路，即借助發端結尾的勾勒提綴，將本來較蒼白的情感盡力提到深遠的境界。

柳詞的「換頭」句法，運用勾勒提綴主要有兩種方法。一是以頓挫轉折之筆將上片的內容開拓出一個新境界。最著名的例子即劉熙載所盛讚的《雨霖鈴》。上片以細膩之筆描寫出臨別的種種場面，換頭出突然冒出「多情自古傷離別」一句議論，將一己之別情與萬古之離愁相融和，極大地提高了詞的意境，然後再以「更難堪、冷落清秋節」兜轉回本身，使全詞的線型結構顯得格外堅挺。又如《臨江仙》上闋曰：

> 夢覺小庭院，冷風浙浙，疏雨瀟瀟。綺窗外，聲敗葉狂飄。心搖。奈寒漏永，孤幃悄，濁燭空燒，無端處，是繡衾鴛枕，閒過清宵。

換頭處先用「蕭條，牽情系恨」將上文兜住，然後用「爭向年少偏饒」加以頓挫，使這種情恨更深一層。二是以極簡練之筆，總括前文，開啟下文，使換頭處成為連接上下闋的關鍵。如《定風波·佇立長堤》上闋先寫秋景之蕭疏，然後感慨「人人奔名競利」，換頭處僅以「何意，繡閣輕拋，錦字難逢，等閒度歲」一句過渡

到感慨自己的「宦遊滋味」，特別是「何意」二字，問得有力。又如《笛家弄》，上闋寫清明前後的佳景及王孫攜妓同遊，換頭處僅以「別久，帝城當日，蘭堂夜燭」數語，過渡到對以前歡樂生活的回憶，筆墨極為經濟，且「別久」二字感慨良深，很有力量。

其次，柳詞的章法中的頓挫變化也是離不開「柳七句法」的煉句技巧的慘澹經營的。柳詞的章法結構是以直線性結構為主的，在此基礎上適當穿插一些轉折頓挫，以求變化。正像宋翔鳳及陳廷焯所評，柳詞常能達到「曲折委婉，而中具渾淪之氣」[17]，「層折之妙，令人尋味不盡」[18]的藝術效果。這種頓挫變化，有時體現在層與層之間，有時體現在一層之內，甚至是一句之內。雖然從宏觀上看，全詞是按很規則的自然時空流動的；但從微觀局部上看，又可能出現有些逆轉迴旋。在句式上，有不少即體現出「層深句法」的特色。這樣的例子在柳永的慢詞中時有表現，特別是那些名篇。如《八聲甘州》下闋，開始還是從自己這方面說「歎年來蹤跡，何事可淹留」，接下來卻半轉到對方：「想佳人，妝樓顒望，誤幾回、天際識歸舟」。說它是半轉，是因為對佳人的描寫，終究是「我」所想像的。再接下來則全轉到對方：「爭知我，倚闌幹處，正恁凝愁。」描寫角度

---

[17] 宋翔鳳著，《樂府餘論》，轉引自趙仁珪著，《論宋六家詞》，北京師範大學出版社 1999 年版，頁 48。

[18] 陳廷焯著，《詞則》，轉引自趙仁珪著，《論宋六家詞》，北京師範大學出版社 1999 年版，頁 48。

全以對方為中心。這是層與層之間的時空轉折。該詞中還有這樣兩句描寫，一曰「惟有長江水，無語東流」，一曰「不忍登高臨遠」。前一句中的「長江水」本來是無情之物，當然本應「無語東流」，如果僅作如是觀，則此句幾為廢話，柳永的意思是想把長江水當成是有情之物，讓它來安慰自己，但沒想到它也這樣絕情無語。後一句更是富於變化，他本來已登高望遠了，卻偏說「不忍」，這裏面包含了無限的心理曲折。這兩句都是一層之內極盡頓挫變化的例子。再舉《雨霖鈴》為例，劉熙載《藝概》對此詞有精彩評價，他說：「詞有點，有染。柳耆卿《雨霖鈴》云：『多情自古傷離別，更難堪、冷落清秋節。今宵酒醒何處？楊柳岸曉風殘月。』上二句點出離別相隔，隔則警句亦成死灰矣。」[19]顯然，劉熙載所說的「點」，是指收縮勾勒，「染」，是指縱筆鋪展，這二者之間就是頓挫轉折。再者，「今宵酒醒何處，楊柳岸曉風殘月」，從時間線索上完全可以直接上闋過片「念去去千里煙波，暮靄沉沉楚天闊」二句，但它在中間橫插「多情自古傷離別，更難堪、冷落清秋節」二句，使一己之離愁與萬古之離愁相連，又使一己之離愁淩駕於萬古離愁之上，然後再回接「今宵」二句，這在章法上也是一種變化，有如在筆直的大道上突然架起一段行空複道。而這一切，自然亦是句法藝術在章法中的

---

[19] 劉熙載著，《藝概・詞曲概》，上海古籍出版社 1978 年 12 月版，頁 119。

安排與錘煉之力。

　　柳詞委婉曲折的章法結構，使全詞跌宕多姿，分外動人，而這分明缺少不了句法的安排和錘煉。由此可見，「柳七句法「與章法的呼應使其章法更為屈曲跌宕，章法也使得其句法更為平易自然。

　　總之，正如陳匪石《聲執》卷上「煉字煉句」條所說的：「珠玉、蕭山、子野、屯田、東山、淮海、清真，其詞皆神於煉。不似南宋諸家，針線之跡未滅盡也。」[20]「柳七句法」的鍛煉有賴於詞人對句子的錘煉之功，也達到了「極煉如不煉」的藝術效果。而「柳七句法」最具創造力、最有特色的是慢詞句法，慢詞句法中領起和托上句的運用、俗詞和雅詞在句法上的不同特徵以及對句句法的執著，加上「柳七句法」與章法的呼應，體現出了柳永詞作高超的語言藝術，增強了其詞作的藝術魅力。柳永用自己的創作證明了「柳七句法」的精警，他通過以賦為詞的慢詞句法的方式，促成了詞的形式方面的一次重大的嬗變，從而使發軔于晚唐民間的慢詞得到長足的發展，最終形成了和晚唐五代以來的文人小令雙峰並峙的局面，並對後代詞人的創作產生了極深遠的影響。

---

[20]　陳匪石著，《聲執》，轉引自薛瑞生校注《樂章集校注》，中華書局 1994 年版，頁 278。

論「讀、寫互動原理」
在華語文教學的應用
——以華文讀寫教學為例

蒲基維

中原大學應用華語文學系兼任助理教授

摘　要

　　華語文教師應具備講授華語文之聽、說、讀、寫、作的完整學能，才足以應付各方教學的需求。所以，除了熟習語法及詞彙知識，以建立學習者初級的語文能力之外，更應涉獵辭章學的相關知識，才能有效訓練進階華語文的閱讀及寫作能力。就整體辭章學來看，它涵蓋了意象、詞彙、修辭、文（語）法、章法、主題及風格等領域，熟習其理論，有助於華文的讀、寫教學。本文探討辭章學中有關「讀寫互動」理論在華語文教學中的應用，分析其教學實務的可行性，就是希望提供教師可用的辭章學知識，以提升其華文讀、寫教學的品質。

關鍵詞

辭章學、華語文教學、華文閱讀、華文寫作、讀寫互動

一、前言

　　華語文已經成為二十一世紀全球的強勢語言系統之一，其原因在於中國經濟的崛起，而中華文化博大精深、傳承悠久的優質，更是它可以立足世界舞台的重要因素。從現實的角度觀察，各國基於經濟貿易的考量，必須與中國人交涉，致使華語文的學習成為交涉溝通的重要工具之一。再從長遠發展的角度來看，學習華語文的人口結構會從經濟層面的需求，逐漸延伸到社會文化層面的探索。具體而言，經濟的互動，隨之而起的將是學術、文化的交流，當外籍人士想要進一步探索華人的社會與文化時，若只注重華語的聆聽與會話能力，忽略華文閱讀與寫作能力的提升，勢必會受到阻礙，對於華人社會與文化的探索亦將一知半解。由此可知，身為華語文教師必須擁有華語文訓練的基本學能[1]，除了漢語語言學及華語教材教法的學能之外，涉獵辭章學領域中有關意象學、詞彙學、修辭學、文法學、

---

[1] 華語教師的基本學能有三：一是華語教學專業，包括漢語語言學、漢語辭章學、華語教材教法等；二是華人文化知識，包括華人文學、華人社會與文化；三是數位資訊運用能力。這裡指的是第一種學能。

章法學、主題學及風格學等知識，也是教師必備的重要知識。本文專就辭章學在華語文教學的應用而論，藉由辭章學「讀、寫互動」的相關理論，並結合華語文教學所強調「第二語言習得」的理論與原則，提出具體的教學策略，期望提供華語文教師在進行華文讀寫教學時的重要參考。

二、辭章「讀、寫互動原理」概說

　　海峽兩岸的漢語辭章學研究在近年有了豐碩的成果。在大陸方面，如西北民族大學王希杰教授所提出的「三一」理論[2]，福建師大鄭頤壽教授所建構的「四六結構」[3]，均曾在兩岸的辭章研究與教學引起極大的迴響。在台灣方面，台灣師大陳滿銘教授曾提出「多、二、一（０）邏輯結構」、「辭章意象系統」、「讀、寫互動原理」等理論，對於台灣辭章研究及語文教學亦

---

[2] 「三一」理論是對王希杰先生在二十世紀八、九〇年代以來所建構的修辭理論體系的核心內容的概括。「三一」理論包含了三組基本概念及其相互關係的理論其分別是「物理、語言、文化、心理四個世界」；「零度、偏離」；「顯性、潛性」。見李廣瑜〈「三一」理論之體系觀——淺析王希杰先生修辭學理論之精髓〉，收錄於李名方、鍾玖英主編《王希杰和三一語言學》（北京：中國文聯出版社，2006年11月第1版），頁328-336。

[3] 「四六結構」即「四元六維結構」的簡稱。所謂「四元」是指構成話語的四個要素，即「宇宙元」、「表達元」、「話語元」和「鑑識元」；所謂「六維」就是「宇宙元←→表達元」、「表達元←→話語元」、「話語元←→鑑識元」、「鑑識元←→宇宙元」、「宇宙元←→話語元」和「表達元←→鑑識元」。見鄭頤壽《辭章學導論》（台北：萬卷樓，2003年11月初版）。

有重要影響。其中「讀、寫互動原理」與辭章的閱讀、寫作有密切關聯,本文為探索它運用在華文讀寫教學的可能性,有必要瞭解此一原理的內涵,作為落實華文讀寫教學的重要參據。

(一)辭章學的重要領域及其相互關係

「辭章學」又稱「詞章學」,原本包含了語詞和文章的研究,為了與「語言學」有所區隔,遂漸趨向於篇章研究的專業,所以又別稱為「文章學」。關於辭章學研究的重要領域,凡針對辭章的表達或接受進行局部或整體研究者,均屬辭章學的範疇,包括探討辭章之意象形成的「意象學」、研究辭章之符號指稱的「詞彙學」、分析辭章之美感表現的「修辭學」、歸納辭章之字句邏輯的「文法學」、探索辭章之篇章邏輯的「章法學」、統整辭章之主旨呈現的「主題學」及鑑賞辭章之整體審美表現的「風格學」等。這些學門在辭章學的研究中各有其獨立而專業的功能,而彼此之間又存在著密切的聯繫。具體來說,研究一篇辭章必須就局部來分析其形象美感與邏輯思辨,更需要從整體的角度以統合它的核心情理與整體風格。可知辭章之「意象」、「詞彙」、「修辭」、「文法」、「章法」、「主題」及「風格」,均能就其個項獨立研究,卻不能不照應其他領域以呼應整體。陳滿銘教授在統整辭章學各領域之關係時提到:

> 辭章是結合「形象思維」、「邏輯思維」與「綜合思維」所形
> 成的。而這兩種思維,各有所主。就形象思維來說,如果將
> 一篇辭章所要表達之「情」或「理」,也就是「意」,主要訴
> 諸各種偏於主觀的聯想、想像,和所選取之「景(物)」或「事」,

也就是「象」，連結在一起，或者是專就個別之「情」、「理」、「景（物）」、「事」等材料本身設計其表現技巧的，皆屬「形象思維」；這涉及了「取材」與「措詞」等問題，而主要以此為探討對象的，就是意象學（狹義）、詞彙學與修辭學等。就邏輯思維來看，如果就整個「景（物）」或「事」（象）等各種材料，對應於自然規律，結合「情」與「理」（意），主要訴諸偏於客觀的聯想、想像，按秩序、變化、聯貫與統一之原則，前後加以安排、佈置，以成條理的皆屬「邏輯思維」；這涉及了「佈局」（含運材）與「構詞」等問題，而主要以此為研究對象的，就字句言，即文（語）法學；就篇章言，就是章法學。就結合形象思維與邏輯思維的綜合思維而言，一篇辭章之內，用以統合「形象思維」（偏於主觀）與「邏輯思維」（偏於客觀）而為一的，乃是主旨與風格（韻律）等，這就涉及「立意」、「決定體性」等問題，而主要以此為研究對象的，為主題學、文體學和風格學等。而以此整體或個別為對象加以研究的，則統稱為辭章學或文章學。[4]

這裡將構成辭章的景（物）、事、情、理等四大要素，根據主、客觀的不同角度，歸結為兩大思維：一是形象思維，著眼於辭章主觀形象的形成與表現，研究領域包含意象、詞彙和修辭。另一是邏輯思維，著眼於辭章客觀邏輯的排列組織，研究領域則包含了文法和章法。這兩種思維在同一辭章中是不可分割

---

[4] 見〈辭章意象論〉。收錄於《辭章學十論》（台北：里仁書局，2006年5月初版），頁219-262。

的，透過兩者的互動整合，再由綜合思維統整出辭章的核心情理與整體風格，其研究領域包含主題學、風格學等。瞭解辭章學各重要領域的相互關係，有助於進一步分析辭章「讀、寫互動原理」的整體結構與分項結構。

（二）辭章「讀、寫互動」的整體結構

　　根據前述辭章學各研究領域之間的密切關係，我們可以用形象思維和邏輯思維為基準，向上歸結於綜合思維，再逆溯至「主題」和「風格」，向下推衍出屬於形象思維之「意象」、「詞彙」與「修辭」，以及屬於邏輯思維之「文法」與「章法」。其關係圖如下[5]：

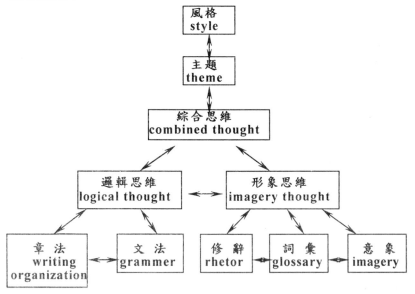

---

[5] 同註 3。

這一圖表提供我們思考閱讀與寫作的雙向互動關係。依箭頭的方向，由上而下所呈現的是寫作過程，而由下而上是閱讀過程。陳滿銘教授在解釋這兩種過程的互動關係時提到：

> ……如由廣義的意象切入，則風格（文體）、主題（主旨）關涉到「意」，意象（狹義）、詞彙、修辭、文法、章法關涉到「象」，這些都與讀、寫有密不可分的關係。其中讀（鑑賞）是由「象」而「意」的逆向過程，而寫（創作）是由「意」而「象」的順向過程。而兩者往往是互動、循環而提升，形成螺旋結構的。[6]

這裡提出讀的逆向過程和寫的順向過程，據此我們可以進一步落到實際讀、寫中，探討其個別的分項結構。

（三）辭章「讀、寫互動」的分項結構

閱讀與寫作的互動實際上是無法切割的。寫作時必須時時檢視創作的痕跡，閱讀時亦常常觸發寫作的思維。然而，為了精細分析兩者的過程，我們試以分項結構的方式，推演「由意而象」之寫作和「由象而意」之閱讀過程。

1.辭章之寫（創作）——「由意而象」的順向結構

一般而言，作家在創作之前，已經形成自我基本風格和中心情理（主旨），再經由主觀的觀察、記憶、聯想、想像等過程，

---

[6] 見〈辭章讀、寫互動論〉，收錄於《辭章學十論》（臺北：里仁書局，2006 年 5 月初版），頁 267-293。

蒐集適當的材料而形成意象，透過相對應的符號（詞彙）表現出來，或進一步運用文學技巧（一般是修辭）以美化意象；另一方面又透過邏輯思維以組織材料而形成客觀條理，逐步積字成句（文法），積句成篇（章法），以完成文章的創作。這是寫作的心理過程，就辭章整體結構來說是呈順向發展，此順向結構可用下圖說明：

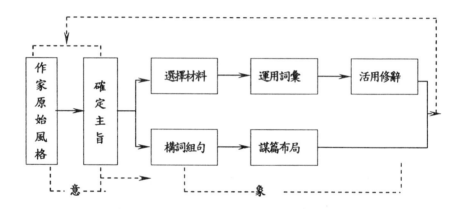

2.辭章之讀（鑑賞）——「由象而意」的逆向結構

我們閱讀文章時通常會透過文學作品中的材料，以瞭解其個別意象，並藉由意象之符號體會其詞彙與修辭的美感；另一方面，又常透過文法以瞭解字句的條理，運用章法以分析篇章的邏輯；再進一步結合主觀的形象美感與客觀的邏輯思維，逐步推展出文章的核心情理，並歸結出文章的韻味與風格。這是閱讀（含鑑賞）心理過程，就辭章整體結構來說是呈逆向發展，此逆向結構可圖列如下：

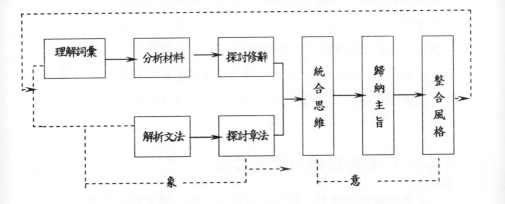

三、第二語言教學理論落實於華文讀寫教學的具體原則

　　所謂第二語言（Second Language）是指在第一語言（First Language）之後再學習的其他語言。第二語言通常是外語（foreign language），而第一語言通常是母語（mother tongue）。華語教學是把華語當作第二語言，對母語非華語者進行教學，所以，將華語作為第二語言的教學（teaching Chinese as a second language），實有別於國內的中文教學，必須運用特殊的教學法，才能達到教學的成效與目標。

　　華語教學相對於其他語言系統（如英語、德語、法語等）的教學，仍是一個新興的教學體系，其教學方法的研究與建構仍有許多發展進步的空間。以台灣華語教學來說，大都採用西

方外語教學中影響較大的流派，汲取各流派的教學精髓，合理地運用在華語教學中。若專就華文讀寫教學來看，源自於經驗學派的「直接教學法」、「情境教學法」，以及源自於人本學派的「肢體反應教學法」、「默示教學法」皆適於華文讀寫教學的轉化與應用。茲結合各學派之教學法提出華文讀寫教學之具體原則如下：

（一）圖象思辨的教學方法

運用圖像思考是人類與生俱來的本能。語文教育所教授的是文字符號，卻常常需要借重圖像思辨來引導學生，尤其是在幼兒階段學習母語的過程，藉由具體圖像直接與符號連結，自然而然完成母語的習得。歐美經驗學派所主張的「直接教學法（Direct Method）」就是強調直接用外語教學，不透過母語的翻譯，並配合實物、圖片或肢體動作來引導學生。[7]這種教學方法不僅注重直接聯繫，更常透過模仿、重複練習來達成學習效果。目前台灣華語教學以直接教學法來教授華語最為普遍，其主要原因在於圖像思辨是人類原始的思維模式，比較適合初學華語的對象。

（二）情境模擬的教學模式

人類大腦具有聯想與想像的本能。所謂情境模擬就是透過聯想與想像的能力，假想自己處於某種時空，進行各種狀況的

---

[7] 參見何淑貞等《華語文教學導論》（臺北：三民書局，2008 年 3 月初版），頁 94。

模擬。這種模擬方式必須以圖像思辨為基礎，再透過教師的有效引導，通常可以收到不錯的學習效果。英國語言學家在 1930 到 1960 年間，發展出「情境教學法（Situational Language Teaching）」，強調語言結構知識和真實情境之間的聯繫[8]，他們認為最好的語言教學法是經由情境，協助學生掌握並運用詞彙和語法，進一步獲得文（語）意的理解。情境教學法的另一項特色是教材與進度的編定，教學前的流程規劃有助於學生在一定的進度與流程中完成學習。就華語教學而言，靈活運用日常生活食、衣、住、行、育、樂的場景，並適時點綴教室布置，通常可以提升教學成效。

（三）生動有趣的教學活動

語言教育常強調「學習動機」、「學習策略」、與「學習效果」三者的循環關係。具體而言，強烈的學習動機會使學習者採取有效的學習策略；而有效的學習策略又能達到成功的學習效果；學習成功又會使學習者感到滿足，更加強了學習動機。[9]因此，生動有趣的教學活動可以有效刺激學習動機。在美國七〇年代，心理學家 James T. Asher 曾經提出「肢體反應教學法（Total Physical Response）」，強調適時透過身體動作的刺激，有助於語言的學習。[10]就華語教學來說，當我們介紹許多動詞如跑、跳、唱歌、跳舞等，就可以指示學生同

---

[8] 同註 6，頁 99。

[9] 參考張金蘭《實用華語文教學導論》（臺北：文光圖書公司，2008 年 2 月初版），頁 27。

[10] 同註 6，頁 102。

時動作，同時口說，一來可以刺激語言的學習，另一方面也能活絡課堂的教學氣氛。當然，結合華人文化來進行教學，如包水餃活動、打太極拳，若能引導學生學習「把手舉起來」、「把肉餡放進去」等動詞短語就更駕輕就熟了。

（四）注重創意的教學態度

對於中、高級的華語學習者而言，老師要開始思考「學生要學什麼」而不是「老師要教什麼」。換言之，學習者是主角，須注重創意與主動學習；而教師是配角，只輔助而不干預。在七○年代初期，英國數學家兼心理學家 G. Gattegno 首先提出「默示教學法（The Silent Way）」，提倡外語需要學習者自己去發現（Discover）和創造（Create），而非背誦（Remember）或一再重複（Repeat）練習。[11]這種觀點落實在華語文教學上，就需要強調華語教師是個啟蒙的角色，要少說話，並提供機會讓學生多說、多活動，由於中、高級學生在語文表達上有一定的程度，所以啟發創意比糾正錯誤來得相對重要。

四、「讀、寫互動原理」在華文讀寫教學中的實際應用

既已理解辭章「讀寫互動」原理的基本架構，再結合「第二語言習得」的具體原則，我們就可以設計華文讀寫教學所需

---

[11] 同註 6，頁 105。

的教材。茲依據辭章之「形象思維」、「邏輯思維」、「綜合思維」之分類，設計華文讀寫課程如下。

（一）辭章之「形象思維」與讀寫教學

所謂「形象思維」是指辭章中關於主觀形象之思維的領域，如「意象」、「詞彙」與「修辭」等皆是。落實於華文讀寫教學，可從「由象而意」及「由意而象」兩種途徑設計華文讀寫教材。

1.「由象而意」的閱讀教學

閱讀教學在形象思維的要求，著重於詞彙的理解、意象的聯想和修辭的分析。其教材設計亦可分為四個程序：

(1)選讀文章

教師選定適合學生程度的文章（整篇文章或一段短文皆可），運用大聲朗讀的方式帶領學生頌唸兩遍，再進入詞彙教學。例如：

> 遠遠小小地，無數的方窗都已上燈，暈黃或青色的，都是溫暖而又令人充滿渴求的一種情意。這濱海的小鎮，向晚時展露出一種無比的輝煌，像油畫裡那種積極濃烈的色彩似的。向晚將落的夕陽，先用美麗溫潤的純黃打底色；而後用濃烈的純紅與金黃來加強小鎮向光的溫潤，而在背光面，則是幽藍地。在古老迂迴的巷道裡，你從一個轉角拐了過來，一張垂暮的老人臉顏會猛然進

入你的眼中，老人就入定地端坐在褪色的門楣下方，悠閒地搖著蒲扇，丟給你一朵極為古老而又慈祥的微笑。（林文義〈向晚的淡水〉）

(2)理解短文中的生難詞彙

教師提出短文中的生難詞彙，並標上注音符號或漢語拼音，盡量用淺顯中文來詮釋詞彙之義。如果遇到較難解釋的詞彙，可以運用造例句的方式幫助學生理解。關於這段短文的生難詞彙有：

上燈　ㄕㄤˋㄉㄥ（shang4 deng1）：開燈

暈黃　ㄩㄣˋㄏㄨㄤˊ（yun4 huang2）：暈開的黃色

向晚　ㄒㄧㄤˋㄨㄢˇ（xiang4 wan3）：傍晚

溫潤　ㄨㄣㄖㄨㄣˋ（wen1 run4）：溫和而滋潤

向光　ㄒㄧㄤˋㄍㄨㄤ（xiang4 guang1）：面向有光的方向

幽藍　ㄧㄡㄌㄢˊ（you1 lan2）：深藍色

迂迴　ㄩㄏㄨㄟˊ（yu1 hui2）：曲折圍繞

入定　ㄖㄨˋㄉㄧㄥˋ（ru4 ding4）：人的精神進入冥想狀態

門楣　ㄇㄣˊㄇㄟˊ（men2 mei2）：門上方的橫樑

蒲扇　ㄆㄨˊㄕㄢˋ（pu2 shan4）：用蒲草編的扇子

教師一方面解釋詞彙之義，另一方面可以運用造句方式來幫助學生理解。尤其是屬於抽象性的詞彙，更應運用例句說明。例

如：

> 溫潤→這烏龍茶喝起來很溫潤。
>
> 　　春天的天氣通常是溫潤的，感覺很舒服。
>
> 迂迴→這條山路又迂迴又狹窄，我們開車要非常小心。
>
> 　　軍隊採取迂迴戰術，讓敵人摸不清方向。

而屬於具體形象的詞彙，則須透過圖卡的引導，一方面使學生容易理解，另一方面也便於教師進行更深一層的「意象聯想教學」。

(3)聯想詞彙所延伸的意象

「意象聯想教學」的重點在訓練學生藉由詞彙聯想出具體的圖象，再由具體的圖象延伸出抽象的情意。根據這段短文的重要詞彙，其具體的圖象有：

> 遠處暈黃或青色的燈光
>
> 向晚即將落下的夕陽
>
> 古老而迂迴的巷道
>
> 垂暮老人的臉顏
>
> 老人就入定地端坐在褪色的門楣下方，搖著蒲扇而微笑著

每一種具體圖象原本是客觀地存在，當具體物象融入人類的意念中，即有可能因激盪而產生情理。崛起於二十世紀初期的格

式塔心理學派所提出的「異質同構」[12]理論，就認為人類和萬物雖屬不同的質性（異質），卻有一抽象的聯結存在（同構）。這種心理落到文學來說，凡藉由文字而形成的各種圖象，本身即蘊含豐富的情理，這充分顯現「象」與「意」之間的緊密關係。所以，上述藉由文字所描述出來的圖象，皆有其內在情理。基於這種自然的心理規律，教師可以運用直接教學法結合情境教學，引導學生運用直覺去想像每一個具體圖象，並敘述自己的感覺，然後一一記錄下來，一一討論。例如：

圖　　象	聯　想　的　情　理
向晚即將落下的夕陽	輝煌而濃烈的熱情
	溫暖而安詳的感覺
	白晝即將消失的恐懼

表中是「向晚的夕陽」最可能出現的三種情意。事實上，在古人詩句中，所謂「夕陽無限好，只是近黃昏」的意象表現，是稱頌夕陽輝煌與擔憂夕陽消逝的兩種矛盾心情的交錯，以華語為母語的學生可能受到這首詩的影響，聯想出近似的心理；而對於母語非華語之學生就可能產生不同的答案。華語教師在針對這三種答案進行分析時，一方面應避免受到古詩文的影響，另一方面也應檢視此一圖象在短文中的定位。「向晚的夕陽」在這短文中的情意表現恰與古詩文不同，其呈現的情意應偏於積

---

[12] 參見童慶炳〈心靈與自然的溝通——談「異質同構」〉，收錄於《中國古代心理詩學與美學》（臺北：萬卷樓圖書公司，1994 年 8 月初版），頁 168-175。

極濃烈、溫潤和暖的感覺。

　　具體圖象所聯想出來的情意，有助於文章主題的理解，在閱讀教學中式不可或缺的重要程序。

(4)分析短文中的重要修辭

　　面對以華語為母語的學生，修辭教學的程序可以針對詞句的內涵，直接點出修辭格的名稱，再說明這種修辭格的定義，學生通常可以理解其意涵，並很快運用在口說與寫作上。而華語文教師面對的是以華語為第二語言的學生，其教學方法需有所調整。

　　華語教師在課前必須先瞭解此一修辭格的定義，並深入探討修辭格的心理基礎與美感效果，以找出修辭格形成的根源。至於在課堂上，可以根據自我專業判斷，直接挑出具有特殊修辭技巧的句子，並試圖將這句子還原為白描句，其次再另造類似的白描句，引導學生造出修辭句。例如：

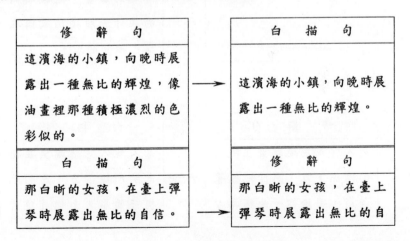

修　辭　句	白　描　句
這濱海的小鎮，向晚時展露出一種無比的輝煌，像油畫裡那種積極濃烈的色彩似的。 →	這濱海的小鎮，向晚時展露出一種無比的輝煌。
白　描　句	修　辭　句
那白晰的女孩，在臺上彈琴時展露出無比的自信。 →	那白晰的女孩，在臺上彈琴時展露出無比的自

信，像一隻孔雀展現自
己的新衣。

又如：

修　辭　句
向晚將落的夕陽，先用美麗溫潤的純黃打底色；而後用濃烈的純紅與金黃來加強小鎮向光的溫潤，而在背光面，則是幽藍地。
白　描　句
桌上的蘋果又紅又大，非常好吃。

白　描　句
向晚將落的夕陽照在小鎮上，向光面非常明亮，而在背光面則非常陰暗。
修　辭　句
桌上的蘋果透出亮亮的紅色，摸起來堅硬紮實，一口咬下去，發出清脆的聲音，酸酸甜甜的果汁和脆硬的果肉在嘴巴裡散開來。

又如：

修　辭　句
老人就入定地端坐在褪色的門楣下方，悠閒地搖著蒲扇，丟給你一朵極為古

白　描　句
老人就入定地端坐在褪色的門楣下方，悠閒地搖著蒲扇，向你展現古

| 老而又慈祥的微笑。 | 老而又慈祥的微笑。 |

白　描　句	修　辭　句
校園的椰子樹在豔陽下矗立，在微風中搖擺，展現一種南國熱帶的氛圍。	校園的椰子樹在豔陽下矗立，在微風中搖擺，一股南國熱帶的氣氛向我撲了過來。

例一是屬於譬喻修辭，例二是摹寫修辭，例三是轉化（具象化）修辭。華語教師在引導學生照樣造句時，應儘量運用情境教學的模式，讓學生在假想情境中造句，較能呈現良好的教學效果。

2.「由意而象」的寫作教學

寫作教學在形象思維方面的要求，著重於取材、運用詞彙、修飾詞語等訓練，其教材的設計可以分成四個程序：

(1) 確定寫作主題範圍：中國人的節日

雖然確定主題屬於綜合思維的部分，但是要進行形象思維方面的寫作訓練，仍應有一個主題，以供取材和用詞的方向。例如：教師可將寫作課程訂為「中國人的節日」，開放讓學生選定較為熟悉的中國節日，如春節、元宵節、清明節、端午節、中元節、中秋節等，皆可選擇。選定一種中國節日來寫，才能針對這一節日選取材料。

(2) 選取寫作素材：

如果學生選定「中國人的春節」作為寫作主題，教師可運用「直接教學法」，配合圖卡及影片，引導學生開始聯想有關「春節」的事物。例如：

> 穿新衣、壓歲錢、拜年、年夜飯、放鞭炮、守夜、拜祖先、返鄉、塞車潮、初二回娘家、年獸、貼春聯

接下來，教師可以運用「默示教學法」，並結合圖卡，引導學生將這些事物做分類，例如：

> 屬於春節放假前的事物：返鄉、塞車潮；
> 屬於除夕夜的事物：拜祖先、壓歲錢、年夜飯、守夜；
> 屬於農曆新年後的事物：穿新衣、放鞭炮、拜年、初二回娘家；
> 屬於春節的神話傳說：年獸、貼春聯。

這樣的分類，才可以將這些事物轉化為寫作的素材。

(3) 進行造句練習

教師運用「情境教學法」，引導學生進入自我熟悉的春節情境，並練習造句。教師同時要立即改正學生在詞彙運用上的錯誤。例如：

> 這一個春節我和朋友返鄉過年，在高速公路遭遇了塞車潮。

改正：「這一個」→「今年」；「遭遇」→「遇到」

我和朋友大家一起拜祖先、吃年夜飯，並且接受了一個壓歲錢。

改正：「我和朋友大家」→「我和朋友的家人」；「接受」→「得到」；「一個壓歲錢」→「一個紅包作為壓歲錢」

我們大家一起守夜到午夜十二點，接著又放鞭炮以示慶祝。

改正→我們一起守夜，到了午夜十二點，又放鞭炮來傳達新年的喜訊。

我聽說中國人過年和「年獸」的傳說有關，所以每一家的人都貼春聯避邪。

改正→聽說中國人過年和傳說中的「年獸」有關，所以家家戶戶都貼春聯避邪。

造句練習著重在詞彙的正確使用，所以及時更正非常重要。有了正確的語句，教師才能引導學生進一步學習句子的修辭技巧。

(4) 進行詞句修飾

教師可運用「直接教學法」，先將學生所造的句子修飾一次，再設計類似的句型讓學生模仿造句。例如：

	白 描 句	修 辭 句
教師	今年春節我和朋友返鄉	今年春節我和朋友高高興興

修飾	過年，在高速公路上遇到了塞車潮。	地返鄉過年，在高速公路上遇到了像牛步一般的塞車潮。
學生仿作	今年夏天我和朋友去海邊，在沙灘上看到好多貝殼。	

詞句修飾是在詞彙運用正確的基礎上，將句子修飾得較有美感。教師運用直接教學法的目的，在於使學生透過不斷的模仿造句而習得修飾詞句（修辭）的技巧。

（二）辭章之「邏輯思維」與讀寫教學

所謂「邏輯思維」是指辭章中關於客觀邏輯之思維的領域，如「文法」、「章法」等皆是。落實於華文讀寫教學，亦可從「由象而意」及「由意而象」兩種途徑來設計教材。

1.由「象」而「意」的閱讀教學

閱讀教學在邏輯思維上的訓練偏重於文章字句的分析和文章結構的探討。對於以華語為第二語言學習的學生來說，文（語）法和章法的學習是比較抽象而艱深的，華語教師仍應儘量避免理論的闡述，而是透過照樣造句的方式，讓學生理解字句的結構；並透過簡易結構表的分析，讓學生認識篇章的結構。

(1) 分析字句的結構

以前述的短文為例，華語教師可先行挑選重要句子，再設計不同的詞彙或短語，引導學生照樣造句。例如：

1. 遠遠小小地，無數的方窗都已上燈。（狀語＋主語＋謂語）

冷冷地 陡峻的高山 都已染上皚皚白雪	冷冷地，陡峻的高山都已染上皚皚白雪。

2. 這濱海的小鎮，向晚時展露出一種無比的輝煌。（主語＋時間副詞＋謂語＋賓語）

那窗邊的茉莉花盆栽 清晨時 散發著 一種迷人的芬芳	那窗邊的茉莉花盆栽，清晨時散發著一種迷人的芬芳。

3. 在古老迂迴的巷道裡，你從一個轉角拐了過來，一張垂暮的老人臉顏會猛然進入你的眼中。（地方副詞＋主語＋謂語＋〔主語＋謂語〕）

           └── 賓語 ──┘

在繁花盛開的三月 你 從小路步行上山 一群翩翩飛舞的蝴蝶 時時驚擾你的視線	在繁花盛開的三月，你從小路步行上山，一群翩翩飛舞的蝴蝶，會時時驚擾你的視線。

4. 老人就入定地端坐在褐色的門楣下方。（主語＋狀語

＋謂語＋地方副詞）

小孩 滿足地 端坐 彩色的滑梯下方	小孩就滿足地端坐在彩色的滑梯下方。

在（ ）內的文法結構僅供參考，切忌向學生講授文法的專業名詞。對於華語初級的學習者可以運用直接教學法，並配合情境引導，造出正確的語句；對於中、高級的學習者則可以默示他們進行創意思考，造出更有創意的句子。

(2) 探討篇章的結構

在華文閱讀教學中要納入章法結構的分析，仍然需要藉由情境的聯想和圖像的思辨。以這段短文為例，「遠遠小小地……則是幽藍地」是屬於景物的描寫，而「在古老迂迴的巷道裡……古老而又慈祥的微笑」則是人物的描寫。關於景物的描寫又可分出描寫小範圍景物的「方窗」和大範圍景物的「夕照」；至於人物的描寫則以「古老迂迴的巷道」為背景，烘托「垂暮老人的微笑」。依照這些圖像的關係，我們可用下表來呈現其層次：

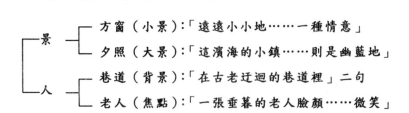

在實際的華文閱讀教學中，運用圖片來分析這段短文結構是最適當的方式。教師可以運用多媒體設計簡易動畫，以表現各圖像之間的層次與關係，再配合結構表加以說明，更能加深學生瞭解這段文字所呈現的意象。

2.由「意」而「象」的寫作教學

寫作教學在邏輯思維上的訓練著重於構詞組句的練習和謀篇布局的訓練。這必須在形象思維訓練（含取材、詞彙運用、修辭練習）的基礎上進一步來作，才能展現教學成效。

(1) 構詞組句的練習

構詞組句的練習，可以結合詞彙造句一起進行。事實上，詞彙的正確應用屬於形象思維的訓練，而構詞組據練習屬於邏輯思維的訓練，兩者在實際寫作時是不可切割的。所以，華語文教師在設計詞彙以提供造句時，可以結合詞彙和文法的觀念一起進行。以前述「中國人的春節」為例，教師可以列出相關詞彙，引導學生造出「偏正結構」的短語。例如：

高高興興	返鄉	→高高興興地返鄉
誠懇	拜祖先	→誠懇地拜祖先
一起	回娘家	→一起回娘家
興奮	放鞭炮	→興奮地放鞭炮
不由自主	數壓歲錢	→不由自主地數壓歲錢

教師也可以設計幾組句子，引導學生組合改寫成一個包含多項

狀語的句子。例如：

1. 我們往鄉下走去。

   我們興高采烈地走去。

   我們昨天就走了。

   → 我們昨天興高采烈地往鄉下去了。

2. 幾天來他的媽媽忙碌著。

   他的媽媽為了準備過年忙碌著。

   他的媽媽到處忙碌著。

   → 幾天來他的媽媽為了準備過年到處忙碌著。

3. 我大聲地敬酒。

   我在餐桌上敬酒。

   我向大家敬酒。

   → 我在餐桌上大聲地向大家敬酒。

這種詞組練習的方式，一方面讓學生熟悉華語狀詞的使用方法，另一方面也能訓練學生避免如歐美語系中頻繁出現主詞的句式，使學生可以學習到正確而流利的華文句式。

(2) 謀篇布局的訓練

關於寫作謀篇布局的訓練，教師可以針對「中國人的春節」之主題，先選擇適合的章法類型，再設計教學題目。就這主題來說，敘事、寫景、抒情的筆法應較為適合，所以，「情景法」或「事情法」均為適合的章法。至於「敘事」方面，宜採用「時

間順敘」的方式。

　　教師可以運用「情境教學法」，引導學生根據先前所聯想的材料來擬定大綱。例如：

> 第一段：寫春節前和朋友返鄉過年。
> 第二段：寫除夕拜拜、吃年夜飯、領壓歲錢。
> 第三段：寫大年初一拜年、放鞭炮。
> 第四段：寫春節的傳說。
> 第五段：寫自己過中國人的春節很快樂。

這樣的分段所透露的謀篇邏輯，可以用下表呈現：

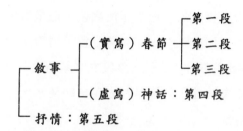

可知其段落之間的條理非常清晰。此結構表乃用以檢視學生擬定大綱的合理性，不必向學生說明。華語教師若能有效引導學生擬寫大綱，一方面可以確定寫作材料，另一方面也能有效分配各段的寫作內容，最重要的是，寫作不容易偏離主題。這些效果對於正式寫作將有正面的助益。

（三）辭章之「綜合思維」與讀寫教學

　　關於「綜合思維」的讀寫教學，主要偏於「主題」（主旨）

和「風格」的訓練。茲分述閱讀和寫作兩方面的訓練實例如下：

1.華文閱讀中關於綜合思維的訓練

華文閱讀必須兼顧文章的個別分析與整體統合。前述從形象思維與邏輯思維兩方面個別分析文章的形式與內涵，本節則從綜合思維來統合文章的整體特色。試就「探討主題」與「整合風格」兩部分，分述華文閱讀教學的綜合訓練。

(1) 探討主題

探討一篇文章的主題，必須先瞭解文章主旨與綱領的異同。所謂主旨，是指文章最核心的情理；至於綱領，則是貫串文章的某種意象。主旨與綱領有時合一，有時分置，端看文章的內容而定。如前述〈向晚的淡水〉為例，整段文字是藉由「向晚淡水的夕照」來貫串全文，而主旨卻是在表現向晚淡水所透露出的「溫暖而悠閒的情致」。

就實際華文閱讀來說，主旨與綱領的比較是為了檢視文章意象是否與主題契合，教師不必向學生分析兩者的差異，而是透過直接教學法與相關圖片，進行材料意象的理解，再逐漸引導學生掌握全文要旨。

(2) 整合風格

檢視風格是閱讀文章的最終過程。如前節華文寫作所述，文章風格受到主旨的影響最大，其次是材料意象和文學技巧的運用，也間接影響文章部分風格的取向。〈向晚的淡水〉一文主

要在表達「溫暖而悠閒的情致」,這種情理容易產生「溫馨恬淡」的氛圍,展現一種較為「陰柔」的風格。

風格是文章所展現的抽象力量,在華文閱讀教學中要學生理解風格的存在,必須透過具體的方法。基本上,風格分為「陽剛」與「陰柔」兩種類型,「陰」與「陽」雖然是抽象的概念,在現實世界卻無所不在。通常內藏、收斂的事物屬「陰」,而外顯、奔放的事物屬「陽」。例如,高峻的山屬陽,涓細的河川屬陰;火屬陽,水屬陰。所以,華語教師可以藉由肢體動作來傳遞陰陽的概念,例如打虎形拳容易給人陽剛的感覺,而打太極拳則容易呈現陰柔的感染力,教師可要求學生紀錄面對兩種拳法的感受,並逐漸引導他們理解風格的存在與差異。

2.華文寫作中關於綜合思維的訓練

在寫作過程中,我們往往先確立主旨(立意),然後再從事取材、措詞、組句、謀篇等程序,而形象思維(取材、措詞)與邏輯思維(組句、謀篇)仍須綜合思維的統合,才能呼應主旨、確立風格,以完成文章的寫作。關於「形象思維」與「邏輯思維」的寫作訓練已如前述,本節將針對寫作中的「確立主旨」與「形成風格」設計訓練之教材。

(1) 確立主旨並完成寫作

完整的華文寫作是以確立主旨為首要工作的。在進行辭章局部的取材、造詞、構句與謀篇之時,應以主旨統領其間,逐句逐段完成文章。以上述「中國人的春節」為例,基於局部寫

作訓練的基礎，教師可以引導學生進行整篇的寫作。茲以德國學生包曼德[13]的作品為例，說明其寫作過程與優劣。

> 今年春節我和朋友返鄉過年，我們高高興興地開車回屏東鄉下，不過在高速公路遇到了像牛步一般的塞車潮。到了屏東我們都累壞了。

> 我看見朋友的媽媽為了準備過年到處忙碌著。不久，終於可以坐在一起吃年夜飯。我在餐桌上大聲地向大家敬酒，大家也向我敬酒。我感受到熱情的招待。而且，我得到一個紅包當作壓歲錢。

> 我和朋友一起守夜。到了半夜，我忽然聽到放鞭炮的聲音，那時候是半夜十二點。天一亮，我和朋友去親戚家拜訪，每個人都很高興，還一直說：「恭喜，恭喜。」

> 我聽說中國人過春節是為了躲一種怪獸，它叫做「年獸」。每一戶人家貼春聯、放鞭炮，是為了趕走年獸。這真是一個有趣的故事。

> 我喜歡中國人的春節，我感覺很高興，很驚奇。台灣真是一個好地方。

從大體而言，這篇文章沒有嚴重的錯誤，其主旨的確立尚屬完整，由於學生經歷局部的訓練，所以在詞句的修飾和段落的布局有不錯的表現。若從細部評考，這篇文章仍有部分缺失：第一、文中的主詞「我」使用太多，造成語氣上的重複，顯得有

---

[13] 包曼德，德國慕尼黑中學交換學生，目前在台北市西松高中就讀，華語程度屬中級。

點僵化；第二、材料意象的連貫不夠充分，致使事件敘述或場景轉換不夠流暢；第三、末段抒情的部分表達不夠完整，以致主旨呈現不夠深刻。這是華語程度屬中級學生的作品，教師可以不必立即糾正這些錯誤，而是透過「默示」的方法或給予更完美的範文，使其自行閱讀、比較，或能激發他的創意。

(2) 完成文章風格

文章風格的形成，與作家風格息息相關，而作家欲藉由文章所傳達的思想情理也直接影響文章風格的取向。當然，寫作素材的情意、字句修飾的技巧、謀篇布局的方式，皆能影響文章局部的風格。在華文寫作教學中，教師並不刻意去要求學生寫出獨特風格的作品，而是經由主題來檢視學生作品是否符合主題的格調。以此篇作品為例，主題是「中國人的春節」，應該展現溫馨、熱鬧、活潑、有趣的感染力。從文章的取材來看，塞車潮、年夜飯、給壓歲錢、放鞭炮、拜年等素材確實營造了溫馨熱鬧的氛圍；另從文章的主旨來看，作者想要表達過春節的高興、驚奇，卻不夠深刻，因此減低了活潑有趣的感染力。所以這篇作品需要再從抒情方面加強其深刻度，才能營造更完整的風格。

五、結語

辭章「讀、寫互動原理」對於華文讀寫教學最明顯的功用，

在於提供一套完整而規律的寫作與閱讀教學程序。無論是「由意而象」的寫作心路，還是「由象而意」的閱讀過程，均能使華文讀寫教學在既定的流程中進行而不致紊亂。若能有效結合第二語言習得之教學理論，則華文的閱讀與寫作將更可能建構標準的教學程序。放眼台灣目前的第二語言習得理論，仍沿襲西方各流派的學說，華語文教師在運用這些學說以落實於教學時，難免囿於現實而產生窒礙，而辭章「讀、寫互動原理」或能提供一條有跡可循的教學模式，對於華文讀寫教學應有莫大的助益。

重要參考文獻

（一）專書

方麗娜，《現代漢語詞彙教學研究：以對外華語文教學為範疇》，高雄：復文出版社，2003 年 月初版

李名方、鍾玖英，《王希杰和三一語言學》，北京：中國文聯出版社，2006 年 11 月第 1 版

何淑貞等，《華語文教學導論》，臺北：三民書局，2008 年 3 月初版

吳明清，《教育研究――基本觀念與方法之分析》，臺北：五南圖書公司，1991 年月初版

竺靜華，《華語教學實務概論》，臺北：文史哲出版社，2006 年

12 月初版

庫爾特・考夫卡原著、黎煒譯，《格式塔心理學原理》，臺北：
　　昭明出版社，2000 年 7 月第一版

高廣孚，《教學原理》，臺北：五南圖書公司，1988 年月初版

常敬宇，《漢語詞彙與文化》，臺北：文橋出版社，2000 年 11
　　月初版

張金蘭，《實用華語文教學導論》，臺北：文光圖書公司，2008
　　年 2 月初版

陳滿銘，《辭章學十論》，臺北：里仁書局，2006 年 5 月初版

陳滿銘，《意象學廣論》，臺北：萬卷樓圖書公司，2006 年 11
　　月初版

黃沛榮，《漢字教學的理論與實踐》，臺北：樂學書局，2006 年
　　6 月增訂一版

黃慶萱，《修辭學》，臺北：三民書局，2003 年月

童慶炳，《中國古代心理詩學與美學》，臺北：萬卷樓圖書公司，
　　1994 年 8 月初版

靳洪剛，《語言發展心理學》，臺北：五南圖書公司，1994 年月
　　初版

葉德明，《華語文教學規範與理論基礎——華語文為第二語言教
　　學理論芻議》，臺北：師大書苑，1999 年 6 月初版

蔡宗陽，《國文文法》，臺北：萬卷樓圖書公司，2008 年 1 月初
　　版

鄭頤壽，《辭章學導論》，臺北：萬卷樓圖書公司，2003 年 11
　　月初版

（二）期刊論文

陳滿銘，〈論「多」、「二」、「一（〇）」的螺旋結構——以《周易》與《老子》為考察重心〉臺北：《師大學報・人文與社會類》48卷1期，2003年4月

蒲基維，〈修辭學融入華語文教學的理論與實例〉，《中原華語文學報》第二期，2008年10月

關之英，〈中文作為第二語言：教材及教法的設計理念與實踐〉，《2008亞洲太平洋地區華語文教學與發展國際學術研討會論文集》，2008年3月15、16日

整體意象之今昔結構
在作文教學上的運用
——以周杰倫兩支 MTV 為媒介

蕭千金
台北市立景興國中教師

一、前言

文章從最高層次來說，是可以完全無法的，但無法必須從有法開始，為文的規律，也必須通過必然王國才能走向自由王國的。[1]讓學生寫出「言有物」、「言有序」的作品，是我們急欲探討的的一個明確動機與理念。

在此項作文教學活動上，我們就把「意象學」和「章法學」的知識運用於課堂的範文教學上，從閱讀入手，以敘事 MTV 為媒介，並聯繫作文教學，不僅兼顧理論的實踐也做到實際的教學操作，最後著再從各家作文理論與寫作技巧中，確立「限制式寫作」[2]作為鍛鍊學生寫作能力的根據。

---

[1] 劉衍文、劉永翔：《古典文學鑑賞論》(上海：上海教育出版社，1992年 8 月第 2 刷)，頁 11-12。

[2] 「限制式寫作」一詞是由陳師滿銘擔任召集人的「國家考試國文科

　　人類因為具有邏輯思維的能力，所以在寫作時，就會不自覺去組織「景(物)」、「事」等材料而凸顯文章主旨，這過程通常稱之為「運材與布局」；若從閱讀層面切入，則可以理出創作者用來組織材料的邏輯思維，這種有關閱讀的邏輯思維就稱之為「章法」。[3]

　　辭章主要是結合偏於主觀的「形象思維」與偏於客觀的「邏輯思維」：就形象思維來說，如果將一篇辭章所要表達的「情」或「理」，也就是「意」，和所選取之「景(物)」或「事」，也就是「象」，連結在一起，或者是專就個別之「情」、「理」、「景(物)」、「事」等材料本身設計其表現技巧的，皆屬「形象思維」，這涉及了「取材」與「措詞」等問題，而主要以此為探討對象的，就是意象學（狹義）、詞彙學與修辭學等；就邏輯思維來看，如果整個就「景(物)」或「事」(象)等各種材料，對應於自然規律，結合「情」與「理」(意)，按秩序、變化、連貫與統一之原則，前後加以安排、佈置，以成條理的，皆屬「邏輯思維」：這涉及了「佈局」(含「運材」)與「構詞」等問題，而主要以此為研究對象的，就字句言，即文(語)法學；就篇章言，就是章法學。[4]

專案小組」所提出的，並於民國九十一年由考選部編印為《國家考試國文科專案研究報告》。又仇小屏於《限制式寫作之理論與應用》(臺北：萬卷樓圖書有限公司，2005 年 10 月初版)對於此作文訓練和命題的方法，有完善且精闢的說明。

[3] 參見仇小屏、黃淑貞：《國中國文章法教學》(臺北：萬卷樓圖書有限公司，2004 年 10 月初版)頁 7。

[4] 參見陳師滿銘：《意象學廣論》(臺北：萬卷樓圖書有限公司，2006

本研究的進行是實際在教學現場進行理論的實踐與教學設計，因此確立「有計畫、有意識的以理論設計作文教學活動」以及「激發學生寫作的興趣」為兩大目的。

二、整體意象與今昔結構的理論基礎

此項研究為有計畫、有意識的以理論設計作文教學活動，因此我們得先探討兩大關鍵理論：「整體意象」和「今昔結構」，如此才有踏實的研究基礎。

（一）整體意象的理論基礎

在說明教學過程之前，我們必須釐清何謂「意」、何謂「象」、何謂「整體意象」與「個別意象」，如此才能有作文教學活動的支持力量與理論基礎。

1.意象形成

意象乃合「意」與「象」而成，而「意象」成為中國文學創作文論之一，乃源於劉勰的《文心雕龍·神思》：

> 是以陶鈞文思，貴在虛靜，疏瀹五藏，澡雪精神。積學以儲寶，酌理以富才，研閱以窮照，馴致以懌辭，然後

年 11 月初版），頁 23。

> 使元解之宰，尋聲律而定墨；獨照之匠，窺意象而運斤：
> 此蓋馭文之首術，謀篇之大端。[5]

而劉勰此處所言「意象」指的是內心情感因外物波動而成的構思。黃永武說：

> 「意象」是作者的意識與外界的物象相交會，經過觀察、審思與美的釀造，成為有意境的景象。[6]

因此，「作者的意識」就成了作者於篇章中抒發的情、理，即是「意」；「外界的物象」其實是包含了景(物)與事，即是「象」。吳曉也從詩的創作來解析意象的作用：

> 意象是詩的最初出發點，又是最終目的地，其運動與組合構成詩的整體效果(情境)。因此詩就是意象符號的系列呈現，詩即是意象的一種運動形式。[7]

因此從以上我們可知人在創作過程中會不自覺或有計畫性將他所觀察、聯想、想像到的「意象」寫入文章中。

若單從辭章層面來看，則「意象」與辭章的內容的關係正如陳師滿銘云：

---

[5] (南朝梁)劉勰著，范文瀾註：《文心雕龍注》（臺北：學海出版社，1991 年 2 月再版），頁 493。
[6] 黃永武：《中國詩學—設計篇》（臺北：巨流圖書公司，1977 年 4 月 ），頁 3。
[7] 吳曉：《詩歌與人生—意象符號與情感空間》（臺北：書林出版有限公司，1995 年 3 月出版），頁 21。

就辭章而言，所謂「意」，乃一篇之「義蘊」；所謂「象」，指所用之「材料」。[8]

進一步的闡述如下：

辭章內容的主要成分，不外情、理與事、物(景)。其中情與理為「意」，屬核心成份；事與物(景)乃「象」，為外圍成分。[9]

由以上可知「意象」即是指辭章的內容結構的「核心成份」與「外圍成分」。所以可以入文之材料是「取之不盡，用之不竭」的「象」，該如何取捨，依據的就是「意」。文章需要的「象」，一經「意」的統攝，就變得有生命力，形成完整的統一體。[10]由此可知「意」與「象」的息息相關與二者於篇章中的重要地位。

2.整體意象與個別意象

為了領略創作者透過作品呈現的審美情趣與思維，我們希望能透過具有文學美感的那把鑰匙——「意象」來深入理解作品的內在。意象是如何產生的呢？盧明森說：

它(意象)理解為對於一類事物的相似特徵、典型特徵或共

---

[8] 陳師滿銘：《篇章結構學》(臺北：萬卷樓圖書有限公司，2005 年 5 月初版)，頁 57。
[9] 陳師滿銘：〈從意象看辭章內容成分〉，《國文天地》第十九卷八期(2004 年)，頁 95。
[10] 見馮永敏：《散文鑑賞藝術探微》(臺北：文史哲出版社，1988 年 2 月初版)，頁 145。

同特徵的抽象與概括，同時也包括通過想像所創造出來的新的形象。人類正是通過頭腦中意象系統來形象、具體地反映豐富多彩的客觀世界與人類生活，既適用於文學藝術領域、心理學領域，又適用於科學技術領域。[11]

因此，具體的象即是表現隱微的意，是一切思維的基本單元。但「意象」又可細分為整體與個別與兩種，陳師滿銘針對此有以下說明：

> 它(意象)有廣義與狹義之別：廣義者指全篇，屬於整體，可以析分為『意』與『象』；狹義者指個別，屬於局部，往往合「意」與「象」為一來稱呼。而整體是局部的總括，局部是整體的條分，所以兩者關係密切。不過必須一提的是，狹義之「意象」，亦即個別之「意象」，雖往往合「意」與「象」為一來稱呼，卻大都用其偏義，譬如草木或桃花的意象，指的是偏於「意象」之「意」，因為草木或桃花都偏於「象」；如「桃花」的意象之一為愛情，而愛情是『意』。而團圓或流浪的意象，則指的是偏於「意象」之「象」，因為團圓或流浪，都偏於「意」；如「流浪」的意象之一為浮雲，而浮雲是「象」。因此前者往往是一「象」多「意」，後者則為一「意」多「象」。而它們無論是偏於「意」或偏於「象」，通常都稱為「意

---

[11] 黃順基、蘇越、黃展驥：《邏輯與知識創新》第二十章（北京：中國人民大學出版社，2002 年 4 月一版一刷），頁 430。

象」。[12]

陳佳君亦承繼此引文有以下說法：

> 進一層而言，辭章之「意象」，可以析分為「意」與「象」
> 兩個概念，而廣義的意象又包含整體意象與個別意象。
> 其中，整體意象事就辭章的全篇而言，通常將意與象兩
> 者分述；個別意象則屬於局部，往往將意與象合稱。由
> 於整體事個別的總括，個別是整體的條分，因此兩者的
> 關係密切。[13]

綜合以上說法，陳佳君有以下列表[14]：

意象種類	範疇	特色	內涵
整體意象	就全篇、整體而言	可析分為「意」與「象」	包括核心之意（主旨），與由個別意象所總集成的意象群
個別意象	就局部、個別而言	合「意象」稱之，並具有偏義現象	包括「一象多意」與「一意多象」

---

[12] 陳師滿銘：《篇章結構學》（臺北：萬卷樓圖書有限公司，2005 年 5 月初版），頁 17。

[13] 陳佳君：《辭章意象形成論》(臺北：萬卷樓圖書有限公司，2005 年 7 月初版)，頁 6。

[14] 陳佳君：《辭章意象形成論》(臺北：萬卷樓圖書有限公司，2005 年 7 月初版)，頁 7。

　　因此我們可以知道在人們的綜合思維運作下，辭章的情、理、事、物(景)四大內容可連結、互動，形成個別而局部的意象，又這些個別意象是分別獨立又具有聯繫的事、物(景)形象，這些個別意象組織後，在全篇主旨統合下，形成一篇文章的整體意象，皆為核心之意服務。

　　陳慶輝亦有關於整體意象與個別意象的另一說法：

> 一首詩就是一個完整的意象體系，這種意象體系就是「複合意象」；複合意象由若干簡單意象構成。[15]

仔細分析這段話，我們可以得知「複合意象」的概念就等同於「整體意象」，而若干「簡單意象」即是構成整體意象的「個別意象」。

　　仇小屏於《篇章意象論——以古典詩詞為考察範圍》就針對個別意象與整體意象有詳細的說明並針對各家說法有解釋亦有澄清[16]，以下為仇小屏對個別意象與整體意象的意義界定：

> 意象就最小單位而言是「詞」，就最大單位而言是「篇」，因此嚴格說來，每個詞都是「個別意象」，共同組成「整體意象」（篇）。[17]

---

[15] 陳慶輝：《中國詩學》(臺北：文史哲出版社，1994 年 12 月初版)，頁 68。

[16] 參見仇小屏《篇章意象論－以古典詩詞為考察範圍》（臺北：萬卷樓圖書有限公司，2006 年 10 月初版）頁 72-77。

[17] 仇小屏：《篇章意象論－以古典詩詞為考察範圍》（臺北：萬卷樓圖書有限公司，2006 年 10 月初版）頁 72。

因此我們可知，個別意象、整體意象是相當重視許多小意象「統合」成最大意象——篇[18]，因此對於主旨的探求是相當重視的，因為在這樣的要求下，當我們掌握個別意象後即可知其組合成整體意象的意義，如此也才能清楚的明白創作者藉由此篇章所傳達的情意。

而值得注意的一點是：整體意象不見得是意與象二者的絕對分開，而個別意象也未必是意與象的合稱，因為在某些篇章中，不論是整體意象或是個別意象都有可能是「顯意象」或「隱意象」[19]。仇小屏針對此有以下說明：

> 所謂顯意象就是「意」與「象」在字面上分別呈現的意象，不管是整體意象還是個別意象，都可能是顯意象；而隱意象就是「意」與「象」融為一體、無法劃分的意象，同樣地，整體意象與個別意象也都可能是隱意象。[20]

再進一步說明，在隱意象中，整體意象為意與象二者的融合，即是我們必須經由個別的事象或物(景)象的體會才能引發出全篇的絃外之音，也就是意，因此意存在象中，象融合了意。如李白的〈黃鶴樓送孟浩然之廣陵〉正為意象融合的一整體意

---

[18] 仇小屏：《篇章意象論－以古典詩詞為考察範圍》（臺北：萬卷樓圖書有限公司，2006 年 10 月初版）頁 74。

[19] 有關「顯意象與隱意象」的進一步說明，請參見仇小屏《篇章意象論－以古典詩詞為考察範圍》（臺北：萬卷樓圖書有限公司，2006 年 10 月初版）頁 39-45。

[20] 仇小屏：《篇章意象論－以古典詩詞為考察範圍》（臺北：萬卷樓圖書有限公司，2006 年 10 月初版）頁 41。

象(篇)[21]。

　　而個別意象也未必是意與象的合稱，因為於顯意象中，個別的意與個別的象可以同時存在，同時呈現，例如：晏殊〈浣溪沙〉中有二句：「無可奈何花落去，似曾相識燕歸來」，前句寫出了字面上呈現的無可奈何之意與花落去之象；後句亦是明顯的表達了似曾相識之意與燕歸去之象，二句個別的意與象讓全篇懷舊的惆悵之情(主旨)更為濃厚。[22]

　　以上討論的正是意象學中的「個別意象」與「整體意象」的組成與關係，並釐清一些定義，而探析這這些理論的目的將是要將理論落實到實際閱讀與作文教學上，期待能提升學生的語文能力。

（二）今昔結構的理論基礎

　　今昔結構為眾多章法中的一種，欲讓此研究更為明白準確，就得先討論其形成脈絡與變化。

1.章法簡介

　　我們人類因為具有邏輯思維的能力，所以在寫作時，就會不自覺去組織「景(物)」、「事」等材料而凸顯文章主旨，這過程通常稱之為「運材與布局」；若從閱讀層面切入，則可以理出創作者用來組織材料的邏輯思維，這種邏輯思維就稱之為「章

---

[21] 此詩分析可參見仇小屏《篇章意象論－以古典詩詞為考察範圍》（臺北：萬卷樓圖書有限公司，2006 年 10 月初版）頁 43-44。

[22] 此詩分析可參見仇小屏《篇章意象論－以古典詩詞為考察範圍》（臺北：萬卷樓圖書有限公司，2006 年 10 月初版）頁 42-43。

法」。[23]

　　章法為辭章的橫向結構，為謀篇佈局的方式。陳師滿銘曾言：

> 所謂的章法，是指文章構成的型態而言，也就是將句子組合成節段，由節段組合成篇的一種方式[24]

所以，章法是謀篇佈局之法，可以梳理思路，建構有系統、有組織的寫作方向，使文章合於秩序，前後取得照應，達成整體的和諧與統一；其所彰顯的是人類以邏輯思維進行運思，來安排詞、句、段、篇的能力。[25]章微穎曾說：

> 所謂(結構)安排，就是將所選取的材料如何加一番配置功夫，已成系統的組織。這不僅屬於義旨內容的關係，同時也連帶及於文辭形式的關係，不可分拆的了。[26]

　　章法學主要是以結構表之方式，將文章中所運用的材料之組織條理清理出來，除整理文章中之脈絡思路外，也兼顧文章

---

[23] 參見仇小屏、黃淑貞：《國中國文章法教學》(臺北：萬卷樓圖書有限公司，2004 年 10 月初版)頁 7。

[24] 陳師滿銘：《國文教學論叢》(臺北：萬卷樓圖書有限公司，1991 年 7 月初版)，頁 27。

[25] 王慧敏：《章法在國小三年級寫作教學之應用---以並列、凡目、今昔三種章法為例》(花蓮：國立花蓮教育大學語文科教學碩士論文，2004 年 12 月)，摘要頁。

[26] 章微穎：《中學國文教學法》(臺北：蘭臺書局，1969 年 9 月再版)，頁 50。

的風格之美，講求秩序、聯貫、變化、統一四大規律[27]。章法
在教學上的運用，通常為幫助學生於精讀課文時，對文章之佈
局、篇章主旨及綱領作通盤分析，以幫助學生融入文章中之情
境，深刻了解其內涵，而在吸收學習的同時，學生也建立起正
確的寫作觀念，明白寫作的步驟，進而培養寫作的樂趣。[28]

　　陳師滿銘〈論章法的哲學基礎〉中說：

> 章法所探討的是篇章之條理，亦即連句成節（句群）、
> 連節成段、連段成篇的邏輯組織。這種邏輯組織或條
> 理，對應於宇宙人生規律，完全根源於人心之理，是
> 人人與生俱有的。所以大多數的人，包括作者本身，
> 對它的存在雖大都不自覺，卻會自然地反映在他們的
> 思考或作品之上[29]。

　　每一篇辭章都有其獨特的風貌，但這並不表示其中無共通
原則可循，畢竟人類的心靈常會受到相同理路的支配，使寫出
的作品自覺或不由自主的遵循某些原則。

　　目前由陳師滿銘與仇小屏所歸納出來的章法有四十餘
種，它們用在「篇」或「章」（節、段），都可以擔負組織材料

---

[27] 參見仇小屏：《文章章法論》（臺北，萬卷樓圖書有限公司，1998
年 11 月初版），頁 27-493。

[28] 趙逸萍：《章法在兒童寫作教學運用之研究――以國小二年級為例》
(花蓮：國立花蓮教育大學與文科教學碩士論文，2004 年 6 月)，摘
要頁。

[29] 陳師滿銘：〈論章法的哲學基礎〉，《國文學報》第三十二期(2002
年)，頁 87-126。

情意、形成層次之作用[30]。章法運用在個別辭章中,會形成結構, 每種章法又可形成四種不同的結構,就以今昔法而言,其所形 成的結構如下:「由昔而今」、「由今而昔」、「今昔今」、「昔今昔」, 所以依此類推,則此四十餘種章法類型會形成近兩百種不同的 結構。

2.今昔結構介紹

　　文學作品常因時而有所感,而文學作品中的時間卻是經 過作家的想像對物理時間的重新鍛造。所以我們寫作時,常 會不自覺的以時間來組織文章,而組織時間的邏輯就不只一 種,因為文學求變,所以組織時間的邏輯就不只一種,整體 說來,處理時間的章法有四:今昔法、久暫法、快慢法、時 間虛實法;久暫法所探求的是對時間的「量」的處理,快慢 法所探求的是對時間的「速率」的處理,時間虛實法所探求 的是對時間的「真假」的處理,其中今昔法所探求的是對時 間的「順序」的處理。[31]

　　陳師滿銘說:

　　（今昔法）將時間中的「今」（現在）與「昔」（過去）, 依篇章需求做適當安排的一種章法。[32]

---

[30] 陳師滿銘:〈論章法的哲學基礎〉《國文學報》第三十二期(2002 年), 頁 87-126。

[31] 此四類章法的詳細運用情形可參考仇小屏《古典詩詞時空設計美 學》（臺北:文津出版社,2002 年）頁 163-235。

[32] 陳師滿銘:《章法學綜論》（臺北:萬卷樓圖書有限公司,2003 年 6

我們可以知道：所謂「今昔法」，就是運用時間中的「過去」
與「現在」來組織篇章的一種章法。因為時間中的今昔交錯，
所以表現在辭章結構中會形成「由昔而今」的順敘、「由今而
昔」的逆敘、「今昔今」及「今昔交迭」等敘述形式。

　　「由昔而今」的順敘方式，是文學作品中最為常見的敘述
方式，也是最符合事物本身的發展規律的，張紅雨說：

> 順向，是人們的美感情緒正常發展的類型。從時間上看，
> 是從現在走向未來（從過去到現在亦同）；從空間上看，
> 是從地面升向太空；從事件上看，是從發生走向完善；
> 從人物上看，是從幼稚走向成熟；從性質上看，是從簡
> 單走向複雜……這一切都是符合事物本身的自然規律
> 的。合乎規律的東西就是美的，就是真的。在正常的狀
> 態下，人們的思維、人們的美感情緒都是這樣。[33]

所以符合規律的「由昔而今」的結構有其吻合美感情緒的特色。

　　「由今而昔」的逆敘方式，是將美感情緒波動最急促、最
密集的部份先呈現出來，張紅雨說：

> 逆向，是激情物曾經給寫作主體留下了不可磨滅的印
> 象，在復呈這一激情物當初的型態時，常常把事物的結
> 果和結局首先湧現出來。因為這種結果和結局曾經在引

月初版），頁 18。

[33] 張紅雨：《寫作美學》（高雄：麗文文化，1996 年 10 月初版），頁
245-246。

　　起美感情緒波動中，居於最激烈的階段上，是美感情緒
波動最急促、最密集的部分，所以復呈時期印象最清楚，
也就最先被顯現出來。[34]

以上所稱的「事物的結果和結局」寫的就是「今」，現在的情形。
因此此「由今至昔」的逆向結構所呈現的即是美感情緒波動中
最激烈也最令人印象深刻的部份。

　　「今昔今」的結構方式，是將文學作品中發生的時間由現
在回溯過去，又在回到現在，我們通常稱之為「追敘」。以此種
結構創作辭章，在將時間拉回過去敘述時，敘述的經常是事情
的過程或是多樣景觀的連續描述，而創作者往往為了讓「昔」
的部分能更清楚或情韻綿長，常會以較大篇幅敘述，最後再以
簡短的口吻寫現在的感覺或體悟，所以「今昔今」所營造的美
感將更為生動。

　　其他「今昔迭用」的結構，因為此結構是經由時間的跳躍
而形成變化所構成的結構，所以「今」與「昔」之間會形成不
斷的、連鎖的呼應，美感的作用也不斷的擴大。

　　而本章節討論今昔結構的理論基礎亦是為了能將此結構當
作作文教學的引導骨架，希望能帶領孩子由外而內的創作。

三、兩支 MTV 整體意象之今昔結構分析

---

[34] 張紅雨：《寫作美學》（高雄：麗文文化，1996 年 10 月初版），頁
351。。

藝術作品的創作中，電影的意象是最為豐富而有其隱喻與象徵作用，而 MTV(音樂錄影帶)也有這樣的作用，但是大部分的 MTV 雖運用了很多意象來表達他歌曲中情意，但是，具有「今昔結構」邏輯性與結構性的 MTV 卻不多，於是，在找尋的過程中，我發現當過導演的周杰倫有他一套敘事的功力，他的歌詞往往可以讓人發現這是一個有脈絡的故事，因此去搜尋周杰倫的 MTV 時，就讓我發現有兩支敘事性強，有邏輯性並符合「由昔至今」結構與「今昔今結構」的 MTV，分別是「千里之外」與「夜的第七章」。以下就分別就這兩支 MTV 的故事背景與其呈現的「整體意象」與「今昔結構」來做分析。

（一）千里之外

這支歌詞 MTV 的故事背景搭配歌詞中的「情深何在、生死難猜」點出愛情多以悲劇收場的主題。這支 MTV 以懷舊老歌劇院為背景，劇中杰倫飾演歌劇院裡的年輕打雜工，而女主角是當紅的歌手，一段感人的愛情故事也在這歌劇院中發生。而仔細研究這支 MTV 所敘述的故事內容，即可發現其所呈現的主旨雖於篇外，但卻是「犧牲自己，成全對方的愛情」，因此這段故事的氛圍都籠罩在這主旨下，以「遺憾」與「無奈」包裝。接著我們就來分析這支千里之外 MTV 的結構與其整體意象。

為了方便分析，我們就把劇中男女主角取名為小倫與小芝。

結構分析表如下：

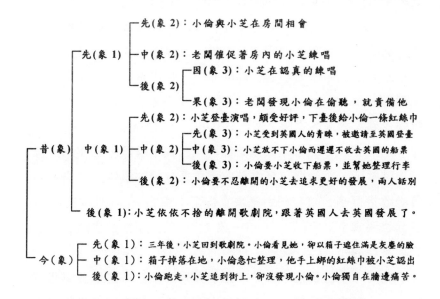

先(象 2)：小倫與小芝在房間相會
中(象 2)：老闆催促著房內的小芝練唱
先(象 1)
後(象 2)
因(象 3)：小芝在認真的練唱
果(象 3)：老闆發現小倫在偷聽，就責備他
先(象 2)：小芝登臺演唱，頗受好評，下臺後給小倫一條紅絲巾
昔(象) 中(象 1) 中(象 2)
先(象 3)：小芝受到英國人的青睞，被邀請至英國登臺
中(象 3)：小芝放不下小倫而遲遲不收去英國的船票
後(象 3)：小倫要小芝收下船票，並幫她整理行李
後(象 2)：小倫要不忍離開的小芝去追求更好的發展，兩人話別
後(象 1)：小芝依依不捨的離開歌劇院，跟著英國人去英國發展了。

先(象 1)：三年後，小芝回到歌劇院。小倫看見她，卻以箱子遮住滿是灰塵的臉
今(象) 中(象 1)：箱子掉落在地，小倫急忙整理，他手上綁的紅絲巾被小芝認出
後(象 1)：小倫跑走，小芝追到街上，卻沒發現小倫。小倫獨自在牆邊痛苦。

此部 MTV 是描寫一對男女相戀卻無法相守的悲劇愛情，我們的目光焦點也都聚集在這個愛情故事上，所以這個故事就是一個整體意象。MTV 是以「由昔而今」的結構呈現，敘述極有章法與順序。

在「昔」結構這一部份，劇情著墨較多。一開始即以個別意象—男女主角：小倫與小芝於房內相會的事象搭配許多屋內擺設的物象，如：老舊相片、舊式留聲機、古典梳妝台……等，寫出兩人相戀的甜蜜(昔—先—先—象 2)。但是劇情安排隨即以老闆敲門催促小芝練唱這事象，使得兩人的甜蜜中止(昔—先—中—象 2)，緊接著更以小倫在門外偷聽，而被老闆發現，並指責小倫工作偷懶，進而點出男女主角兩人的地位懸殊，一是歌劇院

紅歌手，一是打雜小弟，因此他們的世俗差距也是「千里之外」
((昔－先－後－果－象 3)小芝登臺演唱的丰采與臺下聽眾的如痴
如醉構成了她演唱功力高超這事實。她演唱完畢一下臺，送給
正在拉著紅色布幕的小倫一條紅絲巾，也正是代表兩人的情意
深深(昔－中－先－象 2)。然而，劇情至此開始有了轉折，小芝的
歌聲受到英國人的賞識，他們邀請小芝至國外發展(昔－中－中－
象 2)，但是，小芝卻不希望離開小倫去異地發展，就在她猶豫
不決的當下，小倫逕自幫小芝收下象徵分離的船票，並快速的
幫她收拾行李，這些個別意象宣告了小倫的決心－他寧願犧牲
自己也要成全對方(昔－中－中－象 2)。小芝雖不捨卻也踏上了去
異地發展的路途(昔－後－象 1)。

　　在「今」結構這一部分，劇情雖短，卻透露出遺憾與悲情
氣氛。小芝去外發展，於三年後回到舊地，其實內心只想找尋
舊日熟悉身影(今－先－象 1)，然而，小倫一瞧見身穿華麗洋服
的小芝，卻只想把自己的寒酸藏起，於是他拿起大木箱遮著自
己骯髒的臉，迅速經過小芝身旁，沒想到一不小心，箱子重重
落到地上，小倫急忙整理散落一地的東西，就在此時，小芝瞥
見他左手腕上的紅色絲巾，猛然想起這是當年她送小倫的禮物
(今－中－象 1)，於是，當她正要上前相認時，小倫卻往外跑去，
小芝追到大街上，街上空無一人，只有拉黃包車的人無聊窩在
街角，而小倫卻早已失去蹤影，小芝難掩落寞時，小倫也正在
陰暗的牆邊無奈又悲傷的偷偷望著小芝(今－後－象 1)。

　　這個故事的整體意象是由十三個事象以及無數個物(景)象
統合而成，藉著由昔而今的結構連結，因此內容、畫面、形式、

順序都顯得嚴謹有序。

（二）夜的第七章

《夜的第七章》這支 **MTV** 以真實的電影手法寫出一個偵探辦案的故事，搭配猶如推理小說的歌詞，整首歌的詭譎與懸疑氣氛於 **MTV** 表露無遺，而全篇故事的主旨也是在篇外：「不能說的殺人案的真相」，因為是「不能說」，因此劇情就有很多出人意料的部份，但是本部 **MTV** 卻以極有條理的戲劇效果帶領大家深入劇情，因此在我們的抽絲剝繭下，仍可深入剖析此支 MTV 的結構與整體意象。

為了方便分析，我們就把劇中主角取名為大偵探杰倫、助手宇豪和嫌疑犯彈頭。

結構分析表如次頁：

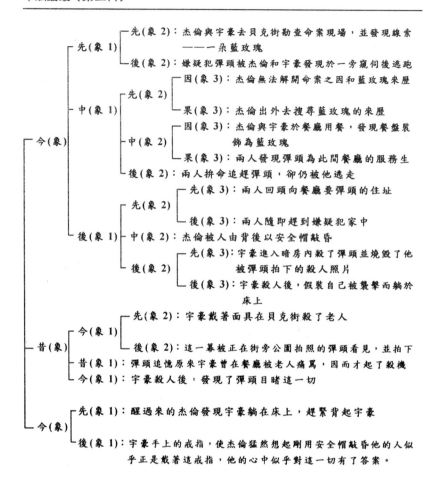

此部 MTV 是描寫一件命案的來龍去脈，因此這個故事就是一個整體意象。MTV 是以「今昔今」的結構呈現，故事發展高潮迭起，極有波瀾。

第一個今的結構，是此 MTV 較多情節發展的部分。此故事的背景是設定在一九八三年十二月的倫敦貝克街上，此故事

以一事象做為開端－在此處發生了一樁老人含著藍玫瑰而死的命案（今－先－先－象 2），而貝克街的另一邊站著一個人，他正默默注視著杰倫和宇豪勘查命案現場，然而當杰倫和宇豪發現他時，他卻莫名其妙的跑走，此舉令人匪夷所思（今－先－後－象 2）。而杰倫即對此命案展開追查，但是因為他無法思索出合理殺人原因，於是他決定從藍玫瑰的來歷著手，出外去向花店、貝克街上的住家探訪，但仍無人知曉藍玫瑰的來源，杰倫轉而去圖書館查資料，由此部份可知「藍玫瑰」為這整體意象中的一個極為重要的「個別意象」，其負有串起故事線索的重任（今－中－先－果－象 3），後來，宇豪和杰倫於餐廳用餐也是經由餐盤上的藍玫瑰裝飾進而追查到嫌疑犯彈頭是在此工作的服務生（今－中－中－果－象 3）。而彈頭一看到他們馬上奪門而出，而且也被他順利逃脫，此一動作又加深了杰倫對他就是「殺人犯」的懷疑（今－中－後－象 2）。之後，杰倫和宇豪回到餐廳要到了彈頭的住處地址，似乎此命案就要告一段落了，然而，當杰倫走進彈頭客廳時，卻被人從後襲擊，以安全帽敲昏了他（今－後－中－象 2），而命案發展到此出人意料，原來敲昏他的人是他的助手宇豪。宇豪一步步走向正在暗房沖洗照片的彈頭，一推開門，「砰」一聲槍響，彈頭的生命被宇豪終結，而宇豪也把暗房中有關他殺人的照片通通焚毀，謎底似乎快揭曉了（今－後－後－先－象 3）。而後，宇豪也假裝自己被人襲擊而倒於床上，為了第一個今結構做了一個結束（今－後－後－後－象 3）。

我們接著來看「昔」的部份，此部份為前面「今」結構的

追溯，它明明白白的揭曉了事情的真相：宇豪為殺了老人的真正兇手。在此「昔」結構中，劇情鋪陳也是以「今昔今」結構來鋪陳，先是宇豪戴著面具殺了老人，而這一幕恰巧被愛好攝影的彈頭拍下，於是為何彈頭後來被殺就有了合理解釋（昔—今—後—象2）。原來宇豪會犯下殺人案，一切原因是他在餐廳被老人大聲斥責，而心生殺意（昔—昔—象1）。而宇豪殺人後，發現原來這一切被彈頭發現並被拍下，於是也埋下了他嫁禍於彈頭的計畫，昔的部份到此結束，一切真相也都有了解答（昔—今—象1）。

最後一個今的部份，劇情非常短，但卻也讓杰倫發現「宇豪是殺人兇手」這點。當杰倫甦醒後，他在臥房床上看見宇豪，他不疑有它的急忙背著宇豪離開彈頭的家（今—先—象1），然而，當他看見宇豪手中的深藍色寶石戒指時，杰倫就回憶起剛剛敲昏他的人，似乎正是戴著這戒的人，事件發展至此，杰倫的內心也把種種線索拼湊起來，他的心裡已告訴他誰是真正的殺人兇手，而故事就在杰倫發現真相時結束（今—後—象1）。

此故事的整體意象是由十八個事象以及藍玫瑰、照相機、面具等種種物象統合而成，藉著今昔今的結構連結，雖然情節複雜，場景也不斷更換，但是此故事於複雜中卻有它的次序，因此分析起來只感覺其內容豐富，結構多變。

四、作文教學的設計與實作

寫作是人類運用文字、符號進行紀錄、交流、傳播信息的語言活動，[35]也是一種由感知——從客觀世界攫取材料到內部語言——在頭腦中進行加工製作，最後用文字表達出來的心理活動。[36]所以，寫作能力是寫作者在寫作活動中各種內在和外在能力的總合。[37]

（一）設計理念

所謂寫作就是把個人腦海中的思想與感覺，以符合文法和邏輯的方式，下筆組成句子和段落的表達方式。又「寫作」離不開「閱讀」，兩者是相輔相成，而「由讀到寫」為學生語文能力的奠基方法之一。陳師滿銘在〈語文能力與辭章研究——以「多」、「二」、「一（0）」的螺旋結構作考察〉中說：

> 這種形成螺旋結構的能力，是可用「批評」（讀）與「創作」（寫）來印證的。由於「創作」（寫）乃由「意」而「象」，靠的是先天（先驗）自然而然的能力，這多半是不自覺的；而「批評」（讀）則由「象」而「意」，靠的是後天研究所推得的結果，用科學的方法分析作品，自覺地將先天（先驗）自然而然的能力予以確定。[38]

---

[35] 莊濤：《寫作大辭典》（上海：漢語大辭典出版社，2003 年），頁 1。
[36] 余應源：《語文教育學》〔江西：江西教育出版社，1996 年〕，頁 147。
[37] 莊濤：《寫作大辭典》（上海：漢語大辭典出版社，2003 年），頁 5。
[38] 陳師滿銘：〈語文能力與辭章研究——以「多」、「二」、「一(0)」的螺旋結構作考察〉，《國文學報》第三十六期(2004 年)，頁 91。

「創作」（即寫作）是先天能力的發揮，「批評」（即閱讀）是後天研究的而來，兩者的心理路程雖相反，但其關係可說是互動而不能分割的。

以上之說法可以由「限制式寫作」的理論中更進一步發現：我們的寫作能力可區分為三個層級來加以論述：一般能力的內涵有：觀察力、記憶力、聯想力、想像力、思維力；特殊能力則區分為立意、運用詞彙、取材、措辭、構詞與組句、運材與佈局、確立風格等能力；統合前面的一般能力、特殊能力而成的能力就是綜合能力，所以在這個層次上才能訓練或展現出同學的「創造力」。[39]以前我們考高中聯考或大學聯考前的寫作訓練就是傳統一題一篇式的訓練，就是我們要我們發揮寫作的綜合能力，但以「限制式寫作」的理念與設計題目的方法卻能鎖定一般能力、特殊能力來進行訓練，而且以題組的方式來命題，更可以具有關聯性之若干子題，由淺入深、由短而長地訓練學生突破盲點、進行寫作，對於學習作文者而言，是非常適當的一種訓練方式。[40]

我們根據「限制式寫作」的理論設計此作文教學活動使學生的寫作能力可得到發揮，並且要使教學與能力指標結合，使能力指標落實並增加可行性，而在進行作文教學時，我們可以

---

[39] 參見仇小屏：《限制式寫作之理論與應用》(臺北：萬卷樓圖書有限公司，2005 年 10 月初版)，自序頁 2。

[40] 參見仇小屏：《限制式寫作之理論與應用》(臺北：萬卷樓圖書有限公司，2005 年 10 月初版)，頁 10-12。

注意到以下原則：（一）教學目標的單純化。（二）教學引導的重要性。（三）合宜的問題與發問技巧。（四）尊重學生的個人創作特質。（五）活動式的學習。（六）給予學生適當而充足的創造引導素材。（七）去除負面的阻礙因素。（八）給予學生實質的獎勵。[41]

　　根據以上有關「作文教學設計」的理論和注意事項，筆者就以「形象思維」和「邏輯思維」為切入作文教學的一個主軸，希望能設計有趣的「整體意象與今昔結構」作文教學活動，使學生能藉由「敘事 MTV」寫出一篇篇具有敘述邏輯性以及豐富內容和情感表現的寫事作文來。

（二）敘事作文讀寫教學設計

　　寫作並不是一種抽象的原理和研究，而是存在於具體的時空背景和環境之下的認知過程，教師必須了解情感思想表達的心理過程與方法技巧，並考慮實際的作文教學情境，陳行葳就提出以下看法：

> 正確的教學理念包括了生活化、題材靈活、訓練求新、思惟創新。作文教學之元素有作文主體內在精神、獨特個性的自由顯現；提煉主題與創新立意；敘述、描寫、抒情、議論、說明文的撰寫，修辭、起草、修改。而寫作教學的最終目標是訓練學生運用書面語去狀物記事、

---

[41] 陳宜貞：《「創造思考教學法」應用於國小六年級作文課程的教學研究》(臺中：臺中師範學院語文教育學系碩士班，2003 年)，摘要頁。

表情達意，使他們在文字表達方面，能應付裕如。[42]

因此，我們就選擇了視覺畫面極為豐富而且較有邏輯性的「敘事 MTV」當作此次作文教學的「靈活題材」，結合整體意象的引導與分析與今昔結構的運用與安排來設計此次作文。

1.整體意象之由昔而今的敘事作文設計

(1)範文分析

礙於篇幅限制我們所節錄〈田園之秋〉的第二段原文即省略，直接從結構分析表來分析其結構與整體意象。其結構分析表如下：

```
┌ 凡(象)（大雨、霹靂）：下午大雨滂沱，霹靂環起，……真要走避不及。
│          ┌ 先(烏雲)(象 1)：低著頭……可名為惡魔與妖巫之出世
└ 目(象) ─┼ 中(霹靂)(象 1)：正當人們……匐匐不能起的
           └ 後(大雨)(象 1)：好在再接著便是大雨滂沱……不是戲劇？
```

這段散文描寫的是一段短時間內所發生的一連串景象，因為時間比較短暫，所以就不適合標上「昔」、「今」，而改以「先」、「中」「後」來指出時間的流逝和發生的氣候變化。

此部分是《田園之秋》的中最精采的段落，因為以細膩的觀察和豐富的摹寫，依照時間先後來描寫一場先有滿天黑怪－

---

[42] 參見陳行葳：《傳統與限制式命題作文教學之研究傳統與限制式命題作文教學之研究》(高雄：國立高雄師範大學碩士論文，2006 年)，頁 20-24。

烏雲，接著有霹靂壓頂和以大雨滂沱為主的西北雨午後，因此在「目」結構這邊，作者以三個個別意象構成全篇的整體意象。文中以「下午、接著、再接著」三詞，將文章依照時間順序性分成先、中、後三部分，使此段文章很明顯呈現「由昔而今」的結構。

(2)作文教學

a.寫作題組

①句子要按照事情發生的時間先後來寫。先發生的先寫，後發生的後寫。只要是一個段落要寫的是一件事情，如「週末我做了什麼？」、「電影的劇情」、「遊記」等等，以時間順序的寫法就很方便。*請思考表示時間先後的具體時間詞有哪些？*

②請*框出「田園之秋」中表示先後的時間詞*，相信同學們更能看到以時間順序來寫段落的好處了！

③請大家來「閱讀」千里之外這支敘事 MTV，之後我們在進行這支 MTV 的內容與形式討論，並將討論紀錄於作文筆記單上。

④請用「由昔而今的時間順序」來將千里之外這支敘事 MTV 寫成一篇文章。字數 600 字~1200 字。

b.成果舉隅

第一小題的參考答案：上午、中午、下午、晚上、夜晚、第一天、第二天、以前／過去、以後／現在……之前，……

之後、開始……，後來……等。

第二小題參考答案：略

第三小題參考答案：略

第四小題參考答案：

千里之外　　八年級　湯弘毅

在 1930 年的上海，一個寂靜的晚上，小倫趁著歌劇院休息的空檔，到小芝的房間裡和她談天，原來，他們是一對相戀已久的戀人。雖然是一對戀人，可是兩個人的身位卻相差甚多，一個是在戲院裡搬雜物的苦力，一個是歌劇院裡當紅的歌手。

當小倫和小芝在房間裡說話時，「碰！碰！碰！」從門上傳來一陣拍打聲，「喂！小芝，你練習的時間到了」歌劇院老闆大聲喊著，「是我馬上開門」，無情的敲門聲拆散了一對戀人極短暫的相會，小倫依依不捨的看著小芝，用脣語對小芝說聲「再見」後，這趕緊從房間後門溜出去了。

老闆進門一看，就四處搜尋，但是怎麼瞧都瞧不出另一個人影來，只好對小芝說：「我們開始練唱吧！」。小倫雖然躲在室外，但還是聽的到小芝的天籟美聲，他不禁微微陶醉了。過了一段時間，正當小倫沉醉於小芝歌聲時，老闆從後門走了出來，發現小倫靠在牆壁偷聽，他就屬聲對小倫說：「趕快給我把這些雜物搬進去」，「是、是」，小倫趕緊照著老闆的話做。

小倫小心的拉著繩子，慢慢把舞臺的布幕拉開，美麗可人的小芝和輕輕搖擺的舞者就慢慢在觀眾前出現，小芝拿著麥克風，唱著動人的旋律，觀眾們個個不是微笑，就是不停點頭。「嘩嘩嘩」「拍拍拍」，表演結束了，如雷掌聲響起，小倫小心翼翼

的放下繩子任布幕垂下，等著唱完歌後的小芝能以動人的眼神
看他一眼，正如小倫所願，小芝不僅對他深情一望，還給了他
剛剛拿在手上表演的紅絲巾。但是，兩人的甜蜜卻可能化為淚
水了。

　　當小芝朝著舞臺後方走去時，卻被老闆和兩位穿著洋服的
外國人擋住了「You are very good.Can you come with us?」原
來這兩人是英國歌劇院的經理，他們遠度重洋來到上海，就是
為了找尋優秀的歌手。當他們這樣對小芝說的時候，小芝原本
還一頭霧水，直到老闆解釋，她才明白這兩位英國人的意思。
那兩位英國人手上拿著去英國的船票，他們希望能馬上帶小芝
去英國，小芝的確已苦等這機會兩年了，現在終於有人發掘了
她的才華，但是當她回頭看見小倫時，內心卻不知怎麼辦才好。
但是，小倫卻一跨步把船票塞進小芝手裡，並對英國人說道:「不
好意思，請讓她收拾一下」。小倫牽著小芝的手，手裡拿著小芝
的紅絲巾，往小芝的房間奔去，進了房間，小倫馬上開始幫小
芝收拾行李，催促著小芝離開這地方去英國，但小芝卻站在原
地踟躕不前。

　　小倫收拾好了行李，再度牽著小芝的手說:「這地方已經不
適合你待下去了，你快去英國發展吧！」但小芝卻兩眼含著淚
水一步也不移動。小倫馬上明白了小芝的心意，但他不可以自
私的阻擋小芝的前途，於是他長長的嘆了一口氣說:「你快走
吧！我們就此別過吧！你去英國會有更好發展，記得保重自
己」，就把小芝拉出房間外，用力把門關上，兩人雖隔著一扇門，
其實未來的命運卻是相隔千里呀！小芝的眼淚慢慢流了下來，

心裡悲痛不已，看著那扇門，一股莫名的後悔在她心中哭喊，縱使百般不捨，她還是跟著英國人離開了上海。

時光飛逝，三年過去了。小倫照樣搬著重物，劇院的外觀與內在陳設都沒變，只是少了小芝的身影。

「叩囉！叩囉！」一位穿著洋服的女子從黃包車上走下，停駐在歌劇院門口，而她正是去英國發展的小芝，她回來上海了。當她步進劇院走道時，她一心想來見見小倫。小倫正搬著行李箱，踏進了走道，瞥見了小芝，他想要叫她一聲，但是他卻不敢這樣做，他一臉驚惶的趕緊用毛巾往自己臉上擦拭，又用箱子遮著自己的臉，壓低帽子，往通道走去，他就是不願讓小芝發現他。當他經過小芝身邊時，小倫一個重心不穩摔倒了，小芝回頭看，並沒有在第一時間認出背對她的人正是以前的情人—小倫，但是她在仔細一看，那人的手臂上綁著紅絲巾，那正是當年她送給小倫的紅絲巾啊！小倫急忙收好大行李箱，往外面奔去，而小芝也隨即跟著他的背影追去，然而，小倫一出了大門，卻加快腳步躲進了暗巷，兩眼無奈的望著夜空。小芝奔出門外後，發現街上並沒有小倫的身影，她只覺得納悶並認為是自己看錯了，而慢慢的走回黃包車，離開了歌劇院。

難道這是命運捉弄，讓兩人在千里之外無緣相聚。

2.整體意象之今昔今的敘事作文設計

(1)範文分析

礙於篇幅限制，朱自清的〈背影〉的原文即省略，直接從

結構分析表來分析其結構與整體意象。其結構分析表如下：

```
┌─ 今(象含意)：  我與父親不相見……是他的背影
│          ┌─ 送行前(象1)：那年冬天……勾留了一日
├─ 昔(象) ─┤
│          └─ 送行時(象1)：第二日上午……我的眼淚又來了
└─ 今(象含意)：近幾年來……再能與他相見
```

本文造成的美感強度大，但朱自清卻藉著父親的背影，以平凡的內容感動人心。在結構安排上，本文採用了「今昔今」的結構，首段是「今」的部分，寫作者現在難忘的是父親的背影，除了事象也含著作者對父親的思念，此部分直接點題；而二、三、四、五段則是「昔」的部分，是由一連串的事象組成，黃淑貞針對本文「昔」部分的個別意象分析如下：

> 交代因為祖母過世、父親丟了差事，父子兩人一道回揚州奔喪，再一道回到南京，父親如何不放心茶房而決定自己送兒子上火車的前因後果。然後再依先後順序，詳實敘寫父親對兒子的關懷……。[43]

作者以父親一連串的動作和體貼表現出一個父親對兒子的關愛，其中以父親為子買橘子那一幕最令人印象深刻，這是本文最令人印象深刻的一個個別意象，使父愛這主旨顯現於讀者眼前。最後一段，時間又回到現在，作者對父親的思念之情隨著

---

[43] 黃淑貞：《國中國文章法教學》（臺北：萬卷樓圖書有限公司，2004 年 10 月初版），頁 76。

淚水而流瀉於此篇文章的結尾。

(2)作文教學

a.寫作題組

①朱自清以「今昔今」結構寫成的〈背影〉，請分析出「今」的部分為哪些段落，「昔」的部分又是哪些段落。而文中的哪些字詞是提示你得知「今」或「昔」的關鍵呢？

今：＿＿＿＿＿＿＿＿＿＿＿（關鍵字詞：　　　　　）

昔：＿＿＿＿＿＿＿＿＿＿＿（關鍵字詞：　　　　　）

今：＿＿＿＿＿＿＿＿＿＿＿（關鍵字詞：　　　　　）

②請大家來「閱讀」夜的第七章這支敘事 MTV，之後我們在進行這支 MTV 的內容與形式討論，並將討論紀錄於作文筆記單上。

③請用「今昔今的時間順序」來將夜的第七章這支敘事 MTV 寫成一篇文章。字數 800 字~1500 字。

b.成果舉隅

第一小題的參考答案如下：

```
┌─ 今：__第一段__（關鍵字詞：已有二年餘了　　）

├─ 昔：__第二、三、四、五段__（關鍵字詞：那年冬天　）

└─ 今：__第六段__（關鍵字詞：近幾年來　）
```

第二小題參考答案：略

第三小題參考答案：

　　　　夜的第七章　　八年級徐欣廷

　　記憶中的藍玫瑰擾亂了貝克街的夜，鮮紅的血染紅了血戒，到底發生了什麼？不著前也不著尾的，只記得那一夜，真相就像一把劍，深深地刺進友誼的網，痛苦久久揮散不去。

　　在一九八三年，寒冷的十二月晚上，偵探杰倫和助手宇豪正搜查著一樁令人匪夷所思的疑雲兇殺案。他們戴著白色手套，仔細察看著現場的蛛絲馬跡，一邊研究著犯人所遺留下的藍玫瑰，一邊臆測著犯人的居心，究竟這是破案的證據，抑或是混淆視聽的道具呢？而犯人殺害被害者的動機又是什麼呢？一波接著一波的疑問在杰倫的腦中一一閃過，而這起命案的真相又到底是……？

　　為了追查犯人的下落，杰倫和宇豪分頭去詢問、勘查，杰倫先去問附近住家，再去花店，但還是一無所獲，和宇豪在辦公室內，用電腦比對花的種類，卻還是猶如大海撈針，最後，杰倫來到了圖書館，借來了一大疊書籍，他翻了又翻，找了又找，霎時間，圖書館內的燈光閃爍不止，杰倫似乎發現了些什

麼。離開了圖書館，他與宇豪約在一間在餐點都會附上一朵藍玫瑰的咖啡廳調查，甫坐上位子，便看見一位服務生一開門，瞧見他們兩位，竟猶如小羊看見了大野狼似的，發了瘋地轉身逃開，而察覺事情有異的兩人，便追了上去，如同追捕獵物一般地奮力，而服務生更是拼了命的跑，跑過了小巷，穿過了廣場，越過了河堤，他們卻追丟了那位服務生！

回到了咖啡廳後，得知了那位服務生——彈頭的住處，即刻前往他家搜查，當杰倫正翻箱倒櫃地搜查時，剎那間，只見一人拿著安全帽從他背後砸下，那個人的手上……戴了一枚戒指？！還沒來得及看清那人的長相，他便昏了過去……。過了不久後，杰倫醒了過來，看見宇豪渾身是血地躺在床上，而彈頭竟已倒在血泊中死了！儘管心中充滿了困惑，但他還是將宇豪背了回去，在回去的路途中，他發現……宇豪的手指上戴了枚戒指！或許他懂了這整件的「真相」。

（時光倒轉至犯案前一天）宇豪在一個風晴日朗的早上，與一位老先生在一間咖啡廳談話，「詹宇豪，據線民指報，你在上次的案件中動了手腳？！」老先生質問，「哦？」宇豪不承認，「是嗎？但你似乎跟那位『真正的』犯人挺熟識的嘛！」老先生不放棄的追問，「你最好別亂胡說，要不然，可有得瞧了！」語畢，宇豪便氣沖沖地轉身離去，順手拿了一朵咖啡廳的藍玫瑰，而彈頭剛好目擊了這幕，到了下午，熱愛攝影的彈頭便在貝克街附近攝影，鏡頭一轉，竟看到了一位老先生正鬼鬼祟祟地躲在十上那位老先生身後，手一伸，手裡的有毒手帕便毒死了老先生，當下的彈頭雖已十分震驚，但令他更震驚的，竟是

那位兇手的真面目──宇豪？！他在老先生的嘴巴放了朵藍玫瑰，不料，在他震驚的同時，宇豪也發現了他！而彈頭也急得逃跑。

急欲湮滅證據的宇豪，在咖啡廳看到彈頭時，便拚了命的追他，後來追到他家時，更趁杰倫毫無防備時，將他打昏，而他就趁這空檔，找到了正在洗宇豪犯罪時所拍的照片的彈頭，一槍將他殺人滅口，再假裝被打昏而躺在床上。

而這一切的這一切，發現事實的那個人，他不會講，也不能講，只因為友情，他選擇將真相塵封在那一晚，貝克街的那一晚。

五、結語

在一九八三年所出版的《智力架構》一書中，迦納所發表「多元智能論」中的「語文智慧」：包含用文字思考、用語言表達和欣賞語言深奧意義的能力。[44]所以，作文教學並非僵化的教學，它的目的是要培養學生的多元智慧，使之能學會帶著走的能力。

因此此篇研究以「整體意象」和「今昔結構」的理論，結合學生喜愛觀看的視覺影像—MTV，使敘事作文教學更加活絡有創意，也讓學生能體會寫作的條理與邏輯性，進而在未來的

---

[44] Linda Campbell，Bruce Campbell & Dee Dickinson 著。郭俊賢、陳淑惠譯：《多元智慧的教與學》(臺北：遠流出版公司，1999 年)，頁 2。

創作中能活用「整體意象」與「今昔結構」這兩種寫作材料與佈局來使自己的文章更有內涵與豐富性。

　　最後，僅以此篇研究當作敲門磚，督促自己日後能更深入意象學、章法學與作文教學的研究。

參考文獻(依作者姓氏筆劃排列)

（一）專書

仇小屏、藍玉霞、陳慧敏、王慧敏、林華峰：2003 年，《小學「限制式寫作」之設計與實作》，臺北：萬卷樓圖書股份有限公司。

仇小屏：2005 年，《限制式寫作之理論與應用》，臺北：萬卷樓圖書有限公司。

仇小屏：2006 年，《篇章意象論－以古典詩詞為考察範圍》，臺北：萬卷樓圖書有限公司。

考選部：2002 年，《國家考試國文科專案研究報告》。

吳曉：1995 年，《詩歌與人生－意象符號與情感空間》，臺北：書林出版有限公司。

郭俊賢、陳淑惠譯(Linda Campbell，Bruce Campbell & Dee Dickinson 著)：1999 年，《多元智慧的教與學》，臺北：遠流出版公司。

章微穎：1973 年，《中學國文教學法》，臺北：蘭臺書局。

莊濤：2003 年，《寫作大辭典》，上海：漢語大辭典出版社。

張紅雨：1996 年，《寫作美學》，高雄：麗文文化股份。

陳佳君：2005 年，《辭章意象形成論》，臺北：萬卷樓圖書有限
　　　公司。

陳滿銘：2005 年，《篇章結構學》，臺北：萬卷樓圖書有限公司。

陳滿銘：2006 年，《意象學廣論》，臺北：萬卷樓圖書有限公司。

陳慶輝：1994 年，《中國詩學》，臺北：文史哲出版社，1994 年
　　　12 月初版。

黃永武：1977 年，《中國詩學－設計篇》臺北：巨流圖書公司。

黃順基、蘇越、黃展驥：2002 年，《邏輯與知識創新》，北京：
　　　中國人民大學出版社。

黃淑貞：2004 年，《國中國文章法教學》，臺北：萬卷樓圖書有
　　　限公司。

馮永敏：1988 年，《散文鑑賞藝術探微》，臺北：文史哲出版社。

劉衍文、劉永翔：1992 年，《古典文學鑑賞論》，上海：上海教
　　　育出版社。

（二）論文

王慧敏：2004 年，《章法在國小三年級寫作教學之應用---以並
　　　列、凡目、今昔三種章法為例》，國立花蓮教育大學語文
　　　科教學碩士論文。

陳行葳：2006 年，《傳統與限制式命題作文教學之研究傳統與
　　　限制式命題作文教學之研究》，國立高雄師範大學碩士論
　　　文。

趙逸萍：2004 年，《章法在兒童寫作教學運用之研究-以國小二

年級為例》，國立花蓮教育大學與文科教學碩士論文。

（三）期刊

陳滿銘：2002 年，〈論章法的哲學基礎〉《國文學報》第三十二
　　　期，頁 87-126。

陳滿銘：2004 年，〈語文能力與辭章研究－以「多」、「二」、「一
　　　(0)」的螺旋結構作考察〉，《國文學報》第三十六期，頁
　　　67-100。

辭章學體系下的作文批改指引系統與螺旋互動
——以文揚國中基測模擬考為例

謝奇懿

文藻外語學院應用華語文系助理教授

摘　要

　　寫作的批改與指引對作文教學來說十分重要，但適當的批改與指引十分困難，因為牽涉到的學科領域甚廣，如何脫離主觀進入相對客觀的的基礎理論探究也不多。本文嘗試在辭章學的理論架構中，建立作文批改與指引的系統，並透過實際學生習作的批改加以實踐。

　　本文的寫作批改與指引系統係在偏離理論的基礎上，以螺旋升降互動關係中產生的力，作為系統縱向升降及橫向展開的標準。此一螺旋升降的互動關係，為系統建構的開始，因此是評分指引系統的基本原則，由此基本原則出發，衍生出四項次要原則，即可建立作文批改與指引的系統。此一系統一方面可

以描述各等級（對國中基測來說是級分）之間的升降連續性關係，一方面也可以說明各等級（級分）的主要特徵和具體內涵。由此主要特徵和具體內涵的說明，就能夠面對不同的學生習作，做出相對客觀的判斷。除此之外，級分間的連續性升降關係則可以為如何修改指引學生的作品提出理論依據，指出具體切合的道路。最後，本文並透過學生習作的批改評分加以實踐，以顯示出本系統的可用性。

關鍵字

作文批改指引系統、辭章學、螺旋互動

一、前言

作文的批改與指引在作文教學中屬後段部分，主要包括了閱讀與評價、修改及指導等部分。作文篇章本身即是一完整的文本，因此作文批改中的批，即是在對文本進行評價閱讀，而且必須是通觀全局下客觀評價的閱讀；至於作文批改中的改與習作指引，則是就文本本身的表現，就其特殊及不足之處加以刪改，並指出具體可行的寫作方向與方案。陳滿銘教授云：

閱讀是由「象」而「意」的逆向過程，而寫作是由「意」

而「象」的順向過程。……因為課文即辭章，所以辭章學
對國文「讀」與「寫」的教學來說，是十分重要的。[1]

本段文字指出閱讀與寫作是順、逆的雙向過程，若把課文換成
學生在作文教學中習作的文章，則可以知道閱讀評價學生的篇
章與修改指引學生文章之間就如同讀、寫的雙向順逆過程，是
一體的兩面。

作文教學中學生作文習作的閱讀與評價在近年來已有多樣
的講求，此點對在面對大型中文寫作測驗尤其如此。國內大型
的中文寫作測驗因為信度及效度的講求，所以在屬評價層面的
評分方面，一方面重視測驗領域專家學者的意見審視整體評閱
內容及過程，一方面也借重國外發展多年的成果，已進行有全
面性的思考並且具備詳細的相關步驟。以國內的國民中學基本
學力測驗寫作測驗與華語文寫作測驗等兩個已經進行數年或正
在開發的大型寫作測驗來說，從測驗前──命題形式的研發研
究、題庫命題團隊的建立、專業的審題人員、相當規模的預試、
明確的閱卷評分規準、第一線閱卷人員的培訓，到測驗後──
評分前閱卷共識的建立、閱卷人員的訓練、運用電腦閱卷進行
閱卷品質即時的掌握與調整等等，都多所要求[2]。而就作文的批

---

[1] 見陳滿銘，〈辭章學在讀寫教學中的運用〉，（高雄：高雄師範大學國
文學系演講稿，2007）。
[2] 《中文寫作評量學術研討會論文集》（台北：台灣師範大學心測中心，
2006）收有陳鳳如、許福元等、王德蕙、黃麗瑛、譚克平等人的與
國中基測寫作測驗直接相關之研究論文，此外國民中學學生基本學
力測驗推動工作委員會出版的《飛揚通訊》第 38 期也有對寫作測驗
線上閱卷系統的相關論述，筆者也有《新式寫作教學導論‧第七章

改與指引來說，大型寫作測驗提出評分向度內容最為重要。因為有效評分內容的建立，就是把閱讀價值判斷的講求到提升到極高要求，一方面講究批改時給分的慎重，一方面也要考慮應試群體中的有效性。也就是說，大型寫作測驗是要在閱讀中要建立貼合主體的客觀標準。因此，上述的兩大中文寫作測驗明確提出評分的規準，已為寫作教學中的閱讀與評價作出了很大的貢獻。[3]不過，現今國內大型中文寫作測驗的評分內容還有缺點。首先是評分向度說明與體系、原則猶待建立；其次是寫作測驗的評分雖然在評價上已然超過一般課堂中的寫作評分，但由評分到指導寫作的修改指導階段還很原始，未能從理論及實務上精確地結合評分時種種的開發的概念，提出有益於寫作教學的內容。而近年來辭章學的研究發展將直接有益於評分系統的理論建立，與作文修改指引的思考。

　　近年來辭章學研究的開拓與發展已成功建立了完整的辭章學體系，陳滿銘教授云：[4]

批改與評分》（台北：萬卷樓圖書公司，2007 年 3 月初版）一文對國中基測寫作測驗進行相關的討論。

[3] 這兩項國中大型寫作測驗都與歐洲實施多年的歐洲語言學習教學評量共同參考架構（CEFR）整體能力分級有直接與間接關係。國中基測的評分規準已公開多年，分為四個向度及六級分，意者可以參見「國中基本學力測驗推動委員會」網站。而本國正在開發中的華語文寫作測驗，也以基礎級、初級、中級、中高級及流利級劃分，並分別就此四級訂出能力指標與主要、次要向度的評分規準五級分，相較於國中基測更為細密，但現今已大致完成預試，一兩年內即將舉辦正式測驗。

[4] 參見陳滿銘《章法學綜論‧自序》（臺北：萬卷樓圖書公司，2003 年 6 月初版），頁 1。

辭章是結合「形象思維」與「邏輯思維」所形成的。而
這兩種思維，各有所主。……

（一）就形象思維來說，如果是將一篇辭章所要
表達之「情」或「理」，也就是「意」，主要訴諸各種
偏於主觀的聯想、想像，和所選取之「景（物）」或「事」，
也就是「象」，連結在一起，或者是專就個別之「情」、
「理」、「景」（物）、「事」等材料本身設計其表現技巧
的，皆屬「形象思維」；這涉及了「取材」與「措詞」
等問題，而主要以此為探討對象的，就是意象學（狹
義）與修辭學等。

（二）就邏輯思維來看，如果整個就「景（物）」
或「事」（象）等各種材料，對應於自然規律，結合「情」
與「理」（意），主要訴諸偏於客觀的聯想、想像，按
秩序、變化、聯貫與統一之原則，前後加以安排、佈
置，以成條理的，皆屬「邏輯思維」；這涉及了「佈局」
（含「運材」）與「構詞」等問題，而主要以此為研究
對象的，就字句言，即文（語）法學；就篇章言，就
是章法學。

（三）就形象思維與邏輯思維的統合而言，一篇
辭章用以統合「形象思維」（偏於主觀）與「邏輯思維」
（偏於客觀）而為一的，乃是主旨與風格（韻律）等，
這就涉及了主題學、文體學與風格學等。……它們的
關係如下圖：

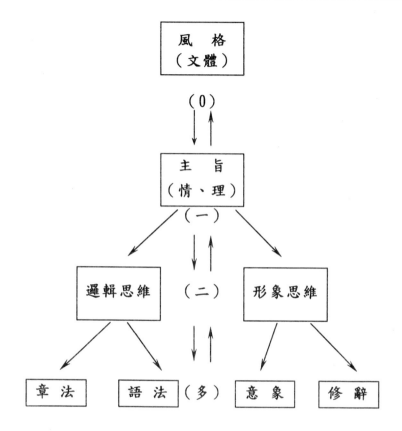

上述的內容說明了辭章學各領域學科的位置、重要性及層次性，關於各領域之間的互動關係，陳滿銘教授以一二多與多二一的螺旋結構加以解釋，他說：[5]

　　所謂的「多」指由「修辭」、「文（語）法」、「意象」（個

---

[5] 見陳滿銘〈論語文能力與辭章研究 — 以「多」、「二」、「一（0）」螺旋結構作考察〉，臺北：臺灣師大《國文學報》36 期，2004 年 12 月，頁 67-102。

別）與「章法」等所綜合起來表現之藝術形式；「二」指「形象思維」（陰柔）與「邏輯思維」（陽剛），藉以產生微下徹上之中介作用；而「一（0）」則指由此而凸顯出來的「主旨」與「風格」等，這就是「修辭立其誠」《易・乾》之「誠」，乃辭章之核心所在。這樣以「多」、「二」、「一（0）」來看待辭章，就能透過「二」（「形象思維」與「邏輯思維」）的居間作用，使「多」（「修辭」、「文（語）法」、「意象」（個別）與「章法」等）統一於「一（0）」（「主旨」與「風格」等）了。

在此體系之下，屬於中文學門的各領域定位及相互關係得到適當的安排與釐清。由此，寫作教學時的批改指引牽涉到的個別內容與整體可以得到理解，而辭章學的螺旋互動關係也可以進一步建立起閱讀評分與指引的系統。

　　本文擬從辭章學的系統角度出發，嘗試以整體性的辭章學角度針對作文的批改與指引提出明確的層次系統。在此一系統闡發的同時，也將批改與指引視為順逆的一體雙向螺旋互動關係，層層遞進，並針對國中基測提出具體實踐的範例。本文的主體將包括以下三部分：

1、辭章學體系下的作文批改指引之層次系統。

2、辭章學體系下的作文批改與指引之螺旋互動情形與過程。

3、辭章學體系下的作文批改與指引的實踐——以文揚國中基測模擬考習作為對象。

二、辭章學體系下的作文批改指引之層次系統

（一）作文批改指引系統的起點

辭章學體系下的作文批改指引系統係以偏離理論[6]作為出發點加以展開的，所謂的偏離理論，就是選擇一評分的零點，從零點出發向正偏離或負偏離發展，為一螺旋互動升降的情形。就基測來說，評分的零點就是三→四級分之間的界限，由此評分的零點出發，四至六級分為正偏離，一至三級分為負偏離。[7]

關於評分零點的具體內涵，則必須回歸能力指標。以國中基測而言，其寫作測驗的能力指標大致符合蔡英俊在「全民國語文能力檢定分級測驗：分項能力指標－寫作能力」中「中級」的描述：[8]

    1.夠運用標點符號強化寫作效果。

---

[6] 參見王希杰〈作為方法論原則的零度和偏離〉，收入王未主編《語言學新思潮》（北京：中國社會科學出版社，2005 年 7 月一版一刷），頁 17。李名方、鐘玖英主編《王希杰與三一語言學》（北京：中國文聯出版社，2006 年 11 月一版一刷），頁 190-222。

[7] 參見陳滿銘（2007），〈論偏離理論與寫作指導〉，高雄師大《國文學報》第七期，p.1-31。

[8] 參見張武昌（2008）等，《「全民國語文能力分級檢定測驗研究」計畫總計畫研究成果報告》第 12 頁，《「全民國語文能力分級檢定測驗」網站。

2.生動地遣詞用字，清楚的表意。

3.熟稔各種句型，充分表達自己的看法。

4.結合所學所思，創造富想像力的敘述，或有條理的論述。

5.不誤用成語、詞彙。

此一中級的敘述內涵，必須透過與中高級的對比較容易呈現：

1.文章能引起讀者的興趣。

2.標點運用無誤，用詞精確。

3.會使用較複雜的句子表達較複雜的情感，或解釋事件。

4.依據題旨選擇材料並有效地連結，以建立清晰的闡述。

相較之下可以知道：「強化效果」當是局部表現，其表現次於「引起讀者興趣」；而「清楚表意」也止於詞彙的一般運用，距離「用詞精確」也一距離；情感與敘述事件方面，中級也只是一般直接敘述，內容及句子的複雜度都較中高級簡單；材料的取捨在中級也無強烈要求。因此，就辭章學體系而言，作為評分零點的四級分，其具體內容應該是：

整體螺旋互動力量平平，「主旨」的表現也屬一般。

其互動內涵則可以分為兩種狀況：

一為「邏輯思維」與「形象思維」大致表現平平，螺旋

互動力量平平。

一為「邏輯思維」或「形象思維」其中之一表現凸出；但另一項表現有明顯錯誤，削弱螺旋互動力量。

其細部各學科的表現則可以再分為以下三種情形：

①「邏輯思維」與「形象思維」基本表現平平，各領域皆有基本表現，但力量單薄，未能產生有力螺旋互動。落實在國中基測的四個向度來看，就是：

文「立意取材」、「結構組織」及「遣詞造句」三者的表現多屬平庸，無明顯優點，亦無明顯缺失者，屬標準的四級分文章。

②「邏輯思維」與「形象思維」基本表現平平，螺旋互動力量平平。偶現局部的小錯誤或小優點，無損或無益於兩者的互動力量。落實在國中基測的四個向度來看，就是：

「立意取材」表現平平，但「結構組織」或「遣詞造句」基本表現平平，文中偶而有小缺失或小表現，但不影響主旨表現。

③「邏輯思維」或「形象思維」其中之一的表現凸出，具有力量；但另一項的表現出現明顯錯誤，削弱兩者螺旋互動的力量，「主旨」與「風格」雖有表現但存在明顯缺憾。落實在國中基測的四個向度來看，就是：

「結構組織」或「遣詞造句」兩者中有一項有一般水準以上的表現，但另一項有明顯錯誤，致使「立意取材」輕微偏題，屬四級分文章。

得出上述的評分零點，才可能進一步展現為整體的螺旋互動系統。

（二）作文批改指引系統的原則

如第一點所述，作文批改系統的展開須從零點開始，分別向正向負兩個方向發展出評分系統。而評分系統的思考，從辭章學的整體架構與評分的整體性思考來看，也可以找到一項基本原則與四項衍生原則，從中建立起完整的系統。

作文批改指引系統有一項最為根本的原則，即為螺旋升降的互動關係。作文的批改指引系統在此基本原則下，方能展開為具體而微的評分系統。此一基本原則是評分系統的根本，地位極其重要，評分系統的一切都須回歸此基本原則才有意義，此一基本原則的具體意義有二：

1、整體不是個別能力表現的加總，螺旋互動的情形才是整體。

文章的評價或評分，所給予的是學生寫作的整體評價。而由辭章學可以知道，整體性的建立是在多學科領域的螺旋互動關係中，透過邏輯思維與形象思維，並在這兩個主要思維的螺旋互動中完成。因此，螺旋互動的情形才是整體的表現，個別

能力或是個別能力的加總不等於整體表現。

2、各學科領域的價值在螺旋互動變化中方能顯現其存在。

就各學科領域來說，可能有所謂難易度的不同，但是難易度不等於評價的高低，寫作的評價不因為學生寫出某個較難的字詞或少見的技巧就可以得到高分或好評。[9]相反的，運用的時機位置恰當與否可能比難度更為重要，例如：在某處凸出的修辭在另一處可能是突兀或累贅。也就是說，在文章學各學科領域的運用判斷必須在文章的螺旋互動關係脈絡中方能給予適當評價。

上述是就作文批改指引系統的基本原則提出說解，由此基本原則的兩項意義可知，螺旋互動才有整體，螺旋互動才能使個體存在的價值體現。由於基本原則進一步出發，要發展出完備的評分系統，還要從此一基本原則衍生出以下四點次要原則，茲說明此四點衍生原則如下：

1、形象思維與邏輯思維是螺旋互動原則具體性的開始，在系統中是徹上徹下概念，是評分系統的入手關鍵。

以辭章學的體系來說，形象思維與邏輯思維向下分別含括

---

[9] 筆者認為，即使就某學科內部來說，所謂的難易度也應該不是絕對的。

詞彙與修辭、文法與章法等學科領域，向上則形象思維與邏輯思維透過螺旋互動形成文章的整體風格與主旨呈現。不只如此，形象思維與邏輯思維螺旋互動的同時，形象與邏輯思維內部的各學科領域之間並非靜止不動，也形成複雜的螺旋互動關係結構。因此，如何面對統整多面向的辭章表現，當以形象思維與邏輯思維為鎖鑰，透過形象思維與邏輯思維的徹上徹下概念，向上可以描述整體層面的主旨與風格表現程度，向下可以看出各領域表現的情形螺旋互動關係及貢獻。所以，掌握住形象思維與邏輯思維兩者可以建立評分指引系統而面面兼顧。

2、螺旋互動關係表現出的力量強弱是區分級分、判別級分的關鍵，也是習作修改與指引的依據。

　　形象思維與邏輯思維的螺旋互動展現既然是建立評分指引的關鍵與入手處，由此進一步研究形象思維與邏輯思維螺旋互動的型態，可以看出細部的評分指引系統內容——區分級分、判別級分的依據。就形象思維與邏輯思維螺旋互動的型態來看，其互動方式是向下或向上螺旋循環互動的。此一互動的型態可以從上下的縱向與平面的橫向剖面加以理解。首先，從形象思維與邏輯思維互動升降的螺旋結構來看，兩個思維螺旋互動的縱向升降方向與強弱，即形成不同的級分；而橫剖面的螺旋互動情形與內容，即是級分內容描述。前者的級分升降不但可以說明學生群體中，各種不同表現存在著內在連續性，進而可以為批改與指引指出具體可行的方案，不致造成強人所難跳

躍過大的習作批改與要求；而後者則可以作為習作閱讀評價時，必須講究的客觀依據來源。茲繪圖說明形象與邏輯思維互動的情形於下：

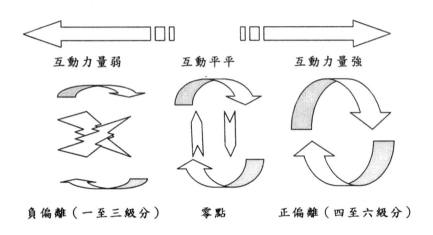

上述形象思維與邏輯思維螺旋互動力量強弱關鍵在於：兩種思維是否能在型態或內在概念等層次上達到異質同構，一篇好的作品總是顯現其在型態或內在概念的異質同構，藉以達到整體層次的聯貫與統合。[10]

3、各學科領域本身的表現為次要要素。

從螺旋互動原則的角度來看，一篇文章在各學科領域（或

---

[10] 陳滿銘〈論意與象之連結 — 以格式塔「異質同構」說切入〉，貴州畢節：《畢節學院學報》總 84 期，2006 年 2 月，頁 1-5。

就基測而言為各主要向度）的單獨表現，為評分時考量的次要要素，其價值須將其置於全篇的整體脈絡才能呈顯。此一衍生原則有兩層含義：一是向度的理解與判斷必須透過彼此的關係才可呈現，單獨呈顯的表現很難據以作出有意義與否的高下判斷，此層意義是從基本原則的角度針對各學科領域的存在加以解釋。二是從外在的學科表現來看，如果僅從各領域的表現程度加總或孤立來判斷評分，所得是局部片面的。

此一衍生性原則還有更深一層的內涵，因為在面對華語寫作測驗及全民中文檢定測驗此種涵括面極廣的分級（基礎級、初級、中級……等）寫作測驗，愈是初階的評分規準愈容易因為整體性的表現較弱而在評分上產生「寫作任務完成度與詞彙、語法使用正確性」之間的相關又矛盾的關係。換句話說，愈是初階的寫作測驗因為能力要求較低，因此其寫作表現的整體要求相較於較基礎的詞彙或語法較不明確，而造成在較低階寫作測驗的評分似乎比較測重分項領域（如詞彙）的表現，而較難在主旨或風格凸出表現加以要求。事實上，就評分來說，一份試卷得到的是整體表現的分數，而整體表現即是在寫作題型的要求下文章的完成度。因此，對寫作評分來說，寫作任務完成度是第一序；而詞彙語法的使用，以及題型的各項條件，做為文章構成的重要部分，是第二序。其中必須注意的是第二序中各分項表現的加總，不等於整體，因此彼此的協調與配合也是必須考慮在內的因素。也就是說，整體的表現是考量的最終關鍵。

　　上述是對寫作測驗完成度（整體表現）與詞彙、語法等次要範疇之間關係的理論說明。看似簡單，實際在處理文章時，卻常常會混淆，之所以會產生這種情形，筆者以為這是因為第二序（詞彙與語法等文章重要構成部分）的重要性，會因為不同等級的文章（如初階及中階，高階）以及不同表現的文章（同一難度但程度高下有差異）而在整體完成度佔有不同的地位與影響，因此容易造成混淆。

　　具體的說，一個初階的寫作題目，其要求可能不多，一篇短文的字數和句數都有限，這個時候，把詞彙加上語法加上題目條件等基本重要因素寫好，添上適當的連接詞，就是一篇完成度很高的文章。此時的基本要素，如詞彙和語法，就因為文章要求的表現不多，所以相對而言自然佔有重要地位。因此，就評分的角度來說，考慮學生在詞彙與語法點的表現就很重要，甚至可以依照使用的詞彙或語法難易度加以量化。所以表面上來看，初階的文章考量會很具體，但實際上具體的考慮的背後還是整體性考量。不過，高階的文章就有所不同，高階的文章因為表現要求較高，詞彙語法之餘，還有組織結構，立意層次等，這時候任務完成度要考慮的要素相對增加，彼此的協調要求更多，詞彙與語法的重要性相對而言也就變的比較小。所以在表面上看詞彙語法點的重要性會比較低，但這還是整體性考量。

　　類似的情形也在同一個難度高低不同表現的文章裏也會發生，例如：高階的文章中，最低表現的學生寫的內容很少，彼此的聯結也不足，因此個別的評分向度（如詞彙語法）的表現

會十分明顯,所以個別向度的內容與正確會成為考量;但對同等難度高度表現的學生來說,文章各向度都有不少表現,向度間的聯結也比較複雜也有不少表現,因此相對而言,個別向度的內容與正確性在整體評分中就變弱了。(類似的情形在中階情形也會發生)

總結來說,當要求表現較少(難度較低)或文章表現度低的情形時,第二序如詞彙與語法點的考量會相對重要,但要求表現多(難度高)或文章表現度高的時候,第二序的重要性及考量相對較弱。不過,這些表面上的重要性變化,仍然不離開整體性評分。

4、各學科領域本身的重要性不同。

在辭章學文章評分的場域中,從螺旋互動關係的基本原則出發考量各學科領域的重要性,可以得到主旨屬最高層,也是互動關係力量最大,因為各學科領域在此場域中同時發揮力量,所以最為核心而重要;其次是邏輯及形象思維,各自擁有部分的學科領域螺旋互動,如邏輯思維即是文法與章法領域的互動呈現,因此居次要地位。至於單一的學科領域,如文法、章法、詞彙、修辭等領域,相較於主旨、邏輯思維、形象思維,則又居次。不過必須說明的是,筆者此處將文法、章法、詞彙、修辭等學科領域並列並非意指這些領域都居絕對的同等重要地位;相反的,如同本文以變化關係定位學科的重要性原則,各學科的重要性要依選取的場域大小以及內部要求來決定其重要性,因此重要性與否是在相對螺旋互動關係下呈顯。

（三）作文批改指引系統的建立

由上述的基本原則及四點衍生原則從零點向上或向下展開，即呈顯出下表之評分系統[11]：

級分	基本能力特徵	細部能力表現
六級分	「形象思維」與「邏輯思維」至少一項表現優秀凸出。兩者的螺旋互動能互補或互利，讓全篇表現力量。「主題」深入或生動呈現，具有完整「風格」。	① 「形象思維」與「邏輯思維」表現優秀凸出，結合緊密，具整體性，且互動適當。
		＊一篇文章在「立意取材」、「結構組織」及「遣詞造句」三者表現優秀，屬於六級分中上之作。
		②以「邏輯思維」為主，表現優秀凸出，能主宰全篇，且能與「形象思維」互補，具整體性，文章理性思辨強。
		＊「立意取材」與「結構組織」二向度表現出色——文章組織佈局優秀，能使主旨表現深刻而有層次。
		③以「形象思維」為主，表現優秀凸出，能主宰全篇，且能與「邏輯思維」互補，具整體性，形象表現強。

---

[11] 本表部分內容改寫自謝奇懿（2007），〈論國中基本學力測驗寫作測驗之評分方式〉，《國文天地》第二十二卷第十二期，p.23-27。

		＊「立意取材」與「遣詞造句」二向度表現出色——文章造語修辭優秀或敘寫深入，能使主旨生動或深刻呈現。
五級分	「形象思維」與「邏輯思維」其中至少有一項有進一步的表現。兩種思維雖然具有動力與力量，但僅侷限在局部，另一項的表現也屬平平，因此兩者無法互補螺旋互動，擴及全篇。文章的「主題」表現已超越普通文章，讀來略見趣味。	①「形象思維」與「邏輯思維」兩項表現皆有凸出之處，使「主題」表現加分，但未能貫通全篇。
		＊「遣詞」、「造句」與「結構組織」有部分凸出之處，使「立意取材」更生動與具有層次，但力量不足，多僅限於局部。
		②「形象思維」表現有凸出之處，使「主題」表現加分，但力量不足，「邏輯思維」的表現也屬平平，兩者無法產生良性螺旋互動貫通全篇。
		＊「遣詞」有部分凸出之處，使「立意取材」更生動，僅限於局部，而「造句」、「結構組織」表現僅屬平平。
		③「邏輯思維」表現有凸出之處，使「主題」表現加分，但力量不足，「形象思維」的表現也屬平平，兩者無法產生良性螺旋互動貫通全篇。

		＊「造句」或「結構組織」有部分凸出之處，使「立意取材」更有層次或變化，但僅限於局部，而「遣詞」表現僅屬平平。
四級分	整體螺旋互動力量平平，「主旨」的表現也屬一般，主要有兩種狀況：一為「邏輯思維」與「形象思維」大致表現平平，螺旋互動力量平平。一為「邏輯思維」或「形象思維」其中之一表現凸出；但另一項表現有明顯錯誤，	① 「邏輯思維」與「形象思維」基本表現平平，各領域皆有基本表現，但力量單薄，未能產生有力螺旋互動。
		＊一篇文章在「立意取材」、「結構組織」及「遣詞造句」三者的表現多屬平庸，無明顯優點，亦無明顯缺失者，屬標準的四級分文章。
		② 「邏輯思維」與「形象思維」基本表現平平，螺旋互動力量平平。偶現局部的小錯誤或小優點，無損或無益於兩者的互動力量。
		＊「立意取材」表現平平，但「結構組織」或「遣詞造句」基本表現平平，文中偶而有小缺失或小表現，但不影響主旨表現。

	削弱螺旋互動力量。	③「邏輯思維」或「形象思維」其中之一的表現凸出，具有力量；但另一項的表現出現明顯錯誤，削弱兩者螺旋互動的力量，「主旨」與「風格」雖有表現但存在明顯缺憾。
		＊「結構組織」或「遣詞造句」兩者中有一項有一般水準以上的表現，但另一項有明顯錯誤，致使「立意取材」輕微偏題，屬四級分文章。
三級分	文章有相當發展，但有明顯缺陷存在使螺旋互動力量偏弱，文章讀來食之無味，屬不充分的文章表現。	①「邏輯思維」與「形象思維」的皆偏弱。
		＊文章有相當程度的發展，但「立意取材」、「結構組織」及「遣詞造句」等三方面都有不足之處，但未至嚴重者，為標準的三級分文章。
		②「邏輯思維」或「形象思維」其中之一的表現平平；但另一項的表現出現明顯錯誤，使螺旋互動的力量更弱，「主旨」平平、文章淡而無味且存在明顯缺憾。

		＊「立意取材」、「結構組織」或「遣詞造句」兩者中有一項有一般水準以上的表現，但另一項有明顯錯誤，屬表現不足的三級分文章。
二級分	不容易看出「邏輯思維」或「形象思維」的整體存在，不具螺旋互動力量，無所謂整體表現的文章。此級分有兩種狀況： 一是「邏輯思維」或「形象思維」的表現很少。 一是有「邏輯思維」或「形象思維」的表現，但表現為詞彙的堆砌或紛雜的思緒。	①「邏輯思維」或「形象思維」的表現很少，無整體性可言。
		＊「結構組織」或「遣詞造句」的表現嚴重不足，使題旨的闡述很有限。此類學生是因為無法選擇足夠材料，因此看不出主旨的表現。
		②有「邏輯思維」或「形象思維」的表現，但表現為文字的堆砌或紛雜的思緒，缺少整體性與力量。
		＊文章有發展，但「立意取材」有嚴重問題，且在「結構組織」或「遣詞造句」等兩項上也同時表現出相當錯誤。
一級	單一力量幾乎不存在，或是力量	①單一力量幾乎不存在。
		＊僅有點題，寥寥數行。

分	雖然存在但幾無表現的文章。	② 力量雖然存在但幾無表現。
		＊雖有內容發展但幾乎完全離題，且遣詞造句錯誤百出，幾乎無法理解；幾乎無法看出「結構組織」，僅能從零碎、片段的語句中隱約可見嘗試。

註：為討論方便計，本表以現今國中基測的四個主要評分向度出發，說明各級分之具體內涵，並以「＊」標示。

三、辭章學體系下的作文批改與指引之螺旋互動情形與過程

　　如前所述，就辭章學體系來說，評分為由多而二而一的逆向過程，如同閱讀；而指引則是由一而二而多的順向過程，如同寫作，只不過此處的寫作是批改者代寫作者摹擬可能寫作的方式，然後提出修改的建議，因此，批改與指引即是一雙向螺旋互動的過程。茲以下面圖表表現作文批改與指引的螺旋互動情形與過程，圖中以虛線箭號表示指引過程，以實線箭號表示評價的評分過程

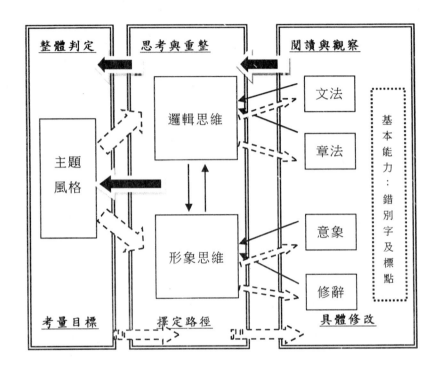

就評分路徑的三階段「閱讀與觀察」→「思考與重整」→「整體主旨與風格的體會與判定」來說，評分者面對文本時，者一方面必須透過有形的文字，理解該文本在「意象」、「修辭」、「文法」及「章法」等細部表現的正確性及程度表現，以理解其文意，重建作者的意圖；一方面也必須從整體文章主旨的闡釋情形，不斷回歸其表現在文字的各種層面，藉以審視各個層面在文章整體所擔任的角色、彼此的關係及貢獻。由此，則文

章的評分實際上是由部分而整體，又由整體而部分視其整體表達的程度給予適當評價的雙向思維。茲說明此三階段的內涵於下：

①閱讀與觀察階段

就批改評分來說，意象、修辭、文法、章法等四個重要的領域，以及從這四個領域閱讀得到的文意發展和闡釋，是評分者面對文章時直接可以觀察到的現象，因此是評分者認識文章的第一步驟，也是評分的第一個階段。

②思考與重整階段

評分者以第一個階段所觀察到文章在四個領域的表現和文章文意的發展後，由此四個領域的現象重整思考，以理解該篇文章在形象與邏輯思維等兩大較高範疇表現的程度，即為認識文章的第二步驟。此一由多樣而收歸為形象與邏輯二元表現的思考與重整，即為評分者由局部而統整的中間階段。

③整體主旨與風格的體會與判定階段

評分者的最後階段即是回到整體的角度觀察文章，評分者在此一階段首先要就文章形象思維與邏輯思維兩大範疇之間的發展、螺旋互動與相互支援的關係進行理解，進而能在具體的螺旋互動表現上，得知文章在主題與風格等整體範疇表現的成功與否。此一文章在主題與風格上既具體又不失整體的表現情形，即為評分者能作出適當判定重要原因與依據。

　　而就指引的路徑來說，也分為三個階段：「考量目標」→「擇定路徑」→「具體修改」。茲分別說明此三點內涵如下：

① 考量目標階段

　　修改與指引者在讀完習作者的文本之後，依據習作者的整體表現，考量具體目標。依據寫作的進展乃是螺旋狀的向下向上型態，可知選擇目標的考量最好是以習作者高一個級分為具體目標較好。事實上，以國中基測每年兩次的寫作測驗成績來說，同一位考生在一個多月間的兩次表現多半相同，提升到兩級分以上（含）的情形不會超過一成，這證明寫作能力的提升並非一蹴可幾。

② 擇定路徑階段

　　選擇了具體的目標，接下來就要視文章的表現選擇較為重要的部分加以提升改善。而選擇的重要依據並非依憑個人喜好，而是回到形象思維與邏輯思維的關鍵處，從整體的角度找出真正可以提升的部分，擇定可行路徑，由一條或兩條路徑入手，確定提升的可靠性。

③ 具體修改階段

　　當評閱修改者確立了文章修正的目標與路徑，即可以具體落實到實際的學科領域，尋找可以更替的方案。此一方案必須符合１２階段的整體性要求，如此才可以避免局部改善的盲點，卻無助於整體文章的情形發生。

四、辭章學體系下的作文批改與指引的實踐——以文揚國中基測寫作模擬測驗習作為對象

由上述對辭章學體系的作文批改系統及螺旋互動過程討論出發，將可以作為作文批改與指引實踐的根據，以下本文即以參考坊間文揚國中基測寫作模擬測驗的學生習作為對象，展現本文理論具體實踐的成果。

（一）題目內容

請依題意作答。測驗時間為 50 分鐘，請注意作答時間的控制。

題目：美好的週休二日
說明：經過了一連串忙碌的學習與緊張的考試後，又到了令人愉快的週休二日。有的人會利用這兩天，踏青、閱讀、參加藝文活動，或投身義工行列………。你呢？你通常是如何利用週休二日，讓自己過得充實美好呢？請寫下你的經驗與感受。

（二）測驗群體

參加本次寫作測驗考試的是七年級學生，選取的樣本是台北縣國民中學學生。選取台北縣國民中學學生作為批改的對象

群體是因為台北縣的外來人口眾多，背景多樣，成績表現也較為均衡，因此較具代表性。

（三）評分零點的建立

就國中七年級學生來說，本道寫作題目通常是以個人經驗為骨幹的記敘文型態來表現。而從文體角度來說，對記敘文而言，能將事件發生的原因、過程和結果完整寫出，同時表現出敘述過程中的人物動作、對話或話語和事件發生的經過是基本要求，評分零點的要求也必須符合此一文體內涵的基本要求。

從文體落實到題目，本題的引導說明文字較為開放，除了要求學生寫出「週休二日」的「美好」外，不做任何限制，因此學生可以自由發揮的空間很大。而就評分零點而言，評分系統中四級分是整體表現平平，對本題而言，依照七年級學生的思考方式，多半是以下兩個方式呈現：

①以某個明確的人、事、物為核心加以記敘描寫，最後再提升至自己對週休二日的感想或心得。

②不限於某個時間地點，直接敘寫發揮週休二日可以看到或做到的種種美好事物，再加統合。

而這兩種寫法細部地就各向度的表現觀察，四級分的評分零點在「立意取材」、「結構組織」及「遣詞造句」等三個基測的重要向度的具體內容如下：

1、立意取材

材料方面，本題選取的內容可以是某一次週休二日的美好

經驗，也可以就如何使週休二日過得美好進行寫作。

立意方面，學生面對這個題目如果能將焦點著眼於「美好週休二日」的體驗或觀察，將事例的前因後果，經過情形完整寫出，藉以闡述題旨，為四級分的水準。

2、結構組織：

根據題目說明，參加考試的學生通常是：以記敘為主，最後發為感想或抒情的方式來表現「美好的週休二日」此一題目，所看到的文章也多半是以「敘述（泛寫─具寫）─議論」的方式佈局。這樣的方式是最直接簡單的方式，略具程度的學生都能運用此一方式，例如：

> 第一段寫週休二日是全家相聚的時間，都會把握機會相
> 處出遊（或寫自己空閒的時間）。
>
> 第二段（第三段）寫全家出發去某個風景明勝遊玩，或
> 是把握時間玩電腦。
>
> 最後一段則寫自己非常快樂，或藉此檢討自己或看到的
> 事物。

這樣的佈局寫法是最常見的，也是一般的零點表現。

3、遣詞造句：

遣詞造句上，良好的遣詞造句必須與題旨相關（偶見的美辭佳句是很難為文章加分的），同時，由於題旨的具體表現必須透過各種不同的文體型態來表現，因此，配合不同型態的文章

（如記敘文），會有相應地、較容易學習，而且有力的遣辭造句方式，來為特定文體型態增添光采的。就這個題目，主體的敘述部分學生通常以「具體敘寫－泛寫」結合完成，而「具體敘寫」就記敘文來說最為重要。因此若只是平鋪直敘，沒有明顯運用意象詞彙或修辭來強化題旨的，都屬零點的表現。

（四）正偏離

對七年級學生而言，記敘「週休二日」的美好經驗不難，但是要將記敘的事件與人物有變化地寫出，則不容易。最好的文章，除了要完整地將事件的前因後果與發展中的人物動作對話與事件經驗寫出外，還要將這些經歷過的「美好週休二日」的觀察與經驗加以統整，進而完整具體地表現個人心中「美好」的感覺意象，如：從自己周二日的某個經驗寫出自己在週休二日的「幸福」感受，才能達到高分六級分。因此，所謂的正偏離的作品應該有以下幾點特徵：

①將個人觀察敘寫成功提煉，從列舉的多項觀察或有限的經驗中出發，提煉 出自己獨有的意義或感覺，加以深入發揮，讓題旨的表現有層次（非點到為止）。此一情形，即使學生的文字平平，仍屬五級分以上（含）的上等文章。

②能藉重修辭、文法或結構佈局讓〈美好的週休二日〉中的「美好週休二日」氛圍生動地摹寫出來。

上述的兩者若能兼及即為六級分的好文章。以下就「立意取材」、「結構組織」及「遣詞造句」等三個基測的重要向度進一

步說明正偏離文章的具體內涵：

1、立意取材

在立意取材上，這個題目——「美好的週休二日」要表現出正偏離有三個層次要注意：

①敘寫主體必須是週休二日的活動：學生務必要點出描述的活動為週休二日所從事的活動，若未明確點出時間——週休二日，則屬於偏題的情形。

②事件前因後果及過程的描述：記敘文的骨幹就是事件，因此發生了什麼事？為什麼發生？最後結果如何？都要完整的呈現出來。

③美好的凸顯與描寫：記敘文除了要完整記載事件外，要讓事件更生動感人，就要為骨幹加上肌肉皮膚和衣著、精神。也就是說，事件的主角人（物）的形貌、動作與對話，如果都能觀察到，並且從他們的表現寫出他們的感情，才是最高明的記敘。就這篇文章來說，從自己經歷事件的人物螺旋互動與對話中寫出自己「美好」的感覺，才是最好的表現。

2、結構組織

在結構組織方面，若要更進一步從上述的零點佈局提升到比較好的水準，必須從記敘本身入手。若是能將平皮的敘述主體——第一到第三段加以調整，將本身的平鋪直敘加以變化，

就能在結構組織上有變化，進而拿到高分。以下是利用「今昔對比」的手法將平鋪直敘加以變化，藉以達到較為有趣、有力的佈局寫法。原先的文章結構是：

第一、二（三）段簡單的直接描述「週休二日做什麼？」

最後一段寫：「感想是什麼？」

變化成以下組織結構：

第一段：現在的我如何重視週休二日……但以前的我不是這樣，是因為某個週休二日的經歷……

第二（三）段：以前的我如何如何……過去那個重要的週休二日如何如何？（具體的經歷描述）

最後一段：這個經歷讓自己體驗到假日的重要，而讓我以後都更能運用週休二日或體諒別人。

這樣將原來的簡單記敘思考反向佈局，運用「由今而昔」思維方式，則更能透過心境的體會變化，凸顯週休二日的美好與重要。如果一來，文章讀來豐富而有變化，就能讓文章結構從零點提升到正偏離的層次，當然，如果要達到更高的層次還須與其他向度搭配，方能在適當的螺旋互動關係中展現力量。

3、遣詞造句

如上所述，在本道以記敘為主的題目中，遣詞造句偏離與否的關鍵主要在具寫的表現上。就具寫的部分而言，花些時間力氣來經營是很容易讓文章拿到高分的。而要讓具體描寫的部分拿到高分的途徑有兩個：一個是運用顯著有力的修辭（如：類疊、譬喻、轉化），另一個變化多端語句型態或適當的虛詞運

用，也能為文章事件的描述增添生氣。

例如：下文的五級分例文就是運用多變的語句型態（尤其是心中的對話）反省進行敘寫使文章更增生氣，而達到五級分的水準：

> 「南投」是我們最喜歡的地方。但當我們到達南投的聖地「清境農場」時，我們好失望。眼前一片垃圾，因為大家的自私自利把一個「桃花源」破壞了，我心中自問：「為何人如此自私呢？」第二天，我跟爸爸我們去清境農場打掃，爸爸二話不說就答應我。當我們打掃完畢時，看到農場如此乾淨，真的好快樂。」

這個例子運用多種語句型態呈現作者在週休二日所見所感、反省，及反省後付諸實踐的快樂，其中最為凸出的，就是「眼前一片垃圾，因為大家的自私自利把一個『桃花源』破壞了，我心中自問：『為何人如此自私呢？』」這一段描寫，句式變化有力（「眼前一片垃圾」省略主語，強調髒亂），而自我對話更強化了自中所感與反省，進而為後來的快樂預先儲備了感動人力的力量。

（五）負偏離

負偏離主要指的是文章互動的整體表現較弱而言，就國中基測寫作測驗而言，即為一至三級分。如前所述，文章在整體表現較弱時，可以隨弱化的情形而有較為不同的外部表現，弱化情形不多時（通常是三級分），尚有整體表現而言；弱化情形

明顯時，個別向度的呈顯會十分明確。因此對國中基測的寫作測驗而言，針對一至三級分分別敘述將可以更清楚地呈現負偏離的內涵。對弱化情形不多的三級分來說，其主要的情形有以下三種：

①有部分歧出的內容、文字或結構，使「美好」的週休二日表現弱化。

②文章淪為空泛而描寫不足，而使「美好」的週休二日表現不足。

③文章可以說明勉強題旨，但文辭有限而生澀，顯現出作者文字能力的不足，也會使「美好」的週休二日表現不足。

對弱化情形明顯或嚴重的一、二級來說，二級分指的是材料、文字或結構嚴重不足、錯誤（含相當情形的口語化），因此很難記敘週休二日，更遑論「美好」的表現；一級分則是因為材料或文字能力的關係，幾乎沒有「美好」週休二日的描述，僅見點題或是極差難以表現的文字能力。

（六）評分系統的呈現與指引

從上述就本題內涵在評分零點及正偏離的細部討論出發，可以發現對本題而言，「美好」二字的呈現實位於關鍵性的位置，此二字的表現情形是零點向上或向下展開的具體內涵，因此是判斷級分的關鍵，茲繪圖以明其意涵：

此一表現的強弱可以分別細部就各級分的表現敘述如下：

①評分零點

四級分——在文章中以平平文字直接寫出一段自己在週休二日的美好經驗（可能不只一次，但必須有共通點），並且簡單地說明自己的感覺。

②正偏離

五、六級分——在敘寫一段友誼的前因後果中，表現出自己週休二日生活的「美好」，在經驗與感受的統整中，使主旨得以凸顯。

③負偏離：

一至三級分，文章的整體表現弱化，可以明確看出文章隨一個以上個別向度的不足，主旨的呈顯不足或極少。

由上述可知，評分系統的具體內涵即為螺旋互動的系統，由於此一系統是連續性的循環升降關係，因此，從評分回歸文章指導層面來說，也最好依據學生程度的高低，循序漸進，期待學生能從負偏離提升到零點，從零點提升到正偏離。因此，我們可以依照學生習作的表現，把文章指導分成兩個區塊：

①一至三級分：

一至三級分要達到四級分必須先指導學生了解與題旨相合的材料為何？如何用簡單而適當的文句寫出自己的壞習慣與如何改掉壞習慣？如何用簡單而適當的文句寫出自己認同的美好週休二日的經驗？以及如何去除題旨以外的內容，如：沒有重心的多段經驗與泛論假日的美好等等。

②四級分：

四級分達到五或六級分必須凸顯「美好」兩個字，要達到此一目的可以從以下兩個途徑，四種方式來進行：

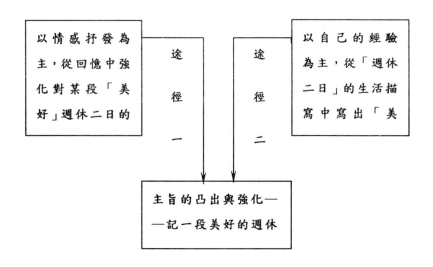

具備其中一個途徑，即為表現超越一般表現的文章。

（七）實測表現

本題在實際的測驗表現上，一般程度或稍差的學生多半分布在三、四級分，文字描寫能力較強的學生則多半為五級分，真正能達到六級分——有完整風格表現的優秀文章並不多見。茲以五級分的學生習作作為例子說明批改及指引內容說如下：

1、學生例文（見次頁）

國民中學學生基本學力測驗

2、批改內容

（1）個別向度表現：

①立意取材：正偏離，但力量不足。

　A、本文選取自身及家人在週休二日的活動及經驗為材料，取材豐富，能符合題旨要求。

　B、立意方面，本文首段說明週休二日的原因，二、三段敘述自身的休閒活動及其效果，其中第三段寫騎單車的經驗深入表現美好的心靈感受尚稱出色。不過，末段平平，若能多發揮其美好的感受，則能達六級分水準。

②結構組織：正偏離，但存在瑕疵，造成力量不足。

　A、本篇為「先敘事後抒情」之結構。第一段敘述原因，第二、三段則從自身的活動開始，強調珍惜週休二日，進而具體寫出美好的感受（騎車），層次分明；末段則以家人相處作結，略嫌突兀。

　B、段落銜接方面，首段與後文較不連貫，但二至四段，銜接順暢。不過，末段的結語——「又過了美好的週休二日」，略嫌突兀，可以考慮刪除。

③遣詞造句：正偏離，但存在瑕疵，造成力量不足。

　A、遣詞造句方面，文字大致流暢，第三段的情節刻畫在水準之上，但不及優秀；若能加上形容摹寫，將可使文章更生動。

　B、文法方面，有少許冗詞贅字，如：「泥土上不時都可

以看到招潮蟹和活蹦亂跳的彈塗魚」、「晚上就抽空
一段時間溫習功課」。

④錯別字及標點符號：

A、有少許錯別字，如第二段的「到提防吹吹風」。

B、標點符號的運用大致正確。

（2）整體觀察：

整體而言，本篇文章在「立意取材」、「結構組織」、「遣詞
造句」上都在一般程度表現以上，但也存在部分瑕疵。因此，
從這三個向度提升到形象思維與邏輯思維的層次會發現，本文
在這兩項思維的表現雖富力量，但由於存在的部分瑕疵造成螺
旋互動力量不夠。此外，兩個思維也欠缺聯貫的概念，使本文
在美好的感受發展與描寫不足，因此是未臻至優秀的五級分典
型文章。

3、指引建議：

就辭章學角度來說，五級分與六級分的差異形象思維與邏
輯思維能否同時達到優秀，相互結合（互補或互利）來形成完
整風格，而本篇文章還有進步的空間。也就是說，本篇文章若
要達到六級分的水準，就將存在瑕疵的形象思維和邏輯思維部
分著手。

形象思維方面，建議作者要從已經有的第三段優異描寫出
發，一方面運用摹寫把騎車的感覺更生動的表現；另一方面則
要將這一段文字感想擴充到全篇，讓最後一段配合第三段意象
表現的更豐富，作法是最後一段刪除與家人相處的部分，修改

成運用修辭方式描寫自己在週休二日自在的感受，藉以強化題旨。

與此同時，邏輯思維的安排也要配合調整。也就是說，本文在形象思維如果是由代表性的經驗寫到自在的感受，在篇章的搭配也應如此。因此，本文如果能修改第一段與最後一段：第一段點到為止，略寫現在珍惜週休二日的心情；最後一段刪除冗贅部分，加入強化自己的感受讓邏輯思維更有層次，漸入佳境。

由上述對兩種思維的修改，不但可以讓本篇文章在個別的學科領域中有所表現，也可以看出兩種思維之間更為聯繫。如此一來，本篇文章就能達到六級分的優秀表現。

五、結論

寫作的批改與指引對作文教學來說十分重要，但適當的批改與指引十分困難，因為牽涉到的學科領域甚廣，如何脫離主觀進入相對客觀的的基礎理論探究也不多。本文嘗試在辭章學的理論架構中，建立作文批改與指引的系統，並透過實際學生習作的批改加以實踐。

本文的寫作批改與指引系統係在偏離理論的基礎上，以螺旋升降互動關係中產生的力，作為系統縱向升降及橫向展開的標準。此一螺旋升降的互動關係，為系統建構的開始，因此是評分指引系統的基本原則，由此基本原則出發，衍生出四項次

要原則，即可建立作文批改與指引的系統。此一系統一方面可以描述各等級（對國中基測來說是級分）之間的升降連續性關係，一方面也可以說明各等級（級分）的主要特徵和具體內涵。由此主要特徵和具體內涵的說明，就能夠面對不同的學生習作，做出相對客觀的判斷。除此之外，級分間的連續性升降關係則可以為如何修改指引學生的作品提出理論依據，指出具體切合的道路。最後，本文並透過學生習作的批改評分加以實踐，以顯示出本系統的可用性。

參考文獻

王希杰（2005），〈作為方法論原則的零度和偏離〉,《語言學新思潮》。北京：中國社會科學出版社，2005 年 7 月一版一刷。

王德蕙、黃麗瑛、萬世鼎（2006），〈國民中學學生寫作測驗信度與評分者一致性之探討〉,《中文寫作評量學術研討會論文集》，頁 87-89。

王德蕙、黃麗瑛、萬世鼎（2006），〈國民中學學生寫作測驗信度與評分者一致性之要求〉,《中文寫作評量學術研討會論文集》，頁 93-99。

仇小屏（1998）。《文章章法論》。台北市：萬卷樓圖書公司。

仇小屏（2003）。《小學限制式寫作》之設計與實作。台北：萬卷樓圖書公司。

仇小屏等（2007），《新式寫作教學導論》。台北：萬卷樓圖書公司。

李名方、鐘玖英主編（2006），《王希杰與三一語言學》。北京：中國文聯出版社。

考選部編印（2002），《國家考試國文科專案研究報告》。

許福元、謝竣翔、施宏政（2006），〈線上閱卷系統相關資訊安全議題的研究〉，《中文寫作評量學術研討會論文集》。

許福元等（2006），〈國民中學寫作測驗線上閱卷資訊系統介紹〉，《中文寫作評量學術研討會論文集》。

許智傑、林逸農、陳素芬（2006），〈基測作文給分標準與計分方法之探討〉，《中文寫作評量學術研討會論文集》，頁117-130。

陳滿銘（2003），《章法學綜論》。台北：萬卷樓圖書公司。

陳滿銘（2004），〈論篇章辭章學〉，台灣師大《國文學報》第三十五期，p.35-68。

陳滿銘（2004），〈論語文能力與辭章研究 － 以「多」、「二」、「一（0）」螺旋結構作考察〉，臺北：臺灣師大《國文學報》36期，2004年12月，頁67-102。

陳滿銘（2006），〈論意與象之連結 － 以格式塔「異質同構」說切入〉，貴州畢節：《畢節學院學報》總84期，2006年2月，頁1-5。

陳滿銘（2007），〈論偏離理論與寫作指導〉，高雄師大《國文學報》第七期，p.1-31。

陳滿銘（2007），〈辭章學在讀寫教學中的運用〉，高雄師範大學

國文學系演講稿。

陳鳳如（2006），〈國中國文教師及學生對寫作測驗之意見調查的分析研究——以 95 年國中基本學力測驗加考寫作測驗為例〉,《中文寫作評量學術研討會論文集》。

國家華語測驗推動工作委員會（2008）,《華語文能力指標第一次調校會議手冊》。

國中基本學力測驗推動委員會,「國中基本學力測驗推動委員會」網站。

國中基本學力測驗推動委員會資訊組（2006）,〈再談寫作測驗線上閱卷系統〉,《飛揚通訊》(國民中學學生基本學力測驗推動工作委員會),38 期,頁 6-10。

謝奇懿（2007）,〈論國中基本學力測驗寫作測驗之評分方式〉,《國文天地》第二十二卷第十二期,p.23-27。

譚克平（2006）,〈大型中文寫作評量研究發展的議題－－以國中基測寫作評量為例〉,《中文寫作評量學術研討會論文集》。

章法學理論體系建構
的方法論原則

孟建安

廣東肇慶學院文學院教授

摘　要

　　章法學理論體系的建構應該堅持科學的方法論原則，那就是要在漢語辭章學範圍之內，把中國傳統哲學中的「二元對立「範疇作為學理基礎，通過對系統論原則的合理調配，堅持現象描寫與理論闡釋相結合，優選比較法和歸納法兼用其他研究方法，來進行章法學理論體系的建構。

關鍵字

章法學理論體系、方法論原則、二元對立、系統論原理

　　方光燾先生說：「真正的科學研究，必須是從一定的原則、原理出發，佔有一定數量的可靠的語料，運用科學的方法和方法論原則來加以分析，然後抽象概括為理論，最後建立自己的理論體系。」（轉引自胡裕樹《修辭學新論‧序》，見王希傑《修辭學新論》，北京語言學院出版社 1993 年版）這凸現了方法論原則對建構理論體系的重要作用。在漢語辭章章法學理論體系建構的過程中，除了應該遵循系統性原則（參見拙文《章法學體系建構的系統性原則》，載於《國文天地》二○○七年六月，頁八三-八七）外，還應該具有非常清醒的方法論意識，堅定不移地引入並堅持科學的方法論原則。根據陳滿銘等先生對漢語辭章章法研究的成果，我們可以把這種方法論原則描述為：在漢語辭章學範圍之內，把中國傳統哲學中的「二元對立」範疇作為學理基礎，通過對系統論原則的合理調配，堅持現象描寫與理論闡釋相結合，優選比較法和歸納法兼用其他研究方法，來進行章法學理論體系的建構。

一、以「二元對立」哲學範疇為學理基礎

　　哲學是關於世界觀的學說，哲學的根本問題是思維和存在、精神和物質的關係問題。在漢語辭章章法學理

論體系的探索中引入中國傳統哲學中的「二元對立」範疇，目的就是為了給漢語辭章章法學理論體系尋求方法論視角的更為深厚的中國傳統文化意義上的哲學淵源和學理基礎。臺灣辭章學家陳滿銘先生在研究漢語辭章章法類型和章法規律的過程中，就非常注重古代哲學思想的互為觀照性。陳先生認為，哲學是探討宇宙人生根源問題的一門學問，與邏輯思維有著千絲萬縷的聯繫，而章法學恰恰是偏重於邏輯思維的一種學科，所以就自然地要和哲學思想的邏輯結構息息相通（見《章法學綜論》，萬卷樓，民國 92 年 2 月版，頁 61）。

我們知道，在《周易》《老子》等中國傳統哲學著作中折射著相當深厚的邏輯基礎，依循著非常明顯的邏輯規律。《周易》中的陰陽 ──→ 二爻 ──→ 四象 ──→ 八卦 ──→ 六十四卦的層層推演和衍生，雖然從宏觀層面來看是由簡單的兩兩相對關係和簡單的邏輯結構而逐漸向複雜化過渡，但二元對立的關係依然沒有改變。《老子》中，「美（喜）和惡（怒）」、「善（是）和不善（非）」、「有和無」、「難和易」、「長和短」等都是二元的對立，都是相互對待的哲學範疇。這些二元對立的哲學概念並非是空穴來風，而是根植於物理世界萬事萬物之間內在的邏輯聯繫性的。也就是說，物理世界事物與事物之間的常規秩序、互為關聯的運行機制等為古代的思想家、哲學家闡釋人類世界和宇宙萬物提供了思辨的基礎和前提，所以便形成了不同的世界觀和哲學觀。思維是對物

理世界的反應和認知，漢語辭章章法是漢人思維結果在篇章結構上的外化形式。這三者之間雖然具有示差性關係，但也具有同構性關係，在它們之間可以毫不費力地尋找到切合點和平衡點，以實現三者之間關係的協調。所以，上述二元對立的哲學範疇就為漢語辭章章法理論的研究提供了方法論基礎和學理支撐。

學界關於辭章學理論的研究，在大陸當以鄭頤壽等先生為代表，在臺灣當以陳滿銘先生為代表。陳先生對章法學理論體系的演繹就是建立在古代哲學思想的基礎之上的（請參見《章法學綜論》，萬卷樓，民國92年2月版）。陳先生以《周易》《老子》為例，在把辭章章法的四大律二分為「秩序與變化」、「連貫與統一」的基礎上論述了章法規律的哲學內涵。陳先生認為，「秩序」與「變化」看似可以分割，實則二而一、一而二的關係，差別只在於「秩序」比較著眼於先後，「變化」比較著眼於移動。二者都強調「動」，離不開「動」，有「動」就必然有不斷的「變化」，而這種變、動的過程必然會形成「秩序」，這是最簡單也是最重要的客觀物理現象和最基本的邏輯規律。這種關係在《周易》《老子》等名著中，都有相應的論述和例證。章法中的順和逆（秩序）與變化的結構，如「先正後反、先凡後目、先立後破、先點後染」等順向結構，「先反後正、先目後凡、先破後立、先染後點」等逆向結構，以及「正反正」、「反正反」、「凡目凡」、「目凡目」、「點染點」、「染點染」等

變化結構，都可以呈現這種條理，而且章法中的「移位」
和「轉位」所形成的變化也與此律相應。陳先生還認為，
宇宙由「動」而造成「變化」，並形成「秩序」，在這個
過程中也一定會不斷地由局部與局部之「連貫」（對比
或調和），而逐步趨於整體的「統一」。這種關係對應于
章法更凸顯其絲絲相扣的邏輯關係。章法之四大律恰恰
與「多、二、一（0）」結構的順序吻合。其中，「秩序
與變化」相當於「多」（多樣）；「連貫」從根本上來說
相當於「二」（剛柔）；「統一」則相當於「一」。如此由
「多樣」而「二」而「統一」，凸顯了章法之四大律所
形成的不是平列的關係，而是「多、二、一（0）」的邏
輯結構。可以看出，陳先生章法學理論體系建構的思路
是非常明晰的，那就是以中國傳統哲學的「二元對立而
又辯證統一」的觀點來統觀漢語辭章章法的 40 種類型
和四大律，充滿了辯證法觀念。正因為如此，陳先生所
建立起來的漢語辭章章法學理論體系才更具有理論深
度和哲學思辨色彩，才更具有科學性和解釋力，才更具
有旺盛的生命力，並因此而在學界獨樹一幟。陳先生的
身體力行以及所取得的豐碩成果，更檢視、驗證了在堅
持以「二元對立」為哲學淵源和學理基礎之上來建構具
有漢語特色的章法學理論體系的必要性、可能性和科學
性。

二、系統論原理的合理調配

系統論原理是建構科學的章法學理論體系所堅持方法論原則的應有之義和必有內涵。宗廷虎先生在漢語修辭學史研究的過程中，曾經把系統論方法細化為五個基本原則（宗廷虎《修辭學史研究中的系統論方法》《再論修辭學史研究中的系統論方法》，見《宗廷虎修辭論集》，長春：吉林教育出版社，2003 年版）。運用這五個原則來研究章法學理論，那就是要做到：

（一）注重整體性

用整體性原則來考察漢語辭章章法系統，就是要把漢語辭章章法學這一研究對象視作一個有機的整體，一個內部存在一定秩序的系統。具體地說，有以下幾個方面的特徵：第一，漢語辭章章法學體系是一個由簡單到複雜，由要素少到要素多的動態系統。第二，漢語辭章章法學體系是一個有機的整體，各個層級上的組成要素之間相互制約相互關聯。第三，對要素的研究立足於整體，而不是孤立地只著眼於要素本身。第四，注意發掘前人研究辭章和章法時樸素的辭章章法思想。

（二）注重結構性

從結構性原則著眼，就不僅把辭章章法看作是一個

由各要素組成的有機整體，而且還把它看作是由各要素按照一定的方式組合起來的結構，而並不是雜亂無章的排列或機械的相加。因此，只有注重研究組合要素的特徵及它們之間的相互聯繫，這樣才能夠深入地認識到這一體系的本質。比如，陳滿銘先生經過 30 餘年的研究，發現總結了 40 種章法結構，即：今昔法、久暫法、遠近法、內外法、左右法、高低法、大小法、視角變換法、時空交錯法、狀態變換法、知覺轉換法、本末法、淺深法、因果法、眾寡法、並列法、情景法、論敘法、泛具法、空間的虛實法、時間的虛實法、假設與事實法、凡目法、詳略法、賓主法、正反法、立破法、抑揚法、問答法、平側法、縱收法、張弛法、插敘法、補敘法、偏全法、點染法、天人法、圖底法、敲擊法等。但陳先生並沒有就此止步，相反又遵循結構性原則，經過仔細的觀察和探索，根據不同的特徵把這些章法結構類型分別貫通於秩序、變化、連貫和統一四大規律。這就使得這些章法結構類型形散而神不散，充分體現出章法學理論體系嚴密的內在邏輯關係。

（三）注重層次性

我們知道，任何一種理論體系的構建必然要考慮構成的要素、體系的層級和構成要素間的關係等因素，章法學理論體系的建構也毫無例外地給予這些方面以極大的關懷。研究者按照對漢語辭章章法學的理解，提出

漢語辭章章法學的概念或要素範疇，並配置它們在漢語辭章章法學體系中所處的層級，同時論證它們之間的相互關係。通過對這種錯綜複雜的關係的梳理和論證，以建立嚴密的漢語辭章章法學理論體系。

（四）注重歷時性

這主要是從縱向的角度動態地研究章法學理論，但也必須重視橫向性特徵，而且不能忽略縱向性和橫向性的有機結合。章法學理論體系的研究必須堅持歷時性原則，把章法和章法學理論置於時間、空間的流變中，以此來考證一些章法理論的萌芽、生長、發展、演化的歷程，使所建構的漢語辭章章法學體系以更為全面更具系統的姿態呈現在讀者面前。在這種前提下做出詳細的分析，得出的結論才更具可靠性。

（五）注重相關性

就是要把漢語辭章章法學置於一個更大的更高層次的系統中去考察,探索它與社會、周圍外部因素、相關學科等的聯繫，以便將內部因素和外部因素結合起來，全面而深入地總結漢語辭章章法的規律。比如，陳滿銘先生在研究的過程中就非常注重辭章章法學與修辭學、文（語）法學、詞彙學、主題學、意象學、文學、美學、中國傳統哲學、邏輯學、寫作學、古代文學等學科的密切關係，並進行了專門性的梳理和闡釋，從而使

所建構的章法學體系更具有學術含量和理論價值。

　　以上是在章法學範疇內對這五個原則作的分項詮釋，在實際操作過程中不能僅僅是注重其中的一個原則，而應該是根據具體的章法實際合理調配這幾條原則，以便作出綜合考量。

三、現象描寫和理論闡釋的辯證統一

　　某種意義上說，章法學理論對辭章鑒賞、辭章教學和辭章創作的重要作用決定了在哲學觀照和辯證觀的統領之下從不同的角度對之作現象描述和學理闡釋的必然性選擇。對章法類型的研究，就是要通過對眾多章法個案的描寫，才能歸納抽象出基本類型特徵；章法規律的總結自然也是建立在對具體章法結構的分析之上的。描寫是基礎，但僅僅有描寫也還是不夠的，讓人們看到的只是章法的表層而不是章法的內在機理，這樣建立起來的章法學體系就缺乏理論深度。所以，在充分描寫的同時還應該深入到章法現象的底層，充分挖掘其潛存著的背景因素。

　　堅持現象描寫和理論闡釋相統一的方法論原則，對章法結構等現象既注重現象描寫，又突出源流探究和理論闡釋，以揭示其形成和運用的哲學內涵、現實基礎和章法學理論依據。在更多的時候，更注重把現象描寫和

理論闡釋捆綁在一起，而不去刻意分清哪些是單一的現象描寫，哪些是純粹的理論闡釋。做到了這一點，就能夠使我們在看到眾多不同的章法類型和章法規律的同時，又能夠認知到它們各不相同的生成和變化因由，以及相互之間的密切關係。比如，陳滿銘先生通過對 100 餘篇古典名篇佳作（參見《詞林散步》，萬卷樓，民國 91 年 6 月版）的分析與描寫，運用歸納、分析、比較、實例驗證等具體方法論述了上文所說的 40 種章法類型和 4 種章法規律，使我們看到了漢語章法結構的多樣性和章法結構關係的明晰性。陳先生對漢語章法學的探索不僅沒有停留在現象的純粹描寫層面上，相反還更為看重對表層現象的深層理據的探索。事實告訴我們，研究者應該牢固樹立鮮明的「闡釋「意識，並把這種意識貫穿在整個研究和文本創作的全過程。這樣，最終給出的章法學概念、章法類型和章法規律等就會有生成與存在的理論基礎和事實根據。尤其是對某些章法（章法學理論）及其運用的闡釋，更能夠從深層意義上弄清楚其來龍去脈和源流因變，以及辭章鑒賞和辭章創作時共同擁有的邏輯思維模式和邏輯運演程式。

　　限於篇幅，本文僅就方法論原則的重要內涵從三個方面作了簡要論析，優選比較法和歸納法兼用其他研究方法這一重要內容將另文討論。

《文心雕龍》駢體句式及其論理特質之考察

溫光華

國立東華大學中國語文學系助理教授

提要

本文以《文心雕龍》篇章中運用各式駢儷句型為研究對象，嘗試考察駢儷句式及其所呈現之論理特質。論文首先從對偶談駢句的詩性與理性，其次分別就四種基本句式與幾種特殊句式兩方面舉例，說明各式駢句所營造詩化的形式美感、韻律感，豐富了文章表現力，另也同時發揮了論析事理的輔助功能，故能使論理之文更顯得嚴整穩重。由此進而推證，劉勰善用駢句優勢，使《文心雕龍》不僅具數陳之長，其駢體也有利於析理的一面。

關鍵詞

劉勰、文心雕龍、駢體、駢句、以駢著論

一、前言

　　南朝是中國文學史上駢儷文風鼎盛時期，劉勰在撰著之際，也順應文學時勢採用以駢儷為主的體式，進行文章原理的論述，故《文心雕龍》各篇所運用駢句的比例相當高，駢儷之氣息也相當濃厚。前人評謂《文心雕龍》「語駢儷則合璧連珠，談芬芳則佩蘭紉蕙，酌聲而音合金匏，絢采而文成黼黻」[1]，即從辭章經營的角度盛讚其書語如聯璧、聲采絢麗的駢儷之美。然劉勰運用駢偶句行文，除了營造形式上的詩化美感之外，其實也有意配合說理的需要，將各種特殊且多變化的句式，穿插於各篇章行文之中，在相當程度上發揮了輔助論析事理的功能，因而可見駢體不僅只是追求美感或者藝術表現的篇章形式。這種既具詩性，又展現理性的論述體製，正突顯了《文心雕龍》「以駢著論」的一項重要特點。而劉勰能自我樹立，以文運理，以理統文，也與追求形式唯美為主要導向之駢儷文表現殊異。

　　本文透過「以駢著論」的辭章學角度，以《文心雕龍》篇章中基本以及幾種較為特殊的駢儷句型為考察對象，探究駢句之表述形式、表達特質與論理功能之間的可能關係，進而推證《文心雕龍》駢體不僅具敷陳之長，其實也有利於析理的一面。

---

[1]　語見明朱載堉序徐渤《文心雕龍》批校本，引自楊明照：《增訂文心雕龍校注》（北京：中華書局，2000 年 8 月），附錄「序跋第七」，頁 957。

二、從對偶談駢句的詩性與理性

對偶是在寫作時基於聯想、求均齊的心理，以使字句齊整的手法，係充分運用中國語文特性而發展出的一項獨特現象，也是詩文中常見的一種修辭技巧，其應用範圍也相當廣泛，這種鍾鍊字句的技法，劉勰稱之為「麗辭」。「麗辭」是駢體文發展的前身，也是駢體組成的基礎要件，不僅在字數上必須均衡齊整，聲律上注重平仄相協，意義表達上更追求連珠合璧之妙，故用於詩，使詩意更為工切富麗；用於文，使文章更顯穩練暢達，故可說是「語言、思維和藝術三位一體的結晶」[2]。而將對偶這種組句技巧運用推衍至極致者，則莫過於駢體文。所謂「駢體者，修詞之尤工者也。」[3]駢體文正是運用駢偶的思維，透過駢偶這種語言模式，展現駢偶的修辭藝術，而成為美文中的最佳代表。鍾濤指出：「六朝駢文作為一種詩化文體，其文體特點，表現出強烈的詩化傾向」，「即便是敘述、議論文字，常常也有充沛的情感。」[4]若究其根柢，「偶」與「駢」實為造就美文與詩化文體的關鍵要素。

歷來有關對偶體式之研究，除劉勰提出「麗辭之體，凡有

---

[2] 語見古遠清、孫光萱：《詩歌修辭學》（漢口：湖北教育出版社，1995 年 10 月），第三章第三節〈詩歌辭格舉隅─對偶：奇妙的姻親〉，頁 224。

[3] 語本袁枚：〈胡稚威駢體文序〉，引自：《清代文論選》（北京：人民文學出版社，1999 年 1 月），頁 509。

[4] 引見鍾濤：《六朝駢文形式及其文化意蘊》（北京：東方出版社，1997 年 6 月），頁 162。

四對」之說屬最早者外，尚有唐代上官儀六對之說、皎然八對之論等[5]，其後《文鏡秘府論・東卷》在歸結整理前人詩論有關對句類型的基礎上，提出了「二十九種對」[6]，這大致是唐代以前在對偶的分類上，種類最為眾多的集大成者，這些對偶類型，多援自詩歌之論，從不同分類角度呈現了詩中造句藝術的多元異采。對偶這種追求均勻、齊整的構句形式有其相當突出的表現特性，如有時「不可避免地會給整個文體帶來一種明顯誇張的非凡氣勢和富麗堂皇的美質美感」[7]，日人古田敬一《中國文學的對句藝術》一書亦指出：

> 對偶表現不僅具有形式美、韻律美，同時，由於內容的並列、類似、對照，富於變化，因而和形式美一起創造了高度的表現美。[8]

對偶的這些特性也同樣可能展現於駢體文章，並營造出形式美、韻律美、表現美等詩化的藝術效果。而當各類型偶句在行文中錯綜變化，利用形式壯闊了文章氣勢、豐富了表意功能，不僅對於摹寫、敷陳有利，在抒情、論理上其實也有其得力處，故對偶這一修辭技巧在文章詩化、文章駢偶化之歷程中頗具直

---

[5] 參張仁青：《中國駢文析論》（台北：東昇出版事業，1980 年 10月），頁 59-60。

[6] 詳參弘法大師撰、王利器校注：《文鏡秘府論・東卷》（台北：貫雅文化事業，1991 年 12 月），頁 262-317。

[7] 引見朱承平：《對偶辭格・前言》（長沙：岳麓書社，2003 年 9 月），頁 6。

[8] 引見古田敬一著、李淼譯：《中國文學的對句藝術》（台北：麒齡出版社，1994 年 9 月），頁 4-5。

接影響。

　　然將詩之「對偶」與文之「駢體」聯繫來看，其主體精神雖然皆在於句型的儷偶，但卻因為體類有別，而各自有相異的表現方式與形貌。例如前者字數大致固定，或五言，或七言，因此節奏相當整齊具有規律；後者雖以四六言為主，但卻可「變之以三五」，且可長可短，可單可複，在「應機之權節」（〈章句〉）下得有伸縮的自由，故節奏變化也較為多元。前者以對仗精工為要，字字不離格律；後者則偶律可疏，唯以典實為重。前者練字求精，崇尚意象；後者則較重章句技法之表現。可見詩中之「偶」與文中之「駢」兩者之間形貌仍存在區別，並顯示了兩者行文造句出發點的考量並不盡相同。因此詩歌中的對偶體式未必皆會出現運用於文章之駢句，也未必皆宜借用以析論文章中的駢句。不過，駢體充分發展了「以詩為文」的構句思維，運用大量的駢偶語，以使文章能在形式設計之中，展現「麗句與深采並流，偶意共逸韻俱發」（〈麗辭〉）的詩化特徵，如上所述形式美、韻律美、表現美等，即是相當具有詩性的藝術風采。清代劉開曾讚譽《文心雕龍》是「以駢儷之言，而有馳驟之勢，含飛動之采，極璨瑋之觀」[9]的佼佼者，從詩性風采的立場肯定了其書駢儷論文之長。「對偶」固然為駢體之文帶入了詩化的氣息，然詩性與《文心雕龍》以駢體論文時所應運用的理性思維如何相輔相成？這當是觀察《文心雕龍》以駢著

---

[9] 引見劉開：〈書文心雕龍後〉，引自楊明照：《增訂文心雕龍校注》，附錄「品評第二」，頁 653。

論成效的一項重點。劉麟生曾謂：

> 彥和之筆，儷而能密，雅而有致，謚為邏輯式之駢文，
> 殆無不可。[10]

便對其文章密而有致的邏輯性作了提挈。劉昆庸則明確指出駢
句形成了特殊的論辯風格：

> 駢體形式的採用不僅賦予了《文心雕龍》文章的詩化性
> 格，更強化了它的論辯色彩，使《文心雕龍》形成了正
> 反相對、理事相成的立論風格，具有堅不可摧的邏輯力
> 量和絢爛飛動的文采。[11]

可見駢體雖有詩化之基本特性，但也必須同時向論述的功能領
域拓展，方能為《文心雕龍》成就邏輯周密、理據充分，且文
采飛動的立論體勢。所謂「勢者，乘利而為制也」（〈定勢〉），
劉勰運用駢偶句行文，正是欲借重駢體出語輒雙的優勢，將文
學事理經鎔裁後以偶句方式呈現，以開展文學論文寫作之規
模，如其中鋪敘、開展、承轉、舉證、對比、歸納等，皆有賴
各式駢句居中，發揮穿針引線的功能。
是以杜黎均以為：

> 《文心雕龍》的理論思維成果，是用齊梁通行的駢體而
> 顯示出來的。……以對偶判斷的形式來提出文學理論思

---

[10] 引見劉麟生：《駢文學》（上海：商務印書館，1934 年），頁 85。
[11] 引見劉昆庸：〈論文心雕龍的文體形式〉，《寧德師專學報》1997
年 2 期（總 41），頁 37。

維的結論，這是難能可貴的。[12]

推究認為騈體是展現理論邏輯思維成果的媒介。江雲《文心雕龍的騈偶研究》則指出：

> 劉勰也利用騈偶來綴飾其文、陳事論理，從而使其文於流暢中顯凝重，於樸拙中添氣韻，典雅含蓄，辨麗可喜。

並更進一步歸納騈偶在《文心雕龍》中的藝術效果主要有：「使語句為之整齊勻稱」、「使節奏為之張弛有致」、「使行文為之氣勢暢達」、「使事理為之嚴謹清晰」、「使感情為之鮮明強烈」等五項[13]，可知騈偶句的使用不僅是一種修辭或寫作技巧，更可視為一種論理思維的外顯，而騈偶在展現理論思維的同時，也可促進文章的藝術效果，充分發揮所謂「飛文敏以濟辭」（〈論說〉）之效果，故騈偶句與文章藝術表現兩者互為表裡，共創論體之勢。

至於這些騈句如何在詩性的基礎上展現理性思維、如何佐助論述、怎樣透過行文技巧發揮顯著效能？這樣的藝術效果與騈體之句式關係如何？類似課題皆有必要透過實際行文進行檢視。故以下即分從基本句式以及變化句式之運用兩方面，略舉文例以綜觀《文心雕龍》各式騈句所具有之論理特質。

---

[12] 引見杜黎均：〈論文心雕龍文學理論思維成就〉，收錄於饒芃子主編：《文心雕龍研究薈萃》（上海：上海書店，1992 年 6 月），頁 221-222。

[13] 以上引文及五項藝術效果詳參江雲：《文心雕龍的騈偶研究》（重慶師範大學漢語言文字專業碩士論文，2006 年 4 月），頁 29-31。

三、《文心雕龍》駢體的四種基本句式及其論理特質

　　駢體畢竟不如散行之文，可以在寬鬆自由的形式中，隨意之所至，而必須講求句子之平行對稱，故有了出句，必須有對句與之相應，引了此事也必然連帶提及彼事，因此從駢體文章之整體組成來看，其實是講求重複的，如對句與出句、下聯與前聯之間句型結構的重複，或者行文規律的重複等。[14]只是這種重複在強化語意表達之外，仍具有變化性，並非機械式的百句不遷，故能形成大體規律卻又樣貌豐富的文章體製。而能在文中不斷構成主要重複，自是最簡單、最基本的句法形式。一般論及偶句，常以當句對、單句對、隔句對、長對等對偶句法形式進行區分，或者從字數上將駢偶句型模式分為齊言單聯型、齊言複聯型、雜言複聯型等[15]，甚或以字數為類，分句型為三－三、四－四、五－五、四四－四四、四六－四六、五－七等多達四十八種[16]。然而這樣的區分係根據字句長短多寡之形式而來，且普遍可見於各類型駢體文章，且其實較不易看出其在行文中所發揮的特殊作用。故本文不擬採取這種分類方式，而

---

[14] 詳參朱承平：《對偶辭格・前言》（長沙：岳麓書社，2003 年 9 月），頁 4-6。

[15] 可詳參莫道才：《駢文通論》（南寧：廣西教育出版社，1994 年 3 月），頁 65-82。

[16] 此四十八種駢文句型，請詳參張仁青：《中國駢文析論》（台北：東昇出版事業，1980 年 10 月），〈七、駢文之句型與聲調〉，頁 105-125。

回歸到劉勰在〈麗辭〉篇中根據用事與否、命意同異兩方面的標準，所分析出對偶的四種類型來看，其云：

> 言對為易，事對為難，反對為優，正對為劣。言對者，雙比空辭者也；事對者，並舉人驗者也；反對者，理殊趣合者也；正對者，事異義同者也。

言對者，指句中不引典故事例，全由己意直寫，故為「雙比空辭」；事對者，需用典故事例相對，以供證驗，故為「並舉人驗」；反對以不同事物相互映襯，字面相反卻旨趣暗合，故為「理殊趣合」；正對則是將並列事物相對，兩句意義相近、相關、互補，以表達完整語意，故為「事異義同」。這兩組四類型對偶，雖不及後世詩論、修辭論中所歸納之類型那般細密多元[17]，但這種兩分法卻可以簡馭繁，已大致概括篇章中運用對偶的主要形式，既能作為對偶方式之分類根據，也可作為檢視駢句基本功能的出發點，而從這切入，同時也意謂：「在上述幾種對偶方法中，劉勰以自己的創作實績，為人們樹立了典範。」[18]以下即依劉勰「言對事對，各有反正」之說，將其交叉重疊，亦即分從「言對之正」、「言對之反」、「事對之正」及「事對之反」四式略予舉例，並說明其論理功能與特質。

---

[17] 如蔡師宗陽〈論對偶的分類〉一文中探討各家對偶之分類，計有四分法、六分法、八分法、十二分法、二十六分法、二十八分法、二十九分法、三十分法等。文見《修辭學探微》（台北：文史哲出版社，2001 年 4 月），頁 239-253。

[18] 引用語見于景祥：《中國駢文通史》（長春：吉林人民出版社，2002年 1 月），頁 383。

（一）言對之正，成鋪展陳述之體

不用典事，直抒己見，且兩句共表一意，這種駢句最為基本，也較易組成，在《文心雕龍》中頗為常見，其在篇章中主要功能，便在於運用相應相協的句子進行鋪敘推展，使文意能清楚表達。如以下兩例：

> 若能憑軾以倚雅頌，懸轡以馭楚篇，酌奇而不失其貞，翫華而不墜其實；則顧盼可以驅辭力，咳唾可以窮文致，亦不復乞靈於長卿，假寵於子淵矣。（〈辨騷〉）
> 夫盟之大體，必序危機，獎忠孝，共存亡，戮心力，祈幽靈以取鑒，指九天以為正，感激以立誠，切至以敷辭，此其所同也。（〈祝盟〉）

前例在文末重申宗經辨騷可有助文章之旨，共由四組駢句構成。第一組「憑軾」句指寫作倚靠《詩經》立義，「懸轡」指有選擇地學習《楚辭》之寫作技巧，強調其立場；第二組「酌奇」「翫華」兩句，強調研讀取酌「不失」「不墜」之態度；第三組「顧盼」「咳唾」兩句，揭陳善於取酌屈騷可以驅遣辭力、窮盡情致之效果；末組兩句總結取法屈騷，如此則不必向司馬相如或王褒乞助靈感，從反面回應取酌之益。四組之中兩兩成對，或互補，或疊意，對於師法《楚辭》之立場、態度、效果、益處等方面，一一提點陳述，可見駢句在文意鋪展上的作用。後一例在歸結「盟之大體」，除首尾兩句各為散句外，餘由三組駢句構成。首先四句三言的排偶對，揭示「盟」寫作

題旨之取材；其次「祈幽靈」與「指九天」兩句，指出定盟應在神靈天地之見證下進行，為寫作之條件；末為「感激以立誠」與「切至以敷辭」兩句，一指內容，一指形式，強調「盟」體寫作應秉持之基本精神。三組在不同句型下，將盟體寫作要領，從取材、條件到基本精神，予以概敘式的鋪寫，達到為全篇「敷理以舉統」的目的。固然其中「指九天以為正」句，蓋出自〈離騷〉：「指九天以為正兮，夫唯靈脩之故也」，但劉勰在此用人若己，即使不查考典出何處，亦不影響意義之理解，故整體仍可視為言對之例。

（二）言對之反，顯理殊趣合之妙

正對之兩句語意相近，發揮重疊增強或前後互補的作用；反對之句，則從正反兩方為對，使字面對立而旨趣暗合。如以下兩例：

> 凡說之樞要，必使時利而義貞，進有契於成務，退無阻於榮身。（〈論說〉）且才分不同，思緒各異，或製首以通尾，或尺接以寸附；然通製者蓋寡，接附者甚眾。（〈附會〉）

前例歸結「說」體大要，強調必須在有利時機下，且堅定正大之立場的狀況下提出，使進言獲人主接納時，可達成進諫勸說之任務，即使被拒退時，也不妨礙自身之顯榮。「進有契」與「退無阻」兩句為對，舉列正反兩種可能的後果及下場，其旨便在於表達善於遊說進言者，所必須掌握「順情入機」之要訣

與分寸。後例論才智天分對寫作時思路的影響，「製首以通尾」
與「尺接以寸附」兩句正反對舉，一指才思高妙者，能從篇首
到篇尾作通盤考量，故寫來前後通貫，如一氣呵成；一指才思
遲緩者，只能在章句片段之間片段連接，零星拼湊；前者寡，
後者則眾，既強調了「通製者」之可貴，也突顯了謀篇附會時
易出現「尺接寸附」的通病，而兩者之指向交集便在於「附會」
之術。由此可見反對藉著正反兩端之對舉，產生意義的對應效
果，這種旨趣之暗合，能使論述更形周備完滿。

（三）事對之正，盡強化論證之旨

典故事例常能成為論理之文的輔助，適時引典，可深化內
蘊，產生直述言對所難以具有的婉曲之趣；而有事例為證，理
據更為充分。而要強化論旨，取用類似事例融入駢句，使之並
列而相映成趣，也頗考驗作者之才學。如以下兩例：

> 自〈連珠〉以下，擬者間出。杜篤賈逵之曹，劉珍潘勖
> 之輩，欲穿明珠，多貫魚目。可謂壽陵匍匐，非復邯鄲
> 之步；里醜捧心，不關西施之顰矣。（〈雜文〉）
> 若愛典而惡華，則兼通之理偏，似夏人爭弓矢，執一，
> 不可以獨射也；若雅鄭而共篇，總一之勢離，是楚人鬻
> 矛楯，譽兩，難得而俱售也。（〈定勢〉）

前一例指出揚雄始創〈連珠〉之體後，其下如杜篤、賈逵、劉
珍、潘勖等擬作者相當眾多，即使極力仿效欲貫串出如明珠高
貴之作，但卻多只能成為如魚目混珠之低劣作品。劉勰在此用

典，以設喻方式批評這些仿擬者，以為這般行徑就如同邯鄲學
步、東施效顰之人。其中「壽陵匍匐」與「里醜捧心」兩句成
對，「壽陵匍匐」典出《莊子‧秋水》，「里醜捧心」典出《莊子‧
天運》，經過鎔裁化成之後，正能適切點出徒事模擬者之可笑。
此處寓批評之意於事典之中，語氣較為委婉，但連續兩典之喻，
也增強了貶責的力量。後例中，主張作家應在「並總羣勢」的
前提下追求「兼解以俱通」，故所謂「愛典而惡華」與「雅鄭而
共篇」這兩種現象，一則使兼曉並通之理偏頗，一則使全篇統
一和諧的體勢發生矛盾，實非理想。故劉勰敘理之外，又概括
前人之典，用喻以加強論述之意。「夏人爭弓矢」出典見《太平
御覽》引《胡非子》，指弓矢單獨使用必無法發射，故必待合用；
「楚人鬻矛楯」典出《韓非子‧難一》，指誇矛又誇盾，自難同
時售出，故可見文章體勢應以和諧不雜為要。這兩句屬於長偶
對，前後文理並列，兩則事例也互相儷偶，對於能文之士在文
章體勢方面應具備的素養，作了相當清楚具體的揭示。

（四）事對之反，達對比參照之用

　　反對必須在字面相反的狀況下，將出句與對句之事理對照
映襯，達到「旨趣暗合」的目的，而若又得「徵人資學」，融入
適切的事典，則更不容易達成，是以相較於前述三者，事對兼
反對自然是比較難的，在《文心雕龍》中也較為少見。略舉兩
例如下：

　　桃李不言而成蹊，有實存也；男子樹蘭而不芳，無其情

也。（〈情采〉）

言峻則嵩高極天，論狹則河不容舠，說多則子孫千億，稱少則民靡孑遺；襄陵舉滔天之目，倒戈立漂杵之論。辭雖已甚，其義無害也。（〈夸飾〉）

前一例旨在設喻申述文章情采之理，前句用典取自《史記‧李廣傳》：「桃李不言，下自成蹊」，後句出典於《淮南子‧繆稱訓》：「男子樹蘭，美而不芳」。其巧妙處便在於將兩則本不相關的出語典故，藉著駢句組合，使「草木之微」能恰巧成對。而將「有實存」與「無其情」對照，以反襯出有情有實者，自能散發吸引眾人的魅力，故所謂「情先於采」之理，在對比參照的喻語之中，顯得尤為豁然明朗。後一例中，劉勰在「詩書雅言，風俗訓世，事必宜廣，文亦過焉」的論述前提下，配合行文需要，分別從《詩經》、《尚書》中採擇適當語句，重新剪截鎔裁成三組駢句，這三組駢句中的前兩組，在字面上如「峻」與「狹」、「多」與「少」各為字面之反對，如此對比舉列，一方面可藉鋪陳以造成語句夸飾至極的印象，一方面也足可證明早期經典中早已存在各種善用極端夸飾之辭的實例。從語句之出處來看：

《詩經‧大雅‧崧高》：「崧高維嶽，駿極於天。」
《詩經‧衛風‧河廣》：「誰謂河廣，曾不容舠。」
《詩經‧大雅‧假樂》：「干祿百福，子孫千億。」
《詩經‧大雅‧雲漢》：「周餘黎民，靡有孑遺。」
《尚書‧堯典》：「湯湯洪水方割，蕩蕩懷山襄陵，浩浩

滔天。」

《尚書・武成》:「前徒倒戈,攻于後以北,血流漂杵。」

可見劉勰取資原典以佐助自身行文,並襯托出「辭雖已甚,其義無害」的論旨。而三組駢句在信手拈來之間,不僅相當妥適,也能見得劉勰擅長於取用典事、鎔裁資料的筆力與才學。

四、《文心雕龍》駢體的幾種特殊句式及其論理特質

上節所舉「言對之正」、「言對之反」、「事對之正」及「事對之反」四式及其句例,可見《文心雕龍》基本的駢偶體式運用情形之大略,這些句式在篇章中反覆出現,體現了鋪展陳述、使殊理合趣、強化論證及對比參照等論述功能。但若在這基礎上,進而檢視《文心雕龍》如何運用形式較為特殊且具有多變化性的駢句,以使論述說理更為綺麗巧密,則更大致可見駢句之體在論析事理上不僅有其適應性,另也顯然不僅止於「辭達」的目的,而且有立言求美之積極意圖。畢竟追求「奇類」、「異采」,也是劉勰所特別注重並標舉的審美價值。至於此節所謂「特殊句式」,並非指此類句式屬劉勰變通獨創而來,故未必僅僅獨見於《文心雕龍》,但其運用在篇章之中,確能藉著調整語言形式,運用駢體的體勢,發揮承載內容、概括事理以及輔助論析的作用,這是劉勰「設情以位體」的一種論述技巧與策略,其中也在一定程度下透顯劉勰持論之邏輯思

維。就如同學者李躞指出：

> 在表現同一時間和同一空間內的對立或對應事物或情勢
> 時，偶句就能充分地體現其特長，……尤其是在議論中，
> 不僅能表現出思維的周密、嚴謹，而且能夠表現伴隨思
> 維出現，或者說在思維中本來就有的人的全面的精神世
> 界，具有極強的概括力。[19]

駢體句式如何表現思維的周密嚴謹與強大的概括力，正有進一
步考察的必要，故以下即以《文心雕龍》篇章中所運用幾種較
為特殊的駢句為對象，予以分項說明，從功能中探見其論述特
質。

（一）互文式駢句

駢偶句為使表達均衡，造語時本即有將一意拆分為兩句敘
述之情形，而互文式駢句便是使兩句各舉一邊，拼合則共成一
意，而上下看似獨立，卻又相互包含、交融、補釋以見義的一
種對偶方式，又名「互體對」[20]。互文句主要見於詩句，既不
同於將近似事物並列之正對，也與兩方對舉之反對有別，其作
用「不僅在節省字句，且能避免犯重，而使文句變化」[21]，用

---

[19] 引見李躞：《駢文的發生學研究》（保定：河北大學出版社，2005
年 12 月），頁 114。
[20] 「互體對」指「雖然話分兩句，分別述說，但相互見義，體式交融，
故名互體對。」參見朱承平：《對偶辭格》（長沙：岳麓書社，2003
年 9 月），第六章，頁 326-328。
[21] 引見黃永武：《字句鍛鍊法》（台北：洪範書店，1986 年 1 月），
頁 166。

於駢體，則使文句簡鍊、語意均衡之外，又增添了一些詩化的風采。能掌握這種駢句形式，自能對於《文心雕龍》部分文句之理解有所助益。如以下兩則例子：

> 形立則文生矣，聲發則章成矣。(〈原道〉)
> 子建援牘如口誦，仲宣舉筆似宿構。(〈神思〉)

第一例前句指形文之生，後句指聲文之成，「形立」與「聲發」互文，為文之組成要素；「文生」與「章成」互文，即文（文采）之意，為組成之結果，故兩句並無先後本末關係，參互合義之後成為「形聲立則文章成」。分為兩句敘述，可與該篇所述「龍鳳以藻繪呈瑞，虎豹以炳蔚凝姿」、「雲霞雕色」、「草木賁華」（以上形文）以及「林籟結響」、「泉石激韻」（以上聲文）等自然現象的文句照應收結，是提出「立文之道，其理有三」之論（〈情采〉）的前提先聲，在嚴整照應之餘，亦可見互文式駢句構句之特殊性。第二例在敘寫兩人寫作文思之速的情形，然有紙無筆或者有筆無紙，均無法進行實際寫作，可見前句省略「舉筆」，後句省略「援牘」，兩句聯合並觀，兩者動作互為補足，句意方能明確，如周振甫釋義時也謂：「援牘舉筆是互文，援牘的也舉筆，舉筆的也援牘。」[22]此可見互文可利於精省詞語，並使兩駢句交融，是利用句型變化以增加論述效能的一種方法。

---

[22] 引見周振甫：《文心雕龍注釋‧神思第二十六》（北京：人民文學出版社，1981 年 11 月），注釋 17，頁 300。

（二）連鎖式駢句

論理之文必須講究思維的縝密性，而文句正是展現思維的媒介，因此如何使句子上下銜承緊密，達到「彌縫莫見其隙」（〈論說〉）之理想，便成為章句經營的重點。所謂連鎖式駢句，是利用環環相扣之法，接續前後文句，使語意承遞緊密的一種特殊句型，正如傅隸樸《修辭學》指出：

> 連鎖，是上下首尾如連環相扣，語絕而意不絕的一種辭格。這不僅為呈巧而設，也是事之因果相關連者，有自然不容間斷之勢。……用在論理方面，常如江河之水滾滾而下，有起伏之跡，而無斷裂之痕，不僅神旺，而且氣足。[23]

可見連鎖不但可將文辭修飾得更為奇巧，還可使事理因果呈現更為緊密，使論述文氣更為旺足。用於駢文，則與劉勰在〈麗辭〉所謂「乾坤易簡，則宛轉相承」之原理相當接近。先從《周易‧繫辭上》的這段文句來看：

> 乾道成男，坤道成女；乾知大始，坤作成物；乾以易知，坤以簡能；易則易知，簡則易從；易知則有親，易從則有功；有親則可久，有功則可大；可久則賢人之德，可大則賢人之業。

---

[23] 引見傅隸樸：《修辭學》（台北：正中書局，1969 年 3 月），第九章，頁 119。

段中每兩句為一組駢句，分述乾、坤之德業大用，文意由前入後，逐層遞進，看起來是單句對的形式，但各組駢句之間，又如連環相扣，此即所謂「宛轉相承」。

楊明即針對此提出：

> 「宛轉相承」實際上就是多層（三層以上）對偶相連續，而每層對偶的上下聯分別依次相承接、相對應。……這與駢文萌芽、形成、發展的進程一致。值得注意的是，在魏晉、南朝的玄學、佛學論文中，此種方式相當發達，這表明它與說理的需要、與古人的邏輯思維頗有關係。[24]

可見運用雙起雙承，互相環扣的句式行文，正展現了駢句說理時類比推證的一種邏輯思維。這在《文心雕龍》也時有運用之例，舉兩例略予說明：

> 夫設文之體有常，變文之數無方，何以明其然耶？凡詩賦書記，名理相因，此有常之體也；文辭氣力，通變則久，此無方之數也。名理有常，體必資於故實；通變無方，數必酌於新聲。（〈通變〉）
>
> 是以聲畫妍蚩，寄在吟詠，滋味流於下句，風力窮於和韻。異音相從謂之和，同聲相應謂之韻。韻氣一定，故餘聲易遣；和體抑揚，故遺響難契。屬筆易巧，選和至難，綴文難精，而作韻甚易。（〈聲律〉）

---

[24] 詳參楊明：〈宛轉相承：駢文文句的一種接續方式〉，《文史哲》2007年1期（總298），頁87-94。

第一例取自〈通變〉開頭段，由三組駢句組成，第一組先提出「設文之體」與「變文之數」兩個對舉的概念，接著第二組即以長偶對分別解釋「設文之體」與「變文之數」的實質內涵，第三組則承前所述再推展至「名理有常」者必須借鑑參考故實、「通變無方」者必須求新求變，並從而導引出通變之論。三組駢句以「有常」與「無方」相銜相承，論述層次清晰，語意一路遞進，在宛轉相承之際，也密合無隙，是連鎖式駢句運用之典型。第二例論述聲律調諧之理，共由四組駢句組成。首先以「滋味流於下句，風力窮於和韻」，揭出文章聲韻美感存在於練字度句及和聲協韻之間；接著便承前論，分述「和」與「韻」兩者之實義；第三組又再取「韻」與「和」，較論並分析「韻氣易遣」而「和體難契」之原因；最後依然接續前論，進而說明無韻之筆雖較易屬文成篇，但選字要皆抑揚和諧並不易，而有韻之文，雖聯綴成文難達精妙，但押韻本身實較容易。四組駢句語意逐層推進，卻環環緊扣，論述條理宛轉而暢達，此均可見劉勰為文思維周密，力使辭句能達「心與理合，彌縫莫見其隙」（〈論說〉）的理想。

（三）交蹉式駢句

在一般兩聯四句的句式組成中，多由奇句與奇句相對，偶句與偶句相對，兩兩間隔成對，此即所謂隔句對，屬於基本式駢句。而交蹉式駢句則刻意將句序交蹉，使兩聯四句中之前兩句成對，後兩句成對，但在理解文意時卻得將之交錯組合，如此句子便能在固定規律之中產生些許錯綜的變化。如以下兩則

文例：

> 爰自風姓，暨於孔氏，玄聖創典，素王述訓，莫不原道
> 心以敷章，研神理而設教。（〈原道〉）
> 是以繪事圖色，文辭盡情，色糅而犬馬殊形，情交而雅
> 俗異勢。（〈定勢〉）

第一例前四句旨在歸結「庖犧畫其始，仲尼翼其終」之人文發
展情形，其語意順序應是第一句「風姓」與第三句「玄聖」相
接，所指即庖犧氏，第二句「孔氏」與第四句「素王」相承，
所指即孔子。但文句先述庖犧、孔子之名，再敘兩者創制與追
述的貢獻，便運用交蹉式駢句，使句子產生錯綜變化之趣。第
二例以繪圖要使色彩雜糅為喻，說明作品也應有不同體勢之
理。從語意表達原序來看，「色糅而犬馬殊形」應與「繪事圖
色」相承，「情交而雅俗異勢」則與「文辭盡情」相接，然此
處交蹉，使前兩句敘理與後兩句闡析各自成對，交錯成文，可
說利用駢偶的嚴整，展現語句靈動之妙。

（四）情采對舉式駢句

利用駢句作概念之對舉，本即是一般駢體文章常見的情
形，就形式而言並不特殊，但《文心雕龍》則常在論述時，藉
著駢句將情（質）、采（文）並提對舉，以展現他兼重情采的
文學觀，以及不偏一端的論述與批評思維，這也是檢視劉勰駢
體行文所不宜輕忽的。「銜華配實」、「符采相勝」的文學觀，
是劉勰文學理論中的重要組成，這理論思維也充分呈現在情采

對舉式的駢句中，故此類駢句甚多，堪為一項特點。僅舉兩則
文例來看：

> 自後漢以來，碑碣雲起，才鋒所斷，莫高蔡邕。觀楊賜
> 之碑，骨鯁訓典；陳郭二文，句無擇言；周胡眾碑，莫
> 非精允。其敘事也該而要，其綴采也雅而澤；清詞轉而
> 不窮，巧義出而卓立。（〈誄碑〉）
>
> 故其植義颺辭，務在剛健，插羽以示迅，不可使辭緩，
> 露板以宣眾，不可使義隱；必事昭而理辨，氣盛而辭斷，
> 此其要也。（〈檄移〉）

前者評述東漢時期蔡邕的碑文成就，如先分評為楊賜所作的〈司
空文烈侯楊公碑〉、〈陳太邱碑文〉、〈郭有道碑文〉、〈汝
南周勰碑文〉、〈太傅胡廣碑文〉等文之後，再連續兩組駢句
作為綜評，且皆情采對舉，前一組「敘事也該而要」為內容方
面特點，「綴采也雅而澤」則為文采形式上的特色，而後一組
「清詞」、「巧義」亦分別突顯其采與情方面的卓然成就。對
於蔡邕碑文成就，兼從情與采兩方面觀察批評，也就顯得持平
周備。後者之例在總結檄體的寫作大要，首先從義與辭方面標
舉其「剛健」之主體精神，接著「插羽以示迅，不可使辭緩」
及「露板以宣眾，不可使義隱」兩句對舉，揭示其寫作原則，
然後運用句中對，在單句中對言歸納出「事昭」、「辭斷」（指
材料文辭之采）與「理辨」、「氣盛」（指道理氣勢之情）的
表現要點。其行文論述可說一路而下皆採取了情采並提的方
式，對於寫作大體而言，具有兼取兩端的概括作用。

（五）排偶式駢句

　　駢文組成規律中一般多以上下兩駢句為一對，但為使工整句子更顯得文勢壯闊，有時亦以連續多組句型相近的駢句進行大規模的鋪陳，這種將對偶形式用排比方式擴充的排偶式駢句，不但充分展現作者雄辭博議的善論之才，也可增添駢體的嚴整之感，對於文意表達而言，則明顯有壯文勢、廣文義的效果。茲舉《文心雕龍》的兩則文例來看：

> 精者要約，匱者亦鮮；博者該瞻，蕪者亦繁；辯者昭晰，淺者亦露；奧者複隱，詭者亦曲。（〈總術〉）

> 略觀文士之疵：相如竊妻而受金，揚雄嗜酒而少算；敬通之不循廉隅，杜篤之請求無厭；班固諂竇以作威，馬融黨梁而黷貨；文舉傲誕以速誅，正平狂憨以致戮；仲宣輕脫以躁競，孔璋偬恫以麤疏；丁儀貪婪以乞貨，路粹餔啜而無恥；潘岳詭禱於愍懷，陸機傾仄於賈郭；傅玄剛隘而詈臺，孫楚很愎而訟府，諸有此類，並文士之瑕累。（〈程器〉）

前例旨在列述文士「多欲練辭，莫肯研術」所產生之連帶效應，八個排句兩兩為一組，故實為四組駢句。第一組為精約與貧乏對舉，第二組為博瞻與繁蕪對舉，第三組為昭晰與淺露對舉，第四組為複隱與迂曲對舉，將兩種似是而非的狀況予以互相對舉，說明研術不精者，作品優劣之相雜，就有如美玉與劣石之相混。駢儷以形成對舉，排比以蘊蓄文勢，此正展現了劉勰說理務求整練、觀照務求全面的論述統括能力。後者之例在羅列

歷代「文士之瑕累」，看似由連續十六句的七言句排比組成，實則兩兩互為一組，故共組合成八組隔句對，亦即是將八組駢句排比而成的排偶對。從句中結構及對仗成分來看，更可見到各組間句型略有變化，

如第一組「竊妻」與「嗜酒」成對，第二組「不循廉隅」與「請求無厭」成對，第三組「諂竇以作威」與「黨梁而黷貨」成對，第四組「傲誕以速誅」與「狂憨以致戮」成對，第五組「輕脫以躁競」與「偬恫以羸疏」成對，第六組「貪婪以乞貨」與「鋪啜而無恥」成對，第七組「詭褵於慇懷」與「傾仄於賈郭」成對，第八組「剛隘而誾臺」與「佷愎而訟府」成對，兩兩成組之排偶式文句一路鋪排直下，在古來文人瑕累實多的論述舉證力量上，其勁勢即顯得相當強大。

（六）鼎足式駢句

駢體以偶數句成文為慣例，基本為兩句，多者則至四句、六句等，而以三句同列並舉者句型類於排比，顯然較為特例，因不合於詩體格律，故不太可能出現於詩中，但若運用於詞曲，則被視為「三句對」或「鼎足對」[25]。鼎足式駢句係用對偶的造句思維，使各句結構相同，語意並列，形式整練又兼具排比之勢，係三組句子並排之排偶，在駢句中是頗為特別的類型。如以下文例：

---

[25] 「三句對」見於王驥德《曲律・論對偶第二十》，「鼎足對」見於朱權《太和正音譜・對式》。

> 至如張衡譏世，頗似俳說；孔融孝廉，但談嘲戲；曹植
> 辨道，體同書抄。
>
> (〈論說〉)
>
> 是以草創鴻筆，先標三準：履端於始，則設情以位體；
> 舉正於中，則酌事以取類；歸餘於終，則撮辭以舉要。
>
> (〈鎔裁〉)

第一例述及論體作品的缺失，即採用鼎足式的句法羅列，並加
以評論，像張衡〈譏世論〉如同俳優戲子的玩笑之說，孔融〈孝
廉論〉只談嘲虐嬉笑之事，曹植〈辨道論〉體製有如抄書，用
連續三則文例以突顯未能合於論體之失，對於推證「才不持論，
寧如其已」的觀點，可謂有了頗為確實的根據。第二例論述文
章寫作謀篇構思階段的三步驟：首先是由思想感情需要確立文
章主題、體式，其次是根據主題內容選擇題材，最後則是用合
宜的文辭來鋪陳，突出要點。從始至終這三個步驟，一方面層
遞深入，另一方面運用鼎足對方式中呈現，除句式整練、綱目
清晰之外，也很能發揮匯聚論述焦點的作用。

　　附帶一提，除以上所論六種之外，另有所謂「落霞句式」，
此雖非屬劉勰所創，但在駢體文章之中，向來引人注目，故值
得在此稍予留意。關於「落霞句式」，乃取原自唐代王勃〈秋
日登洪府滕王閣餞別序〉文中名句：「落霞與孤鶩齊飛，秋水
共長天一色」，近年有學者針對這一句式特予論述，如李士彪
《魏晉南北朝文體學》書中考察其源流始末，搜羅六朝時期數
十則此類型文句，並綜結指出：「落霞句式是七言對偶句，適

合在駢文中運用，是駢文常用句法之一。……落霞句式興衰與
駢文相終，榮辱共世風同命。」[26]這種「□□A□□B□，□□C□□D□」
的七言單聯駢句（**ABCD** 皆為連接詞），在《文心雕龍》亦有
運用，如以下四例：

> 體要與微辭偕通，正言共精義並用。（〈徵聖〉）
> 麗句與深采並流，偶意共逸韻俱發。（〈麗辭〉）
> 況清風與明月同夜，白日與春林共朝哉！（〈物色〉）
> 麟鳳與麏雉懸絕，珠玉與礫石超殊。（〈知音〉）

各駢句或作上文論述之綜理收束（如〈徵聖〉例），或陳述文
學現象（如〈麗辭〉例），或鋪敘自然景物（如〈物色〉例），
或設喻輔助闡釋（如〈知音〉例），
各自在篇章中，以「二－三－二」之特殊節奏、特殊句型，發揮
營造精語秀句之作用，故頗能令人留下深刻印象。

五、結論

　　六朝文章多有駢化現象，因而充分表現出精巧唯美的特
質，然當駢句用於文學論文，除增加詩性之韻律感外，也使論
理之文更顯得嚴整穩重。因此在運用駢句表意的同時，除得跨

---

[26] 此處有關落霞句式之論述，係參引自李士彪《魏晉南北朝文體學》
（上海：上海古籍出版社，2004 年 4 月），第三章第二節「篇體
學－詞法與句法」，頁 232-240。

越其句式純粹裝飾性目的之外，又必須兼顧論理之文所應具有
的統括性、縝密性及深刻性，方能充分達成文章的論述目標。

　　本文檢視《文心雕龍》之駢句，從四種基本句式以及七種
變化句式之運用兩方面，考察篇章中所用各式駢句所呈現之論
述特質，略可見其駢句不僅僅只有追求唯美表現形式的功能，
而是以「辭達」為宗旨，積極發揮鋪展、論證、參照的本能，
甚至可壯闊文勢，綜括文意，匯聚文旨，或是透過形態多元之
句型，使論體在追求周密嚴謹之際，亦能顯得靈動練達。于景
祥便針對此一特點評讚云：

> 劉勰在對偶這種修辭手法上造詣頗深。他既能造出平
> 衡對稱、精工麗密的巧對，又能錯綜變化，使對偶句
> 式自然靈動；在言對、事對、正對、反對四種對偶方
> 法上運用自如，不僅每一種都能自然圓活，而且又能
> 將各種對偶方法鎔於一爐，或者交替使用。……後世
> 不少駢文家，為了矯革駢體文呆板僵化之病，都曾在
> 句式變化上做文章，而劉勰在這方面則開風氣之先。[27]

由本文以上所論四種基本句式以及七種變化句式，即可顯見劉
勰運用駢句力求圓熟自如，靈活暢達，以使駢體亦能充分發揮
輔助論理及使論述縝密化、深刻化的作用，故實不宜一律直接
歸結為「短于議論」[28]。明代胡應麟有「劉勰之評，議論精鑿」

---

[27] 引見于景祥、陸雅慧：〈劉勰在駢文創作上的傑出成就〉，《社會
　　科學輯刊》2000 年 4 期（總 129），頁 136。
[28] 孫梅謂：「四六長于敷陳，短于議論。蓋比物連類，馳騁上下，譬

[29]的看法，此評固然與劉勰本身總結之高才、鑒別之卓識有直接關係，但從《文心雕龍》以駢著論之角度來看，駢句本身所開展出的立論體勢，對於所謂「議論精鑿」之成就特點，想必也有相當程度的推助之功。鍾濤指出：

> 複雜的理論問題，作者全以駢文來闡述，足見劉勰為六朝駢文大家，《文心雕龍》本身即為駢體議論說理文的典範。[30]

此說亦高度肯定了《文心雕龍》以駢著論的特點與成就。

　　劉勰選擇以駢體撰著《文心雕龍》，固然是時勢潮流所趨，但其善用駢儷體勢，不僅未與時文同流，淪為「繁采寡情」（〈情采〉）之作，反而為辭章營造出「理圓事密」（〈麗辭〉），且兼具詩性與理性的論文體製，至今仍為歷代文論發展中頗為罕見的異數。故以《文心雕龍》為衡鑑取資之源，從而取長避短，必然可為當前辭章寫作帶來一些啟示。

主要徵引文獻

之蟻封盤馬，鮮不躓矣。」語見清孫梅：《四六叢話》，卷 31，收錄於王水照編：《歷代文話》（上海：復旦大學出版社，2007 年 11 月），第五冊，頁 4895。

[29] 語見明胡應麟：《詩藪・內編・古體中》（台北：廣文書局，1973 年 9 月），頁 132。

[30] 引見鍾濤：《六朝駢文形式及其文化意蘊》（北京：東方出版社，1997 年 6 月），頁 176。

（一）書籍部份

劉麟生，1934，《駢文學》，上海：商務印書館。

傅隸樸，1969，《修辭學》，台北：正中書局。

黃　侃，1973，《文心雕龍札記》，台北：文史哲出版社。

張仁青，1980，《中國駢文析論》，台北：東昇出版事業。

劉永濟，1981，《文心雕龍校釋》，台北：華正書局。

范文瀾，1982，《文心雕龍注》，台北：宏業書局。

王師更生，1985，《文心雕龍讀本》，台北：文史哲出版社。

黃永武，1986，《字句鍛鍊法》，台北：洪範書店。

王利器，1991，《文鏡祕府論校注》，台北：貫雅文化事業。

饒芃子主編，1992，《文心雕龍研究薈萃》，上海：上海書店。

古田敬一著、李淼譯，1994，《中國文學的對句藝術》，台北：
　　麒齡出版社。

莫道才，1994，《駢文通論》，南寧：廣西教育出版社。

古遠清、孫光萱，1995，《詩歌修辭學》，漢口：湖北教育出
　　版社。

鍾　濤，1997，《六朝駢文形式及其文化意蘊》，北京：東方
　　出版社。

楊明照，2000，《增訂文心雕龍校注》，北京：中華書局。

蔡師宗陽，2001，《修辭學探微》，台北：文史哲出版社。

蔡師宗陽，2001，《文心雕龍探賾》，台北：文史哲出版社。

于景祥，2002，《中國駢文通史》，長春：吉林人民出版社。

朱承平，2003，《對偶辭格》，長沙：岳麓書社。

李士彪，2004，《魏晉南北朝文體學》，上海：上海古籍出版社。

李　蹊，2005，《駢文的發生學研究》，保定：河北大學出版社。

王水照，2007，《歷代文話》，上海：復旦大學出版社。

（二）論文部分

劉昆庸：〈論文心雕龍的文體形式〉，《寧德師專學報》1997年
　　2期（總41），頁 32-37。

于景祥、陸雅慧：〈劉勰在駢文創作上的傑出成就〉，《社會科
　　學輯刊》2000年4期（總129），頁 134-139。

楊　明：〈宛轉相承：駢文文句的一種接續方式〉，《文史哲》
　　2007年1期（總298），頁 87-94。

江　雲：《文心雕龍的駢偶研究》，重慶師範大學漢語言文字專
　　業碩士論文，2006年4月。

論李清照詞的空間變換藝術
——以幾首相思詞為例

顏智英

國立臺灣海洋大學通識教育中心助理教授

摘　要

　　人類一切的活動，皆離不開「時」與「空」，文學創作亦然。文學家憑藉其對時空的特殊觀察，加以形象化，來表現其個人的思想與情感。其中，空間形式比時間形式更為根本而必要，因此，空間形式的變換藝術是很值得探討的課題。而宋代詞人李清照，也是丹青高手，她的詞作融合了繪畫的技巧，在空間變換的設計上有極佳的藝術展現，因此，本文即從章法的角度來分析其相思詞作，探知這些作品分別表現出空間擴大、空間縮小、擴大縮小並置及虛實空間變換等多元的變化設計，且各自有不同的表情效果及美感呈現，從而具體地肯定了清照在空間設計方面的藝術成就。

關鍵詞

李清照、相思詞、空間變換、章法、主旨、美感

一、前言

　　我們人類置身於「宇宙」之中，早就意識到「時空」的存在，而日常生活中一切的活動，也離不開「時」與「空」，甚至於情感，也脫離不了特定的「時空」。於是，情感表現在文學作品中，自然也與「時空」有了密切的關連，陸機〈文賦〉說：「觀古今於須臾，撫四海於一瞬」[1]，劉勰《文心・神思》說：「寂然凝慮，思接千載；悄焉動容，視通萬里」[2]，都指出了「時空」與文學創作的密切關係。而黃永武更具體地說：「人與自然時空是那樣奇妙地融合無間，情感與哲理，不喜歡脫離時空現象，去作純粹的摹情說理，每每透過時空實象的交互映射予以形象化。因此，可以說：時空設計，是中國詩裡最重要的環節」[3]，由此可知時空設計藝術對文學創作的重要性。

---

[1] 〔晉〕陸機：〈文賦〉，《陸士衡集》，卷 1，見陸費逵總勘：《四部備要》（臺北：臺灣中華書局，1965 年），頁 1。

[2] 〔梁〕劉勰著，范文瀾注：《文心雕龍注》（臺北：學海出版社，1988 年），卷 6，頁 493。

[3] 見黃永武：《中國詩學——設計篇》（臺北：巨流圖書公司，1996 年），頁 43。

　　然而，正如曾霄容《時空論》中所言：「時間分量的表現通常還要藉助於空間的表徵。由此生起時間表達乃至測定的空間化。空間成為表現時間的徵標或記號。以空間的記號代表時間，即是以不變的形象代表變化的事象。我們只是在空間的形式中，始能得到時間的明確的表現形態」，「至於感情等現象，如不藉助於形象，亦殆不能表出之。由此得以斷定空間形式較於時間形式更為根本」[4]，因此，相較於「時間」，「空間」的探討顯得更為基礎及必要。

　　在探討「空間」的設計藝術時，可以有許多不同的研究角度，如主體與客體、顯與隱、實與虛等，其中「實空間」與「虛空間」代表了作者眼中的「物理空間」及幻想出的「心理空間」[5]，由作者處理這兩種空間的方式，可以發掘出其個人的意念及情感，很值得深入探析。而且，羅丹說：「動是一切物的靈魂」[6]，拉瑪佐也說：「一幅畫，其最優美的地方和最大的生命力，就在於他能夠表現運動」[7]，由此可知，作品中空間的變換更能展示作者的豐富形象及複雜情感，因此，

[4] 見曾霄容：《時空論》（臺北：青文出版社，1972 年），頁 416、419。

[5] 黃桂鳳說：「通常的人都有這種常識，時間與空間是客觀存在的，有其度與量。……我們稱之為物理時空。而作為一個詩人或一個抒情主體，他的感情世界裏的時空與現實的時空是不一樣的。我們把這種主觀感情世界裏的時空叫做心理時空。正如愛因斯坦說：『對於個人存在著一種我的時間，即主觀時間。』」見〈《古詩十九首》的時空藝術〉，《欽州師範高等專科學校學報》第 15 卷第 4 期（2000年 12 月），頁 30。

[6] 見《文藝論叢》（上海市：上海文藝出版社，1978 年），第 10 期，頁 381。

[7] 轉引自魯道夫・阿恩海姆撰，滕守堯、朱疆源譯：《藝術與視知覺》（北京：中國社會科學出版社，1984），頁 508。

本文就鎖定空間設計能手李清照的相思詞為範圍，並以章法切入，來考察其「空間變換」的現象及美感，期望能在全篇的分析中看出「空間變換」在一篇作品中的重要藝術功用，並從而具體肯定清照在空間設計方面的藝術成就。

二、實空間的變換藝術

文學作品中所描繪的「實空間」，是作家們眼之所視，因此容易為我們所瞭解、接受；彭聃齡主編的《普通心理學》也提及人有空間知覺，「是人對客觀世界物體的空間關係的反映。它包括形狀知覺、大小知覺、深度與距離知覺、方位知覺和空間定向等」[8]，藉著這些知覺的輔助，人們遂能掌握「實空間」，並將之反映在文學創作裏。李清照就是這方面的能手，她善於抓住「情與景、情與物之間的內在聯繫，以環境描寫來映襯人物的心境，給予抽象的思想感情以形體聲色」[9]，也就是善於安排、設計「實空間」，以空間中景物的安置，來展現空間大小的變換，進而含蓄而委婉地表達出自己心中的情意。

（一）空間的擴大

由於空間具有三維架構（長、寬、高）和廣延性這兩個特

---

[8] 見彭聃齡：《普通心理學》（北京：北京師範大學出版社，1990 年），頁 255。

[9] 見侯健、呂智敏：《李清照詩詞評註》（太原：山西人民出版社，1985 年），頁 20。

點，[10]因此，所謂「空間擴大」，可以包括「由小而大」、「由近而遠」、「由低而高」、「由內而外」等空間變化情形。季羨林等編的《中國詩學之精神》稱此種擴大式的空間變換為「張勢」:

> 空間的張勢也伸展為心理的張勢。張勢，即由一個大空間伸張，亢進到更大的空間。[11]

創作者發揮其匠心，營造出空間的「張勢」，為人的自由活動提供了愈來愈廣闊的背景，也伸展了主人翁的心理張勢，從而使作者的情感得到極力的抒發。在這個由小而大、由近及遠的張勢的連續空間中，常常會出現「虛靈的無限空間」[12]，亦即人們眼力所難盡的空間，而且這個空間會一直延展到畫面之外，給予讀者更多的想像，並且在心中升起一股「崇高感」[13]。同時，讀者在延伸的連續空間中，能感受到層次美、秩序美及立體美；在流動的空間變換中，則能感受到空間的流動美、節奏

---

10 參李元洛：《詩美學》（臺北：東大圖書公司，1990 年），頁 363-364。

11 見季羨林等編：《中國詩學之精神》（南昌：江西人民出版社，1990 年），頁 231。

12 見陳清俊：《盛唐詩時空意識研究》（臺北：臺灣師大國文研究所博士論文，1996 年），頁 364。

13 陳望道：「凡是有崇高情趣的，其對象必有某種程度的強大。……起初我們得與那強大對立，與那強大同感。隨後伴了靜觀的進行，終至把它我的對立融入他我合一渾融的狀態裡。等到感有崇高的情趣之間，我們就已經蟬蛻了弱小卑微的現在的我，在我自身感有一種崇高大的情趣。於是小我就因著崇高成了我以上的大我，而嚐到了崇高美極致的情味。」而這種崇高感「也有是沉鬱淒涼的，也有是健全幸福的。」見《美學概論》（臺北：文鏡文化事業公司，1984 年），頁 116-117。

美[14]及空間大小的對比美。

例如清照的〈點絳唇〉，就是空間擴大式的設計：

> 寂寞深閨，柔腸一寸愁千縷。惜春春去，幾點催花雨。
> 倚遍闌干，祇是無情緒。人何處，連天芳草，望斷歸來
> 路。[15]

其結構分析表為：

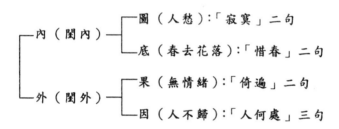

本篇的主旨在寫自己獨處時懷人的相思之愁，侯健、呂智敏說：

> 這是一首閨怨詞。上片抒傷春之情，下片敘傷別之情。
> 傷春、傷別，融為揉斷寸腸的千縷濃愁。[16]

而曹濟平也說：

---

[14] 空間的變換，可視為辭章材料的變換、移動，其中有「力」的因素存在，使材料朝著某種方向運動，因而在時間的推移中造成連續感及節奏感。詳參顏智英：〈論辭章章法的對稱性及其美感——以古典詩詞為例〉，《興大人文學報》第 35 期（2005 年 6 月），上冊，頁 110。

[15] 王學初：《李清照集校註》（臺北：里仁書局，1982 年），頁 70-71。以下凡徵引清照詞作時，皆直接標明頁碼，不另作注。

[16] 見張淑瓊主編：《唐宋詞新賞——李清照》第九輯（臺北：地球出版社，1990 年），頁 28。

是李清照惦念離別的丈夫而作。《全宋詞》本據明陳耀文《花草粹編》另加詞題「閨思」二字。這與本詞的主題是完全吻合的。……上片抒寫獨處深院的閨婦心情。詞篇一開始不是寫景，而是以抒情入題。……下片承上由景及人，進一步抒寫離別的愁苦和盼歸的心情。[17]

從章法結構來看，此首詞主要以「由內而外」、「由近而遠」、「由低而高」的擴大空間設計，來表現作者對丈夫的相思情緒。上片用的是「定點透視法」：作者身處「室內」，心情是寂寞憂愁的，而隨著她的目光向閨房外看去，此時戶外是花落春去的淒涼景致，於是形成了「先圖後底」[18]的結構，其中「圖」是焦點，即作者憂愁的形象，而「底」是背景，即作者眼前所見的環境，具有烘托焦點的作用——春去，也象徵著她的青春逝去。

下片，改採「移步換景法」，作者由室內走到室外，空間呈擴大式的流動，展現了動態之美。清照想排遣愁思，便登高望遠，看看所思之人是否歸來？但倚遍闌干，卻始終不見伊人踪影，只有一大片的連天芳草，象徵著她綿綿不絕的相思離愁，陳弘治闡釋說：

---

17 曹濟平：〈柔腸寸斷 情意真摯——讀《點絳唇》〉，收於閔昭典、劉海軍編：《李清照詞鑒賞》（濟南：齊魯書社，2004年），頁19。

18 「圖底法」是組合焦點與背景而形成的一種章法。在篇章中出現的材料，有一些是焦點所在的「圖」，有一些是充當背景的「底」，兩兩配合起來，就形成邏輯層次，參陳滿銘：《章法學綜論》（臺北：萬卷樓圖書公司，2003年），頁32；而在背景的襯托之下，焦點就會更加鮮明，使整個畫面呈現立體的、流動的美感，參顏智英：〈論稼軒「博山道中詞」篇章意象之形成及組合〉，《師大學報》50卷1期（2005年5月），頁53。

下半闋承接前意，使主題漸次明朗。大意是說：在極度
無聊的時候，她倚遍著闌干，凝神望遠。可是闌干倚遍，
那行人歸來的路上，卻只是連天衰草，帶給自己的依舊
衹是失望，並沒有他的踪影。[19]

可知，下片明白地揭示作者真正「愁」的原因所在，即思念丈
夫明誠的相思之苦。清照將空間推拓到室外，藉「倚闌」、「望
歸」等動作來具體表現她相思的心情，其視點是由近而遠、由
低而高的安排，最終停留在一大片連綿不絕的、與天相接的衰
草上，全篇充滿著流動的、立體的、有層次的空間美感。整闋
詞的畫面，由「一寸柔腸」、而「幾點催花雨」，再擴大到「連
天芳草」，視野愈來愈大，「小景物與大景物的比例懸殊愈大，
愈能快人耳目」[20]，不僅顯現出大、小空間的對比之美，而作
者心中的怨情也得到極大的抒張；同時，在這由低而高的仰角
式注視中，以及在這一望無際的空間設計中，自然地逼出一種
「氣勢」[21]，讓人感受到一股崇高感，作者因離人未歸的深深
苦惱也進一步地得到最大的加強，清照的相思之苦，即使不明
白點出，也在這擴大的連續空間設計中，綿綿不盡地流洩而出
了。

---

[19] 見陳弘治：《唐宋詞名作析評》（臺北：文津出版社，1977 年），頁
266。
[20] 見黃永武：《中國詩學——設計篇》，頁 56。
[21] 李清筠：「如果是想要顯景物的高聳，則自然是以仰視的角度才能
逼出它的氣勢來。」見《時空情境中的自我影像》（臺北：文津出
版社，2000 年），頁 263。

（二）空間的縮小

「空間縮小」，與「空間擴大」正好相反，是指「由大而小」、「由遠而近」、「由高而低」、「由外而內」等的空間變化情形。空間的擴大具延伸效果，而這種空間的縮小，則有將景物拉近的作用，可以凸出一個焦點，凝聚讀者的注意力，使得這個焦點得到最大的注意。這種空間的縮小，是一種空間的「斂勢」，在空間的壓縮中，能將人的精神情感、生命力量，「深深地封閉起來，向內坎陷、凹入」[22]，使主人翁的情意更加濃縮、強化。而讀者的目光，便被吸引到最凸出的那個焦點上，從而感受到集中的美感，也使得作者的情意得到最大的注意。同時，讀者在延伸的連續空間中，能感受到層次美、秩序美及立體美；在流動的空間變換中，則能感受到空間的流動美及空間大小的對比美。

例如清照的〈醉花陰〉：

> 薄霧濃雲愁永晝，瑞腦銷金獸。佳節又重陽，玉枕紗廚，半夜涼初透。　　東籬把酒黃昏後，有暗香盈袖。莫道不消魂，簾捲西風，人比黃花瘦。（頁 34-35）

其結構分析表為：

---

[22] 見季羨林等：《中國詩學之精神》，頁 234。

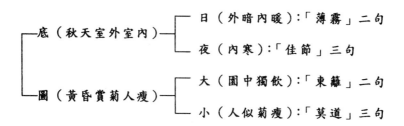

本篇的主旨在寫自己於重陽佳節思念丈夫的心情，即胡同華所說：

> 這首詞題為〈重陽〉，通過秋天的景物、氣候，抒寫夫妻久別、獨處無聊之感。[23]

王延梯更詳細地說明了本篇的內容情意及藝術技巧：

> 這首詞抒寫了作者獨居寂寞無聊的心情。由於丈夫的暫時離去，使她的　精神上承受著獨居的痛苦，而面對著這重陽佳節的良辰美景，就更加深了她這種寂寞感，因而也就引起了她對遠方情人的懷念。由於終日的獨居生活及對丈夫的日夜思念，使她變得面容憔悴，消瘦不堪了。從字面上看，並沒有寫到獨居的痛苦和相思之情，但作者卻用了創造性的形象——「人比黃花瘦」，用黃花來比人的瘦，用瘦的形象來說明自己的獨居相思之苦，非常婉轉含蓄。[24]

---

[23] 見胡同華：〈李清照詞中的自我形象〉，《江漢石油職工大學學刊》12 卷第 4 期（1995 年），頁 36。
[24] 見王延梯注：《漱玉集注》（山東：山東文藝出版社，1984 年），頁

指出了重陽懷人的主旨，更道出了本詞善用形象譬喻的藝術手法，極具含蓄的美感。清照用聚焦於黃花的縮小空間安排，來凸顯自己因相思而憔悴的形象，是很高明的藝術手法，我們可以由章法結構來加以說明：全篇是「先底後圖」的結構安排，也就是上片先佈置「背景」（「底」），下片才聚「焦」（「圖」）到人物身上，這樣的畫面，是「由大而小」的縮小式空間設計，可以凸顯出主人翁的形象。

上片的空間安排，也是縮小式的設計：「薄霧濃雲愁永晝」寫室外的陰霾不開；「瑞腦銷金獸」反襯室內的淒涼氣氛[25]，重陽這日，整個白天，由室外到室內，都是令人憂愁的環境，縮小式的空間移動，更給人一種拘禁的鬱悶感。此種抑鬱淒涼之感持續到半夜，作者接著將鏡頭再縮小到「玉枕」，加以特寫，更強調了室內的寒肅單調，暗示了自己在空帳中的孤枕難眠。整個上片的由「室外」而「室內」、再到「玉枕」的縮小空間設計，使清照相思的情意更加濃烈而引人注意，隱隱透露出女主人一種深深的青春孤獨感。

下片則完全在描寫焦點人物的動作及形象：首先寫主人翁於室外東籬把酒的獨飲身影，接著，空間「由大而小」，聚焦於花叢中的一朵菊花，以其清冷消瘦的意象，譬喻作者因相思而

13-14。

[25] 室內「金獸」中「瑞腦」的馨香撲鼻，煙霧繚繞，暗示了作者愁思的綿長和無法消釋；清照取溫暖而具富貴感的「黃色」香爐為開頭的擺設布景，一方面顯示出她貴夫人的身分，一方面又反襯她內心的淒涼，正如張文生所說：「以對香消金獸的細微刻鏤，抒發貴夫人那既閑且愁的情懷。」見〈李清照詞的色彩描寫〉,《錦州師院學報》（哲學社會科學版）第 3 期（1985 年），頁 80。

憔悴瘦損的形象，使相思的主旨益發突顯。其中「簾捲西風」以動態的描寫，借助西風把簾兒捲起，讓簾外的黃花與簾內的人相互映照，花與人渾然成為一體，花瘦，但人比花更瘦，形象而具體地寫出她的相思之久及痛苦之深。這幅「由大而小」、「由遠而近」的移動畫面，不僅呈現動態的美感，還善於抓住菊的黃色及清冷消瘦的特徵，結合黃昏的慘淡，秋風的悲涼，在縮小空間的設計中，含蓄而深刻地強化了閨中思婦獨飲孤賞的相思心境，給予讀者集中而濃郁的審美感受。

（三）空間的擴大與縮小並置

「空間擴大」與「空間縮小」可以同時出現在同一篇作品中。在「擴大」、「縮小」對比並置的多變的空間設計下，作者的情意，在空間「擴大」、「縮小」的流宕變化中，達到了整體的和諧、統一，[26]形成了「多樣的統一」[27]之美。這種多變的空間配置，與人類審美心理愛好變化新奇有關，也可以從生理層面解釋，陳望道在《美學概論》中說：

> 當我們看一條線時，我們的眼珠都是沿著那條線自此至彼地運動的。如果所看的是直線，那眼珠的筋肉就得刻

---

[26] 這種和諧美，是多樣的統一。包括兩種類型：一種是調和式統一，一種是對立式統一。就局部言，空間的縮小或擴大，屬調和式統一；而空間的縮小及擴大並置，則屬對立式統一。全篇詩作情意，在這樣的對比空間設計之下，能由對比而致統一，進而達到感動讀者目的的，便具多樣的和諧統一之美。參夏放：《美學：苦惱的追求》（福州：海峽文藝出版社，1988 年），頁 108。

[27] 見陳望道：《美學概論》，頁 78。

　　刻用著同一方向的努力，刻刻繼續同一種類的緊張。故
　　所看的直線萬一較長時，眼裡就要有疲勞厭倦之感。[28]

可知，由於單一方向的注視太久，會使得眼睛感到疲勞而心生
厭倦之感，因此，適度地尋求變化以為調劑，是人類生理自然
的反應，空間設計也是如此。同時，當空間隨著作者的視點而
作擴大、縮小的交迭變換時，極易在豐富的層次感中產生流動、
層次、立體的美感效果，使讀者領略到「交流性的空間美」[29]；
且因「依次收納了不同的景物，使篇章內容更加豐富」[30]，從
而給人們有秩序而多樣變化的美感。

　　清照相思詞中，〈一翦梅〉就是這樣的空間設計：

　　紅藕香殘玉簟秋，輕解羅裳，獨上蘭舟。雲中誰寄錦書
　　來，雁字回時，月滿西樓。　　花自飄零水自流，一種相
　　思，兩處閒愁。此情無計可消除，纔下眉頭，却上心頭。
　　（頁 23-24）

其結構分析表為：

---

[28] 見陳望道：《美學概論》，頁 44。
[29] 見曾祖蔭：《中國古代文藝美學範疇》（臺北：文津出版社，1987
年），頁 191-192。
[30] 見仇小屏：《古典詩詞時空設計美學》（臺北：文津出版社，2002
年），頁 65。

```
┌ 點（室外→室內：淒涼的初秋）:「紅藕」句
│                   ┌ 先（日：泛舟遣愁）:「輕解」二句
│                   │                      ┌ 景（遠→近）:「雲中」三句
└ 染（別後相思）─┤                      │
                    └ 後（夜：樓中盼書）─┤
                                          └ 情（相思苦）:「花自」六句
```

本篇的主旨在寫與丈夫的別後思念。雖然元伊世珍作的《瑯嬛記》引《外傳》說:「趙明誠、易安結褵未久，明誠即負笈遠游，易安殊不忍別，覓錦帕，書〈一剪梅〉詞以送之」[31]，認為是清照與丈夫分別時所寫之詞，但王學初指出:

> 清照適趙明誠時，兩家俱在東京，明誠正為太學生，無負笈遠游事。此則所云，顯非事實……《瑯嬛記》乃偽書，不足據。[32]

認為《瑯嬛記》的記述不可靠。陳邦炎更就詞句本身來推斷本篇的寫作背景，他說:

> 從上闋開頭三句看，決不像柳永〈雨霖鈴〉詞所寫的「方留戀處，蘭舟催發。執手相看淚眼，竟無語凝咽」那樣一個分別時的場面，而是寫詞人已與趙明誠分離，在孤獨中感物傷秋、泛舟遣懷的情狀。次句中的「羅裳」，即

---

[31] 見張夢機、張子良:《唐宋詞選注》（臺北：華正書局，1983年），頁 216。
[32] 見王學初:《李清照集校註》，頁 25。

明指婦女服裝；第三句中的「獨上」，也只能是詞人自述。
至於以下各句，更非「設想別後的思念心情」，而是實寫
別後眼前景、心中事。[33]

認為全篇的內容皆在寫別後的思念，是很有道理的。

　　從章法結構來看，全篇是「先點後染」[34]的結構，作者在時
空中選取最能抒發旨趣的「景」或「事」作為切入之「點」，再
加以渲染、擴大，「在事件的敘述過程中，時間、空間隨之作輻
射式的擴大，可造成擴大、奔放的美感效果」[35]：第一句是「點」，
即時空的落足點，點出寫作的時間是在「紅藕香殘」（室外）及
「玉簟」生涼（室內）的初秋時節，藉由視覺、嗅覺及觸覺道
出了全詞的環境及淒涼氣氛，也暗示了作者獨處的內心感受；
第二句以後全部是「染」的部分，是全篇的主體所在，寫作者
從白天到黑夜所作之事、所觸之景及所生之情，隨著時間的推
移，空間的變化也多彩多姿，兼有擴大及縮小的空間設計，饒
具流動美及變化美。

　　開頭「點」的部分，由室外寫到室內，讓鏡頭停留在室內，

---

[33] 見陳邦炎：〈一種相思兩處愁——說《一剪梅》〉，收於閩昭典、劉
海軍編：《李清照詞鑑賞》，頁 37-38。

[34] 「點染法」即針對同一事物，點明其時空落足點，並加以鋪敘的
一種章法。所謂「點」，是指時間或空間的落足點，僅用做敘事、
寫景、抒情或說理的一個引子、橋樑或收尾；而「染」則是根據
此時間或空間的落足點所作的鋪敘或渲染，為文章之主體所在。
參陳滿銘：〈論幾種特殊的章法〉，《章法學論粹》（臺北：萬卷樓
圖書公司，2002 年），頁 76。

[35] 見顏智英：〈東坡詞篇章結構探析——以黃州作《浣溪沙》五首為
考察對象〉，《師大學報》49 卷 2 期（2004 年 10 月），頁 35。

以便於聚焦在室內的女主角身上。接著，「染」的部分，「輕解」二句，寫她在白晝的獨自泛舟，以排遣心中的離愁；「雲中」句則寫她在蘭舟中由內向外遙望天際，此時，空間推擴到室外的「雲中」，而且形成仰角，在仰視無邊無際的天空時，作者盼望書信的情意也隨之推拓而出；「雁字」二句，在同樣的高闊的空間設計中（「雁」、「月」皆在天上），巧妙地將白晝過渡到黑夜，寫作者望斷天涯的相思，是從白日延續到黑夜的，也是不分舟上或樓中的；「花自」二句，則將空間由遠處拉回近處，寫「樓」前的落花及流水，給人「無可奈何花落去」（晏殊〈浣溪沙〉）的無奈感，最後，鏡頭集中對準小樓內的作者，以另一空間中作者的獨白收束，在這縮小的空間中，更深化了她的黯然銷魂、相思濃愁。在建築物的阻隔、空間的變化流宕中，清照的無限相思也迴繞在其間，顯得更加曲折而幽深；且全篇在收納了室外及室內的多樣景物的同時，也在作者情意的綰合下，呈顯出律動變化中的和諧統一之美。

三、虛實空間的變換藝術

「實空間」指的是眼前可感可觸的實景，「虛空間」指的則是由設想而來的虛景，如夢境、仙境、冥界等[36]。黃桂鳳說：「藝術家，尤其是詩人的情感，能飛越無限的物理時空而形成心理

---

[36] 見錢谷融、魯樞元主編：《文學心理學》（臺北：新學識文教出版中心，1990 年），頁 199。

時空的藝術的濃縮與昇華，塑造一個動人的超時空的藝術境
界，融注了詩人對於世界的一種特定的審美感受，融鑄了詩美、
藝術美的意蘊」[37]。曾霄容《時空論》也說：

> 精神現象可分為機能與內容的兩個側面。精神機能依附
> 於腦髓活動。腦髓是高等動物所具備的高級物質，其存
> 在與活動均具有時空性。因此，依附於腦髓的精神機能
> 亦要受制於時空。精神內容乃是精神機能所形成的觀念
> 形態。呈現於精神內容的時空屬於觀念的存在。……精
> 神又可能自由自在的描繪多種多樣的空間形象……其所
> 構想的空間還要超過物質的空間。[38]

可見，人類憑藉其精神力，是可以超過物理時空的制約的。這
種精神力量，邱明正稱之為「審美想像」，他在《審美心理學》
提到「審美想像」的幾個特徵：

> 首先，審美想像是種創造性的思維活動，是創造思維的
> 集中表現。……再次，審美想像比一般想像（如科學想
> 像等）更自由、更廣闊，更具理想性、幻想性。……最
> 後，審美想像是種形象思維活動，是依憑著、伴隨著形
> 象所展開的高級神經活動，是將理智、情感融入於形象
> 並依憑著想像而展開的思維活動，而這又正是形象思維

---

[37] 見黃桂鳳：〈《古詩十九首》的時空藝術〉，《欽州師範高等專科學
校學報》第 15 卷第 4 期（2000 年 12 月），頁 30。
[38] 見曾霄容：《時空論》，頁 408。

的基本特徵。[39]

由此可知，「想像力」在創作者由物理時空跨越到心理時空時，是居於關鍵性的重要地位。由於「虛空間」憑藉了人類的「想像力」，所以顯得更加的廣袤、多樣，而文學作品「在實景的基礎上虛設了一個廣袤的空間，情感便會顯得更加的廣闊深遠」[40]，因而在「化實為虛」的空間變換中，不僅增強了篇章意境的感染力度，更流露出作者的無盡情思；除了展現出空間變化之美，更能「使得文勢變化起伏，有自由騰飛的美感」[41]，充分表現出一種超越空間的藝術美。

「虛空間」又可以依據對現實悖離的距離而分成「設想空間」、「幻想空間」（仙界、冥界）及「夢境」等不同的種類，[42]在不同的程度上投射出人類對「虛構」的渴求情形。在清照的相思詞中，僅有對「設想空間」、「幻想空間」的描寫，因此，以下便針對「現實空間與設想空間的變換」及「現實空間與幻想空間的變換」兩類詳加舉例說明。

（一）現實空間與設想空間的變換

空間，在古人眼中，無論是宏觀世界或是微觀世界都沒有

---

[39] 見邱明正：《審美心理學》（上海：復旦大學出版社，1993 年），頁 205。

[40] 見施春暉：〈非常情感的傳達——淺談《古詩十九首》的空間藝術〉，《麗水師範專科學校學報》第 23 卷第 3 期（2001 年 6 月），頁 25。

[41] 見顏智英：〈韋莊《菩薩蠻》聯章五首篇章結構探析〉，《中國學術年刊》第 26 期（2004 年 9 月），頁 161，

[42] 參考仇小屏：《古典詩詞時空設計美學》，頁 31-32。

邊際，這也正是空間的無限性。因此，古人從空間的無限性裏產生了自身渺小的飄渺感及無奈感[43]，甚至於根據現實空間，透過「設想」，創造出一個不在眼前或不曾存在的空間，仇小屏在《古典詩詞時空設計美學》中描述它說：

> 這個空間與現實很像、卻又與現實不像；很像的部分，是因為這是依據現實為材料所創造出來的，不像的部分，那就是作者個人所添加的了。[44]

邱明正《審美心理學》也指出這種預測未來情境的設想的效用：

> 在想像中演繹出它們的發展方向和未來的結局。……人們根據現實性與可能性、偶然性與必然性的辨證關係，或根據自己的理想、願望，從現實的發展趨勢和規律出發，在想像中預測未來的情景。[45]

可知，作者在文藝作品中，往往會根據自己的理想、願望來設想未來。所以，經由文學作品中「現實空間」與「設想空間」的變換設計分析，可以探知作者對現實生活的無奈感及其內心真正的願望、想法。而且，由於實際空間是有限的，虛設空間是無限的，在由「實」入「虛」的空間設計中，所傳達的情感便更廣闊而深遠。

　　例如〈鳳凰臺上憶吹簫〉，就是此類的空間設計：

---

[43] 參考張紅運：〈《古詩十九首》時空意象論〉，《陝西師範大學學報（哲學社會科學版）》第 30 卷專輯（2001 年 5 月），頁 247-248。
[44] 見仇小屏：《古典詩詞時空設計美學》，頁 31。
[45] 見邱明正：《審美心理學》，頁 198-199。

香冷金猊，被翻紅浪，起來慵自梳頭。任寶匲塵滿，日
上簾鈎。生怕離懷別苦，多少事、欲說還休。新來瘦，
非干病酒，不是悲秋。　休休！這回去也，千萬遍陽關，
也則難留。念武陵人遠，煙鎖秦樓。惟有樓前流水，應
念我、終日凝眸。凝眸處，從今又添，一段新愁。（頁
20）

其結構分析表為：

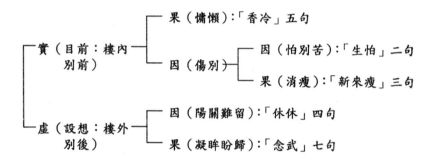

本篇主旨在寫臨別的心神，而這種心神，又包括了別前的不捨
心情及對別後相思的擬想，即陳祖美所說的：

> 這首詞是寫於李清照偕丈夫「屏居鄉里十年」結束，趙
> 明誠重返仕途之際。其旨是寫臨別心神，也就是寫作者
> 在丈夫遠行前夕難以為別的心情，以及對別後孤寂情狀
> 的擬想。[46]

---

[46] 見陳祖美：《李清照詞新釋輯評》（北京：中國書店，2003 年），頁

從章法結構來看，全篇是「先實後虛」的結構。上片是「實」寫，描述作者在現實空間將與丈夫分別前的作為及心情。因為丈夫即將遠行萊州赴太守之任，[47]而清照又無法隨行，所以這一天的開始，她所有的動作都極「慵懶」，本詞開頭前五句就是「實」寫她這些「慵」態，徐培均說：

> 此一慵字乃是「詞眼」。爐中香消烟冷，無心再焚，一慵也；床上錦被亂陳，無心折疊，二慵也；髻鬟蓬鬆，無心梳理，三慵也；寶鏡塵滿，無心拂拭，四慵也；而日上三竿，猶然未覺光陰催人，五慵也。[48]

可見她在丈夫臨別前，慵態已達極點，而其目的實在寫「愁」、「別苦」。因此接著「生怕」五句就進一步交待「慵」的原因，是即將來臨的分離，這番哀怨憂愁，本欲在丈夫面前傾吐，可是話到口邊，又吞咽下去，這是清照對現實生活中「萬般不由人」的無奈之感堆砌而成的。在這狹小的室內「實空間」設計中，主人翁坐困愁城、為情消瘦的形象就益發鮮明了。

　　下片的「虛」寫，由「現實空間」變換到「設想空間」，藉作者的「想像力」，將她今後的孤寂情狀作了生動的描繪，讓人深刻感受到她對丈夫的一往情深。「休休」四句先寫丈夫的難

91。

[47] 黃麗貞說：「李清照在二十五到三十五歲間，和夫婿趙明誠曾退隱在青州鄉間十年左右，在宋徽宗宣和三年（1121），趙明誠出任萊州太守，李清照未同行。這首詞應是這次臨別之作。」見《詞壇偉傑李清照》（臺北：國家出版社，1996年），頁73。

[48] 見唐圭璋主編：《唐宋詞鑑賞集成》（中）（臺北：五南圖書有限公司，1991年），頁1386。

留，緊接著的「念武陵人遠」以下，則馳騁其想像，傾全力寫丈夫別後、自己「凝眸」盼歸的癡情神態：「武陵人」指丈夫明誠，「秦樓」則指自己的居所，她無言、憔悴地在樓前佇立「凝眸」，盼歸的人仍不見踪影，只有無情的流水見證了自己的一片癡心……最後，畫面停格在一片白茫茫的煙霧之中，不僅鎖住了作者的居所，也鎖住了她的哀愁。透過這番凝眸盼歸的「設想」，我們看到清照對丈夫的用情至深；而在由「現實空間」轉換到未來的「設想空間」之中，我們看到了清照內在對丈夫遠行的不捨與自己在丈夫遠行後孤獨的恐懼。尤其從她化用的兩個仙凡相愛的典故，更能感受到她對丈夫的無盡情意。在這一片「虛設」的天地之中，縈繞的流水、迷濛的煙霧、倚樓的佳人，使得作者靈魂深處的無奈及愁苦之感，起了加深、加廣的效果，而且在由「實」入「虛」的空間設計中，予人自由騰飛、超越現實的美感。

（二）現實空間與幻想空間的變換

歌德說：「每一種藝術的最高任務即在於通過幻覺，產生一種最高真實的假象」[49]，在文學創作中，作者藉由「幻想」，創造出如真似幻的「幻想空間」，從而新穎別致地表達出特定的情緒。這種「幻想空間」包括神話及冥界，由於清照相思詞只提及「神話」，因此，本小節僅就「神話」加以闡述。

「神話」的產生，正如李亦園在〈時空變遷中的神話〉中

---

[49] 見伍蠡甫等編：《西方文論選》（上海：上海譯文出版社，1979 年），上卷，頁 446。

所說：

> 神話其實並不是神仙的故事，而是人類自己的故事。人
> 類各民族在神話中所表達的真正主題，並不在於神仙世
> 界的秩序與感情，而是人類自身的處境、以及他們對自
> 然世界以至於宇宙存在的看法。[50]

是由於人們想借助「幻想」出的神話故事，來表現自己的想法
及感情。而陳天水也有類似的說法：

> 神話是原始人民集體創作的。它植根在現實的土壤上，
> 以幻想的形式，反映人與自然和社會生活的關係。[51]

強調了人類「幻想」而出的神話，其實在反映人們與周遭的
環境互動時所產生的思維及情感。施春暉則將這種由「幻想」
產生的空間稱之為「變形空間」，他說：「變形空間是借助幻
覺建立意象，以境界的茫然新穎地傳達悲思」[52]，作家在有
意或無意之間，透過「幻想」，將「現實空間」作偏離常規標
準的改造，能喚起讀者更新奇的審美感受。所以，「現實空間」
與「幻想空間」的變換設計，當更能在空間的變形之中，建
立新穎獨特的意象，而給予讀者變化的美感。

---

[50] 收於 Joseph Campbell 著、李子寧譯：《神話的智慧》（臺北：立緒
文化出版社，1996 年），頁 5。

[51] 見陳天水：《中國古代神話》（臺北：國文天地雜誌出版社，1990
年）前言，頁 1。

[52] 見施春暉：〈非常情感的傳達──淺談《古詩十九首》的空間藝
術〉，《麗水師範專科學校學報》第 23 卷第 3 期（2001 年 6 月），
頁 25。

清照相思詞中，如〈行香子〉就是此類設計：

草際鳴蛩，驚落梧桐，正人間天上愁濃。雲階月地，關鎖千重，縱浮槎來，浮槎去，不相逢。　星橋鵲駕，經年纔見，想離情別恨難窮。牽牛織女，莫是離中。甚霎兒晴，霎兒雨，霎兒風。（頁 40-41）

其結構分析表為：

```
┌─ 景一（實：人間七夕）:「草際」二句
├─ 情（愁濃）:「正人間」句
└─ 景二（虛：天上七夕）:「雲階」十三句
```

本篇是作者藉牛郎織女的神話，來寫自己對丈夫的思念之情。即徐北文所說的：

作者以牛郎織女的神話故事為喻，表現自己對離家遠行的丈夫的深情懷念。[53]

黃麗貞也指出：

這詞以牛郎織女的相會為主題，是我國二千多年來盛傳不衰的故事，……李清照用這個尋常的題目，寄託她對離家暫別的丈夫的思念之情。[54]

---

[53] 徐北文主編：《李清照全集評注》，頁 35。
[54] 見黃麗貞：《詞壇偉傑李清照》，頁 84-85。

從章法結構來看，全篇是「景、情、景」的結構。開頭二句以寒蛩哀鳴、梧葉凋落的淒清之景，實寫「人間」七夕的夜晚；接著以「正人間」句，寫她因「七夕」神話而勾起的別恨離愁，這份濃愁，是與天上的織女一樣的愁。「雲階」以下至結尾，則以極大的篇幅來寫牛郎織女的神話：七夕是牛、女相會之日，卻同時也是離別之日，因此，此時的天氣才會一會兒晴，一會兒雨，一會兒又刮風。[55]這時的畫面全在天上，是作者望著銀河、透過「幻想」而構建出的「幻想空間」，其實，她的目的還是在寫她自己的思念之情，王延梯說：

> 正面描寫的雖是牽牛織女的離愁別恨，但用「正人間天上愁濃」一句，就把作者和牽牛織女的處境聯繫在一起，使我們感到，這離愁別恨，是牽牛織女的，更是作者自己的。[56]

是很有道理的。劉瑜也說：「全詞寫的是牛郎織女在七夕相會，離愁別恨的難以窮盡。作者於詞中著『人間』一詞，便把自己的離情別緒，與牛郎織女的離愁別恨密切聯繫起來」[57]，牽牛、織女可說是人間別離男女的化身，清照對他們不幸遭遇的嘆

---

[55] 王思宇：「用天氣的陰晴變化，隱喻人的悲喜交集，由喜而悲；而風起雲飛，雙星隱沒，又自然使人想到牽牛、織女的含恨別去。」見唐圭璋主編：《唐宋詞鑑賞集成》（中）（臺北：五南圖書有限公司，1991年），頁1403。

[56] 見王延梯：《漱玉集注》，頁33。

[57] 見劉瑜：《莫道不銷魂——李清照作品賞析》（臺北：國威國際文化公司，2002年），頁139。

恨，正是對自己離愁別的嘆恨，她長期無法見到丈夫，[58]比之牛郎織女一年還能見一次面，自然是更加悲愁的。而全篇由「現實空間」巧妙地轉換到「幻想空間」的設計，將現實與神話結合起來，在含蓄的寄託中，更婉轉曲折地傳達了作者的相思情意。同時，以奇麗而富變化的神話世界展現，能給予讀者十分新穎的審美感受，是很高明的空間設計藝術。

四、結語

綜合以上所述，可歸納清照詞在空間變換方面的藝術成就如下表：

空間變換設計	清照詞作	表情效果	美　感	
空間擴大	〈點絳唇〉（「寂寞深閨」）	使情意得到極力的抒發	秩序美、崇高美	（空間的）流動美、對比
空間縮小	〈醉花陰〉（「薄	使情意更加濃縮、強	秩序美、集中美	美、層次美、立體

---

[58] 陳祖美以為此首作於崇寧三、四年間（1104-1105），是新婚離別之作。她說：「此詞應作如是解——就像那隨著秋風中蟋蟀的鳴聲紛紛飄落的桐葉，朝廷的風吹草動也殃及到了無辜者，由於黨爭的株連，把一對恩愛夫妻變成了長年分離的人間牛郎織女，彼此間阻隔重重，難以相逢。」可以參考。見《李清照評傳》（南京：南京大學出版社，2002年），頁58-59。

	霧濃雲」)	化		美
擴大、縮小並置	〈一翦梅〉（「紅藕香殘」）	表現曲折綢繆的情思、使情意在流宕中達到和諧	變化美、和諧的統一美	
實空間與設想空間變換	〈鳳凰臺上憶吹簫〉（「香冷金猊」）	使情意及願望更加廣闊、深遠	想像美、自由騰飛美、超現實美	
實空間與幻想空間變換	〈行香子〉（「草際鳴蛩」）	以神話的迷茫意境表達撲朔迷離的情意	新奇美、變形美、自由騰飛美、超現實美	

　　綜合來看，清照以「相思」為主題的詞作，在空間變換的設計上，分別表現出空間擴大、空間縮小、擴大縮小並置及虛實空間變換等多元的變化設計。王旭曉《美學原理》說：「審美感覺力表現為一種對對象的主動選擇能力」，「人之所以選擇某些客體作為審美客體，與客體自身具有的情感表現性有關係」[59]，清照憑藉其特有的審美感覺，選擇極具表現

---

[59]　見王旭曉：《美學原理》（上海：上海人民出版社，2000 年），頁 259、98。

性的審美客體，以藝術巧思在空間中加以佈局、安排：在〈點絳唇〉（「寂寞深閨」）中，以擴大式的空間變換，使相思情意得到極力的發抒，而呈現秩序美、崇高美；在〈醉花陰〉（「薄霧濃雲」）中，以縮小式的空間變換，濃縮、強化了相思的情意，表現出秩序美、集中美；在〈一翦梅〉（「紅藕香殘」）中，以擴大、縮小並置的多樣空間變換，表現曲折綢繆的情思、使情意在流宕中達到和諧，展現變化美、和諧的統一美；在〈鳳凰臺上憶吹簫〉（「香冷金猊」）中，由實空間變換至設想空間，使清照的相思情意及願望更加廣闊、深遠，具想像美、自由騰飛美及超現實美；在〈行香子〉（「草際鳴蛩」）中，由實空間變換至幻想空間（變形空間），以神話迷茫的意境表達了撲朔迷離的情意，具新奇美、變形美、自由騰飛美及超現實美。同時，這些空間變換設計，皆呈顯了空間的流動美、對比美、層次美、立體美等共同特色，給予讀者極豐富的審美享受。

由此我們具體看到，清照的相思詞在空間變換設計的藝術上，取得了相當高的藝術成就。

參考文獻（依作者姓名筆劃排列）

（一）專著

仇小屏：《古典詩詞時空設計美學》臺北：文津出版社，2002

年 11 月初版 1 刷

王旭曉：《美學原理》上海：上海人民出版社，2000 年 9 月 1
版 1 刷

王秀雄：《美術心理學》臺北：三信出版社，1975 年 8 月初版

王延梯：《漱玉集注》山東：山東文藝出版社，1984 年 1 月 1
版 1 刷

王學初：《李清照集校注》臺北：里仁書局，1982 年 5 月初版

李元洛：《詩美學》臺北：東大圖書公司，1990 年 2 月初版

李清筠：《時空情境中的自我影像》臺北：文津出版社，2000
年 10 月初版

季羨林等：《中國詩學之精神》南昌：江西人民出版社，1990
年版

邱明正：《審美心理學》上海：復旦大學出版社，1993 年 4 月 1
版 1 刷

侯健、呂智敏：《李清照詩詞評註》太原：山西人民出版社，1985
年 8 月 1 版 1 刷

夏　放：《美學：苦惱的追求》福州：海峽文藝出版社，1988
年 5 月 1 版 1 刷

徐北文：《李清照全集評注》濟南：濟南出版社，1992 年月 1
版 3 刷

徐培均：《李清照》臺北：群玉堂出版公司，1992 年 7 月初版

陳天水：《中國古代神話》臺北：國文天地雜誌社，1990 年 3
月初版

陳弘治：《唐宋詞名作析評》臺北：文津出版社，1977 年 10 月

再版

陳滿銘：《章法學綜論》臺北：萬卷樓圖書公司，2003 年 6 月
　　初版

陳祖美：《李清照評傳》南京：南京大學出版社，2002 年 5 月 1
　　版 3 刷

陳祖美：《李清照詞新釋輯評》北京：中國書店，2003 年 1 月
　　1 版 1 刷

陳望道：《美學概論》臺北：文鏡文化事業公司，1984 年 12 月
　　重排初版

傅錫壬：《李清照》臺北：國家出版社，1982 年 5 月版

彭聃齡：《普通心理學》北京：北京師範大學出版社，1990 年
　　10 月 1 版 3 刷

曾祖蔭：《中國古代文藝美學範疇》臺北：文津出版社，1987
　　年 8 月初版

曾霄容：《時空論》臺北：青文出版社，1972 年 3 月初版

黃永武：《中國詩學——設計篇》臺北：巨流圖書公司，1996
　　年 5 月 11 刷

黃麗貞：《詞壇偉傑李清照》臺北：國家出版社，1996 年 11 月
　　初版 1 刷

劉　瑜：《莫道不銷魂——李清照作品賞析》臺北：國威國際文
　　化公司，2002 年 8 月初版 1 刷

錢谷融、魯樞元主編：《文學心理學》臺北：新學識文教出版中
　　心，1990 年 9 月臺初版

（二）期刊論文

施春暉：〈非常情感的傳達——淺談《古詩十九首》的空間藝術〉，《麗水師範專科學校學報》第 23 卷第 3 期，2001 年 6 月，頁 25-26、42

胡同華：〈李清照詞中的自我形象〉，《江漢石油職工大學學刊》12 卷第 4 期，1995 年，頁 34-38

張文生：〈李清照詞的色彩描寫〉，《師州師院學報》（哲學社會科學版）第 3 期，1985 年，頁 76-80

張紅運：〈《古詩十九首》時空意象論〉，《陝西師範大學學報》（哲學社會科學版）第 30 卷專輯，2001 年 5 月，頁 245-249

曹濟平：〈柔腸寸斷　情意真摯——讀《點絳唇》〉，收於閨昭典、劉海軍編：《李清照詞鑒賞》濟南：齊魯書社，2004 年 1 月 1 版 5 刷，頁 19-22

陳邦炎：〈一種相思兩處愁——說《一剪梅》〉，收於閨昭典、劉海軍編：《李清照詞鑒賞》濟南：齊魯書社，2004 年 1 月 1 版 5 刷，頁 37-41

陳滿銘：〈論幾種特殊的章法〉，收於《章法學論粹》臺北：萬卷樓圖書公司，2002 年 7 月初版，頁 68-112

陳清俊：《盛唐詩時空意識研究》臺北：臺灣師大國文研究所博士論文，1996 年 6 月

黃桂鳳：〈《古詩十九首》的時空藝術〉，《欽州師範高等專科學校學報》第 15 卷第 4 期，2000 年 12 月，頁 30-32

顏智英：〈東坡詞篇章結構探析——以黃州作《浣溪沙》五首為
　　　考察對象〉，《師大學報》49 卷 2 期 ，2004 年 10 月，頁
　　　23-41

顏智英：〈韋莊《菩薩蠻》聯章五首篇章結構探析〉，《中國學術
　　　年刊》第 26 期 ，2004 年 9 月，頁 143-175

顏智英：〈論稼軒「博山道中詞」篇章意象之形成及組合〉，《師
　　　大學報》50 卷 1 期 ，2005 年 5 月，頁 41-63

顏智英：〈論辭章章法的對稱性及其美感——以古典詩詞為
　　　例〉，《興大人文學報》第三十五期，上冊，2005 年 6 月，
　　　頁 95-138

論「關於」與「對於」的語法功能[1]

許長謨

國立成功大學中文系副教授

張　韌

國立成功大學中文系碩士生

摘　要

近年來，學生國文程度降低，語言表達出現問題，其中以詞彙詞義誤用的情況明顯比往前加劇。而詞義誤用的情況裡，最常讓教學者困擾的便是近義詞。在一般詞典中，對於近義詞常常有彼此互注的情況，造成教師教學上無法明確定義的困擾。而本文所探究的「關於、對於」這一組近義詞，正是語言詞典的解釋義項間會彼此重疊，而教師教學時一時難以解釋清楚的一組詞彙。本文根據中研院語料庫以及一般語法書上的例句，從兩者誤用情形談起，再就兩詞各自語法應用上做分析，最後提出教學建議。

[1] 本研究蒙 96 年成大標竿計畫「成大學生科技實用文寫作邏輯指導策略發展方案」（編號 B0103）計畫補助，特此致謝。

關鍵詞

近義詞、關於、對於、介詞、語法應用

一、前言

　　隨著華語熱及鄉土熱的蔓延，漢語語法的探究愈發成近年語言領域裡較著重的主題。其中又以學生學習時所遭遇的近義詞詞義問題，最常成為教學或學習時所被提出來探討的焦點。在許多語言期刊中也競相出現相關的討論篇章。此乃因近義詞詞義在現今語言詞典中仍有釋義不清、義項互注的情形，導致即便是國文教師做詞彙教學時，也未必能向學生解釋清楚。特別是近年來，隨著學生國文程度下降，詞彙詞義誤用的情況比往前加劇，是以吾人在教學、學術上應更加注意近義詞的詮釋。

　　而本文所意圖探究的「關於、對於」這一組近義詞，正是解釋義項間會彼此重疊，而教師教學時一時難以解釋清楚的一組詞彙。像是在《漢語大詞典》[2]中，「對於」的義項為：「介詞。引進對象或事物的關係者。」；而「關於」的義項則為「介詞。引進某種行為的關係者……」及「介詞。引進某種事物的關係者……」。又，由於「關於、對於」這一組近義詞詞性上皆屬介

---

[2] 參考羅竹風主編，1997，《漢語大詞典》第二卷、第十二卷。臺北：東華書局，p. 1304、p. 158。

詞，而介詞所牽涉的語法關係對於章法鋪排會有所影響。是以若能在此組近義詞做一清晰的分判，在安排章法結構上也能有所幫助。

坊間大多數語法書也體認到分判此組詞彙的需要，多在書中介詞類對「關於、對於」這一組近義詞做運用上的介紹，只是未必詳盡。如：《簡易華語語法》[3]，只給基本定義及例子，雖有兩者的簡易分判，然而著墨不多。又如：《實用現代漢語語法》[4]、《語法與修辭》[5]等書，前者將兩詞分述卻無細論其主要判別差異為何；後者雖論其主要差異，但常見的句型及強調用法卻又細論不多。

期刊論文方面，在這組詞彙上有過討論的有王蕊所作〈對於、關於、至於的話題標記功能和篇章銜接功能〉[6]一篇。王蕊文中所偏重的乃是「對於」、「關於」與「至於」三者做為外標主題句[7]時與篇章銜接時的位置狀況、語氣的差別及指示功能。而本文所探究的範圍比較沒那麼廣，而是以「對於」、「關於」為主的句子，進行詞彙運用與句型探討。至於吾人僅探討「關

---

[3] 屈承熹，1999，《簡易華語語法》。臺北：五南，p. 34。
[4] 劉月華、潘文娛、故韡，2006，《實用現代漢語語法》，臺北：師大書苑，pp. 160-2。
[5] 孫全洲、劉蘭英主編，張志公校訂，1998，《語法與修辭》上冊，臺北：新學識文教，pp. 64-5。
[6] 王蕊，2004，〈對於、關於、至於的話題標記功能和篇章銜接功能〉，收錄於《暨南大學華文學院學報》，第三期，pp.62-7。
[7] 根據申小龍言：「主題句的心理圖像則是一種『客體＋評論』的靜態邏輯意念。」在以「關於」、「對於」介詞為首的句子中，介詞後所接的第一謂語句，即是全句的客體，客體後的評論通常以主語開頭。見：申小龍，2001，《漢語語法學》。南京：江蘇教育，p. 186。

於、對於」而不涵括「至於」之因，是因就以義項解釋及使用層面來說，「至於」一詞的解釋與其他兩者的判別度拉距較大，較不易混淆，是以本文就以「對於、關於」兩詞進行探討。

　本文在寫作上，以中研院語料庫[8]以及所參閱的語法資料的例句[9]進行分析、歸納。由兩詞易常出現的誤用情形談起，再就兩詞個別使用的例句以國語句法移位變形理論[10]為根基來分析，最後合說兩詞之差異，並提出教學建議。盼以歸納之成果，讓使用者更理解此組近義詞的用法。

二、「關於」、「對於」的誤用探討

　就介詞誤用問題來說，早期余光中便在一些討論中西文化的篇章中有討論過。他以語言「西化」的觀點切入，認為中文介詞有中文介詞的用法，英文介系詞有英文介系詞的用法，兩者不能混為一談。特別是中文的介詞並沒有像英文介系詞特別

---

[8] 中研院現代漢語平衡語料庫 4.0 版。

[9] 因為以「關於、對於」為句型的病句的認定，語法資料所提的標準並不一，所以本文亦以語法資料中的例句做一檢討，探討其使用詞彙的標準。如：余光中的歸納中，「關於」做為外標主題句是誤用，但《實用現代漢語語法》中則非。

[10] 變形語法（transformational theory）由杭士基（Noam Chomsky）等人所創建，原是研究句子結構從深層結構到表層結構的形態變化。後來經多方擴展及研究，現在詞組的句法位移及其所引起的語義變化，皆在變形語法的關注範圍內。目前在中文句法也有相關的研究，像是：「湯廷池，1986，《國語變形語法研究－第一集 移位變形》，臺北：學生書局。」一書可作代表。

肩負強調的語法功能，中文裡若是「介系詞用得太多」就會導致「文句的關節就不靈活[11]。」

但在今日，語與時遷，吾人再重新檢視語料的呈現，發現余文中所舉的某些「關於」的病句，也不再是病句，反而已是大多數人都能接受的句子。然還是有一些，即使歷經歲月演變，我們日常語言還是無法接受的句型用法。到底哪些用法可以接受，哪些用法應該避免，底下便由余文所舉的例句切入探討。

在余光中〈從西而不化到西而化之〉一文中所舉的病句[12]如下：

（1）　（關於）王教授的為人，我們已經討論過了。

（2）　　你有（關於）老吳的消息嗎？＊

（3）　（關於）這個人究竟有沒有罪（的問題），誰也不敢判斷。＊

這三句余光中皆視為病句，但若與《實用現代漢語語法》一書，在第七章介詞「關於」底下所舉的例句相比較：

（4）　關於這座白塔，相傳有這樣一個故事。

（5）　關於怎樣合理使用人力，提高工作效率的問題，領導上已經做出決定。＊

---

[11] 余光中，1980，〈從西而不化到西而化之〉。收錄於《分水嶺上》，臺北：純文學，pp. 135-57。

[12] 本文為標示例句中的主要詞彙「關於」、「對於」皆以底線標出，余光中文中所提的病句的括號是該文原有，非本文另加。參閱上註 p. 138。

　　吾人可以發現，兩者對於「關於」做為外標主題句的標準不一。就以上（1）、（4）、（5）句而言，因余光中認為以「關於」為開頭的外標主題句的「關於」為贅語，是以這三句在其標準下應皆歸入病句。但若以《實用現代漢語語法》的角度來檢視，劉月華等人在書中所舉的例句，以「關於」為開頭的外標主題句是可接受的，所以就以其標準來說，此三句在歸類上是可接受的正確句子。這兩種標準，顯示「關於」做為外標主題句的語法應用是有歧異的。

　　於是為探查今日「關於」此詞在一般語言的運用現況，本文由中研院現代漢語平衡語料庫進行搜尋，以各領域為範圍，共可得到 379 行例句。其中扣除 4 行重覆句，故得「關於」的例句總為 375 句。再以「關於」為外標主題句進行歸結，共可找到 96 句[13]，約佔所有例句的四分之一強。略舉數例如下：

（6）關於這一方面，我們在第三節將會再做詳細討論。

（7）關於陳文茜的衣服，前陣子還出了一條花絮。

（8）關於這樣的說法，你們信不信呢？

（9）關於本院未來的展望，遠哲經過這半年來的觀察
　　　體認，以及和國內外院士、各所的同仁討論，所
　　　得到的認識，簡單提出報告。

（10）關於牟先生在中國哲學上的貢獻，自有他的及
　　　門弟子和哲學界的同行去作適當的評估。

---

[13] 此乃是以前有句號、問號為結或分號為一段落，下一句以「關於」作整句起始的句子進行搜尋。並扣除單句(單句部分下節有論)之後，所得到的數據。

由現今語料的搜索結果來看,「關於」做為外標主題句的語法運
用,已是大多數人可以接受的語言狀況。但就如余光中所言,
即使去掉這些開頭的「關於」,所有的例句意思不變。這些「關
於」形同贅語。

然而,從語料的整理中我們已知道這樣的贅語在現代語言
裡已屬常見現象。這除余光中所言,受到英文介系詞 about,
concerning, with regard to 等的英式句型的影響外,還跟「關
於」一詞具提點作用相關。特別是漢語以主題句為主,加上提
點用的介詞,在近年來早已成為一種語言習慣,所以本文建議
不將此類外標主題句一併視為病句。

但也不是所有「關於」作為外標主題句的句子就都一定正
確。如《實用現代漢語語法》所舉的(5)句,吾人之所以打上
病句標號,乃是因為這句話內「涵蓋性」詞彙就有三個,形成
贅語過多。「關於」本身是涵蓋範圍的,「怎樣」可涵蓋手段、
方法,而「問題」涵蓋前述事件成因、特質。若將這三者擇一
去除,則句子便順暢多了,試看:

> 怎樣合理使用人力,提高工作效率的問題,領導上已經
> 做出決定。
> 關於合理使用人力,提高工作效率的問題,領導上已經
> 做出決定。*
> 關於怎樣合理使用人力,提高工作效率,領導上已經做
> 出決定。*

是以當「關於」為首,再接「怎樣」、「問題」作「關於」

後主題的歸結時，形成一句話內有三個概括涵義用的詞彙便感十分累贅，應視語境擇一刪去。

除（1）、（4）、（5）外，（3）句也是外標主題句。但跟（1）、（4）、（5）句不同的是：（1）、（4）、（5）句的「關於」後都加主題短語，而（3）句的「關於」後加的是主語句。就吾人針對「關於」做外標主題句的語料庫探索後發現，「關於」後只能接主題短語而不能接主語句。「主語」與「主題」是不一樣的，這裡吾人以《語法與修辭》一書所舉的例句做說明[14]：

> （11）　關於五美四講，是今日社會精神文明的組成部分。＊
>
> （12）　關於五美四講，我們視為今日社會精神文明的組成部分。

（11）句裡的「關於」《語法與修辭》僅說是贅詞應刪去，並未說明原因，但若吾人將此句改為（12），則又是吾人語感所能接受的語句。端看（11）、（12）間最大的不同處，便可發現：「五美四講」的語法功能由主語換成了主題短語。而為何「關於」後加主題短語的（12）句在語感上可以接受，而加主語的（11）句就不行呢？這主要是因為「關於」在句中的主要詞類是介詞，所以只能用來彰顯主題短語，無法像「雖然」、「當」、「因為」等連接詞後加可加主語句做條件或原因的說明從句，使其從句與主句做語言上對等的功用。因此當（3）句的「關於」後加上

---

[14] （11）是《語法與修辭》內的例句，見註4，p.65;（12）則是吾人自行修改的。

一主語句，便成病句。故（3）句的「關於」可刪[15]。

　　至此，吾人已將余光中所提的「關於」病句全做過一番討論。而余光中所提的 about, concerning, with regard to，查找某些英文詞典時亦翻做「對於」[16]，那麼「對於」做爲外標主題句的情形又如何呢？

　　就吾人查找漢語平衡語料庫的結果來說，「對於」做外標主題句的情形，比「關於」做外標主題句的例句還多。在中研院語料庫裡共有 2493 行涵蓋「對於」此詞彙的例句，其中有 1268 行例句是做外標主題句用，佔全部例句的二分之一強。而「對於」之所以做爲外標主題句的數量及比例皆遠勝「關於」爲外標主題句的例句數量，這可能跟「對於」在中文裡的語氣比「關於」強有關。據大多數詞典及語法書來說，都會提及「對於」乃是指涉「對象」，而「關於」是關涉「範圍」，兩詞彙涉及賓語的狀況，一是點的關聯，一是面的關聯。如同下圖：

　　　　對於　　　　　　　　　　　關於

---

[15] 但（3）句即便刪除「關於」一樣是誤句，因爲其後的「的問題」也是贅詞。如論證（5）句時所提，「問題」是屬一涵括性語詞。而（3）句「關於」一詞後的：「這個人究竟有沒有罪」已經是一相當明確而完整的句子，所以不須「的問題」一詞做前述涵括。故（3）句要去掉「關於」、「的問題」兩詞才可成正確句子。

[16] 如在英文介系詞 about 下可找到有「關於」、「對於」兩中文譯文的英文詞典有：張芳杰主編，1989，《國際英漢大辭典》。臺北：華文圖書，p.9；潘銘燊審訂，1997，《朗文袖珍英漢雙解精選辭典》。臺北：朗文，p.2；潘銘燊審訂，1997，《朗文袖珍英漢雙解精選辭典》。臺北：朗文，p.2；AS Hornby 主編，李北達編譯，1999，《朗文袖珍英漢雙解精選辭典》。臺北：朗文，p.2……等。

假設兩詞彙在語言上有力度，那麼「對於」的力度由於比較集中，比起「關於」來說，語氣會較為強烈。而外標主題句正是以開頭的連接詞或介詞做主題的輔助[17]，引起說話人注意，這種情況下語氣較強烈的「對於」用在句首的機率較高，是可以理解的。

　　再以「對於」為外標主題句在語料庫查找來說，「對於」出現病句的情況比較少見，在各語法書中也沒有相關探討[18]。但可能就是「對於」作外標主題句的情形太常見了，有時也會出現濫用情形，如（13）：

　　（13）　對於提前畢業的誘惑，你心動嗎？

---

[17] 無論連接詞或介詞在句子中擔任的都是語法關係的角色，它們不具實質的意義，但是卻又是語言的潤滑劑。當要開始一個句子或承接上一個句子的語義時，使用連接詞或介詞，是在原本實質的意義上加乘語法功能，引起聽話人或讀者的注意。就像申小龍說的：「……那麼漢語關係句的標誌是在某種邏輯關係點上詞語的語義聚合概念。」這個「語義聚合概念」是為了讓邏輯更清晰而來，所以使用為外標時，理當更能提點聽話人或讀者注意語句。見註 7，p. 318。

[18] 如：在《簡易華語語法》中以「關於」誤用為解釋對象；而《語法與修辭》一書中針對「對於」為討論的病句，是以內標主題句為主，唯一一句算得上「對於」外標主題句的病句者，是跟「關於」的混用，可詳見例句（20）的討論。

這個例句若改為無標主題句「你對提前畢業的誘惑，感到心動嗎？」或是「提前畢業的誘惑，會讓你心動嗎？」都會比（13）句來得自然。「對於」後雖可彰示主題，但這種英式介系詞的用法並不能完全替代原有的中文自然語言，過於濫用的結果就如余光中所言「文句的關節就不靈活」，扭曲了自然語言的樣貌。

討論完「關於」、「對於」做外標主題句的應用後，再來探討兩詞句中的誤用情形。（2）句中動詞後的「關於」明顯是贅詞，在句中刪除「關於」一詞後文意反而更順暢。但並非所有在句中動詞後的「關於」都是贅詞，如：

> （14）　在中國大陸出土的殷墟甲骨文中，已有關於疾病、藥物和醫療的記載。

（2）、（14）兩句都是「有」後加「關於」的短語，但（2）內「關於」後的定語是談話者雙方「已確知存在的事實」，而（14）後的短語是「待確認存在的事實」，這構成了「關於」在句中是否成為贅詞的關鍵。吾人在此以（2）、（14）為例造一語境釋之：

> A：你有（關於）老吳的消息嗎？
>
> B：有啊。他上禮拜去美國了。
>
> C：在中國大陸出土的殷墟甲骨文中，有關於疾病、藥物和醫療的記載嗎？
>
> D：有，在中國大陸出土的殷墟甲骨文中，已有關於疾病、藥物和醫療的記載了。

在 A 談話中「老吳」是談話者雙方皆「已確知存在的事實」，

所以不須用「關於」這個表範圍的介詞來界定，故才視（2）句後的「關於」為贅詞。但在 C、D 談話中，「疾病、藥物和醫療」這個定語是「待確認存在的事實」。C 並不確知是否殷墟甲骨文中有「疾病、藥物和醫療」的記載，因殷墟甲骨文的資料範圍大，其中或有其他諸如植物、動物的記載，但未必有「疾病、藥物和醫療」的記載，所以讓 D 來告知此一事實。在此「關於」除往後關涉「疾病、藥物和醫療的記載」的範圍之外，也往前關涉了「殷墟甲骨文」的範圍，確認其記載為存在的事實，故（14）句的「關於」是可保留的。而同樣是介詞，比起「關於」在句中用法來說，「對於」這一詞彙的針對性強，在句中構成贅詞的機率比較小，但誤用的情形比較容易出現。如《語法與修辭》內所舉的例句[19]：

> （15）　教師對於學生提出嚴格的要求，是工作負責的表現。＊

這句裡的「對於」應置換成「對」。如《語法與修辭》所言，「對」的使用範圍比「對於」廣，能使用「對於」的地方都可用「對」代替，但使用「對」的地方就未必能使用「對於」替換了。除《語法與修辭》所解釋「對」的詞義還有「向」、「對待」的原因以外，從語言結構來看，當句型為「N1+對/對於+N2」時，「對」的彰顯重點在於 N1，而「對於」的重點比較在 N2，試看以下例句：

---

[19] 見註 5，頁 65。

（16） 這件事對我，影響很大。

（17） 這件事對於我，影響很大。

通常中文在講（16）時，句子裡主要的對象是「這件事」，而講（17）時，主要的對象則是「我」[20]。既然主要的對象有別，那麼中文裡「媽媽對我說話」便不可變成「媽媽對於我說話」了，因為「說」的施事者是 N1 的「媽媽」，而不是 N2 的「我」。所以（15）中「提出」的施事者是 N1 的教師，而不是 N2 的學生，故只能用「對」，不能用「對於」。

　　句中的「對於」句型由於常是「N1+對於+N2」，有時也會有 N1、N2 位子錯換的情況，如：

（18） 夜間攝影對於陰天並不影響。*

「夜間攝影」無法影響「陰天」，是「陰天」影響「夜間攝影」才是，這裡是主客體調換了，須作語序上的調整。

　　最後，除「關於」、「對於」各自的誤用情形，還有「關於」、「對於」的混用，像是：

（19） 文化研究學者的研究，掃除了許多一般民眾關於性工作的成見與偏見。*

（20） 一年來對於文藝評論方面的文章，他在報刊上發表了好幾篇。*

---

[20] （16）、（17）的強調點在評論「影響很大」句上，這裡只是就雙主題情形，論及前後主題的比較重要性。

（19）的「關於」後所接的短語針對的對象強烈，使用「對於」替代比較適切。（20）中「**文藝評論方面**」則已標示出一範圍，使用「**關於**」會較適切。就吾人在語料庫搜尋的結果來說，「關於」、「對於」兩詞混用的情形在語料庫中雖有，但不常見，顯示出國人對這兩詞的基本詞義掌握還算可以。但還是有某部分像（19）、（20）句有「**關於**」、「**對於**」混用的情況。這一方面除跟英文介系詞的中文翻譯有關以外[21]，一方面也跟兩詞通用的灰色地帶相關。如：

> （20）　關於這個問題，我不便答覆。
> （21）　對於這個問題，我不便答覆。

如前述，「**關於**」本身的詞義除表關涉範圍，亦可表關涉的人事物；而「**對於**」則主要表針對的對象。而（20）、（21）的「**關於**」、「**對於**」之所以能可以通用，跟所帶短語的「**這個問題**」相關。「**這個問題**」可以說是關涉的事物也可說是針對的對象的對象，全憑說話者個人主觀認知而定，於是「**關於**」、「**對於**」在這種情況下通用無慮。

　　只是若學生對詞彙的認知若不夠敏銳、熟悉，便無法立即分判介詞後的短語的性質，也無法得知何時用「**關於**」、「**對於**」會比較好。這除了就介詞後的短語做詞義分析外，也只能待語言經驗的累積了。

---

[21] 見註 16。

三、「關於」的語法功能

承上節，對「關於、對於」一般的誤用情形做過探討之後，本節將就「關於」一詞的語法運用做一分析及歸納。

「關於」做為外標主題句的一般情形，若再細論，可以依主題短語不同做分析。除了前述完整成句的表達之外，「關於」也會單用在短語前，表內涵的提示作用，如：

（22） 《關於台灣之二三事》

（23） 〈關於經濟政策問題〉

這時「關於」多用在書名、篇章名內，其後無評論句。這樣的用法其實受到英文介系詞的影響較多，由介系詞片語帶出可能表達的語境。不過這樣的用法也已算常見，成中文接受的語法之一。

假使這些書名、篇章名成完整的句子，便與上節所論的外標主題句無異。而「關於」開頭的外標主頭句有個特色是，通常可以省略「關於」。只有少數幾類「關於」開頭的文句，若省略「關於」反而會不成句，像是：

（24） 關於費率，陳堯認為，台灣根本不適合和香港、
　　　 新加坡相提並論。*

（25） 關於經濟政策問題，我國經濟部長日前召開記者會。*

（26） 關於她個人，不管報導對報導錯，她都懶得追究。

（27）　關於施振榮董事長所提，建立政府與民間共識
之重要性，本人深表贊同。

（24）、（25）句之所以省略後不成句，跟「關於」的特質關係
不大，而是這裡不該使用「關於」。(24)這個例句來說，其所
指涉的對象明確，且視其語境可判定屬於「引介另一個議論對
象」[22]之用法，不屬於「關涉對象」的用法。據此而言一般的
中文語法書皆用「至於」這個介詞來引介，而非「關於」。而（25）
句所指涉的對象相當明確，特別是其後又有評論句限定，比較
適合以針對性強的介詞「對於」來指涉，而非「關於」[23]。至
於（26）句「關於她個人」是「關於她個人的一切」或「關於
她個人的生活」所省略而來的。（27）句與（26）句情況雷同，
也是省略當賓語「的意見」一語而來，由於其省略了明確的關
涉對象，使得介詞後所接的賓語成為形容代名詞，造成語義上
的模糊，此時便必須要有「關於」來概括語義。通常經由這種
方式省的賓語，可以用集合名詞（如：一切、人生、生活、
方法……等）帶回句中，使語句完整[24]。

---

[22] 見註 4，頁 150。

[23] 試比較（20）句，（20）的「關於」若省略是不礙文義的，那是因
為「這個問題」語義描述並未使用明確標定語來敘述「問題」特
徵，所以說是關涉的事物也可說是針對的對象。但（25）將「問題」
特指到某一方向，描述較細節，形成對象用法，故合用「對於」而
非「關於」。再與（23）比較：（23）後的短語與（25）相同，但是
（23）無接評論句，加「關於」後，是將「關於」後的短語當作一
內涵範圍；而（25）後有評論句，更加限定其為對象用法，而非範
圍用法。

[24] 但若該語句原本後面就有集合名詞中心語，則視為有明確的指涉對
象，而應把「關於」改為「對於」。因為在此，我們所提出的「的

就以上所論，「關於」除了「提示」的特性之外，其主要用法是表示某種「範圍」，或是所關涉該事物的「內容」。而所動作或行為所涉及的範圍及內容，也可用「關於」做一聚焦處理。以下就「關於」一詞的特點，分點舉例之：

一、提示作用，皆出現於句首。有以下三種情形：

1、僅以詞組表示，不成句，多出現於書名、文章名，如：

（28）　《關於雅量》

（29）　〈關於末日的預兆〉

2、成句，一般的主題句，前半句型多是「關於+定語+中心語」，或是「關於+中心語」若有定語則所描述的特徵不會非常細節。這些句子裡的「關於」都可省略而不害文義，如：

（30）　關於這點，在某些地方，我是能幫上忙的。

（31）　關於這些功效，業者劉健國解釋，人的腦波有分多種頻率。

3、成句，但「關於」後所加之賓語的中心語被省略，而非「關於+定語+中心語」的完整句式。通常會被省略「中心語」多為集合名詞，有時連定語助詞「的」也會一併省略，如：

（32）　關於她所說的，我一句也沒聽進去。

一切」、「的意見」等都是因應語義不清所提出的假設，而非該句後一定要填該中心語。這條規則僅限「關於」置於句首時使用，置於句中時由於中文句式限定範圍的影響，並不適用。

（33） 那個年代，可以算是「嬉痞年代」。<u>關於</u>嬉痞，除了浪漫與自由精神外，還有<u>關於</u>頹廢之類的傳聞。

二、表示所關涉人事物、概念的範圍或內容。通常所關涉的對象不是一具體、精確的事物、事例，而是概念，其抽象層面具有模糊界限者。其動詞多使用繫動詞或存在動詞。如：

（34）這次章程中新增加的第三十款是<u>關於</u>租界建築的專門規定。

（35） 電視新聞裡，還常有<u>關於</u>好人好事雪中送炭勤奮向學一類事例。

三、表示動作、行為所關涉的範圍或內容。

（36） 我們都很好奇，就向老師請教<u>關於</u>蟋蟀的問題。

（37） 王先生，我這次來是想談談<u>關於</u>三百箱洋菇的品質問題。

「關於」使用的句型多是「（S+V）+關於+定語+中心語」的構造，表明了所要揭示的中心語有模糊、游移範圍，而不是具體的事物。這也是跟接下來所要談論的「對於」最大不同處。

四、「對於」的語法功能

在第二節便有稍提到：「對於」的針對性比「關於」強。在搜尋語料庫的過程中，有二分之一的「對於」例句都會將「對於」所形成的短語往前提。但「對於」成外標或內標主題句，會有何差別呢？試看以下兩句：

（38）　你對於這件事有什麼樣的看法？

（39）　對於這件事，你有什麼樣的看法？

（39）句是中文的主謂結構，（40）句則是類似英文中介系詞片語置前的強調用法，也就是前述的外標主題句。若以嚴謹的語法角度來觀看，（40）句的「對於」似乎成為一贅語，因為就算是「這件事，你有什麼樣的看法？」也是一句可以表明語意的正確的中文語句。

但就語氣來說，「這件事，你有什麼樣的看法？」比起「對於這件事，你有什麼樣的看法？」明顯是有落差的，而且一般人為了強調，往往還是以後者為習慣用語。這可能是因為近三十年[25]來官方大力推展英文，著重國際發展，成效彰顯，所以英文介系詞片語置前表強調的用法也漸漸過渡到原本以「主謂結構」為主的中文語法來。

不過，雖然介詞短語置前的強調用法是可以接受的，並不意味只要是在句子中表強調都可以加上「對於」。像是：「動物的本能是對於死亡之前臨場的壓力可以感覺出來。」、「……與

---

[25] 以三十年為說的原因是，余光中發表〈從西而不化到西而化之〉一文至今將近三十年，他篇章中所提的介詞病句屬於介詞的外標主題句，已可被接受。

福利部、學生代表研商,結果是決定<u>對於</u>目前的配額不作變動。」
中的「對於」就是贅語,刪除之後文句更感順暢。

　　既然介詞「對於」一詞的有相當強的針對性,那麼比起「關
於」所涉及的事物的界定應當要更具體而明顯。而「對於」有
其針對性,但句子裡所強調的對象未必就是「對於」後所接的
事物,這還須根據該句的句子結構及動作謂語而定。以下便分
點舉例說明「對於」的用法:

一、指針對的對象。其語句的重點放在「對於」後所接的謂語
句,又可分三小類如:

　　1、中文句式:「對於+（定語+）賓語,主語(置後)...」,如:

　　（40）　<u>對於</u>這項質疑,大鵬表示毫不知情。

　　（41）　<u>對於</u>東歐,國人一直存有「蘇俄附庸」的觀念。

這一句式在前述已提過,是受到英文介系詞片語置前影響的語
句。而英文介系詞片語提前主要就是為強調所做的語法改變。
中文句式受到影響,自然所強調的賓語也落在「對於」之後的
賓語了。

　　2、中文句式:「主語+對於+賓語+名詞/形容詞謂語」,如:

　　（42）　院內同仁及眷屬<u>對於</u>笛子,笙,簫等樂器吹奏有
　　　　　　興趣者請隨時與計算中心蔣大偉先生聯絡。

　　（43）　生活在自然界的動植物<u>對於</u>氣候等生存條件非常
　　　　　　地敏感。

在曹逢甫〈從主題－評論的觀點看唐宋詩的句法與賞析（上）〉

26一文中，以上述兩例來看，皆屬於「雙主題句」，主題爲「同仁及眷屬」、「笛子，笙，簫等樂器吹奏」、「動植物」、「氣候等生存條件」，而「有興趣者」、「非常地敏感」則爲其評論。這一句式的強調重點，則落在「對於」所針對的對象的評論，也就是名詞、形容詞謂語部分，而不是像上一分類一樣落在賓語。這主要是由於這個句式的名詞、形容詞謂語是主語所要對賓語所作的概括或感知，故強調重點便落於這兩者謂語上。

3、中文句式：「主語＋對於＋賓語＋是＋謂語句」，如：

（44） 一般人對於卡通錶的印象是兒童用電子錶，價格低、品質差。

（45） 香港對於數據通訊的維修是「一天二十四個小時，全年不打烊」。

這個句式也是雙主題句，重點落於評論－也就是「是」之後的短語。這是因爲「是」這判斷語詞本身含有說明、結論的用法，故句子的重點便落在「是」之後的謂語。

二、指涉動作的受事，此還可略分三小類，如：

1、中文句式：「主語＋（表達類 V/ 發現類 V/ 相信類 V）＋賓語甲＋對於＋賓語乙」，此時句子主要強調的重點落在「賓語甲」，例：

（46） 他們先人一步地看出了金融對於商業的重要。

---

26 曹逢甫，1988，〈從主題-評論觀點來看唐宋詩的句法與賞析（上）〉。收錄於《中外文學》第十七卷，第一期，pp. 4~26。

（47）醫生發現避孕藥<u>對於</u>未成年女孩的生育有不良影響。

（48）那神父相信聖經<u>對於</u>人生是不可或缺的。

當一個句子有兩個賓語置於介詞「對於」前後之時，若動詞爲「表達類 V/ 發現類 V/ 相信類 V」，則句子的主要強調重點落於前一個賓語。這是主要是因爲這三類動詞已經加強了其後所接的賓語的語氣，使得「對於」後的賓語在句子中的強調語氣相對減低。若是其他類的動詞，則見下一分類。

2、中文句式：「主語+非（表達類 V/ 發現類 V/ 相信類 V）+賓語甲+對於+賓語乙」，此時句子中強調的重點落於「賓語乙」，如：

（49）黃幸如則提醒媽媽<u>對於</u>孩子的健康與養育不可忽視。

（50）特別是手塚的作品給我許多<u>對於</u>人性莫名的悸動。

跟上一分類不同的是：由於動詞本身並非強調其後所接的賓語，所以整句的主要便落於「對於」後所針對的賓語。

3、中文句式：「主語+對於+賓語+動詞謂語」，如：

（51）在醫院的工作人員<u>對於</u>所有病人都應該提高警覺。

（52）外界<u>對於</u>這批電聯車的品質相當懷疑。

如前所提，（51）、（52）一樣是雙主題句，要說明或表示的重點在評論上。所以在此一句式中「動詞謂語」會受到相當程度的強調。

就「對於」所運用的句型而言，可以發現外標主題句的句

型單純得多，而內標主題句的句型多變，而強調的重點各有不同。然而，它們句型又非彼此固定不變，而是可以互相轉換的[27]。這轉換句型過程中，便可以藉由以上的分析，知道說話者或書寫者話語或文字中所要強調的重點所在。

五、結論

在上述幾節「對於」、「關於」的探討過程中，我們清楚知道這兩詞的特點並不相同，使用的句式也有差異。扣掉少部分兩詞重疊用法後，可以發現在語料庫中還是有少部分「關於」與「對於」混用的情形[28]。為何會如此呢？

吾人就所得知的教學現況及語法文獻的資料比較，有以下的推論：

1、「對於」、「關於」的語詞定義、用法相近，又都是介詞，其差別在於所接的對象特點不同而已，是以使用者往往不經細查便混用。

2、在眾多語法文獻中，往往只解釋其兩者的定義及差別，但未制訂出一套檢驗法則，導致詞彙教學上只有理論而無實作的漏洞。

3、英文翻譯裡，同樣的英文單字或片語會有幾種不同的語義解釋。像是 about 這個英文介系詞在英文字典裡就有「關於、

---

[27] 如例句（38）、（39）間的互相轉換。
[28] 如例句（25）。

對於」兩種義項並列。而在西風漸進的影響下，也導致兩詞的使用被混淆，進一步導致誤用情形。

　　就第一、三項來說，只能指望教師在教學時特別強調兩者的使用及差別，在課堂上訓練學生的語詞使用能力而已。而第二項所提，由上文所作的特點分類看來，我們可以確定以下幾點供作「對於」、「關於」的檢驗法則：

　　（1）、「關於」若出現於句首，而非書名、篇章名所構成的短語時，大多可以省略而無害文意。若省略而有害文意之時，則先檢視：甲、是否為引介另一議題的作用，若是，則以「至於」代之；乙、其所指涉的對象是否明確，整個文句有無針對的意味在，若是，則以「對於」代之；丙、該文句所指涉對象的語義是否模糊，可否加入定語助詞「的」以及集合名詞的「中心語」（一切、人生、方法、手段、意見……等）來完整語義，若是，方可使用「關於」。

　　（2）、「關於」出現在句中時，其關涉範圍的中文句式普遍為：「（S+V）+關於+定語+中心語」的結構，句式相當簡單。

　　（3）、「對於」出現時，其後所指涉的對象通常十分明確，針對性強，且不論在句首或句中都對於其後所指涉的事物強調的語氣在，只是依照中文句型強調的部分會有所不同。（詳見前述）

　　吾人所做或囿於所見或囿於自身語感對「對於」、「關於」兩詞上有未釐清之處。但仍希望以本文歸納的幾點檢驗規則，在國文教學上就「關於」、「對於」的用法有分判的助益。

參考書目

王蕊，2004，〈對於、關於、至於的話題標記功能和篇章銜接功能〉。收錄於《暨南大學華文學院學報》，第三期，p.62-7。

申小龍，2001，《漢語語法學》。南京：江蘇教育出版社。

牟淑媛、王碩，2004，《漢語近義詞學習手冊》。北京：北京大學。

余光中，1980，《分水嶺上》。臺北：純文學。

屈承熹，1999，《簡易華語語法》。臺北：五南圖書。

屈承熹著作，紀宗仁協著，2000，《漢語認知功能語法》。臺北：文鶴。

孫全洲、劉蘭英主編，張志公校訂，1998，《語法與修辭》上冊。臺北：新學識文教。

張莉萍、黃居仁、安可思、陳超然，1996，〈詞彙語意和句式語意的互動關係〉。收錄於《第五屆中國境內語言暨語言學研討會論文集》，p.221-38。

曹逢甫，1988，〈從主題-評論觀點來看唐宋詩的句法與賞析(上)、(下) 〉。分別收錄於《中外文學》第十七卷，第一期及第二期，p.4-26 及 2-58。

湯廷池，1983，〈如何研究華語詞彙的意義與用法 - 兼評國國語日報辭典處同義詞與近義詞的方式〉。收錄於《教學與研究》，第五期，p.1-15。

1986，《國語變形語法研究－第一集 移位變形》，臺北：學生書局。

劉月華、潘文娛、故韡，2006，《實用現代漢語語法》。臺北：
　　師大書苑。

鄧守信，1994，《近義詞用法詞典》。臺北：文鶴。

蔡美智、黃居仁、陳克建，1996，〈語料庫爲本的語意訊息抽取
　　與辨析〉。收錄於《第九屆計算語言學研討會論文集》，
　　p.281-93。

蔡美智、黃居仁、陳克建，1999，〈由近義詞辨義標準看語意、
　　句法之互動〉。收錄於《中國境內語言暨語言學研討會·
　　第五輯·語言中的互動》，p.439-59。

盧福波編，2000，1998，《對外漢語常用詞語對比例釋》。北京：
　　北京語言文化大學。

羅竹風主編，1997，《漢語大詞典》第二卷、第十二卷。臺北：
　　東華書局。p.1304、p.158。

語境對雙關解碼的制約[*]

鐘玖英

南京曉莊學院副教授

提要

　　雙關是世界各種語言十分重要的一種修辭手段。雙關的編碼和解碼與語境的關係十分密切。語言語境對雙關解碼的影響和制約主要是上下文和語體風格；物理語境的各個因素「主體」、「物件」、「時間」、「場景」和「話題」都對雙關的解碼產生了直接影響；文化語境對雙關解碼的制約是廣泛而深刻的；心理語境對雙關解碼的影響和制約主要表現在兩個方面，一是解碼者的心理聯想能力；二是解碼者和編碼者相近相通的心理狀態。

[*]　本文係江蘇省高校哲學社會科學基金專案：「雙關研究」，
　　編號：06SJD740008；南京曉莊學院科研專案「雙關研究」
　　成果之一，編號：2004NXY13。

關鍵字

雙關　語境　語言語境　物理語境　文化語境　心理語境

前言

　　雙關是世界各種語言十分重要的一種修辭手段。雙關的編碼和解碼與語境的關係十分密切，值得探討。語境如何影響和制約雙關的編碼，筆者在《語境對雙關編碼的制約作用》[1]一文中已有論述，本文意在探討語境對雙關解碼的影響和制約。

　　語境是當今學界研究的一個熱門話題，對於語境的劃分目前尚未達成共識。王希杰先生在《修辭學通論》[2]中根據其四個世界（語言世界、物理世界、文化世界和心理世界）的理論，將語境劃分為語言語境、物理語境、文化語境和心理語境，這一分類頗具特色，受到越來越多學者的認同，本文據此展開論述。

---

[1]　鐘玖英〈語境對雙關編碼的制約作用〉[J].(韓國)《中國文化研究》，2003,(2)

[2]　王希杰《修辭學通論》[M].南京：南京大學出版社，1996。

一、語言語境對雙關解碼的制約

　　語言語境就是「語言內語境，即上下文，指的是語言符號之間的相互關係。」[3]，語言語境對話語的解碼具有決定性作用，所以英語有這樣的名言：「No context，no text」(沒有上下文，就不能正確理解詞義)；「You know a word by the company it keeps！」（理解一個詞的意義，要看它的結伴關係！）[4]

　　語言語境對雙關的正確解碼具有直接作用，這可從兩個方面來分析：其一，上下文對雙關解碼的制約作用；其二，語體風格對雙關解碼的制約作用。

　　編碼和解碼是逆向同構的關係。雙關的編碼離不開上下文，雙關的解碼同樣如此。唐代詩人劉禹錫的《竹枝詞》：

> 楊柳青青江水準，
> 聞郎江上唱歌聲。
> 東邊日出西邊雨，
> 道是無晴卻有晴。

　　讀者正是通過聯繫上文的第一句和第二句才確認最後一句運用了雙關手法，「晴」雙關「雨晴」和「感情」。

---

[3] 同註 2，頁 317。
[4] 同註 2，頁 317-318。

　　《紅樓夢》是廣泛採用雙關手法創作的一部不朽著作，早有學者指出《紅樓夢》中的雙關手法發揮了特殊作用，表現在作品的整體構思、框架結構、人物命運暗示、寶玉、黛玉、寶釵三人之間的愛情糾葛等等方面。那麼我們不禁要問，讀者、研究者是依據什麼發現這些雙關語並準確解讀的呢？其中之一就是聯繫上下文。比如在第五回有眾多的雙關詩句，這些詩句如果不是聯繫其後的文本，就無法確認它們深層表達的究竟是什麼。如：

> 凡鳥偏從末世來，
> 都知愛慕此生財；
> 一從二令三人木，
> 哭向金陵事更哀。

　　根據其後小說情節的發展，讀者才明確「凡鳥」就是繁體字的「鳳」，也就是暗指王熙鳳，「一從二令三人木」暗示的是她的悲劇命運——賈璉對他的態度先是聽從，隨後是冷淡討厭，最後是休棄（不過續寫者高鄂安排的結局是死亡）再如賈府的四位女孩賈元春、賈迎春、賈探春和賈惜春，正是依據作品的描寫，讀者將她們的命運聯繫在一起思考，才發現作者原來創造的是一個雙關語：四人的悲劇命運「原應歎息」。

　　雙關的編碼受到語體、風格的制約，這一點筆者在《語境對雙關編碼的制約作用》一文已有較為詳細的論述。那麼語體和風格是否也同樣影響制約著雙關的解碼

呢？回答是肯定的。許多時候解碼者就是依據具體話語
出現在何種語體風格中，才確認其是否是雙關語的。當
今中國廣告無所不在，許多廣告語人們一看就知道是雙
關語，這是為什麼？因為廣告語體的出現是市場經濟的
直接產物，廣告是直接為廣告商的商業利益服務的，廣
告的最終目的就是通過廣而告之來推銷產品或服務最
後獲取經濟利益的。這就要求廣告用語必須短小精悍、
委婉含蓄。短小精悍不但可以節省廣告費用，更便於人
們記憶傳誦從而記住商品的品名特性；委婉含蓄，消費
者才可能不反感甚至喜歡，在不知不覺中接受廣告商的
訴求，購買其產品接受其服務。所以如下雙關廣告：

「默默無蚊」的奉獻。——華力滅蚊器廣告。

信任從足下開始。——××鞋業公司廣告。

你也需要甜蜜——伊克牌的甜味劑廣告。

誰跑到最後，誰笑得最好——F·B××輪胎公司廣告。

蒙桑圖公司專做表面文章——蒙桑圖鍍層公司廣告。

一磕就開心——中國××瓜子公司廣告。

不打不相識——打字機公司廣告。

消費者必須依據自己對廣告語體風格特徵的把握，才能
夠準確獲知這些廣告語的表裏兩層含義，從而準確領會
廣告商的真正用意。

其實，不管雙關出現在何種語體風格中，解碼者在
解讀這些雙關語的時候都直接或間接受到語體風格語

境的制約。作為文學文本的詠史詩詞和詠物詩詞，作者往往不是單純地述史、詠物，一定有自己更深沉的情思，更高遠的寄託，換句話說往往是借古諷今，托物言志，所以常常通過雙關手法使詩詞蘊涵表裏雙重語義，這是編碼者和解碼者共同擁有的語體語境，正是依據這一語境知識，作者通過雙關手法創作的詠史詩詞和詠物詩詞才能被解碼者準確解碼。如於謙的《石灰吟》，讀者都知道表面在寫石灰即使粉身碎骨也要保持清白的特性，實際上是借此表明自己堅貞、高潔的品格；陸游的《蔔運算元·詠梅》，表面吟詠的是梅花的孤高、寂寞的情懷，實際上是詞人自我處境、人格追求的寫照；陳毅的《冬夜雜詠·青松》表面上歌詠青松敖視「大雪」的抗爭精神，實際上通過刻畫青松被大雪壓蓋，依然峭拔獨立的高潔形象，暗示著革命者在嚴峻考驗面前凜然不屈的鬥爭精神。

閱讀實踐證明，不少有經驗的閱讀者正是依據語體風格這一語境來判斷話語是否有表裏雙重語義。一旦面對的是公文事務語體，讀者自然明白這一語體的最大風格特點是單義性、簡明性、程式化，話語的表層義和深層義合而為一，不需要越過語表去尋求語裏的真意；反之如果面對的是文學審美語體、日常會話語體、商業廣告語體，那麼就要考慮編碼者很可能在言此意彼、聲東擊西。所以解碼者一旦面對小說的人物對話，戲劇的人物對白，詩歌的詠史詠物，小說的環境描寫時，第一個

反映就是作者想傳達什麼？有了這樣的疑問，解碼者就會自覺通過編碼者提供的話語指令越過語表尋求語裏真意，雙關手法就這樣被發現，雙關語義就這樣被獲知，編碼者和解碼者就這樣成為真正的對話者。

二、物理語境對雙關解碼的制約

物理語境由「主體」、「物件」、「時間」、「場景」和「話題」五個因素構成。[5]在雙關的解碼過程中每一個因素都不可避免地產生或直接或間接，或顯在或潛在的影響。

言語主體對雙關解碼的影響和制約，主要表現為許多的雙關話語的解碼必須聯繫言語主體的主觀動機和身世處境，否則無法體味話裏真意。如果不知道言語主體金聖歎是在臨刑之前與妻兒訣別時說出「蓮子心中苦，梨兒腹內酸」這一話語，就不可能真正明白這是雙關語，也就不可能明白其中隱含的心酸悲苦！如果不知道明代老學者陸容和少年才俊陳震之間的故事，就不能體會到兩人的精妙雙關對句：「二猿伐木深山中，小猴子豈敢對鋸？一馬陷足污泥內，老畜生怎能出蹄。」因為「對鋸」雙關「對句」，「出蹄」雙關「出題」。

物件和場景對雙關解碼的制約也很明顯。如果不能準

---

[5] 王希杰《修辭學通論》[M].南京：南京大學出版社，1996，頁 328。

確把握交際的物件和場景，就不能解讀雙關話語的深層含義。在南京河海大學的校園裏有這樣一個燈箱廣告：畫面上是一條寬闊的河流，其上的宣傳標語是：「我飲河海一滴水，我獻河海一生情」。[6]如果這一標語出現在其他的場景中，那麼這很可能是一個單純的公益廣告：提醒人們熱愛自然、注意環保，不要污染江河湖泊。但是它出現在河海大學校園這一特殊環境中，人們——廣大的河海師生和其他受眾，依據這一場景很快就能準確解讀到這一燈箱廣告的表裏含義：河海不僅是指一般的河流，更是指「河海大學」。廣告的真正用意在於提醒河海大學的莘莘學子：今天在河海大學汲取知識的養分，明天走出校門走上社會，一定要努力工作，用自己的工作業績回報母校的關愛和教育之情，為母校增光添彩。在這裏場景和解碼物件這兩個因素直接影響對雙關的解碼，指引著解碼者朝著編碼者的目標去尋找話語的內在含義。

物理語境對雙關解碼的影響和制約是多種多樣的，可能是單一因素在起作用，也可能是幾種因素的合力作用，影響著、指引著解碼者對雙關的準確解碼。張在新、張再義在《論辯謀略百法》中介紹過張思光用雙關語暗示宋太祖趙匡胤兌現自己所許諾言的故事：

> 宋太祖趙匡胤曾答應任命張思光為司徒通史，張
> 思光非常高興，一直引頸企望宋太祖頒佈任命，

---

[6] 孫琴〈制約雙關的語境因素〉[J]《語文學刊》，2006，（5）。

但宋太祖那裏始終沒有動靜。張思光等得不耐煩，想尋機表達自己意願，他終於想出了一個好辦法。

張思光故意騎著一匹瘦馬去晉見宋太祖，宋太祖果然覺得奇怪，便問他：「你的馬很瘦，你一天餵多少飼料給它呢？」

「一天一石。」張思光回答。

「不少啊，可是每天餵它一石怎麼這麼瘦啊？」

「我是答應每天餵它一石啊，但是實際上並沒有給它吃這麼多，它當然會這麼瘦了！」

宋太祖聽後哈哈大笑，他明白了張思光的意思，於是馬上任命張思光為司徒通史。

很顯然張思光在借馬說事，旁敲側擊，提醒宋太祖趙匡胤兌現諾言，結果宋太祖果然一聽就明，並且接著就任命了張思光為司徒通史。對於這個故事編者是從表達者的角度來介紹的，肯定張思光善於運用謀略。我們關注的問題是，為什麼接收者宋太祖能夠準確接受雙關話語的深層資訊。很顯然是借助了物理語境的幫助，在客觀物理世界的事實是：

第一，宋太祖許諾張思光為司徒通史而又遲遲沒有兌現諾言；第二，張思光不可能和動物的馬進行語言對話，也就不可能答應馬每天給它一石飼料，張思光顯然在故意說假話；第三，客觀事實是趙為皇帝，張為臣子，兩者是

君臣關係，臣子對皇帝提意見要委婉含蓄；第四，客觀的
事實是臣下經常用這種旁敲側擊、聲東擊西的話語和皇帝
趙匡胤說話。正是在這些客觀物理世界的語境因素的直接
影響制約下，宋太祖輕鬆越過張思光精心設計的話語之橋
尋求到話裏的真實資訊：對方在委婉提醒自己兌現諾言。
所以哈哈大笑，心領神會，並付諸行動，任命了張思光。
設想一下，如果沒有這些物理語境因素的幫助，宋太祖能
準確解碼嗎？顯然不能。可見，從接收者的角度看，物理
語境制約著雙關的解碼活動。

三、文化語境對雙關解碼的制約

　　文化語境指的是交際活動的文化大背景，文化語境
對雙關解碼的制約是廣泛而深刻的。文化語境有時代、
地域、民族、階層、職業、性別、年齡等多方面的區別。
這每一個層面也都或直接或間接、或顯在或潛在影響和
制約著對雙關的解碼。

　　時代文化語境對雙關解碼的制約。不同時代有不同
的文化特點和文化模式。身處不同時代的解碼者面對同
樣的話語或文本，完全可能產生不同的解碼結果。文革
時代的人們對下面的詩非常熟悉並立馬知道這是一首
雙關詩：

> 黃浦江上有座橋，/江橋腐朽已動搖，/江橋搖，
> /眼看搖垮掉。/請指示，/是拆還是燒。——《天
> 安門詩抄》

當時的讀者都知道這首詩的深層含義是問詢周恩來總理的在天之靈：如何處置罪惡滔天的「四人幫」？現在的年輕一代對十年文革的政治文化背景已經非常陌生，不加解釋很難知道「江橋搖」影射的是江青、張春橋、姚文元，自然不可能瞭解這首詩的真正用意。

正是因為時代文化的差異影響制約雙關的解碼，所以中國古代傳為美談的一些雙關性文本，現在的讀者很難理解甚至可能無法把它們當著雙關性文本來閱讀解碼。[7]如：

> 又王玄謨問莊何者為雙聲，何者為迭韻。答曰：
> 「玄護為雙聲，磝碻為迭韻。」其捷速如此。（李
> 延壽《南史·謝莊傳》）

謝莊的回答就是雙關性話語，表面回答王玄謨的問話，實際上是對他兵敗磝碻的嘲諷挖苦，王玄謨及其當時的人們立馬解讀出其雙關含義。因為——軍至磝碻，（王）玄謨進向滑台。……及（魏）太武軍至，乃夜遁，麾下散亡略盡。（《南史·王玄謨傳》）

---

[7] 王希杰〈語境的再分類〉[J].《西北第二民族學院學報》，2006，（2）

作為解碼者的王玄謨和當時的人們之所以能夠準確解碼，是由於和編碼者謝莊擁有共同的文化背景——熟悉王玄謨大敗磽磝的事件，所以對謝莊回話隱含的諷刺挖苦了然一心。今天的讀者缺少這一文化背景，所以很可能只能解讀到表層資訊，未必解讀到深層信息。再如：

> （殷）淳字粹遠，景仁從祖弟也。……子孚有父風。嘗與侍中何勖共食，孚羹盡，勖曰：「益殷蓴羹。」勖司空無忌子也，孚徐輟著曰：「何無忌諱。」（李延壽《南史·殷景仁傳》）

敷小名楂，父邵小名梨。文帝戲之曰：「楂何如梨？」答曰：「梨是百果之宗，楂何敢比也！」（李延壽《南史·張邵傳》）

作為共時的交際活動，交際效果非常明顯：當時的人們立馬解讀出其中的深層資訊，體會到這是雙關性文本，驚歎於答話者的語言智慧，所以立即傳為美談。但是今天的讀者，尤其是外國讀者，如果沒有把握到當時的社會文化語境，就很難明白其中的奧妙，自然無法準確解碼。

同一時代不同階層也存在文化差異，階層文化差異的影響、制約著對雙關的解碼。生活在當今的中國父母們有時發牢騷說聽不懂孩子們的對話，中小學的老師們也抱怨越來越看不懂學生們寫的作文了，這是因為年輕一代和父輩、老師處在相對不同的文化階層，年輕一代因為好奇求新，所以形成了一些特定的話語，這些話語

不少就是雙關性話語。在他們話語圈中通行無阻的雙關語，父輩老師卻可能無法解碼。如在年輕人嘴裏的「白骨精」不再是吃人的妖精，而是對人的讚美——白領中的骨幹精英！「留學生「不再是品學兼優的出國留學生，而是留級的學生；「恐龍」也不是通常意義的那種已經從地球上消失的大型動物，而是長得醜的女孩；「青蛙「也成了長得醜的男孩的代稱。

不但階層文化制約著雙關的解碼，同一階層不同性別也存在性別文化差異。性別文化也同樣影響制約著雙關話語的解碼，為了減少青年男女交際中的話語短路現象的出現，特別是讓處在戀愛階段的男孩聽懂女孩的雙關話語，好多網站都刊登或轉發了《女孩最愛說的 33 句雙關語》：

1、我們還是當朋友好了——其實你還是有多餘的利用價值。

2、我想我真的不適合你——我根本就不喜歡你。

3、天氣好冷喔，手都快結冰了——快牽我的手吧，大木頭！

4、我覺得我需要更多一點的空間——我不太想看到你啦！

5、其實你人很好——我不想跟你在一起。

6、你人真的很好——我真的不想跟你在一起。

7、你人真的真的很好……真的——豬頭，離我

遠一點。

8、我暫時不想交男朋友——閃邊啦！你還不到我心中帥哥標準的一半。

9、我不想傷害我們之間的友誼——我們之間也永遠只會有友誼。

10、你這樣讓我感到很尷尬 ——我無法強迫自己說我不想說的答案。

11、我的心中牽掛著一個人——那個人是我特地虛設用來擋像你這種人的。

12、朋友才是長久的，不是嗎——想當我男朋友，自己不照照鏡子。

13、我從來沒想過這個問題——這根本是不可能的嘛！別做白日夢啦。……

　　很明顯收集這些女性雙關語的人們是希望幫助男性準確解讀女性雙關話語。一旦男孩懂得了女孩們常用的雙關語，自然在和女孩的交往中也就可以從容應對，而不會聽不懂女性話語的真正用意成為女孩眼中的豬頭！這也提醒我們注意性別文化因素對雙關編碼和解碼的影響和制約。

　　民族文化差異對雙關解碼的影響和制約尤其明顯。據說美國第 38 任總統吉羅德·R·福特，說話很喜歡用雙關語。有一次，他回答記者提問時說：「我是一輛福特，不是林肯。」這就是一句雙關語。

　　這個雙關語在美國立即受到好評，甚至傳為美談，因為，在美國，林肯既是美國一位很偉大的總統，又是一種最高級的名牌小汽車；福特則是當時普通、廉價而大眾化的汽車。福特說這句話包含兩層含義：一是表示謙虛，一是為了標榜自己是大眾喜歡的總統。

　　林肯的精彩回答在美國能夠產生廣泛的共鳴，但是在美國之外的其他國家、其他地區，比如在中國的偏遠農村，普通農民根本沒有解讀此話語相關的美國文化背景知識，根本不知道林肯、福特為何人、何物，又怎麼可能體味其中深味？

　　正因為民族文化因素制約著雙關的解碼，所以那些攜帶著漢民族文化基因的雙關式歇後語，對於外國留學生特別難以解釋清楚，外國學生們也特別不容易理解其中所體現的漢民族的語言智慧和文化情調，如：

　　　　船家敬神——為河（何）

　　　　肚子裏頭撐船——內航（行）

　　　　狗長角——出羊（洋）相

　　　　和尚的房子——廟（妙）

　　　　拉著鬍子過河——牽須（謙虛）過渡（度）

　　　　外甥打燈籠——照舅（舊）

　　　　孔夫子搬家——儘是書（輸）

　　　　和尚打傘——無髮（法）無天

　　這些中國老百姓創造的諧音雙關式歇後語，讓一個

不懂中國文化的老外怎麼能懂呢。所以當年毛澤東主席對美國記者愛德加·斯諾先生說的「和尚打傘——無法無天」這句雙關語，被斯諾先生誤解，也就在情理之中了。

四、心理語境對雙關解碼的制約

心理語境對雙關解碼的影響和制約主要表現在兩個方面，一是解碼者的心理聯想能力；一是解碼者和編碼者相近相通的心理狀態。

正是解碼者擁有的心理聯想能力使人們可以越過編碼者精心設置的語言迷宮，穿越話語表層之橋，抵達語義深層之岸。不管是通過何種手段創造的雙關——諧音雙關、語義雙關、語法雙關、語境雙關、對象雙關、一次雙關和多次雙關、單純雙關和複合雙關等等[8]都有一個共同的特點，那就是表達者的真正意圖一般不在語表而在語裏。

在西安街頭，一個足療店的標語是：知足常樂（標語中的「足」畫成了一隻腳的形狀）這是一個雙關語，受眾看到腳的形狀，依託內在的心理聯想能力，首先會進行形與音的轉換，聯想到「知足常樂」這條熟語，此時的「足」是「滿足」的意思，這是表層意思；但是在

---

[8] 鐘玖英〈雙關類型初探〉[J].（臺灣）《中國語文》，2002，（10）

足療店這個特定的場合，且廣告商已經把「足」字轉換成一隻大大的腳的形狀，這一解碼指令引導著受眾展開聯想，從「滿足」聯想到「療足」，從知足常樂的常用語義轉換到：知道足療，接受本店的優質足療，就能常常快樂。這才是廣告商的真正用意。如果說借代、比喻等許多修辭手法的解碼都需要借助人類的心理聯想機能的話，那麼雙關的解碼更是一刻也離不開人們的心理聯想能力：人類失去聯想，雙關將無用場！

　　心理語境對雙關解碼更顯著的影響和制約是解碼者和編碼者相近相通的心理狀態，換句話說表達者和接受者擁有相近相同的心理世界，這是保證雙關語的接受者能夠準確解碼的重要心理基礎，所謂的心有靈犀一點通的境界就是如此。在《紅樓夢》中林黛玉、薛寶釵經常使用雙關語，往往只有寶玉、黛玉、寶釵三個人理解，在場的許多人常常丈二和尚摸不著頭腦，主要原因就是因為三人特殊的情感糾葛，導致了共同的心境和話語聯想方式及聯想方向，擁有了共同的心理世界。這在第八回表現非常明顯：

　　寶玉和戴玉一起到薛姨媽家，寶玉要喝冷酒，寶釵勸寶玉喝熱酒，說對身體有益，寶玉覺得寶釵說得很有道理，就接受了寶釵的建議，旁邊的黛玉看到這些，未免心生醋意，借雪雁送手爐之機，說了一段精彩的雙關語，當時薛姨媽在場，可是聽得似懂非懂，而雪雁更是莫名其妙挨了罵。只有當事人——情人寶玉和情敵寶釵

心知肚明，心領神會。[9]

現在的年輕人利用漢語的數位創造了不少數位諧音雙關，如：

837 → 別生氣	587 → 我抱歉
530 → 我想你	360 → 想念你
526 → 我餓了	53880 → 我想抱抱妳
1573 → 一往情深	81805 → 不要不理我
53770 → 我想親親你	51020 → 我依然愛你
92013 → 鍾愛你一生	53406 → 我想死你了
53719 → 我深情依舊	2598135 → 愛我就不要傷我
584520 → 我發誓我愛你	520 → 我愛你
596 → 我走了	

這些數字雙關在青年男女的交往中發揮了很好的傳情作用，可是局外人很難理解，年輕人特別是戀愛中的年輕人之所以創造並理解接受了這些雙關，是因為戀愛中的人們往往有更多的心理共同點——共同的心理世界。

結語

---

[9] 孔昭琪〈《紅樓夢》的寓意雙關〉 [J].《泰安師專學報》，2001，(1)。

　　總之，語境制約著一切雙關的解碼，解碼者只有在準確把握了雙關賴于生存的語境，並依託各種語境因素，才可能真正把握雙關的內涵，才可能成為編碼者真正的對話者。

主要參考文獻

王希杰《修辭學通論》[M].南京：南京大學出版社，1996

王希杰〈語境的再分類〉[J].《西北第二民族學院學報》，2006

孔昭琪〈《紅樓夢》的寓意雙關〉[J].《泰安師專學報》，2001

程玉合〈從意向角度看雙關與反語〉[J].《渤海大學學報》，2005

孫琴〈制約雙關的語境因素〉[J].《語文學刊》，2006

鐘玖英〈從語法角度論析雙關〉[J].《修辭學習》，2001

鐘玖英〈雙關類型初探〉[J].（臺灣）《中國語文》，2002

鐘玖英〈語境對雙關編碼的制約作用〉[J].（韓國）《中國文化研究》，2003

試探柳宗元古文「以傳代論」中的政治原始意識

謝敏玲

國立高雄空中大學兼任助理教授

一、前言

　　古文本於其應用性質而產生，而其為文目的多在陳述作者的意見或主張。因而閱讀古文時，我們或多或少都可發現作者在文章中想要表達的意見；也因此，在各體古文中，或多或少都有著「議論」的影子。但傳記類的古文，主要是為了記載人物事蹟使之可以流傳於世，「記錄」成為寫作的主要方式，而非是作者的意見。至於選擇何樣的傳主作為文章主角，又選擇傳主的何項事蹟為記錄主體，這選擇或敘述方式卻可能無形中表達了作者的意見，甚至有可能表達作者意見的為文目的大於記錄傳主事蹟，這可說是作者一種「以傳代論」的寫作方式。本文正是借著柳宗元為數不多的傳記類古文[1]，從其中探究「以傳

---

[1] 柳宗元傳記類古文依據《柳宗元集》卷十七（北京：中華書局，2000

代論」的為文目的、美感特質……等。在深入探究後，或可揭
示在這一類的文章中，有其政治原始意識存在。所謂政治原始
意識，本文主要是指從先秦中最廣受注目的《孟子》或諸子學
說中找出文章中所欲代言的政治理論原來樣貌。另外，本文擬
從西方文學理論的一些觀點，譬如馬克思主義批評、典型化、
對話理論、反常化等探究柳宗元所闡述的政治原始意識若以「以
傳代論」的文章呈現究竟有何效用？柳宗元又是如何營造出這
一類文章的文學美感特質。期能藉由本文的探究，讓讀者對柳
宗元古文「以傳代論」中的政治原始意識以及其寫作技巧有更
深切的認識，並藉西方的文學觀點突顯出柳宗元「以傳代論」
的文章中其文學美感特質所在。

二、傳狀類古文規範

在探討柳宗元「以傳代論」的文章之前，有必要先對傳狀
類古文的文體規範作一番瞭解，才能掌握到「以傳代論」的書
寫方式是否在柳宗元之前，已為一般傳記類文章所通用；如果
結論為非，才能更進一步探討柳宗元此種書寫方式可能有其特
定目的在。傳記類文章在一般古文分類上通常歸屬為「傳狀」
一類。傳指「傳記」；狀是「行狀」或「事狀」。一般說來，「傳」

年三刷）有〈宋清傳〉、〈種樹郭橐駝傳〉、〈童區寄傳〉、〈梓人傳〉、
〈李赤傳〉、〈蝜蝂傳〉和〈曹文洽韋道安傳〉等七篇，其中〈曹文
洽韋道安傳〉已闕。

的文章功用是記載人物事蹟使之可流傳於後世；[2]「狀」比「傳」
的篇幅較長；「傳」有褒貶，「狀」則有褒無貶，因為狀類文體
本來有為寫傳、寫墓誌提供原始資料的意思，所以較為詳盡；
而且「狀」又是為旌揚死者而寫，因此以褒揚為主。[3]從內容來
說，兩者是相近的，所以姚鼐《古文辭類纂》將其合為一類。

　　以傳記文章來說，魏晉六朝時，傳記文的寫作權仍主要仍掌
握在史官手中，魏晉六朝的傳狀文章亦只有少數作品，[4]如果要追
溯傳記文章的源頭，可能要從《史記》著手。元代陳繹曾言：

　　　　曰傳宜質實，而隨所傳之人變化；曰行狀，宜質實詳備。[5]

此處指出傳狀文章皆需求「質實」，也就是不誇張、不虛偽，求

---

[2] 林紓言：「史傳篇曰：……此專言史傳之傳，實則傳之為言轉也。」
參見清‧林紓：《畏廬續集》（台北：文津出版社，1978），12 頁。
另外，吳曾祺說：「傳者，傳也。所以傳其人之賢否善惡，以垂示
萬世。」參見吳曾祺：《涵芬樓文談》（台北：商務印書館，1966
台一版，1998 台二版），151 頁。可見傳記之「傳」，本是應有「流
傳」之意，據此，傳文的文章功用應有「流傳後世」之意。

[3] 吳曾祺說：「（狀）專指行狀而言。或謂之事狀，今人又謂之行述。
為乞銘誄、傳志而作，與傳相似；惟傳有褒貶。行狀出於親朋子
弟之手，皆述平生之嘉言懿行。其有遺議者，則諱而不書；所以與
傳異也。」參見吳曾祺：《涵芬樓文談》（台北：商務印書館，1966
台一版，1998 台二版），151 頁。這裡很明顯指出傳、狀的分別。

[4] 李珠海提及：「六朝人的傳狀體文章包括『傳』、『行狀』以及『自
序』，共有 40 篇。」參見李珠海：《唐代古文家的文體革新研究》
（台灣大學博士論文，2001），60、61 頁。同上 69 頁李氏又提及：
「由文人來寫作的單篇的傳，這種文體，是在晉代才出現的。……
不過六朝時期的文人傳數量不多，《全六朝文》收錄的只有 23 篇而
已。」如夏侯湛〈外祖母憲英傳〉、陶淵明〈孟府君傳〉、鍾會〈母
夫人張氏傳〉、江淹〈袁友人傳〉、〈自序傳〉，蕭統〈陶靖節傳〉等。

[5] 元‧陳繹曾：《文說》（四庫全書，集部，詩文評類）。

其真實無妄，然後根據所傳的人做文章的寫作調整，因而有所
變化，但此變化是要和傳主有密切相關才是。這些意見雖在柳
宗元之後才被提出，但卻可藉此得知後人對柳宗元傳記如何判
別其特殊或變異之處。關於傳記文章緣起、內容及寫作目的，
吳訥在《文章辨體序說》的論述是：

> 太史公創《史記》列傳，蓋以載一人之事，而為體亦多不
> 同。迨前後兩《漢書》、三國、晉、唐諸史，則第相祖襲而
> 已。厥後世之學士大夫或值忠孝才德之事慮其煙沒弗白；
> 或事跡雖微而卓然可為法戒者，因為立傳，以垂于世：此
> 小傳、家傳、外傳之例也。[6]

立傳原為史官之職；司馬遷為列傳之體創下楷模，在《史記》
的每一列傳，文學技巧都相當高，每一被寫入傳中的歷史人物，
也都活靈活現，精彩可讀，而且記載事體、生平甚為詳細。司
馬遷後，作史者乃都襲用紀傳之體，但是出色的紀傳卻不多見。
所以若要研究傳類文章的文體規範，《史記》是絕佳的材料。[7]吳
氏提及的事蹟值得記述或可為後世表彰者，方能立傳，[8]而且其

---

6 明·吳訥：《文體序說三種·文章辨體序說》（台北：大安出版社，
　1998），61-62 頁。
7 林紓言：「實則化編年為列傳成正史之傳體，其例實創自史遷。」
　參見清·林紓：《畏廬續集》（台北：文津出版社，1978），12 頁。
8 針對傳記內容，明代陶宗儀引盧集「文章宗旨」：「行實之作，當取其
　人平生忠孝大節，其餘小善寸長，書法宜略。為人立傳之法亦然。」
　參見明·陶宗儀：《輟耕錄》卷九（四庫全書，子部，小說家類，雜
　事之屬）這裡則是提出立傳內容需記錄的是生平大事，尤其是符合忠
　孝節義，可供褒揚、模範的事蹟，對於傳主小事，則可忽略不記。

目的是為了「以垂于世」之說法，可能和韓愈、柳宗元寫作之傳記有相當的關係，[9]因為受矚目的單篇傳記文章，都是自韓愈、柳宗元之後。重要的是自韓愈、柳宗元後，寫作傳記已不再是史官的專利，只是記載的對象及其文體和史官立傳也有了不同之處。另外，徐師曾《文體明辨序說》曾把「傳」解釋為：

> 按字書云：「傳者，傳也，紀載事跡以傳於後世也。」自漢司馬遷作《史記》，創為「列傳」以紀一人之始終，而後世史家卒莫能易。嗣是山林里巷，或有隱德而弗彰，或有細人而可法，則皆為之作傳以傳其事，寓其意；而馳騁文墨者，間以滑稽之術雜焉，皆傳體也。故今辯而列之，其品有四，一曰史傳，二曰家傳，三曰托傳，四曰假傳，使作者有考焉。[10]

此說和吳訥類似，「而後世史家卒莫能易」則表示司馬遷的傳記文章是歷代可奉為圭臬之正體文章。徐師曾說得更清楚的是「以紀一人之始終」，所以傳記應該是要對傳主生平作一完整記錄，才是傳記的正統內容，如果只是擇要記錄，則徐師曾和吳訥看法一樣，雖都將其歸為傳體，但又以小傳、家傳、外傳……等分別之，則

---

[9] 因為六朝的傳記文章不多，最引人注意的兩篇，應是阮籍的〈大人先生傳〉和陶淵明的〈五柳先生傳〉，卻都是以一種虛構語氣藉以自喻，似乎不是撰寫真正的人物，沒有真實的祖籍、姓名、字號……等屬於確實有據的紀錄，和司馬遷的傳記很不相同，難以視為正統傳記文章，在下文論述中蔣伯潛將其歸為「假傳」，而順著時代再接下來受矚目的傳記文章就是韓、柳的傳記文章了。

[10] 明・徐師曾：《文體序說三種・文體明辨序說》（台北：大安出版社，1998），113 頁。

或可判讀為非正體傳記文章。關於「假傳」，蔣伯潛說：「假傳有三類：一，假設一人，實無其事者，如阮籍〈大人先生傳〉；二，假託人名實以自喻者，如陶淵明之〈五柳先生傳〉，王績之〈五斗先生傳〉；三，託物擬人，近於寓言者，如韓愈之〈毛穎傳〉、柳宗元之〈蝜蝂傳〉。此皆傳之變體也。」[11]傳類文章，可以褒揚傳主，但傳主不應為虛構人物，更不該是「以物擬人」，否則則應判讀為非正體文章，〈毛穎傳〉、〈蝜蝂傳〉正是如此。

關於傳主身分，姚鼐《古文辭類纂》傳狀類說：

> 傳狀類者，雖原於史氏，而義不同。劉先生云：古之為達官名人傳者，史官職之。文士作傳，凡為圬者種樹之流而已，其人既稍顯，及不當為之傳，為之行狀，上史氏而已，余謂先生之言是也[12]

這是用被寫者的身分為傳狀分類，並以此指出文人作傳記和史官之不同。但因頗有爭議之處，而且論述的時代並不清楚，如清初錢謙益寫了〈徐霞客傳〉[13]，徐霞客其人並非「圬者種樹

---

[11] 蔣伯潛：《體裁與風格》（台北：世界書局，1982），125 頁。另外吳曾祺說：「或為之家傳，則以藏之私家為名。敘次甚略者，則謂之小傳；單述軼事者，則謂之別傳；又謂之外傳。各因其體而為之名。」參見吳曾祺：《涵芬樓文談》（台北：商務印書館，1966 台一版，1998 台二版），151 頁。這裡則是對各種傳文做出分類說明。除家傳外，其餘小傳、別傳、外傳多在題目上多會註明。如李商隱〈李賀小傳〉、陸遊〈姚平仲小傳〉等。

[12] 清·姚鼐：《重校古文辭類纂評註》（台北：中華書局，1993），8 頁。

[13] 清·錢謙益：《牧齋初學集》七十一卷「傳二」（四部叢刊，初編集部，上海涵芬樓景印崇禎癸未刊本）。

之流而已」。又，此書傳狀類所選蘇軾〈方山子傳〉、歸有光〈歸
氏二孝子傳〉、〈筠溪翁傳〉、〈陶節婦傳〉、〈王烈婦傳〉、〈韋節
婦傳〉等和方苞〈白雲先生傳〉等等，說是「圬者種樹之流而
已」似嫌不當。而姚鼐會有這樣的定義，當和韓愈、柳宗元有
關。因以傳主對象而言，韓愈、柳宗元的圬者、種樹傳主可說
是創舉，也可視為傳類的非正體古文。

　　曾國藩《經史百家雜鈔》曾將「傳」和「碑誌」一併歸為
「傳誌類」，說：

> 傳誌類，所以記人者，經如〈堯典〉、〈舜典〉，史則本紀、
> 世家、列傳，皆紀載之公者也，後世紀人之私者曰家傳、
> 曰行狀、曰事略、曰年譜，皆是。[14]

此處開宗明義就說：「傳誌類，所以記人者」，[15]這是自古到今曾國
藩的觀察理解，也是我們對傳記文章的基本認識，所以若是傳主居
然「非人」，如〈毛穎傳〉、〈蝜蝂傳〉，則是傳狀非正體文章了。

　　以目的、寫作手法等要求而言，近人姚華說：「傳之為用，意
在流傳，欲其遠且廣也。則擇言必精，隸事貴雅，陳義務高。」[16]
這裡提出傳類文章的目的，是為流傳後世，所以用字遣詞需要精
緻化，陳述的事件需要是可供後人景仰者，其代表的意義需要是

---

[14] 清・曾國藩：《經史百家雜鈔・序例》（四部備要，集部，上海中
華書局據原刻本校刊）。

[15] 林紓亦言：「至於近代，始以錄人物者區之為傳，序事蹟者區之為
記。」這裡亦指出傳主需為「人」而非「物」的身分關鍵。參見
清・林紓：《畏廬續集》（台北：文津出版社，1978），12 頁。

[16] 郭紹虞等選編：《中國近代文學論著精選・論文後編》（台北：華
正書局，1982），670 頁。

重大的，不可以用戲謔或遊戲的心態或筆法寫作。兒島獻吉郎則將傳狀歸在序記類下，可見其認為傳狀性質和序記是相似的，都是記錄、敘事之功用。[17]馮書耕、金仞千認為：「人皆知傳乃敘一人之行業，絕對客觀，不能參與作者意見以待讀者自得之；至多在篇末，略加評斷而已。……（《史記‧伯夷列傳》）敘事少，而議論多，不惟逐節詠歎，且別有寄託，苟以義裁之，於格於義，皆為變例。」[18]顯然，他們認為傳記變體文章，自《史記》亦已有之，只是為數極少；換句話說，如果傳類文章以議論為主，而且作者寄託深意在所記述的事蹟上，成為文章的主題意識，當以非正體視之。[19]

---

[17] 兒島獻吉郎：《中國文學通論》（台北：商務印書館，1965），34 頁。

[18] 馮書耕、金仞千：《古文通論》（台北：雲天出版社，1971），748 頁。另清‧蔡世遠：「凡紀傳直敘到底者，正局也；間以議論者，變體也，〈伯夷〉、〈屈原傳〉是也。」參見清‧蔡世遠：《古文雅正》卷二（四庫全書，集部，總集類）；另外，李珠海亦說：「一般史傳，正文往往記述傳主生前重要事蹟，且言之較詳，極少議論。」參見李珠海：《唐代古文家的文體革新研究》（台灣大學博士論文，2001），70 頁。這裡指出兩點：其一，以傳主生平大事為傳記文章主要內容；其二，作法以敘述為主，議論者為少數。亦和馮書耕、金仞千有相似看法。

[19] 林西仲對蘇軾〈陳公弼傳〉評說：「此為方山子生前作傳也，若論傳體，止前段敘事處是傳，以下皆論贊矣。……議論中帶出敘事，筆至橫溢，自成一格，不可以常傳之格論也。」參見林西仲：《古文析義》二編卷七〈方山子傳〉（台北：廣文書局，1975）此處可見其亦認為傳記文章若是用議論手法難視為正體；另外李珠海認為：「文人撰寫『傳』，是為了表揚傳主的德行、品行，因此，文章中難免出現很多稱美之詞。不過，主要是透過敘事、對話來呈現品德，這是『傳』的特性。」李珠海這是針對六朝的傳狀文章而論述的，可見在六朝時，亦不認為議論的方式是傳類文體規範的正體作法。參見李珠海：《唐代古文家的文體革新研究》（台灣大學博士論文，2001），69 頁。

　　由上而論，傳記文章應是一種記載人物生平事跡的文章，而作為一種獨立的體裁，應是從司馬遷的《史記》開始，而後歷代史學家和文學家紛紛仿效，只是都難以和正史中的傳記媲美。一直到唐朝才出現優秀的傳記散文，而這些散文的特點是，傳主已不侷限於歷史人物，凡是作家所喜愛所熟悉的人物，甚至是虛構的人物，都可以為之作傳，甚至大發議論於其中。因之和唐宋之前的傳記文章傳主多是歷史人物，且目的專為述其生平事蹟相比，是很明顯的不同。我們甚可推論，或許作者正是寓其深意於傳記文中，而故意用這種這樣「以傳代論」的作法，應該有其值得探究的巧妙存在。本文且藉著柳宗元的傳記類古文，作一探究。

三、柳宗元傳狀類古文的「以傳代論」

　　在柳宗元傳狀類古文中，〈宋清傳〉說的是一長安市中的普通藥商，未述及宋清生平，只針對其賣藥能急人之難著筆；〈種樹郭橐駝傳〉則言一種樹人能「順木之天性」譬喻治民之理；〈童區寄傳〉寫的是一機智、勇敢，能不畏強暴的少年；〈梓人傳〉旨在說明梓人的工作足可為宰相輔佐天子治理天下的法則；〈李赤傳〉說的是一個遇到廁鬼纏身的故事；〈蝜蝂傳〉寫的是一貪得無厭、至死不悟的小蟲。在這些篇章中，議論主體重於傳主事蹟於〈種樹郭橐駝傳〉、〈梓人傳〉表現得很明顯；〈宋清傳〉

則是含有上層士大夫反不如市井中人之嘆，雖然著筆議論不多，但其論旨深刻；〈童區寄傳〉則暗暗反映社會黑暗、政治腐敗；〈李赤傳〉較無議論之跡，算是記錄一件離奇之事；而〈蝂蝂傳〉故事短小，多被視為寓言，但畢竟寓言一體之成立較晚，而且在《柳宗元集》中是被歸為傳記文類，所以在此一併討論，而以此小蟲的作為而論，此無疑是對吏治的抨擊。綜而言之，或可說柳宗元的傳記文章「以傳代論」的情形相當普遍，而且議論的主要是關於政治方面的情形。

根據前文所論，在史記及其後史官所記，傳主多為達官貴人，地位階級多在一般平民百姓之上，但柳宗元傳記文章的傳主，則為市井小民居多，甚至是小蟲。諾斯洛普‧弗萊（Northrop Fryp）認為一切文學都根源於四種敘事類別：喜劇的、傳奇的、悲劇的，以及反諷的。如果暫以此為區別，我們可以發現在柳宗元「以傳代論」的文章，應該是對應於「反諷」的文學，而非一般傳記文章可能歸類的「傳奇」，因為根據反諷類的定義：「在嘲弄和反諷中，主角則比較低劣。」[20]這和傳記類文章本應屬於傳奇類文學是有所不同的。這或可以說其傳記文「以傳代論」的一種推論根據。

瞭解到柳宗元的傳記文，主要是「以傳代論」，然後再進行閱讀，這對深入瞭解其文章主旨是有所助益的。閱讀是一種過程，文學作品本身或許只是一種「引藉物」，是作者藉此作品傳

---

[20] Terry Eagleton 原著，吳新發譯：《文學理論導讀》（台北：書林出版有限公司，1999 年五刷），118 頁。據其所論，傳奇中主角的階級是比較高的，這所說的比較高，應該是指比起一般人而言，和前文所說傳記文章之傳主，古為達官名人之說相符。

達他想告訴讀者的某些概念，而這樣的概念在讀者閱讀此作品後又會有自己的領悟或觸發。「為了如此，讀者將某些『預先理解』帶入作品，這些是有隱約關聯的信念和預期，而作品的種種特點就在其中接受評估。」[21]以閱讀柳宗元的傳記文章來說，這樣的「預先理解」，就是先對柳宗元傳記文以議論為主先有概念，如此，就不會將閱讀焦點侷限在傳主的生平記錄中，而著重作者在此文章所欲闡明的思想見解上。據此，如果讀者在閱讀柳宗元的某些傳記類篇章時，先有柳宗元是「以傳代論」的概念，對其進行閱讀或在閱讀後的理解或觸發是有所幫助的。

再則，以佛洛伊德式的發掘式解釋來說，所有表層的東西都是虛假和騙人的，本質的或深層的東西全部都隱藏在無意識的深層。[22]或許這樣的觀點有些太過，但以這種解釋方式來看待柳宗元的「以傳代論」篇章，我們可以當成是一種閱讀心態的參考。這種發掘式解釋方法用到對作品的分析中，就是把一切表面能觀察到的現象都打上括號，稱為顯內容，而主要是需要聯想或挖掘發現它們的深層意義或潛在意義。「以傳代論」的篇章，顯內容正是傳主的事蹟。而讀者需要聯想或發掘的，卻正是柳宗元想表達的政治見解，正是作品的深層意義或潛在意義，而這亦或是柳宗元「以傳代論」的作品美感特質所在。

至於柳宗元對此類文章的觀點，在〈讀韓愈所著〈毛穎傳〉後題〉中說的很明白：「詩曰：善戲謔兮，不為虐兮。太史公書

---

[21] Terry Eagleton 原著，吳新發譯：《文學理論導讀》（台北：書林出版有限公司，1999 年五刷），100 頁。

[22] 滕守堯：《對話理論》（台北：揚智文化事業股份有限公司，1997 年二刷），38 頁。

有滑稽列傳，皆取乎有益于世者也。……韓子窮古書，好斯文，嘉穎之能盡其意，故奮而為之傳，以發其鬱積。而學者得以勵，其有益於世歟！」[23]從此可知柳宗元是相當認同韓愈寫作〈毛穎傳〉的。他引《詩經》、《史記》來說明此類作品之價值，在於有益於世。而所謂的有益於世，是以其所應發揮的社會功能為主要標準的；也就是藉文章傳達作者某些重要的想法觀念，讓閱讀者能接受或改變原有的想法，進而產生影響社會或政治的力量。如果只是傳主事蹟的記錄，就很難達到此標準。因此再回頭看到柳宗元本身的傳記文章，如果其有議論成分，其議論或反映的意見或現象才可能是有益於世。所以此類文章回到柳宗元這位作者身上，我們或可推知在其中的議論成分才是作者真正的文章重點或價值。再換一個角度來看柳宗元古文「以傳代論」，或許可以將柳宗元看成一位批評家：「批評家是這樣的人，他以獲取作者感悟而進行『共同體驗』為開始，……批評家在心靈中改變著自己，而與那些言說著的作者加以認同，從而使批評家成了『創作主體』，他既關涉到本質，又關涉到再度的體驗。」[24]而這樣的「再度體驗」會使柳宗元（批評家）在自己身上重新喚起原有作者（韓愈）曾經擁有和體驗過的那些激情、思想、觀念和意識，這種價值只有在重新誕生的精神中才能完整存在，並通過客體傳給其他讀者。而柳宗元正是藉

---

[23] 唐・柳宗元：《柳宗元集》卷二十一（北京：中華書局，2000 年三刷）

[24] 王岳川主編，王岳川著：《現象學與解釋學文論》（濟南：山東教育出版社，2001 年重印），146 頁。本處所引的是「參與性批評」的說明。

著這些傳記文章，讓自己從批評家轉變成創作主體，並藉著這些傳記文章「以傳代論」的寫作方式，將自己的激情、思想、觀念和意識藉此客體傳給其他讀者。

林紓言：

> 文士原不為達官立傳。而子厚身為黨人，為謫官，想無中朝者碩託之為傳者，且又不領史職，以故集中率多寓言。凡善為寓言者，只手寫本事，神注言外，及最後收束一語，始作畫龍之點睛，翛然神往，方稱佳筆。子厚之〈宋清傳〉、〈郭橐陀傳〉、〈梓人傳〉，均發露無餘。似〈宋清傳〉、〈郭橐陀傳〉、〈梓人傳〉，皆論說之冒子，其後乃一一發明之，即為此題之注腳。文固痛快淋漓，惜發露無餘，不如〈蝜蝂〉一傳之含蓄。[25]

以〈宋清傳〉、〈種樹郭橐陀傳〉、〈梓人傳〉而言，正因為將議論發露無疑，所以可說是「以傳代論」，如〈梓人傳〉張伯行言：

> 相臣之道，備於此篇。末段更補出以道事君不可則止意，是古今絕大議論。[26]

雖似為梓人作傳，實際上是以梓人之道喻宰相之道，若是直接論述宰相之道，此文將顯沈悶而無趣味，用傳記的寫法使讀者感覺新奇而增加閱讀興味。孫琮亦言：

---

[25] 林紓：《畏廬續集》（台北：文津出版社，1978）
[26] 明‧茅坤：《唐宋八大家文鈔》評語卷四（四庫全書，集部，總集類）

　　末幅另發一議，補出不合則去，於義更無遺漏。[27]

而最後用駁難方式呈現，形象的說明宰相與國君的相處關係，增加生動活潑的文章趣味，也將宰相之道說明的更加完整。又點出梓人姓氏，形式新穎，增加傳記真實感，在議論、傳記真假之間有更高深的遊戲意味，加添了文學審美趣味。

　　再論〈種樹郭橐駝傳〉，過珙言：

　　借種樹以喻居官，與〈捕蛇說〉同一機軸。[28]

　　本文能傳世，和〈捕蛇說〉相似，主要是因為文中之議論。

吳楚材、吳調侯亦言：

　　末入官理一段，發出絕大議論，以規諷世道。[29]

這是一篇寓言式的散文，只是以「傳」為名，郭橐駝不必真有其人，作者但以種樹之道比喻治民之理。本文文體相當遵守傳記文之規範，先介紹郭橐駝，再說他的種樹之道。只在最後一段，說明此傳目的在「傳其事以為官戒」。既敘事，又將敘事轉為議論，敘議切合，事理相生。文體雖非議論文，卻將事理議論的更有力量，更深入讀者心中。

---

[27] 清‧孫琮：《山曉閣選唐大家柳柳州全集》評語卷一。轉引自《柳宗元資料彙編》（明倫出版社，1971），499 頁
[28] 過珙：《古文評註》評語卷七（上海會文堂書局石印本，1924）
[29] 吳楚材、吳調侯：《古文觀止》評語卷九（台北：華正書局，1974）

四、柳宗元古文「以傳代論」中的政治原始意識

　　我們或可以這麼認為，柳宗元「以傳代論」的篇章，是在他對當前政治、社會的觀察後，佐以他曾經閱讀的文本，所建構的歷史政治見解後，重新對自己政治理論的一種建構，而這的確包含了柳宗元本身一種主觀而強烈的認識成分。我們想要探究的，正是這些「以傳代論」的傳記作品中，所論述的政治見解，是否是一種政治原始意識？或是，全由柳宗元所獨自思索產生的？如果是由柳宗元自身所創發的，其所具有的獨創性美感特質將會是作品吸引讀者的主要因素；但，在閱讀文本後，讀者總是覺得這些理論似曾相識，也就是說，在柳宗元之前亦有作者曾經提出這些政治理論，姑且稱之為政治原始意識。研究原型模式者曾提出，某些詩歌之所以具有動人的力量，是由於它們訴諸「原始意象」（primordial　images）的關係，即感動初民的主題到了後代仍會保有特殊的力量。而所謂原型，是指我們內心對有力的表現在詩中的古老主題的立即反應，[30]而這也就形成了一種原始意識。所以，當柳宗元以不同的文學表現形式將這些理論傳達給讀者，就形成了一種美感特質，讓讀者更加願意接受或思索這些論述，甚而形成讀者自己的觀點或主張，就達到柳宗元「有益於世」的為文目的。

---

[30] 中譯主編：張雙英、黃景進：《當代文學理論》（台北：合森文化出版，1991 年），92 頁。

以下，我們就從柳宗元的各篇傳記文論述中，探求其政治理論的原始意識，尋出似曾相識的證據。

（一）〈宋清傳〉

本文於宋清生平，只記其賣藥一事，主要在論述宋清雖為市井之人，卻能超乎市井之道，文章雖說宋清認為自己只是「逐利以活妻子」，但柳宗元記錄其行事卻足為「仁義」作註腳。此和孟子對梁惠王說：「王何必曰利？亦有仁義而已矣。」[31]雖不盡相同，卻可說是孟子仁義說的代言衍伸。而且在最後議論說：「吾觀今之交乎人者，炎而附，寒而棄，鮮有能類清之為者。世之言，徒曰：市道交！嗚呼！清，市人也，今之交有能望報如遠之清者乎？幸而庶幾，則天下之窮困廢辱得不死亡者眾矣！……柳先生曰：清居市不為市之道，然而居朝廷、居官府、居庠塾鄉黨以士大夫自名者，反爭為之不已，悲夫！然則清非獨異于市人也。」此說將宋清變成梁惠王最佳對比者。等於用一反面故事，將孟子對梁惠王關於「利」的對話作一出色詮釋。將梁惠王和宋清作一比較，使閱讀者對此一政治原型人物有更深刻的體認，也愈能接受〈宋清傳〉的觀點。

（二）〈種樹郭橐駝傳〉

---

[31] 先秦‧孟子：《孟子》卷一上（四庫全書，經部，四書類，孟子注疏）

　　本篇文章雖說的是一種樹人的故事，但主要是以種樹之道譬喻治民之理。柳宗元主要是針對中唐時期政亂令繁，昏庸官吏騷擾人民的行徑，說明要治理國家、下達政令，必須順應老百姓的生活需要。種樹人的生平不是本文重點，甚至姓名也只是綽號「郭橐駝」，並在最後寫道：「傳其事以為官戒。」作者自己表明不是單純的人物傳記，而是對政治現象有所感發而作。孟子也曾對梁惠王說：「不違農時，穀不可勝食也；……務農不違奪其要時，則五穀饒穰不可勝食；……百畝之田勿奪其時，數口之家可以無饑矣。」[32]又說：「彼奪其民時，使不得耕耨以養其父母，父母凍餓，兄弟妻子離散。彼陷溺其民，王往而征之，夫誰與王敵？」[33]這都說明在上者亂發施令徒使人民經濟負擔沈重、精神痛苦。柳宗元用一種樹者的故事，將此政治原始意識形象且具體的表達給讀者。這樣的論述方式是比孟子的說明更加為讀者接受，而讀者在憶起孟子的原始意識時，更能有所感悟。另老子亦有類似這樣的政治意識：「老氏之術，道以為體，名以為用，無為無不為。」[34]所謂「無為」正是「不干涉」，任樹自然生長；而其結果則是「無不為」，此樹的長成自然勝於他樹，此政治原始意識，「移之官理」是相當妥切的。

　　另外，莊子講「庖丁解牛」，指的也是做事要順應自然，不可逆其性，能掌握自然天性，則不必用力，能竟全功。此雖非專指政治而言，但觀郭橐駝種樹，卻是「事不同而理同」，有異

---

[32] 先秦・孟子：《孟子注疏》卷一上（四庫全書，經部，四書類，孟子注疏）

[33] 同上註。

[34] 明・焦竑撰：《老子翼》卷三（四庫全書，子部，道家類）

曲同工之妙，自然能讓讀者作一理論聯想，而這一閱讀思索的
功夫留給讀者，是將本藉文章說理由外在形塑成讀者想法的模
式，轉變成由讀者內在自行形塑成的想法，能讓讀者對柳宗元
所提的論述更加心服口服。

（三）〈童區寄傳〉

　　〈童區寄傳〉寫的是一奇特的少年冒險故事，但在文章首
段，就清楚指出：「漢官因以為已利，苟得僮，恣所為不問。以
是越中戶口滋耗。」說明政治黑暗，吏治腐敗。孟子亦曾對梁
惠王說：「今也，制民之產，仰不足以事父母，俯不足以畜妻子；
樂歲終身苦，凶年不免於死亡；此惟救死而恐不瞻，奚暇治禮
義哉？」[35]不只是孟子談論過，描述政治黑暗的文本所在多有，
自古以來社會風氣惡劣，盜賊橫行，吏治敗壞，人民生活困苦
這一政治原型早已深植在讀者心中。看到柳宗元寫區寄這一小
童，竟敢同惡人爭鬥，從豪賊手中順利掙脫令人驚心動魄的故
事情節，怎能忍住不全心閱讀，進入柳宗元所鋪設安排的情境
世界中。這亦牽扯到為何七俠五義、包公辦案等俠義或吏治清
明故事深受讀者喜愛的原因。

（四）〈梓人傳〉

---

[35] 先秦・孟子：《孟子注疏》卷一下（四庫全書，經部，四書類，孟
子注疏）

　　本文在講述梓人的概括介紹後，直接指出：「吾聞勞心者役人，勞力者役于人，彼其勞心者歟？能者用而智者謀，彼其智者歟？是足為佐天子相天下法矣！物莫近乎此也。……大哉相乎！通是道者，所謂相而已矣。……」旨在說明梓人的工作足以為宰相的法則，然後照應梓人的各項工作，分條陳述宰相之道，而此正是文章精華所在，並用正反兩面的論述，把宰相之道闡發得更為透闢。除此之外，更是以伊尹、傅說、周公、召公等作為輔證，這是古代輔佐天子的成功原型人物。而如何輔佐天子，本就是讀書士人念茲在茲之事，雖不能說柳宗元寫出了古已有之的宰相政治學原始意識，但柳宗元無疑將輔佐天子應為之事論述的相當清楚。算是寫出不曾成形，卻早在讀者心中可能已經思索或已有定見之理論。另外，文中所提到「勞心者役人，勞力者役于人，彼其勞心者歟？」正和孟子曾說：「然則治天下獨可耕且為與？有大人之事，有小人之事。且一人之身，而百工之所為備；如必自為而後用之，是率天下而路也。故曰：或勞心，或勞力。勞心者治人，勞力者治於人；治於人者食人，治人者食於人；天下之通義也。」[36]是同一看法，不過孟子規勸的是國君，所以是以國君為論述主體；但在柳宗元時代，君權是世襲，政治的行使權在宰相手中，所以柳宗元以宰相為主，但實際上兩人的見解並無多大出入。

（五）〈蝜蝂傳〉

---

[36] 先秦・孟子：《孟子集注》卷三（四庫全書，經部，四書類，四書章句集注，孟子集注）

　　〈蝜蝂傳〉可說是〈毛穎傳〉的短篇附和之作。〈毛穎傳〉為毛筆立傳，〈蝜蝂傳〉則為一貪得無厭的黑色小蟲立傳。本篇雖難明確說是為一政治主題論說，但也或可說是柳宗元對社會吏治貪得無厭的一種揭露與諷刺。這樣的原型不只古書上多有，甚至可能出現在現今讀者的時代。所以藉著〈蝜蝂傳〉的寫作，讀者可說是以此文本和心中早有的原始意識作一比較評量。

　　綜上而論，我們可以推論柳宗元「以傳代論」的古文篇章中，多是闡述著政治原始意識。這樣的政治原始意識，原本已在讀者記憶中，藉著柳宗元這些篇章的論述，這些理論愈辯愈明，而且可讓讀者自己作一驗證，藉著原始意識的美感特質，讓讀者自行形塑見解，如此或可形成社會共識，或可為「官者戒」，這亦可說是柳宗元為此類傳記文章的主要目的。

五、以西方文學觀點探究柳宗元古文「以傳代論」之美感特質

　　在進行閱讀時，如果能熟悉或掌握特定作品所部署的文學技巧和成規，亦即一些有系統的支配作品顯義方式的規則，對閱讀者是有幫助的[37]，而這也能有效的達到作者寫作的目的。既然柳宗元「以傳代論」的古文作品多在揭示其政治看法，我們或可從西方文學理論的一些觀點，研探其美感特質所在。

---

[37] Terry Eagleton 原著，吳新發譯：《文學理論導讀》（台北：書林出版有限公司，1999 年五刷），101 頁。

　　柳宗元寫作這些古文篇章，主要在傳達他自己的議論，更
希望讀者在閱讀後，能有所共鳴，進而形成一般觀念，而能對
政治作一番改進。文學作品可以處理人類意識，亦可以藉其文
本傳遞或影響閱讀者意識。馬克思主義批評(Marxist criticism)
者認為，作品中潛伏著某種特殊的支配性藝術型態或思考方
式，並且認為此作品是在鼓勵此種意識型態與思考方式。[38]這
種批評的目的就是要鼓勵一種社會與文化的瞭解從而促成政治
的轉變。柳宗元的「以傳代論」，正是希望藉著文章的傳達改進
政治的轉變。符合馬克思主義的批評理念所以他在〈種樹郭橐
駝傳〉中才有意寫出「傳其事以為官戒。」另外，新批評主義
者認為，文學在某種重要意義下是有認識力的，能提供某種關
於世界的知識。[39]據此而論，柳宗元的傳記文章正提供讀者對
當時的唐代政治一些認識。譬如〈童區寄傳〉中的吏治黑暗等[40]。
　　而在瞭解柳宗元「以傳代論」的作品特質後，我們在閱讀
作品時不應只是關注於文字的敘述，而是應該將焦點放置於情
節和行動上，更該於閱讀後有所感發。由於是傳記文，如果寫
作成功，甚可能塑造出一種典型。事實上，一般的文字敘述通

[38] 中譯主編：張雙英、黃景進：《當代文學理論》（台北：合森文化
出版，1991 年），315、316 頁。

[39] Terry　Eagleton 原著，吳新發譯：《文學理論導讀》（台北：書林
出版有限公司，1999 年五刷），119 頁。

[40] Douwe　Fokkema·Elrud　Ibsch 原著，袁鶴翔譯：《二十世紀文
學理論》（台北：書林出版有限公司，1998 年四刷），80 頁指出：
社會主義的現實主義是要求把「現實在其革命的發展中，真實並
按歷史具體的表現出來。」這樣的表現方式正符合柳宗元的「以
傳代論」。

常給讀者只是膚淺的印象，並不能有效的深入的傳達作者的觀點。而情節和行動是以畫面或故事的方式呈現在讀者腦海，而其後的判斷思考是留給讀者發揮的，這讓讀者有更進一步的閱讀共鳴。而作品所形塑的典型，也就隨著讀者的閱讀而塑造成功。盧卡契認為真正成功的作家，要能夠創作出有永久價值的文學典型，「這些典型是社會（甚至人類）客觀發展的趨勢，會長遠有效。」[41]柳宗元的「以傳代論」所塑造的是一種典型，別林斯基曾解釋「典型化」的觀念:「獨特創作其中最有意義的一特點，乃在於典型化……在一真正有才能的作者的作品中，每一人物均是一典型。」[42]而典型的意義乃是要用「清楚、具體、感人和非常美感的意象，不僅去影響人的思想，並且要影響人的情感。」[43]而這亦是柳宗元為何不直發議論，而要將其議論藉傳記抒發的原因之一了。在深入探析這些篇章後，讀者將可以發現郭橐駝早成為如同解牛的庖丁一樣是其職業的達人，而其秘訣正在於順應天性；成功的梓人是宰相輔佐天子的思索範本；黑色小蟲蝜蝂，是貪得無厭、至死不悟的代言人了。

　　再進一步思索，為何這些傳主都屬於低層人物，為何由低層人民發聲？這有兩種推測：1.表示低層人民亦能理解柳宗元所提的政治理論，而且接受，並以之施行於自身。2.如果低層

---

[41] Douwe　Fokkema・Elrud　Ibsch 原著，袁鶴翔譯:《二十世紀文學理論》（台北：書林出版有限公司，1998 年四刷），107 頁。

[42] Douwe　Fokkema・Elrud　Ibsch 原著，袁鶴翔譯:《二十世紀文學理論》（台北：書林出版有限公司，1998 年四刷），93 頁。

[43] Douwe　Fokkema・Elrud　Ibsch 原著，袁鶴翔譯:《二十世紀文學理論》（台北：書林出版有限公司，1998 年四刷），91 頁。

人民都能理解，為何統治階層無法做到？這無疑形成絕大的諷刺，造成文章更大的衝擊力量。另一文章的衝擊力較讓人注意的〈種樹郭橐駝傳〉和〈梓人傳〉中，我們可以清楚的分出文章敘述者和傳中角色論述者。這是一種描述的言辭和被它所描述的言辭，是兩種論述。我們想思索的是文章敘述者和角色之間的論述是否一致的關係。巴克定（Mikhail Bakhtin）曾提出對自己的對話興趣是「正在描述中的言辭在被它所描述的言辭中所具有的代表性如何」和「被描述的言辭與描述它的言辭之關係是抗拒或合作」等兩者間的互動情形上。[44]〈種樹郭橐駝傳〉的描述一直是在肯定傳中角色，最後，文章敘述者問：「以子之道，移之官理，可乎？」在郭橐駝回答後，文章敘述者又說：「不亦善夫，吾問養樹得養人術焉。」敘述者和角色的論述關係一致，能加強文章論述力量。相反的，〈梓人傳〉的文章敘述者對傳中角色一開始是：「余甚笑之，謂其無能而貪禄嗜貨者。」文章敘述者和傳中角色兩者是不一致的論述關係；但是到文章後段，卻變成：「余圜視大駭，然後知其術之工大矣！繼而歎曰：彼將捨其手藝專其心智而能知體要者歟？……余謂梓人之道類於相，故書而藏之。」最後的一致和先前的不一致形成強烈對比，並襯托出最後的論述一致是仔細觀察思索後而得，所以也加強了文章的論述力量。

不用說，和其他傳記文章相比較，柳宗元這些篇章是反常的，反常化或說是陌生化是作品藝術性的真正泉源，這表現在

---

[44] 中譯主編：張雙英、黃景進：《當代文學理論》（台北：合森文化出版，1991年），334頁。

三個方面：一、從作者來說，他應該打破慣常化，善於感受普通事物的偉大，發現生活中的美從而在生活中找到具有驚人效果的藝術材料。二、從作品來說，要把各種素材進行選擇、加工，使其由現實材料變形為真正藝術成分，從而通過藝術成分的組合安排以及佈局配置，使之構成為藝術品。三、從接受者來說，作品的藝術構成喚起了新穎感受，他不僅為藝術作品所吸引，所感染，而且更重要是擺脫了原有的感知定式，並重新去體驗生活，感受藝術的構成方式，從而獲得真正的藝術享受。[45]文學作品事實上提供了一個作者和讀者對話交流的平台，讀者藉由閱讀作品，理解到作者的見解，並可能進而觸發到自己的見識，擴大自己思索的空間，使自己的精神生活晉升到一個更深更廣的層次。如果以這樣的模式看待柳宗元「以傳代論」的篇章，就可以瞭解柳宗元的為文目的，以及其所達到的效用。

六、結語

對於柳宗元的古文，後人多有研究心得。劉明華說：「柳宗元既發展了古文理論，更以創作實踐確立了新的古文文體，他在山水記、寓言文、傳記散文等方面取得了創造性的成就。」[46]確實在這幾方面的文體開創，柳宗元有相當突出的成就。以柳

---

[45] 王岳川主編，方珊著：《形式主義文論》（濟南：山東教育出版社，2001 年重印），62 頁。
[46] 劉明華：《叢生的文體—唐宋文學五大文體的繁榮》（大陸：江蘇教育出版社，2002 二刷），272 頁。

宗元的傳記文而言，最突出的方面便是在於「以傳代論」，愛新覺羅弘曆言：

> 韓愈所為私傳，皆其人於史法不得立傳，而事有關於人心世道，不可無傳者也。宗元則以發抒己議，類莊生之寓言。如〈梓人〉如〈郭橐陀〉等，皆與此同，非所為信以傳信者矣。然其議論有可取者，則亦具錄於編。[47]

可見柳宗元世界傳記文發表深刻議論。劉明華說：「在傳記文方面，柳宗元突破了史傳傳統，為平民百姓立傳，具有原創性的意義。……正史傳記，只記載行為卓越的平民百姓……且不作史官，不為人立傳。柳之前，韓雖開風氣，作有〈圬者王承福傳〉，為『卑微者』立傳，但僅此一篇。柳宗元則創造了一系列平民百姓的傳記，在中國傳記文學史上，柳宗元是為普通人立傳的第一人。」[48]事實上普通人何有特殊事跡可供紀錄？柳宗元名為為普通人立傳，事實是借普通人之口，為自己議論發聲；若說柳宗元傳記文的價值在於「突破了史傳傳統，為平民百姓立傳，具有原創性的意義」，倒不如說柳宗元用「以傳代論」的方式寫作傳記文章，為傳記文章開創另一重要的功能。金容杓說：「柳宗元〈種樹郭橐駝傳〉以及〈宋清〉、〈童區寄〉、〈梓人〉、〈李赤〉等傳，雖以傳名，但情存比興，非承襲自史傳，實屬新體，此當別論。姚鼐《古文辭類纂》以之歸入傳狀類，頗失

---

[47] 愛新覺羅弘曆：《唐宋文醇》評語卷十一（四庫全書，集部，總集類）

[48] 劉明華：《叢生的文體—唐宋文學五大文體的繁榮》（大陸：江蘇教育出版社，2002 二刷），275、276 頁。

允當。」[49]以傳代論，當然是變體後之創體文章。姚鼐是以文章名稱分類，未考慮文章性質，或說是考慮讀者在找尋文章時的正確度與效率性，所以將之放入傳狀類，此在前文討論傳記文的文類規範時已論述甚詳。

　　而這樣的文章，亦有人將之歸入雜文、或雜說一類。曹辛華對柳宗元的其他文體提出評論：「賦，漢代以後，開始由濃重的鋪張描寫漸漸變為淡雅的抒情議論了。柳宗元深得其旨，將寓言和賦體相結合，寫了一系列寓言雜文，從而取得了良好的諷刺效果；傳，為敘事文體，經他異化成後，用來寫具有史傳、寓言和政論特點的雜文了。柳宗元這種文體觀，使其雜文創作出現了多體化現象。他在『雜文體裁雜』這方面具有開創之功。」[50]這可說是擴展了文章的體裁，有利於文學與文章的分野。所以我們可以這樣認為，「以傳代論」的方式，以及其中所呈現的政治原始意識，實是柳宗元這類傳記文篇章中其價值所在。

---

[49] 金容杓：《柳宗元散文研究》（台灣大學碩士論文，民 74 年），50 頁。

[50] 曹辛華：〈柳宗元文章學說述評〉，《河南師範大學學報》（哲學社會科學版）第 22 卷第 4 期，1995 年，70 頁。

《全明散曲》中北曲同宮調曲牌帶過的形式與結構

高美華
國立成功大學中文系副教授

摘　要

　　帶過曲在音樂上的表現，是單支曲牌的連接，以帶過曲同宮調曲牌組合的情況而言，可分三類：第一類所用曲牌與套曲中曲牌固定組合相同者，結構較穩固，因這類曲牌在套數中大多用於接近尾聲的部分，具有較強的定位。第二類的組合，由套曲所用曲牌組成，比起第一類，較為自由，但也須顧及音樂板式節奏，以定其曲牌先後。或緊接首曲、或連接尾聲，也有中間隻曲組合者。在宮調使用上，明代有更多的變化。第三類由小令曲牌和套曲曲牌相雜，或全由小令曲牌組成。這類組合更為鬆散自由，只要是同宮調，音樂性質相當，就可相帶，在套曲中未見組合之例。

　　上述三類曲牌，在元代三類各佔九支，平均發展，到了明

代承襲第一類有六支，開拓第二類有十支，第三類明顯減少只有四支。

帶過曲牌除了在音樂宮調屬性要相當外，在曲辭格律上應有相搭配的規律，而此規律與音樂結構密不可分，從曲辭格律結構也可窺知音樂段落的分佈。因此本文就北曲同宮調的帶過曲曲牌，將《全明散曲》同宮調二十種帶過曲之曲辭格律，分為帶過三曲以上、帶過之曲句數相當、帶過之曲句數懸殊、帶過之曲可以增句等四類，以鄭騫《北曲新譜》為主，分析其曲辭格律。

大抵而言，無名氏的作品，除了襯字、增字之外還大量增句，有不符格律之處，與文士之作大異其趣。

帶過曲並未被取加廣泛運用，原因何在？從帶過曲宮調的組合方式看來，明代作家謹守北曲法度，將帶過曲的創作從套數之外小令獨立組合的可能，轉向套數裡的組合中；帶過曲得不到獨立發展，應是受到北曲套數的制約。

再就曲辭的段落結構而論，明代文人作品多將帶過曲視為完整的組合，注重全篇的章法結構，試圖打破曲牌音樂的侷限，渾然一體，但仍不違原有的曲牌形式。但在民間無名氏的作品結構，則較傾向套數規模，或以類疊、疊句等方式做為銜接，曲牌之間的段落分明。如何兼顧曲牌格律與音樂結構，在小令與套數之間別豎一格？這在文士與民間各有所趨。帶過曲徘徊於雅俗之間難以定位，這又是一難吧！

關鍵詞

帶過曲、宮調、曲牌、套數、襯字

一、前言

「帶過曲」是介於小令與套數之間的一種散曲體式，它是由同一宮調中，音律銜接的兩支或三支曲牌[1]，連合作為一調，調名中以帶、過、兼、聯等字樣連接。《全元散曲》中使用的帶過曲曲牌有二十七支，《全明散曲》帶過曲有二十九支；有十四種沿用元代曲牌、十五種新增，有十三種元代曲調在明代已未見使用。

明代帶過曲不同於元代的現象有三：一是曲牌名稱的突破與創新，二是帶過曲體製的擴充與南北兼帶，三是帶過曲用於散套，見於北套、南北合套之外，還見於南曲散套。其間作家以朱有燉、康海、馮惟敏、趙南星最具影響與代表性。大抵而言，明代前期以帶過曲作為小令支曲單獨創作，後期則以置入套曲為主流。[2]

本文擬就《全明散曲》進一步考察帶過曲的形式與結構，

---

[1] 康海〈四塊玉罵玉郎過感皇恩採茶歌〉是唯一聯接四支小令的曲牌，雖然學者多不以為然，但屬康海的獨創，本文亦列入帶過曲之列。

[2] 詳見高美華〈《全明散曲》中帶過曲之研究—元明帶過曲使用情況之考察〉，彰化師大第 17 屆詩學研討會—曲學專題研討會會議論文，2008.5

以同宮調曲牌為主要對象，試探明代作家以帶過曲作為散曲單獨創作，其布局與態度和創作小令、套數有何異同。

二、帶過曲同宮調曲牌組合的情況

帶過曲使用的曲牌，在音樂上必須同宮調，或是管色相同，音程才能前後銜接，不可任意兼帶。元芝庵《唱論》談到北曲曲調種類時，謂其中「有子母調，有姑舅兄弟兩類」[3]；子母調的曲組比姑舅兄弟是更穩固的。

雖然目前難見北曲音樂的全貌，但若以北曲套數而言，有固定組合的曲組形式，也有自由組合的情形；曲牌之間或可前後互換、或可單支使用、或可與他曲組成曲組。[4]孫玄齡依帶過曲組成曲牌與套曲所用曲牌的關係，將元散曲中的帶過曲分成三類[5]，第一類：所用曲牌與套曲中曲牌固定組合相同者，有九支；第二類：由套曲所用曲牌組成，有九支；第三類：由小令曲牌和套曲曲牌相雜，或全由小令曲牌組成，有九支。他認為其中〈叨叨令過折桂令〉、〈山坡羊過青歌兒〉是借宮的帶過曲，因小令無借宮，因此列於第二類。

明帶過曲在借宮的使用，更加多樣，因此獨立列出，另文

---

[3] 元芝庵《唱論》，《中國古典戲曲論著集成》第一冊，p.161
[4] 俞為民依曲組結合的程度，分為穩固型、鬆散型和相兼型。參《曲體研究》，p.200-203，北京中華書局，2005.6
[5] 參孫玄齡〈帶過曲組成情況分類表〉，《元散曲的音樂》上冊頁57，北京文化藝術出版社，1988.3

探討；今先將明帶過曲使用同宮調曲牌的情形，依以上三類分
類表列如下：

明北曲帶過曲同宮調曲牌組成情況分類表

套曲中固定組合 6	套曲中曲牌組合 10	小令與套曲曲牌相雜 4
※十二月過堯民歌(帶過) 5	上小樓帶過滿庭芳 1	
※快活三帶過朝天子 4	※快活三過朝天子四邊靜 2	
※罵玉郎過感皇恩採茶歌(帶過) 14	四塊玉罵玉郎過感皇恩採茶歌 1	※玉交枝帶過四塊玉 13
※脫布衫過小梁州(帶過、帶、兼) 20	後庭花兼青哥兒 2	醉太平帶蓮花落 1
※雁兒落過得勝令(兼、帶、聯、帶過)、雁陣來、鴻門奏凱歌 129	※對玉環帶清江引(帶過、兼)、玉江引 75	楚江秋後聯清江引 19
※沽美酒過太平令(帶過、兼) 11	※水仙子過折桂令(帶、帶過)、湘妃遊月宮、仙子步蟾宮、仙桂引 71	※沽美酒帶過快活年 2
	※雁兒落帶清江引 2	
	折桂令帶過清江引 1	

	新水令帶過折桂令　2	
	竹枝歌帶側磚兒　1	

※為元帶過曲曲牌，數目字代表該曲牌在《全明散曲》中的數量

　　李殿魁以帶過曲音律組合之情形分，有平帶、帶過、隨帶三式：平帶式上下曲各寄主腔，如中呂醉高歌帶過攤破喜春來；帶過式主腔在下支，上支如引曲性質，如快活三帶過朝天子；隨帶式主腔在上支，下支僅暢盡其緒而已，如中呂齊天樂帶過紅衫兒。[6]所謂「主腔」，在沒有樂譜輔證的情況下，較令人費解，故僅先就宮調曲牌的組合情形，與在套曲中所處的位置，作如下之考察：

（一）第一類組合

　　在同宮調曲牌組合的情形中，第一類固定組合的曲牌有六組，都是沿用元代帶過曲曲牌。

　　〈十二月過堯民歌〉是中呂曲組，套數中使用如：北中呂粉蝶兒─醉春風─紅繡鞋─石榴花─鬥鵪鶉─十二月─堯民歌─尾聲[7]，北中呂粉蝶兒─醉春風─迎仙客─紅繡鞋─普天樂─石榴花─鬥鵪鶉─上小樓─么篇─滿庭芳─十二月─堯民歌─耍孩兒─四煞─三煞─一煞─煞尾[8]；緊鄰尾聲或耍孩兒。

　　〈快活三帶過朝天子〉明代套數多見於正宮，如：北正宮端

---

[6]　李殿魁《元明散曲之分析與研究》，p.612-613，《華岡論集》第一期，67.7

[7]　《全明散曲》(五)無名氏〈慶重九〉p.5330

[8]　《全明散曲》(一)陳鐸〈賞桂花〉p.649-652

正好─滾繡球─叨叨令─脱布衫─小梁州─么─上小樓─么─滿
庭芳─快活三─朝天子─四邊靜─耍孩兒─五煞─四煞─三煞─
二煞─一煞─尾聲[9]；也有用於中呂套數，如：北中呂粉蝶兒─醉
春風─滿庭芳─普天樂─石榴花─鬪鵪鶉─上小樓─么篇─脱布
衫─小梁州─么篇─快活三─朝天子─紅繡鞋─耍孩兒─四煞─
三煞─二煞─一煞─尾聲─尾聲[10]；也有見於雙調套數的，如：
北雙調新水令─駐馬聽─走詞鴈兒落─折桂令─上小樓─寄生草
─快活三─朝天子─耍孩兒─七煞─六煞─五煞─四煞─三煞─
二煞─一煞─遍煞[11]；然皆置於耍孩兒之前，或間隔一支曲牌（〈四
邊靜〉或〈紅繡鞋〉），在套曲後段，較接近尾聲。

吳梅《南北詞簡譜》卷二〈快活三〉曲下注云：「此曲首二
句用快板，第三句用散板，第四句用慢板。蓋緊接朝天子慢唱，
正北詞中抑揚緩急之妙，為南曲所無。」又云：「北詞則始慢中
急，急後復慢，而為之過渡者，在中呂則快活三也。[12]」快活
三是由快到慢的過渡曲牌，在宮調屬性上為中呂曲牌，但在明
代也用於正宮與雙調。

〈脱布衫過小梁州〉是正宮曲組，小梁州有么篇換頭，須
連用。如：北正宮端正好─滾繡球─倘秀才─脱布衫─小梁州

9　《全明散曲》(一)王九思〈春遊〉p.941-944、〈秋興次春遊韻〉
　　p.954-956、〈次韻贈邵晉夫〉p.957-959，何瑭 p.1115-1117，康海
　　p.1182-1185 等作
10　《全明散曲》(五)無名氏〈割耳寄〉p.5331-5334
11　《全明散曲》(五)無名氏 p.5553-5555
12　吳梅《南北詞簡譜》卷二，p.96，台北・學海出版社，86.5

—么篇—尾聲[13]，在套數中通常緊接尾聲。

雙調曲組有〈雁兒落過得勝令〉、〈沽美酒過太平令〉，二者常在同一套中一前一後出現，〈沽美酒過太平令〉通常是放在接近尾聲的部分，如：北雙調新水令—駐馬聽—沉醉東風—折桂令—鴈兒落—得勝令—沽美酒—太平令—離亭宴帶歇拍煞[14]；或直接當尾聲作結，如：北雙調新水令—折桂令—鴈兒落—得勝令—沽美酒—太平令[15]。

南呂曲組有〈罵玉郎過感皇恩採茶歌〉，用在【北南呂一枝花】套數中，大抵如下：北南呂一枝花—梁州—罵玉郎—感皇恩—採茶歌—尾聲[16]，也有接在梁州第七之後的，如：北南呂一枝花—梁州第七—罵玉郎—感皇恩—採茶歌—尾聲[17]。楊廷和〈盆荷有懷〉北南呂罵玉郎—感皇恩—採茶歌[18]，雖列於套數，應以帶過曲視之。因南呂套數首曲通常是用〈一枝花〉，俞為民認為：「北曲套曲一般都是由散板起，然後逐步過渡到上板，故位於套首的曲組，通常是以前散板、後上板的板式相連接。[19]」 此處無首曲，不宜視為套數。

此類帶過曲的結構較穩固，套數中大多用於接近尾聲的部

---

[13] 《全明散曲》(一)湯式〈元日朝賀〉p.127-128

[14] 《全明散曲》(一)王九思 歸興 p.940-941

[15] 《全明散曲》(五) 無名氏 燈詞 p.5506

[16] 《全明散曲》(一)朱有燉〈病中寄情〉p.366-367，陳鐸〈賞重九〉p.586-587，王九思 p.952-953、〈賀對山得子〉960-961、p.976-977等

[17] 《全明散曲》(一)湯式〈冬景題情〉p.127-128

[18] 《全明散曲》(一)楊廷和〈盆荷有懷〉 p.767

[19] 俞為民《曲體研究》，p.200，北京中華書局，2005.6

分，正如俞為民所說：「用於套尾的組曲，也多具有較強的定位，如沽美酒太平令、罵玉郎感皇恩採茶歌，前者亦兼作尾聲。[20]」明代沿用，更見此特色。

（二）第二類組合

第二類的組合，十支帶過曲中，雙調曲牌就佔了六支。和元代相同的有四組：中呂的〈快活三過朝天子四邊靜〉、雙調的〈水仙子過折桂令〉、〈對玉環帶清江引〉[21]、〈雁兒落帶清江引〉。明代新組合有六：中呂〈上小樓帶過滿庭芳〉、仙呂〈後庭花兼青哥兒〉、南呂〈四塊玉罵玉郎過感皇恩採茶歌〉、雙調〈新水令帶過折桂令〉、〈折桂令帶過清江引〉、〈竹枝歌帶側磚兒〉。

〈快活三過朝天子四邊靜〉，例見〈快活三帶過朝天子〉下，〈四邊靜〉入劇套可代尾聲[22]，此調接在慢曲朝天子之後，再接耍孩兒尾聲曲組。

〈水仙子過折桂令〉是雙調曲組，〈水仙子〉、〈折桂令〉二支曲牌，在套數中可分開、分別使用，二者也組成曲組，有時置於套數中間，如：北雙調新水令—駐馬聽—喬牌兒—攪箏琶—沉醉東風—甜水令—折桂令—錦上花—清江引—甜水令—水仙子—折桂令—鴈兒落—得勝令—沽美酒帶太平令[23]；也有置.

---

[20] 俞為民《曲體研究》，p.205-206，北京‧中華書局 2005.6
[21] 孫玄齡認為〈對玉環〉是套曲中沒有的，將此帶過曲牌列於第三類，見《元散曲的音樂》上，p.57。本文因明代有以此曲入套數者，故列於第二類。
[22] 鄭騫《北曲新譜》，p.150
[23] 《全明散曲》(五)無名氏〈尼姑懷胎〉p.5561-5564

於尾聲之前，如：北雙調新水令—駐馬聽—喬牌兒—鴈兒落—
得勝令—沽美酒—太平令—水仙子—折桂令—尾聲[24]。或置於
鴈兒落—得勝令—沽美酒—太平令之前或置於鴈兒落—得勝令
—沽美酒—太平令之後。

〈對玉環帶清江引〉，因〈對玉環〉用於小令、散套、雜劇，
而且不單獨使用，吳梅《南北詞簡譜》云：「元人小令中往往以
此曲與清江引相合，名玉環清江引。明清間至有用入舞劇者，
南曲中如玉合記、鈞天樂，皆有此曲作舞態歌者，不必定入套
數也。[25]」鄭騫按：「此章無論作小令入套數，皆須帶清江引，
未見獨用者。但入套則兩調分題，小令則可名玉環清江引耳。[26]」
元代用作小令，明清則有入劇者，故在此列於第二類。《全明散
曲》雙調套數也有此曲，如：北雙調新水令—駐馬聽—慶宣和
—落梅花—沉醉東風—錦上花—清江引—喬木查—么篇—碧玉
簫—沙子兒攤破清江引—水仙子—鴈兒落—得勝令—甜水令—
沽美酒—太平令—折桂令—對玉環—清江引—續斷絃—離亭宴
帶歇拍煞[27]，北雙調新水令—駐馬聽—喬牌兒—水仙子—鴈兒
落—得勝令—甜水令—折桂令—對玉環—清江引—沽美酒—太
平令—尾[28]，都是放在尾聲之前二曲。

〈雁兒落帶清江引〉，雙調套曲中二曲通常是分開使用，
如：北雙調新水令—駐馬聽—喬牌兒—落梅風—鴈兒落—得勝

---

[24] 《全明散曲》(五)無名氏兩套 p.5540-5543
[25] 吳梅《南北詞簡譜》卷三，p.170，台北・學海出版社，86.5
[26] 鄭騫〈北曲新譜〉，頁349
[27] 《全明散曲》(一)王廷相〈送康對山太史歸田〉p.1107-1110
[28] 《全明散曲》(五)無名氏〈一年美景〉p.5507-5508

令─滴滴金─折桂令─錦上花─清江引─鴛鴦帶離亭宴煞[29]，
〈清江引〉也可代尾聲用[30]，二曲作為帶過，前緊後慢。

〈上小樓帶過滿庭芳〉為中呂曲牌，元人套曲李致遠〈中
呂宮粉蝶兒─擬淵明套曲殘套〉中聯套的順序，是紅繡鞋第三
曲、滿庭芳第四曲、上小樓第五曲、尾聲第九曲[31]，置於套曲
中間，只是未作為帶過曲使用。在明代套曲中有時作「上小樓
─么篇─滿庭芳」的組合，置於套曲中〈十二月過堯民歌〉之
前，如上述陳鐸〈賞桂花〉之例；也有「滿庭芳─上小樓」的
組合，或接尾聲，如：北中呂粉蝶兒─醉春風─紅繡鞋─滿庭
芳─上小樓─尾[32]，或置於套曲中〈十二月過堯民歌〉之前，
如：北中呂粉蝶兒─醉春風─紅繡鞋─滿庭芳─上小樓─么─
十二月─堯民歌─耍孩兒─尾[33]。

〈後庭花兼青哥兒〉本屬仙呂，套數中多聯用，且在尾聲
之前，如：北仙呂點絳唇─混江龍─油葫蘆─天下樂─那吒令
─鵲踏枝─寄生草─么─後庭花─青哥兒──賺尾[34]，也有中間
夾他支曲牌的現象，如：北仙呂村裏迓鼓─元和令─上馬嬌─
勝葫蘆─么篇─後庭花─雙雁兒─青歌兒─賺煞[35]。但更多的
例子是在【商調集賢賓】套數中聯用，如：北商調集賢賓─逍

---

29 《全明散曲》(五)無名氏〈春怨〉p.5512-5513
30 鄭騫《北曲新譜》，p.297
31 《全元散曲》p.1257-1258，《九宮大成譜》卷十三第 18、16、11、
54頁，孫玄齡《元散曲的音樂》下，p.107-109
32 《全明散曲》(一)康海〈賀登科〉p.1197-1198
33 《全明散曲》(一)康海〈代友人官邸書懷〉p.1201-1202
34 《全明散曲》(一) 朱有燉 p.376-377
35 《全明散曲》(一) 陳鐸〈秦淮午日泛舟〉p.647-648

遙樂－金菊香－醋葫蘆－么篇－么篇－梧葉兒－後庭花－青歌
兒－浪裡來煞，或接尾聲。[36]

　　〈四塊玉罵玉郎過感皇恩採茶歌〉是南呂曲牌，〈四塊玉〉
一般可作小令單獨創作，入套可置於首曲，王德信南呂宮〈四
塊玉南北合套無名套曲殘套〉即是四塊玉第一曲，罵玉郎第三
曲、感皇恩第五曲[37]。康海所作南呂〈四塊玉罵玉郎過感皇恩
採茶歌〉，實有所本，但正如任中敏《散曲概論》論帶過曲所說：
「…但到三調為止，不能再增，若再欲有增，則進而改作套曲
可。如明康海沜東樂府內有四曲兼帶者，殊非元人之制矣，…。
[38]」既然已具套數規模，就不必用帶過之法了。

　　雙調〈折桂令〉在套曲中，常用於尾聲之前，如：北雙調
新水令－駐馬聽－喬牌兒－鴈兒落－得勝令－滴滴金－折桂令
－尾聲[39]；置於套數中間者，例如上述〈快活三帶過朝天子〉
接〈耍孩兒〉曲組一套。〈水仙子過折桂令〉的組合，聯想到湘
妃游月宮的美景，或置中間、或連尾聲，已如上述；〈新水令帶
過折桂令〉是緊接首曲，如：北雙調新水令－折桂令－鴈兒落
－得勝令－沽美酒－太平令[40]；〈清江引〉作尾聲，套曲中通常

---

[36] 《全明散曲》(一) 夏文範 p.828-830 康海 p.1208-1210 陳鐸 p.573-574
　　等接〈浪裡來煞〉，王田 p.1008-1009 接尾聲。
[37] 《九宮大成譜》卷五十二第 34、36、38 頁；孫玄齡《元散曲的音
　　樂》下，p.170-173 譯有譜例。
[38] 任中敏《散曲概論》卷一〈體段第四〉，p.18，見《散曲叢刊》(四)，
　　台灣中華書局，60.9
[39] 湯式〈秋懷〉p.123-124，(五)無名氏〈知幾〉、〈間阻〉、〈悲夏〉、〈望
　　信〉、〈病減〉、〈閨悶〉等諸作皆然，p.5521-5529
[40] 《全明散曲》(五)無名氏 p.5506

出現在折桂令之後，如：北雙調新水令—駐馬聽—喬牌兒—攬箏琶—沉醉東風—喬牌兒—甜水令—折桂令—錦上花—清江引—鴈兒落—得勝令—離亭宴帶歇指煞[41]，或成「折桂令—對玉環—清江引」的曲組[42]，在接近尾聲的部分。二曲帶過則折桂令在前，組成〈折桂令帶過清江引〉。

〈竹枝歌帶側磚兒〉見於雙調，〈竹枝歌〉、〈側磚兒〉[43]，均只用於散套、雜劇。散套中如：北雙調新水令—駐馬聽—甜水令—鴈兒落—得勝令—側磚兒—竹枝歌—沽美酒—太平令[44]，為無名氏作品，且二曲順序相反，置於「沽美酒—太平令」尾聲曲組之前。

此類組合，緊接首曲的有南呂〈四塊玉罵玉郎過感皇恩採茶歌〉、雙調〈新水令帶過折桂令〉。連接尾聲曲牌者有中呂〈快活三過朝天子四邊靜〉、仙呂〈後庭花兼青哥兒〉。中間隻曲組合的有中呂〈上小樓帶過滿庭芳〉、雙調的〈對玉環帶清江引〉、〈竹枝歌帶側磚兒〉，也是較接近尾聲的段落。雙調〈雁兒落帶清江引〉、〈折桂令帶過清江引〉、〈水仙子過折桂令〉在套曲中通常分開。

大抵而言，此類組合比起第一類，較為自由，但也須顧及音樂板式節奏，以定其曲牌先後。〈雁兒落〉、〈對玉環〉皆置於〈清江引〉前；〈水仙子〉在〈折桂令〉之前，〈折桂令〉或接首曲〈新水令〉後，或置尾聲〈清江引〉之前。〈上小樓帶過滿

---

[41] 《全明散曲》(一)夏文範〈牡丹詞〉p.826-828
[42] 《全明散曲》(五)無名氏〈一年美景〉p.5507-5508
[43] 〈荊山玉〉一名側磚兒，鄭騫《北曲新譜》，p.346-347
[44] 《全明散曲》(五)無名氏〈燈詞〉p.5504-5505

庭芳〉、〈竹枝歌帶側磚兒〉在套曲中的前後順序有時相反。後庭花兼青哥兒〉屬仙呂，也入商調，在宮調使用上，明代有更多的變化。

（三）第三類組合

第三類曲牌南呂〈玉交枝帶過四塊玉〉、雙調〈沽美酒帶過快活年〉是元代散曲所用曲牌；明代曲牌有：正宮〈醉太平帶蓮花落〉、雙調〈楚江秋後聯清江引〉。

鄭騫將〈玉交枝帶過四塊玉〉列入南呂宮附錄，不計數，並舉喬吉小令(無災無難)為例，云：「廣正(按即北詞廣正譜)云正音譜(即太和正音譜)誤以失名混接，大成(九宮大成譜)明知為兼帶而分為玉交枝、四塊玉兩曲，亦均非是。」[45]在《北曲新譜》中這是唯一不列入曲牌計數之曲。在套曲中未見使用。

〈快活年〉也是套曲中沒有的；吳梅云：「此不入聯套中者」[46]，鄭騫說：「可獨用，亦可連於沽美酒後作帶過曲」[47]。

〈醉太平〉又名太平年，又名凌波曲，[48]與〈清江引〉同樣可用於小令、散套、雜劇。

〈蓮花落〉源於唐五代的〈散花樂〉，最早是僧侶募化時所唱，為宣傳佛教教義的警世歌曲。宋代流行民間，丐者行乞經常演唱。元明以來，漸有敘事、寫景之作，如朱有燉雜劇《曲

---

[45] 鄭騫《北曲新譜》，p.134

[46] 吳梅《南北詞簡譜》，p.142

[47] 鄭騫《北曲新譜》，p.358

[48] 鄭騫《北曲新譜》，p.30

江池》[49]有〈四季蓮花落〉敘寫鄭元和行乞情形，《霓裳續譜》卷七有〈蓮花落〉，敘述「郭巨埋兒」故事[50]。

〈楚江秋〉一名荊襄怨，用於雜劇《黑旋風負荊》，即李逵負荊，元曲選本無此曲。[51]吳梅簡譜作〈漢江秋〉云：「諸譜皆收此一曲，別無他曲可證。余意是扇面對，兩句五字一句四字為一扇，恰好上下相對。」[52]

這類組合更為鬆散自由，只要是同宮調，音樂性質相當，在套曲中未見組合之例，正可以看出帶過曲創作獨立創發的可能。但事實上這類曲牌在元代有九支曲牌，到了明代僅有寥寥四支曲牌，其間作品也不多。

上述三類曲牌，在元代三類各佔九支，平均發展，到了明代承襲第一類有六支，開拓第二類有十支，第三類明顯減少只有四支；由第二類、第三類帶過曲數量的分部情形，或可窺見一個現象：即將帶過曲的創作從套數之外小令獨立組合的可能，轉向套數裡的組合中；帶過曲得不到獨立發展，是受到套曲的制約。

三、帶過曲同宮調曲組的曲辭結構

---

[49] 全名作《李亞先花酒曲江池》，《今樂考證》著錄。有明初《古今雜劇殘存十種》刊本，明宣德間原刊本，《雜劇十段錦》本，脈望館校《古名家雜劇》本，《奢摩他室曲叢刊》本。

[50] 《明清民歌時調集》下，p.21-22，上海古籍出版社，1987.9

[51] 鄭騫《北曲新譜》，P.323

[52] 吳梅《南北詞簡譜》，p.137

　　帶過曲牌除了在音樂宮調屬性要相當外，在曲辭格律上應有相搭配的規律，而此規律與音樂結構密不可分，從曲辭格律結構也可窺知音樂段落的分佈。因此就同宮調的帶過曲曲牌，以鄭騫《北曲新譜》為主，分析其曲辭格律；音樂部分，擬於借宮兼帶、南北同宮兼帶、南北異宮相帶等曲牌再進一步探討。

　　今將《全明散曲》同宮調二十種帶過曲之曲辭格律，分為帶過三曲以上、帶過之曲句數相當、帶過之曲句數懸殊、帶過之曲可以增句等四類，分析其結構特色。

（一）帶過三曲以上者

曲牌名稱	句數結構	曲牌結構一	曲牌結構二	曲牌結構三	曲牌四
快活三過朝天子四邊靜	4+11+6	5 5 7 5	2 2 5 7 5 4 4 6 2 2 5	4 7 4 4 4 5	
罵玉郎過感皇恩採茶歌	6+10+5	7 6 7 3 3 3	4 4 3 3 3　4 4 3 3	3 3 7 7 7	
四塊玉罵玉郎過感皇恩採茶歌	7+6+10+5	3 3 7 7 3 3 3	7 6 7 3 3 3	4 4 3 3 3 4 4 3 3 3	3 3 7 7 7
脫布衫過小梁州么	4+5+6	7 7 7 7	7 4 7 3 5	7 7 3 3 4 5	

※每句字數下加底線，表示雙式句結構

　　〈四塊玉罵玉郎過感皇恩採茶歌〉由四支曲牌組成，只有康海〈自酌〉一首，雖不足為法，然以節奏而言，一、二段句

法相當，第三段加快，第四段由快轉慢。首段敘言及時行樂，次段點明年華易逝，三段痛快鋪陳生活自在自得，末段呼應首段，以無是非煩惱作結，脗合起、承、轉、合之章法結構。作品如下：

任意行，安心坐。叱吒風雲當甚麼。青春白日休空剉。燕燕彈，小小歌，鶯鶯和。　人生恰似秋風過，纔裊裊、早陀陀。英雄氣概何須大。杏纔舒，梅又顆，楓將落。　富貴如何，貧賤由他。小蒲團，低石几，且消磨。微吟既可，長嘯當合。對青山，沿碧岸，濯滄波。　趁年和，做莊活。村醪社鼓舞婆娑，緘口藏身煩惱少，識人多處是非多。

（全明散曲(一)P.1174）

　　〈罵玉郎過感皇恩採茶歌〉由三支曲牌組成，通常首段點題，次段加速鋪陳，末段由快轉慢。《全明散曲》有十四首作品，蘭楚芳之作亦見《全元散曲》，除外不計，則有十三首；寫閨情有六首、述事三首、自壽二首、詠物二首。大多數作品將三個曲牌以鳳頭、豬肚、豹尾的方式布局，如：朱有燉、史忠、王九思、康海、朱厚炫等人之作品，無名氏的作品則大量使用襯字。

　　即以無名氏〈閨情〉為例，首段寫魂勞夢裏總成虛的慨歎，次段鋪寫魂夢相逐成空的實景，末段埋怨雁無傳書，寫相思情切。由「這幾日」連接一、二段，以「雁聲」帶向「雁兒」，連接二、三段，將心事寄託到具體的景物。首段巧妙地將六字句拆成兩個三字句，用「柔腸肚」複疊緊接；末段開端二個三字句，也用「渡江湖」複疊緊接，將此曲首尾緊緊結合一處，情

真意切，配合音律結構，再多的襯字也不嫌鬆散了。以下襯字以細明體體呈現，其作品如下：

> 這幾日愁來愁去只是無窮處。割捨了柔腸肚，柔腸肚撇不下病身軀。這幾日魂勞夢裏只是尋他去。魂和夢厮間阻，夢和魂卻對付，魂和夢總成虛。　　這幾日夢景強虛，只落得暫時完聚。做了一箇半成不就夢兒迴，對著盞半明不滅燈兒暗，伴著半死不活影兒孤。怎禁畫簷間玎玎璫璫追魂那厮鐵馬，譙樓上滴滴點點索命銅壺。一壁廂蛩聲足，一壁廂砧韻切，卻怎麼雁聲無。　　雁兒往常時渡江湖，渡江湖也是盼程途。姑姐娘只為你悲悲切切鬧喧呼，今夜毛團不言語，雁兒雁兒莫不是那搭兒裏錯下了斷腸書。

（全明散曲(四)P.4702）

特別值得一提的是黃峨的〈仕女圖〉：

> 一箇摘薔薇刺挽金釵落。一箇拾翠羽，一箇燃鮫綃。一箇畫屏側畔身斜靠。一箇竹影遮，一箇柳色潛，一箇槐陰罩。　　一箇綠寫芭蕉，一箇紅摘櫻桃。一箇背湖山，一箇臨盆沼，一箇步亭皋。一箇管吹鳳簫，一箇絃撫鶯膠。一箇倚闌凭，一箇登樓眺，一箇隔簾瞧。　　一箇愁眉霧鎖，一箇醉臉霞嬌。一箇映水勻紅粉，一箇偎花整翠翹。一箇弄青梅攀折短牆梢，一箇蹴起秋千出林杪，一箇折回羅袖把扇兒搖。

（全明散曲(二)P.1758-1759）

她打破了曲牌之間的格律限制，一個一個的娓娓道來，寫就了二十四個婦女生動的生活畫面。第一曲〈罵玉郎〉第二句六字化為上三下三兩句，成為 733 7333 美麗的開展，點出園景與活動地點；第二曲 44333　44333 重複的節奏，更豐富呈現不同姿態的細部活動；第三曲〈採茶歌〉開頭，她增了兩個四字句，將三字句增為五字句，以 4455777 的結構，由快漸慢，透過緩慢優雅的動作，寄寓心中事。〈採茶歌〉開頭，她增了兩個四字句，於律雖有不合處，但全面揮灑、渾然一體，將三曲視為一個整曲，以「一個」堆疊，卻又節奏分明、章法井然，多元而統一，是前所未見的創格。元代趙巖〈中呂喜春來過普天樂〉[53]，雖以一個一個寫出了十隻又一對的蝴蝶身影，但那只在〈普天樂〉一支小令中，並未打破帶過曲二曲相聯的壁壘。

〈快活三過朝天子四邊靜〉，以曲牌結構而論，與前曲相似。只有無名氏的作品兩首，〈失配〉一首，將〈朝天子〉第四、五句，75 改成了 446，使該曲的結構更具對稱的美感：「　225446 446225」。其曲如下：

---

[53] 趙巖〈中呂喜春來過普天樂〉：「琉璃殿暖香浮細，翡翠簾深捲燕遲。夕陽芳草小亭西，閒納履，見十二個粉蝶兒飛。　一個戀花心，一個攙春意，一個翩翩粉翅，一個亂點羅衣。一個掠草飛，一個穿簾戲。一個趕過楊花、西園裏睡，一個與遊人、步步相隨。一個拍散晚煙，一個貪歡嫩蕊。那一個與祝英臺夢裏為期。」見《全元散曲》(上)P.138。

有丹青怎下筆，論才調何誰及。為何常是鎖愁眉，不解其中意。　旦夕，勸你，休恁長噓氣。收心改嫁、古來正理，休賣弄、小年紀。未過了東君，花容憔悴，想光陰、如過隙。倘或，病疾，有誰是著疼的。　惺惺伶俐，事要前思免後悔。一張文契，三年奴婢，過呼次妻，死後無墳地。

（全明散曲(四)P.4738-4739）

〈脫布衫過小梁州么〉，小梁州用於套數一定連接么篇，因此列入三段結構。湯式〈四景為儲公子賦〉四首，亦見於《全元散曲》，循其例者有萬勋〈四時閨情詠琴棋書畫〉四首，其餘十六首包括：遊賞志感七首、閨情贈妓五首、嘲諷三首、慶賀一首。此曲三段，各家作品在時空安排上，均依曲牌段落，加以區隔；層次分明，分則為三，合則為一。內容結構詳下表：

作者	題目或主要內容	脫布衫 <u>7</u> <u>7</u> <u>7</u> <u>7</u>	小梁州 <u>7</u> 4 <u>7</u> 3 5	么 <u>7</u> <u>7</u> 3 3 <u>4</u> 5
陳鐸	暮春志感	城南花事如何	韶華蹉跎	坐空齋慨歎
王九思	賞牡丹	花階草亭	爛醉花開	知音題賞
王磐	賞花	花開雲錦	傳信諸公	賓主盡歡
王磐	張堯臣有柬問余秋夜何如歌此戲答	答問順時養和	月下自娛	詩酒豪情
王磐	秋夜同陸秋	答問邀遊水晶	蒐詩料豪情動	撈月忘形

	水湖上泛舟	宮		
金鑾	燈下許尚寶召賞牡丹	燈前吟賞	笙歌沸酒天香徧	歎白髮堪憐
金鑾	寄王生	記當時人醉花朝	春景花嬌	歎別後方尊零落
朱有燉	閨情	鸞鳳笙歌伴擁	錦帳畫堂耽歡	臨老入花叢
陳鐸	贈妓	印春泥、訴春情、蹩春恨、舞春風	初相見的情景	再相逢願效于飛
常倫	（兩相牽雨約雲期）	兩相情牽	約會時朝思夢想	別情私意唯天知
張鍊	美人戲鞦韆	好夢初醒	喚女伴打鞦韆	困騰騰相攙扶
無名氏	妓思	歸鴉殘霞掛玉鉤	思憶情人相約定	梅香絮答心擔怕
陳鐸	朝鋪排	衣著外觀貌不揚	動作不雅	點出醮壇中一害
陳鐸	嘲人做新郎	新郎打扮	男才女貌	多情丈母勤張羅
陳鐸	村夫送春	村夫穿著打扮	吹打行動	誆錢拐米送春來
無名氏	慶賀	歌頌明聖主四句	謝吾皇整朝綱	願我隆昌聖壽長

〈脫布衫〉七言四句，均作雙式句法，宜於鋪排，如陳鐸〈贈妓〉：「印春泥三寸金蓮，訴春情十四冰絃。鏖春恨雙蛾翠淺，舞春風一圍紅顏。」無名氏〈慶賀〉：「明聖主仁仿三皇，明聖主德佛陶湯。明聖主千邦進禮，明聖主萬民仰望。」用類疊方式，予人深刻印象，充分顯現「鳳頭」的耀眼。

（二）帶過之曲句數相當者

曲牌名稱	作品數量	句數結構	曲牌結構一	曲牌結構二
十二月過堯民歌	2人5首	6+6	<u>7</u> <u>7</u> <u>7</u> <u>7</u> <u>7</u>	7 7 7 7 (2<u>5</u>) 5
上小樓帶過滿庭芳	1人1首	9+10	<u>4</u> <u>4</u> <u>4</u> <u>4</u> <u>4</u> 3 3 4 <u>7</u>	<u>4</u> <u>4</u> <u>4</u> 7 4 <u>7</u> <u>7</u> 3 4 5
玉交枝帶過四塊玉	無名氏 13首	8+7	<u>4</u> <u>6</u> 7 6 7 7 6 6	3 3 7 7 3 3 3
雁兒落帶清江引	1人2首	4+5	5 5 5 5	7 5 5 5 7
沽美酒帶過快活年	1人2首	5+6	6 6 7 <u>4</u> 6	7 <u>5</u> <u>7</u> 5 5 3
楚江秋後聯清江引	無名氏 19首	6+5	5 5 4 5 5 4	(7) 7 5 5 5 7

此類作品，數量不多，只有〈玉交枝帶過四塊玉〉、〈楚江秋後聯清江引〉在十首以上。〈上小樓帶過滿庭芳〉、〈雁兒落帶

清江引〉、〈沽美酒帶過快活年〉均只一、二首，從前後曲牌結構看，均有相似、且可為連接的格律特點，但例證太少，暫不論列。

〈十二月過堯民歌〉五首，〈十二月〉由六句七字雙式句組成，通常都守著格律，穩穩鋪陳；〈堯民歌〉為四句七字句，再加上藏韻七言一句，接五言一句作結，除了藏韻二字為雙式節奏，其餘都是單式節奏，可以盡情發揮，因此變化多端。仲龍子老更狂〈解嘲〉兩首，全篇以「您笑俺」、「俺笑您」交錯鋪陳，前段六句雙式七字句，緊接後段四句加襯單式句，由堆砌積壓到開展奔放，勢不可擋之態，到最後藉二字藏韻、煞住，二句五言單式句，明快作結。其間襯字、增字頗多，今以第二首為例：

> 您笑俺為人懶散，俺笑您每日心煩。您笑俺朝眠倦起，俺笑您夜寢難安。您笑俺埋頭身隱，俺笑您奔走高攀。您笑俺瘦如雀、難捱雪霜寒，俺笑您膽如天、不怕雨雲翻。您笑俺一瓢飲、陋巷受艱難，俺笑您三寸舌、平地起波瀾。我只待閒看、孤舟亂石灘，走馬連雲棧。
>
> （全明散曲(三)P. 3048-3049）

無名氏作品三首，皆添加許多疊字，形容聲音或心情，其中一首「遙山隱隱，淺水粼粼…」顯然是改中原音韻「自別後遙山隱隱」而成者，其餘二首寫相思、別情，襯字之多，遠出一般小令規範。即以〈別情〉為例：

> 淡氤氳爐烟縹緲，昏慘慘暮景朝朝。低矮矮圍屏靜悄，冷

清清涼夜迢迢。悶懺懺情人去了，急煎煎心癢難揉。　　我
可愁的是兩星兒析零零，窗外滴滴點點碧碧卜卜灑芭蕉。
又見箇紅葉兒風裏丟。風裏穰。紛紛揚揚穰穰風風下亭梢。
見箇宿處兒出律律。縱出律律。串出律律。律律出出串上
花梢。不猶的淚點兒撲裏丟。撲裏穰。懸懸點點淚濕鮫綃。
心也麼焦、陳摶睡不著，不猶我輾轉傷懷抱。

（全明散曲(四)P.4705）

後段襯字、增字之外還大量增句，改變〈堯民歌〉三、四句為
雙式句，與文士之作大異其趣。

　　〈玉交枝帶過四塊玉〉、〈楚江秋後聯清江引〉都是無名氏
的作品，前者詠四季、閨情，格律不整，多處凌亂，與元代格
律出入頗多。後者也是相思別情為主，每篇都有題目，且以相
思病開端，是一系列的相思病訴寫，應是歌妓歌唱的歌本。〈楚
江秋〉句法與鄭騫《北曲新譜》所列５５４５５４不同，而是作５
５５７７７５５，四、五兩句作雙式，第五句第三字藏韻，形成前
後對稱的格律，末二句例皆以重韻作結；〈清江引〉則以疊句方
式連接，增加一句過渡，末句開頭疊三字作結。今舉第一首〈閨
閣懷春〉為例，以窺其豹：

　　相思病漸濃，海棠花又紅，主人別後身如夢。怎禁他無端
黃鳥，鬧春風，聲在牆東，猛然把我愁懷動。眉頭兩翠重，心
頭萬恨重。　　撲梭淚眼珍珠迸，撲梭淚眼珍珠迸。滴濕吳箋
重，書成和淚封，沒箇人兒送，越思量越思量越教人心痛。

（全明散曲(四)P. 4934）

無名氏〈楚江秋後聯清江引〉修辭結構一覽表

題 目	首 句	重 韻	疊 句	疊 字
閨閣懷春	相思病漸濃	眉頭兩翠重。心頭萬恨重。	撲梭淚眼珍珠迸	越思量
繡窗凝思	相思病漸黃	雲鬟也怕粧。花鈿也怕粧。	菱花塵滿香臺上	最怕底
歸期暗算	相思病漸滋	神魂也似痴。形容也似痴。	起來羞展鴛鴦被	到如今
玉筯頻垂	相思病漸羸	平康巷馬蹄。章臺路馬蹄。	那知有箇人憔悴	這其間
望斷鱗鴻	相思病漸枯	蛛絲驗也無。燈花驗也無。	幾番不準佳期誤。	撮弄底
追思往昔	相思病漸來	琴囊也怕開。棋盤也怕開。	幾時償了風流債	掛牽人
路遠音稀	相思病漸昏	情兒可是真。意兒可是真。	歸來畢竟從頭問	只落得
烏啼花落	相思病漸離	花開也又殘。鶯啼也又殘。	指間揉碎荼蘼瓣	哄的奴
銀箏寫恨	相思病漸攢	淚珠也暗彈。淚珠也自彈。	老天不管人離散	□問天
別懷琴弄	相思病漸纏	人兒似去年。亭臺似去年。	去年心上人不見	不覺的

好夢簫驚	相思病漸妖	魂靈也似飄。身軀也似飄。	合歡未了將人攪	願只願
七夕離憂	相思病漸多	床空怎奈何。衾空怎奈何。	廣寒孤另誰憐我	幾番家
三秋別恨	相思病漸加	拈香也是差。盟山也是差。	負心不道干休罷	咱兩個
關山夜月	相思病漸呆	登樓暗自嗟。憑欄暗自嗟。	知他卻被誰人借	到如今
澤國秋風	相思病漸成	龜兒又不靈。籤兒又不靈。	幾時脫送淹纏症	這番兒
銀燭驚秋	相思病漸稠	他心還自憂。奴心還自憂。	明朝風雨還重九	他怎如
寒蛩攪夜	相思病漸深	衾兒冷又侵。床兒冷又侵。	淚流溼透珊瑚枕	雨和淚
情何以堪	相思病漸纏	由他又不甘。去他又不甘。	這般負累何時減	敢則是
歲云暮矣	相思病漸添	便眉兒蹙破尖。鞋兒趷綻尖。	歸期不準年華變	早寫下

此類組合，前後段篇幅相當，格律句法有相承、有變化；多於前段鋪展、後段變化，結尾處著重明快、精采收束。

（三）帶過之曲句數懸殊者

曲牌名稱	作品數量	句數結構	曲牌結構一	曲牌結構二
快活三帶過朝天子	無名氏 5 首	4+11	5 5 7 5	<u>2 2</u> 5 7 5 / <u>4</u> 4 6 <u>2 2</u> 5
雁兒落過得勝令	20 人 128 首	4+8	5 5 5 5	5 5 5 5 / <u>2</u> 5 2 5
沽美酒過太平令	3 人＋無名氏 11 首	5+8	5 5 7 <u>4</u> 6	7 7 7 7 / <u>2 2 2</u> 7
對玉環帶清江引	16 人＋無名氏 75 首	10+5	<u>4</u> 5 4 <u>5</u>/ 5 5/ <u>4</u> 5 <u>4</u> 5	7 5 5 5 7
竹枝歌帶側磚兒	無名氏 1 首	7+4	7 7 7 /5 5/ <u>2</u> 5	7 7 5 6

此類結構，有前短後長者、前長後短者，茲分述如下：

1、前短後長者

此類有：〈快活三帶過朝天子〉、〈雁兒落過得勝令〉、〈沽美酒過太平令〉，均屬第一類穩固型組合。第二支曲牌前段與前一支曲牌有相同或相近的結構，可以重複鋪展，回環反覆再推進，然後再間用短語作結，如〈快活三帶過朝天子〉、〈雁兒落過得勝令〉；或者承前段由短句到長句的鋪敘，漸入高潮，再由二字句進入結尾，如〈沽美酒過太平令〉。

〈沽美酒過太平令〉十二首，金鑾、無名氏以四首組曲方式呈現，其餘朱有燉二首，吳廷翰、無名氏各一首，多以宴會慶賞為主題。

〈快活三帶過朝天子〉五首，都是無名氏作品，內容以論世、歸隱、慶壽為主，其中〈慶壽〉一曲採聯珠體，以一當五，最為特殊，其作如下：

> 老人星奉玉勅，扮仙子下瑤池。朱頂鶴引定綠毛龜，特□生辰日。　　左壁，右壁，擺列著那仙隊。金童玉女捧壽盃，齊唱迎仙客。壽比南山，福如松檜，願長生享富貴。此盃，莫推，滿飲千千歲。

（《全明散曲》(四)p.4737）

〈雁兒落過得勝令〉作家作品數最多，內容題材也最多樣。有春情、相思、悲歡離合、病思、閨怨，有寫懷、自適、自慰、泛舟、聽雨、旅夕，有詠柳、喜雪、荷花、新雁、梨園，有宴集、邀飲、祝壽、題贈、懷人、和作、贈妓，還有煉丹、佛曲，更有嘲僧、禿子、美人、貶妓者、抗塵容、走俗狀等社會百態，陳鐸的嘲趙良佐非法筭帳、戲王友司喪、銀匠、篾匠、鏇匠、木匠、機匠、鐵匠、顫匠、漆匠、皮匠、鋸匠等百工群像，馮惟敏以〈鴻門奏凱歌〉作為應酬祝福，如：岱翁餽問雪中賦謝、奉謝諸宗枉駕、謝諸公枉駕、謝諸老枉顧、謝會友枉顧、子姪守歲、復兒度遼省墓等，夏暍一口氣寫二十首述懷寄託。作品規模可大可小，形式上另有朱有燉、朱讓栩的捲簾格。這豐富多樣的內容與形式，與曲牌的特性有密切關連。

〈雁兒落〉五言四句、單式節奏，每句韻腳平仄相間；〈得勝令〉，前四句也是五言單式，韻腳聲調為平平仄平(或上)；二者均與詩聯創作相近，便於發揮。〈得勝令〉後四句，可視為兩

組結構，正好分別針對前面兩組內容作結。在將近一百三十首
的作品中，大部分的結構都循此章法，例如王九思〈病起言懷〉：

> 雖無鐘鼎豪，也有山林樂。閒居燕子知，不飲桃花笑。
> 驢背雪迷橋，泉影月隨瓢。飽飯思皇力，狂歌托聖朝。
> 逍遙，一艇煙波釣。推敲，千篇風月稿。
>
> （《全明散曲》(一)p.860）

再如康海的作品〈春思〉，八句皆用疊字，變成六字單式句
法，也深具特色：

> 軟絲絲楊柳風，深杳杳桃花洞。影氳氳寶鴨香，聲泠泠
> 瑤琴弄。　　光閃閃蕊珠宮，青蓁蓁萬年松。嬌滴滴芙
> 蓉面，磣可可錦繡叢。匆匆，記不得臨岐送。重重，望
> 雲山一夢中。
>
> （《全明散曲》(一)p.1170）

前段寫清幽雅境，後段前四句寫美韻當前，末四句總結別時匆
匆，別後懷思，夢向淒迷，回應前段的杳深仙境；用匆匆、重
重，以疊字的手法，統合了全篇。

又如無名氏的作品，用「一」類疊，似乎泯除了樂段與篇
章，細看之下，仍不離此曲組合的程式規範，而得勝令的五字
句加襯字變成了六字單式句：

> 一年老一年，一日沒一日。一秋又一秋，一罩催一罩。　一
> 聚一別離，一喜一傷悲。一榻一身臥，一生一夢裏。尋一

火相識，他一會咱一會。都一般相知，吹一會唱一會。

（《全明散曲》(四)p.4737）

陳鐸的〈春情〉，用「一箇」綰結全篇：

一箇風流蘇小仙，一箇俊俏雙知縣。一箇烏紗宮錦袍，
一箇粉腕黃金釧。一箇常費買花錢，一箇不上販茶船。
一箇醉眼方教露，一箇春心未肯傳。一箇尊前，半掩香
羅扇。一箇花邊，低垂白玉鞭。

（《全明散曲》(一)p.460）

與黃峨的〈仕女圖〉有異曲同工之妙，只是他交錯著男與女，
不如黃峨作品描寫的集中。由此可見，雖是同一曲調，也都各
具特色，不必是千人一面。

2、前長後短者

此類有〈對玉環帶清江引〉、〈竹枝歌帶側磚兒〉二曲，後
者僅一例，是無名氏的作品：

負德辜恩王學士，須有一日見他時，不付能盼的音書至。
平白地揣與我箇罪名兒，打聽的為官折了桂枝，別娶了
嬌妻甚意兒。　　姊妹一時間不尋思，說幾句閒傳示。
到罵我做小妮子，噀噀都攛作了紙條兒。

（《全明散曲》(四)p.4862）

其結構與鄭騫《北曲新譜》所列格律相距甚大，是大量使

用口語和襯字使然，暫置不論。

〈對玉環帶清江引〉，作家作品數量之多，僅次於〈雁兒落過得勝令〉，內容多為四時景物題詠、訪友酬和、自述遺懷與嘆世之作，以組曲呈現者有：楊慎〈風花雪月〉、馮惟敏〈訪宋一川四首〉、南峰〈遣懷四首〉、無名氏〈嘆世〉四首，最具規模的是王錫爵〈和唐六如歎世詞十二首〉。

馮惟敏用〈玉江引〉為名，次洞涯韻，作〈農家苦〉、〈農家樂〉二首，又作〈閱世〉與〈紀笑〉各四首，薛崗則有〈適志〉、〈警世〉各四首；均以組曲方式呈現，內容以嘆世、適志為主。明顯地和馮惟敏〈對玉環帶清江引〉的作品〈初夏〉、〈訪宋一川四首〉，有所區別。

〈對玉環〉結構為「4 5 4 5/ 5 5/ 4 5 4 5」，中間兩句五字句作為前後承啟，共十句，對稱而完整。只有楊慎六首作品為八句，均少了最後兩句。帶過〈清江引〉五句「7 5 5 5 7」，將緊湊的節奏放慢作收束。今以王寅〈飲同甫園〉為例：

> 沙邊穿林，丹楓葉葉飄。茅舍迎門，青山疊疊高。前溪不用招，乘興常來到。說劍呼盧，當年氣太豪。白髮衰顏，今朝人共老。　　重陽節可憐辜負了。留醉開懷抱。茱萸尚佩囊，黃菊堪供笑。會行樂隨時都是好。

> （《全明散曲》（三)p. 2672-2673）

〈對玉環〉「4 5 4 5」的節奏，雙式單式相間，隔句相對，造成聲音與字面對稱的美感，聲調以平、上為主，流暢好聽。〈清江引〉的韻腳聲調大多是「上去平去上」，形成前後起落對稱的趨

勢，配合三、四句文字的對仗，讓結尾更警策動聽。王寅此作，先以四句寫景，以葉葉、疊疊隔句相對，再以「前溪不用招，乘興常來到」兩句將人引進了畫境，接著四句慨歎豪氣當年、白髮今朝；後段〈清江引〉扣緊重陽，以及時行樂作結，將七字句變成上三下五的八字句，感慨更強。結合音律和章法結構，聆賞作品，更見精神。

（四）帶過之曲可以增句者

曲牌名稱	作品數量	句數結構	曲牌結構一	曲牌結構二
醉太平帶蓮花落	+人1首	8+14	4 4 7 4 7 7 7 4	4 4 7 44444444 ※ 4 4 7
後庭花兼青哥兒	+人1首	7+13	5 5/ 5 5/ 3 4 5 ※	6 6 7※ 4444… 7 3
水仙子過折桂令	13+人74首	8+12	7 7 7 /5 7 /3 3 4	7 4 4 /4 4 4 /7 7 44 44※
新水令帶過折桂令	1人2首	6+12	7 7/5 5 4 ※5	7 4 4 4 4 4 7 7 44 44※
折桂令帶過清江引	1人1首	12+5	744 444 7 7 44 44※	7 5 5 5 7

　　此類曲牌只有〈折桂令帶過清江引〉將可以增句的曲牌放在前段，作品只見楊慎〈法華寺晚歸〉一首；〈新水令帶過折桂令〉、〈後庭花兼青哥兒〉前後段皆可增句，前者有韓邦奇〈秋思〉、〈別仲華進士辛巳〉二首，後者有無名氏一首；〈醉太平帶

蓮花落〉、〈水仙子過折桂令〉則在後段增句。

　　與〈折桂令〉相關組合帶過曲三首之外，有〈醉太平帶蓮花落〉、〈後庭花兼青哥兒〉。〈蓮花落〉演變多端，至今各地仍有承創者，非可一時釐清，暫置不論。〈後庭花〉原為七句，鄭騫歸納出：「小令套數作法不同，其別有三：一、小令第一句必協韻，套數可不協；第六句反是。二、凡平上通用處，小令均用平聲，套數可通用。三、小令不能增句，套數可增句。」[54]〈青哥兒〉五句：「小令僅見馬作十二首，句法與套數體相同平仄小異。套數必須增句，小令反是；套數首兩句疊字，小令不疊。」套數體：「此章入套必須增句。增句在第三句下，多寡奇偶隨意，以增四字句為主。」[55]今以無名氏的作品為例：

　　　　喜孜孜擺珍羞開大筵，韻悠悠奏笙歌列管絃。細氤氳鼎
　　　　內香風動，錦重重彩雲飄、則在雲外懸。四時慶豐年，
　　　　恰便似蓬萊仙苑，兜率宮極樂天，似瑤池如閬苑。
　　　　呀！你看那龍樓龍樓金殿，見如今鳳凰鳳凰來現，海外
　　　　直臣朝帝輦。更有那百司官員，武勝文賢，正直忠良，
　　　　受賞傳宣。東魯西戎，北狄南蠻，四海千邦，萬國來降。
　　　　喜孜孜拜舞在玉墀前，萬萬載昇平宴。

　　　　　　　　　　　　　　（《全明散曲》(四)p. 4677-4678）

　　此曲前段〈後庭花〉八句，增了「似瑤池如閬苑」一句；後段〈青哥兒〉十三句，增了「更有那百司官員。武勝文賢。

---

[54] 鄭騫《北曲新譜》，p.90
[55] 鄭騫《北曲新譜》，p.94

正直忠良。受賞傳宣。東魯西戎。北狄南蠻。四海千邦。萬國
來降。」八句，以四句為主，且在首兩句「你看那龍樓龍樓金
殿。見如今鳳凰鳳凰來現。」用了類疊。又兩曲之間用「呀」
字連接，全然是套數中聯套曲的規模。這首無名氏的作品，可
透露民間製曲的趨向，是與套曲的創作接近的。

　　〈水仙子過折桂令〉是此類曲牌創作作家作品最多者，以
〈水仙子帶折桂令〉為曲牌名稱的作品有二十八首，內容以歸
情、遊賞、題贈、祝壽、嘲友、詠妓等為主。作家有朱有燉、
陳鐸、黃峨、金鑾、馮惟敏、王九思、趙南星、王寅、陳全、
范垣、無名氏等，從明初到明末都有作品出現，也有無名氏二
首，可見此曲的普遍和流行。其中朱有燉、陳鐸、王九思、陳
全、趙南星、范垣和無名氏等人的作品，上支曲牌的末句與下
支曲牌的首句相同，共有十四首，既是區隔、也是連接二曲。

　　〈水仙子過折桂令〉，元末明初湯式作〈湘妃遊月宮〉，明
初王春泉沿用其名作〈贈遂安陳總戎〉一首。馮惟敏標名〈仙
子步蟾宮〉，作〈解任後聞變有感二首〉、〈大鼻妓〉一首及〈四
誓〉、〈八美〉、〈十劣〉等系列組曲，其同鄉後進丁惟恕有隱居
題材三首。同時馮惟敏也用〈仙桂引〉的名稱，用來思歸、祝
壽、詠詩匏、寫燈夕、在新春元宵試筆等八首，薛崗〈閨思呈
海浮馮年伯四首〉、丁惟恕寫景歎世等五首則是對他的跟進。這
些作品都是用「上支曲牌的末句與下支曲牌的首句相同」的方
式呈現，這些作家在創新曲牌名稱的同時，似乎有意將是否使
用這種連接帶過方法的作品，區分開來。

　　又〈新水令帶過折桂令〉置於首曲之後，〈折桂令帶過清江

引〉置於尾聲之前，出於文士之手，未見無名氏作品，或可看出文人對帶過曲創作的努力。

四、結論

帶過曲在音樂上的表現，仍是單支曲牌的連接，並不像文字內容那樣幾個曲牌組成一個整體。[56] 以帶過曲同宮調曲牌組合的情況而言，第一類所用曲牌與套曲中曲牌固定組合相同者，有六組：〈十二月過堯民歌〉、〈快活三帶過朝天子〉、〈罵玉郎過感皇恩採茶歌〉、〈脫布衫過小梁州〉、〈雁兒落過得勝令〉、〈沽美酒過太平令〉等，都是沿用元代帶過曲曲牌，結構較穩固，因這類曲牌在套數中大多用於接近尾聲的部分，具有較強的定位。

第二類的組合，由套曲所用曲牌組成，比起第一類，較為自由，但也須顧及音樂板式節奏，以定其曲牌先後。緊接首曲的有南呂〈四塊玉罵玉郎過感皇恩採茶歌〉、雙調〈新水令帶過折桂令〉。連接尾聲曲牌者有中呂〈快活三過朝天子四邊靜〉、仙呂〈後庭花兼青哥兒〉。中間隻曲組合的有中呂〈上小樓帶過滿庭芳〉、雙調的〈對玉環帶清江引〉[57]、〈竹枝歌帶側磚兒〉，也是較接近尾聲的段落。雙調〈雁兒落帶清江引〉、〈折桂令帶過清江引〉、〈水仙子過折桂令〉在套曲中通常分開。大抵而言，

---

56 孫玄齡《元散曲的音樂》上，P.59
57 孫玄齡認為〈對玉環〉是套曲中沒有的，將此帶過曲牌列於第三類，見《元散曲的音樂》上，p.57

〈雁兒落〉、〈對玉環〉皆置於〈清江引〉前;〈水仙子〉在〈折桂令〉之前,〈折桂令〉或接首曲〈新水令〉後,或置尾聲〈清江引〉之前。〈上小樓帶過滿庭芳〉、〈竹枝歌帶側磚兒〉在套曲中的前後順序有時相反。後庭花兼青哥兒〉屬仙呂,也入商調,在宮調使用上,明代有更多的變化。

第三類由小令曲牌和套曲曲牌相雜,或全由小令曲牌組成。南呂〈玉交枝帶過四塊玉〉、雙調〈沽美酒帶過快活年〉是元代散曲所用曲牌;明代曲牌有:正宮〈醉太平帶蓮花落〉、雙調〈楚江秋後聯清江引〉。這類組合更為鬆散自由,只要是同宮調,音樂性質相當,在套曲中未見組合之例,可以看出帶過曲創作獨立創發的可能。但事實上這類曲牌在元代有九支曲牌,到了明代僅有寥寥四支曲牌,其間作品也不多。

上述三類曲牌,在元代三類各佔九支,平均發展,到了明代承襲第一類有六支,開拓第二類有十支,第三類明顯減少只有四支;由第二類、第三類帶過曲數量的分部情形,或可窺見一個現象:即將帶過曲的創作從套數之外小令獨立組合的可能,轉向套數裡的組合中;帶過曲得不到獨立發展,是受到北曲套數的制約。

帶過曲牌除了在音樂宮調屬性要相當外,在曲辭格律上應有相搭配的規律,而此規律與音樂結構密不可分,從曲辭格律結構也可窺知音樂段落的分佈。因此本文就北曲同宮調的帶過曲曲牌,以鄭騫《北曲新譜》為主,分析其曲辭格律;將《全明散曲》同宮調二十種帶過曲之曲辭格律,分為帶過三曲以上、帶過之曲句數相當、帶過之曲句數懸殊、帶過之曲可以增句等四類。

　　帶過三曲以上者，有〈四塊玉罵玉郎過感皇恩採茶歌〉、〈罵玉郎過感皇恩採茶歌〉、〈快活三過朝天子四邊靜〉、〈脫布衫過小梁州么〉，〈小梁州〉用於套數一定連接么篇，因此列入三段結構。大多數作品將三個曲牌以鳳頭、豬肚、豹尾的方式布局，各家作品在時空安排上，均配合曲牌段落，加以區隔，層次分明；分則為三，合則為一。特別值得一提的是黃峨的〈仕女圖〉，她全面揮灑、渾然一體，將三曲視為一個整曲，以「一個」「一個」堆疊，打破了曲牌之間的格律限制，寫就了二十四個婦女生動的生活畫面。卻又節奏分明、章法井然，多元而統一，是前所未見的創格。

　　帶過之曲句數相當者，此類作品，數量不多，只有〈玉交枝帶過四塊玉〉、〈楚江秋後聯清江引〉在十首以上。〈上小樓帶過滿庭芳〉、〈雁兒落帶清江引〉、〈沽美酒帶過快活年〉、〈十二月過堯民歌〉，從前後曲牌結構看，均有相似、且可為連接的格律特點。〈玉交枝帶過四塊玉〉、〈楚江秋後聯清江引〉都是無名氏的作品，前者詠四季、閨情，格律不整，多處凌亂，與元代格律出入頗多；後者也是相思別情為主，每篇都有題目，且以相思病開端，是一系列的相思病訴寫。此類組合，前後段篇幅相當，格律句法有相承、有變化；多於前段鋪展、後段變化，結尾處著重明快、精采收束。

　　帶過之曲句數懸殊者，此類結構，前短後長者有：〈快活三帶過朝天子〉、〈雁兒落過得勝令〉、〈沽美酒過太平令〉，均屬第一類穩固型組合，其第二支曲牌前段與前一支曲牌有相同或相近的結構，可以重複鋪展，回環反覆再推進，然後再間用短語

作結，如〈快活三帶過朝天子〉、〈雁兒落過得勝令〉；或者承前段由短句到長句的鋪敘，漸入高潮，再由二字句進入結尾，如〈沽美酒過太平令〉。結構前長後短者，有〈對玉環帶清江引〉、〈竹枝歌帶側磚兒〉二曲；〈對玉環〉結構為「<u>4</u>5<u>4</u>5/55/<u>4</u>5<u>4</u>5」，中間兩句五字句作為前後承啟，共十句，對稱而完整，帶過〈清江引〉五句「75557」，將緊湊的節奏放慢作收束。

帶過之曲可以增句者，此類曲牌只有〈折桂令帶過清江引〉將可以增句的曲牌放在前段；〈新水令帶過折桂令〉、〈後庭花兼青哥兒〉前後段皆可增句；〈醉太平帶蓮花落〉、〈水仙子過折桂令〉則在後段增句。〈後庭花兼青哥兒〉無名氏的作品，全然是套數中聯套曲的規模，可透露出民間製曲的趨向，是與套曲的創作接近的。〈新水令帶過折桂令〉置於首曲之後，〈折桂令帶過清江引〉置於尾聲之前，則都是出於文士之手，未見無名氏作品，或可看出文人對帶過曲創作的努力。大抵而言，無名氏的作品，除了襯字、增字之外還大量增句，有不符格律之處，與文士之作大異其趣。

帶過曲並未被取加廣泛運用，原因何在？從帶過曲宮調的組合方式看來，明代作家謹守北曲法度，將帶過曲的創作從套數之外小令獨立組合的可能，轉向套數裡的組合中；帶過曲得不到獨立發展，應是受到北曲套數的制約。

再就曲辭的段落結構而論，明代文人作品多將帶過曲視為完整的組合，注重全篇的章法結構，試圖打破曲牌音樂的侷限，但仍不違原有的曲牌形式。民間帶過曲的作品結構，則較傾向套數規模，曲牌之間的段落分明，或以類疊、疊句等方式做為

銜接；在文人作品中也有借用此法者。

　　趙義山認為帶過曲並未被取加廣泛運用:「當與此體創作難度較大有關。這種屬於內在結構方面的難度，至今還未被論者們所發現，不過，確實也很難發現。但是，只要細心研讀各種帶過曲，便可看出，帶過曲雖由兩支或三支曲調組成，但卻像一首令曲那樣緊緊圍繞某個場景、某個情節、某個人物或某種感慨，顯得凝鍊集中，不像套數那樣自如鋪張、隨意揮灑；但也不像小令那樣一氣渾成、略無間隙。」[58]本文以明代北曲同宮調的帶過曲作觀察分析，看到明代散曲作家在承襲北曲的規範下，企圖突破創新的一些蛛絲馬跡。

　　但元明散曲的發展，是與套數息息相關的，帶過曲是介於小令、套數之間的體裁，更可由此窺見其間消息。明代以南曲為主流，集曲、借宮諸法的運用打破了嚴整的套數規範，帶過曲在北曲套數、南北合套，甚至南曲套數的使用情況，對帶過曲單獨創作的影響，更不容忽視。要更清楚了解帶過曲，或可進一步藉由異宮相帶、南北相帶與南北異宮相帶，甚至南曲帶過的曲牌，探求其發展和演變。這是完成本文後可以接續處理的課題。謹此就教於　方家。

---

[58] 趙義山《元散曲通論》p.91-92，上海古籍，2004

篇章結構分析之應用
——以顧炎武〈廉恥〉為例

李嘉欣

新竹市三民國中教師

摘　要

　　文章乃是一個有機體，要完整賞析一篇文章得從內容與形式雙管齊下，才能了解篇旨意涵與風格特色。本文以陳滿銘的章法學——篇章結構理論為基礎，分析顧炎武〈廉恥〉一文。首先從時代背景、作者生平切入，瞭解文章創作的原始環境。接著由篇章結構探析，以意象（形象思維）與章法（邏輯思維）為主，主旨、風格（綜合思維）為輔，再由「多、二、一、0」邏輯結構的內涵來加以總括。〈廉恥〉一文在內容中大量引述古人之論，環環相扣於「恥」字。在形式上，運用章法結構分析，分析出「篇」結構為「先論後敘」，而「章」結構在「論」的部分，運用凡目法與平提側注法；在「敘」的部分，運用全偏法、反正法與論敘法。本論文期能藉由篇章結構分析，進一步掌握〈廉恥〉篇旨意涵與風格特色。

關鍵詞

顧炎武、廉恥、篇章結構

一、前言

　　顧炎武（西元 1613 年~1682 年）的〈廉恥〉乃是明、清動盪不安的時局下，憂國傷時的作品。顧炎武終其一生結交志士，以反清復明為職志，對於當時部份明臣投降清朝，換得一官半職，感到相當不恥。於是在〈廉恥〉一文中，省思個人在亂世中安身立命的價值問題，認為一切要以「恥」行之。人們不能因為時代環境的晦暗不明，價值觀混淆不清，就肆無忌憚、任意妄為，甚至作出悖禮犯義的無恥之事。在「眾人皆醉我獨醒」的情勢下，顧炎武力排眾議，認為士大夫不可無廉恥之心，一定要堅持士人的品格與理想。陳滿銘在《篇章結構學》一書中分析出創作是由本（心理—構思）而末（詞章）的順向過程，而分析或鑑賞是由末（辭章）而本（心理—構思）的逆向活動。[1]因此，本文將針對〈廉恥〉一文，以陳滿銘的章法學——篇章結構理論為基礎，探析本文。從寫作背景、內容深究、章法結構綜合分析，以闡明文章的義旨，這有助於我們掌握顧炎武創

---

[1]　參見陳滿銘：《篇章結構學》（台北：萬卷樓圖書有限公司，2005年 5 月初版），頁 32。

作〈廉恥〉的心理狀態，也能更加了解此文的深層意涵。

二、寫作背景的探討

欲探討〈廉恥〉一文的義蘊，必須要先了解其寫作背景，以下分別從時代背景與作者個人背景探究討論。

（一）時代背景

顧炎武所處的時代正是明末清初動盪不安的時局。明末政局已十分腐敗，魏忠賢奸黨把持朝政，各地爆發農民起義，東北滿族勢力崛起，社會一片混亂。後來，滿人入關，中國進入異族統治，清人一方面殘酷鎮壓各地起義，另一方面也攏絡漢人。此時，滿人為求統治管理方便，以八股文取士，並倡導讀書人鑽研考證之學。

（二）作者背景

1.生平概述

顧亭林，江蘇崑山人，初名絳，國變後改名炎武，字寧人，生於明神宗萬曆四十一年，卒於清康熙二十一年，年七十歲（西元 1613-1682），居於松江亭林鎮，學者稱亭林先生。炎武為明朝諸生，有操守氣節，不苟合於世，弘光元年乙酉（西元 1645

年），清兵南下，炎武與吳其沆、歸莊[2]起兵抗清，起兵失敗，其沆以死殉國，炎武與歸莊脫逃跑走。明亡時，炎武母王氏[3]絕食而死，留下遺言，囑咐後人不可作異族臣子。因此，炎武暗中交結遺民，與鄭成功相互往來，為奸邪諂媚小人所讒害，幾乎瀕臨死境。晚年結交反清志士，到處勘察山川形勢。清廷徵他為博學鴻儒，他誓死不願；推薦他修《明史》，他也不接受。最後，卒於山西曲沃縣，由於沒有子嗣，門人弟子奉喪歸葬。

炎武才高學博，研究學問不喜空談心性，重在經世致用，是清代樸學的導師。其畢生心志在推翻異族統治，發揚民族精神，清末革命志士，多受其精神感召，終達成推翻滿清，締造中華之目的。

顧炎武從小讀書有個習慣，就是一有心得便記錄下來，之後若發現錯誤便隨時修改，又假如發現與古人議論有重複的部份就刪除掉。日積月累之下，再加上他從調查訪問得到的材料，他編成一本涉及政治、經濟、史地、文藝等內容極其廣泛的書，此書便是《日知錄》，這本書被公認為極有學術價值的著作。在《日知錄・正始》他提出「保天下者，匹夫之賤，與有責焉耳矣。」社會道德風氣敗壞，天下將滅亡，因此為了保天下不亡，

---

[2] 歸莊字元恭，崑山人，明諸生，國變後改名祚明。與亭林少同學，同遊復社，最相契，嘗同舉義於蘇州，其卒，亭林哭以詩，極稱其學，著有《歸文恭文鈔》。

[3] 江蘇崑山官蔭生顧同應喜獲麟兒，取名絳，同應有堂兄顧同吉，未成親即逝，聘妻王氏年尚十六歲，不顧父母及姑之勸，立志未婚守節，同應奉父顧紹芳之命，將絳過繼給同吉為嗣，遂為王氏子。崑山之役王氏遭清軍砍去右臂，家宅亦毀，城破之日效伯夷，叔齊義不食周粟，節食二十七日而死。

每一個人都應負起責任。

2.學術思想

(1)經學即理學

顧炎武提出「經學即理學」的主張，認為古代經學是理學，而現代理學是禪學。其言曰：

> 古今安得別有所謂理學者，經學即理學也。自有舍經學以言理學者，而邪說以起。不知舍經學則其所謂理學者；禪學也[4]。

劉浩洋先生說：

> 亭林身處明末之季，目睹中原板蕩，江山易鼎，深責士風偷惰，風俗隳壞，於是慨然有拯救世道人心之志，於此前提下，則亭林「經學即理學」的主張，實必與當代學術環境之動向具有高度之關聯性[5]。

經學即理學是亭林學術思想的精義。

(2)博學於文與行己有恥

提出「博學於文」實針對晚明理學末流之「束書不觀，游談無根」的不良風氣而發聲。陸王心學其方法內求於心也失之

---

[4] 見全祖望《鮚埼亭集》亭林先生神道表。
[5] 見劉浩洋：〈試論顧炎武「經學即理學」〉，《中華學苑》第 46 期（1995 年 10 月），頁 81。

於心，學而無實，導致空虛放曠的學風。

炎武標榜「行己有恥」為做人方法。他認為人格不立，那麼講求一切學問都是廢話。他最忌諱圓滑，最重視方嚴，在《日知錄・耿介》提到「堯舜所以出乎人者，以其耿介也。同乎流俗，合乎汙世，則不可以入堯舜之道」。且對老子「和其光，同其塵」之語，極為排斥，認為此話似是而非，沒有原則，並解釋所謂的耿介就是孔子所說：「非禮勿視、非禮勿聽、非禮勿言、非禮勿動。」[6]

博學於文與行己有恥，一則為學，一則做人，看來似乎沒有關係，其實，博學的對象包含典章禮制，禮制則要透過實踐之工夫才不會流於形式。顧炎武的博學於文主張，實際上已經包含了解禮制。當人們在行事處世上以「禮」為準則，若是做了不合禮的事情，內心自然感到羞愧。如此，博學於文與行己有恥便有了關聯。

三、篇章結構的形象內涵

（一）義蘊（意）與材料（象）

由於文章的義蘊是抽象的，必須使用具體的材料來表達方能發揮說服力與感染力，也才能讓讀者得以窺見當中的深蘊，故選材精當與否關聯文章的優劣。一般而言，運材可分「事材」

---

6 見《論語・顏淵第十二》。

和「物材」兩大類[7]。而〈廉恥〉一文所運用的材料主要是「事材」，底下針對本文所選用的事材進行分析。

1、運用事材以顯義蘊

陳滿銘在《篇章結構學》提到：

> 所謂的「事」可以是事實也可以出自杜撰。以事實來說，又以過去的事實被運用得最多，而所謂「過去的事實」，則大都為典故。[8]

在本文中，顧炎武大量引述古人之論，並舉史例回應古人之言，屬於作者自己意見的部分很少。但是作者在「因襲成文」之際，並非一味地抄襲堆積，而是用深切的感傷與挽救的使命感去陶鑄鎔裁龐雜的史料，使其產生昇華作用。

引用他人書中言論有兩種方式：一種是就原文自由地增刪潤色；另一種是逐字逐句的援引原文。本文是顧炎武的讀書札記，他引用的方式是屬於沿用原句。下列分析在〈廉恥〉中的引書材料：

(1)歐陽脩《五代史》言

---

[7] 參見陳滿銘：《國文教學論叢續編》(台北：萬卷樓圖書有限公司，1998 年 3 月)，頁 47。

[8] 見陳滿銘：《篇章結構學》(台北：萬卷樓圖書有限公司，2005 年 5 月初版)，頁 63。

《五代史・馮道傳》論曰：「『禮、義、廉、恥，國之四維；四維不張，國乃滅亡。』善乎，管生之能言也！禮、義，治人之大法；廉、恥，立人之大節。蓋不廉則無所不取，不恥則無所不為。人而如此，則禍敗亂亡，亦無所不至；況為大臣而無所不取，無所不為，則天下其有不亂，國家其有不亡者乎？」

管仲認為「禮、義、廉、恥」是維繫國家的四大綱領。四維張，國乃興；四維絕，國乃亡。一個國家的興盛衰敗就在於人民是否具有四維。人民有志節，國家就有希望；人民變節求名利，一切向權、錢看齊，國家便會漸漸沉淪。而歐陽脩在《五代史》中除了贊同管仲所說的之外，進一步提到「禮、義」是治理人民的重要法則；「廉、恥」是培植人民的重要節度。國家必須用外在禮儀規範人民行為，要求人民的舉止合宜，那人民行事自然合乎「義」。當人民的行為合乎準則，進一步要培養人民的「廉恥心」，使得人們的一舉一動　都回歸本心良知。如果一個人不廉潔，那任何東西都想要；如果一個人不知恥，那什麼事情都做得出來。倘若人民貪念過重，無所不取、無所不為，那國家的災禍、亂象、滅亡就可能會發生。更何況是國家的臣子、知識分子寡廉鮮恥，那國家就向下沉淪、毫無希望了。

(2)孔子之論

引用孔子的話是使用語典，這也是屬於事材的部分。第二段的夫子論士，引自《論語・子路篇》子貢問曰：「何如斯可謂

之士矣？」子曰：「行己有恥，使于四方，不辱君命，可謂士矣」
[9]孔子認為對自己的行事要能知恥且有所不為，出使四方，能達成君王交付的任務，便可以稱為一個「士」了。顧炎武在此引用孔子的話，除了以儒生自居，也再次扣緊於身為「士」最重要的是有所為、有所不為，千萬不能一時糊塗，被名利蒙蔽良心，為非作歹。「知恥」是一個是人應該具備的基本志節，更是讀書人所不可或缺的。

第三段的「松柏後凋於歲寒」乃是出自《論語‧子罕篇》子曰：「歲寒，然後之松柏之後凋也」[10]說明在世衰道微時，才看得出君子持正不苟，經得起考驗。

(3)孟子之說

《孟子‧盡心篇》孟子曰：「人不可以無恥。無恥之恥，無恥矣。」又曰：「恥之於人大矣！為機變之巧者，無所用恥焉！」[11]孟子認為一個人千萬不能沒有羞恥心，羞恥心對人來說是至關緊要的。一個人得要把「沒有羞恥心」當作是件可恥的事，這樣才能終身遠離恥辱。一個沒有羞恥心的人，處處詭計多端，也不會因為比不上別人而覺得羞恥，那又怎麼能趕得上別人呢？由此可見，一個沒有羞恥心的人做事時不會考量是否合

9　〔宋〕朱熹撰，林松、劉俊田、禹克坤譯注：《四書》（台北：台灣古籍出版社，1996 年 7 初版），頁 250。

10　〔宋〕朱熹撰，林松、劉俊田、禹克坤譯注：《四書》（台北：台灣古籍出版社，1996 年 7 初版），頁 197。

11　〔宋〕朱熹撰，林松、劉俊田、禹克坤譯注：《四書》（台北：台灣古籍出版社，1996 年 7 初版），頁 652。

宜。只顧自己利益而枉顧他人權利的人，遲早招來禍患。

(4)顏氏家訓

顏氏家訓，有云：「齊朝一士夫，嘗謂吾曰：『我有一兒，年已十七，頗曉書疏，教其鮮卑語，及彈琵琶，稍欲通解，以此伏事公卿，無不寵愛。吾時俯而不答。異哉，此人之教子也！若由此業，自致卿相，亦不願汝曹為之。」在《顏氏家訓》終制篇：「計吾兄弟，不當仕進，但以播越他鄉，無復資蔭，兼以北方政教嚴切，全無隱退者故也。」[12]由此可知，顏之推本來是南朝梁人，遭逢戰亂投奔齊國，齊國不允許他隱退，顏之推不得已而出仕。因此，他雖為齊國做事，但他不希望自己的兒子巴結當權者求取榮華富貴。

(5)《詩經》典故

a.鄭風風雨

「然而松柏後凋於歲寒，雞鳴不已於風雨。」這句話是顧炎武從《詩經‧鄭風》暗引而來。原文：「風雨淒淒，雞鳴喈喈。既見君子，云胡不夷！風雨瀟瀟，雞鳴膠膠。既見君子，云胡不瘳！風雨如晦，雞鳴不已。既見君子，云胡不喜。」[13]即便在風雨之中，雞群仍然不忘鳴叫；即使在歲末冬寒之際，松

---

[12] 見顏之推：《顏氏家訓》（台北：中國子學名著集成編印基金會，1978 年）。

[13] 參見周錫復選注：《詩經選》（台北：遠流出版社，1999 年 9 月初版十四刷），頁 100。

樹、柏樹依然不凋零。連自然界的動物、植物處在艱難的環境中，都不忘自己該做的事，也藉此突顯仁人君子即便處於亂世也要不改其節操，畢竟一個人立身處世最重要的是氣節。

b.《小宛》詩人之意

〈小宛〉是詩經小雅篇名。在詩序中提到，周幽王的時候，政教失常，士大夫作詩諷刺，並警惕自己的作為。顏之推深惡當時變節仕齊的漢人，要兒子學胡語以服侍公卿，認為以逢迎諂媚來換取一官半職的漢人，實在是無恥至極。

顧炎武大量引用典故，第一段引用歐陽脩在《五代史‧馮道傳》提到管仲提出的四維「禮、義、廉、恥」，歐陽脩再評論四維中又以「廉、恥」關係到個人及天下國家的禍敗亂亡。當一個人有廉恥心，在日常生活中會時時保持心靈的清明。第二段顧炎武以為四維之中，「恥」尤為要，然後引用孔子、孟子的話作為佐證。第三段也暗引《論語》、《詩經》，強調即便處於亂世，依然要保持節操。最後舉《顏氏家訓》不得已在亂世仕官的顏之推為例，說明他也不願後世為求官位而逢迎諂媚上者，心中仍有一分警惕，再次扣緊顧炎武的理念「人之不廉而至於悖禮犯義，其原皆生於無恥也」。

（二）辭章內容結構

一篇文章的辭章內容結構的組織類型，列如下表[14]：

---

[14] 參見陳佳君：〈論辭章內容結構之單一類型-以其所適用的章法為考

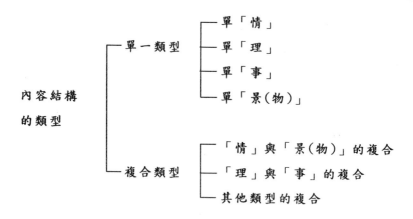

由上表可知，一篇文章的內容結構類型分兩大類型：單一類型與複合類型。所謂的「單一」是指構成辭章的「情」、「理」、「事」、「景(物)」等個別的主要成分而言。通常要掌握一篇辭章的篇章結構首先由這些構成辭章的主要成分切入，以確定篇章結構的各個層級無論它是屬於哪一種主要成分，只要單獨出現，便屬於單一類型[15]。轉成章法來說，就是「全實」（事或景）或「全虛」（情或理）。所謂的「複合」則是從「情」、「理」、「事」、「景（物）」等主要成分中，選取兩種或兩種以上來組合的意思。其中有「情」與「景（物）」的複合，「理」與「事」的複合。這可藉由王國維的「一切景語皆情語」一句加以擴充為「一切事語皆理語」。作者運用「景（物）」與「事」的手段，突顯所

察重心〉，《修辭論叢》第四輯（台北：洪葉文化事業公司，2006年6月初版一刷），頁 670。

[15] 即虛實之單用。見陳滿銘：〈談運用辭章材料的幾種基本手段〉（台北：《中等教育》36 卷 5 期，1985 年 10 月），頁 8-9。

要表達的目的即「情」與「理」。[16]

　　而在這篇《廉恥》中，採用「理」「事」複合的內容結構。顧炎武身逢家國亂亡之際，看到士大夫多變節降清，於是他藉典故發出感慨，說明士大夫若不知恥，一個國家也就沒有希望。全文先論（理）後敘（事），在論（理）的部分，引用歐陽脩在《五代史·馮道傳》提到管仲提出的四維「禮、義、廉、恥」，歐陽脩進一步評論，說明如果一個國家的士大夫缺少「廉恥」而肆意妄為，那國家也就瀕臨敗亡。接著引用孔子、孟子的話，說明一個人悖禮犯義是由於沒有羞恥心的緣故。在敘（事）的部分，先就整體全面感慨歷代之士不能踵武前賢，承擔社會的責任。畢竟，一個真正的士大夫應該能時時自覺人格的尊嚴，即便處亂世仍不改其節操，只要士氣不失，保持清明的理性，群體中存有一股清流，社會仍然是有希望的。再進一步引《顏氏家訓》中的內容，即便處在亂世不得已為官的顏之推仍深自警惕不願自己的孩子逢迎諂媚以求官，藉此諷刺那些變節求官的士人要當心，千萬不要因為榮華富貴喪失廉恥之心。顧炎武引用典故雖多，但環環相扣於「恥」上，揭示出四維之中「恥」尤為要。

四、篇章結構的邏輯內涵

---

[16] 參見陳滿銘：《文章結構分析-以中學國文課文為例》（台北：萬卷樓圖書有限公司，1999 年 5 月初版），頁 331。

（一）章法結構分析表[17]

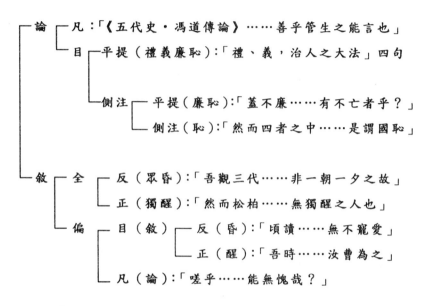

1.章法結構說明

    本文主要的「篇」結構是由「先論後敘」的方式組織而成。在「論」的部分，是「先凡後目」的結構。在「凡」的部份，一開頭先引《五代史・馮道傳論》總說「禮、義、廉、恥」是維繫國家的四個綱紀；其後「目」的部分使用「平提側注法」，先「平提」禮、義、廉、恥，再「側注」至廉、恥。接著，則由「平提」廉、恥，再「側注」到恥。因此，在篇結構上先指出「禮、義、廉、恥」，再將焦點集中到「廉、恥」，最後鎖在

---

[17] 參見仇小屏：《篇章結構類型論》（台北：萬卷樓圖書有限公司，2005 年 7 月再版），頁 287。

「恥」上。將重點單獨擺在「恥」上，是要特別說明士大夫是社會的中堅、國家的支柱，如果士大夫為無恥之人，那國家將喪失其精神象徵。因此，在「論」的部分層層遞進，論述士大夫若沒有羞恥心，可說是一個國家的恥辱。

在「述」的部分則是形成「先全後偏」的關係。在「全」的部分，先反面舉例說明從夏、商、周三代以來世風衰敗、道德式微，整個國家喪失「禮、義、廉、恥」，再正面提出即便在亂世之中仍有獨醒之人，做了一個正反面對比。接著將範圍縮小到北齊顏之推身上，於是在「偏」的部分，先反面敘述在《顏氏家訓》中有一位齊國士大夫用諂媚逢迎的方式教育兒子，希望兒子能求得公卿宰相，再正面敘述顏之推本人不願意讓兒子藉諂媚逢迎求官。最後，總論顏之推雖然不得已在北齊做官，但是他深自警惕，反觀那些討好異族的人，不知道他們怎能不感到慚愧呢？顧炎武藉此譴責那些侍奉異族之人。

2.章法結構個別說明

(1)「論敘」結構

「論」是抽象的議論，「敘」是具體的敘事，「論敘法」是運用議論與敘事來組織篇章，以增強辭章說服力的章法。[18]

---

[18] 參見陳滿銘：《章法學綜論》（台北：萬卷樓圖書有限公司，2003年6月初版），頁24；仇小屏《篇章結構類型論》（台北：萬卷樓圖書有限公司，2005年7月再版），頁201-202；蒲基維：《章法風格析論──以蘇軾詞、姜夔詞為考察對象》（台北：國立臺灣師範大學國文研究所博士論文，2003年），頁29。

全文前兩段是「論」的部分，論述「禮、義、廉、恥」；三、四段則是「敘」的部分，先泛敘三代以下再舉<u>北齊</u>的例子。

(2)「凡目」結構

「凡」是總括，「目」是條分，「凡目法」是在敘述同一類事物，運用「總括」與「條分」來組織條理的一種章法。它的形成，基本上是運用邏輯學中歸納與演繹的思考方式。[19]

本文運用凡目結構的有兩部分。第一次出現在「論」的部分，先總括（凡）提出「禮、義、廉；恥」再條分（目）「禮、義、廉、恥」、「廉恥」及「恥」。

第二次出現在「敘」的部分。先條分（目）反例－齊國士大夫教子媚俗求官及正例－顏之推不願孩子諂媚求官，再總論（凡）居亂世不得已當官的顏之推，仍能堅守廉恥，那些汲汲營營變節求官的人，怎能不覺得汗顏呢？

(3)「平側」結構

「平」是平提，「側」是側注，「平測法」是平提幾項部分，再偏重於其中一兩項敘寫的一種章法。[20]

本文在「論」的部分先平提《五代史・馮道傳論》所引管生

---

[19] 參見陳滿銘：《章法學綜論》（台北：萬卷樓圖書有限公司，2003年6月初版），頁 27；蒲基維：《章法風格析論——以蘇軾詞、姜夔詞為考察對象》（台北：國立臺灣師範大學國文研究所博士論文，2003年），頁 23。

[20] 參見陳滿銘：《章法學綜論》（台北：萬卷樓圖書有限公司，2003年6月初版），頁 30；仇小屏：《篇章結構類型論》（台北：萬卷樓圖書有限公司，2005年7月再版），頁 288-289。

之言—「禮、義、廉、恥」，然後側注到「廉、恥」，即「蓋不廉則無所不取⋯⋯其有不亡者乎」。接著，再平提「廉、恥」，隨後側注到「恥」加以論述，即「然而四者之中⋯⋯是謂國恥」一段。由此，引出主旨「人之不廉而至於悖禮犯義，其原皆生於無恥也」。

(4)「偏全」結構

「偏」指的是局部或特例，「全」則是指整體或通則，「偏全法」是針對同一事物，運用「局部與整體」、「特例與通則」兩相搭配而成的一種章法。[21]

本文在「敘」的部分，形成「由全而偏」的關係。先就全體（三代以下）整體性的關照，整個社會拋棄禮義，捐棄廉恥，再將範圍縮小到北齊顏之推（偏）舉例說明。

(5)「正反」結構

合於主旨的材料是「正」，從對面托出主旨材料的便是「反」。「正反法」就是將兩種差異極大的材料並列起來，造成強烈對比，藉由反面材料襯托正面的材料，以增強主旨的說服力與感染力的謀篇方式。[22]

---

[21] 參見陳滿銘：《章法學綜論》（台北：萬卷樓圖書有限公司，2003年 6 月初版），頁 31；蒲基維：《章法風格析論——以蘇軾詞、姜夔詞為考察對象》（台北：國立臺灣師範大學國文研究所博士論文，2003 年），頁 26。

[22] 參見仇小屏：《篇章結構類型論》（台北：萬卷樓圖書有限公司，2005 年 7 月再版），頁 347-349。

　　本文在章結構上有兩處運用一正一反形成對比。第一次出現在「敘」的部分，第一層「全」的部分，先反後正，突顯「獨醒之人」。第二次出現在「敘」的部分，第二層「偏」的部分，先反後正，突顯顏之推的不媚世隨俗。

（二）以章法規律綜合分析

　　陳滿銘在《篇章結構學》說：

> 以邏輯思維為主的篇章內涵，就是「章法」。……「章法」乃建立在陰陽二元對待的基礎上。處理的是篇章內容材料的邏輯關係，也就是聯句成節（句群）、聯節（句群）成段、聯段成篇的一種組織。……這些章法全出自於人類共通的理則，由邏輯思維所形成，都具有形成秩序、變化、聯貫，以更近一層達到統一的功能。而這所謂的「秩序」、「變化」、「聯貫」、「統一」，便是章法的四大律。其中「秩序」、「變化」與「聯貫」三者，主要是就材料的運用來說的，重在分析；而「統一」，則主要是就情義之表現來說的，重在通貫。[23]

　　以下就章法四大規律檢視〈廉恥〉一文。

1.秩序律

---

[23] 見陳滿銘：《篇章結構學》（台北：萬卷樓圖書有限公司，2005 年 5 月初版），頁 24-25。

陳滿銘的《篇章結構學》中:

> 所謂「秩序」是將材料依序加以整齊安排的意思。任何
> 章法都可依循此律,經由「移位」(順、逆)而形成其
> 先後順序。[24]

本文使用的移位方式在「順向」部分有:先論後敘、先凡後目、
先全後偏、先平提後側注。在「逆向」部分有:先反後正,先
目後凡。

這種合於「秩序」的移位結構,無論順、逆,都是作者將
寫作材料,訴諸於人類求「秩序」的心理,經過邏輯思維予以
組合而成。[25]

2.變化律

陳滿銘的《篇章結構學》中:

> 所謂「變化」是把材料的次序加以參差安排的意思。每
> 一章法依循此律,也都可經由「轉位」而造成順、逆交
> 錯的效果。[26]

本文並無「轉位」原型的變化,但是有變型的變化運用,

---

[24] 見陳滿銘:《篇章結構學》(台北:萬卷樓圖書有限公司,2005 年
5 月初版),頁 25。
[25] 見陳滿銘:《篇章結構學》(台北:萬卷樓圖書有限公司,2005 年
5 月初版),頁 28。
[26] 見陳滿銘:《篇章結構學》(台北:萬卷樓圖書有限公司,2005 年
5 月初版),頁 30。

也就是運用「論敘」、「凡目」、「全偏」、「正反」、「平側」等章法交錯運用，造成變化效果。另外安排事材上，大量引用典故，不單侷限某一事材，也造成變化錯落的效果。

3.聯貫律

陳滿銘的《篇章結構學》中：

> 所謂「聯貫」是就材料先後的銜接或呼應來說的，也稱為「銜接」。無論是哪一種章法，都可以由局部的「調和」與「對比」形成析銜接或呼應而達到連貫的效果。[27]

〈廉恥〉一文以「論」和「敘」、「凡」和「目」、「平」和「側」、「偏」和「全」等移位結構，形成「調和」；又以「正」和「反」的移位形成「對比」。使得此文在「調和」中帶有「對比」。另外，本文以「恥」為單一綱領統攝全文，從頭貫串至尾。

4.統一律

陳滿銘的《篇章結構學》中：

> 所謂的「統一」是就材料情意的通貫來說的。這裡所說的「統一」乃側重於內容（包含內在的情理與外在的材料）而言，與前三個原則之側重於形式（條理）者，有所不同。也就是說，這個「統一」所指非一。因此要達成內容的「統

---

[27] 見陳滿銘：《篇章結構學》（台北：萬卷樓圖書有限公司，2005年5月初版），頁 30。

一」，則非訴諸主旨（情意）與綱領（大都為材料的統合）
不可。而綱領既有單軌、雙軌、或多軌的差別，就是主旨
也有置於篇首、篇腹、篇末與篇外的不同。一篇辭章無論
是何種類型，都可以由此「一以貫之」。[28]

　　形式上，在「篇」的部分，是「先論後敘」的移位性核心
結構。「章」的部分，既以「先凡後目」的移位形成調和；在「敘」
的部分又先以「先全後偏」調和再以「先反後正」、「先目後凡」
的移位方式形成對比。這樣的「調和」與「對比」形成「統一」
的風格。

　　內容上，所有的事材都依著綱領「恥」字貫串全文，並緊
扣主旨「人之不廉，而至於悖禮犯義，其原皆生於無恥也」，內
容意涵也統一於「恥」字。
經章法結構與章法規律分析，可將〈廉恥〉一文其結構以分層
簡圖表示如下：

28　見陳滿銘：《篇章結構學》（台北：萬卷樓圖書有限公司，2005 年
　 5 月初版），頁 162。

【分層簡圖】

上層　　　　　次層　　　　三層　　　　底層

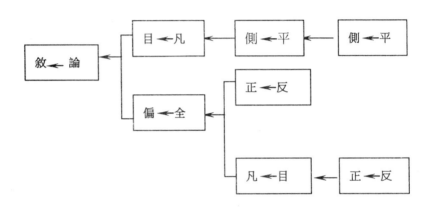

　　「篇」結構是上層，「章」結構包含次層、三層、底層。如對應於「多、二、一、0」[29]，則由「凡目法」（二疊）、「平側」（一

---

[29] 陳滿銘：「在哲學或美學上，對所謂的『對立的統一』、『多樣的統一』，即『二而一』、『多而一』之概念，都非常重視，一向被目為事物最重要的變化規律或審美原則，似乎已沒有進一步討論之空間。不過，若從《周易》（含《易傳》）與《老子》等古籍中去考察，則可使它更趨於精密、周遍，不但可由『有象』而『無象』，找出『多、二、一(0)』之逆向結構；也可由『無象』而『有象』，尋得『(0)一、二、多』之順向結構……因此這種規律可普遍適用於哲學、文學、美學以及其他學科或事事物物之上，而落到文學的創作與鑑賞之上來說，則『(0)一、二、多』可呈現創作的順向過程、『多、二、一(0)』可呈現鑑賞的逆向過程。如果落到章法而言，當然也一樣適用。……如果落到章法結構來說，則核心結構以

疊）、「全偏法」（一疊）、「正反法」（二疊）可視為「多」；由「論
敘法」所形成的核心結構以徹上徹下可視為「二」；結合形象思維
與邏輯思維所突顯的「恥尤為要」的主旨與趨於「剛正挺拔」的
風格可視為「一」。這篇文章的結構，主要除了用「論敘法」（篇）
外，也用「先凡後目」、「先全後偏」（章）等，以組合篇章；特別
之處在使用兩次「平提側注法」上統一本文情意。

五、篇章結構的綜合內涵

（一）主旨安置於篇腹

閱讀一篇文章，首要掌握文章主旨，因為主旨是作者創作
時最主要的思想所在，掌握主旨，才能真正了解文章之所言，
作者之所思。而主旨或綱領的安置無一不是經過作者的巧妙經
營，因此主旨或綱領的安置便呈現出多樣面貌，但就其安排的
部位而論，陳滿銘將其總括成四種基本類型：有安置於篇首者、
安置於篇腹者、安置於篇末者及安置於篇外者。

外的所有其他結構，都屬於『多』；而核心結構所形成的『二元對
待』，自成陰與陽而『相反相成』，以徹上撤下，形成結構之『調
和性』（陰）與『對比性』（陽）的是屬於『二』；至於辭章之『主旨』
或由『統一』所形成之風格（韻味、氣象、境界）等，則屬於『一(0)』。」
見陳滿銘：《篇章結構學》（台北： 萬卷樓圖書有限公司，2005 年
5 月初版），頁 45-46；又見陳滿銘：《章法學綜論》（台北：萬卷樓
圖書有限公司，2003 年 6 月初版），頁 227-270。

在本文中，「論」的結構下「先凡後目」，先提出管仲的話總括（凡），以見得「禮、義、廉、恥」的重要；之後在「目」部分，作者先「平提」禮、義、廉、恥，然後「側注」於廉、恥；接著再「平提」廉、恥，然後「側注」於恥，強調「恥」的獨特價值。也就是由「禮、義、廉、恥」到「廉、恥」再到「恥」，明顯看出焦點越來越集中在「恥」字，也扣緊文題。因此，主旨「人之不廉，而至於悖禮犯義，其原皆生於無恥也」出現在側注部分。之後「敘」的部分舉具體事例來印證即便居處亂世仍然要不忘「廉恥」。由此可知，本文的主旨安置於篇腹。

（二）主旨全顯

關於掌握主旨，除了須注意篇旨安置的位置之外，還需留意「主旨的顯隱」。何謂主旨的顯隱？陳滿銘說：

> 所謂主旨的顯隱，就是主旨是否在篇中點出，而根據這
> 一點，又可分為三種情況：「主旨全顯者」、「主旨全隱
> 者」、「主旨顯中有隱者」。[30]

本文一開始引用管仲之言即點出「禮、義、廉、恥」，接著歐陽脩將焦點集中「廉、恥」，最後顧炎武點出「恥」字。再者，舉例的部分，對比三代之下世衰道微與獨醒之人，及對比齊朝媚俗的士大夫與不得已仕官的顏之推，都是圍繞在「恥」字。由

---

[30] 見陳滿銘：《篇章結構學》（台北：萬卷樓圖書有限公司，2005 年5 月初版），頁 38。

此可知，本文主旨為全顯。

六、結語

　　本文題為「廉恥」，但議論重心只在一個「恥」字。「論」的部分得出「恥尤為要」，強調士大夫知恥與否，攸關天下國家興衰存亡。「敘」的部分，以不得已而仕於亂世的顏之推為「獨醒之人」對比「闇然媚世、恬不知恥的小人」，慨歎三代以下士大夫風氣衰敗。所引用的《新五代史》、《顏氏家訓》背景與明清之際的變局相似，更讓他對那些變節降清的士大夫感到不恥。顧炎武借古諷今，意義深刻，也讓大家反省如何在亂世之中安身立命。

　　顧炎武因為身逢家國敗亡，內心有著深深的感傷。明亡之後，他以遺民自居，結交志士進行反清活動。對於那些變節投降、寡廉鮮恥的士大夫，他既痛心又厭惡，因為他對國家社會有強烈的使命感，於是字裡行間洋溢著強烈的情感。對照現今時局紛亂，政客們貪贓枉法，不知他們看了本文是否能感受到「士大夫之無恥，是謂國恥」，進而省思自己的作為。

　　透過篇章結構的探析，我們更加深入了解顧炎武的創作背景與創作心理，也釐清〈廉恥〉內容材料與章法結構，這些都有助於我們掌握本文的篇旨意涵與風格特色。

附錄：高中國文南一版〈廉恥〉全文

　　《五代史‧馮道傳論》曰：「『禮、義、廉、恥，國之四維；四維不張，國乃滅亡。』善乎，管生之能言也！禮、義，治人之大法；廉、恥，立人之大節。蓋不廉則無所不取，不恥則無所不為。人而如此，則禍敗亂亡，亦無所不至；況為大臣而無所不取，無所不為，則天下其有不亂，國家其有不亡者乎？」

　　然而四者之中，恥尤為要，故夫子之論士曰：「行己有恥。」孟子曰：「人不可以無恥。無恥之恥，無恥矣。」又曰：「恥之於人大矣！為機變之巧者，無所用恥焉。」所以然者，人之不廉，而至於悖禮犯義，其原皆生於無恥也。故士大夫之無恥，是謂國恥。

　　吾觀三代以下，世衰道微，棄禮義，捐廉恥，非一朝一夕之故。然而松柏後凋於歲寒，雞鳴不已於風雨，彼眾昏之日，固未嘗無獨醒之人也。

　　頃讀顏氏家訓，有云：「齊朝一士夫，嘗謂吾曰：『我有一兒，年已十七，頗曉書疏。教其鮮卑語及彈琵琶，稍欲通解，以此伏事公卿，無不寵愛。』吾時俯而不答。異哉，此人之教子也！若由此業，自致卿相，亦不願汝曹為之！」嗟呼！之推不得已而仕於亂世，猶為此言，尚有小宛詩人之意；彼閹然媚於世者，能無愧哉！

參考文獻

（一）專書

〔宋〕朱熹撰，林松、劉俊田、禹克坤譯注：《四書》，台北：
　　　台灣古籍出版社，1996 年 7 初版。

仇小屏：《篇章結構類型論》，台北：萬卷樓圖書有限公司，2005
　　　年 7 月再版。

周錫復選注：《詩經選》，台北：遠流出版社，1999 年 9 月初版
　　　十四刷。

陳滿銘：《篇章結構學》，台北：萬卷樓圖書有限公司，2005 年
　　　5 月初版。

陳滿銘：《國文教學論叢續編》，台北：萬卷樓圖書有限公司，
　　　1998 年 3 月。

陳滿銘：《文章結構分析—以中學國文課文為例》，台北：萬卷
　　　樓圖書有限公司，1999 年 5 月初版。

陳滿銘：《章法學綜論》，台北：萬卷樓圖書有限公司，2003 年
　　　6 月初版。

顏之推：《顏氏家訓》，台北：中國子學名著集成編印基金會，
　　　1978 年。

（二）學位論文

蒲基維：《章法風格析論——以蘇軾詞、姜夔詞為考察對象》，
　　　台北：國立臺灣師範大學國文研究所博士論文，2004 年。

（三）期刊論文

陳滿銘：〈談運用辭章材料的幾種基本手段〉，《中等教育》36
卷 5 期，1985 年 10 月。

陳佳君：〈論辭章內容結構之單一類型-以其所適用的章法為考
察重心〉，《修辭論叢》第四輯，台北：洪葉文化事業公
司，2006 年 6 月初版一刷。

劉浩洋：〈試論顧炎武—經學即理學〉，《中華學苑》第 46 期，
1995 年 10 月。

先秦、西漢「所」字語法化研究

謝　慈

國立成功大學中文系碩士生

摘　要

　　「所」字乃漢語中使用頻率較高、用法較為複雜的一個詞。關於所字之意義、所字之詞性、所字之結構、所字之用法等等，古往今來，眾說紛紜，未有定見。再者，所字又能與其他詞語連用，組成固定的形式。而這些固定形式經過時間的推移，歷經虛化的結果，往往又產生了微妙的變化，造成古今意義與語法功能的不同。

　　到目前為止，有關所字的問題，學術界仍然未有定論。學者之所以產生這些分歧的原因，是由於他們所側重的語料縱恆古今，兼采文白而未能對所字語料進行時代劃分，並針對其作共時結構之分析與歷時結構之比較。本文以先秦、西漢「所」字為考察對象，進行歷時與共時性的分析，並和前賢之言相互對照，始能釐清「所」字語法化歷程，並對「所」字詞性的轉變進行階段性研究，以期能對「所」字之研究有所助益。

關鍵詞

語法化、實詞虛化、所字詞組、所字式

一、前言

「所」字乃漢語中使用頻率較高、用法較為複雜的一個詞。關於所字之意義、所字之詞性、所字之結構、所字之用法等等，古往今來，眾說紛紜，未有定見。再者，所字又能與其他詞語連用，組成固定的形式。而這些固定形式經過時間的推移，歷經虛化的結果，往往又產生了微妙的變化，造成古今意義與語法功能的不同。

二十世紀以來，語言學家對所字多有研究，成果頗豐。從1898年中國第一部完整的語法著作—《馬氏文通》問世至今，語言學家始終沒有停止對「所」字的研究。馬氏將「所」字界定為「代字」，將其語法功能分析為「賓次」。[1]黎錦熙繼承馬氏之說，以為「所」乃聯接代名詞[2]。王力早先認為「所」不是代

---

[1] 馬建忠言:「『所』字或隸外動，或隸介字，而必先焉。」又言:「『所』字必居賓次。」馬建忠認為「所」字為一前需置外動詞之「止詞」(今作「賓語」)，或作一介詞之「司詞」(今作「介詞賓語」)。比如在「其所不知」中，「所」是動詞「之」的前置賓語，即「止詞」。而在「吾所以取天下」中，「所」乃介詞「以」的前置賓語。(見馬建忠，1898，《馬氏文通·實字卷第二》。紹興府學堂，1906。pp..41-2)

[2] 參見黎錦熙，1924，《新著國語文法》。(北京：商務，1992。pp..93)

詞，而是一種「記號」。而後又提出新說，以為「所」是一種特別的指示代詞，並以為其通常用於及物動詞的前面組成一個「代詞性詞組」，並把這種詞組稱作「所字詞組」。[3]呂叔湘則將所字定為「助詞」。[4]然而，到目前為止，有關所字的問題，學術界仍然未有定論。學者之所以產生這些分歧的原因，是由於他們所側重的語料不同，有的僅限於文言，有的兼采文言與白話，而未能對所字語料進行時代劃分，並針對其作共時結構之分析與歷時結構之比較。

《說文解字》：「所，伐木聲也。從斤，戶聲。」許慎之說不盡妥當。經文字學家常紅、高玉潔的考察，所字本義當作「處所」，為一名詞。而從《尚書》、《詩經》等古籍之實際用法來看，「所」之本義為名詞「處所」之觀點更具說服力。

所字由名詞表「處所」義，逐漸虛化而成為具有指代功能之「代詞」。由此可知，所字歷經時代推移，其詞性與用法產生了改變，也就是「實詞虛化」的概念。然而「虛化」的概念重在詞義的變化，缺少結構變化的描述。因此，本文採用「語法化」的概念進行研究。所謂「語法化」，劉堅等人其定義為「某個實詞或因

---

[3] 王力於《漢語語法史》中言：「楊樹達認為《馬氏文通》把『所』字歸入接讀代字是錯誤的。他認為『所』字是被動助詞，於是引起了他和黎錦熙的爭論。其實從歷史發展來看，問題就解決了。先秦時代，『所』字確是代詞；漢代以後，『所』字除沿用為代詞外，又虛化為助動詞詞頭，這樣解釋，應該是比較合理的。」由此可知，王力於晚年時亦同意『所』字在先秦確有作代詞之用法。(見王力,1989,《漢語語法史》。北京：商務，1989。pp..75-6)

[4] 見呂叔湘，1942，《中國文法要略》(瀋陽：遼寧教育出版社，2002，pp..81-5)。

句法位置、組合功能的變化而造成詞義演變，或因詞義的變化而引起句法位置、組合功能的改變，最終使之失去原來的辭彙意義，在語句中只具有某種語法意義，變成了虛詞。」[5]而沈家煊則認為語法化研究可以從兩個角度進行：一個是歷時角度，將語法化視為語言演變的一部分，考察語法形式的來源、形成和發展的途徑；一個是用共時的角度，將語法化視為一種句法和語用現象，考察在日常語言使用中表達語法關係的各種手段。[6]

語法化研究的基礎是連續體(cline)的概念，[7]具有兩種含義：一是共時的，一是歷時的。就共時而言，由於在新用法出現的同時，舊用法不一定會立即消失，它們會繼續使用一段時間。因此，會導致在某一時期的語言中，出現處於不同發展階段的語法化形式。就歷時而言，連續體形成了一個自然的過程，順著這個過程，語法化的形式隨時間逐漸演變。故本文以共時結構比較、歷時結構分析為研究方法，採用之語料以中央研究院漢籍電子文獻中所籍為主，選取東漢前經籍文獻為考察對象，包含《尚書》、《詩經》、《左傳》、《論語》、《莊子》、《史記》、《戰國策》等。

上述經典中，《尚書》乃能夠反應早期語言的可信資料，

---

[5] 劉堅等人進一步將誘發漢語詞語法化的因素劃分為四。其一，句法位置的改變。其二，詞義的變化。其三，語境影響。其四，重新分析。詳細內容見劉堅、曹廣順、吳福祥〈誘發漢語詞彙語法化的若干因素〉(《漢語語法化研究》)。北京：商務，2005。pp..101-19)

[6] 見沈家煊，2001，《語法化學說》導讀(《語法化學說》。北京：外語教學與研究出版社，2001。pp..F26-35)

[7] "cline"為語法化的基本概念。語法化的程度由低到高構成一個"cline"(連續體)：實詞>虛詞>附著形式>屈折形式(詞綴)。原文見Hopper and Traugott，1993，《語法化學說》(北京：外語教學與研究出版社，2001，pp..6-8)

而《詩經》成書時間極長，紀錄了西周初年至春秋中葉五百年的語言狀況，因此在論述早期「所」字語法化過程時，以《詩經》為材料輔以《左傳》與《論語》期能對西周至春秋「所」字的用法進行考察；而《莊子》與《戰國策》則為代表先秦晚期之語料，《史記》則代表西漢之語料，以符合考察連續體的共時與歷時要求。如此做範圍，期盼能釐清「所」字語法化之跡，並進一步完善所字之研究，與前賢之說相互印證發明。

二、「所」字的由實轉虛

《說文解字》：「所，伐木聲也。從斤，戶聲。」根據《說文解字》的解釋，「所」字乃為一「從斤從戶聲」的形聲字，而其本義為伐木聲，為一象聲詞。然而《說文解字》雖是中國第一部文字學經典之作，然宥於時代、資料所限，許慎在考字時有失誤之處在所難免。「所」字即為其失誤之一。

大陸學者常洪與高玉潔遵循形、音、義互求原則分析「所」字之字形，「所」從戶從斤。[8]《說文》：「戶，半門曰戶，象形。」又《說文》：「斤，斫木也，象形。」再考之甲骨文，「戶」乃象門扉之形；「斤」則象斧頭之形。故從字形分析，「所」乃為一合「戶」、「斤」而成新意之會意字，為人持斧於護衛家門之意。因此，「所」字本義為「處所」，而非象聲詞。

---

8 見常洪、高玉潔，2002，〈釋「所」〉in《宿州師專學報》，2002.03，pp..29

　　考之《尚書》、《詩經》中所作實詞之例，其作「處所」義
較為普遍。如：

(1)君子所，其無逸！(《尚書·無逸》)

(2)樂土樂土，爰得我所。(《詩經·魏風·碩鼠》)

(3)襢裼暴虎，獻于公所。(《詩經·鄭風·大叔于田》)

例句1~3中，「所」皆作名詞，為「處所」之意。故觀察「所」在
古籍中的實際使用狀況，「所」字本義應為「處所」較為妥切。[9]
　　一個詞的詞義會隨著時間、空間的轉變或由於人們的聯想
而發生變遷。在詞義發生變化的同時，它的本義並不會突然消
失或被完全取代，而能夠同時被運用語言中，產生一詞多義的
現象。在漢語中，一詞多義的現象，多數由詞義的引申所造成。
「所」亦從其本義「處所」進行引申。故「所」作名詞時，除
了表本義具體之處所義外，後又引申有抽象之處所義。如：

(4)天閟毖我成功所，予不敢不極卒寧王圖事。(《尚書·大
　誥》)

(5)男樂其疇，女修其業，莫不安所。(《史記·秦使皇本紀》)

例(4)中的「所」表「憑藉」之意。例(5)中之「所」為「本分」
之意。此二例中之「所」，雖然作實詞，但其意義已非具體之處
所，而為一引申自「處所」義之抽象概念義。
　　劉堅等人將詞義變化視為造成語法化現象的重要因素。他

---

[9] 陳千里，1998，〈「所」義淺析兼及實詞虛化現象〉一文亦贊成「所」
字本義為「處所」之說。(見《固原師專學報》，1998.02，pp..123-6)

們認為詞義的演變、虛化會引起詞的功能改變，進而使之用於
新的語法位置、結構關係上，從而產生一個虛詞。詞義演變的
特點通常是由具體到抽象，從個別到一般。一般而言，一個具
有實在、具體意義的詞很難發生語法化，而意義較為抽象之詞，
其動作性和狀態性較弱，故容易進一步抽象、弱化，而虛化成
為一語法單位。[10]因此，「所」字的語法化，乃由其本義逐漸衍
生出較為抽象的引申義。此時，「所」字雖然仍為一實詞，但其
意義已非其本義「處所」，而為一抽象的引申義了。而後「所」
字逐漸在此一抽象的概念上，虛化成為「所+V」結構，「所」
字成為一指示代詞。

三、所字的虛化

關於「所」字虛化之原因，除了前述由於詞義變化之因以
外，前賢另提出諸多說法。其一，主張由於表達需要，「所」字
逐漸出現於複雜的謂語句中，故形成「所」字之虛化條件。[11]其

---

[10] 見劉堅、曹廣順、吳福祥〈誘發漢語詞彙語法化的若干因素〉（《漢語語法化研究》。北京：商務，2005。pp..108-12)

[11] 劉堅等人認為，一般而言，一個句子的謂語是由一個謂詞性成分構成的簡單結構，如果某個句子出現了多於一個的謂詞性成分而構成複雜謂語，那麼這個句子的謂語成分便有可能進行調整，以便接近一句一個謂詞性謂語的普遍情況。故如《詩經》中的「靡所止居」，「靡所」組成前一個謂語，是動賓結構，義為「沒有地方」；「止居」組成後一個謂語，義為「居所」。因為前一個謂語帶有賓語「所」，其顯著度明顯高於不帶賓語的謂語「止居」，因此，「止居」只好與「所」結合在一起，共同表示地方。(見劉堅、曹廣順、吳福祥〈誘

二，認為「所」字之虛化乃起因於人們對句子的分段理解有誤。[12]如：「無所不知」原先之斷句應為「無所/不知」，作「沒地方不懂」的意思，後來因理解分段有誤，而變成「無/所不知」作「沒有不懂的地方」之意。

此二說法，雖各據其理，然吾人認為前者之說為「所」字虛化的可能性之一。而後者所言則不盡客觀；若以為「所」字虛化乃因斷句有誤而來，此種易造成斷句混淆之所字句，僅出現於「無所+V」、「有所+V」等句式中。那麼時代較早的《尚書》、《詩經》中，應有豐富的「無所+V」之語料證明，而後再過渡成為「所+V」句式。然考之《尚書》中並無「無所+V」之例；而在《詩經》中僅出現了「靡所止居」、「靡所止疑」二例以「靡所+V」的所字詞組，其他「無所」之例，諸如「云我無所」、「公歸無所」等，「所」字皆置於詞尾，並未出現所字結構，且「所」字皆作實詞，尚未虛化。而「無所+V」的用法反而大量出現於成書時代較晚的《左傳》、《史記》中，故可知作者所舉「無所+V」之句式應出現於所字詞組用法逐漸固定之後，不宜以此例斷言「所」字虛化之因。關於「無所」、「有所」之虛化過程將在下文中進行深入分析，在此不多贅敘。

無論「所」字虛化原因為何，吾人認為「所」字虛化的初始，應與其本義「處所」有極大關聯。考之成書時代較早的《詩經》，其中 43 個「所+V」結構中，仍有 15 例指代「處所」，可

發漢語詞彙語法化的若干因素〉(《漢語語法化研究》。北京：商務，2005。pp..101-19))

[12] 見俞敏，1987，〈古漢語的所字〉(《俞敏語言學論文集》。北京：商務，1999。pp..377-8)

譯為「地方」，占相當大的比例。如：

> (10)譬彼舟流，不知所屆。(《詩經・小雅・小弁》)
>
> (11)泰山巖巖，魯邦所瞻。(《詩經・魯頌・閟官》)

二例中「所」雖已虛化為代詞，然其稱代對象仍為「處所」。由此，我們可以假設「所」字在虛化過程中，起初虛化為作為指代「處所」之代詞，而後因為所字結構的普遍使用，或因應指代之需要，使「所」字除了可以稱代「處所」以外，進一步可以稱代動作行為的對象、產物、目的、原因等，「所」字指代範圍逐漸擴大，「所」字的虛化也就更加明顯了。

至此，我們針對誘發「所」字虛化之原因進行初步探察後。以下便略將所字詞組的擴展劃分為三，並一一詳細說明。

（一）「所+V」：

「所」由名詞虛化為代詞，形成「所+V」之所字詞組的起源，可上溯至春秋時代。《尚書》中已可見「所+V」結構，而《詩經》中「所」字共出現 53 次，其中已有 43 個「所＋V」之所字詞組。《左傳》中「所」字共出現 462 次，而形成「所+V」結構者已有 320 餘例。《史記》文共 2087 個「所」字，而「所+V」結構高達一千三百餘例。由此可見，「所」由名詞「處所」虛化而成為「代詞」進入所字結構，成為動詞之賓語的起源甚早，並且在先秦時便已逐漸普遍使用。

「所+V」為一名詞性結構，位於動詞前之「所」具有指代功能，可以指代動詞有關的處所、對象、工具、方法、原因等

等，為動詞的賓語，使謂詞性成分名詞化，此種說法得到語法界的一致公認。

關於所字詞組中的「所」字詞性，多數學者認為是代詞[13]，少數學者則認為所字詞組中之「所」，不能單獨運用，必須與動詞或其他成分相結合才能充當句子的成分，故以為「所」為結構助詞。[14]兩種說法雖然各有洞見，然仍有不足之處。其未能釐清「所」字與句子中其他成分之對應關係，故使「所」字指代之對象模糊不明。事實上，我們若能不侷限於所字詞組的本身，而能從結構、語義、語用等方面對「所」字進行全面性的分析，則「所」字的指代功能會變的十分明顯。

> (6)綠兮絲兮，女所治兮。（《詩經・邶風・綠衣》）
>
> (7)唯器與名不可以假仁，君之所司也。（《左傳・成公二年》）
>
> (8)臣之所好者，道也。（《莊子・養生主》）
>
> (9)澎蠡既都，陽鳥所居。（《史記・夏本紀》）

例(6)「所」指代前句之「綠絲」，乃動詞「治」的賓語。例(7)「所」指代前句的「器與名」，為動詞「司」之賓語。例(8)「所」指代後句「道」，為動詞「好」之賓語。例(9)「所」指代前句「澎蠡」，為動詞「居」之賓語。由以上四例可知，所字詞組中的「所」字，確有其明顯的指代功能，與語法意義。因此，吾

---

[13] 見王力，1980，《古代漢語》（台北：藍燈，1989。pp..363-7）
[14] 見呂叔湘，1980，《現代漢語八百詞》(潘陽：遼寧教育出版社，2002。pp..391-2)。

人為所字詞組中之「所」字無疑是個指示代詞,「所」字指代之對象,即動詞之賓語。而原動詞的賓語經過前移或後置後,句子的結構、意義與功能亦產生了變化。

如例(6)、(7)、(9)中,動詞之賓語前移之後,它的語法地位便不再是賓語而成為句子的主語;句式亦由陳述句轉變為判斷句。而動詞之賓語經過後置後,其語法地位亦不再是賓語,而成為謂語。

陳述句與判斷句之轉換乃語言中的普遍現象。經過句式的轉換,說話者所欲表達的「語意焦點」也獲得強調。呂叔湘於《中國文法要略》中提及:由「所」字造成的判斷句式,其用意在於比較與特提。[15]此二者皆屬於語用平面,句式因說話者的主觀態度而由陳述句轉換為判斷句,而所字詞組的形成,即是為了強調動詞的賓語,使其成為語意焦點。

「所」字詞組的普遍使用,使「所+V」結構的運用逐漸靈活。在動詞的受事成分明確,「所+V」結構指稱對象十分清楚的情況下,這個受事成分便可省略,直接以「所+V」結構代替該指稱對象。例如:

(12)君子於其所不知,蓋闕如也。(《論語・子路》)

(13)奪其所憎而與其所愛。(《戰國策・趙策》)

例(12)動詞「知」的受事對象為「事」。例(13)動詞「愛」與「憎」的受事對象則是「人」。以上兩例其動詞指稱的對象十分明確,

---

15 見呂叔湘,1941,《中國文法要略》(瀋陽:遼寧教育出版社,2002。pp..116-8)。

因此可被省略，直接以「所+V」結構代替。也就是說，「所+V」結構可以脫離其指稱對象單獨運用，這不但大大地增強了「所+V」結構的靈活性，增大了句子結構的信息量，豐富了表達功能，又可使句式變得簡練，故所字詞組的使用也就更加頻繁了。

（二）「所+V」結構之擴展

「所+V」結構是個名詞性的指代結構，在《尚書》、《詩經》等成書較早的經籍中，能明確判定「所」字指代的對象，其與動詞間的關係也較為簡單。然隨著時間的推移，「所+V」結構的使用亦逐漸普遍，使「所」字的指代範圍隨之擴大，而難以確定它的具體指代內容。為了明確「所」字的指代內容，便在「所+V」的結構上進行擴展，在動詞後補出明確的受事對象，即動詞之賓語。

> (14)仲子所居之室，伯夷之所築與？抑亦盜跖之所築與？
>   所食之粟，伯夷之所樹與？抑亦盜跖之所樹與？（《孟
>   子·滕文公下》）
> (15)和氏璧，天下所共傳寶也。（《史記·廉頗藺相如列
>   傳》）
> (16)取舞陽所持地圖。（《史記·刺客列傳》）
> (17)謹視其所見之國，不可舉事用兵。（《史記·天官書》）

例(14)在動詞「居」與「食」後補上其「室」與「粟」，以明確其受事成分。而例(15)、(16)、(17)在動詞後補上「寶」、「地圖」、「國」其受事成分也更加具體了。以上兩例在「所」字之後明

確加上賓語後，它的語法功能不再是後加動詞的賓語，而成為修飾後接名詞的「定語」，在白話中翻譯為「所住的地方」、「所共傳的寶物」等偏正詞組。「所+V」結構因句式的擴展成為「所+V+N」或「所+V+之+N」後，「所」字失去其指代功能，故許多學者便將所字詞組中的「所」字定義為「結構助詞」[16]。然處於「所+V+N」結構中的「所」字，雖然失去了稱代的功能，卻仍然存有指示功能，並使整個所字詞組的指代內容具體化、明朗化，故「所」仍具有其語法功能存在。

　　由此可知，「所+V」的簡單句式，經過時間的推移而逐漸普遍後，「所」字的後加成分也逐漸複雜了。「所」字之後不再僅能接一個簡單的動詞，作為動詞賓語使用，也可後加較為複雜的動詞短語，以明確其指代對象，增加其指示功能。

「所」字之後也可加上一個以上的動詞，表示較為複雜的連動關係。例如：

> (18)身所奉飯飲而進食者以十數。（《史記·廉頗藺相如列傳》）

> (19)乃出所使越得橐中裝賣千金，分其子。（《史記·酈生陸賈列傳》）

「所」字之後也可接上動補詞組。例如：

> (20)所求於晉者，不至頓刃接兵，而況於攻城圍邑乎？（《史記·越王勾踐世家》）

---

[16] 見楊伯峻，1981，《古漢語虛詞》。(北京：中華，2000。)pp..164-9

(21)欲降齊，所殺虜於齊者甚眾。(《史記‧魯仲連鄒陽
列傳》)

由以上數例可知，「所+V詞詞組」之句式乃由「所+V」的
簡單句式擴展而來。在成書時代較早的《尚書》、《詩經》中，
僅存有簡單的「所+V」結構，且動詞之賓語，即「所」字所稱
代的對象大多可以從上下文中觀知。但隨著所字詞組的普遍使
用，與其指代範圍的不斷擴張，「所+V」的簡單結構也逐漸擴
張，而後出現了「所+V詞詞組」的結構，使「所」字的稱代功
能消失，漸漸不符合「代詞」的基本特徵。

（三）形成「所+介詞」的所字詞組

多數學者在進行所字詞組分析時，會將所字詞組二分為「所
+V」與「所+介」兩種不同的結構進行分析。但吾人認為，雖
然就結構觀之，「所+V」與「所+介」實為所字詞組的兩種面貌，
但「所+介」結構亦由「所+V」結構發展而來。

觀之時代較早的《尚書》中，並未有「所+介」結構出現，
而《詩經》43個所字詞組中，僅有「叔兮伯兮，靡所與同」一
個「所+介」結構之例。可見在「所+V」結構使用之初，「所+
介」結構並未正式產生。再者，漢語中的介詞幾乎都由動詞變
化而來，介詞的用法與常用句式和原生的動詞關係十分密切。[17]

---

[17] 孫錫信《漢語歷史語法要略》中提及，漢語中的介詞基本均來自動
詞，動詞演變為介詞的過程是實詞虛化的過程。實詞虛化是產生虛
詞的一條重要途徑。並列舉了「以」、「于」、「與」等例佐證。可見
動詞與介詞的關係密切。(見孫錫信，1992，《漢語歷史語法要略》。

「所+介」結構之後多半會再接一個動詞，成為「所＋介+V」的結構，而「所」字所稱代的對象，則為動作的原因或憑藉，其指代的功能與「所+V」無異。故「所+介」之結構，並非憑空而來，應是在「所+V」結構之上逐漸發展成熟的所字詞組。

前文已提及，在「所+V」結構中，「所」字經常指代與動作有關之人、事、地、物，造成「所」字指代範圍的逐漸擴大，所指代的事情逐漸複雜。因此，便在「所+V」的基礎上，發展出「所+介」的結構，以表達動作行為之憑藉、原因和涉及對象。

「所+介」結構中的「所」字亦作介詞的賓語，具有指代作用。

> (22)視其所以，觀其所由，察其所安。(《論語·為政》)
> (23)《鹿鳴》君所以嘉寡君也，敢不拜嘉？(《左傳·襄公四年》)
> (24)晉所以霸，師武臣力也。(《左傳·宣公十二年》)
> (25)此三者，皆人傑也，吾能用之，此吾所以取天下也。(《史記·高祖本紀》)

例(22)中「以」與「由」雖然都是常見的介詞，但在本句中仍然保持了它們的動詞意義，可見介詞與動詞之關係十分密切。例(23)中「所」字指代「鹿鳴」，為介詞「以」的賓語，是後文「嘉寡君」的憑藉。例(24)「所」字指代後句「師武臣力」。例(25)「所」則指代前文用三者之事，表「取天下」的原因。由以上四例可知，「所+介」結構主要用來指代其後加動作行為的

上海：復旦大學出版社。pp..188-9)

原因或憑藉。

「所+介」結構中，「所」字常常與固定的介詞組成一常見的所字結構，例如「所以」、「所為」、「所由」、「所從」等。其中，「所以」的使用最為廣泛。《史記》中「所+介」結構一共出現了 441 次，而「所以+V」就有 383 例，可見其使用程度之高。而「所以」的廣泛使用，也擴大了「所」字的指代範圍，除了前已提及的原因、憑藉之外，「所以+V」結構中的「所」字還可表示方法或措施等。例如：

> (26)乃延而坐之，問所以取天下者。《史記·酈生陸賈列傳》)
>
> (27)今不務所以不犯，而事慈母之所以敗子也，則亦不察於聖人之論矣。(《史記·李斯列傳》)

例(26)「所」字指代「奪取天下的方法」。例(27)「所」則指代「杜絕犯罪的措施」。由此可知，「所以」指代範圍之廣泛。此外，若介詞的賓語過長時，也可使用「所以」句式指代之，以避免拖沓，使句子緊湊有力。[18]如：

> (28)其竭力致死，無有二心，以盡臣禮，所以報也。(《左傳·成公三年》)
>
> (29)此三者，皆人傑也，吾能用之，此吾所以取天下也。(《史記·高祖本紀》)

---

[18] 見蔡英杰，〈「所」的指代功能考察〉in《淮北煤師院學報》(哲學社會科學版)，2001.02，pp..111-3。

正因「所以+V」的所字詞組，能將動作行為複雜的原因表達出來，且「所以」結合出現相對的頻率較高。當一個語法成分的用法逐漸受到侷限後，原來由該語法成分形成的自由組合就轉變為詞彙成分，而產生了詞彙化的現象。[19]故「所以」便從所字詞組中進一步詞彙化而成為表原因的連詞「所以」，其詞彙化為連詞的時間，約在漢末至魏晉南北朝間，[20]在《世說新語》中已有「所以」做連詞之例。而在「所以」凝固成詞的過程中，「所」字的指代功能也逐漸虛化以至完全喪失。

四、其他「所」字式

前文概述「所」字語法化之跡，並針對「所+V」結構之擴展進行探討。本節將承前所敘，列舉三種較重要且爭議性較大的「所」字式，進行個別分析。

（一）「有所…」、「無所…」

針對古漢語中的「有所」、「無所」結構，學界大致有兩種看法：一、認為「有所…」、「無所…」乃動詞「有」、「無」加上所字詞組。其二、認為「有所」、「無所」皆為副詞，「無所」乃否定副詞，「有所」為表存在的副詞，與現代漢語中的「不能」、「不必」

---

[19] 關於詞彙化的詳細論述，請參見董秀芳，2002，《詞彙化：漢語雙音詞的衍生和發展》（四川：新華）。

[20] 見魏培泉，1989，《漢魏六朝稱代詞研究》(台北：中央研究院語言學研究所，2004，pp..331-2)。

意思相當，「所」字為助詞，僅起結構作用，無實際意義。[21]

　　吾人認為「有所」、「無所」句式的演化，實與「所」字虛化的過程有極大的關聯。觀察時代較早的《詩經》，「無所」與「有所」皆出現於句尾，「所」字作實詞。如：

> (30)悠悠蒼天，曷其有所。（《詩經·唐風·鴇羽》）
>
> (31)公歸無所，於女信處。（《詩經·豳風·九罭》）
>
> (32)赫赫炎炎，云我無所。（《詩經·大雅·雲漢》）

此三例中「所」字皆為實詞，作「處所」或其引申義。在《左傳》中也可見「公歸無所」、「今罪無所」、「車馬有所」等例，「所」字尚未虛化，仍作實詞。「無所」、「有所」表實詞義之用法，僅見於《詩經》、《左傳》時代較古的語料中，而後時代較晚的典籍中並未發現此用法，可見隨著「所」字用法的逐漸虛化，「無所」、「有所」之用法也逐漸虛化轉變了。

　　「有所」、「無所」句式除了位於句尾，表實詞義外，在《詩經》與《左傳》中已有許多放在句首與句中之例：

> (33)胡轉予於恤，靡所止居？（《詩經·小雅·祈父》）
>
> (34)周宗既滅，靡所止戾。（《詩經·小雅·雨無正》）
>
> (35)罪重於郊甸，無所伏竄。（《左傳·襄公二十一年》）
>
> (36)能進不能退，君無所辱命。（《左傳·成公二年》）

例(33)、(34)、(35)「所」字雖已虛化，成為「無+所字詞組」但其

---

[21]見吳東平，2000，〈古漢語中「X所……」的結構新論〉in《中南民族學院學報》(社科版)，2000.07，pp..99-106

所指代的仍為「處所」。因此仍有學者將「所」字理解為實詞，作「沒有地方」。例(36)「所」則已完全虛化，僅能理解為「無+所字詞組」。由以上四例可見，「X 所…」句式隨著所字詞組的逐漸虛化，其虛化程度也越深了。但先秦時期「無所…」與「有所…」句式之虛化，仍處於「無+所字詞組」的虛化。換言之，虛化的是「所字詞組」，我們不能將「所」字單獨理解作已經完全虛化的助詞，與「無」結合而表「不能」之否定義。先看以下幾例：

(37)今入關，財物無所取，婦女無所幸。(《史記‧項羽本紀》)

(38)孟嘗君客無所擇，皆善遇之。(《史記‧孟嘗君列傳》)

(39)將在外，主令有所不受，以便國家。(《史記‧魏公子列傳》)

(40)吾入關，秋毫不敢有所近。(《史記‧項羽本紀》)

例(37)「所」字指代前文之「財物」。例(38)「所」字指代「客」。例(39)「所」指代「主令」。例(40)「所」則指代「秋毫」。上述例子中的「所」皆為指示代詞，故應當理解作「無+所字詞組」、「有+所字詞組」。而隨著所字詞組的逐漸擴展，「無所…」、「有所…」句式也隨之擴展了。

(41)飽食終日，無所用心，難矣哉！(《論語‧陽貨》)

(42)夫尋常之句，巨魚無所還其體，而泥鰍為之制。(《莊子‧桑庚楚》)

(43)吾有所受之也。(《孟子‧滕文公上》)

此三例在「所 V」結構之後皆加上了明確的賓語，「所」字的稱代功能消失了，僅剩下指示功能。「無所…」結構的虛化過程，正與「所 V」詞組的虛化過程相同，由此可知，「無所…」、「有所…」句式，乃於所字詞組上發展而來。釐清了「無所…」和「有所…」句式的發展後，亦可證明「所」字的虛化，並非因為對於「無所」、「有所」句式的斷句有誤所造成，若以「有所…」、「無所…」句式來推論所字虛化的過程是本末倒置的。而「所」字完全虛化成為助詞，並與其前之「有」、「無」緊密結合為一雙音節詞，則至中古時期才大量出現。中古佛經中，「有所…」與「無所…」句式相當頻繁，「所」字已虛化為後綴不再具指代功能。[22]如：

> (44)不能專一，志意猶豫，無所專據，不信佛法，故得其罪殃。(《佛說漫法經》)
>
> (45)其心未曾有所奔逸。(《持人菩薩經》)

竺家寧更進一步指出，「所」字在中古佛經中已成為一後綴構詞成分，並另與其他詞彙結合形成新的雙音節詞，如：「一切所」、「少所」、「多所」等，但仍有部分「所」字結構中「所」字仍保留其本義或指代義，例如：「納所」之「所」指「處所」即為保留了「所」之本義；「能所」之「所」則指代「動作之客體」與指代「動作之主體」的「能」並列，成為「並列結構」而非後綴結構。由此可知，即使在中古時代，大部分的「所」字雖已虛化為助詞，然其實詞與代詞用法並未全然消失，我們

---

[22] 見竺家寧，2005，〈中古佛經的「所」字結構〉in《古漢語研究》，2005.01，pp..68-73

仍能在部分語料中尋得。

（二）誓詞中的「所」

「誓詞」是古代君主訓誡士眾，以言語相約束之詞，訓詁學家將此類言語統稱為「誓詞」。「所」字用於誓詞當中，最早出現於《左傳》中。

> (46)公子曰：所不與舅氏同心者，有如白水！(《僖公二十四年》)
>
> (47)乃復撫之曰：主茍終，所不嗣事於齊者，有如河。(《襄公十九年》)
>
> (48)己所能見夫人者，有如河！(《昭公三十一年》)

針對誓詞中的「所」，學者各自提出其不同之見解。王引之在《經傳釋詞》中指出：「所，獨若也。」王引之將「所」釋為「若」之說，楊樹達承之又進一步將「所」字定為「假設連詞」。[23]近代楊伯峻亦將用於誓詞中的「所」字獨立為一類，並作「假設連詞」。[24]將誓詞中的「所」釋為「若」乃最為人所接受的一種說法，因為訓「所」為假設連詞「若」，正與誓詞中所含之假設意義相合。但若經仔細考察便可得知，誓詞中的假設意義並非由「所」字表達出來的，而是由誓詞中否定或肯定式的假設分句，即「不……者」或「……者」之格式表達出來的，

---

[23] 楊樹達於《詞詮》中言：「所，假設連詞，若也。誓詞中用之猶多。」(見楊樹達，1929，《詞詮。台北：商務》，1987。pp..93-4)

[24] 見楊伯峻，1981，《古漢語虛詞》。(北京：中華，2000。)pp..164-9

不需再以「所」字表達假設之意。在古漢語中以「不……者」
或「……者」句式表達否定或肯定的假設意義。[25]如：

(49)伍奢有二子，不殺者，為楚國患。(《史記‧楚世家》)
(50)群臣吏民而能面刺寡人之過者，受上賞。(《戰國策‧
齊策》)

可見誓詞中的假設句式已經將假設意義充分表達出來了，故
「所」字不需重複表示假設之意，亦非一假設連詞。馬建忠則
言：「更有傳中誓文以『所』字領起者，而杜注與經學家直謂『所』
字系當時誓詞，蓋未細味其文，故武斷耳。」[26]馬氏之言，直
接反駁了將「所」訓為「若」之說，並認為「所」、「者」互指，
即把誓詞中的「所」看成一般情況下的所字詞中的代詞「所」。

考之《左傳》，吾人以為馬氏將誓詞中的「所」字視為指示
代詞之說較為妥切。例(46)中「所」字指代的乃前文所言「及河，
子犯以璧授公子，曰臣負羈紲從君巡於天下，臣之罪甚多矣。臣
猶知之，而況君乎？請由此亡。」之事。例(47)中「所」字則指代
前文「其為未卒事於齊故也乎」一事，且此句中已有「苟」字作
假設之意，可證明「所」字並無作假設連詞之必要。例(48)中「所」
則指代前文「君惠顧先君之好，施及亡人，將使歸冀除宗祧以事
君，則不能見夫人」一事。由此可見，在誓詞中的「所」字亦為
所字詞組中的「所」，為指示代詞，並非假設連詞。

---

25 見暴拯群，〈論上古誓詞中的特殊動詞「所」〉in《河南廣播電視大
學學報》2004.06，pp..13-5。
26 參見馬建忠，1898，《馬氏文通‧實字卷第二》。紹興府學堂，1906。
pp..45-6。

(三)「為 N 所 V」

　　針對「為 N 所 V」結構，語法學家基本上持兩種意見。《漢書・霍光傳》中有「衛太子為江充所敗」一句，馬建忠將此句解釋為「衛太子為江充所敗之人」為一判斷句[27](指稱式)；楊樹達反駁馬氏之說，將其理解為「衛太子見敗於江充」為一被動句(陳述式)。[28]依馬氏之解釋，「為 N 所 V」乃「系詞『為』+定語+所字詞組」，持相同看法者還有呂叔湘。而依楊樹達則認為「為」是介詞，引出動作行為之主動者，而「所」字是助詞或表示動詞被動用法的詞頭。贊成此說者還有黎錦熙[29]、王力、楊伯峻。王力在《中國語法理論》中提及「為 N 所 V」式裡的「為」字是被動性的聯結詞，「所」字則是被動前符號。此說為目前廣為接受的觀點。由此可知，對於「為 N 所 V」句式之判斷，影響了「所」字詞性與功能之界定。因此，我們不得不對「為 N 所 V」式進行研究。

　　「為 N 所 V」式是由先秦「為」字式發展而來，此為語言

---

[27]　《馬氏文通・實字卷第四》：「《漢書・霍光傳》：『衛太子為江充所敗。』『敗』，外動也；『江充』其起詞。『所』字指衛太子，而為『敗』之止詞。故『江充所敗』實為一讀，今蒙『為』字以為斷，猶云『衛太子為江充所敗之人』，意即『衛太子敗於江充』無異。如此『江充所敗』乃『為』之表耳。」。(見馬建忠，1989，《馬氏文通・實字卷第四》。紹興府學堂，1906，pp..24-5。)

[28]　見楊樹達，1930，《詞詮》(台北：商務，1987)。pp..92

[29]　黎錦熙於《新著國語文法》中提及「為 N 所 V」的「為」字是介原主語的介詞，「所」字是動詞前助詞，「為 N」是個語言單位，「所 V」是帶「動詞前助詞」的動詞，不是名詞性結構。(見黎錦熙，1924，《新著國語文法》。北京：商務，1992。pp..106)

學界一致的看法。「為」字式無論形式為「為 V」或「為 NV」
「為」字後所接的謂詞性成分皆為指稱式，故一直以來被理解
為被動式的「為 V」句式，實際上都可解釋為指稱式，如：

> (51)戰而不克，為諸侯笑。(《左傳‧襄公十年》)
> (52)上必無為而用天下，下必有為，為天下用。(《莊子‧
> 天道》)

以上兩例就現代的角度來看，其句中的「為」皆可換為「被」，
且「為 V」句式在先秦使用頻繁，故常常被誤認為指稱式。姚
振武先生因此提出先秦「為 V」句式仍為「指稱式」之說，認
為「為 N」式並非真正的被動式，而「為」字也不宜理解作一
個表被動的虛詞。[30]由「為」字式的基本性質看來，「所」字在
戰國末年進入為字式並非偶然。前文已論及所字乃為一具有指
代功能之代詞，且「所 V」可表達主語的遭受義，符合被動式
的原則。姚振武並進一步引用《史記》中「為 N 所 V」式之例，
將「為 N 所 V」式定為被動句，「所」為表被動之助詞，筆者以
為此說不盡客觀。

　　「為 N 所 V」結構濫觴於戰國末期。據王克仲先生對先秦
《尚書》、《詩經》等二十一部典籍之考察，發現「為 N 所 V」
式共十一例，本文列舉其中五例[31]：

---

30 參見姚振武，1998，〈「為」字的性質與「為」字式〉(《古漢語語
　法論集》，北京：語文，1998。pp..543-53)
31 見王克仲，1982，〈關於「所」字詞性的調查報告〉(《古漢語研究
　論文集》北京：北京出版社，1982，pp..69-102)。

(53)申徒狄諫而不聽，負石自投於河，為魚鱉所食。(《莊
　　子‧盜跖》)

(54)德若堯禹，世少知之；方術不用，為人所疑。(《荀
　　子‧堯問》)

(55)夫直議者，不為人所容。(《韓非子‧外儲說左下》)

(56)謀出乎不可用，事出乎不可同。此為先王之所舍也。
　　(《呂氏春秋‧處方》)

(57)然則率天下百姓以從事於義，則我乃為天之所欲也。
　　我為天之所欲，天亦為我所欲。(《墨子‧天志上》)

例(53)~(56)四句，我們皆可將其理解為判斷句，且四句中「所」
字指代功能十分明顯。例(53)「所」指代前文的「申徒狄」。例(54)
之「所」指代前文的「堯禹」。例(55)「所」字指代前句的「直議
者」。例(56)「所」則指代「謀出乎不可用，事出乎不可同。」一
句。而例(57)則只能作判斷句理解，不能作被動句理解。先秦典籍
中，如例(57)只能理解為判斷句式者僅有此例，故以為「為 N 所
V」式為被動句之學者大多此句歸為例外，而將「為 N 所 V」中
之「所」字理解為一被動標記。然筆者以為此說並不客觀。察考
先秦二十一部典籍，其中「為 N 所 V」式僅有十一例，若就比例
而言，雖然純粹理解為判斷句式者僅有一例，但仍為極重要的研
究語料，不宜將其視為例外。卻是證明「為 N 所 V」式於使用之
初，仍處於「為+定語+所字詞組」的最佳佐證。

　　而就「為 N 所 V」式之歷史發展狀況視之，「為 N 所 V」
式自戰國末期出現，初期並未廣為使用。至漢代「為 N 所 V」

式的使用頻率大增，僅《史記》一書便出現了八十餘例，可見「為 N 所 V」式在漢代獲得了長足的發展。而在《史記》的八十餘例中，已經發現了許多純粹的被動式了。例如：

> (58)吾聞先即制人，後則為人所制。(《史記・項羽本紀》)
>
> (59)(楚)救鄭，為楚所敗河上。(《史記・十二諸侯年表》)
>
> (60)漢王追楚，為項羽所敗固陵。(《史記・魏豹彭越列傳》)

例(58)僅能理解為被動句「被人所制」，若理解作判斷句「為人所制之人」則與上文不連貫。而例(59)、(60)在「為 N 所 V」式後加了處所狀-語「河上」、「固陵」，證明了其非判斷句。此三句中之「所」皆為表被動之標記。

　　語言的變化與消失並非短時間就能形成，任何語言現象的產生、發展與消失都經過長時間的演化而逐漸形成。「為 N 所 V」式亦是如此。若將先秦所有的「為 N 所 V」式全部理解為真正的被動式，那麼「所」字必定已虛化為完全的被動標記。但由前文所述我們可知先秦時期「所」字之虛化與所字詞組的使用仍處於發展階段，能進入「為」字式並完全虛化為被動標記的可能性不大。

　　王力先生於《漢語史稿》中表示「為 N 所 V」式雖為被動句，但就發展過程而言，仍有當作判斷句的一個階段。[32]馬建

---

[32] 王力《漢語史稿》：「《馬氏文通》把『衛太子為江充所敗』解釋為『衛太子為江充所敗之人』，楊樹達不同意他的解釋。這種解釋當然是有毛病的，因為片面的看重形式，沒有結合意義。但是就發展

忠與楊樹達對於「衛太子為江充所敗」一句之爭論正可見「為
N 所 V」式由判斷句轉變為被動句的過渡時期。因此，筆者認
為「為 N 所 V」式初時仍為具指稱作用的判斷句，「所」字為一
具指代作用的指示代詞。經過一段時間的使用後，因為「為 N
所 V」之句式能精確表達被動義，故逐漸轉變為陳述句，成為
純粹的被動式。而兩漢正處於「為 N 所 V」式發展為被動式的
關鍵時期，此時「為 N 所 V」式雖已漸漸成為固定的表被動結
構，然仍有許多僅能理解為判斷句的句子。如：

> (61)「臣不作福」者，勿使行財幣，厚賞賜，以立聲譽，
> 為四方所歸也。(《史記·三王世家》)
>
> (62)梁父即楚將項燕，為秦將王翦所戮者也。(《史記·
> 項羽本紀》)

上述二例，皆僅能以判斷句釋之。可見「為 N 所 V」式在逐漸虛
化為被動句的過程中，其判斷句之用法仍然存在。語言的發展是
一個漸變的過程，「為 N 所 V」式經長時間的使用後，終於完全虛
化，成為一個典型的被動結構。「所 V」由名詞性結構轉變為動詞
性結構，「所」字成為被動標記，「為」由系詞轉變為介詞，N 的
語法地位由「所 V」的定語轉變為介詞「為」之賓語。

五、結論

過程來說，我們應當承認有這麼一個階段。」(見王力，1980，《漢
語史稿》。北京：中華，2003。pp..423)

本文經由對六部先秦經典之研究，以考察「所」字於先秦時期的語法化歷程。經過歷時結構的比較後，發現「所」字語法化的時間相當早，在《詩經》中就已有作指示代詞用的「所+V」結構了。此時「所」字雖然已成為指代動詞後賓語的代詞，然所指代的對象，但仍作「處所」義較多，可見「所」字語法化初期，仍與其本義關係密切。春秋戰國時期「所」字的使用逐漸頻繁且靈活，所指代的範圍也隨之擴大，而後在《左傳》、《論語》、《莊子》、《史記》逐漸出現了「所+動詞詞組」的所字詞組，「所」字的稱代功能減弱，逐漸虛化為結構助詞。「所」字由名詞虛化為指示代詞而後又逐漸消失其稱代功能，趨近於「助詞」的過程，需要經過對語料的歷時性分析，才能從中窺見其語法化的歷程。若只就專書中的「所」字進行研究，或僅侷限於所字詞組的一種面貌來判定「所」字的詞性與語法功能，是不盡客觀的。

本文亦對先秦、西漢時期幾種特殊所字用法進行考察，發現「無所…」、「有所…」與「為 N 所 V」句式皆由「所+V」結構發展而來；先秦「為 N 所 V」式中「所」字仍為具指代作用之代詞，直到漢代「所」字才逐漸語法化成為表被動之標記。而「有所…」、「無所…」句式在先秦亦為「有+所字詞組」和「無+所字詞組」的形式，「所」仍為代詞而非助詞，直到中古時期「所」字才逐漸虛化為語尾助詞，與「無」、「有」緊密結合，成為一雙音節詞。而誓詞中的「所」，常被誤認為表假設義的連詞，實則為代詞，指代前文所言之事項。

「所」字的詞性、用法與功能是語言學界一直以來不斷研

究的重點，然學者所關注的焦點皆在於「所」字的虛化，且語
料來源縱橫古今，兼采文白，未能就共時語料進行比較，亦未
能以歷時的角度觀察「所」字語法化的過程，以至於對「所」
字之說法眾說紛紜，未有定見。本文以先秦「所」字為考察對
象，進行歷時與共時性的分析，並和前賢之言相互對照，始能
釐清先秦「所」字語法化歷程，並對「所」字詞性的轉變進行
階段性研究，以期能對「所」字之研究有所助益。

　　然本文的研究中可能宥於語料不足，或對語料之解讀不夠
完整，使成果有所侷限。且先秦以後「所」字的語法化歷程亦
為可以進一步探究的對象，則有待在本文的基礎上繼續研究。

參考書目

（一）語料文獻

[漢]鄭玄，《毛詩正義》(1971)。台北：廣文。

[唐]孔穎達，《左傳正義》(1972)。台北：廣文。

[宋]朱熹，《詩經集註》(1996)。台北：萬卷樓。

楊柏峻編，《春秋左傳注》(1981)。北京：中華。

中央研究院古漢語文獻語料庫 中央研究院詞庫小組。

（二）研究論著：

王力，1944，《中國語法理論》(1987)。台北：藍燈。

王力，**1958**，《古代漢語》**(1989)**。台北：藍燈。

王力，**1980**，《漢語史稿》**(2003)**。北京：中華。

王力，**1989**，《漢語語法史》。北京：商務。

呂叔湘，**1942**，《中國文法要略》**(2002)**。瀋陽：遼寧教育。

呂叔湘，**1980**，《現代漢語八百詞》**(1984)**。北京：商務。

竺家寧，**2005**，〈中古佛經的「所」字結構〉in《古漢語研究》。

吳東平，**2000**，〈古漢語中「X 所...」的結構新論〉in《中南民族學院學報》。

姚振武，**1996**，〈為字的性質與「為」字式〉in《古漢語語法論集》。北京：語文。

馬建忠，**1989**，《馬氏文通》**(1906)**。清紹興府學堂。

許威漢，**2002**，《古漢語語法精講》。上海：上海大學。

楊樹達，**1928**，《詞詮》**(1959)**。台北：台灣商務。

楊伯峻，**1981**，《古漢語虛詞》**(2000)**。北京：中華。

董秀芳，**2002**，《詞彙化：漢語雙音詞的衍生和發展》。四川：新華。

劉堅、曹廣順、吳福祥，**1995**，〈論誘發漢語詞彙語法化的若干因素〉《中國語文》

黎錦熙，**1924**，《新著國語文法》**(1992)**。北京：商務。

蔡英杰，**2001**，〈「所」的指代功能考察〉in《淮北煤師院學報》。

魏培泉，**1990**，《漢魏六朝代詞研究》**(2004)**。台北：中央研究院語言學研究所。

Hopper. J. Paul. and Traugott. Elizabeth Closs，**1993**，《語法化研究》**(2001)**。沈家煊導讀，北京：外語教學與研究。

論明初宋濂詩歌中的人物形塑

謝玉玲

國立台灣海洋大學通識教育中心助理教授

一、前言

　　宋濂（1310-1381），字景濂，潛溪（今浙江浦江）人，四方學子以「潛溪先生」稱之，執明代文壇牛耳於一時，明太祖稱其為「開國文臣之首」[1]，故可見其文章影響之深遠。宋濂素以散文名世，無論是在元代刊刻的《潛溪集》、《龍門子凝道記》、《浦陽人物記》，或是入明之後的《鑾坡前集》、《鑾坡後集》、《翰苑續集》、《翰苑別集》、《芝園前集》、《芝園後集》、《芝園續集》、《朝京稿》等，多以散文為主，學者關注的焦點也多著重在傳記文章與文論方面。他的傳記人物都具有鮮明的個性，通過多樣的描寫技巧，塑造血肉豐滿的人物特徵，並在所書寫的人物身上，寄寓個人的胸懷與情志，足見其散文造詣的深厚。

　　宋濂早年曾追隨吳萊（1296-1340）習文習詩，吳萊個人詩

---

[1] 見（清）錢謙益：《列朝詩集小傳》81 卷（台北：明文書局，1991年），頁 120。

作少寫律絕，多寫古體，歌行尤多。二人亦師亦友的情誼甚深，屢有詩文交換討論之舉，吳萊曾言「大抵景濂之文，韻語為最勝」[2]。胡應麟在《詩藪》中認為宋濂雖「不喜作六朝語」，但其亦有一些「物華半老胭脂苑，春霧輕籠翡翠城」、「因彈別鶴心如翦，為妬文鴛繡懶成」等精工流麗之句[3]。

相較散文作品，他的詩歌創作則較少為人論之，數量亦相形單薄。入明前，宋濂有詩集《蘿山稿》，惜不傳於世。目前《宋濂全集》[4]中所收之詩歌作品，計有一百八十六首，再加上學者輯佚九首[5]，共計一百九十六首。其中以古體詩為大宗，計有一百零七首，五言古詩計七十首，七言古詩計三十七首，二者佔宋濂詩歌作品二分之一強；近體詩則計有七十七首，分別為五言絕句二十五首，五言律詩四首，七言絕句三十五首，七言律詩十四首。其他則尚有四言詩四首、六言詩一首，以及雜言詩五首。

由上述統計觀之，宋濂詩歌作品多古詩，近體詩作較少。由於近體詩有篇幅限制，故重技巧；而古體詩篇幅載體較為自由，因此詩篇的內容表現就相形重要。宋濂詩作多寫古體的情

---

[2] 見〈吳萊與宋景濂書〉，收入羅月霞主編：《宋濂全集·潛溪錄卷五》（杭州：浙江古籍出版社，1999年），頁2561。

[3] 見陳田輯撰：《明詩紀事》（上海：上海古籍出版社，1993年），頁110。

[4] 《宋濂全集》「是目前一個比較可靠和完善的全集」（按：此語見該書之〈前言〉），此書亦是迄今對宋濂詩文與相關資料收集較為齊全的版本。見羅月霞主編之《宋濂全集》（杭州：浙江古籍出版社出版，1999年）。本文所引宋濂詩文資料以此全集為主，引文簡稱《全集》，並標注《全集》之頁數。

[5] 見徐永明：《元代至明初婺州作家群研究》〈附錄·宋濂九首集外詩〉（北京：中國社會科學出版社，2005年），頁597-599。

況，實與吳萊相近[6]。至於詩歌主題內容表現多元，包括詠景、感懷、師友唱和、贈詩、詠史、敘事、展現個人文學觀，以及與道教、佛教等宗教相關之詩作。

對文學家而言，文學作品向內是展現自我在命題與立義方面的表現，向外則是透過作品，實踐個人理念與文學主張。由於他的學養深厚，對歷史人物事跡熟稔，並且擅長人物刻畫，這些特點在其詩歌作品中亦同樣突出。他的詩歌作品裡，約有十分之一是以「人物」為書寫對象，且多以古體詩體裁展現，而這種兼具詠史與敘事的寫作手法，以及表現載體的選擇，除受其師承影響外，實與個人的文學理念和涵養有關。因此本論文將不揣簡陋，擬從其詩歌作品之人物形象塑造的視角出發，對宋濂的詩歌作品進行討論。

二、宋濂論詩歌創作的準則

分析宋濂的詩歌作品，必先了解其對詩歌創作的要求與準則。從創作的角度觀察，宋濂的詩歌主張有二，一是詩宗盛唐，

---

[6] 宋濂師承吳萊（1296-1340），二人保有亦師亦友的情誼。吳萊現存《淵穎集》（台北：新文豐出版公司，1984 年。）詩歌計二百六十七首，其中五、七言古體詩達一百八十餘首，且多為長篇鉅製，在元代詩壇中獨樹一幟。其古體詩中最為人稱道者，屬七言歌行體，清王士禎之論詩絕句中曾寫道：「鐵崖樂府氣淋漓，淵穎歌行格盡奇。耳食紛紛說開寶，幾人眼見宋元詩。」見《漁洋詩集》卷二十二〈冬日讀唐宋金元諸家詩偶有所感各題一絕於卷後凡七首〉，收入《王士禎全集》（一）（濟南：齊魯書社，2007 年）。

其次是師古必師其心[7]。在〈答章秀才論詩書〉一文中，他清楚地說：

> ⋯惟陳伯玉痛懲其弊，專師漢魏而友景純、淵明，可謂挺然不群之士，復古之功於是為大。開元、天寶中，杜子美復繼出，上薄風、雅，下該沈、宋，才奪蘇、李，氣吞曹劉，掩顏、謝之孤高，雜徐、庾之流麗，真所謂集大成者，而諸作皆廢矣。並時而作有李太白，宗風、騷及建安七子，其格極高，其變化若神龍之不可羈。⋯〈答章秀才論詩書〉[8]

宋濂主張詩宗盛唐，且視杜甫、李白為大家。在盛唐詩人中他推崇杜甫與李白，特別是杜甫，他認為是所謂歷代詩人中集大成者[9]。在〈杜詩舉隅序〉一文中，他清楚說明杜詩的優點：「杜子美詩，實取法三百篇，有類國風者，有類雅頌者，雖長篇短韻，變化不齊，體段之分明，脈絡之聯屬，誠有不可紊者。」[10]

---

[7] 見謝玉玲：《宋濂的道學與文論》（嘉義：國立中正大學中文所博士論文，2005 年），頁 255。

[8] 《全集》，頁 207-210。

[9] 宋濂推崇杜甫為盛唐集大成者，宗杜之說，其文友楊維楨亦宗之。楊維楨在〈李仲虞詩序〉中指出：「刪後求詩者尚家數，家數之大無止乎杜。宗杜者要隨其人之資所得爾。資之拙者，又隨其師之所傳得之爾。詩得於師，固不若得於資之為優者。詩者人之情性也，人各有情性，則人有各詩也。得於師者，其得為吾自家之詩哉！」可見宗杜是當時的共識。同時楊維楨在此文中明確指出「杜詩之全」在於：「觀杜者不唯見其律，而有見其騷者焉；不唯見其騷，而有見其雅者焉；不為見其騷與雅也，而有見其史者焉。」參見《宋金元文選論》，北京：人民文學出版社，1999 年，頁 580。

[10] 《全集》，頁 1086。

至於李白的作品，他則認為具有雄放多樣的特質，特別是才情甚高，不可束縛。

其次他認為陳伯玉倡導「復古」，對矯正文風時弊有很大的貢獻。宋濂對詩歌的創作提出「師古」說：

> 然則所謂古者何？古之書也，古之道也，古之心也。道存諸心，心之言形諸書。日誦之，日履之，與之俱化，無間古今也。若曰專溺辭章之間，上法周漢，下蹟唐宋，美則美矣，豈師古者乎？〈師古齋箴有序〉[11]

他把「師古」的意義說的很透徹，所謂的「師古」，是學習古人的行為與思想，古之道與古之心是行事教化之本，因此他反對「專溺辭章」，徒究形式的「上法周漢，下蹟唐宋」。若從詩文發展的角度論，倡導「師古」實有其必要，在〈答章秀才論詩書〉中，宋濂曾對時人詩作表達不滿，他說：

> 近來學者類多自高，操觚未能成章，輒闊視前古為無物。且揚言曹、劉、李、杜、蘇、黃諸作雖佳不必師，吾即師，師吾心耳。故其所作往往猖狂無倫，以揚沙走石為豪，而不復知有純和沖粹之音，可勝嘆哉！

宋濂認為這些人雖然是「師心」，卻是「師吾心」，雖帶有擬古傾向，卻是以狂怪為尚，此處他指出元代中後期詩文創作中師心自用、自我作古的創作流弊。因此他認為：

---

[11] 《全集》，頁 922。

其上焉者師其意，辭固不似，而氣象無不同；其下焉者師其辭，辭則似矣，求其精神之所寓，固未嘗近也。(〈答章秀才論詩書〉)

古之君子，其自處也高，其自期也遠，其自視也尊，期則師與友也審，舉天下無足慊吾意者，則求古人之賢者而師友之。苟有得於心矣，當時知否不恤也，身之賤貴弗論也。行之為事功，宣之為言論，一致也。其心廓然，會天地之全，而游乎萬物之表，視古今如一旦暮，視千載以上之人，若同堂接膝而與之語，何暇以凡近者累其心乎？孟子舍子思之門人，而願師孔子，非遺其師也，道宜然也。近世學者，鄙陋而無志，聞古之人，畏之如雷霆鬼神，不敢稍自振，僕僕焉於庸常之人，師云師云，而足無所成者，皆習之（李翱）之所棄也。〈胡仲子文集序〉[12]

宋濂這裡明確地提出師古要以師意為上，師辭則為下，空有辭似而沒有掌握精神，這樣並不是真正的師古。他提出「師古」要「師其心」的概念，師古人之心就是師古人之道，若不能掌握「師心」這個關鍵，即使努力也無所成就。

同時他認為詩歌的創作是吟詠性情，出於一心，心有所感，然後能成詩。故說：

雖然，為詩當自名家，然後可傳于不朽。若體規畫圓，

---

[12] 《全集》，頁 1507。

> 準方作矩，終為人之臣僕，尚烏得謂之師哉！是何者？詩
> 乃吟咏性情之具，而所謂風、雅、頌者，皆出於吾之一心，
> 特因事感觸而成，非智力之所能增損也。古之人，其出雖
> 有所延襲，末復自成一家言，又豈規規然必于相師者哉？
> (〈答章秀才論詩書〉)

> 世之人多不能與此樂，蹇澀者以艱言短語為奇，好平易者
> 以腐熟冗長為美，或采摭異書怪說以為多聞，或蹈襲庸談
> 俚論以為易曉，而不知文之美，初不在是也。古之名世者
> 具可見矣。(〈與郭士淵論文〉) [13]

對宋濂而言，學詩當學名家，但他反對「體規畫圓，準方
作矩」摹擬的習詩態度，師古之意在於師「古之意」和「古之
心」，至於語辭、體製等形式層次，則抱之以彈性的態度。因此
宋濂在創作概念上雖然主「師古」說，強調「師心」的重要，
另一方面則就文章的體裁語言與風格表現而言，他認為可以依
個人天賦發揮創造，反對拘泥於古之辭語與形式技巧，因為詩
文創作本需具有自己獨特的風格。

他曾具體提出詩歌創作的五個要件與準則：

> 詩，緣情而托物者也，其亦易易乎？然非易也。非天賦超
> 逸之才，不能有以稱；其器才稱矣，非加稽古之功審諸家之音
> 節體制，不能有以究其施；功加矣，非良師友示之以軌度，約
> 之以範圍，不能有以擇其精；師友良矣，非雕肝琢腎，宵咏朝

---

[13] 《全集》，頁 2581。

吟，不能有以驗其所至之淺深；吟咏侈矣，非得夫江山之助，則塵土之思，膠擾蔽固，不能有以發揮其性靈。五美云備，然後可以言詩矣。蓋不得助於清暉者，其情沉而鬱；業之不專者，其辭蕪以庞；無所授受者，其制澀而乖；師心自高者，其識卑以陋；受質蹇鈍者，其發滯而拘。古之人所以擅一世之名，雖其格律有不同，聲調弗有齊，未嘗有出於五者之外也。

（〈劉兵部詩集序〉）[14]

他把這五個要件準則稱之為「五美」，依次是：天賦超逸之才、審音節體制、良師益友、吟咏雕琢、江山之助，此「五美」對創作與鑑賞至為重要，有其先後次序。

宋濂在分述五個條件時，首先就「才」而言，意指天賦之才，也就是個人資質。在〈靈隱大師復公文集叙〉中，他說：

才，體也，文，其用也。天下萬物有體斯有用也。〈靈隱大師復公文集叙〉[15]

天賦之才，原得之於天，受之於父母，因此習文之初，文章的高下好壞往往受到天賦才情的限制。宋濂言才是體，文是用，個人天賦資質的問題實不能勉強。他曾以自己為例：

學文五十餘年，群書無不觀，萬理無不窮，碩師鉅儒無不親，自意可以造作者之域。譬諸登山，攀躋峻絕，不為不力，而崇顛咫尺不能到也。此無他，受才之有限也。

---

[14] 《全集》，頁 608。
[15] 《全集》，頁 1416-1417。

（〈靈隱大師復公文集叙〉

此段言論雖是他的自謙之詞，但亦是真實回顧。他個人習文時間逾五十年，識見亦廣，不僅期許窮盡事理之原，同時也與碩師鉅儒互相交遊切磋，自己對於文章創作亦孜孜矻矻，努力不懈，然所作之文仍未達頂峰，原因在於「受才有限」之故。「才能識略」本是作家的內在資稟，無論是先天已具，或是後天積累，所展現出的情貌，皆是影響詩歌形式內容表現的深層原因。

至於師友間的切磋，他認為：

> 詩道之倡，其有師友淵源乎？非師不足盡傳授之祕，非友不足成相觀之善，無是二者，不可以言詩也。〈孫伯融詩集序〉[16]

能否掌握「詩道」，師友間的互動，是其中一個重要的因素。其原因在於透過良師，才能盡傳授之祕，有益友才能相互切磋討論有所增進。宋濂當日所相往來者，諸如胡翰、劉基、王禕、蘇伯衡、章溢、葉琛等，俱為文章名家，在討論的過程中對個人的學養亦有所提升，因此其強調師友的重要性。

關於「江山之助」這個要件，其先師吳萊曾言：「胸中無萬卷書，眼中無天下奇山水，未必能文。縱能，亦兒女語耳。」[17]宋濂認為江山環境對於詩人閱歷的增長極有幫助，也能拓展胸襟。但若過於強調遊歷之助，仍會造成片面之效，有所偏頗。

---

[16]《全集》，頁 1253。
[17]《浦陽人物記・文學篇・吳萊》，《全集》，頁 1850。

故他將「江山之助」放在最後，最重要的仍是才情的培養、內容與詩法技巧的掌握，沒有這些基礎，即使能外出遊歷，也難能發揮性靈，使作品達到情景交融之境。

在五個要件中，「審音節體制」和「吟咏雕琢」二項，則是從文士實際創作角度論之。「審諸家之音節體制」，是針對詩文創作的形式而言，其中包括詩歌的音律、體制等形式特質掌握。在〈洪武正韻序〉中宋濂曾提到聲律的重要，他說：

> 臣濂竊惟司馬光有云：「備萬物之體用者，莫過於字；
> 包眾字之形聲者，莫過於韻。」所謂三才之道，性命道
> 德之奧，禮樂刑政之原，皆有繫於此，誠不可不慎也。
> 〈洪武正韻序〉[18]

他認為所有的典籍皆是由語言文字所構成，因此在使用上不可不小心謹慎，寫詩作文更應如此。因此審音節，究體制，實為詩歌創作與品評上必須注意的要項，特別是詩歌語言，更需要合於聲律。

在〈劉彥昺詩集序〉中，他曾提及自己學詩的經驗：「予昔學詩於長薌公，謂必歷諳諸體，究其制作聲辭之真，然後能自成一家。」[19]可見「稽古」與「審諸家之音節體制」，實與其創作經驗不可分。他認為作詩要「發揮其文藻，揚厲其體裁，低昂其音節」，故宋濂曾自言，其「雖自漢魏至于近代凡數百家之詩，無不研窮其旨趣，揣摩其聲律。」（〈清嘯後藁序〉）[20]同

---

[18] 《全集》，頁 816。
[19] 《全集》，頁 693。
[20] 《全集》，頁 489。

時他曾向吳萊請問作賦之法，吳萊則謂：

> 有音法，欲其倡和闔闢；有韻法，欲其清濁諧協；有辭
> 法，欲其呼吸相應；有章法，欲其布置謹嚴。《浦陽人
> 物記・文學篇・吳萊》[21]

由上述引文觀之，宋濂受業於吳萊時，吳萊強調不僅要注重聲
律，還要用心於文章結構的安排，同時必需精擇，因為「辭有
不齊，體亦不一，需必隨其類而附之」，以免玉瓚與瓦缶並陳。

至於宋濂提出「雕肝琢腎，宵咏朝吟」的說法，學者龔顯
宗認為可將此視為作家個人專與勤的功夫[22]。宋濂認為作家在
創作時，要能夠精心構思，推敲字句的使用，同時也要透過吟
誦，來檢驗文章的聲律與押韻，表示作品需妥善處理音律與詩
歌內容間的關係，此點與「審音節」、「稽聲律」實有相關之處。

因此透過對宋濂論詩歌創作法則的理解，進而針對他的作
品加以探究，實可作為檢視對其詩歌理論實踐的印證。

三、宋濂詩歌中的人物圖像分析

宋濂在散文創作中，尤以人物傳記揚名於世。吾等在其詩
歌作品中，亦觀察到類似的現象。相較於其他詩作的體式與內

---

[21] 《全集》，頁 1850。
[22] 參見龔顯宗：《明初越派文學批評研究》，台北：文史哲出版社，1988
年，頁 72。

容表達，他有十一首作品書寫人物形象，塑造出生動鮮明的人格樣貌。在體式方面，這些詩作皆屬於古體詩，多為七言歌行體，共計八首。在篇幅上，少則十六句，至多達一百六十八句，或者可以這麼說，宋濂是用詩歌為他心目中的理想人物寫傳記。以下將依詩作內容表現，分別敘述之。

（一）對歷史人物的詠嘆

在宋濂的詩歌中，有三首是以歷史人物和事件為書寫對象者，分別為〈題李白觀瀑圖〉、〈題宗忠簡公誥—王黼時為少宰，書名誥上〉和〈題李廣利伐宛圖〉。

> 長庚燁燁天之章，精英下化為酒狂，匡廬五老森開張，
> 銀河萬丈掛石梁。下馬傲睨立欲僵，聳肩袖手神揚揚。
> 亦昔開元朝上皇，宮中賜食七寶床，淋漓醉墨交龍襄。
> 人疑錦繡為肝腸，麾斥力士如犬羊。營營青蠅集于房，
> 金鑾不復承龍光。并州可識郭汾陽，不可丹陽逢永王。
> 大風吹沙日為黃，酸狄哀啼聞夜郎。蒼天欲使詩道昌，
> 頓挫萬物歸奚囊。何處更覓延年方，北海天師八尺長。
> 芙蓉作冠雲為裳，授以藥笈青琳琅。蓬萊屹起瀛海洋，
> 群仙遲汝相徊翔。誰將粉墨圖縑緗，顧我一見心倡倡。
> 詩成仰視天蒼茫，夜半太白生寒芒。〈題李白觀瀑圖〉[23]

〈題李白觀瀑圖〉是一首題畫詩，透過詩題可想見畫面應只是

---

[23] 《全集》，頁 1614。

捕捉李白凝視匡廬瀑布的景象[24]，但經由宋濂題畫詩的補充，
讓李白的形象更具風采。

李白在安史之亂爆發後的第二年（756）在廬山隱居，時
年五十六歲。全詩分為幾個部分，前六句主要對圖畫的內容進
行勾勒，透過文字呈現畫中李白的姿態。之後幾可說是對李白
生平際遇進行深刻簡潔的描繪，諸如天寶元年蒙唐玄宗召見賞
識，展現斥權貴如犬羊的氣概，足見當日李白豪放不羈的行事
風格。然而短短三年又因太監高力士等人的毀謗而離開京師。
安史之亂爆發後，永王璘進據丹陽準備進攻南京，卻因部將逃
跑而覆滅，李白受此牽累因而流放夜郎。進一步他談到李白「天
上謫仙人」的天賦才情與詩歌傑出成就，即使是浪漫遊仙與追
求長生的行徑，皆豐富作品思想的深度和藝術價值的高度。

吾等若將此詩加以分段觀之，前面三分之二的內容可說是
對人物形象進行建構。宋濂先用六句呈現圖畫內容，進而配合
史料，簡述李白生平重要的事件與表現。他細緻具體的加以刻
畫李白一生不凡的行徑，故後三分之一內容，則是透過李白曾
書寫遊仙詩，並與道教關係密切等經歷，對其人生際遇作出有
力的烘托。特別是最後四句，「誰將粉墨圖縑緗，顧我一見心倀
倀。詩成仰視天蒼茫，夜半太白生寒芒。」，也表達他對李白的
仰慕與感慨。

宋濂擅於人物刻畫，他曾藉由對歷史人物宗澤事蹟的敘

---

[24] 李白曾寫過〈望廬山瀑布二首〉，其二：「日照香爐生紫烟，遙看瀑
布挂前川。飛流直下三千尺，疑是銀河落九天。」收入《李太白全
集》卷二十一（北京：中華書局，1999 年重印），頁 989。

述，表達對宋代政局衰敗的感嘆：

> 青城妖祲連雲赭，犬羊在都龍遁野。百年藝祖舊河山，
> 萬騎長驅若冰解。京城留守一世豪，仰天雪涕風蕭騷。
> 起伏白日照河北，赤手欲障三秋濤。義旂戛天天為泣，
> 四方猛士聞風集。自期徇國與天通，豈謂忠言反難入。
> 披肝上疏留至尊，乘輿不顧東南巡。拊床大叫三星落，
> 非天棄宋良由人。功業無成志可紀，古來英傑多如此。
> 君侯心事漢武侯，偉氣英聲冠千祀。我來已恨生世遲，
> 不得親觀忠勇姿。每過鄉邑髮猶竪，綸誥況是當時為。
> 卻憶前朝司馬死，章蔡群姦乘間起。國雖未亂政先死，
> 萬里蒙塵從此始。吁嗟麟韠真奴臣，賊君致寇肥其身。
> 姓名汙眼尚欲嘔，君侯在位能無嗔？侯乎侯乎慎勿嗔，
> 誰使彼奴操國鈞？君不見汴京禮樂正全盛，江南杜宇啼
> 天津。〈題宗忠簡公誥—王黼時為少宰，書名誥上〉[25]

〈題宗忠簡公誥—王黼時為少宰，書名誥上〉這首詩同時
具備詠史詩的傾向，宗澤字汝霖，浙江義烏人，北宋抗金名將，
也是宋濂同鄉先賢。宋濂對於歷史人物事蹟十分熟稔，宗澤雖
然英勇愛國，然而靖康之難後，宋高宗等人選擇主和，導致南
宋偏安之局，「君不見汴京禮樂正全盛，江南杜宇啼天津。」宋
濂緬懷歷史總有無限的感嘆，面對宋朝的覆滅，「非天棄宋良由
人」，他認為關鍵之因皆在朝廷官員眾多主張議和投降，然真正

---

[25] 《全集》，頁 1621。

賢明的君主必須要有識別奸諂小人的能力，並將之清出朝廷，同時要能夠賞識德才兼備的臣僚，並委以輔君治國的重任。對於宗澤的抗金未成，「我來已恨生世遲，不得親觀忠勇姿」，他展現對南宋朝廷偏安主和的譴責，並給予這一位畢生以抗金為職志的名將至高的頌讚。

宋濂本身是學養深厚的大儒，對於歷史典故至為熟悉，因此通過詩歌的描述，可讓人對於畫中人物事件的印象更強烈，感受更深刻。他也曾針對李廣利伐大宛這一歷史事件進行書寫：

> 貳師城頭沙浩浩，貳師城下多白草。六千鐵騎隨將軍，風勁馬鳴高入雲。師行千里不畏苦，戰士難教食黃土。上書天子引兵還，使者持刀遮玉關。烏孫輪臺善窺伺，宛若不降輕漢使。璽書昨夜下敦煌，太白高高正吐芒。戎甲重徵十八萬，居延少年最魁健。殺氣漫漫日月昏，邊塵冉冉旌旗亂。水工絕水未絕流，旄竿已揭宛王頭。執驅校尉青狐裝，牡牝三千聚若丘。惜哉五原白日晚，郅居水急游魂返。〈題李廣利伐宛圖〉[26]

當時漢武帝一心想要得到大宛寶馬，於是派李廣利伐大宛，此段史實詳見《史記・大宛列傳第六十三》[27]。貳師將軍

---

[26] 《全集》，頁 1953。

[27] 《史記・大宛列傳第六十三》：「...拜李廣利為貳師將軍，發屬國六千騎，及郡國惡少年數萬人，以往伐宛。期至貳師城取善馬，故號『貳師將軍』。...貳師將軍軍既西過鹽水，當道小國恐，各堅城守，不肯給食。攻之不能下。下者得食，不下者數日則去。比至郁成，

兩次討伐大宛國，第一次失敗之因在於路途遙遠，糧食不足。當時漢武帝相當不悅，還派使者駐守玉門關，貳師將軍的部眾只好先留在敦煌。之後，基於怕西域諸國輕視漢朝，同時為了獲得大宛善馬，於是漢武帝加派軍員和糧食，還派了水工和習馬者，命李廣利第二次討伐大宛，務求得勝。宋濂根據〈大宛列傳〉加以剪裁枝蔓，藉用詩句精要敘述史實，並加以營造想像作戰氛圍，猶如巡覽當日場景。全詩雖未針對貳師將軍李廣利進行個人細部的描寫，但根據史實，一方面可一窺貳師將軍的能力與表現，另一方面從側面敘述西域戰場，並對當時耗費龐大軍力與軍費，只帶回三千多匹馬的戰果，透過最後兩句表

士至者不過數千，皆饑罷。攻郁成，郁成大破之，所殺傷甚眾。貳師將軍與哆、始成等計：『至郁成尚不能舉，況至其王都乎？』引兵而還。往來二歲。還至敦煌，士不過什一二。使使上書言：『道遠多乏食；且士卒不患戰，患饑。人少，不足以拔宛。原且罷兵，益發而復往。』天子聞之，大怒，而使使遮玉門，曰軍有敢入者輒斬之！貳師恐，因留敦煌。…天子已業誅宛，宛小國而不能下，則大夏之屬輕漢，而宛善馬絕不來，烏孫、侖頭易苦漢使矣，為外國笑。乃案言伐宛尤不便者鄧光等，赦囚徒材官，益發惡少年及邊騎，歲餘而出敦煌者六萬人，負私從者不與。牛十萬，馬三萬餘匹，驢騾橐它以萬數。多齎糧，兵弩甚設，天下騷動，傳相奉伐宛，凡五十餘校尉。宛王城中無井，皆汲城外流水，於是乃遣水工徙其城下水空以空其城。盡發戍甲卒十八萬，酒泉、張掖北，置居延、休屠以衛酒泉，而發天下七科適，及載糒給貳師。轉車人徒相連屬至敦煌。而拜習馬者二人為執驅校尉，備破宛擇取其善馬云。…宛乃出其善馬，令漢自擇之，而多出食食給漢軍。漢軍取其善馬數十匹，中馬以下牡牝三千餘匹，而立宛貴人之故待遇漢使善者名昧蔡以為宛王，與盟而罷兵。終不得入中城。乃罷而引歸。」

達對無數征夫犧牲生命的無奈和遺憾。

（二）對英雄豪傑的推崇

宋濂在其詩歌中創造出許多栩栩如生的人物，無論是將領或是豪俠，皆有與眾不同的姿態與表現。在〈題花門將軍游宴圖〉詩中，對於「花門將軍」有精采而形象性的描寫：

> 花門將軍七尺長，廣顙穹鼻拳髮蒼。身騎叱撥紫電光，
> 射獵娑陵古塞傍。一劍正中雙白狼，勇氣百倍世莫當。
> 胡天七月夜雨霜，寒沙莽莽障日黃。先零老奴古點羌，
> 控弦鳴鏑時跳踉。將軍怒甚烈火揚，寶刀雙環新出房，
> 麾卻何翅驅牛羊，平居不怯北風涼。白氈為幄界翠行，
> 銅龍壓脊雙角張，綵繩互空若虹翔，將軍中坐據胡床。
> 爐炭炙肉泣流漿，革囊捆酒蒲陶香，駝蹄斜割勸客嘗。
> 趙女如花二八強，皮帽新裁繫錦纕，低抱琵琶彈鳳凰。
> 半酣出視駝馬場，五花作隊滿澗岡，但道驩樂殊未央。
> 〈題花門將軍游宴圖〉[28]

若從篇章結構觀之，這是一首七言二十七句的題畫詩，宋濂一開始只用了「花門將軍七尺長，廣顙穹鼻拳髮蒼」十四個字，就把花門將軍的外貌生動而具體的勾勒出來，身材高大，廣額高鼻，屬於邊塞民族的樣貌，此處花門將軍的外貌，是依據圖像描繪所書寫的。畫的內容雖然不變，但在詩歌中卻可以

---

[28]《全集》，頁 1958。

自由的想像，自在的馳騁，突破時間與空間的限制，為畫中的花門將軍建構出獨特的形象和性格特質。此首詩的前六句是詩歌的重心，亦可說是焦點所在的「圖」，接續的內容則是屬於背景的「底」[29]，藉以烘托主題人物「花門將軍」。

因此宋濂接著從書寫騎射的英姿，描寫其蓋世的英勇豪情與高強的武藝，到個性烈如火，退敵如驅牛羊一般的英武，他從不同角度立體地勾勒出花門將軍的形象。接下來轉換場景，續寫宴飲歡樂的場景：「將軍中坐據胡床，熾炭炙肉泣流漿，革囊捫酒蒲陶香，駝蹄斜割勸客嘗。」透過大塊吃肉大口喝酒的表現，烤肉、葡萄酒，駝蹄，宋濂意圖為花門將軍塑造熱情好客的爽朗性格，其間插入彈奏琵琶的如花女子，還有在半酣之際巡視駝馬場的補述，此種書寫方式實將人物刻畫得淋漓盡致，也讓畫面帶有更多的想像空間。

與「花門將軍」類似的人物刻畫，在〈紫髯公子行〉詩中，宋濂亦對驍勇善戰的戰將進行描繪：

> 紫髯公子五花䯄，蛇矛犀甲八扎弓。黃昏沖入北營去，衮衮流星天上紅。十萬雄兵若秋隼，千甕行酒須臾盡。太白在天今歲高，千旄指處皆齏粉。涼州白騎少年兒，紫繡麻□來似羆。鴉翎羽劍始一發，射翻不翅牛尾貍。紫髯紫髯勇無比，愧殺生須諸婦女。當年冠劍圖麒麟，何

---

[29] 此處的「圖」與「底」，是篇章結構學中的概念，「底」相對「圖」而言，能起烘托的作用，「圖」相對於「底」而言，卻有著聚焦的功能。見陳滿銘：《篇章結構學》，台北：萬卷樓圖書有限公司，2005年5月，頁129-130。

曾三目異今人？〈紫髯公子行〉[30]

這首詩是七言歌行體，共十六句。一開始「紫髯公子」就令人感受其與眾不同，身上所攜之「蛇矛犀甲八扎弓」，而且「十萬雄兵若秋隼，千瓮行酒須臾盡」的豪氣，「千旄指處皆齏粉」的戰績，清楚又具體地描寫一位衝鋒陷陣，所向披靡的英勇戰士形象。

在寫作手法方面，值得關注者在於宋濂首先營造出磅礡雄壯的氣氛，再透過「黃昏沖入北營去，袞袞流星天上紅。十萬雄兵若秋隼，千瓮行酒須臾盡。太白在天今歲高，千旄指處皆齏粉。」連續六句，節奏鏗鏘明快，氣勢流暢激越，讓人讀之更能感受主角的豪氣與能力。同時此詩運用對比的手法，用「紫髯紫髯勇無比，愧殺生須諸婦女」二句直接對照怯懦之輩的反差，強化突出了紫髯公子正面英勇的人物形象。

宋濂對於人物形象的刻畫極為用心，特別是一些行事特異之士，在其筆下更是鮮活靈動，令人有如見其人之感。如〈贈虎髯生詩有序〉的主角「虎髯生」，就是一位奇行疏狂之士：

> 虎髯生，鐵鑄形，金鑄聲，雙睛閃爍如怒鷹。東飛欲盡三韓地，西飛要絕康居城。刺刺論世事，滿口吐甲兵。於焉柝長圖，於焉建交營。地聯犬牙霜月苦，天控虎口蠻雲冥。若笑我言狂，我醉勿復醒。十萬生靈定齏粉，夜半鬼燐燒空青。南方大諸侯，聞之心膽驚，便遣使者持弓旌。招之至麾下，洩此氣崢嶸。生出謝使者：人言

---

[30] 《全集》，頁2200。

慎勿聽。逃入積翠巢崚嶒，身衣鹿皮明，首冠竹籜撐，
窣窣起向秋風行。虎髯生，狂似李，龐似彭。何不執取
紅氍丈二槍，搴旗斬將聲竑竑。〈贈虎髯生詩有序〉³¹

宋濂筆下的虎髯生，屬於狂傲不群，懷才不遇的人物。若
根據詩前之序，他幼有大志，與世多不合，然常慕古豪傑。鄉
里小孩揶揄他，先達則稱之為「狂生」，但他以禮自守，善近師
友，稍能被歸為「士」一類。他能夠判斷時勢，無可發揮所長
之際，進而決定自己遁世隱居山林。在詩中，宋濂形塑出的虎
髯生儼然剛正儶人，文韜武略盡存胸臆。但他亦非庸祿之人，
在中原兵動之際，雖有機會入丞相府，但他判斷丞相絕不能用
其言，故毅然隱遁，這樣的胸襟是宋濂極為稱許的。類似的敘
述出現在〈次劉經歷韻〉中，他運用七言古詩形式鋪陳，表現
劉經歷亦是文武雙全者，特別是其帶兵禦敵事，極為英勇生動：
「一朝閩寇略鄉部，蜂營蟻隊來無涯。先生仗劍募驍壯，帶甲
十萬人無譁。旗幟精明刀戟銳，欲殲封豕連長蛇。…」³²劉經歷

---

31 《全集》，頁 2167。
32 《全集》，頁 2204。全詩如下：「先生勁氣類松柏，壓倒柔脆千蒹
葭。發為人文疾於電，硯墨衰衰翻羣鴉。便合催歸玉堂署，天子左
右宣黃麻。如何擯絕東海上，使采夕术餐晨霞。一朝閩寇掠鄉部，
蜂營蟻隊來無涯。先生仗劍募驍壯，帶甲十萬人無譁。旗幟精明刀
戟銳，欲殲封豕連長蛇。灼山烙澤絕檜窟，奔迸不翅逃置罝。火光
照耀天地赤，支骸撐柱隨燒□。鴻勛垂成事或變，志士扼腕徒咨嗟。
邇來漂寄在道路，東西不定如棲苴。營乖衛逆結瘡痏，攻醫脛踝將
侵胯。注漿流瀋洩憒憒，未許袴褶來籠遮。禦濕雖治麴糵劑，踞洗
恨欠雲饕娃。況逢炎溽釀急雨，大風挾勢飛黃沙。山漫疑欲接霄漢，
河漲定可浮星查。空堂悲坐發孤咏，風刺欲關離騷家。豈惟草堂詩
止瘧，妙句亦可蘇痿麻。懸燈疾讀但吐舌，不覺唇齶相掀呀。文場

是文人，面對危難卻能奮勇整軍努力抗敵，其精神令人欽佩。

（三）對平民生活的同情

宋濂除了刻畫英雄豪傑之外，在詩歌中也書寫平民百姓的樣態。〈出門辭為蘇鵬賦〉一詩，傳遞平民百姓在現實生活裡的悲哀與無奈，通篇格調較為沉鬱：

> 憶昔出門時，營魂不相依。亂行忘戶庭，欲東卻從西。
> 升堂拜嚴父，鶴髮七十餘。欲語不成語，涕下如綆縻。
> 老妻哭中閨，半世嘆分違。執意垂白後，亦復不同棲。
> 妾病入骨髓，一命僅若絲。不知君還日，能有相見期。
> 爭如床下鳧，反得隨君之。不忍出門別，難禁君去時。
> 言已咽就榻，見者皆歔欷。流雲雖無情，慘澹亦如悲。
> 瘦女候庭前，含淚整衿裾。東風尚苦寒，凜凜中人肌。
> 願耶善自愛，以慰兒女思。三孫拜馬前，頭角何累累。
> 大者始十齡，小者猶孩提。伯仲似解事，飲泣貌慘淒。
> 季也最可憐，頓足放聲啼。我欲同翁去，明日同翁歸。
> 石人縱無腸，對此能自持？二兒遂相行，直至雙溪涯。
> 淚眼似井水，源源流弗虧。舟師催棹發，丁寧且遲遲。
> 我父去終去，幸得緩斯須。於時天漸暗，密雪學花飛，
> 山林盡變幻，白玉為樹枝。觥觥伊軋動，兄弟爭牽衣，
> 但得到睦州，不敢再相隨。強顏麾斥去，掩泣立沙坻，

自合推第一，俯視諸子百倍餘。黃鐘大呂正醇罶，桑間濮上誰淫哇。臺僂讁下暫狡獪，莫忘舊種瑤池花。鈗肝劌腎竟無益，不如養性祛陰邪。他時紫府或有召，會駕五色麒麟車。」

> 盤回過前灣，跂立猶不移。我時情懷惡，有目何能窺？
> 急入篷底臥，冥然付無知。同行堅慰解，沽酒買紅魚，
> 酒飲未終觴，酩酊已如泥，至重在天倫，誰寧不念茲？
> 無淚灑離別，此語非人為。況我志丘壑，豈欲阨路歧？
> 但願身強健，定得返故廬，長幼聚一筵，春菌薦塒雞。
> 重賡考槃咏，勿倡出門辭。〈出門辭為蘇鵬賦〉[33]

這首詩的主題內容頗似古樂府詩〈東門行〉[34]，此詩的時代背景應在元末社會動盪之際，其勾勒年近垂暮的蘇鵬，回想日昨離家與親人離別的場景。宋濂實用悲憫的心情，描寫蘇鵬為了生計不得不離鄉背井，出門遠行的悲愴圖像。

在結構安排方面，情節緊湊，不僅條理分明，也情真意切。此篇明顯以賦的手法寫詩，詩中共有九個人物，無論是年邁的老父、臥病的妻子，或是強忍悲傷的子女，以及年齡不一的孫兒，每個人的言語、神情、動作與其年齡、輩分無不相吻合，說著符合身份年紀的話語，九個人皆形象鮮明。

首先透過「營魂不相依，亂行忘戶庭，欲東卻從西」三句，先點出蘇鵬離家前紊亂的心情。

其次，大篇幅描寫家人與蘇鵬分別時的場景，透過對話以表現人物的心理。主角先向父親拜別，「欲語不成語，涕下如縆

---

[33] 《全集》，頁 2197。
[34] 〈東門行〉：出東門，不顧歸。來入門，悵欲悲。盎中無斗米儲，還視架上無懸衣。拔劍東門去，舍中兒母牽衣啼。他家但願富貴，賤妾與君共餔糜。上用倉浪天故，下當用此黃口兒。今非，咄！行！吾去為遲，白髮時下難久居。

廮」，面對年邁的父親卻無法晨昏定省盡孝道，還要離家遠行，身為子女的心情是沉痛自責。至於寫到臥病在床的妻子，無論從客觀的經歷，或是主觀的現實狀況，她皆無法面對夫婿不知歸期的遠行，因此透過妻子所言「爭如床下鳥，反得隨君之」，更令人不忍。對照妻子的悲傷，女兒對於父親離家的表現，特別是「含淚整衿裾」一句，含蓄且恰如其分地爲父親整理衣服，雖然在情感的表現上只有「含淚」，但流露出的關懷之情，亦顯出對父親的敬重與掛心。兒子則是親送父親搭船，「掩泣立沙坻」、「跂立猶不移」，目送父親離開仍不忍離去。「舟師催棹發」、「艫聲伊軋動」兩句，藉由船夫的催促與船槳划動的聲響，具象而且帶著聽覺效果地表現出離別的情景。

　　此詩極精采之處在於對孫兒的描寫，「伯仲似解事，飲泣貌慘淒。季也最可憐，頓足放聲啼。」三個孫兒年紀都不大，面對祖父將要遠行，似懂非懂，卻也悲傷哭泣。其中特別是生動地描寫最小的孫子頓足啼哭之貌，好一副小孩兒耍賴不依的模樣，讓人不忍。緊接著透過小孫兒的口說出「我欲同翁去，明日同翁歸」的話語，除惹人心疼之外，足見祖孫感情的融洽，更增添無限離愁。

　　面對離鄉的感傷，扮演人子、人夫、人父、人祖多重角色的蘇鵬，心中的哀傷無從訴說，回想家中的和樂，只好借酒澆愁，酩酊大醉之後，希望自己能健康無恙地回家重拾天倫之樂外，亦希望達成隱居山林的人生願望，不要再與家人分別。

　　從藝術特質觀之，此詩結構嚴謹，層次井然，從蘇鵬起，亦從蘇鵬結，面對分離矛盾複雜的心情，欲留不得，欲去難捨

之情，躍然紙上。同時本篇成功的運用了鋪陳手法，全篇氣氛的營造緊扣著離別的主題，不同人物的敘述方式各有不同，順敘中插入補敘，透過筆法的參差，生動塑造不同人物的形象，也避免枯燥與濫情之感。

（四）對儒生行為的勸勉

宋濂另外有三首詩歌值得吾等關注，分別為〈陶冠子折齒行同張□先生賦〉、〈天麥毒行〉、〈義俠歌效白樂天體〉。

〈陶冠子折齒行同張□先生賦〉是一首七言歌行體，從陶冠子「折齒」一事進行敘述，是極具新意的寫作題材與視角，同時內容詼諧生動，並帶有豁達之意，與其他書寫人物的詩歌作品有所不同。

> 陶冠先生家海壖，玉作齒牙白且堅。非惟硬餅似刀截，
> 左毅右戡咸能穿。一朝怪事發坐側，狂童酗酒步若顛。
> 手揮山斧作狸舞，縱橫奮擊何喧闐。先生驚起急驅過，
> 眼花落井無由愯。當時月黑不辨色，誤落兩齒聲鏗然。
> 先生大痛幾欲絕，吻角流血如流涎。掀呀口中開穴竇，
> 脣齶一鼓風翩翩。譬之連城列埤堄，正陽雙玷功非全。
> 咀華從此憚強勁，卻愛芳脆柔於綿。酒醺剌剌論世事，
> 宮徵未必能清圓。東閣西井走相唁，先生便可攄煩悁。
> 跛足男兒尚節度，折臂次始居台瓤。但得錦心繡腸在，
> 何憂健翮難飛騫？先生聞之只大嚄，詆辭奚用來如泉？
> 柔存剛缺古所戒，昭晰不異明星縣。余生褊迫與物忤，

藉此為鑑期無怨。兩間分賦妙不測，神奇臭腐相縈緣。
但涉形形盡粗穢，縣解定屬虛無先。須知無趾別有趾，
外累皆撥蟲能天。犢白人盲寧足患，禍福相倚誠幽玄。
江城五月藕花發，花氣蒸兩濃如煙。且沽美酒對花飲，
正有三百青銅錢。〈陶冠子折齒行同張□先生賦〉[35]

　　這首詩可分成三個部分，前兩段可說是針對主題進行陳
述。首先，故事開端由「牙」始，前四句強調陶冠先生的齒牙
白且堅，再硬的食物都能應付無慮。但事件的發生總是很突然，
以下八句是為阻止家中狂童酗酒鬧事，一個不注意，陶冠先生
就掉落井中，撞斷了兩顆門牙，自此飲食與說話習慣也為之改
變。宋濂雖然選擇順敘的方式敘述，先強調主角令人自豪的堅
硬牙齒，但接續幾句：「一朝怪事發坐側，狂童酗酒步若顛。手
揮山斧作狸舞，縱橫奮擊何喧闐。先生驚起急驅過，眼花落井
無由俊。」把當時氣氛的緊張和動作的逼真，極為寫實具象地
呈現出來，讓人有如臨其境，參與其中之感。之後描寫主角斷
牙當下至為痛苦的表情，「先生大痛幾欲絕，吻角流血如流涎。」
生動細緻的導出結果「掀呀口中開穴竇，唇齶一鼓風翩翩。」

　　由於缺了牙，生活只好隨之改變，「咀華從此憚強勁，卻愛
芳脆柔於綿」，自此進食就開始選擇柔軟芳脆的食物。酒酣之際
即使口無遮攔地談論世事，也因為缺牙之故導致說話有些含
糊，聽者聽不清楚，倒也是無意中的好處。最後宋濂提出自己
的看法與體悟，安慰陶冠先生，「柔存剛缺古所戒」，大化天地

---

[35] 《全集》，頁 1948-1949。

間的得失，猶是禍福相倚，因此接受它，順勢而為即可。

至於〈天麥毒行〉一詩，共八十四句，故事性極強，敘寫任生夢中奇遇，經歷生死交關的考驗，宋濂藉以提出對儒士的勸勉。

> 任生累葉居章邱，僮妾指千百馬牛。文軒綵閣插雲上，
> 脆管繁弦邀客留。閒時好把道書讀，日啖湯餅無時休。
> 一朝陰厥忽仆地，六脈隱約如蝦游。移時開窟拂衣起，
> 喜氣入面輕黃浮。自言惚恍有奇遇，不翅乘軿觀十洲。
> 初逢一身臥空曠，手足僵勁無寸柔。大神持刀剖心腹，
> 洞見十二仙家樓。紅光眩眼視閃爍，後先樞戶皆朱鬃。
> 絳衣女子導以入，手執幢節懸銀流。入宮升殿謁女主，
> 美豔可使春花愁。鴛鷥曳帶珮軟玉，芙蓉仍插金搔頭。
> 五明扇遮九龍座，珍珠簾挂珊瑚鈎。分班就坐未及語，
> 有敕太官催進羞。須臾水陸盡交錯，玉盤擘脯堆紅虬。
> 女樂翩翩次第舉，搗箏彈瑟鳴箜篌。燕罷瑤階月初轉，
> 餘情不斷魚含鈎。紫州小姑遽餞別，陽春一曲翻新謳。
> 隱雷作聲忽驚覺，卻厭人世真蜉蝣。若非名登九天籍，
> 安得俗駕攀真儔。室中宴坐絕葷血，扃鐍不許他人抽。
> 或為妍唱感異類，水禽山雀爭喧啾。如斯歲發至六七，
> 猶怨閟遠難冥搜。家人共怪狐鬼城，握粟出卜城南頭。
> 巫醫送進獻方技，何異白石江水投。相里先生來自陝，
> 纖目入鬢清於秋。腰懸藥壺大如斗，吐言便覺冰生喉。
> 且云餅中天麥毒，陰氣不決為人尤。必須陽精可制勝，
> 驅逐惡屬誅陰酋。萬嶽丹砂我獨得，迎陽搗就光油油。

便烹蘆菔和為液，袪疾有同鷹脫韝。三齋七戒始敢服，
服後所見非前侔。侍臣朱裳多故惡，執樂不作含深憂。
再服戶樞皆變白，素衣對泣聲咿嚘。三服宮闈歊且側，
左右紛亂如驚鷗。女主戎裝及奔竄，上車歷錄行荒陬。
迅霆一擊前殿火，虐燄四射森戈矛。自茲神觀漸復舊，
方與人事通綢繆。嗚呼我人最靈貴，一為病蠱忘身謀。
孰知無病亦顛倒，沈蝕聲利甘拘囚。紛紛白晝混人鬼，
老死竟不分薰蕕。當持六經煉為藥，盡療天下蒼生瘳。

〈天麥毒行〉[36]

　　詩中宋濂先點出主角居住的地點，與日常生活狀況，「僮
妾指千百馬牛。文軒綵閣插雲上，脆管繁弦邀客留。閑時好把
道書讀，日啖湯餅無時休。」任生家境富裕，平日愛讀道書，
啖湯餅，耽溺於口耳之欲。直到有天忽然倒地，氣若游絲，直
到清醒時才說出在「仙境」中的遭遇，此處作者用二十句對「仙
境」進行描寫。

　　話說任生入一空曠處，遇有大神先剖心腹，之後進入「仙境」。
在那裡他見到華美的仙家樓，入宮拜見美艷盛妝的女主。任生很
受禮遇，一會兒，佳餚珍饈齊備，女子翩翩起舞，有悅耳的樂音，
一切都是常人想望，努力求道，意圖達到仙境的情景。

　　然而，「隱雷作聲乎驚覺，卻厭人世真浮游」，回到現實場
域，任生自此更關注於修道之事，「室中宴坐絕葷血，局鐍不許
他人抽」，飲食不沾葷腥，更在門窗外加上鎖鐍閉關修行，但過

---

[36] 《全集》，頁 2206-2207。

了六七年卻無法重返仙家。家人擔心之餘不免求神問卜，直到
「相里先生」告知任生的狀況實因湯餅中的天麥毒所引起，導
致「陰氣不決」，須以「陽精」之物方能致勝，歷經三次服食藥
方才袪疾，自始幻境消失，才逐漸回歸正常。

宋濂花了相當大的篇幅（按：接近全詩的八分之七）敘述
任生的遭遇，近似求道走火入魔。之後他提出個人見解，認為
任生因日啖湯餅，深受餅中的天麥毒害；又因為閒時愛讀道書，
反而心智遭受迷惑。他認為只有人才是世間最為靈貴者，「孰知
無病亦俱倒，沈蝕聲利甘拘囚」，作為一位儒生，最應該做的是
「當持六經煉為藥，盡療天下蒼生瘳」，從經典中尋求經世濟民
之方，才是對道德價值的一種踐履，而不是過份耽溺於個人喜
好，且用避世修道求仙的方式，面對事局的變動。。

至於〈義俠歌效白樂天體〉，是宋濂詩歌作品中的長篇鉅
製，以五言古詩寫成，共一百六十八句。這篇詩作，帶有唐傳
奇的味道。

> 德興董國度，其字為元卿。宣和舉進士，籍籍多文聲。
> 初調膠水簿，其地近東溟。筮日別母妻，匹馬赴驛程。
> 居官未一載，金人忽渝盟。中原相繼陷，無由遂歸耕。
> 沖天乏羽翼，俯首走伶俜。流寓逆旅氏，變更姓與名。
> 逆旅卿畸孤，買姬奉使令。姬性多點慧，姿色更娉婷。
> 惻然憐卿貧，孳孳學經營。鑱石作巨礎，市鹽使旋縈。
> 粉麥白如玉，貿易入南城。從此日優裕，寒谷化春坰。
> 新居巧締構，高樓聳朱甍。陌阡接東西，秋風熟香粳。

開尊醉花月，弦管雜匏笙。卿終不自懌，嘆息或涕零。
長跪敬問之，豈妄無異能。家事不牢落，胡為日怦怦。
卿曰爾不知，我實為南氓。家有鶴髮親，無從問死生。
念此心欲折，夢魂亦煢煢。姬言我伯氏，義俠天下稱。
卿胡不早言，俾卿得歸寧。未幾有奇客，軒然過門庭。
虯髯頳玉面，九尺長身形。高騎紫騮馬，好似漢灌嬰。
下馬入門坐，氣象猶生獰。揖卿使卿拜，此乃妾之兄。
呼童刲羊豕，開燕羅觥觵。酣飲直至夜，月影移前楹。
姬起屬前事，鄭重語加精。是時金人令，南官不自鳴。
便差縣官縛，薰街受極刑。卿因譚其說，踧踖弗能勝。
客乃奮臂怒，責卿何不誠。我以女弟故，冒禁挾子征。
卿胡反致疑，視我為凶傖。急取告身來，庶幾足依憑。
不然擒赴官，命與鬼錄爭。卿懼不敢喘，有言一一聽。
客去甫一日，控馬來相迎。命姬欲共往，姬謂幸少停。
卿先隨兄去，不必懷戰兢。妾有自製袍，贈卿意盈盈。
兄或持金贈，示之辭弗承。倉黃別就道，有涕如懸纓。
疾馳至大海，海舟在水橫。客令卿前登，迅速類建瓴。
舟人敬且畏，一如事神明。未渴奉馬湩，未飢具羊羹。
財方達南岸，客已在旗亭。勺酒對卿飲，論言極崇紘。
歷陳太夫人，年已近耄齡。赤手得返國，何以娛其情。
黃金二伯兩，卿當置諸籯。卿謝不敢受，客竟委之行。
卿追至門外，舉袍若懸旌。客駭且大笑，吾妹實豪英。
吾事未能了，有懷當再傾。卿歸拜慈母，慈母惕然驚。
意謂從天降，穩駕仙人軿。南北望已絕，音耗無由偵。

今晨得再見，死草再發榮。喜極繼以泣，霽雲為冥冥。
妻兒亦亡恙，一一列前庭。更闌共軟語，秋花上青燈。
取袍當戶著，袍縫爛然楨。箔金滿中貯，碎若剪鳳翎。
踰年客果至，攜姬重合并。鄉人競聚觀，皆曰見未曾。
朝廷錄卿官，添差尉宜興。卿妻曰余氏，悍妒仍驕矜。
遇姬多亡狀，禁攝如凍蠅。甚或加箠掠，人諫了不懲。
卿力弗能制，白晝若沉暝。姬因不告去，飄若風火升。
吾聞古義俠，史冊每足徵。受恩能盡死，義重身則輕。
未必識書傳，文華耀晶熒。卿為名進士，豈不讀聖經。
奈何負恩義，犬豕羞為朋。追述義俠歌，讀者當服膺。

　　　　　　　　　　〈義俠歌效白樂天體〉[37]

　　本篇用詩歌形式描繪義俠的形象，同時藉由運用五言詩的
節奏性，讓情節產生緊湊的效用。詩中出現三個人物，第一是
董國度；第二是國度流寓在外而「買」的女子，這裡以「姬」
稱之；第三則是「姬」的兄長，也是詩歌所指稱的「義俠」。

　　這首詩可以分成幾個段落，第一段從「德興董國度」到「變
更姓與名」，詩中提到董國度是北宋徽宗宣和年間進士，由於金
人南下，中原陷落，因而變更姓名，流寓在外。

　　第二段則是從「逆旅岬畸孤，買姬奉使令。」到「開尊醉
花月，弦管雜匏笙。」，談董國度與「姬」之間的遇合，當時因
社會動盪，且因「逆旅岬畸孤，買姬奉使令」，原本只是憐憫女
子遭遇，同時考量需要有人幫忙打理家務，然女子聰慧有姿色，

---

[37]　《全集》，頁 2207-2209。

女子也憐惜董國度貧困，反而努力學習營生買賣，自此日漸優裕，有新居和田地，過著富裕的生活。

　　第三段從「卿終不自懌，嘆息或涕零。」開始，到「卿胡不早言，俾卿得歸寧。」面對生活的改善，然董國度並不開心，這一段作者運用對話方式，進入故事的正題。「姬」是一位具有傳統美德的女子，有容貌，有能力，還「長跪敬問之，豈妾無異能。家事不牢落，胡為日怦怦。」，以為是否是自己做得不夠？董生才婉轉告知自己的生平際遇，實因「家有鶴髮親，無從問死生。念此心欲折，夢魂亦筅筅。」此時「姬」告知董國度，回鄉這件事不難，其兄長天下人素以義俠稱之，可以幫助他。

　　第四段從「未幾有奇客，軒然過門庭。」到「卿懼不敢喘，有言一一聽。」這一段可視為一個重要的轉折，沒多久，姬之兄長（奇客）前來，宋濂對他的描繪實為氣宇軒昂，威武善戰之姿：「虬髯頩玉面，九尺長身形。高騎紫驪馬，好似漢灌嬰。下馬入門坐，氣象猶生獰。…呼童刺羊豕，開燕羅兒甥。酣飲直至夜，月影移前楹。」姬向兄長請求送董國度回家鄉，但其兄長出言惱董生不誠懇，對他有所疑慮，視之為凶愴。義俠認為若非女弟要求，根本無須讓董國度冒南返的風險。董生於是乃「卿懼不敢喘，有言一一聽。」，不再有所疑懼。

　　第五段從「客去甫一日，控馬來相迎。」到「吾事未能了，有懷當再傾。」，隔天「姬」之兄長控馬相迎，原本要求女弟同行，但「姬」要求董生先行，她為董生製袍，並交代兄長餽贈的黃金要推辭。一路上「奇客」對董生非常禮遇照顧，甚至一如「姬」所預料，擬給予黃金二百兩。這一部分除了展現「奇

客」與「姬」兄妹對人情義理的理解，同時益發顯現兄妹二人的從容大度與聰穎。

第六段從「卿歸拜慈母，慈母惕然驚。」到「箔金滿中貯，碎若剪鳳翎。」平安返家後，原本以為南北相隔，此生見面無望，董生與母親和妻兒非常開心重聚。

第七段從「踰年客果至，攜姬重合并。」到「姬因不告去，飄若風火升。」一年後，客攜妹見董生。董生也重新受到派任，為宜興尉。然而董生之妻余氏，「悍妒仍驕矜」，對姬態度無禮，甚至加以箠掠，董生無力處理這個局面，因此「姬因不告去，飄若風火升」。

第八段則是宋濂的評論。他在詩歌最後針對董國度的行為表現加以批評，並提出為何要寫義俠歌之緣由。他說：

> 吾聞古義俠，史冊每足徵。受恩能盡死，義重身則輕。
> 未必識書博，文華耀晶熒。卿為名進士，豈不讀聖經。
> 奈何負恩義，犬豕羞為朋。追述義俠歌，讀者當服膺。

宋濂認為古代的俠義之士，在史冊中多與以表彰。真正的義俠，不在於學識的豐富與文采的華美。這裡他用儒家的道德價值為度量的標準，特別是報恩重義，向來為人所推崇。「姬」給予董國度許多實質的幫助，無論是金銀錢財，或是讓兄長冒險送董生返鄉，兄妹二人透過重然諾的種種表現，形象益發鮮明。此處宋濂透過義俠與負恩義的文士董國度相對比，無法報恩，又無法處理家中的問題，董國度的表現實不及姬之深明大義。因此宋濂不勝感嘆，直接批評董國度的懦弱行徑，「犬豕羞為朋」。

四、人物塑造與價值精神的關涉

　　根據前述宋濂詩歌中的人物圖像，除了詩人本身的文學創作
表現之外，吾等尚可關注這些人物的塑造，與作者思想之間的關
聯。宋濂詩歌人物的創造，與其個人生命經驗實有所聯繫。如〈出
門辭為蘇鵬賦〉一詩中，根據詩中「半世嘆分違」、「我父去終去，
幸得緩斯須」，與其自陳「況我志丘壑，豈欲阨路歧」等句子推斷，
在元代末年社會動盪，群雄紛起的局面下，蘇鵬的離家，有很大
的原因可能是受到徵召出征，否則按照蘇鵬自己終隱山林的志
向，實無須與家人分別。宋濂對蘇鵬離家的情景，能有如此深刻
的書寫，除非有深刻的體會，單憑想像亦難達此境地。

　　若與參照他的背景，其與蘇鵬同樣有妻子、二兒與孫。在經
歷方面，元末他選擇隱居不出，直到至正二十年三月乃與劉基、
章溢、葉琛同被徵召至建康，臨行前義門鄭氏有朋殷殷送別，在
〈俚咏寄義門鄭十山長叔姪追述嚴陵別意〉[38]詩中，如「子方執
手泣，胡可便睽離。中情一如河，東流無止而。…欲別不成別，
背顏強登舟。子騎白馬去，十步九回頭。…」觀其內容情義與本
篇極為類似。故此詩或許寄託不少個人的感觸在其中。

　　事實上，宋濂詩歌作品中的人物書寫，除了昭然史冊的千
古風流人物外，多英雄豪傑，狂放不羈、懷才不遇之士，他們
往往德行兼備，具備高尚品格，或是驍勇善戰，忠勇愛國的審

---

[38] 《全集》，頁 2224。

美意象。如表達宋朝覆滅，宗澤壯志未酬的遺憾，抑或是虎犉生的抉擇，皆可視為作者透過人物敘寫形塑內心理想人物的姿態。宋濂對於理想人格的展現，他曾說：

> 古君子所以汲汲而不懈者，非徒求過於物，且求異於庸常之人；非特求過於人，且求所以治安之而後已。蓋天之生君子，所以爲民物計也。…君子之所務者，徇乎道，不徇乎人；利乎民，不顧乎身。（〈惜陰軒記〉）[39]

其以為多識強記並不足以謂之「儒」，故他批評〈義俠歌效白樂天體〉中的董國度，因為還要不在乎世俗的權勢名利，進而能夠於世道有所發揮，只要有利於民，奮不顧身或犧牲自我也在所不惜，也是其認為人格品德最重要的價值。

　　至於虎犉生的出處抉擇，學者余英時針對儒家「經世致用」的觀念，提出時局的變化與「經世」選擇的關係：

> 從主觀方面看，儒家的外王理想最後必須要落到「用」上才有意義，因此幾乎所有的儒者都有用世的願望。這種願望在缺乏外在條件的情況下當然只有隱藏不露，這是孔子所說的「用之則行，舍之則藏」。但是一旦外在情況有變化，特別是在政治社會有深刻的危機的時代，「經世致用」的觀念就會活躍起來，正像是「瘖者不忘言，痿者不忘起」一樣[40]。

---

[39] 《全集》，頁 1665-1666。
[40] 見余英時：〈清代思想史的一個新解釋〉，《歷史與思想》，台北：聯

虎髯生隱居亦與宋濂的經驗相關，宋濂在元末曾入仙華山隱居為道士，他屢次表達因「道不行」的無力感與無奈，「祿可干耶？仕當爲道謀，不爲身謀，干之私也。生安於義命，未嘗妄有所為。」(〈白牛生傳〉[41]) 不願干祿仕途的態度。

五、結論

宋濂的詩歌作品相對散文而言，數量不多，他喜作古體，學友王禕就曾讚美他的古詩造詣，「於是有慨夫古詩之緒未終絕也」。若從其詩歌準則的脈絡觀之，對於其詩歌作品中特別多長篇巨製的古體詩，就不會太意外。正由於他的主張「詩宗盛唐」和「師古必師心」，盛唐詩歌推崇李白、杜甫，他們的古體詩創作不僅數量多，也非常有成果。

若由此角度觀之，本篇論文所引述之古體詩，足以證明宋濂不僅提出詩歌創作的主張，同時在作品中具體落實，特別是選用古體詩作為載體，加以賦予個人創作的新意，使之作品中的人物形象既突出，也寄寓自己的胸襟懷抱。然而長篇詩歌的創作並不容易，還必須要學識豐富，筆力雄肆，在內容鋪陳之時，才能展現文采，具備波瀾迭宕的氣勢。

其次，宋濂是散文名家，因此在他的古體詩中，很容易就感受其以文為詩的傾向，上述十一首詩歌皆然，他的長篇詩作

經出版事業公司，1997 年，頁 138。
[41] 《全集》，頁 80。

幾可說是他傳記文書寫的再深入發揮。又由於他對典故史料瞭若指掌，因此無論是詠史或敘事方面，層次分明，結構嚴謹，十一首多採順敘法，先交代事件始末，再進行論述品評，不僅掌握主題，亦能透過插敘、補敘，強化人物形象與性格表現。

　　最後，在古體詩的創作上，宋濂著重於內容的鋪排，也善於透過具體細膩的描寫，塑造人物形象，並藉由古體詩這樣的體裁，深化人物背後蘊含的意義，展現生動詼諧的風格。此實為其詩歌中特別鮮明的藝術特色，亦印證人物形象的塑造與作家個人思想價值有極為深層的關聯。

參考書目

羅月霞主編：《宋濂全集》，杭州：浙江古籍出版社，1999 年。

（唐）李白：《李太白全集》，北京：中華書局，1999 年重印。

（元）吳萊：《淵穎集》，台北：新文豐出版公司，1984 年。

（清）錢謙益：《列朝詩集小傳》，台北：明文書局，1991 年。

（清）王士禎：《王士禎全集》，濟南：齊魯書社，2007 年。

余英時：《歷史與思想》，台北：聯經出版事業公司，1997 年。

邱燮友：《中國歷代故事詩》，台北：三民書局，1993 年六版。

徐永明：《元代至明初婺州作家群研究》，北京：中國社會科學出版社，2005 年。

張學忠：〈論宋濂詩中的人物形象〉，《西安聯合大學學報》5：1=14，2002 年，頁 59-61。

莫礪鋒：《唐宋詩歌論集》，南京：鳳凰出版社，2007 年。

陳田輯撰：《明詩紀事》，上海：上海古籍出版社，1993 年。

陳滿銘：《篇章結構學》，台北：萬卷樓圖書有限公司，2005 年。

葛曉音：《詩國高潮與盛唐文化》，北京：北京大學出版社，1998 年。

謝玉玲：《宋濂的道學與文論》，嘉義：國立中正大學中文所博
士論文，2005 年。

謝其祥：〈論宋濂人物傳記的特色〉，《廣西教育學院學報》1997
年第 2 期，頁 37-41。

龔顯宗：《明初越派文學批評研究》，台北：文史哲出版社，1988 年。

論科技論文「摘要」之篇章寫作邏輯[1]

仇小屏

國立成功大學中文系副教授

摘　要

科技論文的寫作，首重精確傳達科學思維，而欲「精確傳達」此科學思維，則須仰賴邏輯思維的敏銳，因為邏輯思維若敏銳，就能將內容作清晰有序的排列；不過，科技論文的眉目——「摘要」的寫作，則除了精確之外，還因背負「學術行銷」的責任，所以更要求表達效果，因此，在此雙重要求下，寫作摘要時邏輯思維如何進行運作，就非常值得觀察。有鑑於此，本論文以十五篇科技論文摘要為對象，鎖定其寫作邏輯中「組句成篇」（章法）的一環進行考察，而論文寫作的次序為：先說明科技論文摘要的特性，其次梳理篇章寫作邏輯的理論，接著

---

[1] 本論文乃成功大學 96 年度「標竿創新暨新進學者計畫——成大學生實用文『寫作邏輯』指導策略發展方案」（編號：B0103）之研究成果。

分成三章呈現篇章寫作邏輯現象的分析，最後作一綜合探討，發現其寫作邏輯有「結構趨於簡單明瞭」、「以因果邏輯為主」、「所用到的章法種類有其趨向」、「演繹思維的呈現」、「修改的重點為連接詞、標點符號」、「形式的規定有其利弊」等特點，並在此基礎上，進行更深入的探究，發現之所以頻繁出現「先底後圖」、「先全後偏」、「先平後側」、「先因後果」、「先本後末」結構，是為了滿足科技論文摘要「學術行銷」、「精確傳達科學思維」的需求，這兩種需求的滿足，使得科技論文摘要表現出既精確又充滿說服力的特色。

關鍵詞

摘要、科技論文、寫作邏輯、篇章結構、章法

一、前言

「科技論文」是「科技實用文」[2]中的一類[3]，「摘要」又是

---

[2] 實用文又稱「應用文」、「告語文」、「傳息文」、「認知文」，是與人們的日常生活、工作聯繫密切的具有信息傳遞功能的文章，以說明、議論為主要表達方式，一般具有固定的程式，文字簡明通俗，有特定的事由、明確的讀者對象、較強的時間規定等特點。而從專業、職業的角度來分類，實用文可分為「行政實用文」（公文）、「司法實用文」、「商業實用文」、「科技實用文」、「軍事實用文」、「外交實用文」、「醫學實用文」等，參見馬正平編著《中學寫作教學新思

科技論文的眉目，因此其重要性可想而知。經濟部中央標準局編〈摘要撰寫標準〉（CNS13152）對「摘要」所下的定義是：「對某文獻作一簡短而正確之內容說明，不加註任何評論，同一摘要無論由何人撰寫，其內容應無多大區別。摘要須配合原著之型式及文體，將其內容做最完整的描述。」[4]而根據作者身分的不同，可以將摘要分成兩類：一類是專業人員（含圖書館人員以及學科專業人員）書寫的「專家摘要」，另一類是學術論著創作者所寫的「作者摘要」[5]，本論文中所探討的摘要屬於後者。

而且，科技論文比較適合撰寫「資料性摘要（informative abstract）」[6]，其要求為「濃縮原著論文，其內容包括論文之研究目的、方法、結果、結論等。最適用於描述實驗工作及有特定論題的文獻。」[7]而這些摘要的必要內容該如何安排呢？經濟部中央標準局編〈摘要撰寫標準〉指出：「通常按研究目的、方法、結果與結論等學術研究進行的順序撰寫。」[8]但是其中也特

維》（北京：中國人民大學出版社，2003.1一版一刷）頁197-198。

[3] 常見的科技實用文包括了「科技論文」、「實驗報告」、「海報」、「多媒體的文字部分」、「專利」……等。

[4] 見經濟部中央標準局編〈摘要撰寫標準〉，《圖書館相關國家標準彙編》（經濟部中央標準局印行，1993.1.28公佈）頁35。

[5] 參見楊晉龍〈摘要寫作析論〉，《實用中文寫作學》（台北：里仁書局，2004.12初版）頁272-273。

[6] 按照內容性質，摘要可分為「資料性摘要（informative abstract）」、「指示性摘要（indicative abstract）」、「資料性及指示性兼具之摘要」，見經濟部中央標準局編〈摘要撰寫標準〉，《圖書館相關國家標準彙編》頁35。

[7] 見經濟部中央標準局編〈摘要撰寫標準〉，《圖書館相關國家標準彙編》頁35。

[8] 見經濟部中央標準局編〈摘要撰寫標準〉，《圖書館相關國家標準彙編》頁36。

別指出:「可依不同讀者的需求而改變順序。」[9]「順序寫出」表示的是一種比較單純的寫作邏輯,但是「可依不同讀者的需求而改變順序」表示的是此種寫作邏輯不應該是一成不變的。馬正平編著《中學寫作教學新思維》談到應用文時,也指出了這一點:「應用文是一種程式化很強的文章類型……最好的應用文是能夠最大程度地實現自己的寫作目的、完成應用文寫作的功利目的的文章。這之中,就不僅是一個文體格式、程式的問題,而涉及到寫作思維、寫作智慧、寫作策略等深層的寫作問題。」[10]因此摘要寫作邏輯的「不變」與「變」,就是一個非常有趣的探討課題。

所以,本論文鎖定摘要的「寫作邏輯」進行探究,但是因為寫作邏輯所對應的語文能力有二:「組詞成句」(文法)和「組句成篇」(章法),為使討論更為聚焦,因此範圍就縮小到「篇章寫作邏輯」(亦即章法),除了希望能夠分析出篇章寫作邏輯的現象及其特色外,還能探討出篇章寫作邏輯的「不變」與「變」,並發掘出其中的意義。

二、篇章寫作邏輯之理論

寫作邏輯的源頭是「邏輯思維」,陳滿銘《篇章結構學》

---

[9] 見經濟部中央標準局編〈摘要撰寫標準〉,《圖書館相關國家標準彙編》頁 36。
[10] 見馬正平編著《中學寫作教學新思維》頁 198。

針對邏輯思維加以說明道：「如果是專就『景（物）』或『事』等各種材料，對應於自然規律，結合『情』與『理』，訴諸偏於客觀之聯想、想像，按秩序、變化、聯貫與統一之原則，前後加以安排、佈置，以成條理的，皆屬『邏輯思維』。」[11]而此邏輯思維落實到語文上，則如陳滿銘所言：「『邏輯思維』涉及了『運材』、『佈局』與『構詞』等問題，而主要以此為研究對象的，就字句言，即文法學；就篇章言，就是章法學。」[12]所謂的「就字句言」，是指「組詞成句」，屬文法學範疇；「就篇章言」，是指「組句成篇」，屬章法學範疇。本論文鎖定「篇章寫作邏輯」進行探析，也就是運用章法學專業知識分析出摘要的篇章結構，因此所得出的組句成篇的條理，就是摘要的篇章寫作邏輯。

關於「章法學」，陳滿銘《篇章結構學》認為：「章法處理的是篇章中內容材料的邏輯關係。」[13]而且陳滿銘〈論章法的哲學基礎〉又指出：這種邏輯組織或條理，對應於宇宙人生規律，完全根源於人心之理，是人人與生俱有的。所以大多數的人，包括作者本身，對它的存在雖大都不自覺，卻會自然地反映在他們的思考或作品之上[14]。目前所歸納出來的章法約有四

---

[11] 見陳滿銘《篇章結構學》（臺北：萬卷樓圖書有限公司，2005.5 初版）頁 12。

[12] 見陳滿銘《篇章結構學》頁 12。不過，寫作時不只運用到邏輯思維，還會運用到形象思維與綜合思維，陳滿銘《篇章結構學》依據形象思維、邏輯思維與綜合思維的作用，架構起辭章學的大廈，其內涵包括了「詞彙學」、「意象學」、「修辭學」、「文法學」、「章法學」、「主題學」，詳見陳滿銘《篇章結構學》頁 11-13。

[13] 見陳滿銘《篇章結構學》頁 115。

[14] 見陳滿銘〈論章法的哲學基礎〉（台北：《國文學報》32（2002））

十種,這些章法是今昔、久暫、遠近、內外、左右、高低、大小、視角轉換、知覺轉換、時空交錯、狀態變化、本末、淺深(輕重)、因果、眾寡、並列、情景、論敘、泛具、虛實(時間、空間、假設與事實、虛構與真實)、凡目、詳略、賓主、正反、立破、抑揚、問答、平側、縱收、張弛、插補、偏全、點染、天(自然)人(人事)、圖底、敲擊等[15],它們用在「篇」或「章」(節、段),都可以擔負起組織材料、形成層次之作用。

　　而且章法一旦落實到作品的篇章中,就會形成「結構」。章法與結構是一而二、二而一的,章法重在「法」,是從整體辭章中所抽繹出來的,具有通貫、抽象之性質,屬「虛」,而結構則是落實在個別作品中,指由章法所形成之組織方式,具有個別、具體之性質,屬「實」,譬如因反正映襯而形成條理,是正反章法,而由此條理落實在作品中,會形成「先正後反」、「先反後正」、「正、反、正」、「反、正、反」等四種組織方式中的一種,此種則屬結構[16],所以劉玉學主編《寫作學教程》也說:「結構就是文章或作品的內部組織和構造。」[17]而且因為結構是一種落實的組織方式,所以可以根據分析所得繪出結構分析表,以幫助瞭解。

頁 87-88。

[15] 詳見陳滿銘《篇章結構學》頁 190-222,及拙著《篇章結構類型論》(台北:萬卷樓圖書有限公司,2000)。

[16] 參見陳滿銘《文章結構分析·自序》(台北:萬卷樓圖書有限公司,1999.5 初版)頁 1。

[17] 見劉玉學主編《寫作學教程》(北京:中國政法大學出版社,1999.8 修訂版一刷)頁 46。

因此其下三章所呈現的「篇章寫作邏輯之現象」，均是從章法專業出發，進行篇章寫作邏輯現象的分析。

三、篇章寫作邏輯現象舉隅之一

本論文從理科、工科的中文學術期刊中，共選擇三種，作為科技論文取樣的對象：《CHEMISTRY》（2007,Vol.65,No.3）、《機械工業》（296 期）、《機械工程材料》（第 31 卷第 10 期，2007 年 10 月），而且第三種是大陸期刊。再從這三種中文學術期刊中，分別選取五篇、八篇、二篇論文，共得十五篇，摘錄其摘要（摘要之編號為統一流水編號），並分析其篇章寫作邏輯現象，分析所得分別在第三、四、五章中呈現。在分析時，會依據分析所得繪出結構分析表，並且繪製時特別注意章法結構和內容結構的對應（內容結構以括號的方式表出），而且為了幫助閱讀，還搭配結構分析表，將摘要分為數個「結構段」[18]，以【1】、【2】……等方式標誌出來，而且在文字分析的部分，除了指出邏輯組織的優點外，還以「糾謬」的方式，說明此摘要篇章寫作邏輯的缺失，以及改進的方式（這些「糾謬」的內容，會另以表格的方式處理，置於附錄一），最後並略綴數語，附帶說明摘要與章節標目、章節標目本身的優缺點（為節省篇

---

[18] 劉玉學主編《寫作學教程》談到寫作的「層次」時，說道：「層次是就寫作的思想內容而說的，所以也稱為『意義段』、『結構段』或『邏輯段』。」頁 47。

幅,章節標目未附錄在本論文中)。

本章所分析的是《CHEMISTRY》期刊中五篇摘要的篇章寫作邏輯現象。(一)陳君怡、呂世源〈鈦的陽極處理與應用〉摘要(pp.225):

> 二氧化鈦因為具有良好的化學穩定性,並且具有可以吸收紫外光作為光觸媒的特性,所以可以應用在許多不同的領域。【1】由於利用陽極處理法製備二氧化鈦具有許多優點,如製成相對較簡易便利,能夠節省成本;或是製備出的二氧化鈦具有大面積規則性、具有奈米孔洞結構,所以近年來受到相當多的學者矚目並逐漸嶄露頭角。【2】本文從簡介鈦的陽極處理的製程參數,即電解液的選用,開始導入主題。藉由調控孔洞尺寸,管壁厚度與長度,可以製備出各種的二氧化鈦奈米管,可以達到應用上的不同需求。【3】再來簡單介紹二氧化鈦的膜面顯色機制,以及陽極氧化鈦的反應機制。【4】在充分了解鈦的陽極處理製程與機制原理後,在文中亦會介紹陽極氧化鈦的改質,與其相關的應用。例如二氧化鈦奈米管可作為氫氣的感測元件,其卓越的電催化性質,可將其組裝成電極,參與水的分解反應或是有機物的分解,亦可應用於甲醇氧化;另外也可用於染料敏化太陽能電池。【5】

其寫作邏輯分析表如下:

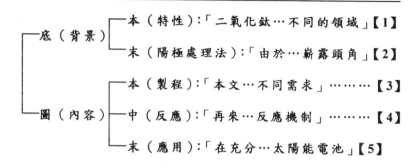

此篇摘要的寫作邏輯中，需要商榷者有如下數點：首先，此篇覆蓋面最廣的寫作邏輯是「先底後圖」，因此最好在「底」【1~2】和「圖」【3~5】之間，加上「有鑑於此」作聯結。其次，「底」【1~2】之下的「本」【1】和「末」【2】之間可以加上「而」字來聯結。又次，「本」【3】之中的「開始導入主題。藉由調控」缺乏聯結，可以改成「開始導入主題，其中提到藉由調控」。又次，「中」【4】和「末」【5】之間宜加上「最後……」聯結，「在充分了解鈦的陽極處理製程與機制原理後」可以刪除。此外，又很值得注意的是：摘要與章節標目之對應不足，譬如「本」【1】的內容並未出現在章節標目中。

（二）黃國政、高振裕、周更生〈奈米鐵微粒的合成與應用〉摘要（**pp.237**）：

本文回顧了文獻中常見的化學法製備奈米鐵微粒製程，包括了熱分解法與化學還原法。【1】化學還原法使用的還原劑有 $N_2H_4 \cdot H_2O$ 與 $NaBH_4$，此兩種還原劑不同點在於 $NaBH_4$ 還原力較強，但不易得到結晶良好之奈米鐵微粒，而 $N_2H_4 \cdot H_2O$ 的還原力較弱，但所獲

得之奈米鐵微粒結晶較明顯。【2】此外，我們本身的研究顯示了添加 PdCl2 作為成核劑，並以 PAA(polyacrylic acid)作為分散劑，可以製備出均勻分散且均一粒徑之 6nm 鐵微粒。【3】

在奈米鐵的應用方面，本文也介紹了兩部份極具潛力之方向，第一部分為目前文獻中常見的環境處理應用，而第二部份為我們本身的研究，即奈米鐵微粒作為鐵電極之應用。【4】我們的研究發現，奈米鐵作為鐵電極之活性材料，與微米級鐵微粒之鐵電極做比較，奈米鐵電極的第一次放電容量明顯高出許多。由微結構分析得知，這是因為奈米鐵微粒具備較高的比表面積所致。【5】然而奈米鐵電極之放電容量會隨著充放電循環而快速減少，分析發現這是因為在充放電過程中，奈米鐵微粒有溶解與再結晶現象產生，導致奈米鐵粒子迅速長大而造成比表面績減少的影響。吾人需要繼續研究以延遲或避免此依程序之發生，以改善奈米鐵電極的在充放電中的表現。【6】

其寫作邏輯分析表如下：

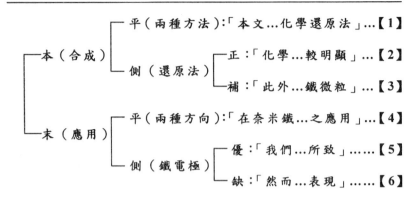

此篇摘要的寫作邏輯中，「正」【2】和「補」【3】之間有「此外」一詞聯結，「優」【5】和「缺」【6】之間有「然而」一詞聯結，都非常有助於邏輯清晰呈現，而且標點符號的運用大體正確。但是需要商榷者有如下數點：首先，本論文覆蓋面最廣的寫作邏輯是「先本後末」，因此「本」【1~3】和「末」【4~6】之間宜加上「至於」一詞聯結。其次，「平」【1】和「側」【2~3】之間宜加上「其中」一詞聯結。此外，又很值得注意的是：摘要與標目之呼應不錯，但是大的標目未加序號，不知原因為何？

（三）周博敏、林卓暻、鄭閔魁、簡靜香〈產氣莢膜梭菌唾液酸酶 NanI 的催化功能結構之結晶以及 X 光原子繞射解析〉摘要（pp.247）：

唾液酸酶(sialidase)可以催化並移除醣蛋白、醣酯和寡糖末端的唾液酸(sialic acids)。它們存在於細菌、病毒和寄生生物裡，可以調節細胞表面的醣化作用(glycosylation)並與各種細胞催化物作用，因此與微生物的發病原理和營養系統，甚至在哺乳類細胞中都扮演著

重要角色。【1】產氣莢膜梭(Clostridium perfringen)可以藉由空氣傳播，使人感染壞疽以及腹膜炎，它擁有三種唾液酸酶：NanH、NanI 和 NanJ，分子量分別為 42、77 和 129kDa，而在莢膜梭菌的感染及營養途徑中，它會分泌其中兩種比較大的酵素。【2】為了研究這唾液酸酶的結構，所以試圖先得到 77kDa NanI 的結晶。但這個完整的蛋白卻是十分容易被降解，而得到一個較穩定的 55kDa 催化功能區塊蛋白。因此在大腸桿菌內表現這個功能區塊蛋白並培養出具有 P212121 空間群的結晶，其晶胞參數 a=66.8、b=69.5、c=68.8. Å，結晶繞射可達到 3.92Å。【3】

其寫作邏輯分析表如下：

```
              ┌─全（唾液酸酶）:「唾液酸酶...重要角色」【1】
  ┌─底（背景）─┤
  │           └─偏（產氣莢膜梭菌）:「產氣莢...酵素」【2】
  │
  └─圖（內容）.........................................【3】
```

此篇摘要的寫作邏輯中，需要商榷者有如下數點：首先，「全」【1】與「偏」【2】之間宜加上「而」連接，而且「偏」【2】的敘寫方式宜改變，因為開始兩句主要講「產氣莢膜梭菌」，與「全」【1】之聯結不夠，顯得突兀，「唾液酸酶」一詞應提早出現，與「全」【1】之重點——「唾液酸酶」呼應。其次，「圖」【3】邏輯似乎有點混亂，因為「因此」一詞所聯結的因果關係並不明顯，如能有生科專業輔助判讀，當更能確定判讀

結果是否正確。此外，又很值得注意的是：大的章節標目似嫌簡略，但是「材料與方法」之下的細標又似乎太細，而且彼此之間的邏輯關聯未表出。

（四）賴俊吉、傅淑玲、林照雄、梁峰賓、孫仲銘〈穿心蓮內酯的化學分子修飾和其生物活性〉摘要（pp.253）：

> 穿心蓮是廣泛被用來治病的藥用植物，而穿心蓮內酯(andrographolide)是其主要的成分之一。【1】穿心蓮內酯被研究出具有抗癌，治療糖尿病的的活性，探討其修飾的合成方法和研究修飾過後化合物結構與活性的關係，甚至於探討活性的作用機轉均是重要的研究方向。【2】本文整理了數篇近年來探討穿心蓮內酯及其衍生物在抑制 α-glucosidase 活性及抗癌作用的文章，【3】值得注意的是，在將穿心蓮內酯分子中的部分官能基加以修飾後，有些衍生物具有比穿心蓮內酯更高的生物活性。【4】

其寫作邏輯分析表如下：

```
         ┌─ 底（背景）┬─ 全（穿心蓮）：「穿心蓮…成分之一」……【1】
         │           └─ 偏（穿心蓮內酯）：「穿心蓮…研究方向」【2】
         │
         └─ 圖（內容）┬─ 全（各種特性）：「本文…文章」…………【3】
                     └─ 偏（有些衍生物）：「值得…生物活性」【4】
```

此篇摘要的寫作邏輯中，需要商榷者有如下數點：首先，

此篇覆蓋面最廣的寫作邏輯是「先底後圖」，因此最好在「底」
【1~2】和「圖」【3~4】之間，加上「有鑑於此」作聯結。其次，
「偏」【2】之中「甚至於探討活性的作用機轉均是重要的研究
方向。」宜加上逗點，改成「甚至於探討活性的作用機轉，均
是重要的研究方向。」以表示「均是重要的研究方向」一句所
收束的，還包括了「探討其修飾的合成方法和研究修飾過後化
合物結構與活性的關係」。又次，「全」【3】和「偏」【4】之間
的「，」宜改成「。」，以表示區隔。此外，又很值得注意的是：
（一）章節標目中的穿心蓮內酯和其衍生物「對 α-glucosidase
活性抑制之探討」、「抗癌活性的探討」、「抗癌作用機制的探
討」，其邏輯性並未在摘要中表現出來。（二）章節標目沒有序
號。

（五）曾炳境、張宗義、李宜真〈具放光性的金奎林-8-
硫醇錯合物：超分子異構化、光譜、與光物理性質的探討〉摘
要（pp.273）：

三核錯合物，〔（8-QNS)2Au(AuPPh3)2〕‧BF4
（8-QNS=quinoline-8-thiolate），具有分子內的金⋯金作
用力，其中金⋯金距離分別為 3.0952(4)和 3.0526(3) Å，
藉著分子間金⋯金作用力（3.1135(3) Å）進而聚集形成
一個新穎的六核超分子，｛〔（8-QNS)2Au(AuPPh3)2〕｝
2‧(BF4）2。新穎的六核超分子具有反轉中心，而六
個金屬中心大致共平面，其中六個金一價離子可視為嵌
入一個橢圓中，而被四個奎林(quinolines)與十二個苯環

(phenyl rings)所包圍。【1】隨著溶劑的的極性不同，六核超分子會顯示出不同的吸收和放光性質：如溶於二氯甲烷中，放光光普會顯示出兩個放光波峰，其波長分別約為 440 和 636nm；而溶於乙腈中，放光光譜只會顯示出一個放光波峰，其波長約為 450nm。溶於二氯甲烷中低能量放光(636nm)的半生期為 16.2 微秒，此長半生期的放光會被加入的極性溶劑所淬滅，如乙腈或甲醇的放光淬滅常數分別為 $1.00×10^5$ 與 $3.03×10^4$ $S^{-1}M^{-1}$，【2】以上的結果我們推論如下：在不同極性溶劑中，由於 $AuPPh_3^+$ 單元的構形可能改變，因而引起三核錯合物中金…金作用力的存在與否受到影響，因此使得構形的不同帶來光譜的改變，而這樣的光譜性質改變與溶劑的極性有密切的關係。【3】

其寫作邏輯分析表如下：

$$
\begin{array}{l}
\quad\quad\quad\quad\quad\left[\begin{array}{l}
\text{全（簡介）：「三合錯合物…所包圍」……【1】}\\
\\
\text{偏（溶解）：「隨著溶劑…}10^4\,S^{-1}M^{-1}\text{」……【2】}
\end{array}\right.\\
\left[\begin{array}{l}
\text{因（研究）}\\
\\
\text{果（推論）：「以上的結果…密切的關係」……………【3】}
\end{array}\right.
\end{array}
$$

此篇摘要的寫作邏輯中，需要商榷者有如下數點：首先，此篇覆蓋面最廣的寫作邏輯是「先因後果」，所以「因」【1~2】和「果」【3】之間宜用句號隔開。其次，「全」【1】中的一些句子宜出現連接詞，以使得邏輯關係更明確，譬如「藉著分子間金…金作用力……」和「新穎的六核超分子具有反轉中心」之

前都宜有連接詞來連結。又次,「偏」【2】的敘述有點混亂,「溶於二氯甲烷中低能量放光……」此句之前和之後似乎為兩個敘述重點,但是並未處理清楚。此外,又很值得注意的是:(一)此篇摘要出現較多該專業的艱澀詞彙與學理,使得判讀難度增高。(二)從標目中看不出安排的邏輯。

四、篇章寫作邏輯現象舉隅之二

本章所分析的是《機械工業》期刊中八篇摘要的篇章寫作邏輯現象。(六)林哲聰、林紀瑋、黃道宸、廖永盛〈影像視覺之車輛安全輔助系統設計開發〉摘要(P29):

> 隨著車輛不斷普及,交通事故所造成的死亡人數始終居高不下,分析其肇事原因,百分之九十七以上是駕駛者注意力不集中所導致的。【1】據研究,若能在事故發生前先提醒駕駛者當下的危險駕駛行為,許多事故是可以避免的,【2】有鑑於此,本文提出一智慧型汽車警示裝置,整合了車道偏移警示系統(LDW)、前方碰撞警示系統(FCW)與事故影像記錄器(EVR)。【3】此裝置不僅可在駕駛非預期的偏離車道或是與前車距離過近時提醒駕駛者,更可以保存事故發生瞬間前後之影像以供後續車禍責任鑑定使用。【4】此外,本文並提出創新的演算法架構,使得將 LDW、FCW 與 EVR 實現在 AD-BF561

600MHz 之雙核心數位訊號處理器(Digital Signal processor,DSP)變得更有效率。【5】

其寫作邏輯分析表如下：

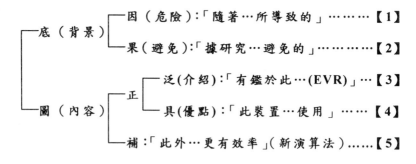

此篇摘要的寫作邏輯中，「正」【3~4】和「補」【5】之間用「此外」聯結，有助於邏輯清晰呈現。但是，「底」【1~2】和「圖」【3~5】之間原本使用逗號，宜改用句號隔開。此外，又很值得注意的是：（一）「底」【1~2】的內容並未出現在論文中，由此帶出一個問題：摘要是否適合出現論文中所沒有的內容？（二）「圖」【3~5】對標目內容的吸納並非一一對應式的，而是概括式的。（三）大的章節標目沒有序號，且只呈現專有名詞，使得標目重點不夠清晰，此為科技論文常見之毛病。

（七）洪翊軒〈先進串並聯混合動力系統發展與控制策略設計〉摘要（p40）：

複合動力系統依動力輸出方式分為串聯式、並聯式與串/並聯式三種。【1】而串並聯式混合動力，可整合串聯式引擎高效率發電與並聯式高動力輸出及高整車效率

的優點，適時的做串並聯的切換。【2】工研院機械所目前利用新型電控離合器控制技術，在具有一鎳氫電池、375c.c 引擎、驅動馬達與發電機的 900kg 小型載具車上，發展出一套機構簡易、高自由度切換的雛型動力系統；【3】本文首先對整車系統架構與各次系統作簡介，【4】之後介紹整車模擬器於軟體上的實施情形，有了虛擬載具後，便可發展控制策略法則包含能量與換檔最佳化、串並聯時機與操作模式；【5】之後在實體應用部分，實驗室平台與載具車架構及測試結果也會做詳細說明。【6】

其寫作邏輯分析表如下：

```
┌底（背景）┬全（三種）:「複合動力…三種」…………【1】
│          │          ┌因:「而串並聯…的切換」【2】
│          └偏(串並聯式)┤
│                     └果:「工研院…動力系統」【3】
│          ┌本（整車）:「本文…作簡介」…………【4】
└圖（內容）┼中（模擬器）:「之後…操作模式」……【5】
           └末（實體應用）:「之後…詳細說明」……【6】
```

此篇摘要的寫作邏輯中，需要商榷者有如下數點：首先，此篇最主要的寫作邏輯是「先底後圖」，因此最好在「底」【1~3】和「圖」【4~6】之間，宜用句號隔開，並加上「有鑑於此」作聯結。其次，「全」【1】和「偏」【2】之間的連接詞「而」改成「其中」或「而其中」。又次，「果」【3】並未明言採用哪種複

合動力系統，使得段意不明，因此宜用連句交代、連接。最後，「中」【5】與「末」【6】之間不宜用「之後」，宜用「最後」聯結。此外，又很值得注意的是：（一）重要之章節有四：「先進串並聯混合動力系」、「整車模擬軟體」、「串並聯混合動力控制策略」、「實驗室配置、測試與載具車介紹」，但是「圖」【4-6】只有三個層次，章節與標目對應不齊。（二）大的標目沒有序號，標目中多出現專業名詞而已。

（八）洪士偉〈電動輔助轉向馬達開發技術〉摘要（p55）：

> 本文針對電動輔助轉向馬達統進行相關開發技術分享。【1】首先進行市場調查，包含需求量及配備車種，並說明電動輔助轉向系統之主要優點。【2】且分析市售輔助轉向馬達系統規格，包含系統分類及不同電壓系統下的特性。再者，歸納車重、靜態轉向架負載、轉向架型助力馬達與方向盤扭力間的關係，以及感測器規格等。【3】此外，根據輔助轉向用之馬達系統規格，進行馬達規格設計，分析結果包括應電勢、磁通鏈及頓轉轉矩的諧波分析、自感及交直軸電感對安匝、轉矩對轉角於對應工作溫度下的特性及磁石磁場強度分析等，以預估馬達實際性能表現。【4】

其寫作邏輯分析表如下：

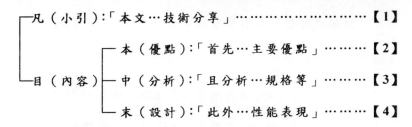

```
┌─凡（小引）:「本文…技術分享」……………………………【1】
│         ┌─本（優點）:「首先…主要優點」…………【2】
└─目（內容）├─中（分析）:「且分析…規格等」…………【3】
          └─末（設計）:「此外…性能表現」…………【4】
```

此篇摘要的寫作邏輯中，需要商榷者有如下數點：（一）「本」【2】的邏輯混雜不清，論文本身是先介紹電動輔助轉向的優點，接著才分析市售輔助馬達的系統規格，因此此處應該是介紹優點即可。（二）「中」【3】的內容應是對應論文的「市售輔助馬達系統規格」，所以「且」可以改用「接著」，以呼應前面的「首先」，標誌出此為第二層，其次，用「再者」聯繫不妥，可用「並且」。（三）「末」【4】用「此外」聯結不妥，因為表示的是額外之意，可用「最後」聯結。

（九）林宗達、張志偉〈經濟型智慧引擎冷卻系統介紹〉摘要（**P68**）:

電控引擎冷卻系統主要目的為改善引擎冷卻系統，以電控冷卻方式針對引擎水溫度進行控制，使引擎保持適當之工作溫度，提高引擎熱效率、改善引擎油耗、引擎耐久性與引擎性能。【1】

經濟型智慧冷卻系統特色為具備低成本與失效保護功能之電控冷卻系統，元件包括電控分流閥、轉速控制電動冷卻風扇及系統控制器。【2】本篇文章主要探討內容以引擎動力次系統智慧化及電控化技術為切入點，

　　介紹經濟型智慧引擎冷卻系統之設計說明。【3】

其寫作邏輯分析表如下：

```
             ┌─ 全（電控引擎）:「電控引擎…引擎性能」【1】
    ┌底（背景）┤
    │         └─ 偏（經濟型）:「經濟型…系統控制器」…【2】
    │
    └圖（內容）:「本篇…設計說明」………………………【3】
```

　　此篇摘要的寫作邏輯中，需要商榷者有如下數點：首先，此篇覆蓋面最廣的寫作邏輯是「先底後圖」，因此最好在「底」【1~2】和「圖」【3】之間，加上「有鑑於此」作聯結。其次，「全」【1】和「偏」【2】之間的關聯性交代不足，應該說明「經濟型智慧冷卻系統」為「電控引擎冷卻系統」中間的一種，且因為「因」【1~2】和「果」【3】之間並未分段，所以「全」【1】和「偏」【2】也不宜分段，以免結構失衡。又次，「圖」【3】部分份量偏輕，重要章節內容概括未在摘要中呈現，有頭重腳輕之感。此外，又很值得注意的是：章節標目的層次尚稱合理，如果不是只出現專有名詞，就更為理想。

　　（十）彭毓瑩、李承和、高天和、簡金品、張智崇〈ITRI iPM 智慧型個人行動車－高控制性個人移動平台〉摘要（p76）：

　　　　近年來「個人行動車」在全球車輛產業嶄露頭角，尤其受到許多先進國家高度的重視，此種新興交通工具，提供了節能、環保、具道路效益且便利的運輸或個人移動的新選擇。【1】為同步於最新穎的技術潮流，工研院(ITRI)已投入相當的研發能量於個人行動車領域

中，並在近年內發展出 iPM(intelligent personal mobility)，一種小型智傾個人行動車。【2】本文將介紹 iPM 之可傾機構之組成、驅動系統、鑽石型車輪配置、實車模型機之規格與相關實驗結果，包含定圓、Slalom 等操駕測試。【3】測試結果顯示，iPM 之車身可傾角度最大值可達 32°，具有 0.5g 之抗翻轉能力，透過菱形四輪配置，可輕易完成最小迴轉半徑 1.05m 之原地迴轉動作，在過彎穩定性與移動機動性上皆有相當優異的表現。【4】

其寫作邏輯分析表如下：

```
        ┌ 因（需求）:「近年來…新選擇」………【1】
 ┌ 底（背景）┤
 │      └ 果（研發）:「為同步於…行動車」……【2】
─┤
 │      ┌ 因（介紹）:「本文…操駕測試」………【3】
 └ 圖（內容）┤
        └ 果（結論）:「測試…表現」…………【4】
```

　　此篇摘要的寫作邏輯中，需要商榷者有如下數點：首先，此篇覆蓋面最廣的寫作邏輯是「先底後圖」，因此最好在「底」【1~2】和「圖」【3~4】之間，加上「有鑑於此」作聯結。其次，「底」【1~2】只涵蓋「前言」，而「因」【3】涵蓋兩個重要章節：「iPM 主動式可傾車輛」、「主動式可傾控制」，但是前者字數卻明顯遠多於後者，是否有輕重失衡的情形？此外，又很值得注意的是：（一）章節標目皆只標出專業名詞，語意不夠清楚。（二）在「主動式可傾控制」標目下之小標，似乎有誤。

　　（十一）簡明溫、呂銘宏〈車輛懸吊特性對路面引起噪音之關聯性探討〉摘要（P87）：

　　　　　　本文主要探討粗糙路面激振經由懸吊系統振動傳遞路徑而引起之車內噪音。【1】文中除了闡述車輪與懸吊系統等兩大路面噪音之主要產生機制及車廂空穴共鳴效應外，【2】並介紹路面引起之車內噪音重要診斷及評估方法，【3】最後佐以兩不同後懸吊系統之標竿車與雛型車之整車測試實例，探討懸吊設計對路面噪音與振動特性之影響及後續發展對策。【4】

其寫作邏輯分析表如下：

```
┌凡（介紹）:「本文...車內噪音」.........................【1】
│   ┌本（產生機制）:「文中...共鳴效應外」...........【2】
└目─┤中（評估方法）:「並介紹...評估方法」...........【3】
    └末（實例探討）:「最後...發展對策」...............【4】
```

　　此篇摘要的寫作邏輯中，篇章邏輯清楚，標點亦適切。不過首句稍長，可斷為兩句。此外，又很值得注意的是：（一）大章節沒有序號。（二）章節標目雖然並非只出現專有名詞，但是彼此之間並未作適當對應，譬如「路面引起之噪音產生機制」與「路面引起噪音之評估方法」、「懸吊特性對路面引起噪音之實例探討」的對應就不甚妥適。

　　（十二）林欣慧〈歐美車輛溫室氣體管制法簡介〉摘要（p100）：

　　全球暖化的現象在逐漸經過科學證據證實可能與人類活動有關後，各國政府基於永續發展的考量，對於溫室氣體的管制也更加積極。【1】國際文獻中紛紛指出運輸將成為溫室效應未來管制之難題，歐美也意識到車輛溫室氣體減量相當棘手，早已著手進行相關法令的研擬與規劃，【2】其中加州 AB1493 法令歐盟車輛製造商與政府間的自願協議即是透過直接規範新車溫室氣體排放限值。【3】因此本文主要彙整歐美先進國家針對車輛排放 CO2 之主要管制策略，瞭解其管制主軸，同時比較我國目前主要執行政策，提供我國車輛溫室氣體管制參考。【4】

其寫作邏輯分析表如下：

```
                    ┌─ 全(人類活動)：「全球暖化…更加積極」【1】
      ┌─ 底（背景）┤
      │            │           ┌─ 全（歐美）：「國際文獻…規劃」【2】
      │            └─ 偏(運輸)┤
      │                        └─ 偏（加州）：「其中…排放限值」【3】
      └─ 圖（內容）：「因此…管制參考」………………………【4】
```

　　此篇摘要的標點符號的運用頗為適切。不過，需要商榷者有如下數點：首先，「偏」【3】已經將法規縮小到加州，但是「圖」【4】所鎖定的範圍仍是歐美，兩者呼應不良。其次，「圖」【4】份量偏輕，且未將結論納入。此外，又很值得注意的是：章節標目不妥，譬如「歐盟管制現況」、「美國聯邦管制現況」、「聯邦其他主要對策」、「美國加州管制現況」、「我國管制現況」不

宜平列呈現；又如「我國管制現況」底下有兩個重點（還包括了「國內其他主要計畫」），但是在標目上未作適當處理。

（十三）賴清溪、郭欽弘、詹瑞麟〈高效率馬達動力系統對產業之重要性〉摘要（p122）：

> 近年來在國際間，因受到能源的吃緊，以及溫室效應日趨嚴重的影響，節約能源的使用，已成為各國間極欲推動的一項重點工作。【1】而馬達動力應用設備的使用，由於耗用了極大部分的工業用電力，因此目前已成為國際間推動工業節能的一項重點項目。【2】本文除了針對目前馬達動力系統的能源使用環境進行說明之外，也針對主要幾個耗電量較大之馬達動力系統現況，以及目前在節能推動所面臨之問題與可帶來之相關效益進行相關之分析說明。【3】

其寫作邏輯分析表如下：

```
         ┌─全（全部）:「近年來…重點工作」……【1】
  ┌─底（背景）
  │      └─偏（馬達）:「而馬達…重點項目」……【2】
  └─圖（內容）:「本文…分析說明」………………【3】
```

此篇摘要邏輯清晰，標點運用適切。不過，「圖」【3】份量偏輕，等於第 1、2 句涵蓋「高效率馬達的發展」、「馬達的終生使用成本」，第 3 句涵蓋「產業推動馬達動力系統節能所面臨的問題」，是否有太過簡略之弊？此外，又很值得注意的是：（一）章節標目細目太多。（二）章節標目不合規格，譬如「工業馬達

應用系統之使用現況」，底下又有另一重點：「改善系統效率方式」，又如「產業推動馬達動力系統節能所面臨的問題」，底下又有另一重點：「推動參考」。

五、篇章寫作邏輯現象舉隅之三

本章所分析的是《機械工程材料》期刊中的摘要，不過，因為此份期刊摘要的字數比較少，多在 130 至 250 字之間，並且有形式上的規定，即一開始說明實驗方式，接著用「結果表明」一詞，交代實驗結果，所以寫作邏輯的變化不多。因此本章即選取其中的兩篇來分析，以呈現其篇章寫作邏輯現象。

（十四）顧彩香、李慶柱、李磊、顧卓明〈納米粒子潤滑油的抗磨減摩機理〉摘要（p1）：

> 使用掃描電鏡、能量色散譜、X 射線光電子能譜儀和原子能量顯微鏡研究了納米粒子潤滑油的抗磨減摩機理。【1】結果表明：納米粒子通過『微拋光』作用、『微滾珠』承載作用、填充修復作用、大小粒子協同作用以及在磨擦表面形成新的金屬元素的單質和氧化物膜等達到抗磨減摩效果。【2】

其寫作邏輯分析表如下：

```
┌ 因（方式）:「使用…減摩機理」…………………………【1】
└ 果（結果）:「結果表明…減摩效果」…………………【2】
```

　　本摘要在形式上的規定有助於邏輯清晰，但是是否會限制了表現的自由？而且字數亦少，優點是概括性強，缺點是不夠詳細。本篇摘要的其他缺點為:（一）「因」【1】應為兩個句子，宜用逗號標出，成為「使用掃描電鏡、能量色散譜、X射線光電子能譜儀和原子能量顯微鏡，研究了納米粒子潤滑油的抗磨減摩機理。」（二）「果」【2】句子太長，可化為因果複句，譬如「『因為』納米粒子通過『微池光』作用、『微滾珠』承載作用、填充修復作用、大小粒子協同作用，以及在磨擦表面形成新的金屬元素的單質和氧化物膜等，『所以』達到抗磨減摩效果。」

　　（十五）王學剛、趙玉國、嚴黔、李辛庚〈採用加壓瞬間液相連接技術焊接 T91 鋼管〉摘要（P11）:

　　　　在 1230~1260℃溫度範圍內進行了 T91 鋼管加壓瞬間液相連接，利用電子探討研究了焊接溫度對接頭組織、成份的影響。【1】結果表明:隨著連接溫度的提高，合金元素在接頭區擴散加劇，接頭組織趨於均勻化。但在 1260℃的連接溫度下，接頭區出現孔洞。【2】採用先加熱到 1260℃短時保溫再降至 1230℃長時間保溫的雙溫加熱模式，不僅可以減少焊縫區的缺陷，而且可消除連接界面，實現無縫連接。接頭拉伸時在母材斷裂，彎曲 180^0 不斷，性能達到母材水平。【3】另外，與鉛料壓

力焊接頭相比，加壓瞬間液相連接接頭變形小，兩連接管具有很好的同軸度。【4】

其寫作邏輯分析表如下：

```
┌─ 因（方式）:「在 1230…影響」……………………………【1】
│
│              ┌─ 劣:「結果表明…出現孔洞」……………【2】
│              │
└─ 果（結果）──┤         ┌─ 正:「採用…母材水平」…………【3】
               │    優 ──┤
               └─        └─ 補:「另外…同軸度」……………【4】
```

此篇摘要的寫作邏輯中，需要商榷者有如下數點：首先，「劣」【2】與「優」【3~4】之間宜有轉折連詞「但是」加以銜接。其次，「正」【3】「實現無縫連接。接頭拉伸時在母材斷裂」兩句之間宜有連接詞。此外，又很值得注意的是：章節標目太過簡略，無法突顯該節重點。

六、篇章寫作邏輯綜合探討

關於篇章寫作邏輯，可以分成兩個層次來探討，因此其下即分為兩節：「綜合探討之一」、「綜合探討之二」。

（一）綜合探討之一

綜合前面的十五篇摘要的篇章寫作邏輯現象分析，就第一層結構來看，出現最頻繁者是「先底後圖」結構（共有九篇），

其次是「先因後果」結構（共有四篇），再次是「先凡後目」（共有兩篇），又次是「先本後末」結構（共有一篇）。而就第二層結構來看：出現最頻繁者為「先全後偏」結構（共有八次），其次是「先本後末」結構[19]（共有六次），又次是「先因後果」結構（共有三次），又次是「先平後側」結構（共有二次），又次是「先正後補」、「先劣後優」等結構（各為一次）[20]。此統計結果請見其下二表：

第一層結構：

結構	先底後圖	先因後果	先凡後目	先本後末	小計
出現篇數	9	3	2	1	15

第二層結構：

結構	先全後偏	先本後末	先因後果	先平後側	先正後補	先劣後優	小計
出現次數	8	5	3	2	1	1	20

就此統計結果，並配合每篇結構之後文字分析的部分，可以得

---

[19] 其層次為三層時，標為「本」、「中」、「末」。
[20] 此第一層、第二層結構的統計結果，分別以表一、表二呈現，置於「附錄一」中。

出一些足堪注意的重點：

1. 結構趨於簡單明瞭：不管是第一層或第二層，所出現的結構幾乎均為順向、秩序的，其他逆向、變化的結構則甚為少見，可見得因為科技論文力求精確、明朗，所以反映在篇章寫作結構上，就不求變化，以簡單明瞭為重。

2. 以因果邏輯為主：以第一層結構而言，「先底後圖」、「先因後果」、「先凡後目」、「先本後末」等結構，其源頭就是「底圖」、「因果」、「凡目」、「本末」邏輯，而且細究這五種邏輯，其實都可以歸屬於「因果」律中，亦即「因果」邏輯具有「母性」[21]，其生命力最強、出現頻率最高、覆蓋面最廣；但是若以此涵蓋所有邏輯、結構，則難免失於籠統，因此可以依據各自較為細微的不同，再細分為「底圖」、「凡目」、「本末」……等邏輯。而且，就是將第二層結構納入觀察，則「先本後末」、「先因後果」等結構（出現次數共有八次），也

---

[21] 陳滿銘《章法學綜論》（台北：萬卷樓圖書股份有限公司，2003.6初版）說道：「可見『因果』章法的確帶有其母性，能相當普遍地替代其他的章法。這樣，章法似乎只要『因果』一法即可。但是，以『因果』這一邏輯，就想要牢籠所有宇宙人生、事事物物，形成『二元對待』既精且細之層次關係，實在是不可能的。更何況還有一些章法，如『左右』、『大小』、『並列』、『知覺轉換』等，是很不容易找出其『因果』關係來的。因此『因果』章法只能用以『兼法』（如同修辭之『兼格』）之方式，輔助其他章法，而其他章法的開發與研究，以尋出其心理基礎與美感效果，仍然有其迫切之需要，而且也希望能由此而充實層次邏輯的內容。」頁403-404。

都很明顯地可以歸入因果邏輯中。由此可見科技論文摘要的篇章寫作邏輯，以因果邏輯為主。

3. 所用到的章法種類有其趨向：目前所歸納而得的章法約有四十種，而此十五篇摘要的第一、二層結構用到八種，即「底圖」法、「因果」法、「本末」法、「凡目」法、「偏全」法、「平側」法、「補敘」法，這些都是常用於議論的章法，至於空間諸法、時間諸法、情景法……等等常用於寫景敘事的章法，則未曾出現。此外，第二層還出現「先劣後優」結構，此結構在其他類型的文章中較為少見，因此目前並未被歸納出「優劣」法。由上面的分析中可以知道：科技論文摘要所用到的章法確有其特別的傾向；換句話說，常用於科技論文摘要的章法，也往往就是適於議論的章法。

4. 演繹思維的呈現：在因果邏輯的籠罩下，運用「凡目」邏輯時，呈現的也是「先凡後目」結構，這表示其中運用了演繹思維，但是科學思維中，歸納思維也非常重要，所形成的結構為「先目後凡」，但是卻沒有在科技論文摘要中相對地表現出來。這是因為論文以「論點」為中心，而非呈現研究構思、實踐、檢討的過程，因此會出現這種現象。

5. 修改的重點為連接詞、標點符號：寫作的內在邏輯非常重要，如果寫作邏輯合理，則文理就大致通順，頂多修改連接詞、標點符號，就可以使得邏輯更為明確清楚；但是如果寫作邏輯不合理，那麼修改起來就大

費周章，常常必須改寫幾句乃至一小段，才能使文理通順。由此可見合理安排篇章結構的重要性。

6. 形式的規定有其利弊：《機械工程材料》期刊對於摘要的形式有所規定，即一開始說明實驗方式，接著用「結果表明」一詞，交代實驗結果，如此一來，都會形成「先因後果」的結構，顯得非常清晰明確。但是，相對的，這樣的寫作邏輯是否能適用於所有的科技論文？或是所有的科技論文的摘要以這種方式寫效果最好？這是值得探討的。

前述六個重點，有的指出摘要篇章寫作邏輯、結構的特性，有的提出寫作上值得注意之處。此外，從附帶討論（即最後說明摘要與章節標目、章節標目本身的優缺點的部分）中，也可以得出一些建議：「摘要」的內容必須是從論文中概括出來的；論文的「章節標目」也不宜只出現專有名詞；因為章節標目就是論文內容邏輯的呈現，因此須以「因果」、「底圖」、「凡目」、「泛具」、「全偏」……等邏輯來組織，所以最好能用各個層級的序號彰顯出有序性[22]。

---

[22] 楊晉龍〈摘要寫作析論〉，《實用中文寫作學》從諸家說法中歸納出十四項摘要寫作實際出現的缺失，其中就有多項與篇章寫作邏輯有關，亦可看看：「(1) 論著內容重點的陳述不夠齊全，或缺目的，或缺方法」、「(2) 內容繁簡失當，缺乏獨立性與自明性」、「(3) 缺乏明確突出論文創新、獨到與貢獻的具體陳述」、「(4) 分不清『摘要』與『前言』、『序文』的差別，內容與『前言』或『序文』無異」、「(5) 偏離主題，內容出現一般性的常識，或過多介紹前人的成果」、「(6) 出現不必要的背景資訊」、「(9) 內容空泛，不知所云」、「(12) 標點使用不恰當」，頁 278。

（二）綜合探討之二

在上述這些討論的基礎上，可以嘗試著回應論文一開始所提出的問題：摘要篇章寫作邏輯的「不變」與「變」。

其實，前節所提到的第 1 至 4 點，大體上都呼應了「不變」，不過，還有一些特點值得提出來，作更深入的討論。首先，最值得注意的是第一層結構形成「先底後圖」者。經濟部中央標準局編〈摘要撰寫標準〉指出：「通常按研究目的、方法、結果與結論等學術研究進行的順序撰寫。」[23]如果按照此順序撰寫，那麼這篇摘要的第一層結構應該是「先底後圖」，其結構分表如下：

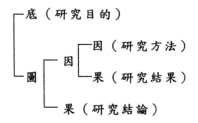

而揆諸實際分析結果，第一層形成「先底後圖」結構者果然有九篇，數量居於第一。至於為什麼這樣的結構方式，在理論上、實務上都顯示出適合於摘要的寫作呢？要解答這個問題，須引

---

[23] 見經濟部中央標準局編〈摘要撰寫標準〉，《圖書館相關國家標準彙編》頁 36。此外經濟部中央標準局編〈摘要撰寫標準〉對上述內容的說明如下：「研究目的顯示該篇文獻理論上或應用上的重要性。」「研究方法係闡述研究的步驟與方法，能顯示該篇文獻的學術價值。」「結果係說明研究的發現，以及所獲致的成效。」「結論主要說明研究所獲得的結果的實質意義。」頁 36。

入一個觀點：那就是作者摘要須加強表達效果，楊晉龍〈摘要寫作析論〉比較了「專家摘要」和「作者摘要」後，認為「作者摘要」更帶有「撰寫者」（生產者）立場的「學術行銷」的另一種訴求目的[24]，因此，摘要對於表達效果的需求其實是非常強烈的，而「先底後圖」結構恰可適應此種需求。因為在形成「先底後圖」結構的摘要中，其「底」皆為「背景」，「圖」皆為「內容」，而且所謂的「背景」，大體上是此研究對象或切入角度的重要性，可因此解決什麼困難、提供什麼便利……等，亦即「研究目的」，而「內容」才是論文真正從事的研究、實驗……等，亦即「研究方法、結果、結論」，而「底」所費之字數往往比「圖」更多[25]。這個現象說明了一點：「背景」在摘要中非常重要，而它之所以非常重要，那是因為合乎「學術行銷」的需

---

[24] 參見楊晉龍〈摘要寫作析論〉，《實用中文寫作學》頁 284。楊氏並說：行銷就隱含了推銷與創造需求的要求，因此除能夠更明確地表達論著創發性的內容之外，也比較重視如何引發讀者興趣、如何說服讀者接受等的推銷考慮，寫作上因此會特別注意到表現的形式、表現的方法、選用適當文句、表現美感等文學技巧的使用考慮。參見頁 284、286。

[25] 此九篇摘要中，有六篇「底」所費之字數比「圖」還多。其下所列九篇摘要的「底」與「圖」之字數比：（一）為 143/235，（三）為 183/107，（四）為 108/87；（六）為 98/154，（七）為 157/113，（九）為 139/51，（十）為 134/136，（十二）為 161/66，（十三）為 110/84。就此點出發，還可探討摘要中「底」、「圖」呼應常見的缺失，譬如「底」太多、「圖」太少（十三）；次如「底」鎖定者，「圖」並未承接論述（十二）；又如「底」、「圖」的分隔用逗號或分號，力量不夠（七）；又如摘要不宜分段，更不宜在非「底」、「圖」轉接處分段（九）。此外，「底」還可能出現論文中所沒有的內容，這應該是不適宜的。

求[26]。反觀第二層結構，「圖底」法付諸闕如，這是因為「學術
行銷」是非常重要的需求，因此在全篇佈局時就考慮到了，所
以會在第一層結構中會反映出來，反而在較小的結構段中，所
要處理的是其他的內容，因此不會用「圖底」法來組織。

其次，第二層結構最常用到的章法為「偏全」法，而且「偏
全」法與「平側」法相關性極強，所以可以聯繫起來考察，而
此兩法加起來共用到十次。此兩法都是處理「全體」（全、平）
與「部分」（偏、側）呼應的章法，不同之處在於：「平側」法
之「全體」已條列出來，而「偏全」法之「全體」只是就整體
寫來；而且「平側」法之「側」可能側注在一至數點，但是「偏
全」法之「偏」只就其中一偏來說[27]。考察其實際使用之情形，
發現這兩種章法最常出現在「底」結構段下，而「圖」、「本」、
「末」、「因」等結構段下各用到一次，且都形成「先全後偏」、
「先平後側」結構，由此可以推知：「底」結構段皆強調此研究
之重要性，而要凸顯重要性，最好的方式為從「全體」再聚焦

---

26 呈現其他結構者另有六篇，此六篇經實際考察之後發現：（二）為
「先本後末」結構、（五）為「先因後果」結構，以及（十四）、（十
五）皆為「先因後果」結構，這些都專注於研究本身的說明，而
（八）、（十一）皆為「先凡後目」結構，都是依據論文章節依序
說明。這六篇摘要對於「重要性」的著墨均極少，也就是說，直
接呈現「圖」，「底」的部分就省略了，這種做法雖然有簡明清晰
的優點，但是此實驗所能產生的作用或影響卻比較無法突顯，對
於「學術行銷」來說，應該是不利的。

27 「偏全」法與「平側」法都是處理「全體」（全、平）與「部分」
（偏、側）呼應的章法，不同之處在於：「平側」法之「全體」已
條列出來，而「偏全」法之「全體」只是就整體寫來；而且「平
側」法之「側」可能側注在一至數點，但是「偏全」法之「偏」
只就其中一偏來說。

到「部分」；至於出現在其他結構段下者，雖然用意並非凸顯重要性，但是也是先作全面的介紹，再聚焦到論文內容或是值得注意的發現。由此或可推論：科技論文很重視「全體」與「部分」的呼應，因為不能掌握全體，會顯得資料不全或涵蓋面不足，但是一篇論文通常只能解決一兩個重要問題，所以必須著重其中的一兩個部分。這樣的內部需求反映在結構上，就呈現了「先全後偏」、「先平後側」結構頻繁出現的情況。

又次，第一、二層結構中，「先因後果」、「先本後末」結構都頻繁出現，共計十二次。「因果」法和「本末」法也是關連非常密切的章法，因此可以聯繫在一起考察。在第一、二層結構中運用此兩種章法時，大體上不是說明構想，就是依序說明論文內容，所以可以這麼說：運用「先因後果」、「先本後末」結構，可以井然有序、清清楚楚地說明事理，非常合乎科技論文明白、精確的寫作要求，所以這兩種結構的頻繁出現，也就是理所當然的了。

歸納前面的考察所得，發現科技論文摘要具有「學術行銷」、「全體與部分的呼應」、「明白、精確地說明」的需求，而後面兩點又可統合為「精確傳達科學思維」的需求；所以，可以這麼說：因為科技論文摘要「學術行銷」、「精確傳達科學思維」的需求相當強烈，因此使得篇章結構呈現出「不變」的傾向。在前言中，根據寫作理論提出摘要寫作邏輯的「不變」與「變」的觀察角度，經過實際察考後，發現「不變」的傾向遠遠強過「變」，當然，這並不是說科技論文摘要不強調表達效果，

而是因為科技論文摘要最高的寫作要求就是滿足「學術行銷」、「精確傳達科學思維」的需求，而這兩個需求滿足了，表達效果也就出現了。

七、結語

科技論文的眉目──「摘要」的寫作，除了精確之外，還因背負「學術行銷」的責任，所以更要求表達效果，因此，在此雙重要求下，寫作摘要時邏輯思維如何進行運作，就非常值得觀察了。

本論文鎖定邏輯思維中「組句成篇」（章法）的一環，考察了十五篇科技論文摘要，發現科技論文摘要的篇章寫作邏輯有「結構趨於簡單明瞭」、「以因果邏輯為主」、「所用到的章法種類有其趨向」、「演繹思維的呈現」、「修改的重點為連接詞、標點符號」、「形式的規定有其利弊」等特點，並在此基礎上，進行更深入的探究，發現為滿足科技論文摘要「學術行銷」、「精確傳達科學思維」的需求，所以大量出現「先底後圖」、「先全後偏」、「先平後側」、「先因後果」、「先本後末」結構，使得科技論文摘要表現出既精確又充滿說服力的特色。

附錄一

	標點符號	（四）「偏」【2】之中「甚至於探討活性的作用機轉均是重要的研究方向。」宜加上逗點，改成「甚至於探討活性的作用機轉，均是重要的研究方向。」以表示「均是重要的研究方向」一句所收束的，還包括了「探討其修飾的合成方法和研究修飾過後化合物結構與活性的關係」。
		（四）「全」【3】和「偏」【4】之間的「，」宜改成「。」，以表示區隔。
		（五）「因」【1~2】和「果」【3】之間宜用句號隔開。
		（六）「底」【1~2】和「圖」【3~5】之間原本使用逗號，宜改用句號隔開。
		（十一）首句「本文主要探討粗糙路面激振經由懸吊系統振動傳遞路徑而引起之車內噪音。」稍長，可斷為兩句，成為「本文主要探討粗糙路面激振，經由懸吊系統振動傳遞路徑而引起之車內噪音。」
增加		（十四）「因」【1】應為兩個句子，宜用逗號標出，成為「使用掃描電鏡、能量色散譜、X射線光電子能譜儀和原子能量顯微鏡，研究了納米粒子潤滑油的抗磨減摩機理。」
	連接詞	（一）在「底」【1~2】和「圖」【3~5】之間，加上「有鑑於此」作聯結。
		（一）「本」【1】和「末」【2】之間可以加上「而」字來聯結。

（一）「中」【4】和「末」【5】之間宜加上「最後……」聯結。

（二）「本」【1~3】和「末」【4~6】之間宜加上「至於」一詞聯結。

（二）「平」【1】和「側」【2~3】之間宜加上「其中」一詞聯結。

（三）「全」【1】與「偏」【2】之間宜加上「而」連接。

（四）「底」【1~2】和「圖」【3~4】之間，加上「有鑑於此」作聯結。

（五）「全」【1】中的一些句子宜出現連接詞，以使得邏輯關係更明確，譬如「藉著分子間金…金作用力……」和「新穎的六核超分子具有反轉中心」之前都宜有連接詞來連結。

（七）最好在「底」【1~3】和「圖」【4~6】之間，宜用句號隔開，並加上「有鑑於此」作聯結。

（七）「全」【1】和「偏」【2】之間的連接詞「而」改成「其中」或「而其中」。

（七）「中」【5】與「末」【6】之間不宜用「之後」，宜用「最後」聯結

（八）「中」【3】的內容應是對應論文的「市售輔助馬達系統規格」，所以「且」可以改用「接著」，以呼應前面的「首先」，標誌出此為第二層，其次，用「再

		者」聯繫不妥，可用「並且」。
		（八）「末」【4】用「此外」聯結不妥，因為表示的是額外之意，可用「最後」聯結。
		（九）最好在「底」【1~2】和「圖」【3】之間，加上「有鑑於此」作聯結。
		（十）最好在「底」【1~2】和「圖」【3~4】之間，加上「有鑑於此」作聯結。
		（十四）「果」【2】句子太長，可化為因果複句，譬如「『因為』納米粒子通過『微拋光』作用、『微滾珠』承載作用、填充修復作用、大小粒子協同作用，以及在磨擦表面形成新的金屬元素的單質和氧化物膜等，『所以』達到抗磨減摩效果。」
		（十五）「劣」【2】與「優」【3~4】之間宜有轉折連詞「但是」加以銜接。
		（十五）「正」【3】「實現無縫連接。接頭拉伸時在母材斷裂」兩句之間宜有連接詞。
	連句	（一）「開始導入主題。藉由調控」缺乏聯結，可以改成「開始導入主題，其中提到藉由調控」。
		（七）「果」【3】並未明言採用哪種複合動力系統，使得段意不明，因此宜用連句交代、連接。
刪除	多餘的	「中」【4】和「末」【5】之間，「在充分了解鈦的陽極處理製程與機制原理後」可以刪除。

	句子	
調整	敘寫方式	（三）「偏」【2】的敘寫方式宜改變，因為開始兩句主要講「產氣莢膜梭菌」，與「全」【1】之聯結不夠，顯得突兀，「唾液酸酶」一詞應提早出現，與「全」【1】之重點——「唾液酸酶」呼應
		（三）「圖」【3】邏輯似乎有點混亂，因為「因此」一詞所聯結的因果關係並不明顯。
		（五）「偏」【2】的敘述有點混亂，「溶於二氯甲烷中低能量放光……」此句之前和之後似乎為兩個敘述重點，但是並未處理清楚。
		（八）「本」【2】的邏輯混雜不清，論文本身是先介紹電動輔助轉向的優點，接著才分析市售輔助馬達的系統規格，因此此處應該是介紹優點即可。
		（九）「全」【1】和「偏」【2】之間的關聯性交代不足，應該說明「經濟型智慧冷卻系統」為「電控引擎冷卻系統」中間的一種。
		（九）「圖」【3】部分份量偏輕，重要章節內容概括未在摘要中呈現，有頭重腳輕之感。
		（十）「底」【1~2】只涵蓋「前言」，而「因」【3】涵蓋兩個重要章節：「iPM 主動式可傾車輛」、「主動式可傾控制」，但是前者字數卻明顯遠多於後者，是否有輕重失衡的情形？

	（十二）「偏」【3】已經將法規縮小到加州，但是「圖」【4】所鎖定的範圍仍是歐美，兩者呼應不良。
	（十二）「圖」【4】份量偏輕，且未將結論納入。
	（十三）「圖」【3】份量偏輕，等於第 1、2 句涵蓋「高效率馬達的發展」、「馬達的終生使用成本」，第 3 句涵蓋「產業推動馬達動力系統節能所面臨的問題」，是否有太過簡略之弊？
段落	（九）因為「因」【1~2】和「果」【3】之間並未分段，所以「全」【1】和「偏」【2】也不宜分段，以免結構失衡。

從互文性視角論空間建構與主題層次

——以歐陽脩〈豐樂亭記〉、〈醉翁亭記〉與曾鞏〈醒心亭記〉為例

林淑雲

國立台灣師範大學國文學系講師

提　要

　　本文以「互文性」視角切入探討歐陽脩〈豐樂亭記〉、〈醉翁亭記〉與曾鞏〈醒心亭記〉之空間建構與主題層次。所謂「互文性」，強調文本之間相互交織，共存兼容的連繫性。每一個文本，都不是孤立的個體，而是作家和不計其數的文本激盪之下的產物，和其他文本之間有著相互滲透、發明、吸收、轉化等錯綜複雜的關係。此三篇文章寫作時間相近，三亭空間緊鄰，亭名均由歐陽脩所命之共通背景，為本文以「互文性」觀察三文提供契機。同時，三文又各有側重。〈豐樂亭記〉重在稱美大

宋功德、豐年民樂，強調人與政治、社會的聯繫。〈醉翁亭記〉
重於景物的描寫及與民同歡的自適，強調人與自然、人我之間
的互動。〈醒心亭記〉則在歐陽脩撰述之外，另闢蹊徑，著力於
「醒心」之故實與底蘊，以明歐陽公高遠之政治抱負及其之「難
遇」與「賢德」。綜觀之，以知三文於空間建構之相互發明，彼
此間存有著「搭台布景」之功。於主題中並有著層層生發之處：
以人民生活之「豐」，引發山水遊觀之「樂」；以陶然於山水之
「樂」，引領出「醉」於山水之娛情；然則醉而復「醒」，藉此
歸結出歐陽脩「樂」之真諦，實在於經世濟民的崇高理想。

關鍵詞

歐陽脩、曾鞏、豐樂亭記、醉翁亭記、醒心亭記、互文性

一、前言

　　山川景物向為文人感物起興的對象。碧山綠野，亭臺樓榭，
巍峨宮室，錦繡山河，騷人墨客遊蹤所至，目有所見，情有所動，
神有所思，於是搦筆和墨，發而為文。所謂「山川之美，古來共
談」[1]，文人以自然為性靈的依歸，以自然為怡情養性之場域。孔

---

[1] 陶弘景：〈答謝中書書〉，夏咸淳、陳如江主編：《歷代小品文鑑賞辭
典》（台北：萬卷樓圖書有限公司，1996 年 3 月），頁 84。

子說道：「智者樂水，仁者樂山」[2]，莊子亦說：「山林與，皋壤與，使我欣欣然而樂與。」[3]乃至於陶淵明之「少無適俗韻，性本愛丘山」[4]、歐陽脩之「山林本我性，章服偶包裹」[5]，皆可見人們對自然的喜好。徜徉山水，快意自適，呼吸著純淨清新的氣息，感受著大自然的律動。內在的惶惑與躁動已被卸除，現實的喧囂與忙碌輕輕抖落，塵俗的不快與羈牽則淡然處之，從而獲得的是反璞歸真的醇美天性，天人合一的生命真諦。

在登臨覽勝的過程中，文人往往藉由書寫而刻繪心路，記錄其獨特的審美體驗。而其筆下的地景也常因文人的描寫而饒富意義。滕宗諒於〈求書記〉中即寫道：

> 竊以為天下郡國，非有山水瓌異者不為勝，山水非有樓觀登覽者不為顯，樓觀非有文字稱記者不為久，文字非出於雄才鉅卿者不成著。[6]

山水清音因樓觀登覽者而為人所知，樓觀登覽之行則因文字的記錄而得以化短暫為永恆。歐陽脩居滁期間，即藉由遊賞與書

---

[2] 朱熹集註：《四書集註・論語・雍也第六》（台北：學海出版社，1989年8月），頁92。

[3] 黃師錦鋐譯著：《莊子讀本》（台北：三民書局，1988年3月），頁259。

[4] 陶淵明：〈歸田園居〉，王叔岷：《陶淵明詩箋證稿》（台北：藝文印書館，1975年1月），頁100。

[5] 歐陽脩：〈思二亭送光祿謝寺丞歸滁陽〉，《歐陽文忠公文集》第二冊（四部叢刊初編集部，上海商務印書館縮印元刊本），卷54，頁398。

[6] 曾國荃等撰：《湖南通志》（台灣：華文書局，1967年），卷34，頁922。關於此文版本、篇名等相關問題，曾志雄：〈談滕宗諒的「求范仲淹撰岳陽樓記書」論述甚詳，茲不再贅述。見《紀念范仲淹一千年誕辰國際學術研討會論文集》，頁195-214。

寫，在文學創作上得到輝煌的成就，名篇〈醉翁亭記〉、〈豐樂亭記〉即作於此。人情、文情、土地情，交織組構歐陽脩的滁州歲月，成就千古佳話。

本文擬以「互文性」視角切入探討歐陽脩〈豐樂亭記〉、〈醉翁亭記〉與曾鞏〈醒心亭記〉之空間建構與主題層次。綜觀三文，實具有諸多雷同處：所記主體均由歐陽脩所命名，此其一；三亭均位於滁州且相距不遠，此其二；寫作時間相近，此其三。雖非出自一人之手，然而在合觀之際，仍可藉以凸顯文人置身地景時，如何與空間對話而折射映現出心情的總總。

在進入正文的論述之前，當先釐清「互文性」的定義。傳統的「互文」指得是「通過省略以達到精煉文詞的表現手法。」[7]賈公彥《儀禮注疏》中即說道：「凡言互文，是二物各舉一邊而省文，故云互文。」[8]要而言之，即上下文各有省略，但在意義上又互相補足。「凡是在連貫性的語文中，上下文的結構相同或相似，某些詞語依據上下文的條件互相補充，合在一起共同表達一個完整的意義。或者敘述上文中省略下文出現的詞語，下文中省略上文出現的詞語，借參互以成文，經過綜合而見義的一種修辭技巧。」[9]然而上述所言「互文」，乃是指同一文本內詞句間參互成文、合而見義的修辭手法，與本論文所欲切入

---

[7] 黃師麗貞：《實用修辭學》(台北：國家出版社，1999 年 3 月)，頁199。

[8] 《儀禮》，《十三經注疏》第四冊（台北：藝文印書館，1997 年），頁464。

[9] 唐松波、黃建霖主編：《漢語修辭格大辭典》（北京：中國國際廣播出版社，1989 年 12 月），頁375。

的「互文性」不盡相同。

西方文學理論中常常論及的「互文性」（Intertextuality 或作「文本互涉」），是由法國文學理論家朱麗婭‧克里斯蒂娃(Julia Kristeva)所提出。她強調文本之間相互交織，共存兼容的連繫性，「任何作品的文本都像許多行文的鑲嵌品那樣構成的，任何文本都是其他文本的吸收和轉化。」[10]

準此，語篇生成過程中擁有絕對的原創性或獨立性是不正確的概念。每一個文本，都不是孤立的個體，而是作家和不計其數的文本激盪之下的產物，和其他文本之間有著相互滲透、發明、吸收、轉化等錯綜複雜的關係。「這種互動包括公開、明顯的引用和參考，也包括對已有文本的同化或模仿，還包括對於既定慣例的認同與遵循。」[11]這種現象不僅存在於縱向的時空流衍之中，異代文本之間相互的孕育、滋養、對話以及影響。實際上，將同一時空、同一作家不同的作品加以比勘，亦能深化研究的成果。「這是因為，作家筆下所描述的對象，總是處於三維共時狀態下的立體化對象，由於語言表述的一維性，使得作者不可能在一部作品，甚至所有的作品中完美地塑造他心中的藝術形象，也很難完整地表現他全部的思想觀念。……因此，我們在解讀一個作家的藝術文本時，應保持一種整體的、比較的眼光，要在互涉文本的對照中去領悟他的作品的深刻內涵，

---

[10] 周云倩、李冀宏：〈互文理論觀照下結構隱喻在文本中的運用〉，《鄭州航空工業管理學院學報（社會科學版）》，2007 年 12 月，第 26 卷 6 期，頁 74。
[11] 蘇珊：〈互文性在文學中的意義網絡及價值〉，《中州學刊》，2008 年 5 月，第 3 期(總 165 期)，頁 221。

並在相關性的尋覓中去理解其作品的整體思想。」[12]

總之，「互文性」概念對於文本間的關係，文本意蘊的闡發提供一個新穎又富成效的切入點。職是之故，本文即立足於三文的「外互文性」[13]，嘗試將三文視爲一有機體，從中掘發出歐陽脩「樂」之真相。

二、原始以表末——創作之背景

〈豐樂亭記〉於文末標明寫作時間爲「慶曆丙戌六月日」[14]，慶曆丙戌年即「慶曆六年」（西元一〇四六年），爲「歐陽公作州之二年」。[15]是年秋天，歐陽脩自號「醉翁」，作〈醉翁亭記〉。

---

12 申順典：〈文本符號與意義的追尋－對互文性理論的再解讀〉，《青海師範大學學報（哲學社會科學版）》，2005 年第 6 期(總 113 期)，頁 98。

13 申順典：「互文性理論的分類主要有三類：內互文性和外互文性，宏觀互文性和微觀互文性，積極互文性和消極互文性。內互文性指存在於文本之內的互文關係，外互文性指存在於不同文本之間的互文關係。宏觀互文性指一個文本的整體寫作手法上與另一個或多個文本具有相似或相同之處。微觀互文性指一個文本的某些詞句與段落的表達與另一個或多個文本有關連。積極互文性指的是能引發超越文本之外的知識和價值體系參與的互文關係，消極互文性是指爲了讓文本連貫而產生的互文關係。這些分類有些是相互交叉的，只是在分類時從不同的角度對各種互文性關係進行了概括而已。」說見〈文本符號與意義的追尋－對互文性理論的再解讀〉，頁 99。

14 歐陽脩：〈豐樂亭記〉，《歐陽文忠公文集》第二冊，卷 39，頁 298。因此篇原文出現多次，下文中將直接在引文後用圓括弧標註出處，不另附註。

15 曾鞏：〈醒心亭記〉，《南豐先生元豐類稿》第一冊（四部叢刊初編集部，上海商務印書館縮印烏程蔣氏密韻樓藏元刊本），卷 17，頁

　　北宋仁宗慶曆年間，內憂外患，積貧積弱。歐陽脩直言政有
「三弊」[16]（不慎號令、不明賞罰、不責功實），大聲疾呼「方今
天文變於上，地理逆於下，人心怨於內，四夷攻於外。事勢如此
矣，非是陛下遲疑寬緩之時，惟願爲社稷生民留意。」[17]參知政
事范仲淹亦條陳時弊，上十項改革建策，仁宗據此推行一系列「慶
曆新政」。然而新政損及守舊派之利益，遭到激烈反對，謗聲群起。
中堅分子如范仲淹、杜衍、富弼、韓琦等相繼遭貶，新政功敗垂
成。慶曆五年（西元一〇四五年），歐陽脩「不避群邪切齒之禍，
敢干一人難犯之顏」[18]，上〈論杜衍范仲淹等罷政事狀〉，犯顏直
諫卻無力回天。此時保守派又構陷歐陽脩與甥女張氏有染[19]，終
雖以「卷既弗明，辨無所驗」[20]結案，其仍於慶曆五年八月貶謫
滁州。歐陽公於同年十月，抵達滁州，於慶曆八年(西元一〇四八
年)二月赴任揚州知州，在滁州約莫兩年四個月。

　　歐陽脩生於宋真宗景德四年(西元一〇〇七年)，卒於神宗

135。因此篇原文出現多次，下文中將直接在引文後用圓括弧標註
　　出處，不另附註。
[16] 歐陽脩：〈準詔言事上書〉，《歐陽文忠公文集》第二冊，卷 46，頁
　　334。
[17] 同前註，頁 339。
[18] 歐陽脩：〈論杜衍范仲淹等罷政事狀〉，《歐陽文忠公文集》第四冊，
　　卷 107，頁 825。
[19] 關於此事之始末，《神宗實錄・本傳》云：「脩妹適張龜正，龜正無
　　子而死。有龜正前妻之女才四歲，無所歸，以俱來。及笄，脩以嫁
　　族兄之子晟。張氏後在晟所與奴姦。事下開封府，獄吏附致其言以
　　及脩，乃以戶部判官蘇安世、內侍王昭明雜治之，卒無秋毫。乃坐
　　用張氏奩中物買田，立歐陽氏券，左遷知制誥知滁州。」見《歐陽
　　文忠公文集》第六冊，附錄卷 3，頁 1270。
[20] 《歐陽文忠公文集》第一冊，年譜，頁 16。

熙寧五年(西元一〇七二年)，為宋代文壇祭酒。他上承韓柳，
下啓三蘇、王曾，為承先啓後的一代文宗。同時他又深具提攜
後進，薦拔後學之胸襟，其子歐陽發於《先公事迹》中寫道：

> 先公平生，以獎進賢材為己任。一時賢士大夫，雖潛晦
> 不為人知者，知之，無不稱譽。舉薦極力而後已。既為
> 當世宗師，凡後進之士，公嘗所稱者，遂為名人。時人
> 皆以得公一言為重，而公推揚誘進不倦。[21]

曾鞏即得力於歐陽脩的獎披延譽而名顯天下。歐陽公甚而曾直
言：「過吾門者百千人，獨於得生為喜。」[22]曾鞏生於真宗天禧
三年（西元一〇一九年），卒於神宗元豐六年（西元一〇八三
年），少而聰敏，長而好學。《宋史》本傳稱其為文：「上下馳騁，
愈出而愈工。本原六經，斟酌於司馬遷、韓愈，一時工作文詞
者，鮮為過也。」[23]並指出其「立言於歐陽脩、王安石間，紆
徐而不煩，簡奧而不晦，卓然自成一家。」[24]整體而言，他的
作品雖不若韓文之奇崛渾浩，歐文之紆餘柔婉，王文之詞完氣
健，蘇文之汪洋恣肆，卻能古雅質實，自成一格。

　　歐陽脩與曾鞏，文名並轡，同為「唐宋八大家」之一，兩人
並有師生之誼，感情深厚。因此當歐陽脩於滁州命名三亭，並以
如椽之筆寫下〈豐樂〉、〈醉翁〉二記之後，遂請曾鞏染翰操觚，

---

[21] 《歐陽文忠公文集》第六冊，附錄卷 5，頁 1286。

[22] 曾鞏:〈上歐陽學士第二書〉,《南豐先生元豐類稿》第一冊，卷 15，
頁 115。

[23] 《宋史・曾鞏傳》（台北：中華書局，1965 年），卷 319，頁 10-11。

[24] 同前註，頁 13。

以補其缺。宗師命題，學生欣然命筆。曾鞏遂於「慶曆七年」（西元一〇四七年）八月十五日寫下〈醒心亭記〉此傳世名作。

三、發現與創造——空間的建構

滁州（今安徽省滁縣）介於江淮之間，有宋一代屬淮南東路。五代時兵連禍結，干戈不休。宋時天下承平，人民安居，惟交通閉塞，地僻事簡。曾鞏云：

> 先生貶守滁。滁，小州，先生為之，殆無事。環州多佳山水，最有名瑯琊山。近得之曰幽谷。先生數遊其間，又賦詩以樂之。[25]

加斯東・巴舍拉（Gaston Bachelard）於《空間詩學》中，認為回憶空間化的越好，就越穩固。[26]透過空間的場所定位，人們更能活化記憶的扉頁。歐陽脩離開滁州，曾官居多處。不論是守揚知穎，或是在朝為官，對於滁州始終念念不忘，時時塗抹著濃郁的思念。他寫道：「吾嘗思醉翁，醉翁名自我。山林本我性，章服偶包裹。……」[27]、「吾嘗思豐樂，魂夢不在身，

---

[25] 曾鞏：〈奉和滁州九詠九首並序〉，《南豐先生元豐類稿》第一冊，卷 2，頁 28-29。

[26] 加斯東・巴舍拉：《空間詩學》（台北：張老師文化事業股份有限公司，2008 年 5 月），頁 71。

[27] 歐陽脩：〈思二亭送光錄謝寺丞歸滁陽〉，《歐陽文忠公文集》第二冊，卷 54，頁 398。

三年永陽謫，幽谷最來頻。……」[28]將空間定格於滁州日常休
憩之所，每一回思，即再現當時遊樂的情景與心情。

「醉翁亭」位於滁州西南。其四周之空間地貌，歐陽脩引
領我們細細觀覽：

> 環滁皆山也，其西南諸峰，林壑尤美。望之蔚然而深秀
> 者，瑯琊也。山行六七里，漸聞水聲潺潺，而瀉出于兩
> 峰之間者，讓泉也。峰回路轉，有亭翼然。臨于泉上者，
> 醉翁亭也。[29]

在此，蒼翠的山林成爲文人運鏡的對象。先是拉開全景，鳥瞰滁
州山景，漸次推移至西南諸峰的蓊鬱。而後鏡頭逶迤至瑯琊山中，
青山幽谷中迴盪著潺潺流水聲。循聲而至，但見清泉如匹練飛瀉
於兩峰之間。山重水複之中，一亭赫然在目，臨泉聳立。空間由
遠而近，由大而小，由全面而至局部，由宏觀而至特寫。勝境迭
呈，層次井然。站在亭中觀賞四周景致，朝暮風光，變化無窮；
四季景色，歷歷如繪。因此歐陽脩常與賓客遊賞宴飲於此，並寄
意詩文，抒發情懷。其於〈題滁州醉翁亭〉中寫著：

> 四十未為老，醉翁偶題篇。醉中遺萬物，豈復記吾年。
> 但愛亭下水，來從亂峰間。聲如自空落，瀉向兩簷前。
> 流入巖下溪，幽泉助涓涓。響不亂人語，其清非管弦。

---

[28] 同前註。
[29] 歐陽脩：〈醉翁亭記〉，《歐陽文忠公文集》第二冊，卷 39，頁 299。
因此篇原文出現多次，下文中將直接在引文後用圓括弧標註出處，
不另附註。

> 豈不美絲竹，絲竹不勝繁。所以屢攜酒，遠步就潺湲。
> 野鳥窺我醉，溪雲留我眠。山花徒能笑，不解與我言。
> 惟有岩風來，吹我還醒然。[30]

滁州風光秀奇，亭、峰、溪、泉、野鳥、山花……，構成天然
和諧的畫軸，此美景爲歐陽脩的遊觀提供莫大助益。然而美景
需要被掘發，柳宗元於〈邕州柳中丞作馬退山茅亭記〉中即辯
證人與自然之美的關係：

> 夫美不自美，因人而彰。蘭亭也，不遭右軍，則清湍脩
> 竹，蕪沒於空山矣。是亭也，僻介閩嶺，佳境罕到，不
> 書所作，使盛迹鬱堙，是貽林澗之愧，故志之。[31]

山川景物不能自彰其美，端賴人的發現和宣揚才能凸顯其美。
換言之，自然之美惟有在人們的認可和彰顯其美時，才真正取
得美的價值。山川風土，因人而美；亭台樓閣，因人而傳。人
的參與，是景活的契機。蘭亭因右軍而顯名；滁州山水因醉翁
而傳世。而其中的關鍵，即在於一篇篇異彩紛呈的名篇佳構。

關於「豐樂亭」的位置，歐陽脩於〈豐樂亭記〉中雖未有確
指，但是曾鞏於〈醒心亭記〉中，爲我們建構其空間方位爲「滁
州之西南，泉水之涯」。此外，亭記在內容上往往側重在發現、前
往與徜徉其地的「遊」的歷程。[32]關於「豐樂亭」的建造，〈豐樂

---

[30] 歐陽脩：〈題滁州醉翁亭〉，《歐陽文忠公文集》第二冊，卷53，頁
396-397。

[31] 柳宗元：《柳宗元集》（北京：中國書店，2000年1月），頁384。

[32] 柯慶明：〈從「亭」、「臺」、「樓」、「閣」說起─論一種另類的遊觀

亭記〉開篇寫著:「脩既治滁之明年,夏,始飲滁水而甘。問諸滁人,得於州南百步之近。」此事呂本中亦有詳細說明:

> 歐陽脩謫守滁上,明年得醴泉于醉翁亭東南隅。一日,
> 會僚屬于州廨。有以新茶獻者,公敕吏汲泉。未至,……
> 遽酌他泉以進。公已知其非醴泉也,窮問之,乃得他泉
> 于幽谷山下。文忠博學多識而又好奇,既得是泉,乃作
> 亭以臨其上,名之曰豐樂。[33]

歐陽脩善於品茗,深諳水質的鑑賞之道。[34]因此當小吏取他泉之水沖泡新茶,他馬上察覺。訊問究竟之後,於靜謐隱僻處尋得水源,並對其環境做了如下描述:

> 其上豐山,聳然而特立,下則幽谷,窈然而深藏。中有
> 清泉,滃然而仰出。俯仰左右,顧而樂之。(〈豐樂亭記〉)

聳拔的豐山,幽深的山谷,清泉涓涓流洩,此自然美景,無疑

美學與生命省察〉,《台大中文學報》第 11 期,1999 年 5 月,頁 136。

[33] 轉引自劉德清:《歐陽脩紀年錄》(上海:上海古籍出版社,2006 年 7 月),頁 196。關於此事,歐陽脩於〈與韓忠獻王〉中亦提及:「山州窮絕,比乏水泉。昨夏秋之初,偶得一泉於州城之西南豐山之谷中,水味甘冷,因愛其山勢回抱,構小亭於泉側。」見《歐陽文忠公文集》第六冊,卷 144,頁 1151。

[34] 黃韻光:「歐陽脩以爲品茶須得『五美』俱全,方可達到『真物有真賞』之意境。而此五美當指茶新、水甘、器潔,加之以天朗、客嘉。其中『水甘』一項,歐陽脩尤爲重視,在他的詩文中就有不少分析與論述。像是他的論水專文〈大明水記〉、〈浮槎山水記〉等,則詳細考察了歷代論水篇章,更將其中不合理者加以駁斥,以正視聽,茲可作爲擇水之參考標準。」說見《歐陽脩的生活藝術》,明道管理學院國學研究所 2007 年碩士論文,頁 133。

是造物主的恩賜。醉翁在此寄性山林，顧盼自得，其樂無窮。
元代白珽於〈西湖賦〉中云：「奇狀天造，勝境人爲」[35]，直言
大自然的造化鬼斧神工、無可替代，而點綴於其間的人文景觀
往往爲其增色添彩。「天造」與「人爲」互相輝映，彼此互補，
組構令人流連忘返的美景。滁州四周林壑交錯，佳山秀水，然
而歐陽公不欲獨享此樂，因此在「因水而得泉」之後，積極的
運用人爲的力量「因泉而得亭」。「於是疏泉鑿石，闢地以爲亭，
而與滁人往遊其間」（〈豐樂亭記〉），此亭即爲「豐樂亭」。

此後，「豐樂亭」成爲歐陽脩政事之暇的遊息之所。他嘗於
〈豐樂亭遊春〉中寫道：「紅樹青山日欲斜，長郊草色綠無涯。
遊人不管春將老，來往亭前踏落花。」[36]美妙之景勝於畫卷，
歐陽公對於豐樂亭之喜愛溢於言表。

至若「醒心亭」的位置，曾鞏於〈醒心亭記〉中僅言：「既
又直豐樂之東幾百步，得山之高，構亭曰『醒心』。」至於其建
造之過程，地景之狀況，可藉由〈豐樂亭記〉加以補足。事實
上，「互文性」理論強調：「任何文本的存在都依賴前文本和同
期存在的文本，並爲其後的文本加以利用和徵引。」[37]而在一
個文本之中，可利用諸多方式提及另一個文本。或暗指明引，
或模仿改寫，或拼貼套用，方法多元，不一而足。[38]在此（〈醒

---

[35] 白珽：〈西湖賦〉，章滄授主編《歷代山水名勝賦鑑賞辭典》（北京：
中國旅遊出版社，1998 年 5 月），頁 453。

[36] 歐陽脩：〈豐樂亭遊春〉，《歐陽文忠公文集》第一冊，卷 11，頁 114。

[37] 歐陽東峰：〈作品的記憶，學識的遊戲—互文性理論略論〉，《湖南
科技學院學報》，2006 年 12 月，第 27 卷 12 期，頁 102。

[38] 大衛・洛吉：「一個文本裡面，可以用很多方式提到另一個文本：
諧仿、諧仿／拼貼、呼應、暗指、直接引用、結構對位。有些理論

心亭記〉），曾鞏以「（歐陽公）構亭曰『豐樂』，自爲記，以見
其名之意」言及〈豐樂亭記〉，並刻意不寫「醒心亭」的築亭背
景及地理環境以避其重複。然而，「在文本闡釋中，他文本總會
作爲理解的基礎和參考從讀者的記憶深處浮現出來，爲閱讀活
動搭台布景。」[39]上述引文雖針對互文文本的闡釋策略而發聲，
但是以此言說明三文於空間建構中的相互發明，彼此之間互相
「搭台布景」之功，昭然可見。

多年之後，宋濂於〈瑯琊山游記〉中描繪著瑯琊山的風光：
「望豐山，盤互雄偉，出瑯琊諸峰上。……山下有幽谷，地形
低窪，四面皆山。其中有紫微泉，宋歐陽公脩所發。泉上十餘
步，即豐樂亭。直豐樂之東數百步，至山椒，即醒心亭……復
西行約三里所，有泉瀉出於兩山之間，分流而下曰釀泉。……
沿溪而上，過薛老橋，入醉翁亭」[40]，勾勒三亭鼎立的名山勝
景，可與〈豐樂亭記〉、〈醉翁亭記〉、〈醒心亭記〉遙相呼應。

四、此中有真樂？──主題的互涉

家相信，文學創作的唯一條件，就是文本互涉。不論作者們有意還
是無意，所有創作的內容（文本）都是拿其他創作內容當原料織成
的。」說見《小說的五十堂課》（台北：木馬文化事業股份有限公
司，2006 年 12 月），頁 136。

[39] 焦亞東：〈當代西方互文性理論的基本內涵及批評學意義〉，《重慶
社會科學》，2006 年第 10 期（總第 142 期），頁 71。

[40] 宋濂：《宋學士文集》（台北：臺灣商務印書館，1985 年），卷 36，
頁 635。

　　梅新林於《中國文學地理學導論》中提出有兩種地理：一是作為空間型態的實體地理，一是由文學家審美觀照後所積澱、昇華後的精神性地理。[41]由此可知地景對於遊者而言，可以是觀覽行進的具體場所，亦是投射情志的載體。

　　加斯東‧巴舍拉（Gaston Bachelard）認為「當我們與空間取得親密與私密感，無論這種感受是真實、想像的，都會將這樣的感受加以命名與詮釋，賦予該空間意義。」[42]事實上，對於「亭」而言，無論是建造者和命名者，均具有豐富的意涵。「『作之者』實可代表此一自然之美的發現者，以及亭與山景結合之美的創造者，……而『名之者』則是將此亭賦予人文世界之意義與地位者。」[43]本文探討之三亭，除「醉翁亭」為智僊所建，其餘二亭皆成於歐陽脩之開築，三亭並均由歐陽脩命名。因此，藉由觀察三亭之定名，當可窺見歐陽脩以自我情志為原點所折射而出的心情寫真。

　　〈醉翁亭記〉為歐陽脩膾炙人口之作。該文生動凝鍊的語言，和諧流暢的音韻，駢散相間的句式，張弛有度的結構，如詩如畫

---

[41] 轉引自陳湘琳：〈夷陵與滁州：一個主題性空間的建構〉，《長江學術》，2008 年 2 月，頁 38。

[42] 加斯東‧巴舍拉《空間詩學》第一章〈家屋‧從地窖到閣樓‧茅屋的意義〉認為我們之所以依戀一特點地點的種種幽微暗影，必有著種種深層私密的本質，我們如何敘說這種私密的感覺，如何為這空間命名，詩人在敘說的過程中，將被經驗到，重新活在受庇護的價值裡。頁 65-105。本文所引文字為張蜀蕙於〈現實經驗與文本經驗的真實—由歐陽脩、蘇軾作品探討北宋地誌書寫與閱讀〉中對於加斯東‧巴舍拉《空間詩學》中的說法之詮釋。《東華人文學報》第 11 期，2007 年 7 月，頁 86。

[43] 霍晉明：〈自然與人文的融合之樂—試論歐陽脩〈醉翁亭記〉的主旨與意境〉，《景文技術學院學報》13 期，2002 年 9 月，頁 162。

的意境，歷來備受讚揚。《唐宋文醇》以此爲「歐陽絕作」[44]，《古文觀止》譽之爲：「文家之創調也」[45]，可謂推崇備至。而「這篇文章的強烈藝術魅力，使滁州人不能忘懷，他們於慶曆八年（西元一〇四八年）就把全文用石頭刻出來立於亭上。後來嫌字體小，刻得淺，怕不能久傳，又於元祐六年（西元一〇九一年）請書法家蘇軾用眞、草、行三種字體書寫後刻成石碑。」[46]由此可見此文不止風行於後世，在當時即已獲得極大的迴響。[47]

只是，歷來對於此文的主題意蘊，卻有不同的詮釋。或以爲其表達「與民同樂」之意旨，或以爲其乃是寄情山水，實則寓憂憤於歡樂之中。事實上，北宋時期滁州爲偏僻之所，歐陽脩初貶於此，心情是複雜而多元的。他曾於赴任途中，寫下「陽城淀裏新來雁，趁伴南飛逐越船。野岸柳黃霜正白，五更驚破客愁眠」[48]，表達己身憂悶忐忑的愁緒。但是難能可貴的是，歐陽脩能於逆境之中保有「遣玩的意興」，葉嘉瑩即說道：

他（歐陽脩）懂得在苦難之中，用種種的美好的事物來

---

[44] 乾隆編：《唐宋文醇》，卷 26，轉引自徐中玉主編：《古文鑑賞大辭典》（浙江：浙江教育出版社，1989 年 11 月），頁 884。

[45] 吳楚材、無調侯評註：《評註古文觀止》（台北：廣文書局，1981 年 12 月），頁 10。

[46] 袁行霈等編：《歷代名篇鑑賞集成（中）》（台北：五南圖書出版有限公司，1995 年 5 月），頁 1370。

[47] 《滁州志》：「歐陽公記成，遠近爭傳，疲於摹打。山僧云：『寺庫有甎，打碑用盡，至取僧室臥甎給用。凡商賈來，亦多求其本。所遇關徵，以贈監官，可以免稅。』」（台北：成文出版社，1985 年），頁 20。

[48] 歐陽脩：〈自河北貶滁州初入汴河聞雁〉，《歐陽文忠公文集》第一冊，卷 11，頁 114。

> 自我遣玩，宇宙之間有醜陋的，也有美好的。所以，他
> 能夠用對美好的事物的欣賞，來排遣他的哀傷，來排遣
> 他的憂愁，有一種遣玩的意興。[49]

因著這個特質，所以他能於抑鬱之際尋找生活情趣，於憤懣之時尋得重心寄託，於憂患之中不忘濟世之心。他曾自言：

> 每見前世有名人，當論事時，感激不避誅死，真若知義
> 者。及到貶所，則戚戚怨嗟，有不堪之窮愁，形於文字。
> 其心歡戚，無異庸人，雖韓文公不免此累，用此戒安道，
> 甚勿作戚戚之文。[50]

由此可知，歐陽脩不主張於文學作品中發抒個人宦海失意的牢騷悒怏，就連對一向推崇的韓愈也直言批評其不免有此病。而他本人也躬行實踐其理論，在仕途偃蹇之際，仍意氣自若，保有樂觀積極的心。

其藏諸名山之巨作〈醉翁亭記〉，即以「樂」為軸線，貫串文章始終。然則，太守之「樂」，所樂為何？朱麗婭・克里斯蒂娃(Julia Kristeva)認為：每一個文本都不是自主、自足的，其意義的發現和決定在於和其他文本交相指涉、相互聯繫的過程中。[51]「文本在共時互文中通過再現與交互得到延伸和豐富。」

---

[49] 葉嘉瑩：《唐宋詞十七講》（台北：桂冠圖書股份有限公司，2000年2月），頁258。

[50] 歐陽脩：〈與尹師魯第一書〉，《歐陽文忠公文集》第三冊，卷67，頁509-510。

[51] 朱麗婭・克里斯蒂娃：「文字詞語之概念，不是一個固定的點，不具有一成不變的意義，而是文本空間的交匯，是若干文字的對話，即作

⁵²是以筆者以爲藉由分析同期之作〈豐樂亭記〉、〈醒心亭記〉，當更能掘發歐陽公「樂」之意蘊。

巧合的是，〈豐樂亭記〉、〈醒心亭記〉亦皆以「樂」爲全文的邏輯線索。當我們將三文視爲一有機體，不難發現三文呈現著環環相扣的思考進程。

（一）由「豐」而「樂」的感發

〈豐樂亭記〉篇題即揭櫫全文的重點在於豐、樂二字。「豐」，不僅在空間上扣合此亭的所在地「豐山」，同時也表現出滁州百姓「負者歌于塗，行者休于樹，前者呼，後者應，傴僂提攜，往來而不絕者，滁人遊也」（〈醉翁亭記〉），此幅百姓安樂自得的生活畫軸，實肇基於人事上的「豐年」。因政治清明，百姓方得以豐衣足食。此點，曾鞏於〈醒心亭記〉中提出更清楚的詮釋。他認爲歐陽脩的「樂」，實乃歸因於「吾君優游而無爲於上，吾民給足而無憾於下，天下學者皆爲才且良，夷狄鳥獸草木之生者皆得其宜。」由於歐陽公於滁州勵精圖治，因此

家的、受述者的或人物的，現在或先前的文化語境中諸多文本的對話。」轉引自焦亞東：〈當代西方互文性理論的基本內涵及批評學意義〉，《重慶社會科學》，2006 年第 10 期（總第 142 期），頁 70。

52 蘇珊：「在共時互文中，文本處在複雜龐大的共生關係中，各種文本相互指涉、相互依賴、相互參照，其實現程序是作者通過文本編碼植入自己的意向，文本本身以及讀者在解讀文本時自身的知識和經驗體系與文本產生互動，文本在共時互文中通過再現與交互得到延伸和豐富。在歷時互文中，當前文本對前時文本單向指涉和參照，前時文本通過當前文本得到再生和繁殖。各種歷史事實和文本通過發掘和整理獲得重新解讀和觀照，時空的交錯在當前文本中達到暫時的統一或分解。」說見〈互文性在文學中的意義網絡及價值〉，頁 222。

民和年豐，黎庶安居。他曾自言：

> 某此愈久愈樂。不獨為學之外，有山水琴酒之適而已。小
> 邦為政期年，粗有所成，固知古人不忽小官，有以也。[53]

因河清海晏，太平無事，所以太守方能與滁人往遊其間，快意自適。於此文（〈豐樂亭記〉）中，歐陽脩並演繹多面向、多層次的「樂」：一樂尋得一方美景，「俯仰左右，顧而樂之」；二樂天下太平，人民得以「樂生送死」；三樂滁州地僻事簡，民風純樸，無案牘之勞形，免塵俗之干擾；四樂「歲物豐成」，與民同樂，委婉肯定己身治滁之功；五樂將聖恩宣揚於滁州，「宣上恩德以與民共樂，刺史之事也」，展現歐陽脩政治理想的堅持與實踐。

　　由此，我們可知歐陽公之「樂」實墊基於三方面：處地之樂、遇時之樂、人和之樂。莊子曰：「與人和者，謂之人樂，與天和者，謂之天樂。」[54]歐陽脩貶謫滁州期間，並不是只徜徉於山水之樂中，他的「樂」實來自於滁州人民的豐樂太平。

（二）由「樂」而「醉」的忘機

　　〈醉翁亭記〉承接〈豐樂亭記〉的意脈，文中針對太守之「樂」加以刻繪：山水之樂、四時之樂、遊人之樂、宴酣之樂、禽鳥之樂。由景及人，因景生樂，再現一幅滁州山水清音捲軸，白描太守「官民同樂」的民俗風情畫。

　　山清水秀，幽深壁麗，美景當前，太守淺斟小酌，稍飲輒醉。

---

[53] 歐陽脩：〈與梅聖俞〉，《歐陽文忠公文集》第六冊，卷 149，頁 1206。
[54] 黃師錦鋐譯著：《莊子讀本》，頁 169。

歐陽脩好酒,並自號爲「醉翁」。關於此,江國貞有如下闡釋:

> 酒是墨客騷人創作之泉,也是揮灑名作的催化劑,古今名
> 家如陶淵明、嵇康、李白、杜甫、劉伶等,都是其中的佼
> 佼者。飲酒而醉,神遊於縹緲虛幻的醉鄉,當是飲者最樂。
> 因此,以「醉」為字號之文士,也大有其人。如白居易、
> 皮日休,除其他字號外,都曾自號「醉吟先生」。因此歐
> 陽脩以「醉」為字號之首字,也就不足為奇。[55]

然則,「辭章的意蘊是抽象的,而所運用的材料是具體
的。運用具體的材料來表出抽象的意蘊,才能使詞章發揮它
最大的說服力與感染力。」[56]準此,醉翁此「醉」字或有現實
中個人愛好的陳述,實亦具備個人情志的點染。〈醉翁亭記〉
言「山水之樂,得之心而寓之酒也。」在此,「他很巧妙的以
『酒』來象徵這種純屬知覺,不具行動,卻在知覺裡陶醉的
『美感觀照』。」[57]

因此,在歐陽公筆下,四時佳景,各具特色。春天花團錦
簇,芳香撲鼻;夏天林木扶疏,綠蔭處處;秋天霜色潔白;冬
天水落石出,使人流連忘返,樂亦無窮。既無「送春春去幾時

---

[55] 江國貞:〈醉翁之意不在酒,在乎山水之間也—歐陽脩在滁州何以
自稱爲「翁」?〉,《國文天地》,1994 年 11 月,第 10 卷 6 期,頁
18。

[56] 陳師滿銘:〈談詞章之義蘊與運材之關係〉,《國文天地》,1994 年
11 月,第 10 卷 6 期,頁 44。

[57] 柯慶明:〈從「亭」、「臺」、「樓」、「閣」說起—論一種另類的遊觀
美學與生命省察〉,《台大中文學報》第 11 期,1999 年 5 月,頁 171。

回？臨晚鏡，傷流景，往事後期空記省」[58]的傷春，亦無「悲哉！秋之爲氣也，蕭瑟兮草木搖落而變衰」[59]的悲秋，也不見杜甫「感時花濺淚，恨別鳥驚心」[60]的窮愁，蘇軾「哀吾生之須臾，羨長江之無窮」[61]的感慨。須知「以我觀物，故物皆著我之色彩」[62]，朱光潛亦說：

> 在聚精會神的觀照中，我的情趣和物的情趣往復迴流。有時物的情趣隨我的情趣而定，例如自己在歡喜時，大地和山河都隨著揚眉帶笑，自己在悲傷時，風雨、花鳥都隨著黯淡愁苦。[63]

懷著閒適而愉悅的心，則寓目之景無不歡欣可愛。所以前人言歐陽脩「絕無淪落自傷之狀，而有曠觀自得之情。是以乘興而來，盡興而返，得山水之樂於一心……，有東坡之超然，無柳子之抑鬱」[64]，信哉斯言，洵爲的評。

　　總之，醉翁之「醉」，實著眼於前述「豐」、「樂」之基礎上。

---

[58] 張先：〈天仙子〉，《宋詞三百首》（台北：三民書局，1979 年 11 月），頁 13。

[59] 宋玉：〈九辯〉，《楚辭補註》（台北：藝文印書館，1986 年），頁 300。

[60] 杜甫：〈春望〉，高步瀛選注：《唐宋詩舉要》（台北：學海出版社，1989 年 10 月），頁 470。

[61] 蘇軾：〈赤壁賦〉，《經進東坡文集事略》（四部叢刊初編集部，上海商務印書館縮印烏程張氏南海潘氏合藏宋刊本），卷 1，頁 12。

[62] 王國維：《人間詞話》（台北：頂淵文化事業有限公司，2001 年 6 月），頁 1-2。

[63] 朱光潛：《文藝心理學》（台北：漢京文化事業有限公司，1984 年 3 月），頁 46。

[64] 李扶九編選，黃紱麟書後：《古文筆法百篇》（台北：文津出版社，1978 年 11 月），頁 96。

此醉不是藉酒澆愁的麻木不仁，而是沈醉其中的快意暢達。所謂「醉翁之意不在酒，在乎山水之間也」（〈醉翁亭記〉），表現出歐陽公對於山水美景的陶然，酣醉於官民相得的和樂。而能領受此美景，無非是因己身「固能達于進退窮通之理，能達于此而無累於心，然後山林泉石可以樂。」[65]

（三）由「樂」而「醉」而「醒」的超越

〈醉翁亭記〉寫道：「醉能同其樂，醒能述以文者，太守也。太守謂誰？廬陵歐陽脩也。」捻出「醒」字。洪正玲以為「將自己『醉』與『醒』時的狀態作一明顯對比，從中可發現樂只隱藏在醉中，醒時述以文的心情，雖未明言，但似可不言而喻了。」[66]然則細玩文意，醉翁於此並無醉樂醒悲的情緒，而是以此寓託己身對於創作的熱情及收穫，並曲折顯現己身幽微的心事與期許。「一者，作者為當代文豪，能於文中寄寓深意者，非歐陽脩莫能；二者，於山水遊記中宣揚聖恩者，還是非歐陽脩莫能；三者，歐陽脩欲以文章達到以達聖聽的目的。」[67]

除此之外，歐陽脩於〈題滁州醉翁亭〉詩末特別點出「還醒然」三字，並將距離「豐樂亭」幾百步之亭，命名為「醒心」。醉而復醒，此「醒」字，無疑是觀察歐陽公之「樂」的關鍵詞。

---

[65] 歐陽脩：〈答李大臨學士書〉，《歐陽文忠公文集》第三冊，卷 69，頁 520。

[66] 洪正玲：〈歐陽脩醉翁亭記篇旨析論－與民同樂之餘是否仍有憂憤悲情？〉，《人文及社會學科教學通訊》，1999 年 10 月，第 10 卷 3 期，頁 149。

[67] 李浪安：〈論〈豐樂亭記〉和〈醉翁亭記〉的意蘊〉，《雲南電大學報》，2006 年 6 月，第 8 卷 2 期，頁 28。

曾鞏於〈醒心亭記〉中寫著：「凡公與州之賓客者遊焉，則必即豐樂以飲。或醉且勞矣，則必即醒心而望。」將歐陽公「郊遊宴樂的過程分解為『樂』、『醉』、『醒心』三個階段。」[68]「飲」是動態的行為，「望」則立足於靜心的覽勝。而後者使主體對於客體能有更全面而豐富的審美體驗。當極目四眺，群山相環，雲霧繚繞，曠野無窮，草木蓊蓊，清泉甘冽，千巖爭奇。不僅使形軀的醉與勞完全蕩滌，並能使「心灑然而醒」（〈醒心亭記〉）。於此，曾鞏並順勢說明「醒心」此一命名的靈感，實得之於韓愈的〈北湖〉詩：「聞說遊湖棹，尋當到此迴。應留醒心處，準擬醒時來。」[69]由此可見歐陽脩對於韓愈的欽敬。同時於文中點出歐陽公之樂，並不在於「一山之隅，一泉之旁」（〈醒心亭記〉），更重要的是其積極的入世思想與政治抱負。

歐陽脩於〈醉翁亭記〉中，以「然而禽鳥知山林之樂，而不知人之樂；人知從太守游而樂，而不知太守之樂其樂也」，對於「樂」的層次進行哲學的思辨。禽鳥之樂，在於口腹的溫飽與安全的無虞；遊人之樂，在於娛情山水，悠閒自適；太守之樂，則是庶人、禽鳥所不能至之高妙之樂。禽鳥、遊人，所安之樂無非是個人之「小樂」，至若歐陽公之樂，則是包含詩酒山林、風土人情，兼濟天下崇高理想的「大樂」。而其「大樂」的歸趨所在，無非在於此一「醒」字。

古時知識分子的人生路徑主要有二：一為入世，心懷黎庶，

---

[68] 王師更生：《曾鞏散文研讀》（台北：文史哲出版社，2006 年 6 月），頁 191。

[69] 韓愈撰、顧嗣立補註：《昌黎先生詩集注》（台北：學生書局，1967 年 5 月），頁 478。

一心建功立業，澤被於民；一為出世，訪勝探幽，離紅塵與俗世，散扁舟於江湖。傳統士大夫每每以忠君報國作為人生主要甚而是唯一的選項，以有為於世作為肯定自身存在價值的路徑。他們懷抱著捨我其誰的信念有志於仕，然而當忠君無路，報國無門之際，巨大的失落感往往伴隨著極大的痛苦。徘徊在入世與出世的十字路口，仕隱行藏，在在考驗個人的智慧。

　　相較之下，宋儒在進退出處之間，保有更多的彈性。李青春即說道：

> 漢唐士人的人格結構基本是二維的──或進，或退，或仕，或隱，或以天下國家為本位，或以個體心靈為本位，二者取一。這是典型的二項對立的思維模式。宋儒則不然，他們漸漸形成這樣一種人格結構──融進與退、仕與隱、以天下為己任與個體心靈的自由與超越於一體。他們不再以退隱作為修身養性的必要條件，也不再以仕進為人生最高目標。他們在進中能退，在仕中能隱，或因個性原因而不願出仕，也絕然不會於天下之事毫不縈懷。就大體而言，宋代士人即使在仕途遭遇較大挫折，亦不輕言退隱；即使仕途極為順遂通達，也不得意忘形、任意而為。在窮困蹇滯之時能關心社稷蒼生並保持心氣平和，在官運亨通之時又能存留一顆平常之心──這正是宋代士人所追求與嚮往的人格理想。[70]

---

[70] 李青春：《宋學與宋代文學觀念》（北京：北京師範大學出版社，2001年 10 月），頁 22。

是以歐陽脩於宦海浮沈之際，所思非一己之樂，仍在於天下蒼生。曾鞏於〈醒心亭記〉中，爲其大「樂」下了註解：君上優游容與，無爲而治；百姓民安物阜，心無愁怨；學子得其所哉，選賢任能；夷狄各安其所，四海昇平；萬物自在生長，生意盎然。要而言之，即是「先天下之憂而憂，後天下之樂而樂」的情懷。[71]

　　宋代在「以文抑武」、「重文輕武」的國策之下，厲行文治。訂定不殺士大夫及言官的制度[72]，廣開文官任職機會。[73]而其用人之方，乃是透過科舉考試來進用人才。根據統計，「北宋一代開科六十九次，共取正奏名進士一九二八一人，諸科一六三一一人，合計三五六一二人，如果包括特奏名及史料缺載者，取士總數約爲六一〇〇〇人，平均每年約三六〇人。」[74]這個數

71　林淑芬：「從『禽鳥知山林之樂，而不知人之樂，人知從太守遊而樂，而不知太守之樂其樂也』句中，賦予『樂』三種境界。啓發讀者對作者『樂』的思想歸宿進行更加深入的思考。於是，在〈醉翁亭記〉歡樂氣氛的高潮中，我們也隱約從作者身上看到范仲淹『後天下之樂而樂』的影子。』」說見〈一般心情兩樣情懷－賞析〈醉翁亭記〉、〈岳陽樓記〉〉，《國文天地》，1992 年 8 月，第 8 卷 3 期，頁 51。

72　王夫之：「太祖勒石，鎖置殿中，使嗣君即位，入而跪讀。其戒有三，一、保全柴氏子孫，二、不殺士大夫，三、不加農田之賦。嗚呼，若此三者，不謂之盛德也不能。」說見《宋論》（台北：里仁書局，1981 年），卷 1，頁 4。《宋史·曹勛傳》：「藝祖有誓約藏之太廟，不殺大臣及言事官，違者不祥。」說見《宋史》，卷 379，頁 9。

73　蔡襄：「今世用人，大率以文詞進。大臣，文士也；近侍之臣，文士也；錢谷之司，文士也；邊防大帥，文士也；天下轉運使，文士也；知州郡，文士也。」《端明集》，卷 22。轉引自劉德清：《歐陽脩論稿》（北京：北京師範大學出版社，1991 年 9 月），頁 15。

74　王水照主編：《宋代文學通論》（河南：河南大學出版社，1997 年 6 月），頁 6。

字,相較於唐代進士及第每次約在二、三十人之譜,相去懸殊。不僅如此,宋代考試制度較前代更為嚴謹,為杜絕循私舞弊,推行彌封、糊名、謄錄等方式,力求公平公正。因此寒士競相爭逐於科場,以此為進身之階,入仕之門。所謂「十年寒窗無人問,一舉成名天下知」,一旦金榜題名,便可魚躍龍門,光宗耀祖,富貴可待,榮顯可期。而事實證明,在北宋一六六年間,《宋史》列傳中所載的一五三三名官吏,以布衣入仕者佔 55.12% ,高達二分之一以上。北宋一至三品官中來自布衣者約佔 53.67% 。宰輔出身布衣階層者佔 53.3% ,且比例逐漸上升,北宋前期(太祖、太宗、真宗三朝)為 37.5% ,至後期(哲宗、徽宗、欽宗三朝)已躍升為 62.96% 。[75]

布衣卿相,使知識分子深知民間疾苦,而朝廷優崇士大夫,更令文人希冀有為於世。兼之外患交侵,國勢日危,士大夫遂產生強烈的自覺,一心以天下社稷為己任,以蒼生福祉為使命。王禹偁以為「男兒得志升青雲,須教利澤施于民」[76],周敦頤提出:「志伊尹之所志,學顏子之所學」[77],張橫渠則言:「為天地立心,為生民立道,為去聖繼絕學,為萬世開太平」[78],均是士大夫經世思想的剖

---

[75] 陳義彥:〈從布衣入仕情形分析北宋布衣階層的社會流動〉,《思與言》,1971 年 11 月,第 9 卷第 4 期,頁 48-55。
[76] 王禹偁:〈對酒吟〉,《小畜集》(台北:商務印書館,1979 年),卷 13,頁 90-91。
[77] 周敦頤:《周子全書·通書·治學章第十》,《周張全書》(京都:中文出版社,1981 年 10 月,頁 34。
[78] 《張載集·近思錄拾遺》(台北:漢京文化事業有限公司,1983 年 9 月),頁 376。

白。「以道自任精神的復活」成為宋代士人的普遍心態[79]，進而扭轉五代以降，官箴敗壞、文人輕節之流弊。

「宋代士大夫『進退皆憂』、『先憂後樂』的憂患意識突破了傳統儒家『達則兼濟天下，窮則獨善其身』，以個人『達』、『窮』來決定濟世與否的觀念，突出表現了不計個人得失，無論達窮與否都坦然投身於匡世、濟民、救國的崇高人格。」[80]是以，歐陽脩不以一時之貶謫為苦，不以一身之憂患為悲。處逆境而泰然，處顛沛而坦然。不拘遷於禍福，不戚戚於得失，不計較於寵辱。並能忠於職守，勤政愛民，為百姓謀福祉。

綜觀三文，可知歐陽公之「樂」，並非強言歡笑的苦中作樂，亦非口是心非的矯情歡樂，更不是消極避世的醉生夢死，而是真誠坦然的生命之樂。他有政治家匡世濟民的偉大抱負，文學家細膩觀照的敏銳情思，能超脫「小我」一己之憂患得失，而至兼濟天下的「大我」。山光水色的美景感發，引領歐陽脩「樂」之悸動。與民同歡的和諧之樂，謀篇安章的撰著之樂，深化並豐富「樂」的內涵。然究其更深層之「樂」，乃是對百姓生活無虞、安樂富足的喜悅。

整體而言，此三篇文章可視為姊妹之作。寫作時間相近，三亭空間緊鄰，亭名均由歐陽脩所命之共通背景，為本文以「互文性」觀察三文提供契機。同時，三文又各有側重。〈豐樂亭記〉

---

[79] 宋代士人心態，有三個特徵：「帝師意識的重新膨脹」、「以道自任精神的復活」、「人格理想的重新確立」。說見李青春：《宋學與宋代文學觀念》，頁 3-31。

[80] 范建文：〈宋代士大夫的精神風貌與傳統民族精神〉，《北京理工大學學報（社會科學版）》，2008 年 6 月，第 10 卷 3 期，頁 31。

重在稱美大宋功德、豐年民樂，強調人與政治、社會的聯繫。〈醉翁亭記〉重於景物的描寫及與民同歡的自適，強調人與自然、人我之間的互動。〈醒心亭記〉則在歐陽脩撰述之外，另闢蹊徑，著力於「醒心」之故實與底蘊，以明歐陽公高遠之政治抱負及其之「難遇」與「賢德」。綜觀之，不僅反映出人與自然的和諧共生、人與群眾的融通交感、人與社會環境的共存共榮，同時更能以此一探歐陽公「樂」之究竟。

五、結語

運用「互文性」視角，在詮解文本與闡釋語意的過程中，方能不侷限於單一文本或孤立語句，而能以宏觀的視野掌握文本間的關連屬性。在由彼及此、由此而彼的指涉和作用中，更能充分而精準的掘發文本意義的生成及內蘊。準此，本文嘗試將〈豐樂亭記〉、〈醉翁亭記〉、〈醒心亭記〉視為一有機體，藉由聚合具有「互文性」的文本加以考察分析，期能高屋建瓴，達駕馭全盤之功，以明三文在空間建構的相互發明與主題層次的環環相扣。

在空間建構方面：〈醉翁亭記〉凌空而來一句：「環滁皆山也」，拉開全景，鳥瞰三亭所在之地。「醉翁亭」位於滁州西南瑯琊山，「豐樂」、「醒心」二亭則位於豐山。經由三文之綜覽，相互發明其空間之座標，發現之經歷，地景之風光。足證彼此之間存有著「搭台布景」之功。

在主題層次方面：經由「互文性」視角，更可見三文層層生發之處。以人民生活之「豐」，引發山水遊觀之「樂」；以陶然山水之「樂」，引領出「醉」於山水之娛情；然則醉而復「醒」，藉此歸結出「樂」之真諦。此三文，寫歐陽公之山水之樂；寫歐陽公之與民同樂；復寫歐陽公關心民瘼，以天下蒼生之樂為己樂之精神。建亭命名，與民同行，遊於其間，歡樂在焉，而所「樂」為何？蓋樂在小小的亭中，樂在滁州這一方山水中，樂在太平歲月中。

重要參考書目

（一）專書

【宋】歐陽脩：歐陽文忠公文集，四部叢刊初編集部，上海商務印書館縮印元刊本。

【宋】曾鞏：《南豐先生元豐類稿》，四部叢刊初編集部，上海商務印書館縮印烏程蔣氏密韻樓藏元刊本。

【元】脫脫：《宋史》，台北：中華書局，1965 年。

【清】吳楚材、無調侯評註：《評註古文觀止》，台北：廣文書局，1981 年 12 月。

王水照主編：《宋代文學通論》，河南：河南大學出版社，1997 年 6 月。

王師更生：《曾鞏散文研讀》，台北：文史哲出版社，2006 年 6 月。

王師更生：《歐陽脩散文研讀》，台北：文史哲出版社，1996 年 5 月。

王國維：《人間詞話》，台北：頂淵文化事業有限公司，2001 年 6 月。

朱光潛：《文藝心理學》，台北：漢京文化事業有限公司，1984 年 3 月。

李青春：《宋學與宋代文學觀念》，北京：北京師範大學出版社，2001 年 10 月。

洪本建主編：《歐陽脩資料彙編》，北京：中華書局，2004 年 1 月。

唐松波、黃建霖主編：《漢語修辭格大辭典》，北京：中國國際廣播出版社，1989 年 12 月。

徐中玉主編：《古文鑑賞大辭典》，浙江：浙江教育出版社，1989 年。

梅新林、俞樟華：《中國遊記文學史》，上海：學林出版社，2004 年 12 月。

章滄授主編：《歷代山水名勝賦鑑賞辭典》，北京：中國旅遊出版社，1998 年 5 月。

黃師錦鋐譯著：《莊子讀本》，台北：三民書局，1988 年 3 月。

黃師麗貞：《實用修辭學》，台北：國家出版社，1999 年 3 月。

黃韻光：《歐陽脩的生活藝術》，明道管理學院國學研究所 2007 年碩士論文。

廉紅紅：《歐陽脩山水文學作品研究》，安徽大學中國古代文學 2003 年碩士論文。

葉嘉瑩：《唐宋詞十七講》，台北：桂冠圖書股份有限公司，2000

年 2 月。

劉德清：《歐陽脩紀年錄》，上海：上海古籍出版社，2006 年 7 月。

劉德清：《歐陽脩論稿》，北京：北京師範大學出版社，1991 年
9 月。

蔡師宗陽：《應用修辭學》，萬卷樓圖書股份有限公司，2004 年
10 月。

大衛・洛吉：《小說的五十堂課》，台北：木馬文化事業股份有
限公司，2006 年 12 月。

加斯東・巴舍拉：《空間詩學》，台北：張老師文化事業股份有
限公司，2008 年 5 月。

（二）期刊論文

申順典：〈文本符號與意義的追尋—對互文性理論的再解讀〉，
《青海師範大學學報（哲學社會科學版）》，2005 年第 6
期(總 113 期)，頁 97-100。

江國貞：〈醉翁之意不在酒，在乎山水之間也—歐陽脩在滁州何
以自稱爲「翁」？〉，《國文天地》，1994 年 11 月，第 10
卷 6 期，頁 17-21。

吳品萫：〈回應與商榷—再論〈醉翁亭記〉中的歐陽脩「言樂」
是否爲真樂？〉，《人文及社會學科教學通訊》，第 12 卷
5 期，頁 153-165。

李浪安：〈論〈豐樂亭記〉和〈醉翁亭記〉的意蘊〉，《雲南電大
學報》，2006 年 2 月，第 8 卷 2 期，頁 26-29。

周云倩、李冀宏：〈互文理論觀照下結構隱喻在文本中的運用〉，

《鄭州航空工業管理學院學報（社會科學版）》，2007 年
12 月，第 26 卷 6 期，頁 74-76。

林淑芬：〈一般心情兩樣情懷—賞析〈醉翁亭記〉、〈岳陽樓記〉〉，
《國文天地》，1992 年 8 月，第 8 卷 3 期，頁 50-57。

柯慶明：〈從「亭」、「臺」、「樓」、「閣」說起—論一種另類的遊
觀美學與生命省察〉，《台大中文學報》第 11 期，1999
年 5 月，頁 127-183。

洪正玲：〈歐陽脩醉翁亭記篇旨析論—與民同樂之餘是否仍有憂
憤悲情？〉，《人文及社會學科教學通訊》，1999 年 10 月，
第 10 卷 3 期，頁 145-158。

范建文：〈宋代士大夫的精神風貌與傳統民族精神〉，《北京理工
大學學報（社會科學版）》，2008 年 6 月，第 10 卷 3 期，
頁 30-33。

張蜀蕙：〈現實經驗與文本經驗的真實—由歐陽脩、蘇軾作品探
討北宋地誌書寫與閱讀〉，《東華人文學報》第 11 期，2007
年 7 月，頁 85-119。

邱華苓：〈歐陽脩〈醉翁亭記〉探析〉，《育達學院學報》第 7 期，
2004 年 5 月，頁 25-44。

焦亞東：〈當代西方互文性理論的基本內涵及批評學意義〉，《重
慶社會科學》，2006 年第 10 期（總第 142 期），頁 70-73。

黃淑貞：〈從大小法探析歐陽脩二記的美感效果〉，《國文天地》，
2001 年 9 月，14 卷 4 期，頁 14-19。

黃麗月：〈「內有所得，外有所適」—以北宋亭臺樓閣諸記為例〉，
《花蓮教育大學學報》21 期，2005 年 12 月，頁 37-61。

歐陽東峰：〈作品的記憶，學識的遊戲—互文性理論略論〉，《湖南科技學院學報》，2006 年 12 月，第 27 卷 12 期，頁 100-102。

霍晉明：〈自然與人文的融合之樂—試論歐陽脩〈醉翁亭記〉的主旨與意境〉，《景文技術學院學報》13 期，2002 年 9 月，頁 160-167。

陳師滿銘：〈談詞章之義蘊與運材之關係〉，《國文天地》，1994 年 11 月，第 10 卷 6 期，頁 44-50。

陳湘琳：〈夷陵與滁州：一個主題性空間的建構〉，《長江學術》，2008 年 2 月，頁 38-44。

陳義彥：〈從布衣入仕情形分析北宋布衣階層的社會流動〉，《思與言》，1971 年 11 月，第 9 卷第 4 期，頁 48-57。

蘇珊：〈互文性在文學中的意義網絡及價值〉，《中州學刊》，2008 年 5 月，第 3 期(總 165 期)，頁 221-223。

饒自斌：〈試析文學理論中的互文與互文性〉，《濮陽職業技術學院學報》，2008 年 2 月，第 21 卷第 1 期，頁 70-72。

稼軒農村詞篇章結構探析
——以瓢泉所作九首為考察對象

李靜雯
台灣師範大學國文研究所博士生

提　要

　　稼軒瓢泉九首農村詞，作於慶元元年至嘉泰三年（1195-1203），歷時八年。是稼軒繼帶湖廢退後，第二次退居農村的作品，主要描繪農村的田園風光。以主旨安置手法來看，以篇末的六次為最多，其餘置於篇首一次，篇腹二次。對純樸農村的喜愛之情，多半以全顯的形態，在篇中直接展現。以所揀選的物材來看，無論是描繪農村風物、自然景象，還是生活場景，都能做到情景交融；其次以事材的角度而言，他非常善於即景取材，抓下最具代表性的一個鏡頭，或生活的剪影，表達出他所要呈現的意念和想法。若以章法結構的角度分析，九首農村詞的主結構中，使用虛實法最多，共有四首，其次先後、遠近、賓主、今昔、圖底法各一首，呈現的是一種虛實交迭的變化美。

關鍵字

辛棄疾、詞、農村、主旨、材料、章法

一、前言

稼軒現存詞篇據鄧廣銘《稼軒詞編年箋注》共六百二十九
闋，數量居兩宋詞人之冠。陳師滿銘在《稼軒詞研究》中也說：

> 稼軒以才學雄富，手段高妙，故其筆下，無論弔古傷時、
> 敘事析理、詠物題詞、紀遊寫景、祝壽贈別，皆無所不
> 寫，嬉笑怒罵、幽默滑稽，亦成奇文，達於「無意不可
> 入，無事不可言」之境。其內容之富、題材之廣，以兩
> 宋詞家而言，實罕有其匹者。[1]

可見稼軒詞變化豐富，描寫農村風光的詞作，尤其充溢內在價
值與意義。[2]北宋前期詞作多承《花間》餘風，風格有貴族化、
典麗化傾向，詞的腳步幾乎無法伸入農村領域，蘇軾五首〈浣
溪沙〉解除了兩者的藩籬，而稼軒讓兩者緊密接軌，在農村詞

---

[1] 見陳師滿銘：《稼軒詞研究》(台北：文津出版社，1980 年)，頁 235。
[2]「它所具備的審美價值不在於創作範圍的拓寬延伸，而是在於獨特地
　多側面地展示出農村生活的真實圖景，顯示出一種自然美、意境美、
　習俗美和色彩美。」參見曹濟平：〈論辛棄疾農村詞的審美價值〉，《詞
　學》13 期(2001 年 11 月)，頁 98。

創作方面實居承先啟後的關鍵地位。在他之前的農村詞，大都
以詞人為中心，而把農民當作陪襯。稼軒的農村詞中，則將農
民由配角轉為主角，多以農民或農家為中心，比較能夠真正關
切農民的種種喜怒哀樂，這是稼軒農村詞的開拓。

　　所謂的「農村詞」是指描述自然農村風光和農民生活習俗
的詞，顧之京先生明確的將其範疇界定在三方面：1、農村的風
光與風土人情。2、農民生活的剪影。3、詞人的鄉居生活、與
農民的交往以及由此而生的感發。農村詞除以上述三方面的內
容為主，亦不排斥詞中帶有比興寄託的含義或抒發詞人對世事
人生所引發的感懷和憤慨。稼軒有二十五首的農村詞，其中作
於瓢泉的有九首。[3]作年為慶元元年至嘉泰三年(1195-1203)，歷
時八年，時稼軒五十六至六十四歲，正是詞作最為成熟的時期。
學者研究稼軒農村詞，多探討內容、生活，本文則選定稼軒瓢
泉九首農村詞的內容結構與章法結構作探析。因目前編年稼軒
詞之最佳版本，當推鄧廣銘的《稼軒詞編年箋注》，故本篇作品
編年，依據此本。

---

[3] 農村詞的定義與二十五首農村詞的認定，見顧之京：〈辛棄疾農村詞
篇什探究〉，《辛棄疾研究論文集》(北京：中國文聯出版社，1993
年)，頁106。其中見於鄧廣銘：《稼軒詞編年箋注・卷四・瓢泉之什》
共九首：〈滿江紅〉(幾個輕鷗)、〈卜算子〉(千古李將軍)、〈夜雨醉
瓜廬〉、〈行香子・雲巖道中〉(雲岫如簪)、〈鷓鴣天・寄葉仲洽〉(是
處移花是處開)、〈鷓鴣天〉(石壁虛雲積漸高)、〈浣溪沙(父老爭言雨
水勻)、〈臨江仙・戲為期思詹老壽〉(手種門前烏桕樹)、〈玉樓春〉(三
三兩兩誰家女)。本文據鄧廣銘編年，以此九首為研究範圍。

二、寫作背景

劉勰《文心雕龍·時序篇》云：「文變染乎世情，興廢繫乎時序」[4]，在深入研究作品的同時，不能不去深入了解和探尋南宋那一特定的時代和文化背景，以及在這一背景影響之下所形成的詞人的特定心態。

（一）時代背景

辛棄疾(1140-1207)，出生於山東歷城，原字坦夫，後改字幼安，中年以後別號稼軒居士，歷事高宗、孝宗、光宗、寧宗四朝，卒年六十八歲，是南宋最偉大的愛國詞人。辛棄疾的故鄉是被金人統治的淪陷區，幼年失去父親，由祖父辛贊撫養長大。

南宋政壇上一直存在著主戰、主和與主守三派的聲音，隨著主和派執政時期的到來，主戰派受到越來越嚴重的抑制。作為一個北來人，並且是剛直不阿性格的英雄豪傑，辛棄疾在南宋政壇上常常遭到疑惑、猜忌。從二十三歲南歸到六十三歲，近四十多年生涯中，稼軒大半時間被廢置不用。這種孤危的處境，同時也造成他內心極大的悲憤和苦悶，因此他的作品常於曠達中顯得沉鬱，閒適中隱含著憤慨，在湖光山水背後，蘊含一股悲涼的憂世情懷。

第一次罷職，置閒帶湖，從四十三至五十二歲，計十年時

---

[4] 見梁·劉勰撰、王師更生注譯：《文心雕龍導讀》下篇(台北：文史哲出版社，1991 年)，頁 273。

間；第二次罷職，置閒瓢泉，從五十七至六十四歲，計八年時間。他從二十三歲南歸到六十八歲病逝的四十多年間，有十八年被棄置閒居在江西上饒和鉛山的農村，而始終不能擔任抗敵救國的重要職務。他的二十五首詠農村生活的詞篇，就是在這種遭遇和心境下寫出來的。[5]辛棄疾並不是出身農家，但他能直接而熱情地進入農村，與農民生活在一起，又能深刻欣賞農村風光景物，因此，對農村的種種有另一番體認感受，化為詩詞則多能表現清雅而耐人尋味的意境。

（二）個人背景

底下分別依「營建瓢泉」、「思想襟懷」、「創作風貌」觀察稼軒在瓢泉時的個人創作背景。

1、營建瓢泉

淳熙十三年(1186)，辛棄疾在鉛山縣期思[6]渡訪得周氏泉。周氏泉就是瓢泉，他在〈洞仙歌‧訪泉於期思得周氏泉為賦〉中寫到：「飛流萬壑，共千巖爭秀，孤負平生弄泉手。……便此

---

[5] 參見陸堅：〈稼軒農村詞瑣議〉，《文獻》7 期(1981 年 3 月)，頁 16-17。
[6] 鵝湖山下有奇師村，村中有周氏泉，後辛棄疾改名為瓢泉、奇師村改名期思。〈沁園春〉詞自注云：「期思舊呼奇獅，或云碁師，皆非麗。余考之荀卿書云：孫叔敖，期思之鄙人也。期思屬弋陽郡，此地舊屬弋陽縣。雖古之弋陽、期思，見圖記者不同，然有弋陽則有期思也。橋壞復成，父老請余賦，作沁園春以證之。」並在這闋詞中，描述了瓢泉之勝。參見劉崇維：《辛棄疾評傳》(台北：黎明文化事業股份有限公司，1983 年)，頁 156-157。期思者，期待與希冀也。稼軒如此易名，蓋為寄託冀望結束南北分裂的殷切期盼，並希冀自己能夠東山再起，為國家奮鬥的耿耿胸懷。

地結吾廬，待學淵明，更手種門前五柳。」從這首詞裏看出，辛棄疾對瓢泉的風景極為欣賞，且已有結廬於此的打算。[7]稼軒二度罷官歸園田居，而原本帶湖所居雪樓於一夕間遭遇祝融。因此，從慶元二年(1196)起，稼軒率領一家老小定居瓢泉，長達八年。[8]在歸隱瓢泉期間，稼軒更恣意縱情山水之間，「宜醉、宜游、宜睡」(〈西江月〉)是他的生活態度，「管竹、管山、管水」(同上)則是他的賦閒職務。他寄情於山水田園之間，追慕著陶淵明的高風亮節，並寫下了大量的農村詞、閒適詞、遊仙詞等，此期的詞篇，一般稱之為「瓢泉期」。

　　帶湖、瓢泉皆位於古代信州轄內。信州不僅山明水秀，亦充滿溫柔敦厚的人文風情。據《鉛山縣志》記載瓢泉的地理位置：

> 縣東二十五里，辛棄疾得而名之，其一規圓如臼，其一直規如瓢，周圍皆石徑，廣四尺許，水從半山噴下，流入臼中，而後入瓢，其水澄淳可鑑。[9]

「其一規圓如臼，其一直規如瓢」可見泉之形如瓢，故稼軒易名為「瓢泉」。此外，他更託寄戀慕顏回「人不堪憂，一瓢自樂」(〈水龍吟・瓢泉〉)的高風亮節。瓢泉境內有一座名山，主峰名鵝湖，山下有一座頗負盛名的詩廟，名為鵝湖寺，是當時理學

---

[7] 參見姜林洙：《辛棄疾傳》(台北：中國學術著作獎助委員會，1964年)，頁95。

[8] 參見王鼍弟：《辛棄疾傳》(台北：國際文化事業有限公司，1985年)，頁102。

[9] 引清・連柱等纂修：《鉛山縣誌》卷三，冊一(台北：成文出版社，清乾隆四十九年刊本，1989年)，頁252。

家常論理之處。稼軒的瓢泉新居為諸名勝所環繞，除鵝湖山、鵝湖寺外，更有九獅山、神仙洞、南巖等，環境清幽，佳勝靜謐。[10]這一帶秀麗的山水景物，是他洗滌胸中煩憂，減輕心靈痛苦的親密無間的朋友，但頻頻出現在他退居生活中的友人，較之帶湖時期，則已多為樂處山野的隱居之士。[11]他早年在北方時曾師事著名的田園詩人劉瞻，再加上隱居於帶湖與瓢泉長達二十年的親身體驗，完全融入田園生活之中，可以更仔細地觀察田園景物和農民生活所得。於是，昔日的種子發芽成長，開花結果，寫下了多首的農村詞。他完全投入農民的生活圈，與他們打成一片，把生活景象和思想情緒聯想在一起，表現出深沉而真摯的一面。

2、思想襟懷

儒家忠君愛國、積極用世等思想自幼根植於稼軒內心深處，而且他對兵家思想也有相當深入的了解並能熟練地加以運用。再次遭劾罷官，退居瓢泉後，辛棄疾不僅仍以儒家對待進退出處的思想自解自慰，又往往以道家順物自然，泯滅是非的思想方法自我調適，並將這一心理調適的過程直接表現於詞

[10] 參見李佩芬：《稼軒帶湖、瓢泉兩時期詞析論》(台北：台北市立教育大學應用語言文學研究所碩士論文，2004 年)，頁 36-41。
[11] 參見鞏本棟：《辛棄疾評傳》(南京：南京大學出版社，1998 年)，頁 101。瓢泉時期，與辛棄疾交往的人中，除了鉛山縣尉吳紹古、縣丞陳擬等幾位地方官之外，更多是在野或以隱居為尚的人物。如元汝楫、歐陽國瑞、葉仲洽、傅為棟、徐文卿、趙不遏、趙蕃、趙達夫、韓淲等，都與辛棄疾頗多過從。其他若杜旃、諸葛元亮、何異、嚴和之等，也與辛棄疾交誼頗深。

中。[12]今日看到稼軒隱居時所作的農村詞作品多為美好一面，有部份是受了莊子影響。[13]

　　稼軒於二度落職以後，由於已懂得斂雄心於恬淡，漸解田園之樂，而興物外逍遙之趣，因此對莊子和陶淵明便特別的敬愛起來，時時把他們作為模仿的對象；他把瓢泉居第兩所重要建築命名為秋水與停雲，就是這種心意的具體表現。瓢泉再次的打擊，讓稼軒不免企及「西真人憶仙家，飛佩舟霞羽化」（〈西江月・和楊民瞻賦牡丹韻〉)的超脫境界。於是接觸了佛老思想。在〈新居上梁文〉中自稱自己的屋子為「維摩小方丈」。

　　而六百二十多首的辛詞，提到陶淵明事及詩的就有六十首，占全詞十分之一。瓢泉之什一七三首，涉及陶有三二首，可見稼軒對陶淵明之崇拜。他在〈鷓鴣天・讀淵明詩不能去手，戲作小詞以送之〉中拈出「清真」二字，作為陶詩千載不朽的精神，這給他的農村詞帶來極大的影響。稼軒兩次歸隱，正是汲取淵明詩品、人品的精神力量。

　　影響較大的，除莊子、陶潛外，尚有屈原。屈原忠貞愛國，卻被放逐於漢北、江南，以至於死，與稼軒一生遭遇相仿，所以稼軒十分敬仰他的為人，而且他也異常喜愛〈離騷〉、〈天問〉等作品，由〈滿江紅・山居即事〉：「細讀〈離騷〉還痛飲，飽

---

[12] 見張廷杰：〈忍把豪氣化歸思——辛棄疾歸隱思想的形成與發展〉，《寧夏大學學報》(人文社會科學版)第 24 卷(2002 年第 2 期)，頁 17。「和帶湖閒居時期相比，他多了些理知和冷靜，少了些衝動和幻想；多了些隱逸閒適的情趣，少了功名事業的欲念；多了些寵辱不驚的平和心態，少了些悲愴難忍的激憤。」

[13] 參見郭靜慧著：《辛稼軒山水田園詞研究》(台北：台灣師範大學國文研究所碩士論文，1998 年)，頁 184-187。

看脩竹何妨肉」可見。在八年閒退的歲月中，稼軒一方面盡情賞玩著山水田園風光，享受其中的恬靜之趣；一方面心靈深處又為一生的理想所激動，這都是源於內心與屈原相同的愛國心。

究其根本，辛棄疾一直是重農的。乾道元年(1165)，他二十六歲時，進〈美芹十論〉，第六篇〈屯田〉，就提出「用兵制勝，以糧為先」，使得「植桑麻，畜雞豚，以為歲時伏臘婚嫁之資。」[14]他第一次罷官後，在帶湖築居，名「稼軒」有躬耕之意。他的九個兒子，除了早殤的小鐵柱外，其餘八子名稹、秬、穮、穰、秳、秸、襃皆從「禾」。[15]似乎都與農作物有關。他的農村詞大都歌頌農村生活美好的一面，以靜心體會淡泊中的真善，用靈魂感悟自然中的純美，於豪放之外，別開一方獨特清新的詞境。

3、創作風貌

陳師滿銘以稼軒年齡、環境、遭遇的轉換將其詞風分為三期，瓢泉時為第三期(自慶元元年第二次廢退後至開禧三年1195-1207)，詞風為「大抵皆沖疏閒淡，雅有情趣」[16]。而王偉勇以稼軒行實來劃其風格為四期，將瓢泉詞作列於第三期(徙居信州鉛山時期，約自寧宗慶元二年至嘉泰二年止 1196-1202)，詞風是「以識盡宦海之心，寓詞以悲涼高遠之音。」[17]稼軒一

---

[14] 見辛更儒：《辛稼軒詩文箋注》(上海：上海古籍出版社，1995 年)，頁 36。

[15] 見鄧廣銘：《稼軒詞編年箋注‧附錄》(台北：華正書局，2007 年)，頁 637。

[16] 見陳師滿銘：《詩詞新論》(台北：萬卷樓圖書公司，1994 年)，頁 74。

[17] 參見王偉勇：《南宋詞研究》(台北：文史哲出版社，1987 年)，頁

生中歷經宦海浮沉、體會世態炎涼，故視野漸廣，感悟轉深。
劉揚忠云：

> 將七閩瓢泉期與帶湖期相比，最引人注目的變化就
> 是：對朝局的深深失望，對社會現實的極端不滿，使
> 稼軒的思想更趨深沉，感情更趨悲憤，從而使他的作
> 品基調在原來的憤慨怨抑的基礎上，更向蒼涼悲楚的
> 方向發展。[18]

與帶湖閒居時期相對照，這個時期的稼軒，缺乏那種期待出仕
的熱情，也聽不到他那「看試手，補天裂」的呼聲，在閒散的
意趣之外，更多一些怨憤的情思。其〈卜算子〉(千古李將軍)
詞為李廣鳴不平，實際上借他人之杯酒，澆自己的塊壘，抒發
自身的懷才不遇，不被重用的怨憤。

　　從官場劾落職的辛棄疾，十分厭惡官場的爾虞我詐，對農村
卻懷著一種特有的愛好。它們構成了一幅幅動人的農村生活素描
畫。由於辛棄疾閒居農村近二十年，由衷地喜愛農村，同時能夠
接觸並了解農民，與他們建立了親密的友誼。因此，詞作中往往
有著詞人的自我形象，如〈浣溪沙〉(父老爭言雨水勻)。這些出自
肺腑的語言，深刻地反映了作者與農民親密相處的關係以及對農
民的關懷，同時也表現了農民的熱情和民風的純樸。[19]

　　稼軒農村詞，還受白居易、邵堯夫的影響。稼軒受白居易
的影響，他的農村詞較少用典故，以自然的口語，呈現清新通

304-312。

[18] 見劉揚忠：《稼軒詞心探微》(濟南：齊魯書社，1990 年)，頁 185。

[19] 參見曹濟平：〈論辛棄疾農村詞的審美價值〉，《詞學》13 期(2001
年 11 月)，頁 106。

俗；受邵雍的影響，農村詞呈現閒適的一面。[20]符合劉熙載《藝概‧詞曲概》提及的「詞要清新」的審美要求。他把火氣與憤激化為寬和閒淡的詞句，曲折地反映了他一生不熄的愛國精神的一個側面，表現了他對黑暗現實的批判，對安定生活的嚮往，對美好理想的寄託。[21]因為他和陶淵明一樣，企圖把田園生活塑造成一個理想的烏托邦，以忘卻政治上的不如意。詞作中的田園正是稼軒內心世界的投射。

三、篇章結構理論

　　一般來說，文學作品的義蘊是抽象的，而所運用的材料是具體的，以具體的材料來表出抽象的義蘊，能使辭章發揮最大的說服力和感染力。[22]一篇文章的結構，包含「內容結構」與

20　參見蘇淑芬：〈辛棄疾農村詞辨析〉，《東吳中文學報》第三期(1997年)，頁 234-235。又據謝奇峰《稼軒詞口語風格研究》 (台北：台灣師範大學國文研究所碩士論文，1998 年)，頁 192-193。稼軒在九首農村中使用口語計有：「爭、剗地、點檢」三種。又見郭靜慧著：《辛稼軒山水田園詞研究》(台北：台灣師範大學國文研究所碩士論文，1998 年)，頁 194。「稼軒早年致力於抗金運動，朝夕與農民為伍，南渡之後又有二十多年隱居於鄉村，故其頗善於運用民間口語入詞。一是藉俗語抒寫對農村生活的一份親切質樸的感情；另一則是藉俗語之遊戲性質表現其自我解嘲與悲慨，語言淺顯而意境卻不淺俗。」

21　參見陸堅：〈稼軒農村詞瑣議〉，《文獻》7 期(1981 年 3 月)，頁 17。

22　參見陳師滿銘：《章法學新裁》(台北：萬卷樓圖書公司，2001 年)，頁 223。

「形式結構」。[23]

（一）內容結構

內容結構包含核心成分「主旨」（「情」與「理」）與外圍成分「材料」（「物材」與「事材」）。主旨是作者所欲表達的中心思想或情意，它是一篇文章的靈魂。其表現手法又有安置部位和表達深淺之問題。[24]由主旨安置情形，可以看出作者的真正用意。

1、主旨的安置與顯隱

主旨安置的部位，不外篇內與篇外兩大類，其中，前者又包括安置篇首、篇腹、篇末三種不同的藝術技巧[25]。辭章作品

---

[23] 參見陳師滿銘：《章法學論粹》（台北：萬卷樓圖書公司，2003 年），頁 176。「文章的篇章結構，含縱、橫兩向。其中縱向的結構，由內容，也就是情、理、景、事等組成；而橫向的結構，則由邏輯層次，也就是各種章法，如今昔、遠近、大小、本末、賓主、正反、虛實、凡目、因果、抑揚、平側……等組成。因此捨縱向而取橫向，或捨橫向而取縱向，是無法分析好文章的篇章結構的。唯有疊合縱、橫向而為一，用『表』為輔，加以呈現，才能真實地凸顯一篇文章在內容與邏輯結構上的特色。」

[24] 參見陳佳君：《辭章意象形成論》（台北：臺灣師範大學國文研究所博士論文，2004 年），頁 47。

[25] 「安置於篇首者主要是將主旨開門見山的安排於篇首，作個統括，然後針對主旨，條分為若干部分，以依次敘寫的一種類型。這種類型，就整個的篇章結構來說，古時稱為外籀，今則通稱為演繹。由於它具有直截了當的特性，所以在古今人的各類作品，如詩、詞或散文裏，是相當常見的。……安置於篇末是針對著主旨，先條分為若干部分，依次敘寫，然才畫龍點睛的將主旨點明於篇末的一種類型。這種類型，就整個的篇章結構來說，古稱為內籀，今則稱為歸納。由於它具有引人入勝的優點，所以古今人的詩、詞或散文作品裏，也是相當常見的。……安置於篇腹者是將主旨安置於文章的中央部分，以統括全篇文義的一種類型。這種類型，由於多半須藉插

的主旨，一般都會藉由核心的情語或理語來表達，因此，若篇
內未出現核心成分，僅以外圍的事、物材作為內容，則其核心
情理即安排在篇外。[26]陳師滿銘在〈談辭章主旨的顯與隱〉一
文論述道：

> 詞章的主旨，按理說，是最容易審辨的，因為它正是作
> 者所要表達的某一思想或情意，本該顯著讓人一目了然
> 才對。但有時為了實際上的需要或技巧上的講求，作者
> 往往會把深一層或真正的主旨藏起來，使人很難從詞面
> 上直接讀出來。因此詞章的主旨便有的顯，有的隱，有
> 的又顯中有隱，不盡相同。[27]

因此，主旨的性質有「全顯」、「全隱」、或是「顯中有隱」等不
同的特色。如果能夠在篇內，找到明顯用以抒情或說理的字句

敘(提開緊接)的手法來完成，所以除了在慣用插敘法以抒情的詩詞
裏還可以時常見到之外，在散文中卻是不可多見的。安置於篇外者
是將主旨蘊藏起來，不直接點明於篇內，而讓人由篇外去意會的一
種類型。這種類型，由於最合乎含蓄的要求，即所謂的『不著一字，
盡得風流』，所以在古今人的各類作品裏，是最為常見的。」參見
陳師滿銘：《篇章結構學》(台北：萬卷樓圖書公司，2005 年)，頁
244-245、251、257、268。

[26] 參見陳佳君：《辭章意象形成論》(台北：臺灣師範大學國文研究所
博士論文，2004 年)，頁 123。又仇小屏：《「限制式寫作」之理論
與應用》(台北：萬卷樓圖書公司，2005 年)，頁 21。說明其美感：
如果主旨置於篇首，那就是「開門見山」，有顯豁明朗之美；置於
篇腹，那麼前、後都會向中間呼應，就如同常山之蛇般，「擊其中
則首尾皆應」，所以全篇會呼應得非常綿密；置於篇末，則如「畫
龍點睛」般，最後一筆喝醒，相當有力；置於篇外，則是「不著一
字，盡得風流」，讓人領略那言外之意、絃外之音，特別具有含蓄
的美感。

[27] 見陳師滿銘：《章法學新裁》，頁 240。

或節段，則其主旨即屬於「全顯」的性質。當辭章作品於篇內出現兩個或兩個以上的情、理語，則需以深層者為核心，判斷其屬「全顯」或「顯中有隱」。若無，則為「全隱」類型。[28]

2、材料的種類與選用

黃師錦鋐曾論述了文章「運材」之要，他說：「運材就是選擇寫作的材料，去配合自己所建立的文章主旨，……如果材料選擇得好，運用手法很高妙，文章自然寫得有聲有色。」[29]陳師滿銘在《章法學新裁》中，則闡述道：

> 就「物材」來說，凡是存於天地宇宙之間的實物或東西都可以成為文章的材料。再就「事材」來說，凡是發生在天地宇宙之間的事情都可以成為文章的材料。[30]

辭章所取用的材料，一般說來，可分「事」與「物」兩大類。[31]「物材」部份包含「自然性物類」(植物、動物、氣象、時節、天文、地理)、「人工性物類」(人體、器物、飲食、建築)、「角色性人物」；「事材」包含「歷史事材」、「現實事材」、「預想事材」。[32]

---

[28] 參見陳佳君：《辭章意象形成論》(台北：臺灣師範大學國文研究所博士論文，2004 年)，頁 76-88。

[29] 參見黃錦鋐：《國文教學法》(台北：教育文物出版社，1981 年)，頁 231-232。

[30] 見陳師滿銘：《章法學新裁》，頁 399。

[31] 見陳師滿銘：《篇章結構學》，頁 63。

[32] 「物材」與「事材」的分類依據陳佳君：《辭章意象形成論》(台北：臺灣師範大學國文研究所博士論文，2004 年)，頁 146。

(二)章法結構

　　章法由字、句、篇、章逐層修飾而來,梁代劉勰在《文心雕龍》的「章句篇」中說:「夫人之立言,因字而生句,積句而成章,積章而成篇。」[33]王希杰也說「章法」,是研究者的認識或主張,是知識和理論,是文章的研究者的辛勤勞動的成果,中國古人對章法的論述研究,也是早就有了的。[34]

　　篇章結構的內涵,除了內容結構外,還須章法結構加以顯現。所謂章法,探討的是篇章內容的邏輯結構,也就是聯句成節(句群)、聯節成段、聯段成篇的關於內容材料之一種組織。[35]章法所欲探求的,是「情意」(內容)的深層結構;透過章法安排的分析,可以探知作品內容的深層底蘊,了解其佈局的技巧,從而探得作品的美感效果。創作者藉此來安排內容、舖陳情意(理論);而我們也可透過這種對作品的外在形式的掌握,進一步地深入內容、捕捉美感。

四、內容結構探析

　　在此先就內容結構作探討,盧列詞作,再依次深究其「主

---

[33] 見張壽康《文章學導論 》,頁 58。
[34] 參見王希杰〈章法學門外閑談〉,收錄於《國文天地》18 卷五期,頁 92-95。
[35] 見陳師滿銘:《篇章結構學》,頁 134。

旨」及「材料」。詞文如下：[36]

1.〈鷓鴣天〉寄葉仲洽(頁 372)

是處移花是處開，古今興廢幾池臺。背人翠羽偷魚去，抱藥黃鸝趁蝶來。　　掀老甕，撥新醅，客來且進兩三杯。日高盤饌供何晚？市遠魚鮭買未回。

2.〈玉樓春〉(頁 398)

三三兩兩誰家女，聽取鳴禽枝上語。提壺沽酒已多時，婆餅焦時須早去。　　醉中忘卻來時路，借問行人家住處。只尋古廟那邊行，更過溪南烏柏樹。

3.〈滿江紅〉山居即事(頁 401)

幾箇輕鷗，來點破一泓澄綠。更何處一雙鸂鶒，故來爭浴。細讀〈離騷〉還痛飲，飽看脩竹何妨肉。有飛泉日日供明珠，五千斛。　　春雨滿，秧新穀。閑日永，眠黃犢。看兩連麥隴，雪堆蠶簇。若要足時今足矣；以為未足何時足？被野老相扶入東園，枇杷熟。

4.〈鷓鴣天〉(頁 438)

石壁虛雲積漸高，溪聲遶屋幾週遭。自從一雨花零落，卻愛微風草動搖。　　呼玉友，薦溪毛，殷勤野老苦相

---

[36] 版本依鄧廣銘：《稼軒詞編年箋注》(台北：華正書局，2007 年)，頁 372-532。

邀。杖藜忽避行人去，認是翁來卻過橋。

5.〈浣溪沙〉(頁 455)

父老爭言雨水勻，眉頭不似去年顰。殷勤謝卻甑中塵。
啼鳥有時能勸客，小桃無賴已撩人。梨花也作白頭新。

6.〈卜算子〉漫興三首之一(頁 490)

夜雨醉瓜廬，春水行秧馬，點檢田間快活人，未有如翁
者。　　掃禿兔毫錐，磨透銅臺瓦。誰伴揚雄作解嘲，
烏有先生也。

7.〈卜算子〉漫興三首之三(頁 492)

千古李將軍，奪得胡兒馬。李蔡為人在下中，卻是封侯
者。　　芸草去陳根，筧竹添新瓦。萬一朝家舉力田，
舍我其誰也。

8.〈行香子〉<u>雲巖</u>道中(頁 511)

雲岫如簪，野漲挼藍。向春闌綠醒紅酣。青裙縞袂，兩
兩三三，把麴生禪，玉版局，一時參。　　拄杖彎環。
過眼嶔巖。岸輕烏白髮鬖鬖。他年來種，萬桂千杉。聽
小綿蠻，新格磔，舊呢喃。

9.〈臨江仙〉戲為<u>期思詹</u>老壽(頁 532)

手種門前烏桕樹，而今千尺蒼蒼。田園只是舊耕桑。杯

盤風月夜，簫鼓子孫忙。　　七十五年無事客，不妨兩
鬢如霜。綠窗劃地調紅粧。更從今日醉，三萬六千場。

　　這九首農村詞，寫的是稼軒瓢泉期生活中，農民們率真樸
素的生動形象。透過作者所選擇的材料，說明他在農村與農民
已建立了友好的往來。並藉由農村物材與事材的運用，成功的
將主旨凸顯出來。

（一）主旨的安置與顯隱

　　第一首是致葉仲洽的，主旨置於篇末，它以描敘日常生活
現象為主，在下片以全顯的形態，感慨興廢，暢敘友情，語淺
意深。

　　第二首主旨同樣置於篇末，寫鄉間市井小民的生活片段。
「顯」的層面寫閒居山林的詞人出門打酒，又路飲至醉時的所
聞與所為，「隱」的層面表現了他閒適而不免頹放的情懷。

　　第三首題目為「山居即事」，詞的內容扣緊題目寫山居生
活，主旨置於篇腹「若要」兩句，以全顯形態寫成。因為景美、
人美、生活美，所以人該知足，知足者長樂。[37]描寫老詞人初夏
季節的山居生活清閒情景，表現老詞人滿足於這風景優美、人
情淳樸的山村生活環境的安適情懷。

　　第四首主旨置於篇末，以全顯形態寫成。上片寫景，下片

---

[37] 參見朱德才：《辛棄疾選集》(北京：人民文學出版社，1997 年)，
頁 258。

寫野老相邀飲酒，是作者記錄他與農民交往的幾首作品之一。[38]

第五首主首置於篇首，寫喜雨憫農及雨後春景。稼軒農村詞，大體是要借以表現自己不同流俗的志趣、以及歸隱田園時的閒適等，很少寫到民生疾苦的內容，這裏則是一個例外。詞的上片描寫的去年甑中生塵的情景，從側面反映了南宋時期農民生活的貧困。[39]主旨以顯中有隱的形態表出。

第六首題為「漫興」，意為隨意揮灑，即興之作。主旨置於篇末，屬於全顯的形態。

第七首題曰「漫興」，表面上看似漫不經心，自我解嘲，實際在抒發被迫閒居的牢騷、鬱悶。主旨置於篇末，以顯中有隱的形態抒發自己這個才志之士政治不遇之憤懣的作品，隱含對於當權者無能與昏昧的辛辣諷刺。

第八首是一首紀遊詞，主旨置於篇腹，即「把麴生禪」六句，寄託避世的思想。以全顯的形態，寫雲巖道中所見所感。

第九首主旨置於篇末，以全顯的形態，旨在為詹老祝壽。

小結：

茲將瓢泉九首農村詞的主旨安置與顯隱情形，表列如下：
(括弧部分為「隱」)

	安置	顯隱	主旨
1	篇末	全顯	感慨興廢，暢敘友情。
2	篇末	顯中有隱	出門打酒，路飲至醉。(閒適而

---

[38] 見常國武：《辛稼軒詞集導讀》(成都：巴蜀書社，1988年)，頁275。

[39] 見劉坎龍：《辛棄疾詞全集詳注》(烏魯木齊：新疆人民出版社，2000年)，頁318。

			頹放）
3	篇腹	全顯	山居生活的清閒安適。
4	篇末	全顯	村居風景，野老邀約。
5	篇首	顯中有隱	喜雨憫農及雨後春景。(去年的艱辛)
6	篇末	全顯	老農的快活，自己的寂寞。
7	篇末	顯中有隱	政治不遇的憤懣。(當權者的昏昧)
8	篇腹	全顯	雲巖道中所見所感。
9	篇末	全顯	為詹老祝壽。

　　總合以上說明，九首農村詞的主旨安置手法以篇末的六次為最多，其餘置於篇首一次，篇腹二次。大致上是先鋪陳事景，再推深情理。稼軒對純樸農村的喜愛之情，也多半以全顯的形態，在篇中直接展現。有的描寫農村人物與風光，如〈鷓鴣天〉(石壁虛雲積漸高)的瓢泉雲影溪聲；有的描寫農人期望，如〈浣溪沙〉(父老爭言雨水勻)，「殷勤謝卻甑中塵」，期盼風調雨順說豐年；有的敘述與農人的交往，〈鷓鴣天〉從「杖藜」到「忽避」到「認」到「過橋」，可見野老的熱情。還有〈滿江紅・山村即事〉「被野老、相扶入東園，枇杷熟。」寫出了鄉村父老們純樸的一面，自己受邀的情形。有的抒發置身農村的感受。另外三首顯中有隱的形式，則和他的政治遭際有關。或者表現了一些消極頹放，或者關心農民的疾苦，甚至是暗示了主政者的愚昧！

（二）材料的種類與選用

　　辛棄疾筆下的農村詞取材寬廣，幾乎農村中出現的人物景致，不分動靜，無論晝夜，凡可見、可聞、可歷、可感、可嘆

的材料，他都能化單調為趣味，變腐朽成新奇。以下分別就「物材」與「事材」兩方面，探討此九首詞選材的特色：

1、運「物」為材以呈顯義蘊

稼軒在隱居期間常常擷取能夠反映當地風光和田園特色的景物入詞。劉熙載《藝概・詞概》說：「詞貴得本地風光」，稼軒就做到了這一點。透過九首農村詞所揀選的物材，無論是描繪農村風物、自然景象，還是勞動情景，他所集中運用的客觀典型材料，所創造的意境，都能使主觀感情與客觀意象相契合，情景交鍊，表裏相宜，達到渾然一體，樸直自然，才情並美的藝術境地。他所選擇的景物多為日常生活中的習見之物，隨處可見，信手拈來，因而也多是平淡自然、婉媚細約而又不乏清新意趣的。例如寫季節轉換感受：「石壁虛雲積漸高，溪聲繞屋幾周遭。自從一雨花零落，卻愛微風草動搖。」〈鷓鴣天〉是如此地清新婉媚，又是那樣地平淡自然。

茲列表如下：

首數			1	2	3	4	5	6	7	8	9
物材	自然性物類	植物	花、葉	枝上、烏柏樹	竹、穀參	花、草、溪毛	小桃、梨花		草、根、竹	綠（葉）、紅（花）、桂、杉	烏柏樹、桑

	動物	翠羽（鳥）、黃鬚（蜂）、蝶	鳴禽、提壺、婆焦、餅	鷗、鵝、鶺鴒、黃犢		鳥		兒馬、胡馬	綿蠻、格磔、呢喃（燕）	
	氣象	日高		日永	雨水、微風		夜雨			
	時節			春雨滿（初夏）	花零落（暮春）	雨水匀、去年	春		春闈	夜、簫鼓、今日
	天文			雲	虛雲	雨水			彎環（月）	風月
	地理	是處、市	路、溪	澄綠（湖）、飛泉、朧	石壁、溪		水、田間		雲岫、野、欹嚴	田圍
人工性物類	人體					眉頭			白髮鬖鬖	手、兩鬢如霜
	器物	老甕、杯（酒）		雌蜺、蠶簇	杖藜	甑	秧馬、兔毫、錐、銅、臺瓦		簪、青裙縞袂、杖、輕鳥	杯盤、簫鼓、紅糚
	飲食	新醅、盤饌、魚鮭	酒	（酒）、肉、枇杷	玉友（酒）、溪毛		醉		麴生（酒）、玉版（筍）	酒
	建築	池臺	古廟	東園	屋、橋		瓜廬	瓦		門前、綠窗
	角色性人物	葉仲洽人客	誰家、三兩（村	野老	杖藜（老野）老野老、	父老客人	八、翁	朝家力田我	兩三（村女）	詹老子孫、七十

			女)、(醉漢)、行人	行人、翁		誰	五年無事客

2、運「事」為材以呈顯義蘊

綜合「事材」的部份，做一整理。在「歷史事材」方面：用典仍是稼軒一大特色，但農村詞中所用較為清新。其中借鑑白居易、杜甫、柳永、蘇軾等人比例較高，而他們都是平易閒適通俗的風格。並廣泛運用歷史題材，從歷史人物身上擷取和自己的思想感情相通、處境情況相似的部分，來補充詞人的自我形象。例如李廣與揚雄。辛棄疾還大量熔鑄古小說、筆記中的故事入詞，如《世說》、《春渚紀聞》，這是稼軒詞的又一個藝術特色。在「現實事材」方面：與典故能雅俗兼融，無復依傍，自鑄偉詞，充分顯示出其在語言運用上的高超技巧。[40]例如〈滿江紅‧山居即事〉：「飽看修竹何妨肉」，飽字表示「看個夠」，形容「看」這一動作的程度，很新奇。這個字面，是從「何妨肉」三字聯類生發而來的，吃肉過多則「飽」，因而聯想看到竹過多也「飽」。於此，益發可以見出辛棄疾錘鍊語言刻苦、認真的態度。[41]而且稼軒的農村詞非常善於即景取材，抓下最具代表性的一個鏡頭，或生活的剪影，表達出他所要呈現的意念和

---

[40] 參見鞏本棟：《辛棄疾評傳》(南京：南京大學出版社，1998 年)，頁 256。

[41] 見李卓藩：《稼軒詞探賾》(台北：天工書局，1999 年)，頁 152。

想法。[42]例如父老的爭言、野老的錯認，這些多是感性的、即興的，遇有適合的材料，便融入詞中。

　　茲列表如下：

首數		1	2	3	4	5	6	7	8	9
事材	歷史事材	白居易詩、杜詩	柳詞、黃庭堅詩、梅聖俞詩、永	杜甫詩、世說新語、蘇軾詩、王安石詩、魏志語（白居易詩）	蘇軾詩、劉禹錫詩、左傳語	後漢書、史記（范雲史事）	李詞、白春紀舊代五史（桑維事）、揚雄、烏有先生	史記廣蔡（李蔡事）、漢書力（田）、孟子語	陶淵明、黃庭堅蘇軾詩、柳永詞、王安石詩、詩經句、本草	溫庭筠詞、蘇軾詩
	現實事材	開(花)、興廢人、魚蓑蝶來老甕新醅來兩杯、何晚遠未回、背偷抱趁掀撥客盡三歸、市買	聽取上語酒多時中路問、枝沽已醉忘借	點破浴讀飲看明明兩滿新穀日永黃憤雲扶杷熟、爭細痛飽供春秋閑眠看相枕	積高屋零落草愛動搖篲呼蔫相邀避是橋、漸遠卻草供新閑眠忽認過	爭言、兩水勻似簞勤卻客人、白頭新、不、殷謝殷苦勤遬避過	醉廬秋馬檢活禿透、瓜行陳點快掃磨誰	芸草陳根筧竹新瓦、去添	漲藍春闌醒酣麴禪時參杖環眼輕、接向綠紅把生一拄彎過岸輕鳥	手種今尺蒼蒼耕桑孫忙地紅妝、而千舊子劙調醉

---

[42] 參見郭靜慧著：《辛稼軒山水田園詞研究》(台北：台灣師範大學國文研究所碩士論文，1998年)，頁197。

預想事材		早、只二須去「尋」句	「若二要」句			力舉田舍我誰	「他年」四句	萬千三六場

五、章法結構探析

辛棄疾在創作過程中是十分重視詞的結構藝術的，他慘淡經營，傾盡全力從事藝術構思，緊緊抓住立意和章法兩大環節，組織文字，組織意象，創造出完美的詞作來。[43]底下分別探析稼軒瓢泉九首農村詞的章法結構及其展現的美感效果：

（一）〈鷓鴣天〉寄葉仲洽

是處移花是處開，古今興廢幾池臺。背人翠羽偷魚去，抱蕊黃鬚趁蝶來。　　掀老甕，撥新醅，客來且進兩三杯。日高盤饌供何晚？市遠魚鮭買未回。

---

[43] 參見李卓藩：《稼軒詞探賾》(台北：天工書局，1999 年)，頁 86-129。這裏提出稼軒詞開端、煞尾、換頭的手法。開端的藝術手法，如：「突兀籠罩、寫景開端、抒情開端、敘事直起、問語開端、頓入法、漸引法」七種；結句技巧則有：「以景結情、以情結尾、以問句作當、以細節描寫作結、繞回拍合醒明本意、宕開」六種；換頭(過變、過片)手法則有：「暗接格、問答格、頂針格、排比格、對比格、直承格、上虛下實格、上實下虛格、上總下分格、上分下總格、並列格、突破格」十二種。

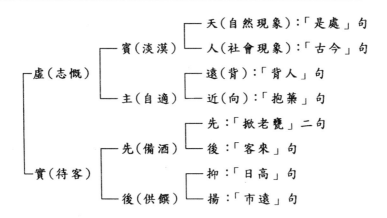

就章法結構而言，這首詞屬「虛實」結構，最大特色為虛實交迭的靈動美與變化美。其簡式為：「志慨」(虛)→「待客」(實)。上片是「虛」寫感慨，以「先賓後主」的結構，由淡漠寫到自己的自適。「賓」的部分採「由天而人」結構，第一句先寫自然現象，而第二句則寫社會現象，寫池臺的興廢。從古至今，不知經歷了多少興廢過程，和自然現象相比，就不能不感慨繫之，從而表現了作者對政治、對世事的淡漠與鄙棄。「主」的部分，採「由遠而近」結構，先寫背人而去的翠鳥，再寫向花蝶而來的黃蜂。下片「實」寫待客，以「由先而後」的順序結構，先寫備酒，而末尾二句則寫供饌，進一步寫其待客之真誠。備酒之時，「先」揭開老甕，再開新酒，而「後」與客暢飲。而供饌之時，作者採取了「欲揚先抑」手法，先寫供饌之晚，然後再寫待客之誠，為了招待客人，不惜破費，到很遠的集市上去買魚肉，這樣不僅交待了供饌晚的原因，更主要地說明了作者殷勤待客，表現他對朋友的深情厚誼。

(二) 〈玉樓春〉

三三兩兩誰家女,聽取鳴禽枝上語。提壺沽酒已多時,
婆餅焦時須早去。　　醉中忘卻來時路,借問行人家住
處。只尋古廟那邊行,更過溪南烏柏樹。

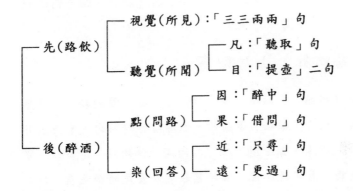

就章法結構而言,這首詞屬「先後」結構,最大特色為順
推的柔和美與規律美。其簡式為:「路飲」(先)→「醉酒」(後)。
這是一首描寫農村風光的小詞,通過模擬禽言鳥語,勾勒出一
幅農村風土人情的速寫圖,形象生動活潑。詞的上片「先」寫
路飲,詞人在沽酒路上,透過醉眼,以「知覺轉換法」,先視覺
後聽覺,描繪了一幅農村女子聽鳥啼鳴的畫面。「視覺」部分寫
所見:不知誰家的三三兩兩的女子,聚集在樹下。聽覺的部分
寫所聞,「由凡而目」,「凡」的部分先隱括各種鳥叫的聲音。「目」
的部分具體寫游女所到的鳥鳴——其實是詞人所聽到的鳥鳴,
有提壺鳥的叫聲,也有婆餅焦鳥的叫聲。一語雙關,極富巧諧
之味。詞的下片寫「醉酒」,意路不斷,回應上文「早去」之勸,

正面寫已經酣醉的自己想要歸去的意思：他已經沉醉得忘記了回家的路(點)，只好向行人詢問自己的家住在那裡(染)。將那種醉態可掬的形象逼真地表現了出來。「點」的部分以「先因後果」的結構呈現，染的部分，以行人的指路作結，「由近而遠」說你就朝著古廟那邊走吧，轉過溪南的烏桕樹就到了。回答得認真仔細，顯出與農民情誼的深厚。

（三）〈滿江紅〉山居即事

　　幾箇輕鷗，來點破一泓澄綠。更何處一雙鸂鶒，故來爭浴。細讀〈離騷〉還痛飲，飽看脩竹何妨肉。有飛泉日日供明珠，五千斛。　　春雨滿，秋新穀。閒日永，眠黃犢。看兩連麥隴，雪堆蠶簇。若要足時今足矣；以為未足何時足？被野老相扶入東園，枇杷熟。

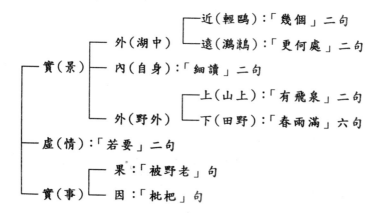

　　就章法結構而言，這首詞屬「實虛實」結構，最大特色為虛實交迭的靈動美與變化美。其簡式為：「景」(實)→「情」(虛)

→「事」(實)。這是一首描寫山居生活的詞。上段先寫山居自然
環境的優美(景)，屬於實寫的部分。這裏以「外內外」的結構寫
成，詞人的視點由湖中轉回室內的自己，再看向野外。開端四
句寫湖中，從泉水落筆，「由近而遠」看輕鷗點水，鸂鶒鳥爭浴，
使靜景化動，寫得生動活潑。「細讀」兩句，直接轉回自身，寫
自然愜意的心境。自己有書可讀，有竹可看，有酒可飲，有肉
可食，生活內容豐富多彩。底下將眼光調向野外，先寫仰觀山
上的飛泉及瀑布濺珠，可以賞心悅目。過片接「有飛泉」二句
而來，寫酣暢的春雨過後，田間隴上生意自然的景象。[44]俯視田
野，將視角作更廣的描摹，春雨、新秧、日光、黃犢、麥田、
蠶堆，這種種雖常見而又常新的山居農村生活情景，連綴成清
新明麗的畫面。「若要」兩句是抒懷，總束上文，寫對山居生活
已經心滿意足。詞人說：如果知足的話，現在這種情景就很令
人滿足了，如果自己不知足，那什麼時候才能滿足呢？表明了
詞人對山居生活的喜愛。結尾兩句寫詞人被「野老」請到枇杷
園熱情款待之「事」。屬於實寫。「先果後因」呈現，詞人被野
老相扶入園是「果」，老農相邀品嘗新熟枇杷是「因」，寫他與
農民的真摯情誼，並從中進一步享受到山居之樂。末二句寫來
意趣十足，令人拍案。

(四) 〈鷓鴣天〉

　　　石壁虛雲積漸高，溪聲遠屋幾週遭。自從一雨花零落，

---

[44] 參見朱德才、薛祥生、鄭紅梅：《辛棄疾詞新釋輯評》(上下)(北京：
中國書店，2006 年)，頁 1015。

卻愛微風草動搖。　　呼玉友，薦溪毛，殷勤野老苦相
邀。杖藜忽避行人去，認是翁來卻過橋。

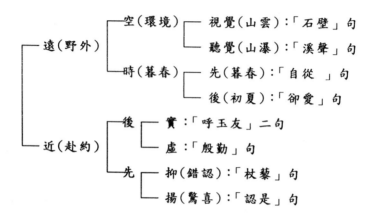

就章法結構而言，這首詞屬「遠近」結構，最大特色為漸層
的延展美。其簡式為：「野外」(遠)→「赴約」(近)。詞的上片先
將瓢泉寓所的特殊景觀做一番敘寫，同時也是赴約途中所見野外
之景。作者一邊興致勃勃地走來，一邊隨意欣賞瓢泉附近農村的
石山與溪水，和不知名的野外人家，心情愈加舒展。這裏以「先
空後時」的結構，由週遭環境寫到時已暮春。開端兩句以「知覺
轉換法」寫成，先從視覺著手，寫山雲。青山石壁高聳入雲，浮
雲堆積在高高的山崖上，青白相襯，別有情趣。再從聽覺上寫山
瀑，小溪流水潺潺，繞著山腳下的房屋歡快地歌唱著，賞心悅目。
三、四句「由先而後」，從暮春寫到初夏。雖然經過一場風雨，山
花零落，但那青青綠草在風中擺動的情景仍然迷人，描繪出詞人
去農家做客的愉快心情。下片寫詞人的赴約，山村老人的盛情接
待。「由後而先」，暢敘野蔬薄酒，淳樸好客(後)。而結尾兩句，筆

鋒一轉，由眼前的熱情款待，回憶來時老人迎接的情景，猶如電影的特寫，人物情態惟妙惟肖(後)。結韻以「先抑後揚」的結構寫野老心理情態妙甚：一個「認」字，使畫面由遠至近，成為了野老在橋邊定睛細看的特寫鏡頭；最一個「過」字，使畫面活動了起來，完成了野老由「避」到「認」到「過橋」的過程。寥寥十四字，一波三折，傳神並富諧趣。[45]筆法曲折，卻富有情致，表現了作者與農民的友好情誼。這首詞最大的特色，是善用補筆。比如三四句寫季節和雨水，對於二句的雲氣和溪聲，就能夠補足，過片一韻，對於作者為何前來小飲，也能形成補充交代。這些補筆，使結構顯得緊湊、完密，顯示了作者巧於剪裁與安排而不見人工痕跡的本領。[46]

(五)〈浣溪沙〉

> 父老爭言雨水勻，眉頭不似去年攣。殷勤謝卻甑中塵。
> 啼鳥有時能勸客，小桃無賴已撩人。梨花也作白頭新。

```
        ┌─ 今(有雨)：「父老」句
   ┌ 虛(情)─┼─ 昔(無雨無食)：「眉頭」句
   │    └─ 今(有食)：「殷勤」句
   │    ┌─ 聽覺(鳥)：「啼鳥」句
   └ 實(景)─┴─ 視覺(花)：「小桃」二句
```

---

[45] 見朱德才：《辛棄疾選集》(北京：人民文學出版社，1997 年)，頁 193。

[46] 參見朱德才、薛祥生、鄭紅梅：《辛棄疾詞新釋輯評》(上下)(北京：中國書店，2006 年)，頁 1127。

　　就章法結構而言，這首詞屬「虛實」結構，最大特色為虛實交迭的靈動美與變化美。其簡式為：「情」(虛)→「景」(實)。這是一首寫農村春景的詞。上片寫春雨後農家父老的欣喜之情，以時間次序「今昔今」的結構寫成。詞人由今年寫去年，把一年來父老們艱辛萬狀的生活，以夾帶法映照寫出。先寫今年一場春雨後，人們喜笑顏開，爭著講說春雨的均勻，這種風調雨順，預示著豐收的年景。接下來二、三句形成鮮明對比，用「不似」，將今年與去年相比，兩相並列，互相對照，突出前後變化。今年再也不會像去年那樣緊鎖眉頭、為甑中無米而發愁了，於是高高興興準備甑來蒸飯。詞的下片寫春天景色，充滿著勃勃生機，與上片相映成趣。「啼鳥」句從聽覺來寫春景，春鳥的啼聲悅人耳目，寫出春天的美好。接著從視覺上寫盛開的桃花也「撩人」心緒，招人喜愛，潔白的梨花清新可人，這裡粉紅與雪白的映襯，使畫面景色鮮艷奪目，令人賞心悅目。[47]

（六）〈卜算子〉漫興三首之一

　　　夜雨醉瓜盧，春水行秧馬，點檢田間快活人，未有如翁
　　　者。　　　掃禿兔毫錐，磨透銅臺瓦。誰伴揚雄作解嘲，
　　　烏有先生也。

---

[47] 參見劉坎龍：《辛棄疾詞全集詳注》(烏魯木齊：新疆人民出版社，2000 年)，頁 318。

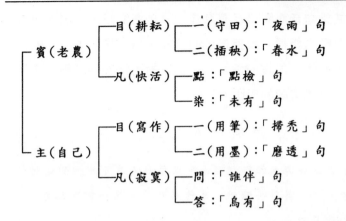

　　就章法結構而言，這首詞屬「賓主」結構，最大特色為映襯的對比美與調和美。其簡式為：「老農」(賓)→「自己」(主)。這是一首即景抒懷的小詞，詞的上片先寫老農自由自在的農村生活。以「先目後凡」的結構寫成，一、二句屬「目」的部分，先寫下雨的夜晚在看瓜的小屋裡飲酒而醉，在春雨中看著農夫騎著秧馬在稻田裏插秧。一個夜晚的情景，一個白天的場面，具有很強的代表性。寫出了一種安閒自得的生活。三、四句是「凡」，承上而抒發感慨，詞人不禁熱情地加以讚美，說他是田間最快活的人，流露出了作者毫無保留的欣賞和羨慕。這裏以「先點後染」的方式，計算一下在田間最快活的人，沒有比得上我的。欣喜的神態如在目前。詞的下片筆鋒一轉，抒寫詞人自己內心深處的孤獨寂寞。這裏用上片老農的田間快活生涯相對照，同樣用「先目後凡」的結構，先寫自己筆耕磨墨的的辛苦：這些文字裡包含著作者用心很深的抗金復土策論〈美芹十論〉、〈九議〉，也包含作者愛國心志慷慨的眾多詞章。但是，它

們卻都因缺乏知音而顯得沒有意義。於是在結韻中，詞人拉來揚雄作為自嘲的榜樣，總括自己的寂寞。用「先問後答」的結構，寫無人能答、能賞的感慨。全詞以對比法安排結構，上下片之間韻韻形成清晰的對比。

（七）〈卜算子〉漫興三首之三

千古李將軍，奪得胡兒馬。李蔡為人在下中，卻是封侯者。　　芸草去陳根，筧竹添新瓦。萬一朝家舉力田，舍我其誰也。

```
┌ 昔（漢） ┬ 主（李廣）：「千古」二句
│         └ 賓（李蔡）：「李蔡」二句
└ 今（宋） ┬ 實（現實）：「芸草」二句
          └ 虛（預想）：「萬一」二句
```

就章法結構而言，這首詞屬「今昔」結構，最大特色為順推的規律美與調和美。其簡式為：「漢」（昔）→「宋」（今）。上闋寫過去漢朝之事，全從《史記‧李將軍列傳》化出。《史記》敘李廣事，曾以其堂弟李蔡作為反襯。詞人即不假外求，一併拈來。一「卻」字尤值得玩味，上文略去了的重要內容——李廣為人在上上，卻終身不得封侯，全由此反跌出來，搶特寫鏡頭的方法，筆墨十分經濟。這裏舉出李廣、李蔡兩個人物形象，「以賓襯主」無須辭費，「蟬翼為重，千鈞為輕；黃鐘毀棄，瓦釜雷鳴」（《楚辭‧卜居》）的慨嘆已然溢出言表了。這是古時之不平事，下片道今，主要說自身故事。因而下片寫自己被迫閒

居的生活，時間回到現在，採「先實後虛」的結構，先就目前的田園生活抒發感慨。詞人一邊種地鋤草，一邊又破竹製瓦修房，似乎已經練出了工夫(實)。因為在瓢泉閒置，已是第二次罷職以後的事。接著，由自身推向未來(虛)，謂有朝一日，如果朝廷舉荐力田，那麼，首選一定是自己。結韻語出《孟子》，而反其意用之，不惟憤懣之氣溢於辭表，且是對朝廷用人政策的諷嘲。上闋使事，就技法而言為曲筆，但從語意上來看則是正面文章；下闋直尋，就技法而言為正筆，但從語意上來看卻是反話。一為「曲中直」，一為「直中曲」，對映成趣，相得益彰。[48]

(八)〈行香子〉雲巖道中

> 雲岫如簪，野漲挼藍。向春闌綠醒紅酣。青裙縞袂，兩兩三三，把麴生禪，玉版局，一時參。　　拄杖彎環。過眼嵌巖。岸輕烏白髮鬖鬖。他年來種，萬桂千杉。聽小綿蠻，新格磔，舊呢喃。

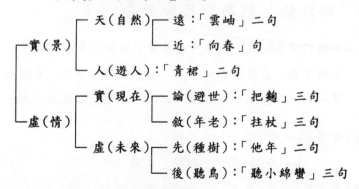

---

[48] 參見張淑瓊：《唐宋詞新賞》第一十輯(台北：地球出版社，1990年)，頁297。

　　就章法結構而言，這首詞屬「虛實」結構，最大特色為虛實交迭的靈動美與變化美。其簡式為：「景」(實)→「情」(虛)。全詞可分兩大部分。開頭五句為第一部分，主要寫雲巖道中所見，屬於實寫。底下「由天而人」，從自然和遊人兩個方面把雲巖之美描寫出來，而他對雲巖的熱愛也就隱寓其中了。「天」的部分，又「由遠而近」地以雲岫、田野寫遠景，接下去一句則寫近景，寫眼前的花景。從「把麯生」句到全詞結尾為第二部分，寫雲巖道中所感，屬於虛寫。又是從眼下(實)和將來(虛)兩個方面來寫的。實寫現在的部分，以「先論後敘」的結構，先寫自己的喝酒食筍與參禪，論及避世、隱遁的思想；再說到自己的年老，更加深這樣的念頭。「他年」五句寫將來，「先」言雲巖如此之美，他年歸隱，將來此種樹，「萬桂千杉」；接著就能日日生活於叢林之中，聽黃鶯歡唱，鷓鴣啼鳴，燕子呢喃而語，一年四季沉浸在大自然中，享受生活的安靜與閒適。

（九）〈臨江仙〉戲為<u>期思詹</u>老壽

> 手種門前烏柏樹，而今千尺蒼蒼。田園只是舊耕桑。杯盤風月夜，簫鼓子孫忙。　　七十五年無事客，不妨兩鬢如霜。綠窗划地調紅粧。更從今日醉，三萬六千場。

```
┌─ 底（背景）┬─ 昔（家世）：「手種」三句
│           └─ 今（祝壽）：「杯盤」二句
└─ 圖（主客）┬─ 實（現在）：「七十五年」三句
            └─ 虛（暢飲）：「更從」二句
```

就章法結構而言，這首詞屬「底圖」結構，最大特色為層次的立體美與動態美。其簡式為：「背景」(底)→「主客」(圖)。這是為詹老祝壽所作壽詞，因此在上片中，先交代詹老家世與祝壽之事，作為「底」、作為背景的鋪襯。接著以「先昔後今」的結構，首三句先寫詹老的家世：言其世代務農，能守祖業，並以「千尺蒼蒼」作為象徵。「杯盤」二句描敘祝壽盛況。下片聚焦至主客壽宴的場景。以「先實後虛」的結構，先寫現在(實)。「七十」二句寫其年老體壯，身體健康，有侍妾相伴。末尾二句虛寫作者為其勸酒，並預祝其健康長壽。

六、篇章結構的特色及其美感效果

綜合以上九首農村詞的章法結構分析，底下進一步，就其使用章法的主要特色，及該章法表現在篇章中的美感效果，再作深入的說明。

(一) 〈鷓鴣天〉寄葉仲洽

就美感效果而言，這首詞形成「虛實」結構。這裡以「先虛後實」的結構，先寫「志慨」，再寫到「待客」，也就是「先情後事」的虛實結構，透過由虛入實的手法，獲致一種由外拉近的美感效果。「情」指抽象的情感，「事」指具體的事件，也就是用具體事件來描述抽象情感，以強化辭章情味的一種章法。童慶炳援用格式塔心理學美學所提出的「異質同構」觀點

來詮釋大自然景物與人的內在情感的關聯，他說：

> 物理世界和心理世界的質料是不同的，但其力的結構可
> 以是相同的。當物理世界與心世界的力的結構相對應而
> 溝通時，那麼就進到身心和諧、物我同一的境界，人的
> 審美體驗也就由此境界而產生。[49]

這種物我的同型、契合，把物理世界與心理世界對應起來，詩
人就在這對應與統一中獲得審美愉悅。運用虛實交迭的手法，
獲得一種有秩序的靈動美。而「志慨」的底下，用了「先賓後
主」的結構。所謂「賓主法」就是運用輔助材料(賓)來凸顯核心
材料(主)，達到「借賓形主」的效果，從而有力傳達辭章主旨的
一種章法。[50]這裡先看到花朵自開的生命力，以及古今興廢的
無常，是一種淡漠，來襯托作者看著翠羽偷魚、黃鬚趁蝶而來
的悠然自適。從而產生映襯的美感，而「賓」與「主」都是為
了托出主旨而服務，彼此之間是調和的型態，對於整體抒發友
情的主旨，有柔和的美感。而「賓」的部分，以「先天後人」
的結構呈現，將自然與人事形成層次來描寫。這兩者之間會產
生交流，自然界因而增添情味，人事界也獲得開展，因此產生
了溫潤自由的美感。憑藉移情作用，使作品呈現天人合人、物
我交融的境界，很適合用來詮釋描寫自然萬物的作品，在這首
農村詞中尤其運用得宜。「主」的部分，用的是「先遠後近」的

49　見童慶炳：《中國古代心理詩學與美學》(台北：萬卷樓圖書公司，
　　1994 年)，頁 170。
50　參見仇小屏《篇章結構類型論》(下)，頁 374。

結構，先背後向會將空間拉近，讓近處的景物得到最大的注意。除了本來的延展效果外，更具有漸層的美感。

「實」(待客)的部分，採「由先而後」的順序，先寫備酒後寫供饌，按時間次序順推寫出，具有規律美。而「供饌」部分，用了「先抑後揚」的結構，運用貶抑與讚揚的角度來闡述，使兩者之間產生對比與烘襯，進而凸顯出褒貶的態度。目的在打破人們習慣的社會知覺方式，使讀者從貶抑與頌揚兩種角度的對比，凸顯出事物的價值。由於讀者在短時間內接收兩種截然不同的訊息，必然產生衝突矛盾的情緒，在心理上形成極大的張力。[51]

(二) 〈玉樓春〉(三三兩兩誰家女)

就美感效果而言，這首詞形成「先後」結構，先寫作者路飲，而後寫醉酒情形。按時間次序順推寫出，具有規律美，產生柔和的美感。上片路飲的部分，又用「知覺轉換」法，先從視覺寫所見村女，再從聽覺寫耳聞之聲。這是一種將外在世界中，萬事萬物某一狀態本身的變化，呈現在文章中的一種章法。它也是感官的一種「有意注意優勢」，藉助於此，人們可以達到非常有效的觀察。當我們對觀察的結果感覺到美，便會用文字準確地傳達出來，於是出現對狀態變化的刻畫，其實就是對美感情緒波動的模擬。[52]而這些感官知覺在作品中會形成聯繫，

---

[51] 參見蒲基維：《章法風格析論——以《蘇軾詞》、《姜夔詞》為考察對象》(台北：台灣師範大學國文研究所博士論文，2004 年)，頁18。

[52] 參見仇小屏：《篇章結構類型論》(台北：萬卷樓圖書公司，2000年)，頁179-180。

最後匯歸為「心覺」而獲得內在的統一。[53]這種內在的統一美
為「知覺轉換」法最極致的美感效果，各種知覺相互作用與溝
通，融匯出調和美、繁多的統一美，更具柔和之美。在這裏運
用視覺與聽覺的轉換，交融出一片農村的風光，而作者面對此
情此景，意態十分舒緩自足。而聽覺部分，又用了「先凡後目」
的結構，先總括鳴聲，再條分寫提壺鳥與婆餅焦鳥。理知的官
能感知到普遍原則，而感官感知則為局部事例，總括具有抽象
的質性，條分則具備具象性，形成了對稱、均衡之美，以及調
和、統一的美感。

　　下片醉酒部分，以「先點後染」的結構，寫作者的問路與
行人的回答。點染是一種針對同一事物，點明時空落點並加以
鋪敘的一種章法。因時空特定點的引導，在事件的敘述過程中，
時間空間隨之作輻射式的延長、擴大，而造成擴大、奔放的美
感效果。而點與染相互為用，又融為整體的調和性，這裏將「問
路」事一「點」，再加以說明、形容，極寫作者醉酒與行人相熟
的親暱。「點」底下以「先因後果」的結構寫成，這種結構在敘
事中十分常見，且「由因及果」是最常見的結構類型，可以因
順推而產生規律美。[54]因果章法來自這種原始普遍的規律，亦

---

[53] 參考陳師滿銘：《章法學綜論》(台北：萬卷樓圖書公司，2003 年)，
　　頁 22。

[54] 參見陳師滿銘：《篇章結構學》，頁 121。陳波在《邏輯學是什麼》
　　一書中也提到：「因果聯繫是世界萬物之間普遍聯繫的一個方面，
　　也許是最重要的方面。一個(或一些)象的產生會引起或影響到另一
　　個(或一些)現象的產生。前者是後者的原因，後者就是前者的結
　　果。科學的一個重要任務就是要把握事物之間的因果聯繫，以便掌
　　握事物發生、發展的規律。」見陳波：《邏輯學是什麼》(台北：五

呈現調和的美感。「染」的部分是「由近而遠」的結構，如上述
具有漸層、延展的美感。

(三)〈滿江紅〉山居即事

就美感效果而言，這首詞形成「實虛實」結構，中間「虛」
寫意態自足的部分是抽象的，形成「抽象美」；而前後「實」寫
農村美好景致與野老相扶之事的部分是具體的，形成「具象
美」；且「虛實」二者之間也會相互調和。「先實後虛」的結構，
讓全篇意境有向外推開的美感效果；「先虛後實」的結構，則透
過由虛入實的手法，獲致一種由外拉近的美感效果，二者構成
具有秩序性的靈動美。[55]這種「實虛實」夾寫的形式，以「虛」
為主軸，首尾的「實」形成均衡的狀態，呈顯出對稱之美，中
間的「虛」具有突出的美感。在作品中營造了極具生命力與生
命情感的空靈之美。第一個「實」的部分，以「外內外」的結
構寫成，由湖中到屋內的自己，再寫到野外。「內外」是兩個相
對的概念，造成對比、映襯之美，在思維中必先有「場所」的
概念為基準，內外景物的變化，也常因為所處環境的差異而產
生不同的感受，外在觀點能產生「置身其外」的超脫感；內在
觀點能產生「身在其中」的參與感，[56]皆為內外章法的美感所
在。黃永武也說：「利用動態景物作一內一外的移動，這種律動

南圖書公司，2002年)，頁167。
[55] 參見顏智英：〈東坡詞篇章結構探析——以黃州作五首〈浣溪沙〉為考察對象〉，《師大學報》49期(2004年)，頁36。
[56] 參見季鐵男主編：《建築現象學導論》(台北：田園城市文化，1998年)，頁`122。

感，有助於詩中空間深度感覺的形成。」[57]形成了「幽深」之美。「湖中」又以「由近而遠」的順推結構，形成漸層、延展的美感。而「野外」部分，則以「由上而下」的次序，從山上寫到田野。這種置景法，屬於垂直線性的視覺運動，[58]容易形成兩眼的視差，造成視覺上的立體美、映襯美。而且這種仰視的角度，給人一種輕鬆、自由的感受，產生高偉的空間。第二個實寫的部分，以「由果而因」的結構，呈現順推的規律美。

（四） 〈鷓鴣天〉（石壁虛雲積漸高）

就美感效果而言，這首詞形成「由遠而近」的空間變化，會因為遠方模糊的景物與近處清晰的景物形成對比而產生漸層的美感[59]，「由遠而近」的空間變化，由於將景物拉近而造成焦點，所以除了本來延展的效果之外，更具有突出的美感。遠近伸縮，最後就聚焦在下句「避人錯認」的野老身上。「野外」的部分，又以「先空後時」的結構，寫週遭環境與暮春時節，具有時空混合之氛。環境部分又用了「知覺轉換法」，如上述，具有調和美、繁多的統一美，更具柔和之美。「暮春」部分，以「由先而後」的結構寫成，同具順推的規律美。

底下寫眼前赴約的場景，以「由後而先」的先後結構寫成。「後」的部分，以「先實後虛」的結構，先敘事後抒發彼此歡

---

[57] 見黃永武：《中國詩學——設計篇》(台北：巨流圖書公司，1999 年)，頁 62。
[58] 參見陳雪帆：《美學概論》(台北：文鏡文化公司，1984 年)，頁 43。
[59] 見劉思量：《藝術心理學》(台北：藝術家出版社，1992 年)，頁 183。「愈遠之事物愈模糊，而與近物對清晰形成對比而產生漸層。」

飲的情形。這種「先實後虛」的結構，透過由虛入實的手法，獲致一種由外拉近的美感效果，具有秩序性的靈動美。而「先」的部分，以「先抑後揚」的結構，先寫野老的錯認，再寫認出的驚喜。抑揚法具有對比、烘襯的美感。詼諧幽默，妙趣橫生，充分反映了作者對農村風光的熱愛，和他寧靜、穩定的心情。

（五）〈浣溪沙〉（父老爭言雨水勻）

就美感效果而言，這首詞形成「先虛後實」的結構，具有虛實法的靈動美與變化美。同時也是先情後景的情景結構，先寫喜雨之情，再寫雨後清景。情景法原是虛實法中的一類，就寫作心理角度而言，「隨物宛轉」、「與心徘徊」正說明了作家與景物之間的互動關係。體現了從物理境到心理場的心理活動規律，透過「感」統合這種對峙與疏離，劉勰言：「人稟七情，應物斯感，感物吟志，莫非自然。」[60]並獲得審美的愉悅。「虛」底下，用了「今昔今」的時間性變化結構，以去年的無雨無食，對照今年的有雨有食，增強了喜雨之情。這種對時序的重新鍛造，是跳脫現實時空的心理時間，所營造的美感更為生動，美感的情緒波動具有更大的跳躍性，出現時間的旁流和擴充。由於運用了過去與現在的材料，彼此可能是對比關係，也可能是調和關係。

下片實寫景物的部分，用的是「知覺轉換法」，如上述，具有調和美、繁多的統一美，更具柔和之美。這裡描寫賞心悅目的春景，連鳥兒都會親切挽留客人，桃花也在春風中展露笑靨，

---

[60] 見劉勰：《文心雕龍·明詩》。

梨花盛綻枝頭有如滿頭白雪，全用「擬人化」寫作技巧，更為
農村的春天注入濃烈的盎然生機。

（六）〈卜算子〉漫興三首之一

就美感效果而言，這首詞形成「先賓後主」的結構，最大
的特色是映襯、對比調和之美。這裡先寫老農之樂，再對比自
己的寂寞。張紅雨說：

> 寫作主體對引起情緒波動而產生美感的激情物，不僅是
> 觀賞它的外型，更多地是它的神韻，從神態上想到許多
> 神似的內容。[61]

當各種神似的內容與激情物之間有了主客關似的聯繫，寫作主體
自然會以邏輯思維方式來組織主、次材料，增強全體辭章的柔和
美感。「賓」底下，用的是「由目而凡」的結構，先分寫老農的守
田、插秧，再寫到他的快活。歸納式的思維會形成「先目後凡」
的結構，如上述，形成調和、統一的美感。「凡」的部分，則用了
「先點後染」的結構。在事件的敘述過程中，時間空間隨之作輻
射式的延長、擴大，而造成擴大、奔放的美感效果。而點與染相
互為用，又融為整體的調和性。彼此是繁多又統一。

下片「主」的部分寫自己，同用「先目後凡」的結構，先
分寫自己的筆、墨耕耘，再總寫自己的寂寞。除了形成和上片
相同的美感之外，主寫自己無人了解的寂寞意味是很濃厚的。

---

[61] 見張紅雨：《寫作美學》(高雄：麗文文化，1996 年)，頁 125。

不同的是，用了揚雄的典故，以「問答」法作一個反問。由於一問一答的往復，會形成時間的流動，而且在辭章中，「問」通常具有烘托、凸顯「答」的作用。「問」具有「刺激」屬性，「答」具有「反應」屬性，作用在引起對方的注意，在平淡語勢中增加波瀾起伏的效果。兩者可能落差極大，也可能差異極小，可以構成對比與調和的美感。

（七）〈卜算子〉漫興三首之三

就美感效果而言，這首詞形成「由昔而今」的時間結構，產生順推的規律美。這種順敘法符合現實的物理時間，是人性美感情緒的正常發展類型，自然形成美感。張紅雨說：

> 順向，是人們的美感情緒正常發展的類型。從時間上看，是從現在走向未來（從過去到現在亦同）；⋯⋯合乎規律的東西就是美的，就是真的。[62]

可見「由昔而今」的順敘形式所營造的是一種合乎「規律」、合乎「真」的美感。由於運用過去與現在的材料，兼有對比或調和的關係。這裡由漢朝李廣、李蔡一事，寫到當今宋朝自己芸草筧竹，對比氣氛較為濃烈。而「昔」部分，用「先主後賓」的結構呈現；「今」的部分，用「先實後虛」的結構，如上述，分別具有映、對比之美與虛實法的靈動、變化。這裡用漢飛將軍李廣的勇武卓絕，來比擬自己，從中見其雄奇剛健的審美傾向。[63]

---

[62] 同上註，頁 350。
[63] 參見鞏本棟著：《論辛棄疾的文學思想與審美情趣》(中國文哲研究

（八）〈行香子〉雲巖道中

　　就美感效果而言，這首詞形成「虛實」的結構，這種先實後虛的結構，由具體的眼前雲巖道中景寫起，渲染歡欣的氣氛，而後將興奮之情帶到未來，說他年還要來種樹聽鳥，讓全篇的意境有向外推開的美感效果，獲致一種有秩序性的靈動美，無形中卻擴大了感染的力量，情感更為自由歡快。作家藉由美感的騰飛反映，可以讓時間流向未來，營造了極具生命力與生命情感的空靈之美。「他年」二字超越空間，《文心雕龍‧神思》：「稍焉動容，視通萬里」，指的就是這種現實空間與想像空間差距不大時，形成的調和美感，而現實與想像之間的反差還能激發讀者的情緒，具有一種對比美。[64]「實」寫底下，又用了「先天後人」的結構寫成，先寫雲巖週遭環境，再寫到其中的遊人。憑藉移情作用，自然界與人事界產生交流，形成溫潤自由的美感，呈現天人合一、物我交融的境界。此外，還考慮到心理上的「審美距離」，正如童慶炳所說：

> 　　古往今來，一切偉大的詩人、藝術家之所以能從尋常痛苦甚至醜惡的事物裡發現美和詩意，就是因為他們通過自己的心理調整，能夠將是事物擺到一定的距離加以觀

集刊，第十八期），頁 101。

[64] 參見蒲基維：《章法風格析論——以《蘇軾詞》、《姜夔詞》為考察對象》（台北：臺灣師範大學國文研究所博士論文，2004 年），頁45。

照和品味的緣故。[65]

這時作者摒棄了功利、超脫個人與現實目的，從而獲得了純粹的美感經驗，這種矛盾創造了不即不離的境界。「天」的部分，用的是「由遠而近」的結構，將距離拉近到眼前，產生漸層、延展的規律美。

「虛」寫遊賞之情的部分，先用時間性的「實虛」結構，最大的特色就是由實時空推向虛時空，時空處理虛化至未來，自由靈動。而「現在」的喝酒食筍，興起了稼軒避世的念頭。並敘及自己現在的年老，言下之意，更應把握晚景，逍遙隱退了。這裡用的是「先論後敘」的寫法，抽象的議論通常是主體，而具體的敘事只是作為襯托或印證的材料。因此，核心情理通常會出現在「論」的部分，而「敘」則是運用聯想所找出與抽象論理相似或相反的材料。辭章的義旨因論與敘的相從相融而獲得調和、統一的美感。「未來」的部分，以「由先而後」的次序，先寫種樹，而後才能徘徊樹下聆聽鳥鳴，產生的是順推的規律美與柔和美。

(九) 〈臨江仙〉戲為期思詹老壽

就美感效果而言，這首詞形成「先底後圖」的結構，先寫為詹老祝壽一事為全詞背景，再集中到壽宴上的主客歡飲。所謂「圖」是指焦點而言，「底」是指背景。背景可以襯托焦點，

---

[65] 見童慶炳：《中國古代心理詩學與美學》(台北：萬卷樓圖書公司，1994 年)，頁 159-167。

由於「底」烘托「圖」而展現立體的美感，更因為「圖」與「底」的交融互換而展現生動的動態美。這種立體與動態的美感可能是對比，也可能是調和。「背景」的部分，以「由昔而今」的時間順敘法，先交代詹老世代務農的家世，再寫到而今的祝壽之事。展現的是時間章法的規律美與順推美。而底下寫「主客」的部分，則以「由實而虛」的結構，由現在詹老的七十五而身健，寫到即將大醉三萬六千場的不醉不歸。全篇的意境向外推闊，產生有秩序的靈動美，擴大了感染的力量。全詞對這位高齡農民表達無限敬意與深深祝福，詞調明爽生動，頗能顯現辛棄疾的瀟灑性格和開朗幽默個性，予人喜悅和樂的感覺。

小結：

九首農村詞的主結構中，使用虛實法最多，共有四首，其次先後、遠近、賓主、今昔、圖底法各一首。從章法特色來看，呈現的是一種虛實交迭的變化美，尤以第三首〈滿江紅‧山居即事〉使用「實虛實」的雙軌變化結構，最為靈動，展現稼軒瓢泉農村詞在章法上自由變換的特色。針對農村生活景物的描寫，又輔以空間敘寫的遠近、圖底類章法；而為了敘述農友交誼、借古諷今，又使用時間性的先後、今昔章法。惟第六首〈卜算子‧漫興〉使用賓主法，以老農的快活對比自己的寂寞，抒發了稼軒農村生活中的一絲苦悶。

茲將瓢泉九首農村詞的章法特色與美感效果，列表如下：

	章法結構	章法特色	美感效果
1	虛實、(賓主、先後、天人、遠近、抑揚)	虛實交迭	靈動、變化、(映襯、調和、柔和、規律、溫潤、移情、漸層、延展、對比、烘襯)
2	先後、(知覺轉換、點染、凡目、因果、遠近)	順推	柔和、規律、(調和、知覺、繁多的統一、順推、漸層、延展)
3	虛實、(內外、因果、遠近、上下)	虛實交迭	靈動、變化、(幽深、調和、漸層、延展、深闊、崇高)
4	遠近、(時空、先後、知覺轉換、虛實、抑揚)	漸層	漸層、延展、(時空混合、規律、柔和、知覺、靈動、變化、對比、烘襯)
5	虛實、(今昔、知覺轉換)	虛實交迭	靈動、變化、(對比、調和、知覺、繁多的統一)
6	賓主、(凡目、點染、問答)	映襯	映襯、調和、(繁多的統一、對比、調和)
7	今昔、(賓主、虛實)	順推	對比、調和、(映襯、靈動、變化)
8	虛實、(天人、遠近、敘論、先後)	虛實交迭	靈動、變化、(溫潤、移情、漸層、延展、調和、統一、規律、柔和)
9	圖底、(今昔、虛實)	層次	立體、動態、(對比、調和、靈動、變化)

（說明：未括弧者為章法主結構，括弧內者屬章法次結構）

七、結語

　　辛稼軒農村詞所流露出來的美感一部份源於作者所描繪的客觀事物本身所具有的美，而另一部份則來源於作者在裡頭投

放進去的主觀情志所反射出來的美。稼軒瓢泉時期，徜徉於田野風光，**觀察農民生活**，和他們同喜同憂，展現了極為平實的一面。他將農村塑造成自己心中的桃花源，受陶淵明、莊子、屈原、白居易、杜甫等人的影響，形成稼軒農村詞的一大特色。透過這種種景觀，稼軒喜愛田園之情不覺中溢於言表，所以農村詞多屬於「景中情」的方式。以虛實交迭的章法，呈現靈動美與自由美。其中大多以一時一地之景為主，空間主要以大自然的田園景觀作為背景，呈現鄉村清新的一面，並無極大的變化。而時間意識也多只是即時之作，對時間的感慨與懷古意識相較減少。

　　稼軒在瓢泉八年的閒退生活，對當地生活習俗和淳樸民風極為了解，在詞中屢有所見。且能反映與農民間的親密友誼，他把農人、農家生活當主要角色來抒寫。稼軒與農民成為好友，如「被野老、相扶入東園，枇杷熟。」與「父老爭言雨水勻，眉頭不似去年顰。」農人不再是觀賞的對象，而是相交的朋友。且稼軒的農村詞較少用典故，用清新的文章，表現農家勤勞恬靜歡樂的一面。用詞貼切，擅用口語、雙關語表達農村的樸實與清新。且善於運用色彩的美感，呈現大地的生機，以及農村的純樸與恬靜。如〈浣溪沙〉「小桃無賴已撩人，梨花也做白頭新。」桃花紅，梨花白，用紅白的對比色。辛棄疾的農村詞有純粹描寫農村風物景致者，有憫農興嘆者，有借事抒懷者，完全是呈現一種清麗健雅的藝術風貌，予人以清新、寧靜與平和的感覺。辛棄疾農村詞在我國詞史上具有突出的貢獻，所寫較蘇軾數目更多，內容也更為深廣。一位偉大的作家，我們總會發現他多面向的豐富作品。

徵引文獻

（依姓氏筆劃排列）

（一）　古籍：

宋・蘇軾　1985《蘇軾詩集》，台北：學海出版社。

宋・薛居正等　1982《舊五代史》，台北：藝文印書館。

清・連柱等　1989《鉛山縣誌》，台北：成文出版社。

清・蔣繼洙修　1970《廣信府志》，台北：成文出版社。

（二）　評注：

朱德才　1997《辛棄疾選集》，北京：人民文學出版社。

朱德才、薛祥生、鄭紅梅　2006《辛棄疾詞新釋輯評》(上下)，
　　　　北京：中國書店。

辛更儒　1995《辛稼軒詩文箋注》，上海：上海古籍出版社。

施議對　1993《中學生文學精讀──辛棄疾》，香港：三聯書店。

宮曉衛、孔令順　2003《辛棄疾詞鑑賞》，濟南：齊魯書社。

唐圭璋等　1991《唐宋詞鑑賞集成》，台北：五南圖書出版有限
　　　　公司。

馬　群　1996《辛棄疾詞選》，台北：建宏出版社。

常國武　1988《辛稼軒詞集導讀》，成都：巴蜀書社。

楊忠澤　1993《辛棄疾選評》，台北：錦繡出版事業股份有限公司。

張淑瓊　1990《唐宋詞新賞》第一十輯，台北：地球出版社。

劉斯奮　1998《辛棄疾詞選》，台北：遠流出版事業股份有限公司。

劉坎龍　2000《辛棄疾詞全集詳注》，烏魯木齊：新疆人民出版社。

鄭紅梅　2003《壯歲旌旗擁萬夫》，河南：河南文藝出版社。

薛祥生　1985《稼軒詞選注》，台北：崧高書社股份有限公司。

（三）　其他：

王更生　1991《文心雕龍導讀》，台北：文史哲出版社。

王春庭　2001《醉裡挑燈看劍——辛棄疾傳》，北京：東方出版社。

王艷弟　1985《辛棄疾傳》，台北：國際文化事業有限公司。

仇小屏　2005《「限制式寫作」之理論與應用》，台北：萬卷樓
　　　圖書公司。

仇小屏　2000《篇章結構類型論》，台北：萬卷樓圖書公司。

李卓藩　1999《稼軒詞探蹟》，台北：天工書局。

季鐵男主編　1998《建築現象學導論》，台北：田園城市文化。

汪　誠　1990《辛棄疾——慷慨豪放的愛國詞家》，台北：幼獅
　　　文化事業公司。

吳則虞　1993《辛棄疾詞選集》，上海：上海古籍出版社。

姜林洙　1964《辛棄疾傳》，台北：中國學術著作獎助委員會。

唐圭璋　1996《詞話叢編》，北京：中華書局。

孫崇恩、劉德仕、李福仁　1993《辛棄疾研究論文集》，北京：
　　　北京中國文聯出版公司。

黃永武　1999《中國詩學——設計篇》，台北：巨流圖書公司。

黃錦鋐　1981《國文教學法》，台北：教育文物出版社。

童慶炳　1994《中國古代心理詩學與美學》，台北：萬卷樓圖書

公司。

張紅雨　1996《寫作美學》，高雄：麗文文化。

陳　波　2002《邏輯學是什麼》，台北：五南圖書公司。

陳雪帆　1984《美學概論》，台北：文鏡文化公司。

陳紹箕　1973《稼軒詞評彙述》，台北：文津出版社。

陳滿銘　1994《詩詞新論》，台北：萬卷樓圖書公司。

陳滿銘　2003《蘇辛詞論稿》，台北：文津出版社。

陳滿銘　1980《蘇辛詞比較研究》，台北：文津出版社。

陳滿銘　2001《章法學新裁》，台北：萬卷樓圖書公司。

陳滿銘　2003《章法學綜論》，台北：萬卷樓圖書公司。

陳滿銘　2005《篇章結構學》，台北：萬卷樓圖書公司。

鞏本棟　1998《辛棄疾評傳》，南京：南京大學出版社。

劉思量　1992《藝術心理學》，台北：藝術家出版社。

劉維崇　1983《辛棄疾評傳》，台北：黎明文化事業股份有限公司。

鄧廣銘　2007《稼軒詞編年箋注》，台北：華正書局。

鄧廣銘　1997《辛稼軒年譜》，上海：上海古籍出版社。

鄧廣銘　1982《辛棄疾》，台北：國家出版社。

瀧川龜太郎　1993《史記會注考證》，台北：文史哲出版社。

（四）　期刊論文：

幺書君　1987〈別有人間行路難——辛棄疾坎坷不平的一生〉，
　　　　《古典文學知識》(4)：69-74。

林鶴音　2005〈從稼軒詞中人物意象之塑造探究其仕隱情懷〉，
　　　　《東方人文學誌》(4)：143-164。

曾惟文　2002〈辛棄疾的農村詞探析〉,《國立台中護專學報》
　　　　(1)：33-57。

徐照華　1998〈蘇軾農村詞研究〉,《傳統文學的現代詮釋研討
　　　　會論文集》(4)：65-94。

曹濟平　2001〈論辛棄疾農村詞的審美價值〉,《詞學》(13)：
　　　　98-111。

張廷杰　2002〈忍把豪氣化歸思——辛棄疾歸隱思想的形成與
　　　　發展〉,《寧夏大學學報》(人文社會科學版)(24)：15-21。

陸堅　1981〈稼軒農村詞瑣議〉,《文獻》(7)：15-26。

鞏本棟　2001〈論辛棄疾的文學思想與審美情趣〉,《中國文哲
　　　　研究集刊》(18)：91-116。

鞏本棟　1997〈男兒到死心如鐵——辛棄疾南歸後之心態〉,《古
　　　　典文學知識》(4)：73-79。

顏智英　2004〈東坡詞篇章結構探析——以黃州作五首〈浣溪
　　　　沙〉為考察對象〉,《師大學報》(49)：23-42。

蘇淑芬　1997〈辛棄疾農村詞辨析〉《東吳中文學報》(3)：
　　　　211-236。

（五）學位論文：

李佩芬　2004《稼軒帶湖、瓢泉兩時期詞析論》,台北市立教育
　　　　大學應用語言文學研究所碩士論文。

郭靜慧　1998《辛稼軒山水田園詞研究》,臺灣師範大學國文研
　　　　究所碩士論文。

陳佳君　2004《辭章意象形成論》,臺灣師範大學國文研究所博

士論文。

蒲基維　2004《章法風格析論——以《蘇軾詞》、《姜夔詞》為
　　考察對象》，台灣師範大學國文研究所博士論文。

謝奇峰　1998《稼軒詞口語風格研究》，臺灣師範大學國文研究
　　所碩士論文。

國家圖書館出版品預行編目資料

章法論叢・第三輯／中華章法學會主編, -- 初版 --
臺北市：萬卷樓, 2009.07-
　　面；　　　公分
ISBN 978－957－739－658－7 (平裝)
　1. 漢語　2.作文　3.文集

802.707　　　　　　　　　　98013205

章法論叢(第三輯)

主　　　編：中華章法學會
發 行 人：陳滿銘
出 版 者：萬卷樓圖書股份有限公司
　　　　　　臺北市羅斯福路二段 41 號 6 樓之 3
　　　　　　電話(02)23216565・23952992
　　　　　　傳真(02)23944113
　　　　　　劃撥帳號 15624015
出版登記證：新聞局局版臺業字第 5655 號
網　　　址：http://www.wanjuan.com.tw
E－mail　：wanjuan@tpts5.seed.net.tw
承 印 廠 商 ：晟齊實業有限公司
定　　　價：580 元
出 版 日 期：2009 年 7 月初版

ISBN：978－957－739－658－7